SALLY BEAUMAN

Eine verhängnisvolle Wahrheit

Buch

Die schöne und berühmte französische Designerin Maria Cazarès besitzt eines der größten Modeimperien Europas und steht auf dem Höhepunkt ihres Erfolgs. Dennoch ist ihre Lebensgeschichte weitgehend unbekannt. Abgeschirmt durch ihren Manager Jean Lazare lebt sie im Verborgenen. Kurz vor der Präsentation ihrer neuesten Kollektion in Paris erschüttert die Nachricht von ihrem angeblichen Herztod die Modewelt. Lindsay, eine Londoner Modejournalistin, beginnt die Vergangenheit Marias und deren plötzlichen Tod zu erforschen. Den Anstoß für ihre Recherche erhält sie von ihrem Chef Rowland McQuire, der auch Gini Hunter auf den Fall ansetzt. Rowland hegt den Verdacht, daß der Name Cazarès in Zusammenhang mit Drogen steht. Zur selben Zeit stirbt in der Nähe von London auf einer Party ein junges Mädchen an einer künstlichen Droge namens »White Dove«, ihre Freundin wird vermißt. Gini macht sich auf die Suche nach dem Mädchen und kommt einer verhängnisvollen Wahrheit auf die Spur.

Autorin

Sally Beauman, gebürtige Engländerin, studierte in Cambridge Literaturwissenschaft. Danach arbeitete sie als Journalistin für viele angesehene Zeitschriften in England und Amerika, u. a. für die *New York Times*, den *Daily Telegraph* und *Observer*, für *Vogue* und *Harper's Bazaar*. 1970 erhielt sie den Pakenham Award als Journalistin des Jahres. Heute lebt die Autorin mit ihrer Familie in London.

Weitere Romane von Sally Beauman im Goldmann Verlag

Diamanten der Nacht (41156)

Engel aus Stein (42189)

Reise in die Nacht (42770)

SALLY BEAUMAN

Eine verhängnisvolle Wahrheit

Roman

Aus dem Englischen
von Christoph Göhler

GOLDMANN

Die Originalausgabe erschien unter dem Titel
»Danger Zones« bei Bantam Press, London

Umwelthinweis:
Alle bedruckten Materialien
dieses Taschenbuches sind chlorfrei
und umweltschonend.

Der Goldmann Verlag
ist ein Unternehmen der Verlagsgruppe Bertelsmann

Deutsche Erstausgabe 11/97

Umschlaggestaltung: Design Team München
Umschlagfoto: Thomas Krüsselmann
Druck: Graphischer Großbetrieb Pößneck GmbH
Verlagsnummer: 41610
FB · Herstellung: Stefan Hansen
Made in Germany
ISBN 3-442-41610-8

3 5 7 9 10 8 6 4 2

Für meinen lieben Lovell

Prolog

Der junge leitende Angestellte im schwarzen Mantel war nervös, doch es gab keine Probleme beim Grenzübertritt. Um fünf Uhr früh fuhr er an einem kalten Januarmorgen in einem Mercedes der Cazarès-Flotte aus Amsterdam ab. Draußen lag die Temperatur unter dem Gefrierpunkt. Im Wagen hatte er die Klimaanlage auf 15° Celsius eingestellt: nicht wärmer, denn er wollte hellwach bleiben. Aus Furcht vor überfrierender Nässe, selbst dem kleinsten Unfall oder einer Begegnung mit der Polizei fuhr er höchst korrekt und defensiv und blieb immer zehn Stundenkilometer unter der in den Niederlanden erlaubten Höchstgeschwindigkeit.

Seine Anspannung wuchs, als er sich der belgischen Grenze näherte, aber bis dahin hatte der Verkehr zugenommen; er war nur einer unter vielen Geschäftsleuten in ähnlichen Limousinen, die auf dem Weg nach Antwerpen, Brüssel oder Paris waren. Außerdem hatte man aufgrund entsprechender EU-Bestimmungen die Grenzkontrollen weitgehend eingestellt: Wenn nicht gerade eine Großfahndung lief, wurde man kaum je angehalten. Auf den schnellen, ebenen belgischen Autobahnen ging es zügig in Richtung Süden; vor neun Uhr hatte er die Grenze nach Frankreich überquert und war höchstens noch zwei Stunden von seinem Ziel – Paris – entfernt.

Sobald er in Frankreich war, begann er sich zu entspannen – ein Fehler, wie er später erkannte; er schaltete den CD-Player ein, genehmigte sich eine längst fällige Zigarette; seine Stimmung hellte sich auf, weil sein Auftrag so gut wie erledigt war, und so gestattete er sich, die Geschwindigkeit ein wenig zu erhöhen.

Der gewaltige V8-Motor des Mercedes reagierte auf den geringsten Pedaldruck. Er schloß hinter einen langsam dahinzuckelnden Lastzug auf, wechselte auf die Überholspur, brauste mit einem verächtlichen Blick vorbei – und entdeckte den vor dem Lastzug herfahrenden Streifenwagen fünf Sekunden zu spät.

Er spürte, wie Adrenalin durch seine Adern schoß und sein Mund augenblicklich trocken wurde, aber er blieb gefaßt. Im Weiterfahren drosselte er allmählich das Tempo; er blinkte und wechselte zurück auf die mittlere Spur. Er sagte sich, daß die Polizisten wahrscheinlich nichts bemerkt hatten. Wenn er ein auffälligeres Auto fahren würde, einen Porsche zum Beispiel; wenn er nicht so untadelig gekleidet wäre, in einen Mantel von Hermès und einen 20.000 Francs teuren Anzug aus der Savile Row, dann hätten sie ihn vielleicht rausgewunken; ja. So jedoch wirkte er wie die Verkörperung von Reichtum und Prestige und war deshalb bestimmt außer Gefahr.

Noch während er das dachte, merkte er, daß der Streifenwagen sich an seine Stoßstange geheftet und Sirene und Blaulicht eingeschaltet hatte.

Ruhig bleiben, ermahnte er sich. Eine Verwarnung, schlimmstenfalls ein Bußgeld; die Situation war zu meistern. Er gab mit einer höflichen Geste zu erkennen, daß er anhalten würde, und lenkte den Wagen auf den Seitenstreifen. Ihm blieben etwa fünfzehn Sekunden, bis der Streifenwagen hinter ihm angehalten hatte und die Beamten ausgestiegen waren. Er warf einen Blick auf den schwarzen Diplomatenkoffer auf dem Beifahrersitz. Alle leitenden Angestellten bei Cazarès bekamen einen solchen Koffer ausgehändigt; dieser hier trug seinen Namen, Christian Bertrand, und am Griff einen unauffälligen Anhänger mit den Initialen JL – ein Hinweis darauf, daß Bertrand zu den sechs Führungskräften zählte, die Jean Lazare direkt unterstanden.

Eine lange, qualvolle Sekunde lang blickte er auf diesen Koffer. Instinktiv wollte er einen Mantel oder eine Zeitung darüberwerfen; ihn unter dem Sitz verstecken. Aber der erste Polizist näherte sich bereits, und es wäre ein Fehler gewesen, die Aufmerksamkeit auf den Diplomatenkoffer zu lenken. Schnell prüfte er sein Gesicht im Rückspiegel – er sah bleich, aber gefaßt aus. Dann öffnete er die Tür. Bis der erste Polizist das Auto erreicht hatte, hatte er die Papiere bereits in der Hand; er gab sich höflich, respektvoll – und hatte sich seine Ausrede bereits zurechtgelegt.

Natürlich tat es ihm leid; ein Augenblick der Unaufmerksamkeit. Er stockte, dachte – *sag nichts von Amsterdam* – und redete dann ruhig weiter: Er sei in Gedanken bei den Details seiner morgendlichen Geschäftsbesprechung in Brüssel gewesen und habe darüber nachgedacht, was er Mr. Lazare berichten würde, wenn er später an diesem Vormittag in der Zentrale von Cazarès angekommen wäre. Er hielt inne, damit diese Namen, die für jeden Franzosen magische Bedeutung hatten, Wirkung zeigen konnten. Und sie machten Eindruck – das war deutlich zu sehen.

Der Polizist wirkte zwar nicht ausgesprochen ehrfürchtig, aber er schien etwas aufzutauen. Er bemerkte, daß eine wichtige Geschäftsbesprechung und ein Augenblick der Unaufmerksamkeit vieles entschuldigen könnten, aber nicht eine Überschreitung der erlaubten Höchstgeschwindigkeit von hundertdreißig Stundenkilometern um mehr als zwanzig Stundenkilometer. Bertrand murmelte ein paar angemessene Entschuldigungen. Er reichte dem Beamten seine Papiere und fügte beiläufig hinzu, daß zur Zeit natürlich jeder bei Cazarès unter enormen Zeitdruck stehe; wie der Beamte sicherlich wisse, werde in einer Woche die Frühjahrskollektion von Cazarès präsentiert.

Der Polizist verdaute diese Information, während er Bertrand lange prüfend ansah. Sein Blick erfaßte den Mantel, den untadeligen Anzug, Hemd und Krawatte, den konservativen Elysée-Haarschnitt, die getönte Schildpattbrille. Bertrand flehte insgeheim, daß dieser nüchterne Aufzug ihn retten würde. Die Sorbonne, Oxford, Doktor der Harvard Business School – so rezitierte er für sich die Litanei seiner Leistungen. Mach, daß dieser Mann vernünftig ist, betete er, und kein pingeliger Paragraphenreiter wie so viele Polizisten; laß ihn begreifen, daß er es mit einem gebildeten Geschäftsmann mit weitreichenden Verbindungen zu tun hat, dessen Arbeit für Cazarès von internationaler Bedeutung ist und wesentlich zum Glanz und Ruhm Frankreichs beiträgt.

Mach, daß er ein Patriot ist; mach, daß er sich beeindrucken läßt, flehte der junge Mann insgeheim, dann erstarrte er. Während der eine Beamte unerträglich langsam seine Papiere überprüfte, umrundete der andere mit gemessenen Schritten den Mercedes. Er beugte sich über das Nummernschild, befingerte seine Rückleuchte, ging

dann nach vorne und überprüfte ausgiebig und mit nervtötender Gründlichkeit die Scheibenwischer. Dann öffnete er die Beifahrertür. Bertrand beobachtete ihn aus dem Augenwinkel. Er beugte sich in den Wagen; er nahm das Armaturenbrett in Augenschein, die Instrumente, den CD-Spieler, die handgenähten schwarzen Ledersitze. Er faßte nach vorne, öffnete das Handschuhfach, schloß es dann wieder. Bertrand wandte den Blick ab. Er vergrub die Hände in den Manteltaschen und hoffte, keinem der beiden Polizisten würde auffallen, daß sie zu zittern begonnen hatten.
Inzwischen besah sich der zweite Polizist den Diplomatenkoffer, das konnte der junge Angestellte spüren. Er wagte einen Seitenblick und sah sich bestätigt: Der Mann hatte den Koffer zu sich her gezogen und inspizierte jetzt den Anhänger mit dem Monogramm. Bertrand merkte, wie sich sein Magen vor Angst verkrampfte; ihm wurde übel und schwindlig; er dachte, *ich muß sie ablenken, ich muß was sagen …*
Und dann, ganz plötzlich, war es vorbei. Der zweite Polizist schlug die Beifahrertür zu; der erste faltete die Papiere zusammen und reichte sie ihm zurück.
»Unter diesen Umständen …«, sagte er.
Er beendete den Satz nicht, aber der junge Angestellte verstand; ihm wurde flau vor Erleichterung. Sie drückten ein Auge zu – nicht einmal ein Strafzettel! Er hatte es geschafft. Der zweite Beamte ging bereits zum Streifenwagen zurück; der erste wollte sich schon umdrehen und hielt dann inne.
»Cazarès …«, sagte er.
Bertrand wurde nervös.
»Arbeiten Sie schon lange da?«
»Vier Jahre.«
Einen Moment schwiegen beide. Bertrand sah den Polizisten unsicher an und versuchte, seine Miene zu deuten. Sie wirkte jetzt weniger bürokratisch, sondern fast respektvoll, fand er.
»Dann sind Sie ihr doch bestimmt schon begegnet – der Cazarès?«
Eindeutig respektvoll jetzt, wenn nicht gar ehrfürchtig; Bertrand entspannte sich.
Er war vom Haken, und diese Frage war ihm nur allzu vertraut. Man stellte sie ihm bei Essenseinladungen, auf Parties, bei geschäftlichen

Besprechungen in Paris, London, Rom, New York. Sie leistete gute Dienste, denn sie diente einer Legende: Der Glanz, den man mit Maria Cazarès in Verbindung brachte, strahlte auf alle aus, die für sie arbeiteten, vom Manager bis zur Näherin. Er lächelte. Natürlich habe er sie gesehen, antwortete er, bei jenen feierlichen Anlässen zweimal im Jahr, wenn sie aus ihrer Abgeschiedenheit auftauchte, um am Ende ihrer Couture-Schauen ihren Applaus entgegenzunehmen. Er hielt inne, senkte die Stimme, ließ sie vertraulicher klingen; und außerdem, fügte er hinzu, sei ihm das Privileg zuteil geworden, sie auch privat kennenzulernen; vor etwa zwei Jahren sei er ihr von Jean Lazare persönlich vorgestellt worden, bei einem Empfang ihr zu Ehren.

»Sie meinen, Sie haben tatsächlich mit ihr gesprochen?«

»Ein paar Worte, ja. Mlle. Cazarès ist ausgesprochen menschenscheu, wie Sie wahrscheinlich wissen; und sehr empfindsam. Sie blieb nicht lange auf dem Empfang, insofern hatte ich außerordentliches Glück. Eine Frau, die ihre eigene Berühmtheit fürchtet – eine Künstlerin – so schön. Eine Begegnung, die ich nie vergessen werde ...«

Die Lügen gingen ihm leicht von der Zunge; sie waren gut geprobt, denn sie waren Bestandteil der Firmenpolitik bei Cazarès, und er hatte die gleiche Antwort, wenn auch in Variationen, schon bei vielen Gelegenheiten gegeben. Der Öffentlichkeit mußte vermittelt werden, daß die Cazarès zwar eine zutiefst geheimnisvolle Persönlichkeit war, aber durchaus noch arbeitete, daß sie immer noch Entwürfe machte. Andere Mitglieder der Geschäftsführung bei Cazarès mochten eher ihr Aussehen oder ihren Charme oder ihre außerordentliche Inspiration betonen: Bertrand, der nie persönlich mit ihr gesprochen hatte, war immer der Ansicht gewesen, daß er sie am besten als gepeinigte Künstlerin verkaufen konnte.

»Eine ungewöhnliche Frau«, sagte der Polizist jetzt kopfschüttelnd. Bertrand stimmte ihm ernst zu, gab aber keine weiteren Informationen preis, da niemand, nicht einmal seine Frau, erfahren durfte, was das Ungewöhnliche an Maria Cazarès war – außerdem konnte er dabei selbst nur Vermutungen anstellen.

Die Sache war überstanden; der Streifenwagen fuhr weiter. Immer noch aufgewühlt kehrte Bertrand zu seinem Mercedes zurück, rauchte noch eine Zigarette, um sich zu beruhigen, und beschloß, unter den gegebenen Umständen M. Lazare den kleinen Zwischenfall zu verschweigen. Dann setzte er die Fahrt nach Paris in ruhigerem Tempo fort.

Als er in den Innenhof des wunderschönen Stadthauses aus dem siebzehnten Jahrhundert einbog, das Lazare vor etwa fünfzehn Jahren als Firmensitz für Cazarès erworben hatte, wurde er wieder nervös. Lazares Unmut, wenn man ihn warten ließ, und seine Wutausbrüche waren berüchtigt. Bertrand wappnete sich gegen die scharfe Zurechtweisung, die ihn bestimmt erwartete; er schob den Portier beiseite, winkte dem Liftboy ab, eilte zur Treppe und begann zu rennen, sobald er außer Sicht war.

Lazares ungewöhnliche Bürosuite befand sich in der obersten Etage des Gebäudes. Seine Festung wurde von einer Phalanx von Sekretärinnen und Assistentinnen und Gehilfen bewacht, die in einer Reihe ehrfürchtig gedämpfter Büros untergebracht waren. Da Bertrand erwartet wurde, machte niemand Anstalten, ihn aufzuhalten, wenn auch Lazares persönliche Sekretärin im letzten Zimmer einen Blick auf die exquisite, in die Vertäfelung eingelassene Uhr warf. Sie machte eine kleine, warnende Geste. »*Calmez-vous*«, sagte sie.

Bertrand rückte sich die Krawatte zurecht, faßte den Diplomatenkoffer fester und öffnete die Tür am anderen Ende des Büros. Er durchquerte einen Vorraum, einen von Spiegeln und großen Fenstern flankierten Saal mit Blick auf die Rue St. Honoré. Der Ausblick von hier gehörte zu den schönsten und teuersten der Welt – so prahlte Bertrand jedenfalls gern gegenüber seiner Frau.

Die Tür zu Lazares Büro war mit schwarzem, geräuschedämpfendem Leder gepolstert; die Polsterung war fast zehn Zentimeter dick. Bertrand blieb stehen, räusperte sich, trat dann ein. Er wußte, daß man ihn bereits angekündigt hatte, und gestattete sich – wie jedesmal – ein paar Sekunden in der Tür, damit sich seine Augen an das Zwielicht gewöhnen konnten, in dem Lazare am liebsten arbeitete.

Er schritt über den blanken Parkettboden zu seinem Schreibtisch und einem Sessel, den einzigen Möbeln im Büro. Dort blieb er stehen, sah Lazare an, neigte ehrerbietig den Kopf und machte sich auf die Rüge gefaßt, die eine solche Verspätung erwartungsgemäß nach sich zog.

Im Raum blieb es still. Es kam keine Rüge. Lazare hob langsam den Kopf. Sein Blick richtete sich auf den Diplomatenkoffer, nicht auf seinen Assistenten. Dann schob er mit einer langgliedrigen Hand die Dokumente auf dem Schreibtisch beiseite.

»Keine Probleme?« fragte er.

»Nein, Monsieur, keine. Auf der Autobahn war starker Verkehr. Bitte verzeihen Sie die Verspätung.«

»Sie haben das neue Produkt?«

»Ja, Monsieur. Wie besprochen.«

»Uns bleibt noch genug Zeit?«

»Ja, Monsieur. Sie raten zu einer Beobachtungsphase von vier Tagen, um eine gewisse Toleranz herzustellen. Eine Tablette pro Tag, gleich morgens zum Frühstück ...« Bertrand zögerte.

»Fahren Sie fort«, sagte Lazare.

»Es ist ratsam, etwas dazu zu essen, Monsieur. Und es muß sichergestellt sein, daß vor und nach der Tabletteneinnahme Wasser getrunken wird. Darauf haben sie großen Wert gelegt.«

»Nebenwirkungen?«

Bertrand zögerte wieder. Lazare bewegte sich, beugte sich vor, so daß die Lichtinsel unter seiner Schreibtischlampe sein Gesicht erhellte.

»Haben Sie mich verstanden? Nebenwirkungen? Ja oder nein?«

»Nun, Monsieur, natürlich konnte das Produkt bislang nur in begrenztem Rahmen getestet werden, aber sie behaupten, es gebe keine negativen Reaktionen. In seltenen Fällen ein beschleunigter Puls, aber das würde sich nach ein paar Stunden legen. Vereinzelt kam es zu Schlaflosigkeit, aber nur, wenn die Dosis zu hoch war oder die Tablette zu spät am Tag eingenommen wurde ...«

Lazare schritt ihm mit einer knappen Geste das Wort ab. Er bedeutete Bertrand, den Diplomatenkoffer auf den Schreibtisch zu legen. Eine Weile betrachtete er ihn schweigend. Lazare war berühmt für dieses Schweigen und setzte es ein, um andere Menschen einzuschüchtern, hatte der Assistent einst geglaubt. Inzwischen hatte er mehr Erfahrung im Umgang mit seinem Chef und sah das weniger dramatisch. Lazares Schweigen, so glaubte er jetzt, war die Folge seiner außergewöhnlichen – und beunruhigenden – Konzentrationsfähigkeit. Bertrand war klar, daß er für Lazare im Moment nicht mehr existierte.

Er blieb schweigend stehen und beobachtete Lazare, dessen Hände jetzt auf dem Koffer ruhten. Seit 1991 arbeitete er für diesen Mann, doch er verstand ihn genausowenig wie am ersten Tag. Im Laufe von vier Jahren hatte Lazare ihm keinerlei Vertraulichkeit oder tiefere Einblicke gewährt und nicht ein einziges Mal über sein Privatleben gesprochen. Bertrand wußte lediglich, daß Lazare um die fünfzig war, wahrscheinlich kein gebürtiger Franzose, bis spätabends arbeitete, wenig schlief und dem Hörensagen nach alleine lebte – allerdings unterhielt Lazare mehrere Wohnsitze in und um Paris, so daß vielleicht nicht einmal dieses Gerücht der Wahrheit entsprach.

Wie scharfsinnig und energisch Lazare in Geschäftsdingen sein konnte, wußte Bertrand aus erster Hand; an seiner Hingabe an das Modeimperium Cazarès konnte es keinen Zweifel geben. Bertrand war nicht sicher, ob das Gerücht stimmte, demzufolge Lazare gegenüber Maria Cazarès die gleiche Ergebenheit und Hingabe empfand.

Das Schweigen zog sich hin. Bertrand, der Lazare nicht mochte, aber achtete, blickte mit einer Mischung aus Bewunderung und Angst, gepaart von Mitleid, auf den einschüchternden und asketischen Mann hinab, der ihn eingestellt hatte. Es widersprach Lazares stolzem Wesen, Schwäche zu zeigen, und doch lag der Beweis für diese Schwäche – eine Schwäche, die Bertrand nie vermutet hätte – in diesem Augenblick zwischen ihnen auf Lazares Schreibtisch.

Wenn Lazare dies nötig hatte, um die Tage vor der Kollektionspremiere durchzustehen, dann mußte er in letzter Zeit unter größerer Anspannung gestanden haben, als Bertrand angenommen hatte. Als er Lazare jetzt genauer betrachtete, wurde ihm klar, daß er Spuren dieser Anspannung erkennen konnte und daß er sie schon früher hätte bemerken müssen. Lazare sah müde und abgespannt aus; als er den Blick hob, erschrak Bertrand über den Ausdruck in seinen Augen.

»Öffnen Sie den Koffer«, sagte Lazare.

Bertrand tat es. Darin lag eine Handvoll winziger Päckchen, die Bertrand in der vergangenen Nacht in seinem Amsterdamer Hotelzimmer Stück für Stück mit akribischer Sorgfalt und getreu Lazares präzisen Anweisungen eingeschlagen hatte. Jedes Päckchen bestand aus einer weißen Schachtel von etwa fünf Zentimetern Seitenlänge, und in jeder lag, in ein Stück schweres Gold-*Faille* gewickelt, eine Tablette. Verpackt war jede Schachtel in schwere weiße Rohseide, einen für Cazarès typischen Stoff; jedes Päckchen war mit der silbernen Cazarès-Seidenkordel verschnürt. Die Päckchen schimmerten im Licht der Schreibtischlampe. Sie sahen klein und verführerisch aus, als enthielten sie etwas Seltenes und Kostbares, einen Edelstein, ein kunstvoll verarbeitetes Juwel oder eine winzige Phiole mit einem seltenen Duft. Es war Lazares Idee gewesen, sie als Geschenk zu verpacken.

Insgesamt waren es sechs Schachteln. Lazare schob sie zurecht, so daß vier davon neben seiner linken Hand und zwei zu seiner Rechten lagen. Er sah wieder auf; der Schein der Lampe verstärkte die scharf gemeißelten Gesichtszüge und die undurchdringliche Düsternis seines Blickes.

»Vier Tage zur Beobachtung. Damit wären wir am Tag vor der Präsentation. Und dann?«

Der Assistent schluckte.

»Am Tag der Präsentation selbst, Monsieur, können zwei Tabletten verabreicht werden.«

»Ich verdopple die Dosierung?«

»Ja, Monsieur. Bis dahin hat der Körper sich an den Stoff gewöhnt.«

»Und das Ergebnis?«

»Ein intensives Wohlbehagen und Optimismus, Monsieur. Hochstimmung. Zuversicht.«

»Gut zu wissen, daß sich das alles kaufen läßt.«

»Und dazu eine bemerkenswerte körperliche Belebung, Monsieur. Die Wirkung ist nur vorübergehender Art, aber die neu geweckten Kräfte sind deutlich zu erkennen. Die Haut wirkt strahlender, und …«

»Die Augen?«

»Eine leichte Kontraktion der Pupillen, Monsieur. Nicht weiter auffallend, und nur aus nächster Nähe festzustellen.«

»Sprache? Bewegungen?«

»Bleiben unbeeinträchtigt, Monsieur.«

»Sie haben das Produkt selbst getestet?«

»Ja, Monsieur, wie angewiesen.«

Bertrand blickte Lazare fest in die Augen, wie er es für klug erachtete, wann immer er diesen Mann anlog.

»Ich habe gestern früh eine Tablette genommen ...«
»Eine ganze Tablette?«
»Ja, M. Lazare«, bestätigte der Assistent, der in Wahrheit nur eine halbe geschluckt hatte. »Ich habe sie um zehn Uhr vormittags genommen, nach einem Frühstück in meinem Hotelzimmer. Die Wirkung setzte fast augenblicklich ein und war ganz erstaunlich ...«
»Die Details interessieren mich nicht. Das gewünschte Resultat wurde erreicht?«
»Ja, Monsieur. Ganz entschieden. Nervosität und Ängste schwanden augenblicklich. Ein Gefühl der Ruhe und der Zuversicht trat ein. Ein intensives Raumgefühl. Farben und Geräusch wirkten außergewöhnlich intensiv, und –«
»Konnten Sie sich auch *ausruhen*?«
Lazare stellte die Frage unerwartet eindringlich. Bertrand verstummte auf der Stelle.
»Mich ausruhen? Ja, schon, später. Ich schlief gegen Mitternacht ein, und –«
»Haben Sie gut geschlafen? Keine Träume?«
»Nur angenehme, Monsieur.« Bertrand riskierte ein Lächeln. »Träume, wie ich sie gern jede Nacht haben wollte ...«
»Ich verstehe nicht.«
»Alle fünf Sinne sind angeregt, M. Lazare. Das wirkt erotisierend. Ich habe, sagen wir mal, eine markante und sofortige Steigerung der Libido verspürt. Wenn ich nicht allein gewesen wäre, hätte ich –«
»Sie können gehen.«
Der Einwurf kam knapp und kühl. Bertrand, der geglaubt hatte, daß selbst Lazare sich über seine letzte Bemerkung amüsieren würde, merkte, daß er sich arg im Ton vergriffen hatte. Lazares Gesicht war jetzt eine abweisende Maske; dann senkte er den Kopf und widmete sich wieder den Schachteln. Der Assistent sah seine glatten schwarzen Haare im Lampenschein glänzen. Leise zog er sich vom Schreibtisch zurück. Lazare duldete keinerlei Vertraulichkeiten: Mit etwas Glück, dachte er, schaffe ich es vielleicht bis zur Tür, ehe Lazare explodiert. Er hatte schon vorhin Glück gehabt, als seine Verspätung ungetadelt geblieben war. Es war kaum damit zu rechnen, daß er zweimal davonkam. Während er sich der Tür näherte, machte er sich auf einen Rüffel, auf eisigen Sarkasmus gefaßt. Was Lazares Wut-

ausbrüche so furchterregend machte, war ihre Kälte: Er konnte einen Mann mit Worten vernichten, ohne auch nur die Stimme zu erheben.

»Warten Sie«, sagte Lazare.

Bertrand erbleichte und drehte sich um.

»Sagen Sie …« Lazare war immer noch mit den Päckchen beschäftigt. Er hielt eines in der Hand und drehte es hin und her. »Diese kleinen Wunderpillen – hat man sie schon getauft? Haben sie schon einen Namen?«

Mit vor Erleichterung weichen Knien bestätigte Bertrand, daß die kleinen Wunderdinger schon getauft worden seien, jawohl. Ihr Schöpfer, der junge holländische Chemiker, hatte sich für einen harten, aggressiven Namen stark gemacht, eine Bezeichnung, die seinem neuen Produkt auf der Straße Ansehen verschaffen würde. Sein langhaariger, durchgeknallter amerikanischer Partner hatte ihm abgeraten. Sie bräuchten, hatte er eingewendet, einen Namen, in dem der erste starke Rausch ebenso anklinge wie das darauf folgende Gefühl wohligweicher Ruhe.

»Wenn das Zeug erst mal auf dem Markt ist«, hatte er erklärt, »werden die Kids es sowieso umtaufen, das ist immer so. Bis dahin – es verleiht dir Flügel, Mann, und dann baut es dir ein kuschliges Nest, dann …«

»Wie *heißen* sie?« hakte Lazare nach.

Bertrand hatte sich wieder gefangen und kam zum Punkt. Er verriet Lazare, daß die kleinen, ungefärbten und süßen Wunderpillen unter der Bezeichnung »White Dove« verkauft werden sollten.

Gedankenverloren murmelte Lazare die Bezeichnung vor sich hin, als sprächen die Worte »weiße Taube« etwas in ihm an. Er sah noch einmal zu Bertrand auf; die letzte Frage kam scharf: »Und sie sind sicher?«

Bertrand, der es kaum erwarten konnte, aus dem Büro zu kommen, begriff, daß dies nicht der Augenblick war, ins Detail zu gehen. Er beschloß, weder die verworrenen Anmerkungen des holländischen Chemikers noch die zusammenhanglosen Warnungen des Amerikaners zu erwähnen. Er hatte ganz bestimmt nicht die Absicht, Lazare zu gestehen, wie schon eine halbe Tablette in der vergangenen Nacht auf ihn gewirkt hatte. Bertrand, ein verheirateter und in den meisten Dingen sehr konservativer Mensch, war es nicht gewöhnt, derart die Kontrolle zu verlieren. Lazare wird eine Überraschung erleben, dachte er mit einem Anflug von Boshaftigkeit.

»Sie sind stark, Monsieur«, antwortete er. »Aber absolut sicher. Jawohl.«

Erster Teil

England

Kapitel 1

Die Besprechung mit Rowland McGuire war auf zehn Uhr angesetzt – in seinem Büro in der Feuilletonredaktion, nicht in Lindsays in der Moderedaktion. Lindsay hatte sich mit dem Treffpunkt einverstanden erklärt und dann erkannt, daß McGuire dadurch einen Heimvorteil hatte. Zornig hatte sie augenblicklich zu planen begonnen. Sie konnte McGuire nicht leiden; sie stand kurz davor, McGuire zu hassen, der ihr in den zwei kurzen Monaten, die er jetzt bei der Zeitung war, mehr als einmal Knüppel zwischen die Beine geworfen hatte. Es war höchste Zeit, sich mit McGuire zu befassen; Lindsay hatte beschlossen, daß sie sich bei dieser Besprechung nicht mehr auf taktisches Geplänkel beschränken würde: Sie würde – wie auch immer – zum vernichtenden Schlag ausholen.

Sie traf an diesem Morgen wie immer um acht Uhr an ihrem Schreibtisch ein. Am vergangenen Abend war sie um zwölf zu Bett gegangen, um sechs Uhr war sie wieder aufgestanden. Bevor sie aus dem Haus gegangen war, hatte sie sich mit den üblichen häuslichen Komplikationen – leckende Leitung, keine Milch, kotzende Katze – herumgeschlagen und daher das unbestimmte Gefühl, schon wieder erschöpft zu sein. Während sie sich auf die eingegangene Post stürzte, versuchte sie sich einzureden, daß sie wild entschlossen war, voller Energie und bereit für den Waffengang gegen McGuire.

Gegen neun Uhr hatte sie die Modeseite für die laufende Woche gestaltet, drei neue Fototermine arrangiert, ihrem Lieblingsfotografen, Steve Markov, als unbezahlter Therapeut gedient – die meisten ihrer Fotografen waren Neurotiker, doch Markov, dessen letzter Geliebter sich soeben mit Reiseziel Barbados abgesetzt hatte, war in dieser Beziehung unübertroffen –, und die letzten Arrangements für die Berichterstattung des *Correspondent* von den Pariser Kollektionspremieren getroffen, die in der kommenden Woche stattfinden sollten.

Um neun Uhr dreißig zog sie sich in ihr Büro zurück und schloß die Tür vor den schrillenden Telefonen, den herumirrenden Sekretärinnen, dem Geschrei. Sie trank ihren dritten schwarzen Kaffee an diesem Morgen und begann, Listen zu erstellen – immer ein schlechtes Zeichen.

Die Listen wurden länger. Auf der einen, mit ARBEIT überschrieben, sammelten sich Telefonnummern von Models und Assistenten und Ausstattern und Agenten, die, wenn man sie nur richtig hofierte und erpreßte und lobte und umgarnte, unter Umständen dazu beitragen konnten, daß sie erfolgreich über die Kollektionspremieren berichtete, und zwar ohne daß Markov ihr alle zehn Minuten drohte, sich die Kehle aufzuschlitzen. Die andere Liste, die mit der Überschrift DRINGEND, war ausgesprochen deprimierend. Auf ihr standen Dinge wie *Hühnchen?* und *Klopapier!!* und *Tanken / Gini anrufen / Klempner besorgen / Vollkorn-Brot / Tom: Muß Videos zurückbringen.*

Es war Freitag; sie wollte über das Wochenende wegfahren. Weder ihre Mutter noch ihr Sohn gehörten zu den Menschen, denen es in den Sinn kam, Essen einzukaufen oder einen Klempner anzurufen, wenn die Leitung tropfte. Wie sollte sie sich einen perfekten Schlachtplan gegen McGuire zurechtlegen, wenn sie ständig von derartigen Bagatellen abgelenkt wurde?

Lindsay drückte den Rücken durch, starrte eisig auf den bleiernden Januarhimmel vor ihrem Fenster und probte ein paar Minuten lang *froideur*. Den McGuires dieser Welt begegnete man am besten mit arktischer, machtvoller Herablassung, entschied sie. Sie versuchte, sich das Auftreten und die Techniken jener *grandes dames* ins Gedächtnis zu rufen, die noch in der Modewelt regiert hatten, als sie vor etwa fünfzehn Jahren zu arbeiten angefangen hatte.

Als Gattung waren diese Vreelands inzwischen so gut wie ausgestorben: In manchen ihrer Nachkommen ließen sich vielleicht noch Spuren ihrer eisigen Eleganz, ihrer mühelosen Tyrannei entdecken, aber Lindsay gingen derartige Qualitäten völlig ab. Soweit sie sich erinnern konnte, waren diese Frauen natürlich auch von allem abgeschottet gewesen, was auch nur entfernt an das wahre Leben erinnerte. Höchstwahrscheinlich hatten Scharen von Fahrern, Dienstmädchen, Haushälterinnen und Köchinnen sie abgeschirmt; Ehemänner hatten entweder nicht existiert oder waren unsichtbar gewesen; keine von ihnen hatte Kinder gehabt, soweit sich Lindsay entsann, und wenn doch, dann hatten diese beispielhaften, wohlgeratenen, unproblematischen Kinder längst das elterliche Nest verlassen.

Ich bin die Moderedakteurin einer angesehenen, seriösen Zeitung, sagte sich Lindsay. Ich halte mich in einem Job, um den mich viele beneiden und der weiterhin, wenn auch irrtümlich, mit Glamour assoziiert wird – was immer das bedeuten soll. Ich bin eine unabhängige Frau und stehe auf eigenen Füßen. Ich kann eine *grande dame* sein, wann immer mir danach ist. Am Montag fahre ich nach Paris zu den Kollektionspremieren. Nimm dich in acht, Rowland McGuire, denn ich weiß, wie man in der Arbeitswelt überlebt, und ich werde dich in den Boden stampfen.

Lindsay warf einen Blick auf die Füße, die das bewerkstelligen sollten und an denen sie sonst wunderbar weiche, geräumige schwarzleinene Basketballschuhe trug. Heute steckten sie in schwarzen, schlanken Pumps von Manolo Blahnik mit Acht-Zentimeter-Absätzen. Diese atemberaubend eleganten und atemberaubend teuren Schuhe kniffen an den Zehen. Ihr Sohn Tom bezeichnete sie als »Bürotussi-Schuhe«, aber so war Tom eben.

Lindsay trat ans Fenster, probte noch einmal diesen Blick, der McGuire das Blut in den Adern gefrieren lassen sollte, dann knüllte sie die Listen zusammen, schleuderte sie in hohem Bogen in Richtung Papierkorb – und traf daneben. Sie war einfach nicht zur *grande dame* geschaffen und war es nie gewesen. Erstens hatte sie nicht die Figur dazu, klein und knabenhaft, wie sie war; zweitens ließen sich ihre Lebensumstände nicht ignorieren: Sie war eine achtunddreißigjährige alleinerziehende Mutter, die in einer chaotischen Wohnung in West London lebte, zusammen mit einer einfach unmöglichen Mutter und einem siebzehnjährigen Sohn, der in Kürze, wie sie hoffte, die Hormonstürme der Pubertät überstanden haben würde. Mutter wie Sohn verließen sich stillschweigend darauf, daß sie sämtliche Rechnungen beglich und für alle Lebenskrisen eine Lösung wußte.

Tom war teuflisch schlau, aber äußerst schweigsam. Während der vergangenen drei Jahre hatten seine Gesprächsbeiträge gewöhnlich in einem Grunzen bestanden. Seit dem Herbst hatte er allerdings Schlag auf Schlag erst eine Freundin gefunden, dann die Grippe bekommen und schließlich Dostojewski entdeckt. Diese Verquickung von Liebe, Literatur und vierzig Grad Fieber hatte ihm die Stimme wiedergegeben. Nun wurde Lindsay, während sie schnell mal staubsaugen oder zu kochen versuchte, mit ethischen Monologen traktiert. Louise, ihre Mutter, die auf einer Wolke von Zweckoptimismus durchs Leben schwebte, hielt das für einen Durchbruch; Lindsay war sich dessen nicht so sicher.

»Tom kommt endlich aus seinem Elfenbeinturm heraus, Liebling«, hatte Louise ihr erst am vergangenen Abend erklärt. »Jetzt kannst du eure Beziehung endgültig festigen. Mit vielen wunderbar klugen Mutter-Sohn-Gesprächen.«

»Er kann mit seiner Freundin reden«, preßte Lindsay zwischen zusammengebissenen Zähnen hervor, während sie hektisch in der Fertigsoße für die Spaghetti rührte. »Dazu ist sie schließlich da. Jungs in Toms Alter wollen nicht mit ihren Müttern reden. Auf sie einreden, vielleicht. Ich bin so gut wie überflüssig. Sehen wir den Tatsachen ins Auge.«

»Unsinn, Liebling.« Louise wischte die Bemerkung hoheitsvoll beiseite, schenkte sich ein Glas Wein ein und zündete sich die nächste Zigarette an. »Mit dem Mädchen will er nicht reden. Sie ist für den Sex da.«

Lindsay schloß die Augen. Das stets hyperaktive schlechte Gewissen in ihrem Hinterkopf begann sie augenblicklich mit Gedanken an Verhütungsmittel, AIDS-Statistiken und ähnliches zu traktieren. Dann wechselte es abrupt das Thema – das beherrschte es meisterhaft – und rief ihr unvermittelt ins Gedächtnis, daß Toms Füße wie die Pilze wuchsen und daß er bis Montag ein Paar neue Fußballschuhe brauchte, aber nicht hatte. *Ach du Schreck,* sagte Lindsay laut und mit Nachdruck. Sie kritzelte *TOM / SCHUHE / LOUISE ANRUFEN* auf einen Post-It und klebte ihn ans Telefon. Sie warf einen Blick auf die Uhr, fluchte, stand auf, trug grellroten Lippenstift auf und besprühte sich mit einem superstarken und auffälligen amerikanischen Duftwasser. Dann marschierte sie ins Vorzimmer.

Dort wartete ihre Assistentin Pixie voller Vorfreude bis genau fünf Minuten nach zehn, um dann in McGuires Büro anzurufen. Ebenso zuckersüß und unverschämt erklärte sie, daß sich Miss Drummond in einer Konferenz befinde und sich ein wenig verspäten werde: Lindsay stand währenddessen neben ihr und schnitt Grimassen. Pixie war neunzehn und ehrgeizig. Talentiert ebenfalls; sie hatte sich das Ziel gesetzt, noch vor ihrem dreißigsten Geburtstag Chefredakteurin der englischen *Vogue* zu werden und drei Jahre danach New York im Sturm zu erobern. Was originelle Kleidung betraf, konnte man sich auf Pixie, einen *nouveau punk*, allezeit verlassen. An diesem Morgen steckte ein Diamant in ihrer Nase; dazu trug sie eine hautenge, seitlich geschnürte Hose, eine afrikanische Kette und ein hautenges, transparentes Top von Gaultier. Sie hatte einen unüberhörbaren Liverpool-Akzent und war ausgesprochen clever. Lindsay gab immer vor, sie vor allem deshalb eingestellt zu haben; in Wahrheit hatte sie sich für Pixie entschieden, weil sie das Mädchen mochte und weil ihre vergnügte, selbstbewußte Art Lindsay daran erinnerte, wie sie früher selbst gewesen war. Pixie, in deren Gegenwart sich Lindsay oft alt fühlte, legte kichernd auf.

»Der arme McGuire«, sagte sie. »Er klang schwer getroffen.«

»Gut.«

»Warum mögen Sie ihn eigentlich nicht?« Pixie sah sie fragend an. »Ich finde ihn total süß.«

»Er ist ein *Mann*. Er ist arrogant und muß überall seine Nase reinstecken. Warten Sie ab, Sie werden das schon noch begreifen, Pixie.«

»Bei mir könnte er seine Nase jederzeit reinstecken. Nichts lieber als das.«

»Pixie! Passen Sie auf. Sehe ich furchterregend aus? Wie ist das Kostüm?«

»Das Kostüm ist einfach spitze. Wirklich geil. Darf ich raten?«

»Also gut. Ich geben Ihnen einen Tip. Es hat mich fünf Monatsgehälter gekostet. Ich mußte eine Hypothek aufnehmen. Einen Kredit von der Weltbank.«

»Es ist ganz offensichtlich von Cazarès.« Pixie zog die Stirn in Falten. »Einen Moment … Letztes Jahr? Frühling? Herbst? Ja – Herbst '94. Keine Kaufhausware … Es sagt ›Couture‹ zu mir …«

»Hoffen wir, daß es das auch zu McGuire sagt.«
»– aber es ist bestimmt kein Modellkleid. Es sei denn, Sie hätten in letzter Zeit einen Millionär kennengelernt ...«
»Ich wünschte, es wäre so.«
»Also ist es *prêt-à-porter*, aber erste Klasse. Ich seh' mir mal die Knöpfe an – ich *liebe* diese Knöpfe –, das Design der Jacke, den Schrägschnitt, den Stoff – Kaschmir?«
»Und Seide. Was noch?«
»Der Kragen?« Pixie begann zu lächeln. »Wie sich der Kragen um den Hals schmiegt?«
»Gut. Es wird wärmer.«
»Ich hab's. Herbst '94. Aus der Designer-Kollektion. Kate Moss hat es gemodelt, in Beige, nicht in Schwarz. Es kam als Nummer zweiundvierzig, oder war es dreiundvierzig?«
»Dreiundvierzig. Sehr gut, Pixie. Und – bin ich spät genug dran? Was meinen Sie?«
Pixie grinste und sah auf ihre Uhr. »Zwanzig Minuten. Vielleicht sollten Sie noch mal fünf dranhängen? Ich meine, wenn schon unhöflich, dann *richtig* unhöflich, stimmt's?«
»Ganz genau.« Lindsay erwiderte ihr Grinsen.
Sie hängte noch zehn dran.

»Möchten Sie einen Kaffee?« Rowland McGuire nahm seine Füße vom Schreibtisch und erhob sich zu seiner vollen Größe von einem Meter fünfundneunzig. Lindsay bedachte ihn mit einem wohlkalkulierten eisigen Blick, dessen Wirkung durch die Tatsache, daß sie zu ihm aufsehen mußte, geringfügig getrübt wurde.
»Wenn es Ihnen noch paßt«, sagte sie. »Ich bin spät dran, wie Sie wissen.«
McGuire ließ diese Bemerkung auf sich beruhen, ohne auch nur verstohlen auf seine Uhr zu blicken. »Setzen Sie sich«, forderte er sie über die Schulter hinweg auf. »Verzeihen Sie die Unordnung. Schieben Sie die Bücher einfach beiseite. Rezensionsexemplare. Lauter Mist.«
Lindsay funkelte wütend seinen breiten Rücken an. Sie stellte fest, daß McGuire im Gegensatz zu jedem anderen Mann in diesem Gebäude in der Lage schien, sich seinen Kaffee selbst zu machen. Noch

einer seiner Tricks, urteilte sie – und dazu gedacht, Eindruck zu schinden. Wäre sie nicht hier gewesen, hätte er sicher eine Sekretärin gerufen, einer der vielen und durch die Bank neuen Sekretärinnen, die draußen vor McGuires Büro hockten und bebend seiner Befehle harrten.

Wortlos schlängelte sie sich zu seinem Schreibtisch durch. Papier- und Bücherstapel versperrten ihr den Weg. Innerhalb von zwei Monaten hatte McGuire diese Abteilung und ihre Arbeitsweise umgekrempelt. Vor McGuire war die Feuilletonredaktion ein freundlicher Ort voller talentierter junger Männer gewesen, die allzu anstrengende Aktivitäten scheuten und, wenn sie nicht gerade auf einem Geschäftsessen waren, eine Großteil des Tages damit verbrachten, sich zu der Tatsache zu beglückwünschen, daß sie sich um die Anforderungen der Nachrichtenredaktion gedrückt hatten, wo die Leute tatsächlich arbeiten mußten. Seit McGuire die Bühne betreten hatte, waren diese Müßiggänger abgewandert. Sie waren, wie Lindsay auf dem Weg zu McGuires Heiligtum mißmutig bemerkt hatte, von einer großen Zahl ungewöhnlich attraktiver junger Frauen ersetzt worden, die Gerüchten zufolge allesamt ehrgeizig, furchterregend klug – und in Rowland McGuire verliebt waren. Lindsay war zwischen ihren kritischen Blicken Spießruten gelaufen; sie war heilfroh gewesen, ein Cazarès-Kostüm zu tragen.

McGuires Büro war ebenfalls nicht wiederzuerkennen. Einst ein kompromißloses modernistisches Gesamtkunstwerk und ganz in Chrom und schwarzem Holz gehalten, ähnelte es jetzt der Studierstube eines Gelehrten um circa. 1906. Gut, es gab McGuires topmodernen IBM-Computer, aber der war praktisch nicht zu sehen: überall im Zimmer stapelten sich Papiere, Zeitschriften, Bücher. Als sich Lindsay vor dem Schreibtisch niederließ, überflog sie die Titel dieser Bücher und stellte zu ihrem Verdruß fest, daß der Stapel vor ihrer Nase aus lauter Regierungsakten bestand, auf denen ein eselsohriger und eindeutig intensiv gelesener Proust-Roman thronte – im französischen Original.

Sie beugte sich vor und warf einen Blick auf die Papiere, die McGuire gelesen hatte, als sie hereingekommen war; sie konnte eine große grüne Aktenmappe erkennen, ein paar Faxe und die heutige Ausgabe der *Times* mit aufgeschlagenem Kreuzworträtsel. Sie wußte

bereits, daß man McGuire nachsagte, er würde diese Kreuzworträtsel innerhalb von fünfzehn Minuten lösen; jetzt sah sie, daß dieser unerträgliche Mensch sie noch dazu in Tinte ausfüllte.
»Sie sind wahrscheinlich der einzige Mensch in London«, bemerkte sie bissig, »der das *Times*-Rätsel mit dem Füller löst. Was ist, wenn Sie sich irren?«
»Ich irre mich nicht. Für gewöhnlich.« McGuire reichte ihr eine Tasse Kaffee. »Ich fand Kreuzworträtsel immer ziemlich einfach. Selbst das der *Times*. Kreuzworträtsel liegen mir einfach. Es ist wohl eine Art Veranlagung.«
Lindsay sah ihn scharf an. Er klang bescheiden. Vor zwei Monaten, als McGuire eingestellt worden war, hätte sie sich von seinem Tonfall vielleicht täuschen lassen: jetzt nicht mehr. Nachdem sie anfänglich den Eindruck gehabt hatte, daß McGuire nicht nur erstaunlich gut aussah, sondern auch ein angenehmes Wesen hatte und zu gutmütig war, um lange in seinem Job zu überleben, hatte er damit begonnen, Leute an die Luft zu setzen. Und noch während er das tote Holz ausschlug, hatte er sich innerhalb eines Monats zweimal über Lindsays Entscheidungen hinweggesetzt.
Einmal war noch verzeihlich. Zweimal nicht mehr. Lindsay hatte keine Zeit mehr damit verplempert, mit McGuire zu streiten, dem sie von Anfang an hätte mißtrauen müssen, wie ihr inzwischen aufging. Sie überging ihn und wandte sich direkt an den Chefredakteur des *Correspondent*, einen alten Freund namens Max.
In seinem Büro machte sie, nach Feierabend und bei einem großen Whisky, eine weitere Entdeckung. McGuire, der sich augenscheinlich nicht im geringsten für Bürointrigen interessierte, war ihr zuvorgekommen. »Sag mal, Max«, hatte sie gesagt, »wer leitet hier eigentlich die Moderedaktion? Ich dachte immer, das wäre ich. Jedenfalls steht es so in meinem Vertrag. Doch plötzlich stelle ich fest, daß es ein aufgeblasener Adonis ist. Unternimm was, Max. Du bist meine letzte Hilfe. Schaff mir diesen Mann vom Hals und aus meinem Leben.«
»Starke Worte«, erwiderte Max und zündete sich eine Zigarette an.
»Max, er hat keinen blassen Schimmer von Mode. Warum zum Teufel mischt er sich ein? Seit wann unterstehe ich der Feuilletonredaktion? Will er sich ein Imperium schaffen oder was?«

»Ganz bestimmt nicht. Das widerspräche Rowlands Wesen. Obwohl ich zugeben muß – manchmal glaube ich, man hat ihn auf meinen Job angesetzt.«

Max, einst ein ungestümer junger Mann, dessen Aufstieg zum Olymp der Redakteure sich in schwindelerregendem Tempo vollzogen hatte, gab sich inzwischen gern als gütiger Patron. Er trug konservative Anzüge mit Weste, wie es sich für den Chefredakteur einer mächtigen und konservativen Tageszeitung ziemte. Jüngst hatte er sich eine Brille zugelegt, die er Lindsays Überzeugung nach überhaupt nicht brauchte. Max war sechsunddreißig, gab sich aber wie fünfundsechzig, zumindest im Büro. Jetzt unterdrückte er ein Lächeln, rückte die überflüssige Hornbrille zurecht und sah Lindsay mit großen Eulenaugen an.

»Max – verstehst du, was ich sage? Dieser Mensch hat Bilder von Steve Markov rausgeworfen, die mich drei Monate Arbeit gekostet haben. Diesem Kerl gefiel weder das Model, noch die Bilder, noch die Kleider. Der Kerl, der das verbrochen hat, Max, hat noch nie von Christian Lacroix gehört. Er hat das selbst zugegeben – und mich hat das nicht überrascht. Ich bezweifle, daß ihm der Name Saint-Laurent was sagt.«

»Das hat Rowland gesagt? Daß er noch nie von Lacroix gehört hat?«

»Ganz genau. Und er ist dabei nicht einmal rot geworden.«

Max seufzte. Er senkte den Blick auf die Tischplatte. »Du darfst nicht alles glauben, was Rowland sagt, Lindsay. Er flunkert gern. Ich nehme an, er wollte dich provozieren.«

Diese Bemerkung trug nicht dazu bei, Lindsays Laune zu heben.

»Er ist ein Clown«, fauchte sie. »Und verdammt gerissen dazu, glaube ich allmählich.«

»Eigentlich nicht. Nicht wirklich«, widersprach Max milde. »Er hat mit *summa cum laude* auf dem Balliol abgeschlossen. Gerissen, nun ja – er ist schon extrem von seiner Sache überzeugt. Damit könntest du recht haben.«

»Fein. Und sein Oxford-Diplom hat er in Mode gemacht, wie?«

»Komm schon, Lindsay. Sei nicht so langweilig. Es war der humanistische Fachbereich.«

»Wunderbar. Ich bin beeindruckt. Er kann Latein und Griechisch im Original lesen. Das ändert nichts daran, daß er weniger von Mode versteht als meine Katze. Wer leitet also die Moderedaktion, Max? Ich oder dieser machtbesessene Erbsenschleifer mit Oxford-Diplom?«

»Du liegst in drei Punkten falsch.« Max schenkte ihr einen wohlwollenden Blick. »Du solltest ihn nicht nur mit Oxford assoziieren. Er ist zur Hälfte Ire, ein Bauernsohn. Er ist kein Erbsenschleifer, sondern ausgesprochen unterhaltsam. Er ist ein sehr erfahrener und vielumworbener Journalist, den ich in diese Zeitung geholt habe, damit er in der Feuilletonredaktion aufräumt. Was er auch getan hat, in nicht einmal zwei Monaten. Und er ist nicht machtbesessen. Er möchte einfach, daß so gearbeitet wird, wie er es für richtig hält. Genau wie du, natürlich.«

»O mein Gott. Allmählich geht mir ein Licht auf. Wie alt ist er?«

»Um die fünfunddreißig.«

»Ungefähr dein Alter. Ihr seid also Altersgenossen. Habt ihr euch in Oxford kennengelernt, Max?«

»Ja«, bestätigte Max, immer noch gönnerhaft. »Wir hatten im zweiten Jahr dieselben Tutoren. Wir hatten uns gemeinsam ein Motorrad gekauft. Wir waren in dieselbe Frau verliebt, nur daß Rowland mich ausgestochen hat. Wir –«

»Gnade, Max.« Lindsay schüttete ihren Whisky in einem Schluck hinunter. Ihr entging nicht, wie sehr Max das hier genoß. Sie stand auf.

»Also gut. Ich werde dir nicht mit alten Seilschaften kommen, Max.«

»Das wäre auch viel zu simpel.«

»Ich werde kein Wort über Männerkumpanei verlieren – das wäre Zeitverschwendung. Ich habe verstanden. Der Erbsenschleifer hat recht, ich habe unrecht ...«

»Mir haben diese Markov-Bilder auch nicht gefallen. Und das Model genausowenig. Das arme Mädchen sah ja halb verhungert aus. Ich kann mit diesen Elendsgestalten nichts anfangen ...«

»Ihr habt euch über meine Entscheidung hinweggesetzt, und dabei bleibt's, nicht wahr? Dieser falsche Hund hat dich beackert. Ihr habt mich auflaufen lassen ...«

»Nur bei diesen zwei Gelegenheiten. Sagen wir, ich habe mich McGuires Argumenten nicht verschließen können. Er meint, wir könnten unsere Modeberichterstattung verbessern, wenn wir das Thema journalistischer aufbereiten würden. Glaub mir, Lindsay, er ist sehr klug. Und er ist verdammt gut. Er hat sich mit seiner Auffassung durchgesetzt. Nächstes Mal –«

»Wenn er sich das nächste Mal mit seiner Auffassung durchsetzt, kündige ich, Max. In diesem Monat werden die Kollektionen präsentiert. Ich lasse mir von McGuire nicht in die Arbeit pfuschen. Unter solchen Bedingungen kann ich nicht arbeiten.«

Diese Drohung brachte Max zum Strahlen.

»Unfug«, antwortete er. »Du wirst bestimmt nicht kündigen. Du liebst diesen Job. Du liebst diese Zeitung. Du liebst mich – ich bin dir ein guter Freund und ein außergewöhnlich guter Chefredakteur ...«

»Das warst du mal.«

»Und Rowland McGuire wirst du auch noch lieben lernen. Du kannst jeden fragen, Lindsay. Alle lieben ihn. Außer den Leuten, die er gefeuert hat, natürlich.«

Ich nicht, dachte Lindsay jetzt, während McGuire an seinen Schreibtisch zurückkehrte. Hätte sie ihn nicht so gehaßt und ihm weniger mißtraut, dann hätte sie vielleicht sogar eingeräumt, daß Pixie ihn treffend beschrieben hatte. Menschen mit McGuires Aussehen brachten den Straßenverkehr zum Erliegen – und Lindsay mußte zugeben, daß er zwar viele Fehler haben mochte, Eitelkeit jedoch nicht dazugehörte; McGuire schien nicht im mindesten zu ahnen, wie gut er aussah. Jedenfalls tat er nichts, um sein Aussehen hervorzuheben. Nicht einmal die alten, verknitterten Tweedanzüge, die er meistens trug, konnten seinen schlanken, muskulösen Körperbau verbergen. Sein wildes schwarzes Haar war etwas zu lang und schlecht geschnitten. Er hatte grüne Augen, und seine Miene wirkte heiter, gelassen und leicht ironisch: Seine Wutausbrüche waren angeblich fürchterlich, aber Lindsay hatte noch keinen miterlebt.

Hätte sie ihn nicht so gut gekannt, hätte sie sich vielleicht ausgemalt, wie er im keltischen Nebel über weite Felder schritt. Ein echter Landmensch, der irgendwelchen männlichen Tätigkeiten nachging, kranken Tieren half, schwere Lasten trug oder Holz hackte; sie konnte sich vorstellen, wie er furchtlos einen Berg erklomm; sie

konnte ihn als Soldat oder Poet oder Tierarzt sehen: aber nicht als jemanden, der in einer modernen Zeitungsredaktion zurechtkam – was er jedoch ganz offensichtlich tat, weshalb sie sich in dieser Hinsicht eindeutig irrte.
Sie sah ihn mit zusammengekniffenen Augen an. Diese offenkundige Freundlichkeit, diese immer wieder hervorbrechende Sanftheit: Sie täuschen, dachte sie, und zwar ganz bewußt. Damit wollte McGuire entwaffnen und betören; damit sorgte er dafür, daß er in der aggressiven Welt des Journalismus seine Konkurrenten ausschaltete und so als erster ans Ziel gelangte.
»Sie fahren heute aufs Land, habe ich gehört?« fragte McGuire soeben. »Sie verbringen das Wochenende bei Max?« Lindsay schreckte hoch. Sie war so in Gedanken über McGuires mögliche und bereits erwiesene Skrupellosigkeit versunken, daß sie ganz vergessen hatte, die *grande dame* zu spielen. Sie richtete sich auf und bedachte ihn mit einem Gletscherblick.
»Ja.«
»Richten Sie Mrs. Max liebe Grüße von mir aus. Und den ganzen Mini-Mäxen.« Er lächelte. »Vier Kinder – früher hielt ich das für übertrieben. Jetzt finde ich es nett. Das fünfte ist wohl schon unterwegs …«
»Ja. Es soll in zwei Monaten kommen.«
»Vielleicht wird es diesmal ja ein Mädchen. Das würde Max gefallen.«
»Bestimmt«, bestätigte Lindsay. Sie hörte über den kaum wahrnehmbaren irischen Einschlag hinweg, der sich ab und zu in McGuires Stimme schlich. Er war genauso attraktiv wie das Lächeln; und sie war überzeugt, daß McGuire sich dessen bewußt war.
»Können wir jetzt anfangen?« Sie beugte sich vor. »Ich habe vor meiner Abreise noch eine Menge zu erledigen. Ich muß die letzten Arrangements für Paris treffen. Sie haben doch das Konzept gesehen, daß ich hochgeschickt habe?«
McGuire begann, Papier auf seinem Schreibtisch hin und her zu schieben. »Wenn ich mich recht erinnere, hat Max mir erzählt, daß Sie mit einer Freundin zu ihm fahren …«
»Ja, Gini. Genevieve Hunter. Sie werden Sie kaum kennen …«
»Nein. Das war vor meiner Zeit …« Er wühlte zerstreut in seinen

Unterlagen. »Aber ich kenne ihre Arbeit. Und natürlich ihre Berichte aus Bosnien vergangenes Jahr. Sie waren exzellent. Auf ihre Weise genausogut wie Pascal Larmartines Fotos ... Die beiden haben schon früher zusammengearbeitet, nicht wahr?«
»Ja.«
»Sie geben ein gutes Team ab. Das habe ich auch Max gesagt. Wo habe ich das verdammte Konzept bloß hingelegt? Eben war es noch da ... Warum ist sie nicht unten geblieben und hat weiter mit ihm gearbeitet?«
»Das kann ich wirklich nicht sagen.«
»Jemand hat mir gesagt ... Sie war wohl krank?«
»Eigentlich nicht. Nein. Jedenfalls geht es ihr inzwischen wieder gut.«
»Ach, das muß ich falsch verstanden haben. Max hat gesagt ...«
Er ließ den Satz unvollendet. Lindsay ignorierte den Wink. McGuire war gut informiert; wenn er von Ginis Krankheit wußte – und das taten nur wenige –, dann hatte Max getratscht. Ganz offensichtlich war Max und er weit enger befreundet, als sie geglaubt hatte – es mußte so sein, denn Max war ein diskreter Mensch.
Und dann, während sie gerade rätselte, was ihm Max wohl sonst noch alles erzählt hatte, landete McGuire seinen Coup. Er fand schließlich das Konzept und schob es ihr über den Schreibtisch zu.
»Wunderbar«, sagte er.
Lindsay starrte ihn an.
»Wunderbar? Sie meinen, es gefällt Ihnen?«
»Sie sind die Moderedakteurin.« Er zog die Achseln hoch. »Wenn Sie unbedingt diesen verdammten Markov nehmen müssen, dann nehmen Sie ihn. Berichten Sie über die Shows, die Sie sich ausgesucht haben. Natürlich wäre es nett, wenn Sie es übers Herz bringen könnten, dabei wenigstens hin und wieder Biß zu zeigen.«
»Sie haben keine Änderungswünsche? Das überrascht mich.«
»Nein. Die Modenschauen sind Ihre Sache. Es würde mir nicht im Traum einfallen, mich einzumischen. Schließlich kann ich keinen Lacroix von einem Saint-Laurent unterscheiden ...«
Max, du Mistkerl, dachte Lindsay, die den ironischen Glanz in seinen grünen Augen wohl bemerkte. Er hatte also von ihrem Gespräch erzählt.

»Ich bin froh, daß Sie Ihre Grenzen inzwischen kennen.« Lindsay rückte ihren Stuhl zurück, weil sie so schnell wie möglich verschwinden wollte.

»Da wäre noch was«, sagte McGuire.

Überrascht drehte sich Lindsay um. Sie sah, daß McGuire jetzt die grüne Akte in der Hand hielt, eine schwere, grüne und mit Klebeband verschlossene Mappe.

»Ihr Kostüm – das ist doch von Cazarès, nicht wahr?«

Die Bemerkung erheiterte ihn; Lindsay sah ihn streng an. »Ganz recht.«

»Sind Sie Maria Cazarès jemals begegnet? Haben Sie sie vielleicht interviewt?«

Lindsay sah ihn unschlüssig an. Sie vermochte nicht zu sagen, ob die Frage ganz unschuldig oder arglistig gestellt worden war.

»Nein«, antwortete sie. »Noch nie. Wie Sie wahrscheinlich wissen, ist sie noch nie interviewt worden. Die Cazarès erscheint nie in der Öffentlichkeit, lediglich am Ende ihrer Shows. Und sie gibt keine Interviews, niemals, wem auch immer. Sie führt praktisch ein Einsiedlerleben.«

»Eine schöne Einsiedlerin, nehme ich an ...«

»Das ist sie ganz bestimmt.«

»Aber Jean Lazare – er spricht doch mit der Presse?«

»Mit ein paar ausgewählten Journalisten. Freunden. Leuten, die keine unangenehmen Fragen nach Maria Cazarès stellen. Doch, das tut er. Ich würde das nicht als Interview bezeichnen, doch ab und zu gibt er eine Audienz, das ist richtig.«

»Könnten Sie eine Audienz mit ihm arrangieren?«

»Falls ich eine wollte. Wahrscheinlich. Ja.«

»Versuchen Sie's. Versuchen Sie, zu ihm vorzudringen, wenn Sie in Paris sind ...«

Lindsay sah McGuire verdutzt an.

»Wozu? Das ist witzlos. Selbst wenn er mich empfangen würde, würde ich nichts von Belang erfahren. Natürlich wüßte ich gerne, was an den Gerüchten dran ist – würde das nicht jeder? Ich wüßte gerne, ob Maria Cazarès tatsächlich vor fünf Jahren einen Nervenzusammenbruch hatte. Und ich würde *zu gern* wissen, wieviel von der Kollektion sie wirklich selbst entwirft. Jeder wüßte das gern ...«

»Dann fragen Sie ihn doch. Fragen Sie Lazare. Warum nicht?«
»Dafür gibt es eine ganze Reihe von Gründen«, fuhr Lindsay ihn an. »Erstens würde ich das nicht wagen – und wenn doch, dann bekäme ich dort keinen Fuß mehr auf den Boden. Ich wäre fortan aus allen Cazarès-Shows verbannt. Zweitens ist das, wie ich Ihnen schon erklärt habe, witzlos. Lazare spult in jedem Interview denselben Text ab: Maria Cazarès ist ein Genie. Seine Aufgabe ist es, sie vor der aufdringlichen Presse abzuschirmen. Basta.«
»Und ein Unternehmen von mehreren Millionen Dollar zu führen. Das sollten wir nicht vergessen …«
»Natürlich. Das tut er mit absoluter Hingabe. Da würde er kein Blatt vor den Mund nehmen. Er würde mir von ihren Prêt-à-porter-Kollektionen erzählen, den Kosmetika, den Parfüms. Er würde mir Statistiken vorbeten und seinen Charme spielen lassen. Reine Zeitverschwendung. Ich kenne die Statistiken. Cazarès hat die beste PR-Abteilung von allen Pariser Modehäusern. Ich weiß Bescheid.«
»Bestimmt? Sind Sie sicher?«
Lindsay wollte schon mit einer bissigen Bemerkung reagieren, besann sich aber anders. McGuires grüne Augen sahen sie scharf an, und seine Stimme klang plötzlich härter. Sie zögerte, weil sie eine unausgesprochene Rüge ahnte, und zuckte dann mit den Achseln.
»Also gut. Ich übertreibe. Ich weiß nicht alles – das tut niemand. Lazare und die Cazarès sind von Geheimnissen umgeben. Uralten Geheimnissen …«
»Das würde ich auch so sehen.« McGuire blickte auf seine Mappe. »Wobei ich natürlich als Laie spreche. Woher sie kommen, wie sie sich kennengelernt haben, woher Lazares Vermögen stammt, was für eine Beziehung sie heute eigentlich verbindet, warum Lazare das Unternehmen vergangenes Jahr abstoßen wollte –«
»*Angeblich* abstoßen wollte«, warf Lindsay ein.
»Warum Lazare es sich dieses Jahr wieder anders überlegt hat und jetzt eisern auf der Firma sitzt. Alles nur Nebensächlichkeiten, natürlich. Nichts, was die Modefuzzis ernsthaft interessieren müßte …« McGuire warf ihr kurz einen grünäugigen Blick zu.
»Natürlich«, fuhr er fort, »arbeiten Moderedakteurinnen nicht wie andere Journalisten, nicht wahr? Allmählich beginne ich das zu begreifen. Sie stellen keine unangenehmen Fragen. Sie stellen keine

Recherchen über ihre Branche an. Sie gehen zu den Modeschauen, schnattern mit ihren Freundinnen, schalten die winzigen Bereiche ihres Gehirns ab, die noch funktionsfähig sind, kommentieren die Saumhöhe eines Kleides mit Aah und Ooh und geraten in Verzückung. Über eine Bluse. Oder eine Jacke. Oder einen Hut –«

»Moment mal«, fiel ihm Lindsay ins Wort.

»Was sie zu sehen bekommen«, fuhr McGuire ungerührt fort, »hat mit dem Leben von neunundneunzig Prozent aller Frauen nicht das geringste zu tun. Es wirkt sich nicht einmal auf die Kleidung dieser Frauen aus. Es ist frivol, obszön teuer, eine Beleidigung des weiblichen Geschlechts –«

»Darf ich auch mal was sagen?«

»Natürlich schaffen sie durch ihre Berichte einer höchst profitablen Industrie zweimal im Jahr kostenlose Publicity. Doch das stört die Modejournalisten nicht. Sie machen Werbung für ein Produkt – ganz egal, ob dieses Produkt häßlich, dämlich oder, verdammt noch mal, *untragbar* ist. Damit bin ich lange nicht klargekommen. Warum lügen sie? Warum preisen sie Jahr für Jahr diesen Unfug in den höchsten Tönen? Jetzt begreife ich das natürlich. Sie dürfen keine Kritik üben. Sie *wagen* es nicht. Andernfalls könnten sie vielleicht ihrer wertvollen Einladungen verlustig gehen oder ihrer prestigeträchtigen Plätze in der ersten Reihe … Sitzen Sie zufällig in der ersten Reihe, Lindsay?« Er richtete seinen kühlen grünen Blick auf sie. Lindsays Nägel bohrten sich in ihre Handflächen.

»Ja«, antwortete sie. »Genau. Ich habe zehn verdammte Jahre gebraucht, um dorthin zu gelangen. Und ich kann von dort aus wesentlich besser sehen – und berichten – als aus Reihe zehn. Hören Sie –«

»Das tun Sie bestimmt.« McGuire streckte sich. »In meiner Heimat sagt man, wer mit dem Teufel ißt, sollte einen langen Löffel nehmen. Aber das trifft in diesem Fall bestimmt nicht zu. Denn wenn Sie schreiben würden, was Sie tatsächlich denken – wenn Sie zum Beispiel bemerken würden, daß es den Cazarès-Kollektionen in letzter Zeit an Inspiration und Glanz fehlt, was würden Sie damit erreichen? Man würde Sie fortan verbannen.«

Er zitierte sie mit einem überaus charmanten Lächeln. Lindsay, die einst zu Wutausbrüchen geneigt, aber gelernt hatte, sich zu beherrschen, zählte bis zehn und inhalierte beruhigende, abgemessene Yoga-Atemzüge. Bigotter irischer Torfkopf, dachte sie. Heuchler. Pharisäer. Unerträglicher, eingebildeter, aufgeblasener, unhöflicher … Sie zögerte. Sie war ehrlich genug, sich einzugestehen, daß viel Wahres an seinen Worten war, und wütend genug, das um keinen Preis zuzugeben.

»Vielleicht wäre es ganz nützlich, Rowland«, begann sie schließlich übertrieben höflich, »wenn ich Ihnen einiges über meinen Beruf erklären würde. Ich gehe auf Modeschauen, um über Kleider zu berichten. Um über *Trends* zu berichten. Ich beschäftige mich mit Schnitten, Farben, Stoffen, Linien. Darin bin ich Expertin. Dabei kommt mir zugute, daß ich mich für Kleider interessiere. Ich mag Kleider. Wie übrigens Hunderttausende anderer Frauen, die jede Woche meine Seiten lesen. Weibliche Leser, auf die diese Zeitung angewiesen ist. Die die Herzen in den Werbeagenturen höher schlagen lassen, Rowland, jener Agenturen, die in dieser Zeitung Anzeigenraum kaufen und auf diese Weise dazu beitragen, Ihr Gehalt ebenso wie meines zu bezahlen …«

»Ich kenne die wirtschaftlichen Zusammenhänge der Zeitungsbranche, vielen Dank …« fiel ihr McGuire abfällig ins Wort. Lindsay kämpfte gegen den wachsenden Drang an, sich über seinen Schreibtisch zu beugen und ihm eine Ohrfeige zu verpassen.

»Ach, hören Sie doch auf …«, sagte sie. »Bevor Sie anderen predigen, sollten Sie sich lieber ihre eigene Produktion ansehen, Rowland. Letzten Samstag zum Beispiel. Da hatten Sie einen langen Artikel über Tschetschenien drin und was über die Clintons …«

»Und?«

»Und *außerdem* in der Autospalte einen Bericht über den neuen Aston Martin, auf der Reiseseite einen Bericht über einen exklusiven Strand in Thailand und von ihrem Feinschmeckerpapst einen Vergleichstest zwischen fünfzehn verschiedenen nativen Olivenölen, bei dem schon der erste *Satz* so verdammt schwülstig und prätentiös klang, daß mir fast das Kotzen kam. Sie haben diesem schrecklichen Mädchen, das für Sie Restaurantkritiken schreibt – einem schrecklichen Mädchen, das *Sie* in diese Zeitung geholt haben –, erlaubt, eine ganze Spalte für so ein verdammtes Schickilokal in der Nähe von Oxford zu verschwenden, in dem sie mit ihrem neuesten Liebhaber an die zweihundert Pfund aus dem Budget Ihrer Redaktion verpulvert hat. Ist das etwa nicht frivol? Ist das etwa nicht obszön? Hören Sie doch auf, Rowland. Kommen Sie mir nicht mit dieser Scheiße.«

Es wurde still. *Grandes dames,* dachte Lindsay, hätten diese letzten Worte nicht in den Mund genommen, mehr noch, sie hätten sich überhaupt nicht so hinreißen lassen. *Na und,* dachte sie. Ihr ging es schon wesentlich besser. Bloß keine Reue zeigen. McGuire, fiel ihr auf, war rot angelaufen. Aber falls ihn ihre Kritik getroffen hatte, dann erholte er sich schnell; im Gegenteil, Lindsay begann zu vermuten, daß er zu den Menschen gehörte, die einen richtigen Streit genossen. Er schenkte ihr einen kurzen, glänzenden Blick und brach dann – zu ihrem Verdruß – in Gelächter aus.

»Gut gekontert«, sagte er. »Ausgezeichnet gekontert. Andererseits …« Er beugte sich vor, »hat das schreckliche Mädchen seine Kritikfähigkeit nicht völlig verloren. Die *duglère*-Soße hat nicht vor ihr bestanden …«

»Na toll.«

»… und unser Autotester war mit dem Design des Armaturenbrettes gar nicht einverstanden.«

»Er hat diesen verdammten Aston über den grünen Klee gelobt. Ein Auto, das fast eine Viertelmillion kostet. Machen Sie mal Pause.«

»Der Olivenöl-Artikel allerdings – da bin ich ganz Ihrer Meinung. Fürchterlich. Unlesbar. Unerträglich affektiert.«

»Und Sie haben deswegen etwas unternommen, nicht wahr? In Ihrer Eigenschaft als verantwortlicher Redakteur?«

»Natürlich habe ich das.« Er erwiderte gleichmütig ihren Blick. »Haben Sie das noch nicht gehört? Ich habe den Mann diese Woche gefeuert.«

Wieder herrschte Schweigen, diesmal für länger. Lindsay saß absolut regungslos da. Sie sah in die grünen Augen, dann auf die Tweedjacke und die Bücherstapel. Einen kurzen Moment dachte sie an Schulgebühren und Hypothekenrückzahlungen und neue Fußballschuhe.

»Ist das eine Drohung?« fragte sie schließlich. Sie sprach mit absoluter Ruhe.

Jetzt wirkte McGuire zum ersten Mal wirklich verblüfft. Er sah sie verständnislos an, dann fuhr er sich mit der Hand durchs Haar und begann hastig zu reden.

Lindsay hörte ihm nicht zu. Sie stand auf. Sie fühlte sich wie an einem kalten, eisigen Ort gefangen, wo die Luft dünn war und man deshalb kaum atmen oder sprechen konnte. »Denn wenn das eine Drohung war«, fuhr sie genauso ruhig und tonlos fort, »dann muß ich Gini anrufen und unsere Verabredung verschieben. Wir wollen uns in einer Stunde treffen, doch dann werde ich natürlich zu spät kommen.«

»Zu spät? Zu spät? Was reden Sie da?«

»Gini wird warten müssen. Wie auch meine Mutter, falls Sie das interessieren sollte – was es wahrscheinlich nicht tut –, und mein Sohn und der Einkauf und der Klempner –«

»Klempner? Was für ein Klempner?«

»Und die Werkstatt und der verdammte Laden, wo sie vielleicht, nur *vielleicht,* noch ein letztes Paar Fußballschuhe in Größe 47 haben. Und der ganze andere aufreibende, triviale Kram, mit dem ich mich neben meiner Arbeit abgeben muß, die – falls Sie sich das fragen sollten – noch in dieser Woche fertig werden müssen. All das wird warten müssen, Rowland, weil ich oben sein werde, in diesem Gebäude. Ich werde mit Max reden. Unter solchen Bedingungen arbeite ich nicht.«

Zufrieden über ihre kontrolliert sarkastische und zugleich würdevolle Rede machte Lindsay sich auf den Weg zur Tür. Sie hatte das Gefühl, einen guten Abgang geschafft zu haben; McGuire hustete.

»Fußball oder Rugby?« fragte er.

Lindsay blieb stehen. Sie drehte sich um und schleuderte ihm einen vernichtenden Blick entgegen.

»Die Fußballschuhe«, wiederholte er. »Für Fußball oder Rugby?«

»Fußball. Und versuchen Sie nicht, sich bei mir einzuschleimen. Dazu ist es zu spät.«

»In Größe 47? Das ist beachtlich. Er muß groß sein.«

»Er ist groß. Er ist eins achtundachtzig. Er ist siebzehn. Hilft Ihnen das bei Ihren Berechnungen?«

»Ich habe nichts berechnet, aber ich bin überrascht. Ich dachte, Sie wären um die dreißig. Einunddreißig vielleicht.«

»Sparen Sie sich die Schmeicheleien«, sagte Lindsay, die sich insge-

heim über die Bemerkung freute. »Sie können sich nicht mehr aus der Schlinge ziehen. Ich –«
»Es war keine Drohung«, unterbrach McGuire sie hastig und stand auf. »Wir haben völlig aneinander vorbeigeredet. Ich habe die Sache falsch angepackt. Ich habe Sie nicht hergebeten, um Ihnen zu drohen oder um Sie zu kritisieren. Ich mache mir nichts aus Mode. Ich gebe nicht vor, etwas von Mode zu verstehen.« Plötzlich schenkte er ihr ein breites, unfaßbar strahlendes Lächeln und nahm ihren Arm. »Ich halte auch nicht viel von Aston Martins. Oder von Restaurantrechnungen über zweihundert Pfund. Ich lasse mich korrumpieren. Das gebe ich zu ...«
Lindsay blieb stehen. Sie sah auf McGuires Hand, eine große, gebräunte und wohlgeformte Hand. Sie fragte sich benommen, ob sie eben Herzrhythmusstörungen bekam, ob das eigenartige Flattern unter ihrem Cazarès-Panzer vielleicht von Überarbeitung, Angst, unausgewogener Ernährung und Streß herrührte. Später sollte sie sich fragen, ob sie an diesem Punkt ihrer Bekanntschaft mit McGuire den ersten – und entscheidenden – Fehler gemacht hatte. Immerhin hätte sie seine Hand abschütteln und ihren tapferen Abgang fortsetzen können, doch das tat sie nicht. Statt dessen erwiderte sie seinen leicht amüsierten Blick und ließ sich erweichen.
»Warum haben Sie mich dann hergebeten?« fragte sie und ließ sich von McGuire zurück an seinen Schreibtisch geleiten. Dort nahm er die grüne Aktenmappe wieder in die Hand, löste den Klebestreifen und reichte sie ihr.
»Weil ich Ihre Hilfe brauche«, sagte er. »Hierbei.«
Die Direktheit und Schlichtheit seiner Bitte überraschten Lindsay. Sie suchte in seinem Gesicht nach weiteren Anzeichen für Falschheit und Arglist, konnte aber keine entdecken. Ihr kam der Gedanke, daß sie sich McGuire, wenn er sich nicht gerade im beruflichen Höhenflug befand, als ganz sympathischen Menschen vorstellen konnte. Sie sah auf die grüne Mappe, einen dicken, schweren Packen ohne Aufschrift.
»Hat es was mit Mode zu tun?«
»Nein. Nur indirekt. Es geht um etwas Größeres – und Ekligeres.«
»Werden Sie es mir erklären?«

»Das kann ich nicht, nein. Noch nicht.«
»Es ist vertraulich?«
»So könnte man sagen.«
Lindsay schlug die Mappe auf. Ein vertrautes Gesicht sah sie an, ein berühmtes Gesicht. Das Foto, eines der ganz wenig gestellten Fotos, war von Cecil Beaton aufgenommen worden. Es datierte aus den siebziger Jahren, und wer es einmal gesehen hatte, vergaß es so schnell nicht wieder. Maria Cazarès auf dem Höhepunkt ihrer Schönheit. Schwarzhaarig, schwarzäugig, lachend, die Hand halb erhoben, als wollte sie das Gesicht abschirmen. Das Haar war kurz geschnitten; Beatons legendärem Kommentar zufolge sah sie aus wie der schönste Knabe der Welt; um den Hals trug sie ein kleines goldenes Kruzifix. Lindsay runzelte die Stirn und begann, in der Mappe zu blättern. Sie enthielt lauter ausgeschnittene Artikel; alle handelten von Cazarès und Lazare; sie umspannten einen Zeitraum von fast drei Jahrzehnten; die Mappe war gut zehn Zentimeter dick.
»Ich möchte, daß Sie sich das durchlesen«, sagte McGuire. »Diese Mappe enthält alles, was meine Mitarbeiter finden konnten. Die amerikanischen Artikel, die britischen, die italienischen, die französischen. Könnten Sie das bis Montag für mich tun?«
»Ist es so dringend?«
»Ja. Das ist es. Ich dachte ... ich dachte, vielleicht finden Sie bei Max irgendwann Zeit dazu. Nach dem Essen. Oder im Bett ...«
Er schenkte ihr einen weiteren grünäugigen Blick. Lindsay wurde überraschend klar, daß McGuire noch ganz andere, unvermutete Talente besaß: Wenn es ihm dienlich war, konnte er auch flirten.
»Es wäre vielleicht hilfreich«, sagte sie, »wenn ich wüßte, wonach ich suchen soll.«
»Lücken.«
»Davon wird es Hunderte geben. Ein paar von den bekannteren haben Sie vorhin selbst erwähnt. Wahrscheinlich besteht die ganze Mappe aus nichts als Vermutungen. Gerüchten und Gegengerüchten. Legenden. Mythen.«
»Egal. Alles, was Sie wissen oder gehört haben, ganz gleich, wie unwahrscheinlich, wie weit hergeholt es klingt – wenn es nicht in dieser Mappe steht, will ich es wissen.«
»Selbst Klatsch?«

»Selbst den. Der kann manchmal ganz nützlich sein. Ja.«
»Und Montag soll ich Bericht erstatten?«
»Äh – ja.« Er wich ihrem Blick aus. »Bevor Sie nach Paris fliegen? Falls Sie Zeit haben, und falls Sie mich lassen, lade ich Sie zum Dank zum Essen ein.«
»Vielleicht.«
McGuire sah sie verletzt an.
»Haben wir nicht Frieden geschlossen?«
»Nein. Noch nicht.« Lindsay hielt seinem Blick stand. »Ich halte Sie immer noch für intrigant. Und falsch. Ich traue Ihnen keinen Zentimeter weit über den Weg.«
»Aber Sie werden mir helfen?«
»Sie sind ein klein wenig leichter zu ertragen, wenn Sie um einen Gefallen bitten. Deshalb – ja.«
Lindsay stand auf und ging zur Tür. McGuire erhob sich in einem unvermuteten Anflug von Galanterie ebenfalls und öffnete sie ihr. In der Tür stellte er ihr eine letzte Frage, die Lindsay zu diesem Zeitpunkt völlig überraschte: ob sie von irgendwelchen Verbindungen Jean Lazares nach Amsterdam wisse?
»Nein. Warum sollte er? Aus welchem Land er auch kommen mag, Holland ist es jedenfalls nicht. Und Holland spielt in der Modewelt kaum eine Rolle ...«
»Nein«, bestätigte Rowland, dessen Telefon zu klingeln begann. »Nein. Ich dachte, daß ...« Er nahm den Hörer ab; Lindsay blieb in der Tür stehen. Sie konnte eben noch eine weibliche Stimme hören, die schnell und eindringlich aus dem Hörer sprach; Rowland zog die Stirn in Falten.
»Bis Montag dann, Rowland ...«
»Montag?« Er sah sie verständnislos an.
»Unser *Essen*, Rowland. Ihr *Wiedergutmachungs*essen.«
»Ach ja. Natürlich. Das. Montag. Klar.«
Lindsay drehte sich ein letztes Mal um, als sie das Zimmer verließ. Rowlands Anruferin redete immer noch – sie hatte die ganze Zeit über gesprochen, ohne eine einzige Atempause. Rowland, der sich unbeobachtet glaubte, seufzte leise. Er legte den Hörer sacht auf den Schreibtisch, nahm das Proust-Taschenbuch wieder auf und begann zu lesen. Als Lindsay die Türe zuzog, stieß Rowlands Anruferin ei-

nen unmißverständlichen Zornesschrei aus. Rowland blätterte ungerührt um.

Um eins, gerade als Lindsay endlich gehen wollte, rief Markov an. Er hatte sie zweimal während ihrer Besprechung mit Rowland zu erreichen versucht; es ist ihm durchaus zuzutrauen, dachte Lindsay kraftlos, daß er mich bis tief in die Nacht in Zehn-Minuten-Abständen anrufen würde. Markov war so.

»Na, meine Süße«, sagte er, als sie den Hörer aufnahm. »Ich will alle fiesen Einzelheiten hören. Hast du ihm das Messer in die Brust gestoßen?«

»Darauf kannst du wetten«, log Lindsay.

»*Gut* gemacht, Liebling. Direkt durch die Aorta, oder war es eher ein langsamer, qualvoller Tod?«

»Langsam. Und jetzt gib *Ruhe*, Markov. Die Details erzähle ich dir in Paris, okay?«

»So lange kann ich nicht warten. Den ganzen Morgen, mein Schatz, habe ich mir die Szene ausgemalt. Dieser McGuire – beschreib ihn mir. Er ist klein? Fett? Mit Ansatz zur Glatze? Nichts in der Hose? So in etwa?«

»Um ehrlich zu sein, nein. Er ist über eins neunzig. Schwarzes Haar. Böse grüne Augen. Und das Testosteron spritzt ihm aus allen Poren –«

»Liebling! Warum hast du das nicht gleich gesagt? Das klingt, als wäre er *genau* mein Typ.«

»Mach dir keine Hoffnungen, Markov.«

»Bist du sicher?«

»Hundertprozentig.«

»Na ja. Das Leben ist ungerecht. Mach uns trotzdem irgendwann mal bekannt. Huuch, da ruft jemand auf der anderen Leitung an. Vielleicht ist es Barbados. *A toute l'heure,* meine kleine Muse«, flötete Markov in kaum erkennbarem Französisch und legte auf.

Um dreizehn Uhr fünfzehn trat Rowland McGuire im Büro seines Chefredakteurs im zwölften Stock ans Fenster, sah kurz auf die Uhr und schaute dann hinaus. Von hier aus konnte man auf die Themse, die Nebengebäude der Canary Wharf und auf den Parkplatz unten blicken.

»Pünktlich wie die Uhr«, sagte Rowland.
Max, der an einem jener Käse-Gurken-Sandwiches kaute, die er sich regelmäßig kommen ließ, wenn er über Mittag im Büro blieb, legte die von Rowland mitgebrachte Akte beiseite und trat neben ihn ans Fenster.
Gemeinsam beobachteten sie, wie eine kleine, schlanke Frau aus dem Gebäude trat und sich zwischen den geparkten Autos zu einem neuen Volkswagen Golf durchschlängelte. Das kurze, lockige, widerspenstige Haar der Frau hatte den gleichen schwarzen Glanz wie die Lackierung ihres Autos. Sie trug schwarze Baseball-Schuhe, schwarze Leggings, einen schwarzen Sweater und einen mächtigen schwarzen Mantel. Bepackt war sie mit einem Aktenkoffer, einer Leinentasche, einem Bündel Bücher und einer großen, grünen, mit Tesafilm zugeklebten Aktenmappe. Es kostete sie Mühe, all diese Dinge zu balancieren, und als sie an ihren Wagen kam, rutschten ihr ein paar davon aus der Hand. Wütend versetzte die Frau der Leinentasche einen Tritt. Sie sah drohend zum Himmel auf. Ihre Lippen formten ein barsches Schimpfwort, das man noch im zwölften Stockwerk erahnen konnte. Rowland lächelte.
»Zu schade. Sie hat das Kostüm ausgezogen. Und dabei war es ein so elegantes Kostüm.«
»Doch nicht etwa das von Cazarès?« Max grinste. »Das hat sie bei eurer Besprechung getragen? Dann ist sie auf dem Kriegspfad, Rowland. Du bist verloren.«
»Du irrst dich. Sie fährt eben jetzt Genevieve Hunter abholen. Es verläuft alles nach Plan, Max ...«
»Sie hat keinen Verdacht geschöpft?«
»Natürlich nicht. Das habe ich dir doch gleich gesagt. Ich habe sie eingewickelt. Ich habe ihr Kaffee gekocht. Ich habe ihr Komplimente wegen des Kostüms gemacht. Wir haben leichtes Spiel, Max.«
»Du machst dir was vor. Du verstehst nichts von Frauen, Rowland. Das hast du noch nie getan.«
»Vertrau mir.« Rowland ging über Max' Bemerkung hinweg. Er beobachtete, wie der schwarze Volkswagen zur Ausfahrt schoß, dort links blinkte und rechts abbog. Der Wagen entging um Haaresbreite einem riesigen Lastwagen, dessen Bremsen laut aufkreischten. Max schloß die Augen.

»Fahr bloß nie mit Lindsay«, mahnte er. »Laß dir wenigstens das gesagt sein, Rowland. Was du auch Idiotisches aushecken magst – tu es nicht. Du spielst mit deinem Leben. Vor allem, wenn sie wütend ist …«

»Sie ist nicht wütend.« Rowland drehte sich vom Fenster weg. »Ich hab's dir doch gesagt. Vor zwei Tagen lagen wir noch im Krieg – das stimmt. Jetzt haben wir die *détente*. Eine Frau wie Lindsay läßt sich leicht gewinnen, wenn man es darauf abgesehen hat. Außerdem …«

»Rowland – du hast doch nicht geflirtet?«

»Um Gottes willen. Wofür hältst du mich? Ich flirte nie mit Frauen.«

»Doch, das tust du, Rowland. Und zwar ohne daß du es merkst.«

»Also, diesmal habe ich es ganz bestimmt nicht getan. Warum sollte ich auch?« Er nahm sich eins von Max' Broten und begann es gedankenversunken zu essen. Max verkniff sich ein Lächeln und zündete sich wortlos eine Zigarette an.

Ein paar Sekunden herrschte freundschaftliches Schweigen. Rowland, dessen Gedanken nie lange von der Arbeit abschweiften, blätterte in der Akte, die er Max mitgebracht hatte, und Max hatte, während er seinen Freund beobachtete – seinen außerordentlich gutaussehenden Freund, der nie begriffen hatte, was er bei den Frauen anrichtete – reichlich Zeit, über diese letzte Wendung in der fortwährenden Tragikomödie nachzusinnen, die Rowland McGuires Leben darstellte.

Vielleicht, dachte er, ist ein weiteres warnendes Wort angebracht – angesichts Rowlands augenblicklicher Pläne sogar dringend geraten.

»Hör zu, Rowland«, begann er zögernd, denn Rowland wachte argwöhnisch über sein Intimleben. »Wegen Lindsay. Sie ist längst nicht so verwundbar, wie sie sich gibt, und Charlotte und ich haben sie sehr gern. Ich weiß, wie wichtig dir diese Story ist, und ich begreife schon, warum Lindsay dir eine Hilfe sein könnte, aber ….«

Rowland hörte ihm nicht zu. Er las zum wiederholten Male den neuesten Bericht seiner in Amsterdam stationierten Kontaktperson bei der US-amerikanischen Drogenbehörde, den er Max kurz zuvor überreicht hatte. Max wußte nicht, wer diese Kontaktperson war, und würde das wahrscheinlich nie erfahren: Das entsprach Rowlands Arbeitsweise.

»Ja, ja.« Er klappte die Akte zu und wedelte Max' Bemerkungen beiseite. »Mach dir nicht ins Hemd, um Gottes willen. Als nächstes wirst du mich noch fragen, was meine Absichten sind.«
»Das wohl kaum. Du würdest es mir sowieso nicht verraten.«
»Arbeiten«, antwortete Rowland ungeduldig. Er nahm einen Stapel von Fotoabzügen von Max' Schreibtisch und schaute sie durch. »Es ist meine Absicht zu arbeiten. Diese Story wasserdicht zu machen. Lindsay spielt nur eine Nebenrolle. Wenn sie sich dazu herabläßt, mir Hilfe zu leisten, wunderbar. Wenn nicht – auch kein Beinbruch. Dann setze ich meine Charmeoffensive fort –«
»Erspar mir die Details.«
»Diese Bilder …« Rowland legte sie auf den Schreibtisch zurück. »Sind das die neuesten von Pascal Lamartine?«
»Ja.« Max nahm sie in die Hand. »Ich möchte morgen eines davon auf der Titelseite bringen. Der Bildredakteur meinte – das hier …«
»Nein, das nicht.« Rowland deutete auf das Foto in Max' linker Hand. »Du solltest das da nehmen. Die Leute stumpfen allmählich ab, wenn sie von Bosnien hören. Du solltest sie aufrütteln, Max.«
»Vielleicht«, antwortete Max, wohl wissend, daß Rowland recht hatte. Er betrachtete das Bild, das Rowland empfohlen hatte. Eine Gruppe trauernder Frauen umstand den Leichnam eines Jungen; die Rechte des Jungen umklammerte immer noch eine Kalaschnikow; seine ausgestreckte Linke lag in einer Blutpfütze; sein Gesicht war gnädig verdeckt, aber die Gesichter der Frauen waren es nicht. Lamartine hatte vielleicht dreißig Sekunden gehabt, diesen Schmerz einzufangen; das ist sein spezielles Talent, dachte Max, ein Talent, das ihn von allen anderen Fotografen abhebt: technische Perfektion, durchdrungen von tiefem Mitgefühl. Das Bild hatte Max den ganzen Morgen nicht losgelassen. Wenn eines meiner Kinder sterben würde, dachte er, dann würde ich genau das empfinden, dann würde meine Frau genauso aussehen.
Er sah auf, erkannte, daß Rowland ihn verstand, nickte und legte das Bild beiseite.
»Wie lange wird Lamartine eigentlich noch dort unten bleiben?« Rowland stand auf und begann, wie so oft, im Raum herumzugehen. »Ich dachte, er wollte zusammen mit Genevieve Hunter zurückkommen?«

»So war es eigentlich geplant.« Max zuckte mit den Achseln. »Wenn er dazu bereit ist, nehme ich an. Lamartines Entscheidungen sind selten nachvollziehbar.«

Rowland äußerte sich nicht dazu. Er kehrte zu seinem Stuhl zurück und setzte sich.

»Gut. Sollen wir weitermachen, Max?« Er warf einen Blick auf die Uhr. »Du wolltest mir etwas über Genevieve Hunter erzählen …«

»Wirklich?« Max wirkte plötzlich unschlüssig.

»Ja. Wirklich. Wie du genau weißt. Los, Max. Wir haben noch zehn Minuten, bevor deine Konferenz beginnt. Ich will die Details. *Alle* Details. Von A bis Z.«

»Rowland, wir haben das doch bereits durchgesprochen. Du weißt so gut wie alles …«

Rowland sah ihn unnachgiebig und konzentriert an. Er beugte sich vor. »Vielleicht. Ich will es noch mal hören«, sagte er.

Kapitel 2

Morgens ging Gini jetzt immer spazieren. Manchmal eine Stunde, manchmal zwei, und immer ohne jedes Ziel. Spazierengehen war eine Wohltat: Es hielt den Körper in Bewegung, lenkte sie ab und verkürzte den Tag. Wenn sie in ihrer Wohnung blieb, hatte sie das Gefühl, schreiben zu müssen, aber die Worte, die auf dem Bildschirm ihres Computers auftauchten, wollten sich nicht zusammenfügen oder einen Sinn ergeben. Wenn sie in ihrer Wohnung blieb, spürte sie Pascals Abwesenheit zu schmerzhaft. Es war ihre erste gemeinsame Wohnung: Sie hatten sie gemeinsam gefunden, gemeinsam eingerichtet; es war ein Ort, der beiden von ihrer Liebe kündete – und sie hatten nicht einmal fünf Monate gemeinsam darin gelebt. Die Wohnung lag am Rand von Notting Hill, im obersten Stock eines riesigen, mit extravaganten Türmchen besetzten Hauses, das ein damals für radikal erachteter Architekt im Jahr 1868 für seine präraffaelitischen Freunde entworfen hatte. Eines der Ateliers im Haus hatte einst Rossetti genutzt; Ruskin war oft hier gewesen; doch obwohl Gini sich für die Vergangenheit des Hauses interessierte, spürte sie nichts davon. Für sie hatte das Haus keine Vorgeschichte, hatte erst an jenem Tag zu existieren begonnen, an dem sie und Pascal es zum ersten Mal gesehen hatten. Sie war eingetreten, begleitet von Pascal: Beide waren unwillkürlich stehengeblieben; Gini hatte einen leisen, ehrfürchtigen Seufzer ausgestoßen. Nach endlosen Wochen des Suchens, der zunehmenden Resignation, der Besichtigung unzähliger überteuerter, billig aufgeputzter Altbauten waren sie ganz unvermittelt, wie durch ein Wunder, auf diese Wohnung gestoßen.

Sie bestand vor allem aus einem riesigen Atelierraum, hoch und so

geräumig wie ein Kirchenschiff. Eine Wendeltreppe führte auf eine Galerie, wo man schlafen konnte und an deren Wänden sich Bücherregale reihten. Eine Seite des Raumes wurde ganz von einem Fenster eingenommen, einem riesigen, nach Norden zeigenden Bogenfenster. Licht strömte durch die Scheiben, stieg die Wände hinauf; es war ein Frühlingstag, ein berauschender Frühlingstag, ein Tag, an dem die Luft von neuem Leben vibrierte, und dieses Fenster ließ den Frühling ins Zimmer. Von hier aus war die Stadt unsichtbar. Wie gebannt in der Tür stehend, blickten sie auf einen blaßblauen Himmel, auf kleine, hoch dahinfliegende Wolken, auf die grünenden Zweige der Platanen; die strahlende Schönheit des Tages blendete sie geradezu. »Das ist sie«, sagte Pascal irgendwann. »Sie ist für uns gemacht. Das muß sie sein – nicht wahr?«
Danach hatten sich beide alle Mühe gegeben, pragmatisch zu bleiben. Hand in Hand hatten sie die Wohnung erforscht. Sie suchten nach Mängeln, nach den dunklen, schäbigen Nutzräumen, die sie so oft gesehen hatten; mit tiefem Ernst klopfte Pascal die Wände ab, überprüfte die elektrischen und die Wasserleitungen; nicht minder ernst inspizierte Gini die Küche, in die sie sich auf den ersten Blick verliebt hatte. Sie probierte die Schranktüren aus, die sich als ganz wunderbare Türen herausstellten, schön gearbeitete Türen, an denen es nichts auszusetzen gab, die nirgendwo klemmten. Sie entdeckten auf der unteren Ebene ein zweites Zimmer, ein kleines, romantisches Zimmer mit Erker, eine Kemenate, wie von Rackham für eine Märchenprinzessin gezeichnet. Ein Zimmer wie geschaffen für ein phantasievolles Kind; Gini konnte sehen, daß Pascal an seine Tochter dachte. Sie sagte: »Marianne könnte bei uns übernachten, Pascal.«
Er seufzte. »Das könnte sie«, sagte er. »Das könnte sie wirklich.«
»Glaubst du, ihr würde das Zimmer gefallen?«
»Sie würde es *lieben*. Das weiß ich.«
Danach brachte eine Weile keiner so recht den Mut auf, etwas zu sagen. Sie kehrten in das große Studio zurück und blieben händchenhaltend vor jenem riesigen, phantastischen Fenster stehen. Pascal klimperte mit den Schlüsseln, die ihnen die Maklerin gegeben hatte. Sie sahen sich an; Pascals graue Augen leuchteten heiter; er ahnte, daß sie das Unausgesprochene aussprechen wollte, doch bevor sie

das tun konnte, hob er die Hand und legte sanft die Finger auf ihre Lippen.
»Nein. Warte«, sagte er. »Du wirst jetzt gleich vernünftig. Eins muß ich noch machen, bevor du vernünftig wirst.«
Er strich ihr das lange, helle Haar aus dem Gesicht. Er sah ihr lange in die Augen, dann zog er sie an sich, senkte den Kopf und küßte sie auf die Lippen.
Es war ein langer Kuß, ein Kuß, bei dem ihr die Knie weich wurden und sich ihre Gedanken verwirrten; vielleicht, dachte sie, hat er genau das beabsichtigt. Schließlich löste sie sich lächelnd und kopfschüttelnd aus seinen Armen; sie nahm seine Hand und betrachtete aus sicherer Entfernung, auf Armeslänge, prüfend sein Gesicht. Sie sah, wie das Licht auf sein dunkles Haar, seine gleichmäßigen Züge fiel. Sie liebte den Schwung seiner Brauen; sie liebte jede Einzelheit seines Gesichts, jeden Tonfall seiner Stimme und jede Spielart seiner Berührung. Er war ihr so vertraut, daß sie genau wußte, was er dachte; es sprach aus seinem Mienenspiel, seiner Mundpartie und dem fröhlichen Leuchten, das immer noch aus seinen Augen strahlte. Dennoch mußte, früher oder später, das Unausgesprochene ausgesprochen werden: »Pascal – es ist zu teuer«, sagte sie.
»Ein bißchen.«
»Mehr als ein bißchen. Wir müssen – den Tatsachen ins Auge sehen.«
Pascal, der entschlußkräftigste Mensch, den sie kannte, dem es jederzeit gelang, in den gottesvergessensten Winkel dieser Erde zu gelangen, selbst wenn es keine Flüge gab, zuckte mit den Achseln. Gini war inzwischen vertraut mit seinem Widerwillen, sich in das scheinbar Unvermeidliche zu fügen, und beobachtete ihn ruhig und voller Zuneigung. Bei der Arbeit hatte sie ihn schon öfter so erlebt: Pascal, der sich mit Hartnäckigkeit oder Charme über jede Barrikade, über jedes Hindernis hinwegsetzen konnte; Pascal, der, falls er nicht durch die Vordertür hineingelangte, mit Sicherheit einen Seiten- oder Hintereingang ausfindig machte; Pascal, der sich mitten in ein Kriegsgebiet vorwagte und mit Bildern zurückkehrte, die keiner außer ihm schießen konnte.
Er wird fünf Minuten auf und ab gehen, dachte sie – und genau das tat er. Er wird seine Jacke ausziehen und die Ärmel hochkrempeln,

dachte sie – und (es war eine alte, schwarze Lederjacke) genau das tat er. Er wird *tigern,* dachte sie – und genau das tat er, ein großer, schlanker, reaktionsschneller Mann, ein Magier mit der Kamera, an Einfällen, im Bett.

Gini versuchte, sich zu konzentrieren. Wieder addierte sie, wieviel sie aus dem Verkauf ihrer Londoner Wohnung erwarten konnte; wieviel Pascal aus seinem Pariser Ateliers herauszuholen hoffte; die Summen, die ihnen die Bausparkasse genannt hatte. Wie sie es auch anstellte, sie sah genau, wieviel ihnen fehlte. Der Fehlbetrag war erschreckend. Sie seufzte; Pascal kehrte, unerschrocken wie immer, sofort zu ihr zurück. Er legte ihr den Arm um die Taille. Jetzt wird er mich necken, dachte Gini – und genau das tat er.

»Mein Auto«, sagte Pascal, der gerne schnell fuhr und einen klassischen, alten und heißgeliebten Porsche besaß. »Ich werde mein Auto verkaufen. Ich besorge mit ein langweiliges Auto. Damit wäre schon was gewonnen.«

»Ich verkaufe meins ebenfalls ...« Sie lächelte. Gini fuhr einen uralten Käfer. Pascal, der nicht viel von diesem Gefährt hielt, sah sie todernst an.

»Dieses Opfer kann ich nicht zulassen. Außerdem würden wir noch was drauflegen müssen, damit ihn uns jemand abnimmt.«

»Wir könnten von Gemüse leben ...«

»Das könnten wir.« Er zog sie an seine Seite. »Von Steckrüben und Pastinaken. Die sind billig.«

»Ich könnte die nächsten zehn Jahre auf neue Kleider verzichten ...«

»Das ist noch besser. Ohne Kleider bist du mir sowieso am liebsten.«

»Ich könnte den Beruf wechseln. Den Journalismus aufgeben. Industriebankerin werden. Wirtschaftsanwältin. Ein junges Werbegenie ...«

»Lieber nicht. Das wäre Verschwendung. Sieh mich an, Gini ...« Sie drehte sich um; seine Arme schlossen sich um ihre Taille.

»Wollen wir diese Wohnung, Gini?«

»Ja. Wir wollen.«

»Dann nehmen wir sie doch«, sagte Pascal, der – wenn er sich etwas in den Kopf gesetzt hatte – so unwiderstehlich sein konnte.

Von diesem Augenblick an war er so, wie sie ihn am meisten liebte – ungemein energisch, ungemein charmant, stahlhart und ungemein französisch. Nacheinander begannen erst die Wohnungseigentümer, dann ihre Makler, schließlich die Bank unter seinen Attacken zu wanken: Vielleicht konnte man ja doch noch einmal über den Preis reden; die Hypothek ja doch noch etwas erhöhen. Nachdem sie wieder in Ginis Wohnung mit dem einsamen »Zu verkaufen«-Schild zurückgekehrt waren, fand er innerhalb einer Woche einen Käufer dafür – einen willigen und engagierten Käufer. Nachts, wenn zu seinem Kummer und Verdruß (denn Pascal hielt sich nie an irgendwelche Bürostunden und verachtete jeden, der das tat) Banken oder Makler nicht zu erreichen waren, kritzelte er Hunderte von Seiten mit Berechnungen voll. Summe um Summe, und jeder Siebener mit akkuratem Querstrich. Er addierte ihre Ausgaben, die Unterhaltszahlungen für Marianne an seine Ex-Frau, die zukünftigen Hypothekenraten, die Kosten für Heizung und Reisen und – wie Gini schmunzelnd und mit Freude bemerkte – für Brot und Wein.

»Wein?« sagte sie, über seine Schulter gebeugt. »Reiner Luxus. Der wird gestrichen.«

»Für dich ist das vielleicht Luxus. Für mich ist es Notwendigkeit. Du bist Amerikanerin. Ich bin Franzose.«

»Du hast den Strom vergessen, Pascal ...«

»Kerzen?« Er lächelte sie an.

»Versicherung?«

»Verdammt. Ich muß Max anrufen.«

Er rief Max augenblicklich an, so wie er es – vermutete Gini – von Anfang an vorgehabt hatte. Er erklärte Max, es freue ihn außerordentlich, daß der *Correspondent* so um ihn buhle, außer wenn Max' Werben erhört werden solle, dann müsse man noch mal über die Mitgift sprechen.

»Ich habe nachgerechnet«, sagte Pascal. »Den Wein hatte ich einkalkuliert, aber keinen Strom. Ein dummes Versehen ... Sieh mal, Max, wenn ihr zum Essen zu uns kommt, in diese phantastische Wohnung, in die wir ziehen wollen, dann wäre es doch ganz nett, wenn wir auch was für euch kochen könnten ... Ach wirklich? Verhandlungsmasse? Was heißt das?«

Eine Pause entstand, während der Pascal, der den Begriff durchaus verstand, angestrengt lauschte. Dann nannte er eine Summe; Gini erbleichte; Max sagte ja.

Und so kam es schließlich, daß er ihnen gehörte, dieser riesige, wunderbare Raum. Pascal traf sich mit einem befreundeten Antiquitätenhändler mit einem Lager am anderen Ende der King's Road. Nach einem exzellenten Mittagessen und stundenlangem, verbissenem gallischem Feilschen erstand er ein Bett. Ein hohes, breites, phantastisches Himmelbett, das einst einer königlichen Mätresse gehörte hatte – so behauptete der Händler wenigstens. Es hatte mit Ranken beschnitzte Pfosten und noch die Originalbespannung aus zerschlissener roter Seite. Pascal verschwieg ihr seinen Kauf und ließ das Bett anliefern, als Gini eines Tages unterwegs war, um einen entsetzlich langweiligen und eingebildeten Minister zu interviewen. Als sie an jenem Frühlingsabend nach Hause kam, stand es in ihrem Schlafzimmer.

Sofort kletterten sie hinein. Gini fühlte sich darauf wie an Bord eines Segelschiffes. Von den Kissen aus blickte sie über das Galeriegeländer hinweg auf das prachtvolle Fenster, auf Baumwipfel, dahintreibende Wolken, auf die Lichter und Geräusche der unsichtbaren Stadt, die fünf Stockwerke unter ihnen toste. Sie tranken Wein im Bett, dann aßen sie dort zu Abend, dann liebten sie sich, dann schliefen sie.

»Ich bin wunschlos glücklich«, sagte Pascal, als er sie am nächsten Morgen in seine Arme schloß. »Ich war noch nie so selig.«

Gini war ebenfalls selig. Das Wort gefiel ihr, es schien sie beide in seiner Umarmung einzuschließen. Sie dachte daran, wie viele Jahre schon vergangen waren, seit sie Pascal zum ersten Mal begegnet war, und stellte erschrocken fest, daß diese Zeit fast ihr halbes Leben umfaßte. Sie dachte an die Wochen, als sie ihn kennen und lieben gelernt hatte, damals in Beirut. Sie dachte an die Jahre, die sie getrennt gewesen waren, und daran, wie sie wieder zueinander gefunden hatten. Sie dachte: Es fehlt mir an nichts. Alles, was ich liebe und schätze und achte, ist hier. O ja, ich bin selig.

Sie fühlte keinerlei Unbehagen, nicht die leiseste böse Vorahnung, nicht einmal einen winzigen abergläubischen Stich, obwohl doch die geneigten Götter, die den Menschen Wohltaten zukommen lassen, die grausame Angewohnheit haben, mit der Rechten auszuteilen, um gleich darauf mit der Linken wieder einzufordern. Fünf Monate, nachdem sie in diese Wohnung gezogen waren, erfüllte sich ihr lang gehegter zweiter Wunsch: Sie wurde nach Sarajevo geschickt, um über den Krieg in Bosnien zu berichten. Sie flog gemeinsam mit Pascal dorthin und arbeitete mit ihm zusammen. Er hatte schon oft in Kriegsgebieten gearbeitet; sie nicht.

Sechs Monate später kehrte sie allein zurück. Pascal, dem entgangen war, wie sehr sie sich verändert hatte, hatte ihr zugestimmt. Ja, so sei es am besten. Er würde nicht mitkommen, sondern noch etwas länger bleiben. In spätestens drei Wochen, einem Monat würde er nachkommen. Inzwischen war er seit neun Wochen allein dort unten, und das Datum für seine Rückkehr stand immer noch nicht fest. Anfangs war Gini froh über die Verzögerung gewesen, obwohl sie sich hütete, Pascal das merken zu lassen. Sie hatte gehofft, dadurch Zeit zu gewinnen: Zeit, sich von den Nachwirkungen dessen zu heilen, was sie in Bosnien gesehen hatte, von den Alpträumen, der Schlaflosigkeit ... Zeit, sich selbst zu heilen.

Kriege ließen sich exorzieren, sagte sie sich, während Woche um Woche verstrich. Irgendwie mußte es doch möglich sein – nein, nicht den Krieg zu vergessen, sie hätte sich verabscheut, hätte sie jemals vergessen –, aber Abstand zu gewinnen. Sie mußte doch irgendwie fähig sein, sich zu befreien, und doch schien sie unfähig dazu. Der Tod, seine Gestalt, sein Klang, sein Geschmack, sein Anblick, sein Geruch ließen sie nicht mehr los. Er ließ ihr keine Ruhe, riß sie in den einsamen Morgenstunden mit einem Angstschrei aus dem Schlaf; er sickerte in ihre Wohnung und vergiftete die selige Atmosphäre; er folgte ihr hinaus in die Straßen. Wie so viele Journalisten dort draußen war auch sie während ihrer Zeit in Bosnien verwundet worden. Eines Abends war sie zusammen mit Pascal auf dem Weg nach Mostar (und der Gedanke an Mostar war das allerschlimmste) in einem kleinen, hochgelegenen Gebirgsort unter Artilleriebeschuß geraten. Ein Granatsplitter war in ihren Oberarm gedrungen; eine unbedeutsame Verletzung, der sie sich angesichts der Verstümmelungen anderer fast schämte; sie wurde schnell und einigermaßen geschickt versorgt.

Mittlerweile, neun Wochen nachdem sie dieses Land verlassen hatte, war die Wunde beinahe verheilt; ihr Geist jedoch nicht. Pascal, seit langem vertraut mit der modernen Kriegsführung und ihren grauenvollen Folgen, hatte sie zu warnen versucht. Und natürlich hatte sie auf seine Warnungen gehört, schließlich war sie keine Närrin. Ruhig und widerstrebend hatte er ihr vor der Abreise nach Bosnien ein paar seiner früheren Bilder gezeigt, Bilder nur zu Dokumentation, Bilder, die nie zur Veröffentlichung gedacht gewesen war, Bilder, die keine Zeitschrift oder Zeitung abdrucken konnte.

»Darauf mußt du gefaßt sein.« Er legte die Schwarzweiß-Fotos vor ihr aus. »Solche Sachen wirst du zu sehen bekommen, Gini. Und solche. Und solche. Und Schlimmeres.«

Er wartete schweigend, während sie stumm die Abzüge betrachtete.

»Das ist die Schwelle«, sagte er schließlich. »Bist du sicher, Gini – absolut sicher –, daß du sie überschreiten willst?« Sie hatte sich erschüttert abgewandt, unfähig, ihm ins Gesicht zu sehen; ihr war übel, und sie kämpfte gegen die physischen Symptome ihrer seelischen Qual an. Es war noch eine Woche bis zu ihrer Abreise nach Bosnien; er hatte den Zeitpunkt so gewählt, dachte sie, daß mir selbst da noch eine Möglichkeit zum Rückzug blieb.

»Das hat nichts mit Feigheit zu tun«, fuhr er leise fort. »Das darfst du nicht glauben. Es ist eine Entscheidung, sonst nichts. Es *gibt* einen Unterschied zwischen den Geschlechtern, Gini. Einer Frau fällt es schwerer, sich so etwas anzusehen, damit zu leben –«

»*Warum*?« Sie drehte sich abrupt zu ihm um, obwohl sie ahnte, daß er vielleicht recht hatte, daß er vielleicht sogar damit recht hatte. »*Warum*, Pascal? Solche Dinge geschehen. Diese Greuel *existieren*. Warum sollte man Frauen davor abschirmen? Das wäre bestimmt nicht richtig. Für mich wäre das Schwäche – und ich will nicht schwach sein …«

»Es ist nicht unbedingt Schwäche. Ich sehe das anders. Was du hier siehst«, er deutete auf die Fotos, »wird von Männern verübt. Deshalb ist es etwas, dem sich alle Männer stellen müssen. Aber wenn sich eine Frau davon abwendet, wenn du dich davon abwendest, Gini – wäre das nicht sogar ein Zeichen von Stärke?«

Die Sorge und Zärtlichkeit, die aus seiner Miene sprachen, hatten sie gerührt. Es ist bezeichnend für Pascal, dachte sie, daß er mir nicht nur einen Ausweg zeigt, sondern obendrein noch einen ehrenvollen. Das Angebot kam ganz ruhig, und sie lehnte es ebenso ruhig ab. Doch als sie dann in Bosnien waren, versuchte Pascal anfangs sehr wohl, sie abzuschirmen. Es gab Gefahren, denen er sich allein mög-

licherweise gestellt hätte, denen er sie aber nicht aussetzen wollte. Er achtete genau darauf, was sie zu sehen bekam, und versuchte sicherzustellen, daß sie, wie eine frostempfindliche Pflanze, ganz langsam abgehärtet wurde.
Gini brauchte nicht einmal eine Woche, um zu begreifen, daß diese Vorgehensweise, die er ihr nie eingestand, an die er sich aber strikt hielt, sie beide in ihrer Arbeit behinderte. Und so blieb ihr von Anfang an nichts anderes übrig, als zu schauspielern. Während sie bislang keine Geheimnisse vor Pascal gehabt hatte, hatte sie jetzt unzählige: Hätte er ihre waren Gefühle auch nur geahnt, hätte er darauf bestanden, daß sie augenblicklich nach London zurückkehrte. Angst und Erschöpfung, entdeckte sie, ließen sich relativ leicht verbergen. Die Tränen waren schwerer zurückzuhalten, und am schwersten war es, den Schmerz und die absolute Verständnislosigkeit zu verheimlichen, die hinter den Tränen lagen. Tag für Tag entwickelte sie neue Taktiken, ihn zu täuschen – und alle mußten rücksichtslos angewandt werden, Tag und Nacht (sie durfte auch keine Schwäche zeigen, wenn sie schlaflos in seinen Armen lag), denn Pascal war ein genauer Beobachter, einfühlsam und zutiefst mit ihr vertraut: Ein Blick nur, eine falsche Betonung, eine Geste, und er würde die Wahrheit ahnen.
Deshalb wurde sie mit jedem Tag perfekter; sie ließ ihr Herz vereisen; sie stellte sich taub, verwandelte sich in einen gehenden, sprechenden Roboter, einen Roboter, der mitansehen konnte, wie Häuser und Menschen und Leben zerstört wurden, und dennoch weiter funktionierte. Diese Verwandlung machte sie zu einem geschlechtslosen Wesen; es war, als würde etwas Flüssiges, Fließendes in ihrem Körper austrocknen. Zu einem blutleeren, appetitlosen Wesen mit ausgetrockneten Augen geworden, reagierte sie nicht mehr, wenn Pascal sie in die Arme schloß; sie fühlte sich wie eine leere Hülle, verdorrt und verwittert. Es überraschte sie nicht, daß ihre Periode aussetzte, obwohl sie die Pille nahm: Frauen bluteten – aber sie war keine Frau mehr, sie war ein künstliches Wesen.
Manche dieser Symptome ließen sich vor einem Geliebten natürlich nicht verheimlichen. Sie sah, daß sie Pascal damit verletzte, und verdoppelte augenblicklich ihre Anstrengungen. Sie begann, ihm Orgasmen vorzutäuschen, und zwei Wochen lang machte Pascal dieses

Spiel stillschweigend mit. Dann nahm er sie in die Arme, wartete auf das Geständnis, das nicht kam, und sagte schließlich: »Gini. Tu das nie wieder. Ich will nicht, daß du mich anlügst. Und ich will schon gar nicht, daß du mich im Bett belügst.«

In seiner Stimme hörte sie Schmerz und Bedauern und Angst – auch einen leisen Zorn. Bei dieser Gelegenheit ließ sie für kurze Zeit ihren Tränen freien Lauf, und Pascal hielt sie dabei in seinen Armen. Danach stellte er ihr Fragen und versuchte, sie zum Reden zu bewegen, doch als sie seinen Fragen auswich und abstritt, daß es irgendeinen Grund zur Sorge gebe, bohrte er nicht nach. Sie konnte erkennen, daß er für sich die Entscheidung gefällt hatte, ihre Weigerung hinzunehmen und nichts zu sagen, obwohl sie wußte, daß ihn diese verbale wie physische Zurückhaltung viel Kraft kostete.

Bei der Arbeit beugte er sich langsam ihren Forderungen, beeindruckt von der Gelassenheit, die sie an den Tag legte; mit jedem Film steigerte er das Risiko. Er ließ sie Zeugin werden; er ließ sie die notwendigen Etappen durchmachen: die Vergewaltigungsopfer, die Toten, die Sterbenden und die Greuel des Todes. Vermutlich wußte er, was ihr am schwersten fiel – nach Mostar gab es daran keinen Zweifel mehr; er begriff, daß sie zwar gelernt hatte, Verstümmelungen anzusehen, daß ihr aber der Schmerz der Eltern und die verletzten Kinder immer noch zusetzten: Dann rebellierte ihr Körper, dann sprangen ihr Tränen in die Augen, und ihre Hände begannen zu zittern. Stillschweigend versuchte er wieder, Orte und Gelegenheiten zu meiden, an denen eine solche Erfahrung wahrscheinlich war, aber nicht einmal Pascal konnte das zuwege bringen. In diesem Land war auf Pläne und Prophezeiungen kein Verlaß: Auf einem abgelegenen, scheinbar verlassenen Gebirgspaß konnte man unversehens in Artilleriefeuer geraten; der Tod wartete an der nächsten Straßenecke, auf der anderen Straßenseite.

Die unmittelbare Nähe des Todes, der Schädel unter der Haut, die Greuel gleich nebenan, das war es, was Bosnien für Gini bedeutete. Und diese Erfahrung nahm sie mit heim nach London, obwohl sie das in ihren Briefen an Pascal und bei ihren Telefongesprächen mit ihm mit keinem Wort erwähnte:

»Schläfst du genug, Liebling? Ißt du auch ordentlich?« fragte er meist, und sie antwortete ja, natürlich, ihr Appetit sei wieder ganz

normal, und sie habe vergangene Nacht zehn Stunden durchgeschlafen.
»Und du gehst auch aus, Liebling? Du kommst unter Leute? Dein Arm – bist du sicher, daß er ganz verheilt ist?«
Ja, log sie dann, sie sei im Theater, im Kino gewesen, sie habe sich mit Lindsay getroffen, ihr Arm sei wieder ganz in Ordnung, nachdem die Fäden gezogen worden waren. Wie gut sie sich am Telefon verstellen konnte! Wie gut sie ihn belügen konnte, wenn sie ihm schrieb! Auf gar keinen Fall wollte sie Pascal mit Sorgen um ihr Wohlergehen belasten, und darum injizierte sie Wärme, Heiterkeit, Überzeugung in ihre Stimme. Wahrscheinlich überraschte ihn das, aber allmählich ließ er sich überzeugen. Er ließ sich so einlullen, daß er sogar seine Heimkehr verschob, obwohl sie sich nichts sehnlicher wünschte als diese Heimkehr. Ja, sie war eine gute Schauspielerin, aber sie hatte in Bosnien auch sechs Monate Zeit zum Proben gehabt – und vielleicht war jemand, der unter großen Streß stand, leichter zu überzeugen.
Zum Teil sagte sie die Wahrheit: Ihr Arm war verheilt; ihr Geist hingegen keineswegs, das begriff Gini, wenn sie in den Londoner Straßen spazierenging. Wie lange der Geist wohl brauchte, um zu heilen? Sechs Monate, ein Jahr, ein Jahrzehnt?
Neun Wochen hatten kaum etwas ausgerichtet. Die in London herrschende Normalität machte alles nur noch schlimmer. Wie kaum anders zu erwarten, lebten hier die Menschen ihr Leben weiter, während Gini, wenn sie mit ihnen zu kommunizieren versuchte, allein in einer anderen Welt blieb. Sie kam sich vor wie hinter einer gläsernen Wand, wo sie gestikulierte, zu reden versuchte, nach einem Weg aus dem geistigen Gefängnis suchte, in das sich die Erinnerung an ein Kriegsgebiet verwandelt hatte – und merkte, daß sie es nicht schaffte. Tage verstrichen; Wochen verstrichen; die Menschen um sie herum wurden allmählich ungeduldig, und sie hatte immer stärker das Gefühl, am falschen Ort zu sein.
Gleichzeitig wurde sie, so ganz allein in ihrer bezaubernden Wohnung, allein in ihrem bezaubernden Bett, allmählich verrückt vor Angst. Manchmal weinte sie um Kinder, die sie retten wollten und die doch seit Monaten tot waren. Oft hörte sie Bomben und Granateinschläge, dachte an die Heckenschützen und daran, daß Pascal,

dessen Leben angeblich unter einem schützenden Stern stand, genau wie jeder andere als eine Zahl in der Statistik enden konnte. Es brauchte nur einen Anruf, den düsteren Besuch eines Fremden: Vielleicht würde Pascal nie zurückkommen.

Sie hatte Angst um ihn; immer öfter öffnete sie die Schränke, um seine Kleider zu berühren, nahm sie seine Bücher aus dem Regal. Sie las seine Briefe, immer wieder, bis sie jedes Wort, all seine Liebesbekundungen, auswendig wußte. Sie schrieb ihm, in sorgsam gewählten Worten, denen ihre Verzweiflung nicht anzumerken war, und achtete darauf, daß keine Tränen auf die Tinte fielen. Vor Weihnachten – sie war sicher gewesen, daß er zu Weihnachten heimkehren würde – schöpfte sie neue Hoffnung. Es wäre ihr erstes gemeinsames Weihnachtsfest. Sie eilte durch die Stadt, besorgte einen Weihnachtsbaum und Lametta und Sterne als Schmuck. Sie kaufte ihm Geschenke, von denen sie – um sich die Vorfreude einzuteilen – jeden Abend eines verpackte, damit das Glücksgefühl und die Hochstimmung möglichst eine ganze Woche lang anhielten.

Aber Pascal kehrte nicht wie vereinbart zurück; plötzlich eröffnete sich ihm eine Gelegenheit, in ein Gebiet im Norden zu gelangen, zu dem die Journalisten monatelang keinen Zugang gehabt hatten. »Du mußt sie nutzen – du mußt hin«, sagte Gini am Telefon – und nach einiger Überredung nutzte er sie.

Jetzt setzten ihr neue Ängste zu. Sie war ins Bad gegangen, hatte alle Lichter eingeschaltet und sich vor den Spiegel gestellt. Sie konnte sehen – sie zwang sich dazu –, wie sich Schlaf- und Appetitmangel auswirkten. Sie betrachtete das blasse Gesicht im Spiegel: Sie wußte, daß Pascal sie schön fand, das hatte er ihr oft genug erklärt. Das Gesicht hin und her drehend, suchte sie nach der Frau, die er beschrieb, die er liebte.

Sie konnte sie nicht entdecken. In diesem Augenblick verspürte sie einen Anflug von Panik. Dieses Gesicht würde er wohl kaum wiedererkennen und ganz bestimmt nicht lieben. Es war dünn, verhärmt, verschlossen; ihre Augen wirkten befangen und wichen ihrem eigenen Blick aus. Ein Geheimnis wog schwerer als alle anderen; ein Geständnis, das sie in Mostar hätte machen müssen und nicht gemacht hatte. Dieses Geheimnis trug sie immer noch in ihrer Brust. Falls Pascal in diesem Augenblick ins Zimmer getreten wäre,

hätte sie es kaum erwarten können und zugleich schreckliche Angst davor gehabt, es ihm zu beichten: die Worte wären ihr wohl im Halse steckengeblieben.
In dieser Nacht fand sie keinen Schlaf; am nächsten Morgen tat sie, fiebernd vor frisch erwachter Ungeduld, das Vernünftigste, Naheliegendste. Sie ging zum Arzt; ein dringend notwendiger Schritt – und einer, vor dem sie sich schon seit zwei Monaten drückte.

Sie kannte den Arzt nicht; sie hatten sich erst kürzlich in die Patientenkartei aufnehmen lassen. Über die Weihnachtsfeiertage war die Praxis geschlossen gewesen; jetzt drängten um so mehr Patienten herein. Gini saß im überfüllten Wartezimmer, eine ungelesene Zeitschrift auf den Knien. Sie gab sich alle Mühe, das Quengeln der Kinder und das Greinen der Babys auszublenden. Sie versuchte sich zurechtzulegen, wieviel sie dem Arzt erzählen wollte und wie sie ihre Erklärung möglichst kurzhalten konnte. Die meisten Patienten, fiel ihr auf, blieben nur ganz kurz im Untersuchungszimmer; die Sätze verhedderten sich in ihrem Gehirn, und sie geriet in Panik. Sie dachte: Ich muß knapp und präzise sein. Ich muß ihm erzählen, daß ich in Bosnien war. Ich muß erwähnen, daß wir rund um die Uhr arbeiteten. Ich muß ihm erklären, daß ich der Meinung war, damit zu Rande zu kommen, aber daß ich ihn nur schwer ertragen konnte – den Tod. Ja, dachte sie, das war das Wort. Den Tod. Genauer brauche ich es nicht zu sagen. Sie zuckte zusammen; die unwirsche Helferin am Empfang rief sie eben zum dritten Mal auf. Die Hände um ihre Tasche gekrampft, stand sie auf.
Der Arzt erwartete sie in einem winzigen Kämmerchen; ein junger Mann etwa in ihrem Alter und mit Leidensmiene. Er sagte: »Ihre Unterlagen. Ich kann Ihre Unterlagen nicht finden.«
»Wahrscheinlich hat mein voriger Arzt sie noch nicht übersandt«, sagte Gini. »Vielleicht –«
»Wir werden sie noch mal anfordern. Worum geht es?«
Draußen schrillten die Telefone; ein Kind kreischte. Gini heftete den Blick auf ein Poster gegen das Rauchen. Ihr war vom ersten Moment an klar, daß sie diesem Mann nichts von Bosnien erzählen konnte; dies war nicht der Ort, um über Bosnien zu reden. Das würde zu lang, zu kompliziert werden; es wäre zu billig. Gemessen daran, wie

lange die Patienten vor ihr im Untersuchungsraum geblieben waren, blieben ihr fünf Minuten, vielleicht weniger.
Der Arzt klopfte ungeduldig mit dem Bic-Kugelschreiber und starrte sie an.
»Symptome?« hakte er nach. »Was haben Sie denn für Symptome?«
»Ich – ich kann nicht schlafen«, antwortete Gini. Sie begann zu schwitzen. Es war stickig im Zimmer; der Bic pochte weiter. »Ich habe Alpträume. Ich hatte – ziemlich viel Streß. Ich kann nicht essen. Ich habe etwa vierzehn Pfund abgenommen, schätze ich –«
»Stone. Sie haben einen Stone abgenommen. In England sagt man ›Stone‹, nicht ›Pfund‹. Ja?«
»Manchmal – manchmal muß ich weinen. Völlig grundlos. Im Gemüseladen oder auf der Straße, und – ich bin völlig machtlos dagegen. Es überkommt mich einfach. Ich kann nichts dagegen tun.«
»Seit wann geht das so?«
»Seit etwa zwei Monaten.«
»Was war der Auslöser?«
»Verzeihung?«
»Ein Trauerfall? Scheidung? Arbeitslosigkeit?«
»Nein. Ich bin nicht verheiratet. Ich …«
Sie stockte. Ein Trauerfall: Sie probierte das Wort im stillen. Vielleicht sollte sie dieses Wort nehmen. Doch nein, ein Trauerfall implizierte, daß man jemanden verloren hatte, den man kannte und liebte – die Mutter oder den Vater vielleicht. Konnte man den Tod von Fremden als Trauerfall bezeichnen? Nein, entschied sie: Sie konnte dieses Wort nicht verwenden; dazu hatte sie kein Recht.
Der Arzt kritzelte etwas auf ein Papier. Er wirkte verärgert. Gini war nicht sicher, ob er unverheiratete Frauen mit Schlafproblemen für neurotische Zicken hielt oder ob vielleicht nur sein Bic nicht richtig schrieb. Er schüttelte ihn wütend.
»Der Gewichtsverlust ist beträchtlich. Sonst noch etwas? Müssen Sie sich öfter übergeben?«
»Nein.«
»Die Regel ist normal?«
»Nein. Ich habe seit vier Monaten keine mehr gehabt. Ich war – im Ausland, und dort hat sie einfach ausgesetzt. Aber das ist nicht un-

gewöhnlich, das habe ich schon früher erlebt. Wenn ich schwer arbeite, wenn ich unter Streß stehe, und –«

»Sie waren im Ausland? Wo? Vielleicht in Indien, Afrika, irgendwo in den Tropen?«

»Nein. Ich war in – Osteuropa.«

Augenblicklich verlor er das Interesse. Er schrieb wieder. Es war eine »4« in einem Kringel. Über den Lärm der Kinder und Telefone hinweg hörte Gini im Geist Maschinengewehre rattern, das weiche Knirschen einstürzender Mauern. Das kam bisweilen vor und mußte unter Kontrolle gebracht werden, denn andernfalls versetzten diese Geräusche sie zurück nach Mostar, zurück in dieses Krankenhaus, zu jenem kleinen Jungen. Sie würde wieder in seine Augen sehen; und dann würde sie ganz bestimmt anfangen zu weinen. Sie krampfte die Hände um die Stuhllehnen. Sie buchstabierte die Worte auf dem Poster.

»Sie haben wahrscheinlich schon einen Test gemacht?« Der Arzt blickte auf.

»Einen Test?«

»Haben Sie einen Schwangerschaftstest gemacht?« Er sah sie kühl an, als würde ihn ihre Begriffsstutzigkeit noch mehr verstimmen. »Das nehme ich doch an, nachdem Ihre Regel seit vier Monaten ausgeblieben ist.«

»Ja, das habe ich. Während ich weg war – ich habe dort einen Test gemacht ...« Sie zögerte und errötete. »Sobald sie zum ersten Mal ausgeblieben war, ging ich zum Arzt und –«

»Das ist zu früh. Wußten Sie das nicht?«

»Doch, ich glaube schon. Ich wollte bloß – unbedingt wissen, und ... Und außerdem habe ich später selbst noch einen Test gemacht. Letzten Monat. Diesen Monat. Ich habe mir einen gekauft. In der Apotheke ...«

Sie verstummte. Sie hörte selbst, wie seltsam und gepreßt ihre Stimme klang. Es war unerträglich heiß im Zimmer. Der Bic klopfte immer noch. Der Arzt sah auf die Uhr.

»Beide waren negativ. Ich habe nichts anderes erwartet. Ich bin nicht schwanger. Ich nehme die Pille. Jedenfalls – habe ich sie genommen. Ich habe damit aufgehört, als ich nach London zurückgekommen bin ...«

»Wieso?«
»Weil ich – weil ich keinen Verkehr habe.«
»Das könnte sich doch ändern.« Es klang gelangweilt. Sie spürte, daß ihn dieser Weiberkram anzuöden begann.
»Jedenfalls ...« Er notierte noch etwas. »Auf diese Selbsttests kann man sich nicht unbedingt verlassen. Wenn man den Anweisungen auf der Packung nicht ganz exakt folgt –«
»Hören Sie – ich kann eine Gebrauchsanweisung lesen, okay? Eine Fünfjährige könnte diese Anweisungen verstehen. Ich will bloß –«
»Natürlich. Natürlich.«
Sie war laut geworden; das war ein Fehler. Augenblicklich klang seine Stimme beschwichtigend unter einer dünnen Schicht Ruhe spürte sie zunehmendes Unverständnis. »Jedenfalls bezweifle ich stark, daß Ihnen etwas Ernsthaftes fehlt. Ich nehme an, Sie haben sich einfach zuviel zugemutet. Wir werden trotzdem eine Probe nehmen, damit wir eine Schwangerschaft ausschließen können. Ich werde auch einen Bluttest machen lassen. Das mit dem Gewichtsverlust gefällt mir nicht. Melden Sie sich beim Rausgehen bei meiner Assistentin. Und in drei Tagen kommen Sie wieder. Dann sehen wir weiter.«
Drei Tage später kam Gini wieder. Der Arzt war zu einem Notfall gerufen worden, deshalb wurde sie von seiner Kollegin untersucht. Es war eine fröhliche, energische Frau. Der Schwangerschaftstest war negativ. Der Bluttest hatte nichts Auffälliges ergeben. Sie diagnostizierte Streß. Sie verschrieb Valium. Gini holte die Pillen von der Apotheke, nahm sie mit nach Hause, betrachtete sie.
Sie machten sie rasend wütend. Sie schüttete alle in den Ausguß.

Du mußt dich den Dämonen stellen: Das hätte Pascal gesagt. Ihre Stiefmutter Mary, ihre Freundinnen – alle hätten ihr das gleiche geraten. Aber Mary, die ihr so nahestand, war für drei Monate in die Staaten geflogen, und ihre Freundinnen fragte sie nicht um Rat. Nicht einmal Lindsay. Wenn man sich den Dämonen wirklich stellen sollte, mußte man das allein und von selbst tun, glaubte sie.
Also versuchte Gini zu arbeiten – ohne Erfolg; sie versuchte zu schlafen – meist ohne Erfolg. Und morgens spazierte sie, um den Tag herumzukriegen, um die Zeit totzuschlagen, durch die Straßen.
Ohne festes Muster. An diesem Freitag, dem Freitag, an dem sie sich

mit Lindsay treffen sollte, ging sie erst nach Norden in Richtung Portobello Road, dann nach Süden zum Holland Park, dann nach Westen in Richtung Shepard's Bush und schließlich an der Hauptstraße zurück zum Notting Hill Gate. Es nieselte in feinen, dünnen Strähnen, und auf der Straßen brausten die Autos vorbei. In allen Läden und Restaurants herrschte reges Leben, ein Leben, zu dem sie keinerlei Beziehung hatte. Normal, normal, normal, sagte sich Gini. *Das* ist normal – daß Leute einkaufen, Freunde treffen. Es wird ein ganz normales Wochenende. Ich werde ganz normal sein. Ich werde ganz normal mit anderen Leuten reden und funktionieren; ich werde nicht länger durchs Leben schlafwandeln.

»Ein Wochenende auf dem Land«, hatte Lindsay gesagt. »Das wird dir guttun, Gini. Du magst Charlotte. Du magst Max. Du magst die Mini-Mäxe. Du verwandelst dich allmählich in eine verdammte Eremitin, in eine Klausnerin. Du kommst mit. Ich werde dich hinfahren. Keine Widerrede. Dabei bleibt's.«

Gini *hatte* ihr widersprochen. Sie erklärte, ein Wochenende auf dem Land sei nur eine andere Art von Valium. Sie erklärte, sie werde sich nicht in eine Eremitin oder eine verschrobene Klausnerin verwandelnd, sie sei einfach gern allein, und sie brauche Zeit zum Nachdenken.

»Quatsch«, entgegnete Lindsay. »Du denkst viel zuviel nach. Du hast schon immer zuviel nachgedacht. Bald kommt Pascal wieder heim ...«

»Vielleicht. Vielleicht auch nicht.«

»... und was erwartet ihn, wenn er heimkommt? Ein Wrack. Du hast einen ganzen Stone abgenommen. Du siehst krank und elend aus. Du arbeitest nicht, du schreibst nicht, du gehst nicht aus. Du wirst komisch. Also hör endlich auf.«

»Na gut«, sagte Gini gehorsam. Sie hätte alles getan, damit Lindsay endlich aufhörte, an ihr herumzunörgeln. »Ich komme mit. Ich werde dich nicht in Verlegenheit bringen. Ich werde reden. Ich werde essen. Ich werde nicht Nägelbeißen.«

»Das tust du sowieso nicht«, antwortete Lindsay liebevoll. »Jedenfalls noch nicht. Aber du mußt dich zusammenreißen. Nägelbeißen kommt als nächstes.«

Plötzlich merkte Gini, daß sie vor Lindsays Haus angekommen war, obwohl sie sich nicht entsinnen konnte, den Weg dorthin eingeschlagen zu haben oder in diese Straße eingebogen zu sein. Sie stieg die Stufen hinauf und läutete, und nach langem Warten öffnete ihr Tom, den sie kannte, seit er ein kleines, wildes Kind gewesen war, und den sie gern hatte.

»Ach, hi«, sagte Tom. Er riß die Tür weit auf und sprintete die Treppe hoch. »Komm rauf. Ich bin allein. Gran ist weggegangen. Sie ist zu Harrods, Fußballschuhe kaufen. Mum hat angerufen. Sie hat gesagt, ich soll dir ein Sandwich machen, sie kommt ein bißchen später. Ich hab' gesagt, ich würd' dir ein Sandwich machen, aber wir hätten kein Brot da. Sie hat gesagt, an der Ecke ist ein Laden, und dann hat sie aufgelegt. Sie klang ein bißchen prämenstruell, aber das kommt öfter vor. Vor zwei Tagen hatte ich vierzig Fieber, hat Mum dir das erzählt? Extrem, wie? Ich meine, noch zwei Grad, und das Hirn fängt an zu kochen. Hast du das gewußt?«

»Nicht direkt.« Gini war inzwischen im ersten Stock in der Küche angekommen. »Aber es klingt glaubhaft.«

Sie betrachtete Tom, den sie seit ihrer Abreise nach Sarajevo nicht mehr gesehen hatte. Er hatte sich einen Pferdeschwanz wachsen lassen und schien des Sprechen wieder mächtig zu sein. Er trug einen zerrissenen Sweater, zerrissene Jeans, und an den Füßen nichts. Bald wird er ein richtiger Mann sein, ein gutaussehender Mann, dachte Gini, aber noch fehlte ihm jene Unaufrichtigkeit im gesellschaftlichen Umgang, die für Erwachsene typisch war. Er starrte sie an: Dann wurde er rot und senkte den Blick.

»Ich weiß«, sagte sie. »Hat Lindsay dich nicht vorgewarnt? Ich bin dünn geworden.«

»Ich mache uns Kaffee. Irgendwo müssen noch Kekse sein ...« Er hatte sich bereits verlegen weggedreht, kramte in einem unaufgeräumten Schrank herum, versuchte, an der mit schmutzigem Geschirr vollgestapelten Spüle Wasser in den Kessel zu füllen. »Scheiße«, knurrte er. »Vielleicht sollte ich lieber ein bißchen aufräumen, bevor Mum heimkommt. Eigentlich ist Gran dran – wir wechseln uns jetzt ab. Mum's neuester Einfall, um das Chaos in den Griff zu bekommen. Aber Gran drückt sich jedesmal. Sie wäscht nicht gern ab. Sie behauptet, sie würde von Spülmittel Ausschlag kriegen.«

»Wie praktisch«, sagte Gini, die mit Louises Techniken vertraut war.
»Ja. Hab' ich auch gesagt.«
»Ich helfe dir. Ich spüle, und du trocknest ab, dann haben wir es gleich geschafft. Wann will Lindsay heimkommen?«
»Gegen halb zwei, hat sie gesagt. Vielleicht zwei. Sie steht unter Druck, weil sie Montag nach Paris fliegen will. Und dieses Wochenende mit dir unterwegs ist. Freizeitstreß.« Er grinste. »Sie hat ein schlechtes Gewissen deswegen. Und wenn sie ein schlechtes Gewissen hat, dann wir sie *schwer* prämenstruell. Und dann sitzt da noch ein Arsch in ihrem Büro. Die beiden bekriegen sich, stehen kurz vor dem Atomschlag, und dieser Arsch hat sie aufgehalten.«
»Präzise wiedergegeben«, sagte Gini, während sie heißes Wasser einlaufen ließ. »Vielleicht ein bißchen schlicht, was die weibliche Psychologie betrifft, aber ich kann mir die Situation vorstellen. Du wolltest also nicht mit uns zu Max fahren?«
»Das ist nicht meine Szene.«
»Früher warst du gern dort.«
»Nicht mehr. Zu viele Babys. Charlotte ist schon wieder schwanger, und – was ist denn?«
»Nichts. Ich habe mich bloß verbrüht. Das Wasser ist zu heiß.«
»Jedenfalls gibt's dieses Wochenende im NFT eine Bergman-Retrospektive. Zwölf Stunden lang nur gute Filme. Lauterste Kunst.« Er warf ihr einen Seitenblick zu. »Bergman, Antonioni. Fellini. Godard. Nichts von euren amerikanischen Regisseuren. Nicht mehr.«
»Früher haben dir unsere amerikanischen Regisseure gefallen. *Der Hexenkessel. Taxi Driver. Der Pate.* Den *Paten* haben wir mindestens dreimal gesehen, Tom –«
»Stimmt. Also, der *frühe* Coppola ist ganz okay. Und Scorcese ist phantastisch. Hast du *Goodfelles* gesehen? Ach, und Tarantino natürlich. Also, Tarantino ist wirklich der Wahnsinn. Hast du *Reservoir Dogs* gesehen? *Pulp Fiction*?«
»Nein.«
»Die zwei besten amerikanischen Filme aller Zeiten. Ohne Ausnahme. Postmodernes Kino. Natürlich sind sie brutal ...«
»Das habe ich gehört. Im Augenblick möchte ich lieber keine Gewalt sehen. Irgendwann werde ich das wohl nachholen ...«
»Unbedingt. Da gibt es so eine Szene, in *Pulp Fiction* – ich will nichts

vorwegnehmen, weil er diese erzählerischen Spielchen treibt, weißt du, aber da sind diese Collegekids, und du weißt, daß sie gleich erschossen werden, und Travolta zieht seine Waffe, aber er zielt nicht auf sie oder so. Er steht einfach hinter ihnen, und dann ...« Tom hielt inne. Er wurde knallrot. »O Mann. Tut mir leid. Ich hätte nicht davon anfangen sollen. Mum hat mich gewarnt. Sie hat gesagt –«

»Schon gut, Tom. Wirklich. Mach dir keine Gedanken. Mir geht's gut. Gib mir einfach die Pfanne da, ja?«

Tom reichte sie ihr. Er stand neben ihr, wischte nachlässig über das Geschirr und sah sie ab und zu von der Seite an.

»Ich würde gern wissen ...« Er zögerte. »Ich meine, was ist da draußen in Sarajevo mit dir passiert? Sprichst du manchmal darüber? Mum sagt, du sprichst nicht darüber. Nicht mir ihr, mit niemandem. Warum?«

»Du hast selbst lange mit niemandem gesprochen«, entgegnete Gini. »Drei, vier Jahre lang hast du so gut wie überhaupt nicht geredet, Tom. Lindsay wurde halb wahnsinnig vor Angst und Schuldgefühlen. Bestimmt hattest du Gedanken, Ideen, Gefühle, die du uns hättest mitteilen können. Du hattest dich entschlossen, es nicht zu tun, aus welchem Grund auch immer. Und ich kann mich nicht erinnern, dich damals bedrängt zu haben, Tom ...«

»Nein. Hast du nicht. Du warst cool.« Er dachte nach. »Okay. Ich kann das verstehen. Die Leute quatschen sowieso viel zuviel. In dieser Familie wird ständig gequatscht. Mum kann keine Sekunde still sein. Gran kann keine Sekunde still sein. Ich brauche einfach ein bißchen Platz. Eine Weile Ruhe.«

»Ja, das kann manchmal ganz hilfreich sein.« Gini wandte den Blick ab.

»Klar. Ohne Scheiß. Du hast bloß früher immer geredet, deshalb. Ich hab' gern mit dir geredet – weißt du noch? Wir sind ausgegangen, du hast mich ins Kino eingeladen oder auf einen Hamburger. Das war toll ...«

»Ja. Ich weiß noch. Mir hat das auch Spaß gemacht.«

»Deshalb frag' ich mich einfach – was mit dir passiert ist.« Er zögerte wieder. »Mum meint, es ist ein posttraumatisches Streßsyndrom – hat sie dir das gesagt?«

»Nein. Und es ist bestimmt nichts so Großartiges.«

»Zu viele Leichen, meint Mum. Ich hab' gesagt – Pascal kann damit umgehen, er hat schon aus hundert Kriegen berichtet, warum Gini nicht auch? Mum meint, Frauen würden das anders empfinden, weil sie mehr spüren, aber das kauf' ich ihr nicht ab. Ich glaube ...« Er wägte die Worte ab. »Ich glaube, mit der Zeit wird man *abgehärtet*. Und für dich war es bestimmt besonders schwer, weil es dein erster Krieg war und weil es dir soviel bedeutet hat, denn das war schließlich schon immer dein Traum, stimmt's? Kriegsberichterstattung?«
»Ja. Früher mal. Können wir das Thema wechseln?«
Ein paar Sekunden herrschte Schweigen. Tom trocknete eine Pfanne und ein paar Teller ab, während Gini grimmig schrubbte und spülte. Sie würde das durchstehen, sagte sie sich, sie mußte sich nur ganz auf diese einfache Arbeit konzentrieren – doch dann tat Tom genau das, was sie am wenigsten erwartete, womit sie überhaupt nicht zurechtkam.
Mit rotem Kopf und seiner linkischen Verlegenheit, die sie an seine Kinderzeit erinnerte, legte er den Arm um ihre Schulter und bat sie um Verzeihung. Er sagte, er wisse, daß das fies gewesen sei und daß er das Thema nicht hätte anschneiden sollen und daß es ihm leid tue, aber jemand – also eigentlich seine Freundin – hätte ihm mal gesagt, er müsse lernen, sich in andere Leute hineinzuversetzen, und das hätte er versucht, und irgendwie scheine das ja auch zu klappen, und er habe nicht aufdringlich sein wollen, aber Gini sähe so verändert aus, daß er das Gefühl gehabt habe, etwas sagen zu müssen ...
Sie hatte zu weinen begonnen. Sie merkte, daß ihre Tränen Tom verunsicherten, aber sie war machtlos. Erst weinte sie ins Abwaschwasser und dann, nachdem Tom sie zum Tisch gezogen und sie sich hingesetzt hatte, auf das Kiefernholz. Tom brachte ihr Kleenex und wurde langsam unruhig. Als sie das bemerkte, kämpfte sie die Tränen nieder und bekam sich schließlich wieder unter Kontrolle. Sobald Tom sah, daß sie sich beruhigte, wurde er noch fürsorglicher. Er machte ihr Kaffee, setzte sich dann neben sie und nahm ihre Hand.
»Sag's mir «, sagte er. »Du kannst es mir sagen. Ich werde es niemanden verraten, Ehrenwort. Ich verstehe dich. Wieso mußtest du weinen?«
»Das hat nichts mit dir zu tun, Tom.« Gini drückte seine Hand und ließ sie dann los. »Bitte gibt dir nicht die Schuld daran. Du warst sehr

nett. Aber – aber in Bosnien, da konnte ich nicht weinen. Da konnte ich das nicht zulassen. Und jetzt ist es so, als hätten sich die Tränen angestaut. Sie haben gewartet, bis ich heimkam – und jetzt kommen sie, sobald ich mich an etwas erinnere, und ohne daß ich sie aufhalten könnte. Das ist alles.«

»Woran erinnerst du dich?« Er sah sie ernst an, und Gini war gerührt. Sie sah, daß er, noch ein halbes Kind und schon halb erwachsen, sich so zu verhalten versuchte, wie es einem Mann seiner Meinung nach anstand.

»Gräßliche Dinge. Sterbende. Verletzte. Du kennst es aus den Nachrichten, Tom. Du kannst es dir vorstellen. Natürlich habe ich mir auch die Nachrichten angesehen, bevor ich losfuhr. Ich habe mir Pascals Fotos angesehen. Mir war klar, was mich dort erwartete. Ich dachte, ich wäre auf alles gefaßt. Aber wenn du das monatelang mitansehen mußt, wenn du monatelang danebenstehen mußt – und wenn du weißt, daß nichts, was du tust oder schreibst, irgend etwas ändern wird …« Sie ließ den Kopf sinken.

»Ich kann dich verstehen.« Er zog die Stirn in Falten. »Warum wolltest du eigentlich da runter, Gini? Warum wolltest du über Kriege berichten? Weil das dein Vater gemacht hat? Weil er diesen Pulitzerpreis gewonnen hat? Oder vielleicht wegen Pascal? Damit du mit ihm arbeiten, mit ihm zusammensein kannst?«

»Alles zusammen, nehme ich an, Tom.« Sie seufzte. »Ich *weiß* es nicht mehr. Ich weiß nur noch – daß ich nicht noch einmal nach Bosnien gehen könnte. Ich werde nie wieder über einen Krieg berichten …«

»Das glaube ich schon«, versuchte Tom sie aufzumuntern. »Mum hat mir die Sachen gezeigt, die du geschrieben hast. Wirklich toll. Als Mum das über Mostar gelesen hat, mußte sie weinen, und –«

»Nicht, Tom. Reden wir nicht mehr davon. Du hast mir geholfen – ganz im Ernst. Ich brauche einfach ein bißchen Zeit …«

»Pascal fehlt dir.« Tom stand auf. »Mum sagt, das ist das halbe Problem, und ich finde, sie hat recht. Sie meint, du wirst wieder okay sein, wenn er heimkommt. Sie ist sogar ziemlich sauer auf ihn – weil er so lange wegbleibt. Erst neulich abend hat sie gesagt, wenn sie seine Telefonnummer hätte, dann würde sie ihn anrufen und ihm mal gehörig die Meinung geigen.«

»Was?« Gini war jetzt ebenfalls aufgestanden. Sie sah ihn fassungslos an. »Tom, das hat sie doch nicht ernst gemeint, oder? Das darf sie nicht. Sie hat kein Recht, sich da einzumischen –«
»Keine Angst. Das wird sie nicht. Sie hat bloß manchmal so komische Ideen. Und ...« Er hielt inne, und seine Miene veränderte sich. »Ach, ich *verstehe*. Mir geht ein Licht auf. Du hast es ihm gar nicht erzählt, stimmt's? Er weißt gar nicht, daß du krank bist?«
»Tom – ich bin nicht krank. Können wir über was anderes reden –«
»Weiß er, wie dünn du geworden bist? Weiß er, wie du Weihnachten verbracht hast – nämlich ganz allein?«
Gini lief feuerrot an. »Wer hat das denn erzählt? Das stimmt nicht. Ich war bei ein paar Freunden –«
»Mum glaubt das nicht. Ich hab' mitgekriegt, wie sie mit Gran darüber geredet hat.«
»Verdammt noch mal. Das ist ja unerträglich – das halte ich nicht aus. Ich kann es nicht ertragen, daß man sich so den Mund über mich zerreißt. Es geht Lindsay einen feuchten Dreck an, wie ich Weihnachten verbracht habe ...«
»Es geht sie sehr wohl etwas an. Sie ist deine Freundin. Und Pascal geht es erst recht etwas an. Ich kenne Pascal. Ich mag ihn. Ich wette, du hast ihm überhaupt nichts erzählt, weder das von Weihnachten, noch daß du so dünn geworden bist – überhaupt nichts. Denn wenn er es wüßte, dann würde er sich ins nächste Flugzeug setzen, da hat Mum ganz recht –«
»Hör endlich auf, Tom! Laß mich in Ruhe –«
»Nein!« Tom war genauso wütend, wie sie plötzlich merkte. Sein Gesicht war blaß. Er schleuderte ihr einen Blick reinster pubertärer Entrüstung entgegen. »Du *belügst* Pascal. Du solltest ihn nicht belügen, nicht wenn er dich liebt –«
»Ich belüge ihn *nicht*!« attackierte ihn Gini wutentbrannt. »Vielleicht erzähle ich ihm nicht alles – aber ich habe meine Gründe dafür. Er muß *arbeiten*, Tom.«
»Trotzdem ist es eine Lüge. Auch Schweigen kann eine Lüge sein. *Ich* würde meine Freundin nicht belügen. Ich habe ihr keine einzige Lüge erzählt, seit neunten November letzten Jahres nicht. Keine indirekte Lüge, keine Höflichkeitslüge –«
»Das kann ich mir vorstellen. Du solltest das aber lernen, Tom.

Manchmal ist die Wahrheit zu schmerzhaft. Manchmal kann eine Lüge ganz hilfreich sein. Oder gnädig. Wenn du erst einmal älter bist, wirst du das schon noch verstehen.«

Die letzte Bemerkung war ein fataler Fehler, das war ihr augenblicklich klar. Blut stieg ihm vom Hals aufwärts ins Gesicht.

»*Und am allerwenigsten* sollten sich Ehepaare belügen«, platzte es aus ihm heraus. »Das finde ich wirklich zum Kotzen. Frauen, die ihre Männer anlügen. Männer, die ihre Frauen anlügen. Mein Dad macht das. Wenn er hier ist, was alle hunderte Jahre einmal vorkommt, dann lügt er die ganze verdammte Zeit ...«

Jetzt konnte Gini seine wachsende Verzweiflung hören, seine plötzliche Wut spüren. Mit einer solchen Wendung ihres Gesprächs und einer so unvermittelten, ungestümen Reaktion hatte sie nicht gerechnet.

»*Nicht*, Tom.« Sie streckte die Hand nach ihm aus. »Verzeih mir, daß ich das gesagt habe. Das darfst du nicht glauben. Lindsay lügt nie. Lindsay ist einer der aufrichtigsten Menschen, die ich kenne. Und deine Eltern sind nicht mehr zusammen. Seit Jahren nicht mehr. Du darfst nicht so über sie urteilen.«

»Warum nicht? Es stimmt doch. Ich weiß Bescheid. Sie waren verheiratet. Zehn Minuten lang. Es gab eine Hochzeit. Sie haben sich Treue geschworen. Ich wurde geboren. Dann haben sie sich getrennt. Sie haben sich ein Versprechen gegeben, und sie haben es nicht gehalten. Und du – du bist genauso –«

»Tom, hör mir zu – warte. Das ist doch nicht dein Ernst. Du begreifst nicht ...«

»Ich dachte, ihr wärt anders, du und Pascal.« Er wurde lauter. »Ich mag ihn ehrlich gern. Ich *respektiere* ihn. Ich mag dich. Ich dachte, vielleicht kann es ja *doch* klappen, vielleicht kann man jemanden sein ganzes Leben lang lieben. Ich meine, das wäre doch was, oder? Ich hätte es wissen müssen ...«

Er brach ab. Unten schlug eine Tür zu. Beide lauschten Lindsays Schritten auf der Treppe. In Toms Gesicht arbeitete es. Gini sah ihn hilflos an. Sie hatte wenig Erfahrung mit Kindern und keine Ahnung, wie man mit jemandem reden sollte, der halb erwachsen und halb Kind war. Sie war nur zwölf Jahre älter als er, noch nicht einmal dreißig, aber jetzt beobachtete sie ihn über eine tiefe Kluft hinweg.

Aus Hilflosigkeit schwieg sie. Ihre Hand war immer noch ausgestreckt, und Tom ignorierte die Geste noch immer. Seine Mutter war unten auf dem Treppenabsatz angelangt. Plötzlich machte er eine zornige Geste, begann zu sprechen, stockte, marschierte dann aus der Küche und schlug die Tür hinter sich zu.

Ein paar Sekunden später knallte die Tür zu seinem Zimmer; fast gleichzeitig zerfetzte ohrenbetäubende Rockmusik die Stille. Lindsay trat ein, beschwingt und offenbar sehr mit sich zufrieden. Als hätte es auf diesen Moment gewartet, begann das Telefon zu klingeln. Lindsay hob ab und lauschte ein paar Sekunden schweigend.

»Markov«, sagte sie schließlich. »Ich will mir das jetzt nicht anhören. Ich *brauche* mir das jetzt nicht anzuhören. Ich bin im *Wochenende*, okay? Jetzt verpiß dich, Markov, und laß mich in Ruhe.« Sie legte auf, drehte sich zur Tür und brüllte: »Tom, ein paar Dezibel weniger, *bitte* ...«

Das Trommelgedröhn wurde leiser.

»Was ist passiert?« Sie sah Gini an. »Habe ihr euch gestritten?«

»So halb. Ich weiß nicht. Tom war sehr nett zu mir. Wir haben uns unterhalten. Dann kippte des Gespräch plötzlich. Und dann –«

»Ist ihm die Sicherung durchgebrannt?«

»Ja. Ach, Lindsay – ich glaube, ich habe ihn irgendwie enttäuscht.«

»Keine Angst. Dazu sind Erwachsene da. Ich enttäusche Tom ungefähr fünfmal am Tag.«

»Vielleicht sollte ich zu ihm gehen und mit ihm reden.«

»Bloß nicht. In dieser Verfassung ist er schlimmer als Savonarola. Er macht dich zur Schnecke. Vergiß das nicht, wenn du mal Kinder kriegst. Später wird so was aus ihnen. Nicht daß man es um irgendwas in der Welt missen wollte, natürlich. Und da wir gerade von launischen Teenagern sprechen – wo ist meine Mutter?«

»Louise ist vermutlich bei Harrods. Fußballschuhe kaufen.«

»Bei allen Höllenschlunden. Es ist doch nicht zu *fassen*. Nur meine Mutter würde zu Harrods gehen, um Fußballschuhe zu kaufen. In *Wahrheit* kauft sie natürlich die halbe Kosmetikabteilung leer. Adieu, Monatsgehalt. Ach was, auch egal ... mach mir einen Kaffee, Gini. Ich rufe nur kurz bei Charlotte an, und dann machen wir uns auf den Weg. Ich hab' dir tausend Dinge zu erzählen ...«

Gini bemerkte die ungebremste Fröhlichkeit, den Schwung und tat,

wie ihr geheißen. Auf der Autobahn nach Westen, in Richtung Oxford, fuhr Lindsay rasant und ohne das geringste Talent zum Autofahren. Gini, die ganz vergessen hatte, wie miserabel Lindsay Auto fuhr, machte irgendwann verängstigt die Augen zu. Lindsay fuhr den Lastzügen bis auf die Rücklichter auf und redete ununterbrochen. Sie redete bis Oxford; sie redete in Oxford, wo sie die Abzweigung zur Umgehungsstraße verpaßte und sich hoffnungslos verfranste. Sie redete auf der Landstraße hinter Oxford, und Gini hatte den Eindruck, daß sie, entgegen ihrer Behauptung, keineswegs tausend Dinge zu erzählen hatte.
Sie hatte ein einziges Thema, das allerdings in Variationen. Sie redete über einen Mann, den Gini nicht kannte und der sie nicht interessierte. Er hieß Rowland McGuire, und Lindsay konnte ihn nicht ausstehen – behauptete sie wenigstens.

Kapitel 3

An jenem Nachmittag nahm Charlotte Max' überraschenden Anruf in der Küche des ehemaligen Bauernhauses entgegen, das sie kurz nach ihrer Hochzeit vor etwa zehn Jahren erworben hatten. Sie war gerade beim Backen und hatte weißbemehlte Hände. Ihr jüngster Sohn Daniel saß an dem Tisch am anderen Ende des großen Raumes und beschäftigte sich fröhlich, wenn auch ziemlich raumgreifend, mit seinen Wasserfarben: Der Anruf erreichte sie kurz nach vierzehn Uhr, und Max kam – nachdem er seiner ständig um ihn besorgten Frau hastig erklärte hatte, daß alles in Ordnung sei und daß er das Büro wie geplant verlassen werde – sofort auf den Punkt.

»Es ist wegen Rowland«, sagte er. »Ich habe mich mit Rowland unterhalten. Er ist eben aus dem Zimmer. Hör mal, Liebling, ich habe nachgedacht –«

»Sag bloß nicht, daß Rowland es sich anders überlegt hat ... ach Max!«

»Nein, nein. Rowland hat es sich nicht anders überlegt – natürlich nicht. Du kennst ihn doch. Aber *ich* habe es mir anders überlegt. Liebling, ich weiß, was wir uns ausgedacht haben, aber ich finde: Wir sind zu weit gegangen. Wir sollten nichts überstürzen –«

»Ach, Max, wir überstürzen doch nichts«, fiel ihm Charlotte ins Wort. »Wir haben *stundenlang* darüber gesprochen. Du warst meiner Meinung – das hast du selbst gesagt. Wir wollten doch nur dem Schicksal einen kleinen Schubs geben. Rowland braucht das nie zu erfahren.«

»Er wird Verdacht schöpfen.« Max klang unheilverkündend. »Liebling, du weißt, wie schlau er ist – er wird sich seinen Teil denken. Einer von uns wird ein falsches Wort sagen, und ...« Er seufzte. »Ich muß verrückt gewesen sein. Ich weiß nicht, wie ich mich von dir überreden lassen konnte.«

»Warum sollte er Verdacht schöpfen? Schließlich ist das alles auf seinem Mist gewachsen. Wir leisten nur ein bißchen *Hilfestellung* und kurbeln den Gang der Ereignisse ein wenig an.«

»Nein, Charlotte.« Max, ein Ehemann bis ins Mark und meist geneigt, sich in Fragen des Gefühls dem Urteil seiner Gattin anzuschließen, da er das weibliche Geschlecht für bewanderter in diesen Dingen hielt als das männliche, schien ausnahmsweise fest entschlossen. »Nein, Liebling. Ich will das nicht. Wir werden uns nicht einmischen, und wir werden nicht Gott spielen. Das ist bei einem Mann wie Rowland zu gefährlich. Weiß Gott, was alles passieren könnte. Er ist mein *Freund* – und ich will, daß er mein Freund bleibt, verstehst du?«

Charlotte zögerte. Es kam höchst selten vor, daß ihr sonst so energischer Gatte seine Meinung änderte, und noch seltener, daß er so mit ihr redete. Sie wischte sich die mehligen Hände an der Schürze ab und überlegte, wie am besten vorzugehen war. Nachdem seit langem für beide feststand, daß Charlotte für alle Herzensangelegenheiten zuständig war, da sie mit weiblicher Intuition begabt war und daher Wochen, wenn nicht Monate früher als Max eine potentielle Liebesaffäre zwischen zwei Freunden erahnte, kam Max' plötzliche Rebellion völlig unerwartet. Die glücklich verheiratete Charlotte, ein Apostel beseligenden Eheglücks, war die anerkannte Kupplerin in der Familie: Das hatte Max doch gewiß nicht vergessen?

»Er ist auch mein Freund, Max«, begann sie nachsichtig. »Keine Panik, Liebling – dazu besteht gar kein Anlaß. Wir haben das doch alles durchgesprochen. Rowland ist nicht glücklich – ganz egal, was er uns vorzumachen versuchte. Er kann nicht bis an sein Lebensende immer nur arbeiten. Er hat etwas Besseres verdient. Er ist einsam, sein Leben ist unausgefüllt – es ist eine solche *Verschwendung* …«

Sie hielt inne und fühlte sich bestärkt, als Max nichts darauf erwiderte. »Sieh doch mal, Liebling«, fuhr sie beschwörend fort, »da haben wir diesen phantastisch aussehenden Mann, der nicht nur höchst attraktiv ist, sondern noch dazu klug und nett und *gut*. Du weißt, wie gut er mit den Jungs kann – sie vergöttern ihn. Er sollte selbst Kinder haben. Er sollte abends zu jemandem heimkommen, der ihn liebt, statt ganz allein in diesem komischen Haus zu leben, sich von Fertiggerichten zu ernähren, ständig vor sich hinzubrüten und Tag und Nacht nur zu arbeiten, zu arbeiten und nochmals zu arbeiten –«

»Er ernährt sich nicht von Fertiggerichten«, fiel ihr Max geduldig ins Wort. »Charlotte, hör mir bitte zu! Durch seine Wohnung zieht eine endlose Prozession von Frauen, die völlig vernarrt in ihn sind und ihm was zu essen kochen. Sie bügeln seine Hemden. Sie lesen ihm jeden Wunsch von den Augen ab. Sie hüpfen zu ihm ins Bett. Vor sich hinbrüten? Dazu hat Rowland wahrhaftig keine Zeit. Er ist vollauf damit beschäftigt, Herzen zu brechen. Sein Liebesleben ist ein Minenfeld – das wissen wir beide.«

»Herrgott noch mal. Diese Frauen haben nichts zu bedeuten. Sie schauen ihn einmal an und verlieben sich Hals über Kopf in ihn. Länger als fünf Sekunden hält es Rowland mit keiner von denen aus. Sobald er merkt, daß es ihnen ernst ist, ist er weg.«

»Er hat seine Gründe. Die du genausogut kennst wie ich.«

Diese Bemerkung ließ Charlotte verstummen. Sie runzelte die Brauen.

»Aber verstehst du denn nicht, Max?« sagte sie nach einer Weile. »Das beweist doch nur, was ich sage. Wenn Rowland sich einmal verlieben konnte, dann kann er es wieder tun. Er kann doch nicht ewig trauern. Inzwischen sind fast sechs *Jahre* vergangen, Max.«

»Für *uns* waren es sechs Jahre. Für ihn nicht. Darling – ich habe dir gesagt, daß ich mich eben mit ihm unterhalten habe, und ganz *en passant* kam das Gespräch auf Washington, D. C. Ein Blick in sein Gesicht, und mir war *alles* klar. Charlotte – warum, meinst du wohl, insistiert er so darauf, daß wir Recherchen für diese Drogenserie anstellen? Warum, meinst du wohl, hat er die Serie zur Bedingung dafür gemacht, daß er den Job überhaupt annimmt? Das ist Rowlands ganz persönlicher Kreuzzug. Natürlich sind wir beide der Meinung, es könnte ihm helfen, wenn er sich das endlich eingestehen würde – aber das wird er nicht tun. Die Wunde ist immer noch nicht verheilt. Charlotte, das weißt du ganz genau.«

»Eine Frau könnte sie heilen. Die richtige Frau«, sagte Charlotte. Sie klang sehr bestimmt, und Max, der weniger romantische Auffassungen hatte als seine Frau, seufzte erneut. Die Naivität seiner Frau rührte ihn immer wieder, und er fand ihr Vertrauen in die Kraft der Liebe ergreifend – aber er konnte sich des Gefühls nicht erwehren, daß sie das männliche Geschlecht nicht immer richtig einschätzte.

»Liebling«, sagte er sanft, »ich weiß, daß du das glaubst, und du könntest sogar recht haben – du hast oft recht. Aber wir werden uns trotzdem nicht einmischen. Wenn Rowland die Richtige finden will, dann muß er sie selbst suchen. Dazu ist er schließlich durchaus fähig. Wenn ich ihm diese Arbeit abnähme, dann würde mir Rowland wahrscheinlich auf die Schliche kommen, meinst du nicht?«

»Ach Max.« Charlotte hörte den liebevollen und gleichzeitig ironischen Ton ihres Mannes und war plötzlich überglücklich und besorgt zugleich. Sie lächelte Danny an, der von seinem Gemälde aufsah, und legte sich die Linke auf den Sieben-Monats-Bauch, unter dem das Baby strampelte. Sie wußte, daß sie gleich nachgeben würde – wie immer, wenn Max so mit ihr redete.

»Ich möchte doch nur, daß er glücklich wird«, begann sie. »Und ich meine, daß sich jetzt – dank seiner Pläne – die ideale Gelegenheit dazu bietet. Vom Zeitpunkt und von der Kandidatin her ... aber vielleicht hast du recht. Rowland ist unberechenbar. Vielleicht maßen wir uns zuviel an. Was schlägst du also vor? Gar nichts zu unternehmen?«

»Überhaupt nichts«, antwortete Max etwas ernster. Ihr unschuldiger Tonfall konnte ihn nicht täuschen. »Ganz im Ernst, Charlotte. Versprich mir das. Keine Kabale. Keine scheinbar beiläufigen Bemerkungen –«

»Also gut, versprochen. Und jetzt komm schnell heim. Ich vermisse dich. Und Danny vermißt dich auch. Er läßt dich küssen. Und umarmen. Max ...«

»Ich liebe dich«, erklärte Max mit einer Stimme, die Charlotte so vertraut war, seine Kollegen hingegen vielleicht überrascht hätte. »Ich liebe dich von ganzem Herzen. Das grenzt schon an Heiligenverehrung. Und ich ...« Er holte Atem. »Mich gelüstet nach dir. Das trifft es wohl am besten. Ja, es handelt sich eindeutig um Lust. Ich muß in zweieinhalb Minuten in eine Konferenz, und vermutlich wird mich die ganze Zeit über nach dir gelüsten.«

Charlotte lächelte. »Das klingt schmeichelhaft, Max, aber unwahrscheinlich. Ich bin im siebten Monat schwanger. Ich bin breiter als ein mittlerer Öltanker.«

»Und hat mich das schon jemals abgeschreckt?« fragte ihr Mann beleidigt. »Im Gegenteil, wie du genau weißt, erfordert das lediglich etwas Einfallsreichtum meinerseits. Im Bereich der Mechanik, wenn du so willst. Angenommen, ich würde rasen wie ein Irrer und käme gegen sechs nach Hause ... Wann kommen eigentlich diese verdammten Gäste?«

»Gegen halb acht. Aber – wenn du kommst, wird die Situation nicht ganz einfach sein. Lindsay und Gini werden hier sein, die Stimmung könnte ein bißchen verkrampft sein, das haben wir doch schon vorausgesehen.«

»Ich werde sie auflockern«, versprach Max. »Wodurch uns, meiner Rechnung nach, mindestens eine halbe Stunde bleiben würde. Also, in dieser Zeit könnte ich ...«

Dann beschrieb er ihr bis ins kleinste Detail einige höchst interessante Betätigungen. Charlotte lauschte ihm aufmerksam und errötete. Gerade als er zum einfallsreichsten Punkt seiner Schilderung kommen wollte, brach er ab und beendete das Gespräch. Charlotte legte lächelnd den Hörer auf; Max konnte ausgesprochen draufgängerisch sein, wenn es ihm in den Sinn kam, aber er war noch nie in seinem Leben zu spät auf einer Konferenz erschienen.

Eheglück, dachte Charlotte. Seit dem Gespräch mit ihrem Mann war eine Stunde vergangen. Im Laufe dieser Stunde war Jess eingetroffen, ihre Haushaltshilfe aus dem Dorf, die jetzt Brot backte. Charlotte hatte ihre Vorbereitungen für das Dinner am Abend abgeschlossen und saß neben Danny, der völlig in seine Gemälde vertieft war. So hatte sie reichlich Zeit, um über Max' Argumente und ihre eigenen nachzusinnen. Sie war immer noch ein wenig aufgebracht: Sie war nicht zufrieden mit dem Gespräch; sie hätte ihm energischer widersprechen sollen; sie hatte das unbestimmte Gefühl, daß manche Dinge, wichtige Dinge, unausgesprochen geblieben waren.

Töpfchen mit dünnflüssigen, grellbunten Farben umgaben Danny und sie. Er hatte Farbe auf den Händen, dem Gesicht, den Ellbogen und den Kleidern; Boden und Tisch waren vollgekleckst. Bis jetzt hatte er einen roten Baum, ein viereckiges Haus, einen blauen, struppigen Hund und eine fette, orangefarbene Charlotte mit rosa Haarschopf gemalt. Der große, gemütlich unaufgeräumte Raum roch nach Hefe; eine Uhr tickte. Charlotte wußte, daß sie eigentlich ganz in sich ruhen sollte, wie sie es in dieser Situation gewöhnlich auch tat; aber heute wollte sich die Ruhe nicht einstellen. Sie betrachtete das Porträt, das Danny von ihr gemalt hatte. Warum sind meine Haare rosa? fragte sie sich und merkte, daß sie am liebsten losgeheult hätte.

Impulsiv schloß sie Danny in die Arme und vergrub ihr Gesicht in seinem Haar. Der Duft seines Haares und seiner Haut, dieser für Babys und kleine Kinder typische Duft, berührte Charlotte zutiefst. Er rührte an ihr Herz. Während sie Danny küßte und gleich wieder freigab, weil er sich aus ihrer mütterlichen Umarmung zu winden versuchte, um sich wieder seiner Kunst zu widmen, dachte sie: Was für ein unermeßlicher Reichtum! Wie konnte es falsch oder anmaßend sein, einem so netten, so aufrichtigen, so verletzten Menschen wie Rowland all diese Reichtümer zu wünschen, die Liebe und Ehe mit sich brachten?

Gedankenversunken und immer noch unschlüssig, was diese Angelegenheit betraf, verließ sie um kurz nach drei das Haus, um die vier Hunde – zwei fette Labradors und zwei bissige Jack Russels – auszuführen. Daniel ließ sie bei Jess zurück. Beide waren jetzt mit den kleinen Biskuitkuchen beschäftigt, die es zum Tee geben sollte. Im Garten blieb sie kurz stehen und warf einen Blick zurück durch das helle Rechteck des Küchenfensters, während die Hunde kläffend um ihre Beine rannten.

Jess schlug gerade Zucker und Butter; Danny stellte seine liebsten Kuchenverzierungen zusammen: Zuckerveilchen, knallbunte Zuckerkugeln, Silberperlen. Daniel mochte ausschließlich Kuchen mit giftrosa Zuckerguß und jeder Menge Dekoration; zu seinem vierten Geburtstag im nächsten Monat würden sie einen Kuchen in Form seines Lieblingstiers, eines Igels, backen. Es würde ein rosa Igel mit Schokoladenstacheln auf einem Bett von Smarties werden.

Es war ein kalter, klarer Nachmittag; die Luft roch nach feuchter Erde und Holzrauch. Als Charlotte die Einmündung zur Straße erreicht hatte, fühlte sie sich schon ruhiger und gelassener. Allmählich gewann ihre natürliche Heiterkeit wieder die Oberhand – die Eigenschaft, die Max am meisten an ihr liebte. Sie zog das knallrote Kopftuch über ihr ungekämmtes Haar, schlang den alten Mantel fester um den Bauch, pfiff den Hunden und machte sich auf ihren gewohnten Rundgang. Sie würde hinunter zum Fluß gehen, an der Kirche vorbei, und durch die Hügel zurück. Danach würde es nicht mehr lang dauern, bis Gini und Lindsay einträfen. Sie hätte eben noch Zeit, die Hühner vor dem Dunkelwerden in den Hühnerstall zu schließen – das durfte sie keinesfalls vergessen, denn in der Gegend wilderte ein Fuchsrüde –, und dann würde es, nachdem Jess zu ihrer Familie heimgekehrt war und ihre älteren Söhne aus der Schule heimgekommen waren, Tee geben. Mit auf dem Feuer geröstetem Toast, dachte Charlotte; und Dannys giftrosa glasierten Biskuits. Sie würde ihre Pläne bezüglich Rowland aufgeben – sie würde Rowland nicht einmal erwähnen, mit keinem Wort.

Andererseits – und hier blieb sie stehen und schaute auf das graue Band des Flusses weiter unten im Tal –, andererseits würde Lindsay wirklich gut zu ihm passen, und dieses Wochenende schien wie geschaffen, diesen Gedanken auszusäen. Seit Max ihr vor einer Woche erstmals von Rowlands Plänen erzählt hatte und Charlotte dabei augenblicklich eine mögliche Verbindung erkannt hatte, erschien es ihr so natürlich, so vorherbestimmt, daß die beiden zueinanderfanden, daß sie überhaupt nicht verstehen konnte, warum sie diese Möglichkeit nie zuvor ins Auge gefaßt hatte.

Lindsay war warmherzig, unabhängig und stark. Sie hatte einen Sohn, der dringend eine Vaterfigur brauchte: einen Mann wie Rowland, dem er nacheifern und den er bewundern konnte. Sein leiblicher Vater – Lindsays Ex-Mann, den Charlotte ein einziges Mal getroffen und augenblicklich gehaßt hatte – war ein gutaussehender Schnorrer ohne jede Willenskraft, der zuletzt in Kanada gesichtet worden war. Er meldete sich nur selten bei Lindsay und niemals bei Tom und tauchte nur auf, wenn er knapp bei Kasse war oder ihn gerade das letzte in einer langen Reihe von Mädchen verlassen hatte.

Lindsay hatte etwas Besseres verdient als diesen Mann, der sie sechs Monate nach Toms Geburt im Stich gelassen hatte. Sie hatte etwas Besseres verdient, als bis an ihr Lebensende ihre extrem selbstsüchtige Mutter zu unterstützen – und wenn Tom erst einmal das Haus verlassen hatte, lag das durchaus im Bereich des Möglichen, befürchtete Charlotte. Lindsays Mutter, eine Frau mit ausgeprägtem Selbsterhaltungstrieb, hatte bislang noch jeden Mann verscheucht, mit dem sich Lindsay seit ihrer Scheidung eingelassen hatte. Rowlands großes Plus als zukünftiger Ehemann, dachte Charlotte, ist die Gewißheit, daß er Louises Heuchelei durchschauen und sie schleunigst und ohne Gewissensbisse in sichere Entfernung verfrachten würde. Rowland konnte skrupellos sein und war einer der ganz wenigen Männer unter ihren Bekannten, die bestimmt fähig waren, Lindsay aus den Klauen ihrer Mutter zu befreien: Charlotte konnte ihn schon als schwertschwingenden Helden und Retter sehen.

Natürlich, dachte sie selbstkritisch, ist Lindsay möglicherweise gar nicht der Meinung, daß sie gerettet werden will oder muß. Nun, da täuschte sich Lindsay. Jemand mußte Lindsay vor sich selbst und vor ihrer Mutter retten. Sie mußte lernen zu vertrauen, sie mußte die Erfahrung machen, daß Liebe nicht immer und automatisch mit Schmerz und Einsamkeit einherging. Jemand mußte ihr vor Augen führen, daß man manchen Männern trauen konnte, und daß der richtige Mann das Leben einer Frau völlig verändern konnte, so wie sich Charlottes Leben durch Max verändert hatte oder – um ein weiteres strahlendes Beispiel zu nennen – Ginis Leben durch Pascal.

Jetzt war sie am Fluß angekommen; Charlotte hielt an. Sie nahm die Hunde an die Leine, ging die schmale Straße entlang und blieb auf der Brücke stehen. Über Glückseligkeit und innere Ruhe nachsinnend, schaute sie einem Fisch zu, der durch die Algen strich. Sie hob den Kopf und blickte stirnrunzelnd das gewundene Tal hinauf. Einmal im vorigen Sommer waren Max und die Kinder nachmittags vorausgegangen; sie hatte sich mit Rowland unterhalten, genau dort bei der Weidengruppe.

Er war den ganzen Morgen mürrisch und schlecht gelaunt gewesen. Nun stand er am Fluß und starrte mit ernster, starrer Miene ins Wasser. Als sie ihm – mitfühlend und entschlossen, endlich etwas zu sagen – die Hand auf den Arm legte, zuckte er zusammen, als hätte er sie ganz vergessen.

»Ich weiß, woran du denkst, Rowland«, sagte sie so sanft wie möglich. »Es war heute vor fünf Jahren, nicht wahr? Max hat es mir erzählt. Rowland – du solltest es nicht so in dich hineinfressen. Warum tust du das? Kannst du wirklich nicht darüber reden? Nicht einmal mit mir?«

»Das würde unserer Liebe nicht gerecht werden. Das würde ihr nicht gerecht werden.« Er wandte den Blick ab. »Belaß es dabei, Charlotte. Ich werde schon auf meine Weise damit fertig.«

»Wie hieß sie eigentlich, Rowland? Ich weiß nicht einmal ihren Namen ...«

»Ihren Namen?« Er sah sie kalt an. »Sie hieß Esther. Sie war schwarz. Erzähl mir nicht, das hättest du nicht gewußt. Dieses pikante Detail hat Max dir doch bestimmt nicht verschwiegen. Eine Tatsache, die nie vergessen wird. Das interessiert die Leute immer am meisten. Warum wohl, meinst du?«

»Ich wußte es nicht.« Charlotte sah, wie sich seine Muskeln bei ihrer Antwort anspannten; sie sich seine Miene verschloß. »Rowland, ich weiß nur, daß du jemanden geliebt hast, daß ihr heiraten wolltet und daß sie gestorben ist. Mehr hat mir Max nie verraten.«

»Wie diskret. Dabei hat Max bestimmt die amerikanischen Zeitungen gelesen. Er wird jedes Detail wissen, selbst wenn ich es ihm nicht erzählt habe. Ich bezweifle, daß Max das alles vergessen hat. Du etwa nicht?«

»Zieh nicht so über Max her, Rowland, und sei nicht so zynisch, verdammt noch mal«, fuhr Charlotte ihn hitzig an. »Max ist dein ältester und treuester Freund, falls du das vergessen haben solltest.«

»Es tut mir leid.« Er wurde rot. »Das war gemein. Und unfair. Ich – natürlich hast du recht. Es war genau heute vor fünf Jahren, und ... Normalerweise komme ich ganz gut zurecht. Aber damit komme ich irgendwie nicht zu Rande. Verzeih mir, Charlotte. Ich bin im Moment nicht in der Stimmung für Gesellschaft. Ich muß eine Weile allein sein.«

Er betonte diesen Satz. Charlotte fühlte sich bisweilen von Rowland eingeschüchtert, doch diesmal blieb sie fest.

»Ich lasse dich aber nicht allein, Rowland«, sagte sie ruhig. »Und ich lasse mich nicht so abspeisen. Du solltest darüber reden. Offenbar ...« Sie zögerte. »Natürlich heilt die Zeit viele Wunden. Aber es kann auch ganz hilfreich sein, sich bei einer Freundin auszusprechen. Erzähl mir, was passiert ist, Rowland. Hatte Esther einen Unfall? War sie krank?«

Als sie die verstreichende Zeit erwähnt hatte, hatte er ihr einen so verächtlichen Blick zugeworfen, daß sie erschrak. Es hatte sie große

Überwindung gekostet, weiterzusprechen. Jetzt verhärtete sich sein Gesicht vor Zorn.
»Wenn du nicht gehen willst, dann tue ich es eben.« Er drehte sich um. »Misch dich nicht ein. Du sollst mich in Ruhe lassen, Charlotte – kapierst du das nicht?«
»Nein.« Charlotte spürte, daß sie ebenfalls zornig wurde. Sie hielt ihn am Arm zurück. »Nein, Rowland. Es ist mir egal, wie wütend du bist. Aber ich lasse dich jetzt nicht allein. Du wirst dich nicht in deinem Schmerz vergraben –«
»Vergraben? Vielen Dank.«
»Wovor fürchtest du dich eigentlich, Rowland?« Er hatte sie abgeschüttelt, und Charlotte hatte ihn wieder gepackt. »Hast du Angst, vor mir zusammenzubrechen? Oder hast du Angst, dir einzugestehen, daß inzwischen fünf Jahre vergangen sind – und daß niemand, nicht einmal du, Rowland, immer noch genausoviel Schmerz empfinden kann wie damals?«
Als sie das sagte, wurde er kalkweiß. Er drehte sich mit einem Zorneslaut weg, erstarrte, drehte sich dann wieder zu ihr um und sah sie lange eindringlich an, bis sie unter seinem Blick dahinzusiechen meinte und verschämt die Augen niederschlug. Schließlich begann er zu reden, ohne jedes Gefühl und mit eisiger Kälte.
»Du willst also alles wissen? Von Anfang bis Ende? Also gut, Charlotte, weil du meine Freundin bist und dich so um mein Wohlergehen sorgst, werde ich dir alles erzählen. Wir lebten damals in Washington, D. C. In der Nähe des Dupont Circle. Ich war damals schon drei Jahre in Amerika, als Korrespondent meiner Zeitung; etwa einen Monat, bevor es geschah, hatte man mich nach London zurückbeordert. Ich weigerte mich; ich kündigte schließlich sogar. Die Entscheidung fiel mir nicht schwer – Max glaubt das, aber er täuscht sich. Esther arbeitete für die Drug Enforcement Agency, die staatliche Drogenbehörde; deshalb kam es gar nicht in Frage, daß sie Amerika verließ. Ich dagegen konnte auch als freier Journalist arbeiten; die *Post* hatte Arbeit für mich ...« Er stockte erstmals. »Max meinte, ich hätte mich überstürzt entschieden – und sagte mir das ins Gesicht. Aber ich hätte gar keine andere Entscheidung treffen können. Ich konnte mir nicht vorstellen, sie zu verlassen. Wir wollten einen Monat später heiraten.

Es war ein Hochsommerwochenende – sehr heiß, sehr feucht. Wir hatten eigentlich vor, an diesem Tag nach Süden, zu ihrem Bruder zu fahren. Ich verschob den Ausflug, weil sich plötzlich eine Story anbahnte. Wenn wir gefahren wären, wäre all das natürlich nicht passiert, und Esther wäre noch am Leben. Sie wäre meine Frau. Vielleicht hätten wir schon ...« Er verstummte wieder. Charlotte erhaschte einen Blick auf sein Gesicht und machte unwillkürlich einen Schritt auf ihn zu, zuckte aber gleich wieder zurück.
»Sie ging einkaufen«, fuhr er mit der gleichen tonlosen Stimme fort. »Ich blieb zu Hause, arbeitete, telefonierte – doch sie kam nicht mehr heim. Sie wurde auf dem Heimweg ermordet. Ein Fünfzehnjähriger auf Crack schoß ihr in den Hals. Er wollte ihr Geld, und sie gab es ihm, aber er tötete sie trotzdem. Sie starb auf dem Bürgersteig, zwei Blocks von unserer Wohnung entfernt. Sie starb auf dem Bürgersteig, umringt von lauter Fremden, die zu entsetzt – oder zu ängstlich – waren, um Erste Hilfe zu leisten.«
»Zu ängstlich? Rowland – ich verstehe nicht ...«
»Alles war voller Blut. Und heute – die Leute haben Angst vor AIDS. Vielleicht. Es ist egal. Die Ärzte meinten – sie behaupteten, es sei ganz schnell gegangen.« Er schwieg, blickte auf die Hügel jenseits des Flusses, runzelte die Stirn, zuckte dann mit den Achseln. »Nach der Beerdigung habe ich Washington sofort verlassen. Ich werde nie wieder dorthin zurückkehren.« Mit diesen Worten ging er fort, und Charlotte lief ihm nach, Tränen in den Augen. Sie griff erneut nach seinem Arm und zwang ihn, stehenzubleiben.
»Rowland – bitte warte, Rowland. Ich bin froh, daß du mir das erzählt hast – es ist so schrecklich, es macht mir angst. So hör doch – ich kann dich verstehen. Ich kann es wenigstens *versuchen*. Wenn mir so etwas zustoßen würde – wenn es um Max ginge. Begreifst du nicht, Rowland? Es ist nicht falsch, darüber zu sprechen. Wir möchten dir doch helfen. Max und ich. Du mußt irgendwann darüber hinwegkommen, Rowland. Du kannst dich nicht ewig daran festklammern und dein ganzes Leben davon vergiften lassen. Das hätte Esther bestimmt nicht gewollt. Sie hätte das verstanden. Mit der Zeit ...«
Sie verstummte abrupt. Rowland sah sie an. Sein Gesicht war aschgrau.

»Du willst wissen, warum ich nicht darüber spreche? Warum es mir schon jetzt leid tut, daß ich es dir erzählt habe? Weil ich genau weiß, was dann passiert – was ich dann zu hören bekomme. Grauenvolle gutgemeinte *Worte*, verdammte dämliche Ratschläge, blödes Moralgeblöke über die Zeit, die alle Wunden heilt. Ich kann das nicht *ausstehen*. Hör bloß auf, die Briefkastentante zu spielen, Charlotte – das macht mich ganz krank.«

»Ich will dir keine Ratschläge erteilen, Rowland. Ich versuche nur, dir klarzumachen – daß du irgendwann darüber hinwegkommen mußt.«

»Darüber hinwegkommen? Das ist alles, wie? Das würdest du wohl tun, wenn Max morgen von einem Bus überfahren würde? Wie lange würdest du denn brauchen, um darüber hinwegzukommen? Drei Jahre? Fünf? Zehn? Und was würdest du dann tun? In aller Ruhe vergessen? Wieder heiraten? Wie lange *sollte* man deiner Meinung nach trauern, Charlotte?«

»Handelt es sich bei dir wirklich nur um Trauer, Rowland?« fragte sie ruhig. »Oder vielleicht auch um Schuldgefühle?«

»Schuldgefühle?« Er sah sie wutentbrannt an.

»Schuldgefühle, weil du an dem Tag eure Pläne umgestoßen hattest. Und weil du, auch wenn du es nicht zugeben willst, nicht ewig trauern *kannst*. Irgendwann wirst du heiraten, Kinder haben wollen ...« Sie fing seinen Blick auf und hielt ihn unwillkürlich wieder am Arm fest. »Ach Rowland, *verstehst* du denn nicht? Damit würdest du sie nicht betrügen. Man kann die Toten nicht betrügen.«

»Wirklich nicht?« Er riß sich los. »Mein Gott – warum hab' ich das nur getan? *Warum?* Ich *wußte*, was passieren würde. Ich habe sie *geliebt*. Zweifelst du daran? Dann bist du nicht nur blind, sondern auch dumm. Laß mich in Gottes Namen endlich in Ruhe ...«

Ein Blick in sein Gesicht nahm Charlotte jeden Zweifel und ließ sie verstummen. Bloßgestellt, zerknirscht und beschämt sah sie ihn davonmarschieren. Er verschwand mit ausgreifenden Schritten in den Hügeln. Erst spät in der Nacht kehrte er zurück, und da war er wieder ganz der alte Rowland; jener Rowland, den sie zu kennen gemeint hatte: stolz, mit fester Meinung, oft voreingenommen, reserviert, scharfsinnig und doch eigenartig unschuldig. Er gab weder eine Entschuldigung noch eine Erklärung ab. Seit damals hatten sie nie wieder über den Vorfall gesprochen; und falls Rowland jemals bereut hatte, sie so angegriffen zu haben – wie Charlotte ein-, zweimal glaubte, dann wurde aufgrund einer stillschweigenden, taktvollen Übereinkunft auch das nie erwähnt.

Es war allerdings gut und an der Zeit, dachte Charlotte nun, daß sie sich diese Episode noch einmal ins Gedächtnis gerufen hatte – eine Episode, an die sie sich nicht besonders gern erinnerte. Selbst jetzt brannten ihr allein bei dem Gedanken daran die Wangen. Sie war sich Rowland gegenüber so klein, so dumm, so kurzsichtig vorgekommen. Wie selbstgefällig muß mein Geschwätz für ihn geklungen haben, dachte sie, meine Platitüden, diese Hausfrauenpsychologie. Sie blieb auf der Brücke stehen und blickte zu den Weiden hin, unter denen das Gespräch stattgefunden hatte. In diesem Augenblick begriff sie zum ersten Mal, wie riskant der Gedanke war, einen anderen Menschen zu kennen, und wie vernichtend auch nur ein kurzer Blick auf dessen wahres Wesen sein konnte. Rowland hatte Seiten an sich, die ihr Vorstellungsvermögen weit überstiegen. Sein Zorn und seine Kälte hatten ihr angst gemacht – und doch hatte sie just diesen Mann, der ihr selbst vor Augen geführt hatte, wie wenig sie von ihm wußte, noch vor einer Woche fröhlich in die Ehe treiben wollen.

Was bin ich doch für ein Einfaltspinsel, dachte Charlotte geknickt. Gott sei Dank war Max klug genug gewesen, ihren Kupplerplänen einen Riegel vorzuschieben: Er hatte recht. Sie mußte an ihr Telefongespräch und daran denken, wie abfällig sie über Rowlands Gespielinnen gesprochen hatte. Jetzt sah sie ihre mißliche Lage in einem ganz anderen Licht: Es war bestimmt nicht angenehm, eines von Rowlands abgelegten Mädchen zu sein.

War er immer noch ein solcher Blaubart? Charlotte war sich nicht sicher, doch es sprach wohl vieles dafür, und angenommen, Lindsay würde dasselbe Schicksal erleiden, nur weil sie und Max sich eingemischt hatten? Das könnte sie sich nie verzeihen. Jetzt, wo sie Zeit zum Nachdenken gefunden hatte, begriff sie – es war von Anfang an ein törichtes, aufdringliches Vorhaben gewesen. Lindsay war ein so fröhlicher, so offenherziger Mensch, wohingegen Rowland unter dem Mantel äußerer Gelassenheit ein düsteres Wesen verbarg. Wie war es nur möglich, daß sie beinahe einen so kapitalen Fehler begangen hätte, obwohl sie das wußte – und am eigenen Leibe erlebt hatte?

Sie blieb noch eine Weile auf der Brücke stehen und versuchte, zur Ruhe zu kommen. Schließlich merkte sie, daß sich die Hügel schon dunkelrot färbten und der Himmel sich verdunkelte, ruckte an den Hundeleinen, trat wieder auf die Straße und machte sich auf den Weg zu dem Viehgatter gleich hinter der Kurve. Noch bevor sie es erreicht hatte, dort wo sie die Straße verengte, hörte sie den Wagen. Sekunden später schlitterte er viel zu schnell durch die Kurve und schoß vorüber. Er strich um Haaresbreite an ihr vorbei, ein großer, brandneuer silberner BMW; sie spürte, wie sein Sog an ihrem Mantel zerrte; die Reifen bespritzten sie mit Schlamm. Charlotte brüllte ihm wütend hinterher, aber der Fahrer nahm sie weder zur Kenntnis, noch fuhr er langsamer. Charlotte beobachtete, wie der Wagen bald darauf abbog und den steilen Feldweg zu einem fernen Buchenwäldchen hinaufschaukelte.

Aufgewühlt und den alten Mantel fester um ihren Bauch und ihr ungeborenes Kind geschlungen, ging Charlotte weiter. Auf diesem Abschnitt ihres Spaziergangs begegnete sie niemandem und entdeckte nur ein einzigen anderen Fußgänger, einen Mann, der mit einem Hund – offenbar einem Lurcher – unten die Straße am Fluß entlangging. Genau wie sie vorhin machte er an der Brücke halt. Der Wind frischte auf; Charlotte schauderte und pfiff ihren Hunden. Sie waren lang genug an der frischen Luft gewesen: Zeit zum Heimgehen.

Der Rückweg führte sie durchs Dorf, am Friedhof, an der normannischen Kirche, den Armenhäusern und der großen, ohne Mörtel errichteten Steinmauer des Gutshausgartens vorbei. Inzwischen strahlte helles Licht aus den Fenstern der kleinen Häuser, und Charlottes Laune hellte sich wieder auf. Niedergeschlagenheit und Mutlosigkeit wichen. Sie wollte zu Hause sein, genau wie ihre Nachbarn. Sie wollte bei ihren Söhnen und ihren Freunden und ihrem Mann sein. Sie wollte, daß der Nachmittag endlich dem Abend wich und der Abend sich bei geselligem Zusammensein am Kamin bis in die Nacht hinzog. Erst auf dieser letzten Etappe ihres Spaziergangs begegneten ihr zwei Menschen: zwei Mädchen in Schuluniform auf dem Weg zum Gutshaus. Das eine war die bezaubernde Cassandra, die manchmal bei ihr babysittete und deren Mutter – eine elegante, geschiedene Frau – ihr unsympathisch war. Das Mädchen neben ihr schien Mina zu sein, die vor kurzem zugezogen und deren Vater Kommandant des nahe gelegenen US-Luftwaffenstützpunktes war. Charlotte hatte Minas Eltern zusammen mit ein paar Freunden aus dem Ort eingeladen, heute abend auf einen Drink vorbeizukommen; da es zu Beginn dieses Wochenendes unter Umständen peinliche Situationen zu überbrücken galt, hatte sie auf Ablenkung gesonnen.

Sie rief den beiden Mädchen einen Gruß zu, aber zu ihrer Verwunderung schienen beide fest entschlossen, sie nicht zu sehen oder zu hören. Die grüßten nicht zurück; Cassandra, die größere, begann zu laufen; Mina hastete ihr hinterher. Charlotte hörte sie lachen, als sie das Gutshaustor erreichten.

Wie eigenartig und wie schlecht erzogen, dachte Charlotte. Cassandra war bekannt dafür, daß sie bisweilen ausgesprochen unhöflich war – und ihre Mutter berüchtigt für ihre abweisende Art, aber Mina, die stille kleine Mina, deren Mutter immer so unglücklich wirkte, hatte auf Charlotte bisher immer einen wohlerzogenen Eindruck gemacht. Achselzuckend ging sie weiter und beschleunigte schließlich ihren Schritt. Als sie sich ihrem Haus näherte, kam ein kleiner schwarzer Wagen mit quietschenden Bremsen kurz hinter ihrem Hoftor zum Stehen, setzte zurück und schoß dann um Haaresbreite am Torpfosten vorbei in die Einfahrt. Bis Charlotte die Hühner in den sicheren Stall gescheucht hatte und durch den Obstgarten zum Haus zurückgekehrt war, saßen Lindsay und Gini bereits in der Küche, in der es jetzt lecker nach frisch gebackenem Brot roch.

Lindsay hatte Daniel auf dem Schoß und unterhielt sich angeregt mit Jess, die eben heimgehen wollte. Gini – und Charlotte brauchte einen Moment, um sich davon zu überzeugen, daß es tatsächlich Gini war – saß mit todernstem, hübschem Gesicht und leeren Augen am Küchentisch.

Lindsay hatte Charlotte vorgewarnt, aber Charlotte, die Gini zum letzten Mal vor ihrer Abreise nach Sarajevo gesehen hatte, war trotzdem nur ungenügend vorbereitet. Sie blieb wie angewurzelt stehen und starrte Gini an. Ein Rest von Schönheit war noch zu erkennen – und Charlotte hatte Gini einst zu den schönsten Frauen in ihrem Bekanntenkreis gezählt, obwohl diese Schönheit manchem zu schwer und zu still war. Jetzt war sie völlig ausgezehrt und ihre Gesicht ohne Leben oder Farbe; ihr phantastisches, früher langes

und silberhelles Haar war stümperhaft, nein, grausam abgeschoren worden.
Charlotte hörte sich unwillkürlich einen Schreckenslaut ausstoßen, riß sich aber zusammen, als sie Lindsays warnenden Blick auffing. Sie rang sich ein Lächeln ab und eilte auf ihre Gäste zu. Gini stand auf, und Charlotte schloß sie mit aller Kraft in die Arme, überwältigt von Mitleid und Sorge. Gini erwiderte ihre Umarmung und befreite sich dann still wieder daraus. Als sie sich löste, sah Charlotte Tränen in ihren Augen glänzen, und Gini – ein stolzer und äußerst zurückhaltender Mensch – wandte sich augenblicklich ab. Kurz darauf verließ sie unter einem gemurmelten Vorwand die Küche und verschwand mit ihrem Koffer nach oben.
Erschüttert sah Charlotte Lindsay an; augenblicklich drängte sich ihr die Frage auf, weshalb sich ihre gemeinsame Freundin derart verändert hatte – aber Lindsay gab, wie sie feststellen mußte, ihr nur widerwillig Auskunft und lenkte sofort wieder vom Thema ab.

»War das Charlotte Flanders?« fragte Mina, als die Tür des Gutshauses hinter ihnen ins Schloß fiel.
Cassandra war noch damit beschäftigt, die teure Alarmanlage auszuschalten, die ihre Mutter hatte installieren lassen: Schließlich hörte das Piepen auf.
»Vier widerwärtige Köter? Und schon wieder schwanger? Ja, das war sie.«
»Ach Cass.« Mina zog den Mantel ihrer Schuluniform aus und hängte ihn ordentlich an die Garderobe. »Wir hätten mit ihr reden sollen. Sie ist nett. Sie hat sich wirklich um meine Mutter bemüht. Sie hat ihr geholfen, sich hier einzuleben –«
»Klar, klar – sie ist nett.« Cassandra klang ungeduldig. »Und sie *quatscht*. Dazu haben wir keine Zeit, Mina. Außerdem will sie immer alles wissen – wie's meiner Mutter geht, wo sie ist ... Warum sollten wir mehr lügen als unbedingt nötig?«
»Ich weiß nicht.« Minas kleines bleiches Gesicht wirkte bekümmert. »Ich schätze, ich habe ein schlechtes Gewissen. Und meine Eltern besuchen sie heute abend. Was ist, wenn sie ihnen erzählt, daß sie uns getroffen hat?«
»Und wenn schon? Sie wissen doch, daß du mit zu mir kommst.«

»Aber doch nicht so früh. Wenn sie sagt, wann sie uns gesehen hat, dann merkt meine Mutter, daß da was nicht stimmt. Sie wird wissen, daß wir schwänzen.«
»Ach, vergiß es«, meinte Cassandra sorglos. »Das hat die Flanders bis heute abend bestimmt wieder vergessen. Und falls deine Mutter dir morgen irgendwelche Fragen stellt, dann denk dir was aus. Erzähl ihr, daß ein Lehrer krank war. Was soll's? Dann ist es auch schon egal.«
»Und wenn meine Mutter heute abend anruft?«
»Dann erwischt sie nur den Anrufbeantworter. Wir gehen doch ins Theater, hast du vergessen? Mit meiner Mutter. Es ist eine lange Fahrt, und nach der Vorstellung gehen wir mit ein paar Freunden noch was essen, dann fährt meine Mutter uns wieder heim. Wir kommen erst nach Mitternacht zurück ... komm schon, Mina. Wir haben an alles gedacht. Das Alibi ist perfekt. Nicht einmal deine Mutter wird es knacken.«
»Und wenn bei Charlotte Flanders jemand erwähnt, daß deine Mutter verreist ist? Wenn sie jemandem aus dem Dorf erzählt hat, daß sie nach New York fliegt?«
»Das hat sie bestimmt nicht«, erklärte Cassandra achselzuckend. »Sie gibt sich nicht mit den Leuten aus dem Ort ab. Sie nennt sie immer ›die Bauern‹. Außerdem war das ein Last-Minute-Flug – sie ist einfach so abgezischt. Mach dir nicht ins Hemd, Mina, und beeil dich. Du nimmst den Nordflügel, ich den Südflügel. Mach die Lichter an, zieh die Vorhänge zu, sorg dafür, daß das Haus *belebt* aussieht. Danach machen wir uns was zu essen, und dann ziehen wir uns um. *Cool* bleiben, Mina. In fünf Minuten treffen wir uns wieder in der Küche, okay?«
Cassandra lief die große Treppe hinauf, die vom Eingang in den ersten Stock führte, und verschwand nach rechts. Unschlüssig folgte Mina ihr. Sie versuchte sich einzureden, daß sie keine Bedenken gegen Cassandras Plan hatte. Schließlich war Cassandra schon öfter auf einem Rave gewesen, und sie meinte, es sei einfach phantastisch, total irre. Der eine in Glastonbury vergangenen Sommer; der bei Cheltenham kurz vor Weihnachten; und jetzt der hier. Aber natürlich hatte es Cassandra einfach, deren Mutter es egal war, wohin sie ging und wann sie heimkam, deren Mutter ab und zu für ein paar

Tage verschwand und Cassandra ganz allein in einem großen Landhaus zurückließ, deren Mutter ihr nie nachtelefonierte und ihr zu ihrem sechzehnten Geburtstag den knappen Rat mitgegeben hatte: »Keine harten Drogen. Nie ohne Kondom. Und vergiß nicht – die meisten Macker sind Knacker.«

Mina stieg die Treppe hoch und ging nach links. Sie durchschritt eine Reihe opulenter, mit Möbeln überladener Zimmer, die sämtlich als Demonstrationsobjekte für das raumgestalterische Geschick von Cassandras Mutter dienten. Gehorsam schaltete Mina die Lichter ein und zog die Chintzvorhänge zu. Ihre eigene Mutter würde eher sterben, als ihr einen solchen Rat zu geben. Ihre Mutter schien zu vergessen, daß Mina in ein paar Monaten ebenfalls sechzehn wurde. Sie behandelte Mina immer noch wie eine Zehnjährige. Wegen allem und jedem machte sie sich Sorgen: Männer, Parties, Autofahren, Rauchen, Trinken. Für sie war die Welt ein gefährlicher Dschungel voller Fallgruben, die nur auf ihre Tochter zu warten schienen, aber über diese Fallgruben zu sprechen war ihr peinlich. Manchmal versuchte sie, mit Mina darüber zu reden, doch jedesmal wurde sie sofort rot und ganz verwirrt. Am schlimmsten waren für sie Sex und Drogen, aber da sie es einfach nicht über sich brachte, diese Worte auszusprechen, redete sie lieber von »Jungs« und »Gras« oder schnitt aus der Zeitung Horrorstories über schwangere Teenager und Heroinsüchtige aus, die sie Mina dann auf den Schreibtisch legte. Es war offensichtlich, daß sie sich um ein richtiges Gespräch drückte, und aus irgendeinem Grund machte das Mina wütend. Sie knüllte die Ausschnitte regelmäßig zusammen und warf sie ungelesen in den Papierkorb.

Bevor ihr Vater nach England versetzt worden war, bevor Mina auf die Cheltenham Academy ging, bevor Cassandra ihre Freundin geworden war, hatte Mina das Getue ihrer Mutter widerwillig ertragen: Sie liebte ihre Mutter und wußte, daß sie es gut meinte. Dann hatte Mina vor ein paar Wochen, während der Weihnachtsferien, als sie und ihre Mutter allein zu Haus gewesen waren, das Telefon in ihrem Zimmer abgenommen, um Cassandra anzurufen. Sie geriet mitten in ein Gespräch zwischen ihrer Mutter und einem Engländer, dessen Stimme sie nicht erkannte. Sie wollte schon wieder auflegen, als sie erstarrte. »Liebling«, hörte Mina ihre Mutter drängen, »Lieb-

ling, ich will dich ja auch unbedingt sehen. Aber es geht nicht. Mina ist da – wir müssen bis nächste Woche warten.«
Mina wurde es erst eiskalt, dann glühend heiß; das Blut schoß ihr ins Gesicht. Unfähig, sich zu bewegen, den Hörer immer noch fest in der Hand, stand sie in ihrem Zimmer. Sie hörte alles mit an, die geflüsterten Fragen, die Liebesbeteuerungen, all die Einzelheiten, die sich zu einem ehebrecherischen Netz von Lügen zusammenfügten. Dann legte sie ganz behutsam wieder auf, ging auf ihr Klo und übergab sich. Lügen, Lügen, Lügen, dachte sie. Die Lügen bedrückten sie und machten sie wütend. Sie merkte, wie ihre Gedanken sich verwirrten und immer hitziger wurden. Seither war sie viel eher geneigt, auf Cassandra zu hören und sie nachzuahmen: Was war schon dabei, wenn sie ihre Mutter belog? Seit sie wußte, daß ihre Mutter ihre Familie betrog, hatte sie keine Skrupel mehr zu lügen.
Im letzten Zimmer blieb Mina stehen. Sie hatte sich in einem Garderobenspiegel entdeckt. Kalt und kritisch musterte sie sich von Kopf bis Fuß: ein kleines, dünnes Mädchen in einer langweiligen, aus Rock und Pullover bestehenden Schuluniform. Wie sie ihr rotes Haar und das bleiche Gesicht haßte, die Sommersprossen, die flache Brust! *Ich sehe aus wie zwölf,* dachte Mina und wünschte sich zum tausendsten Mal, sie sähe aus wie Cassandra, wie die große, goldhaarige, sorglose und draufgängerische Cassandra, die Gott mit einem richtigen Busen beschenkt hatte.
Ich kann es mir immer noch anders überlegen, dachte sie im stillen. Es war ja möglich, daß ihre Mutter doch keinen Geliebten hatte und das von ihr belauschte Gespräch ganz unschuldig gewesen war. Es war ja möglich, daß der ganze vergangene, schmerzvolle Monat ein einziges schreckliches Mißverständnis gewesen war.
Doch Mina wußte, daß es sich nicht um ein Mißverständnis handelte. Sie spürte, wie ihr Tränen in die Augen stiegen, und blinzelte sie weg. Sie ließ den Zorn hochkochen, bis er sie fast zerriß. Zorn war besser als Tränen, denn er gab ihr Mut. Sie dachte: *Doch,* ich gehe, das geschieht ihr ganz recht. Dann machte sie kehrt und rannte die Treppe hinunter in die Küche. Dort beugte sich Cassandra gerade angewidert in einen leeren Kühlschrank.
»Ist das zu *fassen?*« fragte sie entrüstet. »Ich meine, man sollte doch annehmen, daß sie mir *irgendwas* zu Essen daläßt. Wir haben ein

paar Dosen mit Bohnen in Tomatensoße, ein bißchen Brot, und sonst nichts ...« Sie knallte die Kühlschranktür zu, besann sich dann und lächelte Mina kurz an. »Schau mal, was ich gekauft habe«, sagte sie, nahm eine Einkaufstasche und kippte den Inhalt auf den Tisch. »Haargel, Make-up, ein paar Tattoos zum Aufkleben – sind die nicht irre, Mina?«

Zweifelnd betrachtete Mina die Tattoos. Es gab einen schwarzen Skorpion, einen Falken und einen Drachen sowie ein paar Buchstaben, die zusammen das Wort HASS ergaben.

»Wir machen uns die Haare und das Gesicht – du kannst ein paar alte Sachen von mir anziehen, die müßten dir eigentlich passen ... Wieviel Geld hast du dabei?«

»Zehn Pfund.«

»Scheiße. Das reicht nicht. Wir wollen doch einen draufmachen, oder?«

»Na klar.«

»Tracer, Speed, vielleicht ein bißchen E – das ist der reinste Supermarkt dort. Genau, ein bißchen Ecstasy – wart's nur ab, Mina, das ist total irre. Auf E fühlst du dich echt sexy. Hey, Techno – hoffentlich spielen sie auch The Prodigy. Oder Liquid Death. Ich tanz' bestimmt die ganze Nacht ... Warte mal. Hier muß irgendwo noch Geld sein. Sie hortet immer ein bißchen was für den Milchmann und so ...«

Cassandra begann, Küchengläser und Behälter zu öffnen. Mina sah ihr zu. Manchmal fragte sie sich, ob Cassandra nicht unter der Gleichgültigkeit ihrer Eltern litt. Cassandra stellte das immer als Vorteil hin, aber Mina war nicht sicher, ob sie die Wahrheit sagte. Einmal hatte Cassandra geweint, als sie von einem Wochenende bei ihrem vierzigjährigen Vater und ihrer neuen, sechsundzwanzigjährigen Stiefmutter heimgekommen war. Aber das war inzwischen fast ein Jahr her; seitdem hatte Cass kein einziges Mal mehr über ihren Vater gesprochen und ihn kaum gesehen. Und sie hatte seitdem nicht mehr geweint.

In der fünften Dose wurde Cassandra fündig. Sie knallte das Geld mit einem kleinen triumphierenden Lächeln auf den Tisch.

»Ich hab's doch gewußt. Vierzig Mäuse. Riesig. Wir brauchen 'ne Menge Geld. Müssen wir wirklich vorher was essen? Was meinst du?«

»Ich bin eigentlich noch nicht hungrig.«

»Ich auch nicht. Außerdem find' ich Bohnen in Tomatensoße ätzend. Wenn wir hungrig sind, knallen die Sachen besser rein. Mal sehen ...« Cassandra sah auf die Uhr. »Wir haben ungefähr eine, anderthalb Stunden zum Anziehen – wenn wir hier kurz nach sechs abhauen. Wir gehen hintenrum zur Hauptstraße und dann –«

»Wie weit ist es eigentlich, Cass?«

»Nicht weit.« Cassandra zuckte mit den Achseln. »Es ist okay. Ich hab' sogar auf der Karte nachgeschaut. Ich weiß, wo es ist. Ein irrer Ort: eine riesige Scheune mitten auf dem Feld. Meilenweit vom nächsten Haus entfernt, und das heißt: kein Ärger, keine Bullen ...«

»Klar – aber wie sollen wir hinkommen, Cass?«

»Den ersten Teil trampen wir. Luftlinie sind es eigentlich nur ein paar Meilen, aber ich hab' keine Lust, über die Felder zu marschieren – zu schlammig. Wir wollen uns doch nicht unsere Sachen versauen ...« Sie kicherte. »Also trampen wir bis Cheltenham und gehen dann über diesen Feldweg wieder zurück. Die Landfahrer nehmen bestimmt den gleichen Weg. Das wird total cool, Mina – lauter Autos, Busse, Wohnwagen – sogar Pferde. Diese Leute sind wirklich cool drauf. Ich kenne ein paar davon. Die nehmen uns bestimmt mit ...«

Mina zögerte. Sie hatte noch nie mit New-Age-Landfahrern zu tun gehabt – sie hatte sie nur in den Nachrichten gesehen, wo sie sich meist Auseinandersetzungen mit der Polizei lieferten. Mit ihren schmutzigen Kleidern, den schmuddeligen Kindern und räudigen Hunden sahen sie aus wie Nomaden oder wilde Eingeborene. Ihre Mutter hielt sie für erbärmliche Gestalten, für Schnorrer und Hippies, die sich dreißig Jahre zu spät an einen alternativen Lebensstil klammerte. Aber Cassandra meinte, das seien langweilige, bourgeoise Ansichten von Leuten, die keine Ahnung hatten – wer hatte also recht?

Cassandra meinte, man könnte den Landfahrern sein Leben anvertrauen. Cassandra meinte, die Leute hier würden die Landfahrer nur hassen, weil sie die Schlechtigkeit und die Leere des modernen Lebens entlarvten.

»Schau dir doch mal meine Mutter an«, meinte Cassandra. »Oder schau dir deine Eltern an, Mina. Okay, sie scheinen anders zu sein – aber im Grunde sind sie genauso. Was ist ihnen wichtig? Geld. Arbeit. Arbeiten, um mehr Geld zu verdienen, um sich mehr *Sachen* kaufen zu können, Mina. Ein größeres Auto, ein schöneres Haus. Das ist doch alles Scheiße, Mina. Das macht dich total krank im Kopf. Ist das alles, was du vom Leben erwartest?«

Mina hatte ihr nicht geantwortet. Sie wußte nicht, was sie vom Leben erwartete. Früher hätte sie behauptet, daß ihre Eltern anders waren, aber inzwischen war sie nicht mehr so sicher. Seit diesem Telefonat fühlte sie sich hohl und zerbrechlich; ihr Zuhause kam ihr vor wie ein einziger Schwindel – vielleicht hatte Cassandra also recht.

Neidisch sah sie Cassandra an, sie sich ihrer Sache immer so sicher war. Cassandra hatte sich mit vierzehn entjungfern lassen. Als sie nach Glastonbury gefahren war, hatte sie ein bißchen Acid geschmissen und die ganze Nacht die Sterne tanzen gesehen. Da draußen, oben in den Hügeln, wartete eine andere Welt auf sie, und Mina spürte ihre Faszination. Trotzdem zögerte sie immer noch. Sie sagte: »Und wie sollen wir wieder heimkommen? Meine Mutter ruft bestimmt morgen früh an. So gegen neun, halb zehn; das macht sie immer, wenn ich bei einer Freundin übernachte.«

»Na und? Kein Problem. Wir sind spätestens morgen früh um acht wieder da ...«

»Und wenn sie mich abholt? Sie wird ein paar Worte mit deiner Mutter reden wollen.«

»Die ist eben nicht da. Pech für sie. Ich werde ihr sagen, daß sie beim Einkaufen oder bei einer Freundin ist. Ich werde ihr sagen, sie ist kurz in die Kirche gegangen, die Blumen ordnen ...«

Mina mußte lachen.

»In die Kirche? Deine Mutter? Das wird sie dir nicht abkaufen. Nie im Leben.« Cassandra mußte auch lachen. Sie zog ein Zigarettenpapier, eine Drehmaschine und einen Plastikbeutel mit losem Tabak und ihrem letzten Gras aus der Tasche.

»Möchtest du was? Bevor wir uns aufdonnern? Nur um uns ein bißchen anzuturnen – okay?«

Mina seufzte. In der letzten Klasse hatte Cassandra ihr das Zigarettenrauchen beigebracht. Sobald sie richtig zu inhalieren gelernt hatte, hatte Cassandra ihr den ersten Joint gegeben. Anfangs war die Wirkung enttäuschend schwach gewesen; dann hatte Mina gelernt, den Rauch in der Lunge zu halten. Gras gab ihr das Gefühl zu schweben, das Gefühl von Ruhe und Sicherheit. Es vertrieb die Wut und die chaotischen Gefühle und bewirkte, daß sie ihre Mutter und das Telefonat vergaß, das ihr Leben verändert hatte.

Cassandra drehte bereits einen kleinen, festen Joint. Sie zündete ihn an, inhalierte tief und reichte ihn dann weiter. Mina sog den süßen Rauch in ihre Lunge; nach ein paar Minuten begann sie sich leicht und locker zu fühlen.

»Kommt Star auch hin?« fragte sie beim Ausatmen.

Cassandra wirkte plötzlich ganz verträumt und sehnsüchtig.

»Klar doch. Hab' ich dir doch gesagt. Warte nur, bis du ihn kennenlernst, Mina. Er ist echt total irre. Wild. Wenn er dich berührt ...«

»Was passiert, wenn er dich berührt?«

»Ich weiß nicht. Ich kann's echt nicht beschreiben. Aber er braucht nur deine Hand zu halten oder dich am Arm zu berühren – und du spürst die *Power*, die von ihm ausgeht, und die dich – einfach ausfüllt ...«

Sie gingen nach oben und zogen sich um und machten sich unkenntlich. Sie flochten ihr Haar zu medusenartigen Schlangen; sie färbten sich die Lider gold und die Lippen schwarz. Ganz zum Schluß trugen sie die Klebe-Tattoos auf. Mina klebte sich den schwarzen Falken auf die linke Wange. Cassandra klebte sich den Skorpion auf die Stirn, den Drachen auf den Hals, dann streckte sie die linke Hand aus, und Mina half ihr, die vier Buchstaben aufzutragen, die zusammen das Wort HASS ergaben.

»Wir sehen total cool aus«, sagte Cassandra, als sie sich im Badezimmerspiegel begutachteten.

»Irre«, sagte Mina. Sie schwebte immer noch. »Wir sehen irre aus.«

Cassandra umarmte sie.

»Ich bringe dich mit Star zusammen, das verspreche ich dir«, sagte sie. »Er wird dir bestimmt gefallen. Und er hat neuen Stoff dabei. Wahnsinnsstoff, sagt er. Das Allerbeste. Er hat ihn erst gestern von seinen Freunden in Amsterdam mitgebracht ...«

Kapitel 4

Auf der dem Gutshaus gegenüberliegende Talseite setzte der junge Mann mit dem Lurcher, den Charlotte vorhin bemerkt hatte, seinen Spaziergang fort. Er bog vom Fluß ab und in einen Weg ein und spazierte hügelan auf die Buchen zu. Während er gemächlich vor sich hinging, analysierte er die Abendluft in all ihren Bestandteilen: Er registrierte feuchtes Gras, Holzrauch, Abgasreste und – unter dem Laubdach – Fuchslosung.

Nach einer Weile blieb er stehen, um über das Tal hinweg zur Flußbiegung und auf das Dorf dahinter zu blicken. Er sah den Kirchturm, die elegante Fassade des Gutshauses, die Lichter in den Fenstern der kleinen Häuser. Es war ein berühmter Ausblick, der sich in vierhundert Jahren kaum gewandelt hatte und der – als typisch englisch – in zahlreichen Führern durch die Cotswold Hills abgebildet war. Der junge Mann studierte ihn voller Verachtung: so sicher, abgeschottet, selbstzufrieden, reich. Star haßte die englische Provinz; er bevorzugte die Strukturen, Gerüche und Gefahren der Großstadt.

Star – es war nicht sein Taufname, aber der einzige, auf den er reagierte – sammelte Speichel im Mund und spuckte dann aus. Der Hund kauerte zu seinen Füßen; Star ruckte an der Schnur, die ihm als Leine diente, und ging weiter. Er gelangte auf eine Lichtung am Rande des Buchenwäldchens. Hier stand, diskret hinter einer Mauer geparkt und mit ausgeschalteten Scheinwerfern, ein brandneuer silberner 5er-BMW.

»Deiner?« fragte Star den untersetzten, elegant gekleideten jungen Mann, der neben dem Wagen wartete, sich in die Hände blies und mit dem Füßen stampfte.

»Mein Gott. Du hast mich halb zu Tode erschreckt.« Der junge Mann fuhr herum. »Warum mußt du dich bloß immer so an die Leute ranschleichen? Ich krieg hier sowieso 'ne Gänsehaut. Du bist spät dran.«
»Dein Wagen?« wiederholte Star. Der junge Mann hatte sich wieder gefangen. Er grinste gepreßt und drehte eine Hand hin und her.
»Sozusagen. Klasse Motor, wie?«
Star sah ihn mit giftiger Verachtung an. Er konnte den Typen nicht leiden, diesen Mitchell, der in der Londoner City arbeitete; er konnte auch sein Auto nicht leiden. Er zuckte mit den Achseln. »Deutsche Scheiße. Wenn du dir schon ein deutsches Auto kaufst, dann nimm einen Mercedes, das sind die besten.«
»Wer hat was von Kaufen gesagt?« Mitchell grinste wieder. Er rückte ein wenig von Star ab, der sich in letzter Zeit nicht gewaschen hatte und nach Schweiß stank. »Ist heute abend alles klar?« fuhr er füßestampfend fort. »Scheiße, ist das kalt. Ich bin extra von London hergefahren. Meine Freunde wollen später nachkommen, also hoffe ich schwer, daß alles klar ist.«
Star trug einen riesigen zerschlissenen Tweedmantel, aus dessen Taschen er jetzt ein kleines und sehr teures Handy hervorzauberte. Mitchell betrachtete es keineswegs überrascht, obwohl das Gerät überhaupt nicht zu Stars Zigeuneraufzug zu passen schien. Star tippte eine Nummer ein.
»Noch einen Anruf«, sagte er. »Und ja, alles ist klar.«
»Was Süßes?« fragte Mitchell nach.
Mitchell war auf Speed und junge Mädchen aus, wenn möglich in Kombination. Stars Aufgabe war es, für beides zu sorgen, deshalb verstand er die Frage sofort. Er strich das lange schwarze Haar zurück, ließ das Telefon läuten und lächelte. Star war mit einem phantastischen Aussehen gesegnet – oder verflucht –, und dieses vor vielen Spiegeln eingeübte Lächeln sollte entwaffnend wirken. Mitchell kannte Star zu lange, um sich noch entwaffnen zu lassen. Er bemerkte, wie schon bei anderen Gelegenheiten, daß ein häßlicher Glanz in Stars Augen lag, eine Art Ich-bin-nicht-ganz-normal-, Ich-bin-zu-allemfähig-, Betet-mich-an-ich-bin-Charles-Mansons-Glanz. Stars Augen und Zähne funkelten in der Dämmerung. Mitchell trat noch einen Schritt zurück.

Star sprach ein paar Worte in das Handy, unterbrach dann die Verbindung und klappte den Apparat zu.
Endlich beantwortete er Mitchells letzte Frage.
»Was Süßes?« sagte er. »Es kommen an die dreihundert Leute. *Minimum*. Und die Bullen haben nicht die leiseste Ahnung. Spür die Power in der Luft, Mann – das ist was Süßes. Die Stämme versammeln sich. Ich hab' Musik für dich, Feuerschlucker, Jongleure und jede Menge kleiner reicher Mädchen, glaub mir. Verlaß dich auf Star. Habe ich dich schon jemals enttäuscht?«
»Ja«, Mitchell hatte sich wieder in der Gewalt. »Das hast du.«
»Zum Beispiel?«
»Vergangenen Sommer *zum Beispiel*. Beschissenes gemahlenes Aspirin. Beschissene gemahlene Hundewurmtabletten. Zwanzig Kröten pro Pille für nichts als Scheiße. Meine Freunde waren gar nicht ganz zufrieden. Ich war gar nicht zufrieden. Das war kein Rave, das war ein Begräbnis – ich hab' danach zwei Tage gekotzt. Das kleine holländische Flittchen, das du mitgebracht hattest, hat mir den Tripper angehängt ...« Er verstummte. Star hörte ihm gar nicht zu. »Was ist eigentlich aus dem kleinen Flittchen geworden?«
»Sie ist tot.«
»Herzliches Beileid. Trotzdem. Du hast mich reingelegt. Und was den Rave angeht, der war totale Scheiße.«
»Es hat geregnet.«
»Es war dilettantisch.«
»Es war ein Versuchsballon. Heute wird es anders. Wart's ab. Diesmal haben es meine Freunde geschafft. Ich hab' wirklich guten Stoff da.«
Mitchells Interesse schien geweckt.
»Kann ich ihn testen?« fragte er.
»Nein. Keine Gratisproben.«
»Paß auf, ich will diesmal ganz sicher sein. Ich bin verdammt weit gefahren. Ein paar Kumpels kommen extra aus Birmingham runter – wenn sie ihre Zeit vergeuden, steh' ich da wie der letzte Arsch.«
Star zuckte mit den Achseln und rührte sich nicht. Einen Moment lang lieferten sie sich schweigend eine Willensschlacht. Schließlich zückte Mitchell eine fette Brieftasche. Er zog eine Zwanzig-Pfund-Note heraus und hielt sie Star hin. Star ignorierte sie.

»Du machst wohl Witze, wie ...«
»Ich mache nie Witze.«
Es wurde wieder still, dann zupfte Mitchell einen zweiten Schein heraus. Star nahm das Geld und reichte ihm ein kleines Päckchen. Mitchell öffnete es, betrachtete die Pille darin prüfend und schluckte sie dann. Er wartete, ging eine Weile auf und ab, zündete sich eine Zigarette an. Die Zeit verging. Mitchell begann zu reden, dann warf er mitten im Satz die Zigarette zu Boden. Er schloß die Augen, lehnte sich an seinen Wagen und preßte sich die Hand auf die Brust. Wieder vergingen ein paar Minuten; Star beobachtete ihn schweigend und mit verschränkten Armen. Schließlich schlug Mitchell die Augen wieder auf.
»Jesus«, sagte er. »Heiliger Jesus.«
»Guter Trip, wie?«
»Wie im Expreßzug – und ich bin immer noch unterwegs. Wow. Das Zeug kann sich wirklich sehen lassen. Wo zum Teufel hast du das her?«
»Amsterdam.«
»Gott segne die Holländer. Wie heißt es?«
»White Dove.«
Mitchell schloß wieder die Augen. Star wandte sich zum Gehen. »Ich seh' dich dann heute abend«, sagte er. »Dich und deine Freunde – ach, und übrigens, das eben war ein Vorzugspreis. Für deine Freunde wird's teurer.«
Mitchell seufzte. »Wann geht's los?«
»Acht. Neun. Zehn. Für einen freien Menschen ist Zeit ohne Bedeutung.«
»Spar dir diese Hippie-Scheiße.« Mitchell schlug die Augen wieder auf. »Du bist genauso scharf aufs Geld wie ich. Und auf die Mädchen. Du redest hier mit Mitchell, vergiß das nicht. Ich hab' dich im letzten Sommer mit diesem holländischen Mädchen gesehen. Und im Jahr davor mit der Französin. Ein Wort von mir, und –«
Er verstummte abrupt und rang nach Luft. Eine neue chemische Reaktion brannte sich eben durch sein Gehirn. Er erbleichte, begann zu zittern, fluchte. Als er wieder deutlich sehen konnte, stellte er fest, daß Star dicht vor ihm stand, die blauschwarzen Augen nur Zentimeter von seinen entfernt. Er zuckte zurück.

»Was hast du gesehen?« fragte Star. »Los, sag schon.«
»Nichts. Ich hab' nichts gesehen. Ich wollte bloß – mein Gott, Star, das ist dieses Zeug. Ich kann nicht mehr klar denken. Komm schon, wir kennen uns doch, oder? Kein Problem, wir –«
»Na klar, wir kennen uns.« Star kam noch näher, packte ihn am Sakkoaufschlag. »Du kennst mich in- und auswendig. So gut wie dich selbst. Du weißt, was mich zum Ticken bringt, stimmt's? Tick-tock. Tick-tock. Was bringt mich denn zum Ticken, Mitchell? Geld, Pillen, kleine Mädchen, wie bei dir? Oder ist es was anderes?«
Mitchell begann sich mit aller Kraft zu wehren.
»Laß mich los«, begehrte er auf. »Laß mich los – Scheiße, okay –«
»Ich glaube, es ist was anderes, Mitchell. Ich glaube, es ist dieser – Appetit – nach mehr. Ich will immer mehr. Mehr Sex, mehr Geld, mehr Pillen, mehr Spaß, mehr Exzeß. Und was soll ich jetzt mir dir anstellen, Mitchell, wo du mich so gut kennst? Soll ich dich küssen? – Oder soll ich dich killen?«
Mitchell stöhnte, Star war kräftig und hob ihn hoch, bis seine Füße in der Luft baumelten. Sein riesiger Mund und seine gleichmäßigen, weißen Zähne schwebten einen Zentimeter von Mitchells Gesicht.
»*Süüß* …« Star zog das Wort zu einer Beschwörungsformel in die Länge. Er beugte sich vor und biß Mitchell in die Nase.
Mitchell heulte auf; Star lachte und ließ ihn fallen. »Nur ein kleiner Liebesbiß«, sagte er. »Mehr nicht.«
Mitchell kramte nach einem Taschentuch und wischte sie gründlich das Gesicht ab. Seine Nase blutete, und seine Hände zitterten; in seinem Gehirn tobte immer noch ein chemisches Gewitter.
»Du bist ein Scheiß-Irrer …« Er blickte auf das blutige Taschentuch. Dann starrte er fassungslos in die eintretende Dämmerung. Star war verschwunden. Er schüttelte den Kopf, atmete tief durch, kniff die Augen zu und öffnete sie wieder. Diesmal konnte er Star sehen. Er stand genau vor ihm, völlig ungerührt, und sah genauso aus wie zuvor. Ein Freak mit diabolischem Blick. Mitchell lief ein Schauer über den Rücken, dann fluchte er.
»Wer *bist* du eigentlich, verdammt noch mal? *Was* bist du? Warum zum Teufel …«
Star ging nicht auf seine Fragen ein; er bleckte seine Zähne zu einem Wolfslächeln. »Du weißt, wo das heute abend ist? Also, bis dann.«

Er wartete die Antwort seines Kunden nicht ab. Mitchells Blick wurde wieder glasig, seine Augen schlossen sich wieder. Star beobachtete ihn ein paar Sekunden lang kühl und leidenschaftslos, so wie ein Wissenschaftler das Ergebnis eines Labortests an einer Ratte oder Maus beobachtet. Dann tätschelte er seinen dürren Hund und drehte sich um. Kurz darauf kam Mitchell wieder zu sich und suchte erst die Lichtung, dann den Weg ab. Stars Fähigkeit, so urplötzlich aufzutauchen und wieder zu verschwinden, verstörte ihn. Mitchell fühlte sich ein bißchen nervös, ein bißchen paranoid; es waren höchstens ein, zwei Minuten vergangen – Star mußte noch zu sehen sein. Er starrte auf den Weg, der hinunter zur Straße führte. Formen und Schatten zogen durch seinen Geist; der Weg wellte sich wie eine Achterbahn, schien zum Leben erwacht. Mitchell beobachtete, wie er sich wand und zusammenrollte. Allmählich begann er zu begreifen: Der Weg war verlassen; die Straße war verlassen. Eigentlich hätte er Star irgendwo sehen müssen, aber er sah ihn nicht; Star war mit der Luft verschmolzen und verschwunden.

Charlotte war in ihrem gesamten Freundeskreis als phantastische Köchin bekannt und veranstaltete wunderbare Tee-Parties. Lindsay schwor jedesmal Zurückhaltung, wenn sie sich den Tellern mit kleinen Sandwiches, Toast und Honig, Honigkuchen und Keksen gegenübersah – und brach ihren Schwur jedesmal aufs neue.
Mit leisen Gewissensbissen, weil sie Tom nur selten, falls überhaupt jemals, einen ähnlichen Nachmittagstee gemacht hatte und er seinen Hunger nach der Schule gewöhnlich mit Schokoladenriegeln und Tüten von Kartoffelchips bekämpfen mußte, sowie in dem ständigen Bewußtsein, daß jeder von Dannys köstlichen kleinen Kuchen mindestens fünfhundert Kalorien hatte, aber in dem Gefühl, für Gini mitessen zu müssen, die kaum etwas anrührte, stopfte Lindsay das Essen nur so in sich hinein. Danny zuliebe, der sie mit dem tiefen Ernst eines Drei-Sterne-Kochs beobachtete, krönte sie ihr Sündenregister, indem sie gleich zwei seiner Kuchen verdrückte – erst den ihr zugedachten mit einem »L« aus Silberperlen, denn den mit einem »G«, den Gini leise zurückgewiesen hatte. Lindsay verübelte ihr das.
Dann bemerkte sie, daß einer der beiden übriggebliebenen Kuchen

ein »D« für Daddy trug und eindeutig Max gewidmet war, während auf dem anderen ein »R« zu lesen war. In diesem Haus lebte niemand, dessen Namen mit »R« begann; das verwirrte Lindsay.
»Und für wen ist der, Danny?« fragte sie.
Zu ihrer Verblüffung lief Danny augenblicklich feuerrot an. Er sah erst zu Boden, dann seine Mutter an. Er sah zu seinen drei älteren Brüdern hinüber, als hoffte er auf ihre Hilfe, aber Alex, Ben und Colin waren damit beschäftigt, Toast über dem Feuer zu rösten.
»Vielleicht soll es ja ein *Brief* sein«, sagte Lindsay. »›B‹ für Ben, ja, Danny? Wie dumm von mir – von hier aus kann ich es nicht richtig sehen –«
»Es ist ein ›R‹«, erklärte Danny mit unvermutetem Nachdruck. »Es *ist* ein ›R‹. Es sieht überhaupt nicht wie ein ›B‹ aus. Es ist ein ›R‹ für –«
»Für Ripper!« fiel ihm Charlotte ins Wort. Sie sprang auf und schenkte Tee nach. »Du weißt schon, Lindsay. Ripper, der Jack Russel. Jack the Ripper – einer von Max' grausligen Scherzen. Der bei deinem letzten Besuch deine Hausschuhe angekaut hat. Der alles in Sichtweite in sich reinfrißt –«
Lindsay sah auf den betreffenden Hund, der ausnahmsweise still war und schnarchend zu ihren Füßen lag. Sie fragte sich, warum er als einziger unter den vier Hunden einen Kuchen bekommen sollte, und warum – wenn dem so war – er ihn noch nicht bekommen hatte. Soweit sie mit Sicherheit sagen konnte, hatte dieses winzige, bösartige Tier bereits drei Biskuits, eine Kissenbordüre, ein Legosteinchen und vier Toasts verzehrt. Sie wollte es gerade aussprechen, überlegte es sich aber anders. Danny warf seine Mutter kurze verstohlene Blick zu und sah Lindsay immer noch, unerklärlich verlegen, mit großen Augen an.
Aber kleine Kinder sind manchmal so, dachte Lindsay und ließ sich in ihren Sessel zurücksinken. Vielleicht war es Dannys ganz besonderes Ritual. Vielleicht bekam Ripper seinen Kuchen erst, wenn sein Herrchen aus London heimgekommen war – was bald der Fall sein würde, wie sie mit einem Blick auf ihre Uhr feststellte. Herrgott, es war schon nach halb sechs; sie saßen schon seit einer Ewigkeit hier herum; Max wollte gegen sechs Uhr kommen.
Die Masse der verzehrten Snacks und die Wärme des Kaminfeuers

machten sie müde. Sie sank noch tiefer in ihren Sessel. Wie ich dieses Haus, dieses Zimmer liebe, dachte sie. Hier war es so nett, so ganz anders als in London!
Charlotte und Gini saßen ihr gegenüber auf einem riesigen, abgenutzten Sofa; die älteren Jungs waren plötzlich des Toast-Röstens überdrüssig und verschwanden zum Spielen nach oben; Danny hatte sich ein Bilderbuch geholt; Charlotte mühte sich weiter mit Gini ab. Sie versuchte, ihr endlich mehrsilbige Antworten zu entlocken, und brachte Gini allmählich offenbar erfolgreich zum Erzählen.
Nicht über Bosnien, denn Charlotte war zu intelligent, um dieses riskante Thema anzuschneiden, sondern erst über allgemeine Dinge, dann über Ginis und Pascals Wohnung – Charlotte wollte sie so gern einmal sehen, bettelte Gini an, sie ihr zu beschreiben –, und schließlich über Pascal selbst.
»Er fehlt mir«, erklärte Charlotte warmherzig wie immer. »Kannst du dich noch an dieses Abendessen erinnern – mit dem wir deinen Einstieg bei der Zeitung gefeiert haben? In diesem winzigen französischen Restaurant, das Pascal aufgetan hatte? Ich träume immer noch von dem Essen – es hat himmlisch geschmeckt … Wenn er zurück ist, müssen wir noch mal alle zusammen hin. Und natürlich müßt ihr mal beide zu uns kommen. Meinst du, er würde sich auf dem Land langweilen? Nein, das glaube ich eigentlich nicht.«
»Nein. Er langweilt sich nie. Er – das würde ihm bestimmt gefallen. Und er liebt das Land. Er ist auf dem Land aufgewachsen. In einem kleinen Dorf in der Provence. Ich war einmal mit ihm dort …«
»Ach was – er kommt aus der Provence? Das hätte ich nicht gedacht. Er kommt mir immer so – so dynamisch vor, schätze ich. Ein echter Jetsetter. Immer auf dem Weg zu irgendeinem Flughafen, zum nächsten Einsatz, um diese außergewöhnlichen Fotos zu machen. Manche von diesen Fotos haben mir fast das Herz gebrochen. Es muß ihn viel Kraft kosten, das jahrein, jahraus mitzumachen, doch wenn man ihn trifft – ich hatte ihn mit immer als düsteren Menschen vorgestellt, verfolgt von dem, was er gesehen hat. Aber er wirkt so …« Charlotte runzelte auf der Suche nach dem treffenden Wort die Stirn. »So energie- und ideengeladen … und so glücklich. Aber andererseits habe ich ihn mit dir zusammen kennengelernt. Und wenn man so verliebt ist, muß man einfach glücklich sein.«

Es ist ein Kompliment und eine Einleitung zugleich, dachte Lindsay. Sie sah, wie Röte in Ginis gequältes Gesicht schoß. Einen Augenblick lang hellte sich Ginis Miene in Dankbarkeit und Zuversicht auf, dann verkrampfte sie sich wieder und senkte den Blick, als fürchtete sie, daß Charlotte ihrer Einleitung Fragen folgen ließe.
Charlotte, die sehr einfühlsam sein konnte, tat erst einmal nichts dergleichen. Sie redete einfach weiter, und Lindsay merkte, wie ihre Gedanken abzuschweifen begannen; sie schloß die Augen. Da Charlotte auf dem Land lebte, war sie Pascal nur wenige Male begegnet und weniger mit ihm vertraut als Lindsay. Sie kannte den Hintergrund der Romanze zwischen ihm und Gini nicht, wußte im Gegensatz zu Lindsay nichts von den eigenartigen Umständen, unter denen Pascal Gini zum ersten Mal begegnet war; anders als Lindsay hatte Charlotte nicht miterlebt, wie heftig Gini reagiert hatte, als sich die beiden Jahre später wiederbegegnet waren. Jetzt, wo Gini nur noch ein Schatten ihres früheren Selbst war, war das vielleicht schwer vorstellbar, doch Gini war eine leidenschaftliche Frau, und Pascal – wie Charlotte eben auszudrücken versucht hatte – ein leidenschaftlicher Mann.
Leidenschaft erschreckte Lindsay und machte sie bisweilen verlegen; sie wich vor ihrer Zurschaustellung wie auch vor dem Wort zurück. Doch wenn immer Pascal und Gini zusammen waren, strahlten die beiden eine Leidenschaft aus, die viel tiefer ging als offene, elektrisierende erotische Anziehungskraft. Diese Leidenschaft vibrierte im Raum; sie lud die Atmosphäre am Tisch auf – und hatte gelegentlich Lindsays tiefen Neid geweckt. Pascal Lamartine hatte ein schönes und sehr ausdrucksvolles Gesicht: zu beobachten, wie er Gini ansah, wie bedingungslos er zu ihr hielt und sich um sie sorgte, wie sensibel er auf sie und sie auf ihn reagierte, war eine schmerzvolle Erfahrung für Lindsay gewesen. Sie machte sich nichts vor; sie wußte, daß sie etwas miterlebte, das sie selbst nie empfunden oder hervorgerufen hatte.
Später bedauerte sie das oft. Bei anderen Gelegenheiten wiederum empfand sie eine eigenartige Erleichterung darüber, daß sie sich aus dieser Hitze zurückziehen konnte. Die leidenschaftlichste Liebe, die Lindsay je empfunden hatte, war ihrem Sohn vorbehalten; sein Wohlbefinden, sein Wohlergehen, sein zukünftiges Glück waren ihr

Herzensanliegen – und irgendwie war sie froh darüber. Diese Liebe war unveränderlich; die Leidenschaft zwischen einem Mann und einer Frau war anders in ihrer Art – vergänglich, weniger sicher.

»Also, Gini«, hörte sie, während sie am Rande des Schlafes dahindriftete, »wie kommt ihr eigentlich damit klar? – Kannst du ihn anrufen?«

»Ja. Und er versucht, mich jeden Tag anzurufen. Manchmal gibt es keine Verbindung. Und natürlich schreiben wir uns ...«

»Oft?«

»Oh – möglichst jeden Tag. Pascal schreibt wunderbare Briefe. Wenn ich sie lese, kann ich seine Stimme hören. Manchmal – wenn wir Glück haben – kommen sie ganz schnell durch. Manchmal brauchen sie Wochen. Diese Woche habe ich noch nichts von ihm gehört – aber das heißt wohl, daß er – irgendwo in den Bergen ist, nehme ich an. Er ist nicht immer in Sarajevo. Er kehrt immer wieder dorthin zurück, aber er ist dauernd unterwegs.«

Lindsay lauschte jetzt höchst gespannt und zollte Charlotte insgeheim Bewunderung dafür, daß sie Gini diese Information entlockt hatte – genauere Informationen, als sie selbst im Verlauf von zwei Monaten gewonnen hatte. Sie hoffte, daß Gini die Wahrheit sagte und weder sich noch Charlotte etwas vormachte. Aber Lindsay war nicht mehr überzeugt, daß die Verbindung so reibungslos funktionierte, wie Gini behauptete. Seit sie beobachtete, wie Ginis Verfassung immer schlechter wurde, also seit Weihnachten, hegte sie den Verdacht, daß es in Bosnien zum Streit, vielleicht sogar zur Trennung gekommen war und daß diese Beziehung, die in einem Kriegsgebiet begonnen hatte, nun auch in einem geendet hatte, und zwar genauso abrupt, wie sie aufgeflammt war. Anders, so glaubte sie allmählich, war Ginis fortdauernder Kummer und ihr fortdauerndes eisernes Schweigen nicht zu erklären. Es wäre bezeichnend für Gini, wenn sie, sollte die Affäre beendet sein, das nicht zugeben wollte; Gini zog nur selten jemanden ins Vertrauen und war von Natur aus stolz.

Sie würde Charlotte später auf diese Möglichkeit hinweisen, nahm sich Lindsay vor; vielleicht würde Charlotte ja noch an diesem Wochenende die Wahrheit ans Licht bringen können. Oder auch nicht. Gini hatte das Gespräch bereits wieder auf ein neutrales Thema gelenkt, wir ihr auffiel. Nun erkundigte sie sich nach Neuigkeiten aus Charlottes Familie, dem Dorf, den Cotswolds, und ihre Fragen klangen so gezwungen wie die einer nervösen Fremden auf einer Cocktailparty; ihre Anstrengungen, so zu tun, als würden sie Charlottes Antworten interessieren, waren traurig mitanzusehen.

Arme Gini: Sie gab sich solche Mühe. Lindsay warf einen Blick auf ihre Armbanduhr, merkte, daß Charlotte verstohlen das gleiche tat, und raffte sich augenblicklich auf.

Um Charlotte beizustehen und Gini die offensichtlich ersehnte Möglichkeit zum Schweigen zu geben, begann Lindsay munter draufloszuplaudern. Sie ließ sich in rascher Folge über den Verkehr auf der Autobahn aus, ihren unfreiwilligen Umweg durch die Einbahnstraßenhölle Oxfords, den wunderbaren Imbiß, den es eben zum Tee gegeben hatte, und schließlich – nachdem ihr das Thema urplötzlich in den Sinn gekommen war – über Rowland McGuire, seinen Charakter und seine unzähligen Fehler.

Sie erwärmte sich immer mehr für ihr Thema. Mehrmals betonte sie, wie angenehm es sei, zwei ganze Tage fern von Rowland McGuire zu verbringen, an einem Ort, an dem niemand seinen Namen erwähnte – und verstummte dann abrupt. Gerade als ihr – zu spät – einfiel, daß der elendige McGuire wahrscheinlich nicht nur Max', sondern auch Charlottes Freund war, was ihre Bemerkungen doppelt taktlos machte, fragte Gini trocken: »Wenn du ihn vergessen willst, Lindsay, warum redest du dann von ihm? Niemand außer dir hat ihn erwähnt. Du hast schon die ganze Fahrt lang über ihn hergezogen –«

»Habe ich nicht!«

»Ich bin dem Mann noch nie begegnet, und ich weiß schon jetzt mehr als genug über ihn. Ich könnte dir sein Aussehen und den Klang seiner Stimme beschreiben –«

»Ja. Also.« Charlotte klopfte energisch die Sofakissen zurecht. »Lindsay kennt Rowland nicht besonders gut. Und er ist ...« Ein eigenartiges Zögern. »Er ist sehr nett. Kein bißchen falsch.«

Lindsay wollte protestieren – in Charlottes Vokabular war »nett« ein hohes Lob, obwohl Charlotte in ihrer wohlwollenden Art dieses Lob für Lindsays Geschmack zu oft und zu leichtfertig vergab; sie öffnete den Mund, um ihr zu widersprechen, und schloß ihn wieder. Auf der Straße unten war ein Auto vorbeigefahren, und das war

Charlottes scharfem Gehör nicht entgangen. Sie hatte sich augenblicklich verkrampft. Wie seltsam, dachte Lindsay, und dann begriff sie, daß die sonst immer so gelöste Charlotte ausgesprochen nervös wirkte. Wahrscheinlich hat sie Angst, weil Max noch auf der Autobahn ist, dachte Lindsay und stand auf und ging ans Fenster, um hinauszuschauen.

Draußen war es dunkel, und der Mond ging bereits auf. Lindsay preßte das Gesicht gegen die Scheibe. Hinter ihr hantierte Charlotte mit dem Teegeschirr und überlegte halblaut, ob Max wohl Tee oder einen steifen Drink vorziehen würde, wenn er heimkam.

Lindsay blickte hinaus auf den Garten und versuchte, die flüchtigen Mondschatten in vertraute Muster zu ordnen. Sie spürte den Anflug einer vorabendlichen Melancholie, eines unerklärlichen, vagen Gefühls von Verlust; dies war die Eibenhecke, sagte sie sich, und das Blaßblaue da war eine Vase, und dort teilte sich die geschwungene Auffahrt in zwei Arme, von denen der eine nach einer Kurve vor dem Haus endete, während der andere zu den Ställen und Garagen hinter dem Haus führte. Da war die Auffahrt, und dort waren – plötzlich – Lichter. Sie erspähte die vertrauten Umrisse von Max' Wagen, der an der Gabelung in der Auffahrt stehenblieb.

»Max ist da«, sagte sie und runzelte dann die Stirn. »Und ich glaube, er hat jemanden mitgebracht, Charlotte. Wußtest du das? Ich bin ganz sicher, daß ich jemanden auf dem Beifahrersitz gesehen habe.«

»Oh.« Charlotte war aufgestanden. Sie sah sich offenkundig fassungslos um.

»Wer mag das wohl sein?« fragte sie.

Zwei Schritte vor der Hintertür zwang Max Rowlands Arm in einen eisernen Griff.

»Überlaß das mir«, zischte er. »Du wirst alles verpatzen. Wir brauchen einen Plan.« Max sah sich gehetzt um. »Du kannst nicht einfach so aus dem Nichts auftauchen. Lindsay wird den Braten riechen –«

»Das hast du mir bereits erklärt. Und zwar ausführlichst. Können wir jetzt bitte reingehen, bevor wir hier draußen erfrieren?«

»Warte. *Warte.*« Max hielt ihn erneut zurück. »Ich habe eine Idee. Am besten bringen wir es ihnen ganz sachte bei. Natürlich nicht

Charlotte, die weiß Bescheid, aber den anderen. Wenn wir also in der Küche sind – dann mach irgendwas. Trampel mit den Füßen.«

»Mach dich nicht lächerlich. Mit den Füßen trampeln? Wieso? Es liegt doch kein Schnee. Es ist nicht mal feucht –«

»Nur um dich *bemerkbar* zu machen, Rowland. Damit sie merken, daß wir zu zweit sind. Und wenn wir dann in den Flur kommen, mach ein Geräusch. Etwas, woran man dich erkennen kann, damit sie merken, daß du es bist. Du könntest zum Beispiel ... husten.«

»Husten? Was soll ich denn sein? Tuberkulosekrank? Max, willst du die ganze Nacht hier draußen verbringen? Bist du nervös?«

»Nervös? Ich bin nie nervös. Ich habe die sprichwörtlichen Nerven aus Stahl –«

»Jesus Christus. Ich glaube es einfach nicht.«

»Also gut. Ich bin nervös. Ich bin – gespannt. Du kennst Lindsay nicht. Du weißt nicht, wie sie sein kann. Sie hat eine messerscharfe Zunge, Rowland. Und wenn sie einen Wutanfall bekommt – hast du jemals einen ihrer Wutanfälle erlebt?«

»Ich schätze doch, daß ich ihn überleben würde.«

»Weil du dir das hier nicht gründlich genug überlegt hast. Ist dir schon mal der Gedanke gekommen, daß Lindsay vielleicht glauben könnte, du hättest das hier inszeniert – um sie wiederzusehen? Sie könnte glauben, du hättest es auf sie abgesehen, Rowland.«

»Du bist ja verrückt. Du hast vollkommen den Verstand verloren. Diese Frau? Nicht in zehn Milliarden Jahren. Ganz bestimmt nicht. Sie ist nicht mein Typ.« Rowland hielt inne. »Meinst du wirklich, daß sie das glauben könnte?«

»Es besteht die *Möglichkeit*. Wir müssen auf alles gefaßt sein. Frauen können sich alles mögliche zusammenphantasieren ...«

»Das stimmt. Das stimmt. Und außerdem dürfen wir Gini nicht vergessen –«

»*Ganz genau*. Du willst doch einen guten Eindruck machen? Also, dann solltest du deinen Auftritt nicht verpatzen. Du hältst einfach den Mund, Rowland, und überläßt mir das Reden.«

»Wieso? Du bist ein lausiger Lügner. Du bist einer der schlechtesten Lügner, die ich kenne. Du schmückst viel zu viel aus.«

»*Ganz falsch*«, widersprach Max, der langsam sein Selbstvertrauen

wiederfand. »*Ganz falsch*, Rowland – ich bin verbindlich und zuvorkommend. Im Gegensatz zu dir.«
Max öffnete die Küchentür. »Jetzt komm«, sagte er mit Grabesstimme, und Rowland folgte ihm seufzend. Und weil es im Wohnzimmer nebenan eigenartig still war, räusperte er sich im Flur.

»Rowland! Das ist doch nicht möglich! Was für eine nette Überraschung!« Charlotte drehte sich bei ihrem Eintritt um und umarmte ihn mit aller Kraft. Rowland entging nicht, daß sie knallrot war. Lindsay schien es ebenfalls aufzufallen. Auf einen energischen Schubser von Max hin hielt sich Rowland im Hintergrund. Lindsay stand mit fest verschränkten Händen am Fenster. Auf dem Sofa neben ihr und ihm zugewandt saß eine Frau, die Genevieve Hunter sein mußte. Als er eintrat, hatte sie die klaren, grauen Augen erhoben und ihn eingehend betrachtet; diese, wie er es empfand, kritische Musterung verunsicherte ihn. Sobald Max zu reden begann, wandte sie den Blick ab und sah ins Feuer. Das Licht der Flammen spielte in ihrem Haar. Ihre langgliedrigen, ringlosen Finger ruhten gefaltet in ihrem Schoß.
»Ja. Also. Ich wollte eben heimfahren«, sagte Max, »als mir Rowland über den Weg gelaufen ist. In der Lobby. Direkt vor dem Lift, um genau zu sein. Und da kam mir eine Idee – aus heiterem Himmel. Warum kommt Rowland nicht einfach mit, dachte ich mir. Schließlich hat er in letzter Zeit rund um die Uhr gearbeitet. Ein Wochenende auf dem Land, dachte ich ... Vielleicht braucht Rowland genau das. Er könnte sich entspannen. Er könnte ...«
Max' Redefluß versiegte. Lindsays Augen waren basiliskengleich auf ihn gerichtet. Sie hatten die Lippen zusammengekniffen, und auf ihren Wangen brannten hellrote hektische Flecken.
»Wie fürsorglich von dir«, sagte sie. »Wie schön für uns alle, Max.«
»Ja. Doch, ja.« Max wandte den Blick ab. »Und zum Glück hatte Rowland an diesem Wochenende nichts vor. Also, natürlich hatte er was vor, so gefragt, wie er ist – aber er konnte absagen ...«
»Und noch dazu so kurzfristig. Ich wußte gar nicht, daß Rowland so spontan ist. Ich dachte, er würde immer alles planen. Und zwar sehr gründlich ...«
Bei diesen Worten sah Genevieve Hunter auf. Vielleicht hat sie die

Spannung im Raum gespürt, dachte Rowland – das war nicht schwer, selbst die Hunde wirkten bedrückt. Doch falls dem so war, dann schien sie das nicht zu berühren. Sie sah erst Max, dann Rowland an und lehnte sich schließlich zurück. Sie sah aus wie jemand in einem Flugzeug, fand Rowland, wie jemand, der über Kopfhörer Musik hört und den Harmoniefolgen eines Stückes lauscht, das niemand außer ihm hören kann. *Was für eine Musik, was für ein Stück?* fragte er sich. Dann begriff er, daß jemand die Situation retten mußte, sammelte sich, trat vor und ergriff das Wort.

»Sag doch die Wahrheit, Max«, begann er, und Max zuckte zusammen. »Eigentlich geht es um eine Frau – ihretwegen habe ich Max gebeten, mich einzuladen. Charlotte – du hast mir gefehlt.« Er gab ihr einen Kuß auf die Wange und legte den Arm um die Stelle ihres Körpers, die früher einmal ihre Taille gewesen war. »Wir haben uns seit Monaten nicht mehr gesehen, und ich habe Max erklärt, daß ich dich unbedingt noch mal sehen will, bevor das Baby zur Welt kommt. Hat er dir schon gesagt, daß du großartig aussiehst?«

»Fett«, widersprach Charlotte, die geschmeichelt und erleichtert rot angelaufen war. »Spar dir die galanten Komplimente. Ich sehe aus wie ein Berg.«

»Du siehst wunderschön aus«, meinte Rowland aufrichtig. »Und außerdem wird es diesmal ganz bestimmt ein Mädchen. Eine Tochter. Eine Miss Max.«

»Bist du sicher?« Charlotte lachte. »Woher willst du das wissen?«

»Weil du das Baby tief trägst. Und laut meiner irischen Großmutter deutet das auf ein Mädchen hin.«

»Ach, Unfug, Rowland. Du kannst dich an deine irische Großmutter bestimmt nicht mal erinnern.«

»Wart's ab. In zwei Monaten sprechen wir uns wieder.«

Rowland gab Charlotte frei und sah sich im Zimmer um. Er erspähte Danny, der schüchtern hinter einem Sessel hervorlinste. Da er wußte, daß Danny zuverlässig für Ablenkung sorgen würde, streckte Rowland die Arme nach ihm aus. Mit einem Jubelschrei stürzte Danny auf ihn zu, umklammerte Rowlands Knie und jubelte wieder, als Rowland ihn auf den Arm nahm.

Danach lief alles von selbst, genau wie er gehofft hatte. Die Hunde erwachten wieder zum Leben und begannen zu bellen; Charlotte beschäftigte sich mit dem Teegeschirr; Max berichtete ausführlich über die lästige New-Age-Karawane, die sie vor dem Ort aufgehalten hatte, und Dannys ältere Brüder kamen – nachdem sie Rowlands Stimme und die ihres Vaters gehört hatten – die Treppe heruntergerast, getrieben von Zuneigung wie auch Habgier, da der allseits beliebte Rowland nie ohne ein paar Mitbringsel auftauchte.

Inmitten dieser Konfusion machte man ihn mit Genevieve Hunter bekannt, und Rowland mußte kurz ihre kühle, schmale Hand drücken. Sie sagte etwas – daran sollte er sich später erinnern –, eine konventionelle, bedeutungslose englische Begrüßungsfloskel, leise und mit amerikanischem Akzent vorgebracht. Rowland wußte, daß sie in England zur Schule gegangen war, daß sie eine englische Stiefmutter hatte, aber diese Begrüßung überraschte ihn dennoch; er hatte etwas anderes erwartet – aber was? Mehr Schwung vielleicht; Lebendigkeit, sagte er sich später; vielleicht sogar Witz, da sie in ihren Artikeln oft witzig und ihr ausgeprägt individualistischer Stil knapp und klar war.

Statt dessen stieß er auf eine an Trägheit grenzende Gleichgültigkeit, die sie erfolglos zu verbergen versuchte. Ein Blick aus den schmalen, kühlen grauen Augen; eine Berührung der dünnen Hand, und er hatte das Gefühl, daß sie ihn wieder aus dem Gedächtnis gestrichen hatte, noch ehe sie ihre Hand zurückzog.

Er war enttäuscht, auch wenn er das keinesfalls zugegeben hätte. Und leicht verunsichert – wenn er auch nicht zu sagen vermocht hätte, wodurch. Max spürte keine derartigen Hemmungen, wie sich gleich darauf herausstellte. Er sprudelte über vor Freude und konnte es kaum erwarten, sich unter irgendeinem Vorwand allein mit Rowland zu unterhalten. Kaum zwanzig Minuten nach ihrer Ankunft raste er die Treppe hinauf, langsamer gefolgt von Rowland.

»Muß mich waschen und umziehen«, rief Max die Treppe hinunter und schob Rowland in sein Schlafzimmer. Er drückte die Tür zu. »Na und?« fragte er triumphierend. »Was meinst du? Wir haben es geschafft, oder? Frauen sind so leicht zu täuschen ...«

»Meinst du wirklich?«

»Das weiß ich. Lindsay hätte uns Probleme machen können – aber das hast du geregelt. Ein Geniestreich – ganz ehrlich, von dir könnte ich noch was lernen, Rowland. Du warst die Kaltblütigkeit in Person.

Hast dir nicht das geringste anmerken lassen. Sehr geistesgegenwärtig ...«

»Danke, Max. Alles Übung.«

»Und Gini – gefällt sie dir? Entspricht sie deinen Erwartungen?«

»Es ist schwer, jemanden allein aufgrund eines Händedrucks und eines Satzes zu mögen.«

Rowland drehte sich um und inspizierte die Bilder an den Wänden – reihenweise Fotos aus Max' Privatschulzeit: ein Rugbyteam, eine Kricketmannschaft; dann Oxford, Max und er selbst neben dem gemeinsamen Motorrad – das rührte ihn. Max ließ sich mit enttäuschter Miene auf das schmale Bett sinken.

»Ich hatte dich ja gewarnt«, sagte er. »Sie ist sehr verschlossen. Schwierig. Ich habe dir doch gesagt, seit Bosnien hat sie jeden Auftrag ... Wenn du sie wirklich auf diese Lazare-Geschichte ansetzen willst, dann mußt du irgendwie ihr Interesse wecken.«

»Das haben wir alles schon besprochen.«

»Ich weiß. Aber du hast nur zwei Tage, Rowland. Gut, es ist eine heiße Story – es könnte sogar eine *sehr* heiße Story werden. Diese Drogensache könnte sie interessieren ... andererseits hat man ihr in den vergangenen zwei Monaten ständig gute Stories angeboten. Und sie hat alle abgelehnt.«

»Trotzdem.« Rowland bückte sich vor einem weiteren Foto.

»Ich bin sehr dafür, die Sache indirekt anzugehen – genau wie du. Sieh sie dir erst mal an. Gib ihr eine Chance, dich privat kennenzulernen – fein. Bring sie meinetwegen dazu, dich zu mögen – vielleicht. Aber ich kenne Lindsay, und ich kann mir denken, was sie über dich erzählt hat. Wenn du Gini einsetzen willst, darfst du nicht den kleinsten Fehler machen.«

Er hielt inne und sah Rowland nachdenklich an. Rowland betrachtete eben ein Foto, auf dem Max von einem Stocherkahn in die Isis fiel, und sagte nichts.

»Ich meine, du mußt den Tatsachen ins Gesicht sehen, Rowland. Vielleicht verstehst du mich jetzt, nachdem du ihr persönlich begegnet bist. Glaubst du immer noch, du kannst sie in zwei Tagen mit deinem Charme erobern?«

»Der Versuch kann jedenfalls nicht schaden.«

»Ich wünsche dir viel Glück dabei. Ich hab' dir doch erzählt – es war ein Alptraum, sie einzustellen. Da sitzt sie – zusammen mit Lindsay – bei der *News*, und beide können es kaum erwarten, endlich abzuspringen, weil dieser miese, widerwärtige Nicholas Jenkins die Zeitung immer weiter runterzieht, nur noch Sex, Sex, Sex ... Hast du übrigens seine Auflagenzahlen gesehen?«

»Noch mal zweiundfünfzigtausend? Ja, habe ich.«

»Widerwärtiger Mensch. Und dabei war es früher eine gute Zeitung. Wo war ich eben? Ach ja. Wie ich Lindsay und Gini gekapert habe. Also, Lindsay war ein Kinderspiel. Sie hat mir ihre Bedingungen genannt – wir haben die ganze Sache beim Lunch festgeklopft. Einem hervorragenden Lunch übrigens, bei *Tante Claire.* Warst du schon mal dort, Rowland?«

»Nein.«

»Lindsay und ich tranken zwei Flaschen des besten Meurseult meines Lebens, wie ich zu meiner Schande gestehen muß. Es war *lustig.* Bei Gini dagegen ...« Er verzog das Gesicht. »Sie hat mich gegen die *Times* ausgespielt. Monatelang.«

»Na und? Das hast du früher selbst so gemacht. Ich auch. Jeder tut das.«

»Ich weiß. Aber ich hatte das einfach nicht erwartet. Nicht von einer Frau mit diesem Aussehen. Charlotte findet, sie sieht aus wie eine Madonna von Crivelli ...«

Rowland sagte nichts dazu.

»Ich hab' ihr geantwortet, den meisten Männern würde da ein ganz anderer Vergleich einfallen. Mir ging das jedenfalls so, und ich spreche als der am glücklichsten verheiratete Mann, den ich kenne. Ich meine, du hast es doch bestimmt bemerkt – sie hat das gewisse Etwas um ihren Mund. Und ihre Figur – bevor sie so abgemagert war, natürlich ... Sagen wir's mal so: Ich mußte jedenfalls nicht *sofort* an eine Madonna denken.«

»Herrgott noch mal, Max.« Rowland machte eine verärgerte Geste. »Sie ist Journalistin. Eine außergewöhnlich gute Journalistin. Kannst du es nicht dabei belassen?«

»Nein, kann ich nicht«, widersprach Max fröhlich. Er zündete sich eine Zigarette an. »Und ich finde es reichlich kühn, daß ausgerechnet du so was sagst. Seit wann sind dir Frauen egal? Du hast doch jede Woche eine andere.«

»Aber keine, mit der ich zusammenarbeite. Außerdem geht dich das nichts an, Max.«
Rowland trat von den Fotos zurück und ans Fenster. Er schaute hinaus, mit dem Rücken zu Max.
»Du bist ein Herzensbrecher, Rowland, und das ist allgemein bekannt – also spiel dich nicht als Moralist auf.«
»Mein Gott, muß ich mir das wirklich anhören?« Rowland ließ die Stirn gegen das kalte Glas sinken. »Du solltest nicht so leichtfertig über gebrochene Herzen sprechen. Leg endlich eine andere Platte auf, Max.«
Max hatte keineswegs vor, die Platte zu wechseln. Er fixierte Rowlands Rücken, paffte seine Zigarette und ließ ein paar Sekunden verstreichen.
Schließlich rückte er mit der Sprache heraus. »Was ist eigentlich aus diesem Mädchen von neulich geworden?« fragte er beiläufig. »Dieser Französin?«
»Sylvie? Keine Ahnung, ehrlich. Wir haben uns seit Wochen nicht mehr gesehen.« Rowland machte eine verärgerte Geste. »Was soll denn das, Max?«
»Nichts, nichts ... Ich hab' mich bloß gefragt. Es ist also vorbei?«
»Ja. Es ist vorbei.«
»*Endgültig* vorbei? Sie schreibt dir nicht mehr, ruft dich nicht mehr an?«
»Endgültig vorbei. Was sie allerdings nicht davon abgehalten hat, mich im Laufe der letzten Woche zweiunddreißigmal anzurufen.«
»Zweiunddreißigmal? Wirklich beeindruckend.«
Rowland schenkte ihm ein Winterlächeln. »Nicht *wahr?* Vielleicht waren es auch dreiunddreißigmal. Ich vergesse das so leicht.«
Da Max den ironischen Glanz in seinen Augen bemerkte, riskierte er eine weitere Frage.
»Bei so vielen Frauen, Rowland ...«
»Ja.«
»Darf ich dich mal was fragen?«
»Du darfst mich fragen. Ich werde dir vielleicht antworten. Vielleicht auch nicht.«
»Ich meine – die Sache ist – also, bist du ihnen gegenüber ganz offen, machst du ihnen von Anfang an klar, daß du – dich nicht binden

willst? Sagst du – äh – ihnen das ins Gesicht?«
Rowland sah ihn völlig fassungslos an.
»Was für eine ungewöhnliche Frage. Eine ausgesprochen weibliche Frage. Steckt Charlotte dahinter?«
»Also, Rowland, ja oder nein? Ich will es einfach wissen. Verdammt, ich kenne dich nun schon siebzehn Jahre. Dir eine Information zu entlocken, ist, als wollte man Blut aus einem Stein pressen. Hör auf, so verdammt diskret zu sein.«
»Herrgott noch mal – also gut.« Rowland warf verärgert die Hand hoch. »Ja, Max, ich stelle das von Anfang an klar. Ich erkläre es ihnen – in leichtverständlichen, einfachen Worten, wenn nötig. Schließlich sind es moderne Frauen – das *behaupten* sie jedenfalls. Sie erklären mir am laufenden Band, wie modern sie sind. Leider habe ich die Erfahrung gemacht, daß sie am Morgen danach extrem altmodisch sind, ganz egal, wie modern sie am Abend zuvor waren.«
Max, durch und durch Ehemann, verspürte einen Stich von Neid bei dieser energisch vorgebrachten Bemerkung. Er sah Rowland mit tiefem Ernst an.
»Das hast du dir ganz allein zuzuschreiben, Rowland. Und dem, was du in der Zwischenzeit mit ihnen anstellst. Was erwartest du denn, wenn du dich zu solchen sexuellen Höchstleistungen hinreißen läßt? Außerdem bist du unglaublich naiv, was Frauen betrifft. Frag nur Charlotte –«
»Ich habe nicht die geringste Absicht, Charlotte oder irgendwen sonst zu fragen. Es reicht mir vollkommen, wenn ein Mitglied dieser Familie auf mich einredet wie eine alte Tante.«
Rowland war auf dem Weg zur Tür.
»Mit diesem Verhalten *ermutigst* du die Frauen nur.« Max wollte sich nicht so abfertigen lassen. »Frauen können pervers sein, Rowland. Je unerreichbarer ein Mann ist, desto mehr fühlen sie sich zu ihm hingezogen. Das sagt Charlotte jedenfalls.«
»Hör zu.« Rowland drehte sich zu ihm um. »Ich führe mein Privatleben so ehrlich ich kann, so wenig das auch heißen mag. Was kann ich dafür, wenn dabei gelegentlich trotz aller buchstäblichen und metaphorischen Vorkehrungen jemand in seinen Gefühlen verletzt wird?«
»Du?«

»Nein. Ich nicht.« Rowland zögerte und zuckte mit den Achseln. »Was zum Teufel soll ich deiner Meinung nach denn tun, Max? Leben wie ein Mönch?«
»Du könntest ja heiraten.« Max mußte sich ein Lächeln verkneifen. »Das sollte sie ein wenig abhalten.«
»Jetzt reicht's. Geh dir eine Frauenzeitschrift kaufen, Max. Im Moment scheint das genau das Richtige für dich zu sein.«
Max hätte diese Reaktion vorhersagen können und schwieg. Rowland öffnete die Tür zum Treppenhaus und schloß sie dann wieder.
»Eins noch.« Er drehte sich wieder um. »Das wollte ich dich schon früher fragen. Wegen Genevieve Hunter ...«
»Ja?«
»Warum warst du eigentlich ursprünglich dagegen, sie nach Bosnien zu schicken? Schließlich hatte Lamartine schon früher mit ihr zusammengearbeitet, und er hat sie empfohlen. Gab es irgendwelche Probleme – von denen du mir nichts erzählt hast?«
Max hatte mit dieser Frage gerechnet und zögerte. Er ließ ein paar Sekunden verstreichen, setzte sich die Brille ab und wieder auf. Ein Zeichen, daß ihm die Antwort schwerfiel, das wußte Rowland.
»Da war also etwas. Ich hätte es wissen müssen. Raus mit der Sprache, Max. Was ist es?«
»Sie sind ein Paar, Rowland.«
Es wurde still. Max zündete sich die nächste Zigarette an. »Das hast du nicht gewußt?«
»Du weißt genau, daß ich das nicht gewußt habe. Und du warst sehr darauf bedacht, es mir nicht zu erzählen.«
»Ja. Das war ich. Weil ich dich kenne, Rowland, und weil ich wußte, daß du sofort die falschen Schlüsse ziehen würdest. Du kannst manchmal ziemlich puritanisch sein, weißt du? Irgendwann mußt du das ablegen – nicht jeder kann Beruf und Privatleben so akkurat trennen wie du. Außerdem – ich dachte, vielleicht weißt du es ja *doch*. Es war schließlich in aller Munde ...«
»Ich hör mir solchen Klatsch nicht an.«
»*Ich* schon. Rasend gern. Jedenfalls haben sie nie einen Hehl daraus gemacht – warum auch? Er ist seit mindestens vier Jahren geschieden, und sie sind erst seit einem Jahr zusammen. Aber um auf die Sa-

che zurückzukommen – ich hatte kein gutes Gefühl dabei. In ein Kriegsgebiet – als Pärchen? Wo sie nie zuvor über einen Krieg berichtet hatte? Nicht gerade die ideale Kombination, wie?«

»Ganz und gar nicht, finde ich.« Rowland stand auf. Er ging ein paarmal in dem kleinen Zimmer auf und ab. »Andererseits«, fuhr er bedachtsam fort, »um fair zu sein – es war ein riskantes Spiel, aber es hat sich ausgezahlt. Die Berichterstattung hätte nicht besser sein können. Sie sollte sechs Artikel schreiben. Die hat sie geschrieben – und alle waren exzellent. Also war Lamartines Vertrauen in ihre Fähigkeiten gerechtfertigt, ganz egal, welche Motive er ursprünglich hatte. Du hast die richtige Entscheidung getroffen.«

»Ja. Und ich bereue sie ganz bestimmt nicht.« Max zögerte wieder. »Aber ganz so einfach war die Sache nicht, Rowland ...«

»Erzähl.«

»Das wird dir nicht gefallen.«

»Erzähl, Max.«

»Also, die Sache war die – Lamartine ließ mir eigentlich gar keine Wahl. Du mußt das jetzt im Zusammenhang sehen. Lamartine ist wahrscheinlich der beste Kriegsfotograf der Welt, richtig? Ganz bestimmt einer der zwei oder drei besten auf der Welt. Und er war überall dabei – Indochina, Afrika, Afghanistan, Naher Osten. Aber während der letzten drei Jahre hatte er nichts mehr damit zu tun gehabt, sondern war eher so was wie ein Paparazzo – das trifft es wirklich am besten. Weiß der Himmel, was ihn dazu getrieben hat – ich habe jedenfalls nie gewagt, ihn danach zu fragen. Gigantische Scheidungskosten, so ging das Gerücht, und gigantische Unterhaltszahlungen an die – schätze ich – nicht allzu nette Ex-Frau. Jedenfalls: Sowie sich herumsprach, daß er wieder als Kriegsfotograf arbeiten und nach Bosnien gehen wollte – da wollte ihn jeder haben. Ich wollte ihn, und seine Fotos, sogar um jeden Preis haben. Schließlich kriegte ich ihn. Gini war der Preis.«

Dieses Geständnis trug ihm einen finsteren Blick ein. Hastig erzählte Max weiter. »Paß auf, Rowland – ich weiß, was du jetzt denkst, aber so war es *nicht.* Lamartine traf sich privat mit mir. Und er nahm kein Blatt vor den Mund. Wenn ich *ihn* haben wollte, mußte *sie* mitkommen – ohne Wenn und Aber. Gini hatte davon keine Ahnung, Rowland. Und Lamartine nahm mir das Versprechen ab, daß sie das nie, unter keinen Umständen, erfahren würde, denn andernfalls wäre die Hölle los …«

Rowland sagte immer noch nichts. Max konnte sich seinen Gedankengang vorstellen und seufzte.

»Paß auf, Rowland – ich will das ein für allemal klarstellen. Sie hat ihn nicht angestiftet. Also, natürlich kann ich das nicht mit absoluter Sicherheit sagen – ich habe nur Lamartines Wort darauf. Aber er ist kein Lügner, und er würde sich nicht so benutzen lassen. Und sie würde ihn auch nicht benutzen. Sie hat ihre Fehler, wie du selbst feststellen wirst, wenn du mit ihr zusammenarbeitest – aber Skrupellosigkeit gehört nicht dazu. Ganz im Gegenteil.« Er verstummte. Rowland schwieg immer noch. Max hob beide Hände.

»So – jetzt kennst du die Wahrheit. Ich will ganz ehrlich sein – hätte Lamartine mir nicht die Pistole auf die Brust gesetzt, hätte ich nein gesagt. Erstens ist sie eine Frau. Zweitens hatte sie zwar Erfahrung und schon über einige harte Stories berichtet, aber noch nie über einen Krieg, und drittens waren sie ein Paar. Doch so ließ er mir kaum eine Wahl. Und er war sehr überzeugend, was sie betraf …«

Rowland sah ihn scharf an. »Er ist überzeugend?«

»Allerdings. Sehr. Ich mag ihn, und ich bewundere ihn, und ich respektiere sein Urteil. Wenn du ihm begegnet wärst, würdest du mir garantiert zustimmen. Ganz offensichtlich wußte er, wie sehr sie auf diesen Auftrag aus war. Also gut, er war auch verliebt. Und darum parteiisch, das hat er auch zugegeben. Aber er hat mich überzeugt, daß sein Urteil nicht von seinen Gefühlen getrübt war, daß er diese Bedingung keinesfalls gestellt hätte, wenn er geglaubt hätte, sie würde ihn – oder mich – enttäuschen. Das habe ich akzeptiert. Er lobte sie in den höchsten Tönen. Er kämpfte dafür, daß sie eine Chance bekam, eine Chance, die sie seiner Meinung nach verdient hatte.« Max seufzte. »Ich war gerührt, um ehrlich zu sein. Ich kapitulierte. Und – wie du vorhin selbst gesagt hast – Lamartine hat ihr vollkommen zu Recht vertraut.«

Es wurde still. Rowland schwieg immer noch. Max musterte seinen Freund neugierig und erstaunt. Normalerweise hielt Rowland mit seiner Meinung nie hinter dem Berg; doch seit sie diesen Raum betreten hatten, war in ihm eine Veränderung vorgegangen, eine eigenartige Veränderung, wie Max fand. Rowland war einer der weni-

gen Kollegen, die er aufrichtig bewunderte und auf deren Achtung er Wert legte: sein Schweigen verunsicherte Max zutiefst. Hätte Rowland in der gleichen Situation ebenso gehandelt? Er meinte die Antwort darauf zu kennen. Rowland war in der Arbeit ausgesprochen neutral in Fragen des Geschlechts und viel eher geneigt als Max, eine Frau in ein Kriegsgebiet zu schicken; doch das hatte nichts damit zu tun, wie Rowland auf Lamartines Forderung reagiert hätte. Es hätte ihm nicht gefallen, daß man ihn so unter Druck setzte, und weder Lamartine, noch Gini hätten – falls er eine heimliche Absprache vermutet hätte – je wieder für ihn gearbeitet.
Wodurch ihm, dachte Max mit neu erwachendem Selbstvertrauen, aufgrund seiner Skrupel erstklassige Fotos und erstklassige Berichte entgangen wären. Eines von Rowlands kleinen Problemen, sagte er sich, war eine gewisse Starre in moralischen Dingen, eine Unfähigkeit zum Kompromiß. Gar nicht gut, so etwas; irgendwann würde er dieses Manko einmal ansprechen müssen ... Bei dem Gedanken, daß sein begnadeter Freund eine Achillesferse hatte, kehrte Max' gute Laune augenblicklich zurück.
»Natürlich«, fuhr er fort, während Rowland schon auf dem Weg zur Tür war, »ist es nie einfach, solche Entscheidungen zu treffen ...«
»Nein, das ist es nicht«, kam die spröde Antwort. Augenblicklich fühlte sich Max wieder unsicher.
»Später habe ich mir deswegen Gedanken gemacht. Ein oder zweimal. Nicht in beruflicher Hinsicht ...« Er zögerte. »Aber in persönlicher vielleicht ...«
»Ja?« Rowland, der eben die Tür öffnen wollte, blieb stehen. Er sah Max eindringlich an.
»Na ja, natürlich habe ich das«, verteidigte sich Max. »Es ist ja möglich – daß Lamartine inzwischen bedauert, diese Forderung gestellt zu haben ...«
»Wie kommst du darauf?«
»Reine Vermutung.« Max' Miene sprach Bände. »Schließlich ist sie seit zwei Monaten wieder zurück. Er ist immer noch dort. Wir wissen nicht einmal, wann er wieder zurückkommen will. Ein Kriegsgebiet, der ganze Streß, die enge Zusammenarbeit ... Ihre Krankheit, ihr Aussehen, ein paar Andeutungen von Lindsay. Mir kam der Gedanke, daß sie sich vielleicht gestritten oder sogar getrennt haben

könnten, obwohl ich annehme, daß Gini selbst nichts in der Richtung gesagt hat ...« Er schüttelte den Kopf. »Ich hoffe, daß das nicht zutrifft. Andernfalls würde ich mich teilweise dafür verantwortlich fühlen. Andererseits kann so eine Beziehung auch von selbst ausbrennen, es hätte also so oder so passieren können ...« Max merkte, daß er Zeit zu gewinnen versuchte; er brach abrupt ab.
»Du bist nicht dafür verantwortlich«, beschied ihm Rowland unerwartet energisch. Er schenkte Max ein warmherziges Lächeln. »Das ist ihr Problem, nicht deins, Max – das weißt du genau. Jetzt ...« Er zog die Tür auf. »Wann kommen diese Leute? Um halb acht? Ich glaube, ich nehme vorher noch schnell ein Bad ...«
Er verschwand im Flur. Von unten rief Charlotte nach ihrem Mann, und Max – dem plötzlich das angenehme, wenn auch kurze Rendezvous einfiel, das er mit seiner Frau vereinbart hatte, zog sich in sein Zimmer zurück. Er betrachtete das Foto, auf dem er und Rowland neben dem Motorrad standen, ihrer großen Liebe. Eine Primadonna, dieses Motorrad: Rowland war mit den Tücken ihres Motors innerhalb eines Monats zu Rande gekommen; Max nicht.
Ich hätte Rowland fragen sollen, was er von meiner Entscheidung hält, dachte er. Wie hätte er wirklich auf Lamartines Forderung reagiert? Er würde ihn im Laufe des Wochenendes danach fragen, beschloß er – doch da dieses Wochenende einen unerwarteten Verlauf nehmen sollte, vergaß er seine Absicht wieder.

Unten saß Lindsay allein am Feuer und schaute nachdenklich in die Flammen, als Danny ins Zimmer gewandert kam, mit eifrigem Blick und dem Bild eines blauen, stachligen Tiers im Arm.
»Wo ist Rowland?« fragte er.
»Oben, glaube ich. Dein Daddy und er sind nach oben gegangen, um sich zu waschen und umzuziehen.«
»Schau mal.« Er streckte ihr das Bild entgegen. »Hund. Hab ich für Rowland gemalt.«
»Ein sehr schöner Hund, Danny. Er gefällt mir ausgezeichnet.«
»Hat kurze Beine«, urteilte Danny kritisch, während er sein Werk betrachtete.
»Manche Hunde haben kurze Beine. Das paßt schon.«
»Könnte auch ein Igel sein«, erklärte Danny listig und drehte das

Bild auf den Kopf. »Ich mag Igel. Am allerliebsten.«

»Das ist ja das Tolle daran, Danny. Es könnte ein Igel *oder* ein Hund sein. Es könnte sogar ein Igelhund sein.«

Danny fand das zum Brüllen. Er fiel vor Lachen zu Boden und strampelte mit den Beinen in der Luft. Lindsay dachte gerade, welches Selbstvertrauen einem kleine Kinder geben konnten, einfach indem sie auch über die dämlichsten Scherze lachten, als ihr etwas anderes in den Sinn kam. Ihr fiel der Kuchen wieder ein. Sie wurde ernst.

»Wußtest du eigentlich, daß Rowland heute kommt, Danny?« fragte sie. Augenblicklich kam sie sich mies und gemein vor.

»Ja. Mummy hat es beim Frühstück gesagt. Sie hat gesagt, es ist ein Geheimnis, ein schönes Geheimnis. Aber wenn ich mein Rührei aufesse, dann sagt sie's mir. Ich hab' alles aufgegessen. Sogar das eklige Weiße ...«

Seine Augen wurden groß. Er wurde knallrot. Er sah Lindsay ängstlich an. »Jetzt ist es doch kein Geheimnis mehr, oder?« flüsterte er. »Jetzt ist er da. Er hat mir ein Gewehr mitgebracht. Er hat seinen Kuchen gegessen.«

»Nein, jetzt ist es kein Geheimnis mehr, Danny.« Lindsay gab ihm einen Kuß. »Außerdem werde ich niemandem ein Wort verraten.«

»Ehrenwort?«

»Ehrenwort. Zzzip – der Mund bleibt zu. Versprochen.«

Danny liebte »Zzzip – der Mund bleibt zu«. Er fuhr sich selbst ein paarmal mit dem Daumen über die Lippen und trollte sich dann nach oben. Lindsay blieb sitzen. Wütend starrte sie ins Feuer. Dieses Schwein, dachte sie: Während des gesamten Gesprächs heute morgen hatte sich dieser Mistkerl insgeheim ins Fäustchen gelacht. Dieser verlogene, falsche, manipulierende, heuchlerische Mistkerl. Wie lange hatte er das schon geplant? Was hatte er überhaupt vor?

Charlotte streckte ihren Kopf zur Tür herein. Sie sah rosig und aufgewühlt aus. »Ach, da bist du ja, Lindsay. Ich – ich dachte, ich plaudere mal ein wenig mit Max. Und zieh mich um. Gini ist in ihrem Zimmer und liest. Die Gäste kommen so gegen halb acht. Sie bleiben bloß eine Stunde. Dann essen wir. Ich habe eine riesige Steak-and-Kidney-Pie gemacht, hoffentlich ist das in Ordnung. Du und Gini müßt euch leider das Bad mit Rowland teilen, wenn du also baden willst –«

»Ich würde zu gern baden.«

»Tja, dann mußt du Rowland rausschmeißen. Sag ihm, er soll nicht das ganze heiße Wasser aufbrauchen. Und kümmer' dich gar nicht um die Jungs. Rowland hat ihnen diese Strahlenpistolen mitgebracht. Die machen einen Höllenlärm. Das hört sich da oben an wie der Dritte Weltkrieg ...«

Sie verschwand, und Lindsay ging hinauf. Aus dem Kinderzimmer unter dem Dach drang Kriegslärm. Ginis Tür war zu. Die Badezimmertür ebenfalls: Das Rauschen und Klopfen der alten Leitungen verriet, daß Rowland es besetzt hatte. Was in aller Welt machte der Mann da drinnen – ließ er sich ein Bad ein, oder wollte er einen Swimming-pool füllen? Und mußte er dabei unbedingt pfeifen? Lindsay funkelte wütend die Tür an und zog sich dann in ihr Zimmer zurück.

Sie sah sich die Kleider an, die sie eingepackt hatte. Eigentlich hatte sie ein ziemlich langweiliges Kleid tragen wollen, das sie hauptsächlich deshalb eingepackt hatte, weil es – im Gegensatz zu ihrer sonstigen chaotischen Garderobe – zufällig sauber und gebügelt war. Plötzlich war ihr gar nicht mehr danach zumute. Ihr war viel eher nach diesem äußerst knappen Rock von Donna Karan, diesem superkurzen, superengen Rock aus extraweichem Leder, der der Welt zeigte, was für makellose Beine Lindsay hatte. Den Kulturbeutel fest in der Hand, spähte sie aus ihrer Tür und verwünschte dabei insgeheim das Desinteresse der Engländer an den Badezimmern in ihren alten Landhäusern. Selbst Rowland McGuire mußte doch inzwischen mit Baden fertig sein?

Das Pfeifen war mittlerweile Opernfragmenten gewichen. Rowland sang *La Donna è mobile,* inbrünstig und falsch. Lindsay wartete, bis die verschiedenen Arien zu Ende waren; endlich hörte sie die Badezimmertür aufgehen. Sie zählte bis zehn und schoß dann aus ihrem Zimmer.

Sie prallte direkt auf Rowland, einen halbnackten Rowland, und taumelte erschrocken zurück. Ein Meter fünfundneunzig an sonnengebräunten Muskeln versperrten ihr den Weg. Rowlands sonst so zerzaustes Haar war naß und schwarz und gekämmt und glatt. Tropfen perlten aus den Spitzen auf seine mächtigen Schultern; Wasser rann ihm über die muskulöse Brust. Er trug ein weißes Handtuch um seine Lenden, und sonst nichts.

»Müssen Sie hier den wilden Tarzan markieren?« fauchte Lindsay, während sie ihren Blick von dem Bizeps, den Bauchmuskeln und den schmalen Hüften loszureißen versuchte.

»Da ich direkt aus dem Büro hierhergekommen bin«, entgegnete Rowland und sah sie herausfordernd an, »blieb mir nichts anderes übrig ...«

»Sie sind halbnackt ...«

»Ach, Sie stören sich an dem Handtuch? Ich kann es ja abnehmen, wenn Ihnen das lieber ist.«

Er senkte die Hände an seine Taille. Aus dem Dachzimmer war eine ohrenbetäubende Strahlengewehr-Salve zu hören. Lindsay floh. Sie tauchte ins Badezimmer, knallte die Tür hinter sich zu und verriegelte sie. Dichter Nebel umgab sie; sie fluchte in die Dampfschwaden, tappte blindlings vorwärts und blieb dann stehen. Er hatte, wie sie feststellte, immerhin den Anstand besessen, die Wanne auszuwischen, aber wie alle Männer beim Baden den Raum halb unter Wasser gesetzt und die Handtücher in einem klitschnassen Haufen zurückgelassen.

Sie ließ sich auf den Rand der monströsen gußeisernen Wanne sinken und starrte auf die Klauenfüße. Es roch verführerisch nach Rowlands After-shave. Der Duft machte Lindsay wütend, melancholisch und schwach.

Kapitel 5

Rowland eignete sich nicht für Cocktailparties, gegen die er eine tiefe Abneigung hegte. Er war kein begnadeter Plauderer, und er konnte nichtssagende Schwätzer nur schwer ertragen: Da es ihm an diesen beiden unabdingbaren Voraussetzungen mangelte, mied Rowland derlei Gelegenheiten so weit wie möglich und hielt sich, wenn er sich – wie jetzt – nicht entziehen konnte, lieber im Hintergrund.

Er unterhielt sich kurz mit einem Universitätsdozenten aus Oxford und mit einem Maler, der im nächsten Ort wohnte. Beide kannte und schätzte er schon länger. Der Dozent, ein enger Freund von Rowlands ehemaligem Tutor in Oxford, versuchte ihn wie jedesmal davon zu überzeugen, daß er sein Talent und seinen exzellenten Abschluß vergeudete und an die Universität zurückkehren sollte.

»Zu klösterlich«, beschied ihm Rowland.

»Die wissenschaftliche Lehre kann ein sehr enges Feld sein, daß muß ich zugeben«, entgegnete der Dozent, ein älterer Mann und Wittgenstein-Experte. »Der Vorteil ist, daß es tief ist.«

»Trotzdem. Mir gefällt der Journalismus. Er paßt zu mir. Man kann Irrtümer korrigieren ...«

»Oft?«

»Manchmal. Außerdem liebe ich die Abwechslung.«

»Klettern Sie immer noch?« fragte der Dozent, und als Rowland dies bestätigte, leuchtete das Gesicht des älteren Herrn auf. Sie unterhielten sich eine Weile höchst angeregt über Berge und Felstypen, über die Cairngorms und das Gebirge auf Skye. Dann stieß Charlotte zu ihnen und entführte den Dozenten, und Rowland nutzte die Gelegenheit, um sich ein paar Schritte in Richtung Bücherregal zurückzuziehen. Dort blieb er vorerst unbemerkt und genoß die ersehnte Ruhe.

Rowland mochte dieses Haus, diesen uralten, unordentlichen, nach Holzrauch und Küche riechenden Bau, der für ihn die gesetzten Freuden des Familienlebens verkörperte. Er beobachtete, wie sich Charlotte in ihrem alten Seemannspullover und dem langen, bestickten Rajasthan-Rock unter ihre Gäste mischte. Sie war die ruhigste und mütterlichste Frau, die er kannte, und manchmal beneidete er Max um sie. Von Zeit zu Zeit kam Rowland, der allein lebte und gern allein lebte, der Gedanke, daß Max ihn seit ihrer Zeit in Oxford abgehängt hatte. Rowlands Lebensumstände hatten sich seit seinem Studium kaum geändert: Max hatte vier Söhne, eine glückliche Ehe. Max war verwurzelt; auch nach und abseits der Arbeit hatte sein Leben Sinn und Bedeutung. Er selbst dagegen hatte keine Religion, keine Familie, keine starke politische Überzeugung; er war weder Ire noch wirklich Engländer; er war ein Außenseiter, ein Zuschauer, und würde das wahrscheinlich bis an sein Lebensende bleiben.
Dieser Gedanke lenkte seinen Blick auf Genevieve Hunter, ebenfalls eine Außenseiterin, vermutete er, weder ganz Amerikanerin, noch ganz Engländerin: Sein erster und sich seither verstärkender Eindruck war der eines Menschen ohne festen Halt.
Sie schien darauf bedacht, sich zu verstecken. Bei seiner Ankunft hatte sie graue, unscheinbare Sachen getragen; jetzt trug sie etwas anderes, aber ebenso Graues und Unscheinbares. Zweimal war sie verschwunden, um zu telefonieren, und zweimal gleich darauf mit angespanntem, bleichem Gesicht zurückgekehrt. Er dachte darüber nach, was Max vorhin über sie erzählt hatte, und hatte den Eindruck, daß es mehr Fragen über sie aufwarf als beantwortete. Er machte ein paar Schritte auf sie zu; sie hatte eine leise Stimme, und er merkte, daß er die wenigen Worte, die sie sprach, gern mitgehört hätte.
Sie wurde seit einiger Zeit von einem Gast aus dem Ort mit Beschlag belegt, einer Amerikanerin Anfang vierzig, der Rowland vorhin vorgestellt worden war und vor der er augenblicklich und nicht allzu höflich die Flucht ergriffen hatte. Die Frau hieß Susan Sowieso – Susan Landis, genau, und ihr Mann, ein großer, lauter Kerl, prahlte eben am anderen Ende des Raumes vor Lindsay mit seinem Golf-Handicap. Er war offenbar Offizier auf einem nahegelegenen US-Luftwaffenstützpunkt.
Nach englischen Maßstäben war Mrs. Landis eindeutig zu elegant

für eine solche Gelegenheit angezogen. Als einzige unter den anwesenden Frauen trug sie dickes Make-up, hochhackige Schuhe und ein elegantes Kostüm. Sie war nervös, fühlte sich offensichtlich unwohl und hatte sich an Gini geheftet, die einzige Amerikanerin außer ihr. Rowland hatte mitbekommen, wie Gini steif, aber höflich versucht hatte, sie wieder abzuschütteln.
Fetzen ihres Gesprächs drangen zu Rowland herüber. Susan Landis hatte über Schulreisen ins Ausland geplaudert; jetzt ließ sie sich darüber aus, wie angenehm es sich in den Cotswolds lebte; sie fand alte elisabethanische Häuschen malerisch. Sie und ihr Mann wohnten nur ein paar Meilen entfernt und hätten sich hervorragend eingelebt. Alle seien so nett zu ihnen, also wirklich, wenn sie und ihr Mann alle Einladungen annehmen würden, die ihnen ausgesprochen wurden, dann wären sie jeden Abend unterwegs. Und ihre Tochter – sie hatte eine Tochter namens Wilhelmina, kurz Mina – sie lebte so gern hier und hatte so viele Freundinnen gefunden – war auf einer ganz exklusiven Schule und verbrachte – war das nicht unglaublich? – die Nacht in eben diesem Dorf, und zwar bei einer Schulfreundin im Gutshaus, hatte Gini das Gutshaus gesehen? Es war eine echte Sehenswürdigkeit; es hatte die Mutter der Schulfreundin – eine *sehr* bekannte Innenausstatterin – eine knappe Million gekostet, so hieß es wenigstens.
»Was hier so phantastisch ist«, erklärte sie soeben, »ist, daß es so *sicher* ist. Ich meine, können Sie sich vorstellen, Gini, heutzutage in New York City – oder irgendeiner anderen amerikanischen Großstadt – ein junges Mädchen aufzuziehen? Hier dagegen, in all diesen netten kleinen Örtchen – ich weiß ständig, wo Mina sich aufhält. Keine Prügeleien, keine Drogen, keine Gewalttäter ...« Sie zögerte. »Ich weiß, ich sollte so was nicht sagen, aber wissen Sie, ich habe kein schwarzes Gesicht gesehen, seit wir hergezogen sind. Außer auf der Basis natürlich.«
»Wirklich?«
Rowland sah, wie Gini ihre kühlen grauen Augen auf Mrs. Landis richtete.
»Also, mein Freund müßte jeden Augenblick eintreffen. Er ist schwarz. Das sollte die Sache wieder etwas ins Lot bringen. Und jetzt entschuldigen Sie mich bitte. Ich muß dringend telefonieren.«

Sie hatte ihre Sache perfekt gemacht. Eine Sekunde lang war selbst Rowland überzeugt. Mrs. Landis wurde knallrot. Gini ging aus dem Zimmer, und kurz darauf brach das Ehepaar Landis auf.
»Nicht, Rowland.« Charlotte war neben ihm aufgetaucht. »Ich weiß, was du jetzt denkst.«
»Das kann ich mir vorstellen. Warum in aller Welt hast du sie eingeladen?«
»Er ist grauenvoll, das gebe ich ja zu.« Charlotte zuckte mit den Achseln. »Sie ist längst nicht so schlimm, wie man meinen könnte. Sie ist verschüchtert und allein und sucht verzweifelt Kontakt. Diese verfluchten englischen Snobs hier mokieren sich über ihre Kleider und ihr Haus –«
»Auch über ihre politischen Ansichten?«
»Ach, komm schon, Rowland. Mit *denen* stimmen sie überein. Eine der Schattenseiten, wenn man in Gloucestershire lebt. Und jetzt hör auf, immer nur in der Ecke zu stehen und vorschnell über meine Gäste zu urteilen. Komm aus deiner Löwenhöhle, Rowland, und *sprich* mit uns. Du könntest Lindsay aufheitern. Sie hat stundenlang Robert Landis ertragen müssen. Erst hat er ihr was über Golf erzählt, dann über Reagonomics, dann besann er sich wieder, wer sie ist, und fragte sie über Paris aus. Er wollte wissen, was die kleinen Ladies dieses Jahr so tragen würden ...«
»Du übertreibst.«
»Geringfügig. Lindsay erklärte ihm, vergangenes Jahr seien die Brüste eher klein gewesen, aber dieses Jahr trage man sie besonders groß.«
»Hat ihm das gefallen?«
»Nein. So dumm ist er auch wieder nicht. Ich glaube, er hat gemerkt, daß sie ihn damit auf den Arm nehmen wollte.«
Charlotte hakte sich bei ihm unter. »Also los, Rowland, nur noch zehn Minuten, dann verziehen sie sich. Und dann gibt's Steak-and-Kidney-Pie. Ich hab' sie extra für dich gemacht ...«
Rowland zögerte. Lindsay hatte ihn betont gemieden, seit er den Raum betreten hatte, und ihm eben einen kalten Blick zugeworfen, um ihm dann den Rücken zuzukehren. In ihrem kurzen, engen schwarzen Lederrock und den flachen schwarzen Pumps sah sie, wie der Dozent es vorhin ausgedrückt hat, ganz reizend aus. Darüber

trug sie eine weiße Bluse mit hohem Kragen. Mit ihrem kurzgelockten Haar und der schlanken Figur wirkte sie irgendwie knabenhaft – fast wie ein mittelalterlicher Page, dachte Rowland.
Er ließ sich zu ihr führen. Charlotte ließ sie sofort wieder allein. Lindsay sagte: »Ich habe mein Bad wirklich genossen, Rowland. Vielen Dank. Ich hatte ganze vier Zentimeter an lauwarmem Wasser. Dafür waren alle Handtücher naß.«
»Es tut mir leid. Ich bin nicht wirklich stubenrein«, sagte Rowland.
»Sie sehen nicht so aus, als würde es Ihnen leid tun.« Lindsay sah auf und musterte sein Gesicht. »Ich würde sagen, Sie sehen aus, als fänden Sie das komisch und als würden Sie das kein bißchen bereuen.«
»Das stimmt nicht«, erwiderte Rowland gedehnt. »Ich bereue zutiefst. In meinem Herzen. Man sieht mir das nur nicht an. Mein Ordnungssinn hat nachgelassen. Das kommt bei alleinlebenden Männern vor.«
»Dann dürfte es auf Sie ja nicht zutreffen«, entgegnete Lindsay schlagfertig. »Mir sind da Gerüchte zu Ohren gekommen –«
»Diese Gerüchte stimmen nicht«, widersprach Rowland inbrünstig. »Man verbreitet diese bösartigen Verleumdungen über mich. Man versteht mich einfach falsch.«
»Versuchen Sie eben, charmant zu sein?«
»Ganz bestimmt nicht. Haben Sie schon einen Blick in diesen Ordner werfen können?«
Aus einem für Rowland unerfindlichen Grund war diese Frage ein Fehler.
»Nein, verdammt noch mal«, antwortete Lindsay und stolzierte ohne ein weiteres Wort davon.
Frauen, dachte Rowland. Er munterte sich wieder auf, indem er dem Wort ein paar Adjektive hinzufügte. Da Charlotte gerade nicht im Raum und Max intensiv in ein Gespräch vertieft war, nutzte er die Gelegenheit und verschwand.
Als er auf dem Flur an Max' Arbeitszimmer vorbeikam, hörte er Gini, die dem Tonfall nach mit der Telefonvermittlung sprach und mit müder Stimme eine Ziffernfolge wiederholte. Am Fuß der Treppe stieß er mit Charlotte zusammen; von oben waren Strahlengewehrsalven und Kindergeschrei zu hören. Sie sah ihn erschöpft an.

»Könntest du das übernehmen, Rowland? Nur für fünf Minuten? Es ist, weil sie wissen, daß du da bist. Sie möchten eine von deinen Horrorgeschichten hören. Könntest du sie in den Schlaf gruseln?«

Wenn es ums Geschichtenerzählen ging, hielt Rowland an Traditionen fest.
»Es war einmal«, begann er.
Er saß im Schneidersitz auf dem Boden des großen Dachzimmers, in dem die Jungen untergebracht waren. Teddybären lehnten an seiner Seite; über seinem Kopf hingen Modellflugzeuge von den Dachsparren herab; zu seinen Füßen zog eine lange Prozession von Plastikdinosauriern dahin.
Max und Charlotte bewiesen bisweilen unerwarteten Sinn für Systematik und hatten ihre Kinder alphabetisch benannt. Alex, mit acht der Ältestes, lag in dem oberen Bett links von Rowland, Ben, der Zweitgeborene, ein Bett tiefer. Colin, eben sechs geworden, und Danny lagen zu Rowlands Rechten. Alle vier hatten ihre Strahlengewehre achtungsvoll am Kopfende ihrer Betten abgelegt, und Colin, der ängstlichste unter ihnen, umklammerte mit aller Kraft einen Stoffpinguin.
»Es war einmal«, wiederholte Rowland, »ein Gnom, der ganz im Westen Irlands lebte, direkt an der Küste, dort wo ich aufgewachsen bin. Seine Haut war knallgrün, seine Augen glühten orange, und sein Schwanz –«
»Gnome haben keinen Schwanz«, fiel ihm Alex ins Wort.
»Dieser schon«, widersprach Rowland. »Sein Schwanz war genau einen Millimeter lang. Der Gnom wohnte mit seiner Mutter in einem Mauseloch im Gemäuer der Farm, die meinem Großvater gehörte. Sie hätten beide lustig und froh wie der Mops im Paletot leben können, *wenn nicht* …« Hier ließ Rowland die Stimme zu einem frostigen Flüstern sinken und hielt inne.
»Hatte er einen Feind, Rowland?« fragte Ben mit einem freudigen Schauder. »Einen *schrecklichen* Feind?«
»Den hatte er allerdings«, bestätigte Rowland. »Dieser Feind hieß Groilach. Es war ein bösartiger Kobold, der im Torfmoor beim See lebte. Er trank zum Frühstück Froschblut, und er hatte eine schuppige Haut und war über und über mit Schleim bedeckt –«

»Iih.« Ben rümpfte die Nase. »Ich wette, der hat ganz schön gestunken. Ich bin mal ins Torfmoor gefallen, in Schottland – weißt du noch, Alex? Ich hab' ganz schön gemieft. Ich hab' tagelang gemieft.«
»Er stank ganz abscheulich«, stimmte ihm Rowland zu und begann gehorsam zu improvisieren. »Stellt euch die ekligsten Gestänke der Welt vor. Gekochten Kohl zum Beispiel, und –«
»Dannys Fürze!« brüllte Alex, und alle vier bogen sich vor Lachen.
»Und Groilach stank noch schlimmer. Außerdem war er nicht nur böse, er hatte auch immer Hunger, und er war seit Jahren hinter dem Gnom Leaf her. Gnome, müßt ihr wissen, waren seine Leibspeise ...«
Rowland erzählte leise weiter, bis er sah, daß die Kinder langsam eindösten. Erst schlief Danny ein, dann Alex, dann Ben. Nur Colin blieb hellwach und hing an seinen Lippen.
»Er hat Leaf doch nicht gefressen, oder, Rowland?« flüsterte Colin, schob vorsichtig eine Hand unter der Bettdecke hervor und tastete nach Rowlands.
»Natürlich nicht.« Rowland begriff, daß es an der Zeit war, der Geschichte eine neue Wendung zu geben. »Er hatte überhaupt keine Chance. Leaf war ein guter Gnom und sehr tapfer, deshalb mußte er schließlich gewinnen. Außerdem hatte er ein Schwert. Und um die Wahrheit zu sagen, er machte sich eigentlich kaum Sorgen wegen Groilach.«
»Warum nicht, Rowland?«
»Weil ihn etwas anderes viel mehr beschäftigte. Er hatte nämlich von dieser Prinzessin gehört, weißt du? Einer sehr schönen und sehr traurigen Prinzessin, einer Gnomenprinzessin mit Augen wie Saphiren und langem, goldenem Haar.«
»Warum war sie traurig, Rowland? Hat sie geweint?«
»Sie war seit langer Zeit durch einen Zauber gefangen, deshalb war sie so traurig. Der Zauber zwang sie, in ihrem Turm zu bleiben, einem hundert Meter hohen Turm aus Glas. Jeden Tag weinte sie kristallene Tränen, weil sie gerettet werden wollte. Viele Prinzen versuchten, sie zu retten, aber vergebens. Nur ein einziges Wesen konnte ihr helfen. Es mußte auch ein Gnom sein. Ein tapferer Gnom, mit einem reinen Herzen ...«
Jetzt schlief auch Colin. Behutsam löste Rowland seine Hand. Er stand auf und streckte sich. Im Zimmer war es friedlich und still, nur

das Atmen der Kinder war zu hören. Aus irgendeinem Grund konnte Rowland die unterschwellige Melancholie seiner Geschichte nicht abschütteln und verspürte wenig Lust, wieder nach unten zu gehen. Die Geschichte hatte seine Kindheit wieder zum Leben erweckt; im Geist konnte er die beschriebene Farm sehen, auf der er gelebt hatte, bis er acht Jahre alt war – so alt wie Alex jetzt.

Er ging ans Fenster und schob den Vorhang beiseite. Der Mond stand hoch am Himmel; auf den Bäumen und Hecken lag bereits weißer Rauhreif; er schaute auf eine silberne Welt. Am anderen Ende des Obstgartens löste sich ein Schatten aus dem Dunkel einer Hecke; vorsichtig schlich der Fuchsrüde über das Gras. Er umkreiste den Hühnerstall, hob die Schnauze, witterte die Luft und erstarrte, als von der anderen Seite des Hauses Menschenstimmen und Motorenlärm herüberdrangen.

Offenbar gingen gerade die letzten Gäste; bald würde Charlotte eines ihrer wunderbaren Abendessen servieren. Rowland lauschte den Autos, die knirschend über die Auffahrt rollten. Er beobachtete, wie der Fuchs zur Hecke zurücktrottete und dann wieder über die Felder in Richtung der Hügel verschwand. Während Rowland angestrengt den Weg des Fuchses zu verfolgen versuchte, meinte er einen Moment lang, hoch in den Hügeln Lichter zu sehen. Das wunderte ihn ein wenig, denn er war oft dort gewandert und wußte, daß es da oben keine Dörfer und Straßen, sondern nur offene Felder gab.

Aus der Küche drangen Stimmen herauf. Rowland ließ den Vorhang wieder fallen und schlich leise aus dem Zimmer. Mit gesenktem Kopf, der niedrigen Balken wegen, stieg er die schmale, gewundene Treppe hinab.

Es dauerte eine Weile, bis sich beim Essen seine nostalgische, melancholische Stimmung schließlich legte. Doch ganz allmählich wärmten ihn der Wein, die Unterhaltung, das gute Essen wieder auf und holte ihn in die Gegenwart zurück. Erst dann merkte er, daß er nicht der einzige war, der keinen Anteil an der lebhaften Tischgesellschaft nahm. Genevieve Hunter war, wie er feststellte, ebenfalls mit ihren Gedanken woanders. Sie mischte sich kaum ins Gespräch und sagte nur selten etwas; und wenn sie etwas sagte, dann war ihr die Anstrengung dabei anzumerken, und ihr Benehmen wirkte steif und eigenartig gezwungen.

Sie saß ihm gegenüber. Rowland musterte sie verstohlen. Sie hatte sehr kurzes, helles, silbernes Haar, ein blasses Gesicht, und der Ausdruck ihrer grauen Augen war nicht zu deuten. Sie erinnerte ihn an jemanden, obwohl er anfangs nicht wußte, an wen. Dann dämmerte es ihm. Es war niemand, den er kannte; sie ähnelte der Prinzessin aus dem Märchen, das er sich heute abend ausgedacht hatte. Wie dieses Märchenwesen schien sie durch einen Zauber gefesselt zu sein, so als hielte sie jemand gefangen und als könnte sie die Welt nur durch eine Mauer aus Glas sehen.

Als Mina und Cassandra endlich die Scheune erreicht hatten, war es bitterkalt geworden. Die riesigen Scheunentore standen offen, und im Inneren blitzten stroboskopische Lichtstrahlen. In der Scheune wurde bereits getanzt, und das umgebende Feld war von den Reifenspuren der Wohnwagen, Uraltbusse und Wohnmobile durchfurcht. Einige der Landfahrer hatten Lagerfeuer gemacht, die den Boden in kleinen Flecken erhellten und die Dunkelheit dahinter um so schwärzer wirken ließen.

Direkt vor der Scheune war alles in Bewegung. Zerlumpte Kinder rannten in Gruppen zwischen den Menschen umher; Hunde bellten; ein paar Landfahrer tanzten vor der Scheune, pumpten mit ihren Armen und stampften zu den seltsamen Variationen und dem elektronischen Geschnatter der Musik; andere kochten sich etwas zu essen oder hockten eng beisammen auf bunten Decken und Quilts um ihre Lagerfeuer.

Mina wich unwillkürlich zurück, aber Cassandra hielt sie fest und zog sie in die Menge. Die Musik wurde immer lauter, dröhnte in Minas Ohren: Geräusche und Gerüche stürzten auf sie ein. Es roch schwer nach Marihuana, nach Schweiß und ungewaschenen Kleidern, Kochdünsten, Autoabgasen, brennendem Holz, Schlamm und eisiger Luft. Vor dem Scheunentor jonglierte ein Mann in einem scharlachroten, bestickten Afghanenmantel mit bunten Bällen. Hinter ihm, in der Scheune, tanzten und zuckten Lichter über die Wände. Die Stroboskopblitze blendeten Mina. Sie hielt sich an Cassandra fest und beobachtete, wie deren Gesicht im Rhythmus des Stroboskops zu flimmern begann wie die ruckhaften Bilder eines alten Films, so daß ihr Mienenspiel in lauter Fragmente zer-

hackt wurde und der Skorpion auf ihrer Stirn sich zu bewegen schien.
Cassandras Augen, mal schwarz, mal strahlend hell, suchten die Menge ab. Irgendwo hier, meinte Cassandra, irgendwo in diesem Durcheinander aus fliegendem Haar und wedelnden Armen würden sie Star finden.
»Er ist groß«, brüllte Cassandra über die tobende Musik hinweg. »Er sieht aus wie ein Engel. Er hat langes schwarzes Haar. Er trägt bestimmt ein rotes Tuch ...«
Mina immer fest im Griff, begann sie, sich einen Weg durch die Tanzenden zu bahnen. Und während sie sich durchkämpften, merkte Mina, wie die Musik sie ansteckte, wie die Menge sie ansteckte. Es war ein angenehmes Gefühl, keineswegs bedrohlich, und auch irgendwie berauschend. Sie spürte, wie der Rhythmus der Synthesizer und Gitarren in ihren Adern zu pulsieren begann; die unwillkürlich in die Musik eingebetteten Worte öffneten ihren Geist. *Take your brain to another dimension – pay close attention* ... Sie gefielen ihr, diese verzerrten, komischen Heliumstimmen. *Pay close attention* – paß gut auf: Sie sang die Worte vor sich hin. Sie wollte auch tanzen; sie wollte in der Musik versinken.
Sie bewegte die Füße, dann die Arme; sie inhalierte die rauchige, beißende Luft tief in die Lunge. Sie wurde von Cassandra getrennt und irgendwann in einer Ecke am Rand der Menge wieder zu ihr gespült.
»Na, was habe ich dir gesagt? *Megageil.*« Cassandras Gesicht flammte auf und verschwand. Der Skorpion auf ihrer Stirn flammte auf und verschwand. Sie hatte sich einen Joint angezündet; die Spitze glühte und wurde dann dunkel. »Hier.«
Sie reichte ihn ihr; Mina sog den wunderbar süßen Rauch ein. Der Flash kam augenblicklich; sie konnte sich auf der Musik bewegen; die Lichter zogen sie nach oben; sie hatte das Gefühl, die Dachsparren zwanzig Meter über ihren Köpfen berühren zu können – noch ein Zug, und sie brauchte nur noch die Hand auszustrecken, um den Himmel zu erreichen.
Cassandra lächelte: Aus ihrem Gesicht blitzten Zuspruch und Verständnis.
»Siehst du – wart's nur ab. Komm, wir suchen Star ...«

Sie drehte den Kopf in die falsche Richtung, zur Musik und zum Stroboskop hin, und Mina, für die die Zeit aussetzte, begriff, daß Cassandra ihn nicht spüren konnte, nicht so wie sie selbst ihn spürte. Sie versuchte, die Worte über die Lippen zu bringen und es Cassandra zu erklären: Ohne hinzusehen wußte sie, daß Star schon neben ihnen stand. Er war wie aus dem Nichts aufgetaucht; sie fühlte, daß er da war, ohne daß sie auch nur den Kopf zu drehen brauchte. Sie wandte sich zu ihm um und wußte augenblicklich, daß sie ihm vertraute. Im ersten Moment kam er ihr vor wie eine überirdische Erscheinung, so schön war er. Sie blickte in seine aufflammenden Augen; im Stroboskop wirkte sein Lächeln wie eine Salve von Blitzen. Dann nahm er ihre Hand und Cassandras, und im gleichen Moment fühlte sie genau das, was Cassandra beschrieben hatte – wie seine Macht sie durchzuckte.

Er begrüßte Cassandra, sah dann Mina an und blickte ihr tief in die Augen.

»Und das ist Mina«, sagte er. »Deine amerikanische Freundin. Willkommen, Mina. Man hat mir alles über dich erzählt. Bist du heute abend gut drauf, Mina? Fliegst du schon?«

»Ein bißchen«, sagte Mina. »Doch, ja.«

»Gut.« Er drückte ihre Hand und ließ sie dann los. »Ich kann euch helfen. Ich habe euch beiden Flügel mitgebracht.«

Es war, als würden sie einem Zauberer zusehen, der aus dem Nichts ein Kartenspiel hervorzaubert. Eben war seine Hand noch leer gewesen. Jetzt streckte er sie langsam aus, öffnete die Finger, und unter dem Stroboskoplicht blitzten zwei kleine Pillen auf. Eine war rosa, knallrosa wie Zuckerwatte; die andere glatt und weiß wie eine Perle.

»Eine *White Dove* und eine *Pink Jewel*«, sagte er langsam. »Stars ganz besonderes Geschenk für zwei ganz besondere Mädchen. Also, wer bekommt was? Ist Mina eine weiße Taube oder ein Juwelenmädchen – ich bin mir nicht sicher ...«

»Welche ist stärker?« fragte Cassandra.

»Beide sind mächtig. Ich habe sie persönlich übers Meer hergebracht.«

»Aus Amsterdam?«

»Vielleicht? Wer weiß?« Die Musik schlug plötzlich um, und Star lächelte. »Rosa für Cassandra, würde ich sagen, und für Mina weiß.

Rosa wie ein feiner burmesischer Rubin, und weiß wie ein Nonnenschleier –«

»Nein.« Das Stroboskop ließ Cassandras Miene trotzig aufblitzen.

»Die rosa hab' ich schon mal gehabt. Ich will die weiße, Star.«

»Bist du sicher? Okay, wie du meinst.«

Wieder vollführte er eine winzige, magische Handbewegung. Die rosa Pille blieb in seiner Linken liegen, aus der er sie Mina anbot, die sie ihm aus der Hand nahm und ohne zu zögern schluckte. In seiner rechten lag die weiße Pille, die sich Cassandra grabschte. Sie schluckte sie und begann dann, in ihren Taschen zu kramen. Star schien auf etwas zu warten, obwohl Mina sich nicht ganz sicher war, denn ein paar Tänzer drängten sich vor sie, und die Luft blitzte hell und dunkel, aber sie meinte zu sehen, daß Cassandra ihm doch Geld gab, so daß die magischen Pillen eigentlich gar kein Geschenk waren.

Auf jeden Fall drehte sich dann alles um sie herum, und der Steinboden der Scheune begann sich zu bewegen. Bevor sie ein Wort sagen konnte, hatte Star einen kräftigen Arm um ihre Taille gelegt und sie weggezogen. Einmal blickte sie über die Schulter zurück und sah weit hinter sich Cassandras Gesicht, still und blaß wie der Mond.

Star führte sie nach draußen an einen stillen Fleck, wo die Musik nur gedämpft zu hören war. Er breitete eine Decke für sie aus, eine bunte Patchworkdecke, und Mina setzte sich. Star schnippte mit den Fingern, und ein kleiner Hund tauchte aus der Dunkelheit auf. Er kroch neben Mina auf die Decke. Mina streichelte das seltsam struppige graue Fell; der Hund wirkte dürr, unterwürfig und äußerst zahm. Sie heiße Dancer, sagte Star. Mina streichelte Dancers feine spitze Schnauze; die Hündin kroch näher und begann, ihr die Hand zu lecken. Mina spürte überschwengliche Freude; sie hatte das Gefühl, dieses kleine Tier aus tiefstem Herzen zu lieben; sie fühlte sich, als hätte ein Gott seine Hand aus dem Himmel gestreckt und wieder Harmonie in die Welt gebracht.

Star setzte sich neben sie, und Mina sah ihn an. Es verblüffte sie, daß Star ausgerechnet sie ausgewählt hatte, und es verblüffte sie noch mehr, als sie merkte, daß er, wenigstens eine Weile, bei ihr bleiben wollte.

»Du hast einen Falken auf der Backe.« Er strich ganz leicht mit den

Fingerspitzen über ihr Gesicht. »Deine Lider sind golden. Du bist schön, Mina.«
Mina starrte ihn an. Niemand, nicht einmal ihre Eltern, hatte jemals so etwas zu ihr gesagt.
»Das bin ich nicht«, widersprach sie. »Cass ist schön – ich nicht. Sieh doch –« Sie streckte ihr Gesicht zum Feuer hin. »Ich habe Sommersprossen und rote Haare.«
»Cassandra ist ein gewöhnliches Mädchen. Cassandras gibt es zu Tausenden. Mir gefallen deine Sommersprossen und deine Haut und deine Haare, Mina. Im Feuerschein verwandeln sie sich in rotgoldene Flammen ...«
Mina konnte den Blick nicht von ihm losreißen. Sie versuchte, seine Stimme einzuordnen. Sein Akzent klang weder englisch, noch amerikanisch, noch deutsch oder französisch, sondern unidentifizierbar, so als gehörte er Star ganz allein.
»Hast du Angst?« fragte er unvermittelt. Er sah ihr in die Augen. »Aber das würde ich wissen. Ich glaube nicht, daß du Angst hast.«
»Nein. Ich habe keine Angst. Ich fühle mich ...« Mina stockte bei dem Versuch zu beschreiben, was mit ihr passierte, denn etwas passierte mit ihr, sie spürte wie es sich langsam durch ihre Adern ausbreitete.
»Ich fühle mich ruhig. Ganz ruhig. Es ist – als würde eine Tür aufgehen, und hinter der Tür bin ich zu Hause.«
Die Antwort schien ihm zu gefallen. Er sah sie noch einmal eindringlich an, dann legte er sich neben ihr auf die Decke, schob die Hände unter den Kopf und schaute in den Nachthimmel hinauf.
Mina sah ebenfalls auf. Die Sterne strahlten. Sie meinte, Pflug und Orion, den Polarstern, die Milchstraße zu erkennen. Sie dachte an Cassandra, fragte sich, wo sie wohl war – vielleicht tanzte sie –, und vergaß sie wieder. Ein Kind rannte an ihnen vorbei; sie blickte sich in dem improvisierten Lager um.
Hinter den Feuern und den Tänzern rollten weitere Fahrzeuge auf das Feld, ganz andere Fahrzeuge als die bereits hier stehenden. Sie beobachtete sie reserviert, eine kleine Flotte neuer, teurer Wagen. Die Scheinwerfer erloschen, Die Türen gingen auf und spien die Fahrgäste aus – ausschließlich Männer, und alle im Anzug; die Männer unterhielten sich lärmend miteinander; sie blieben kurz beisam-

men stehen und schwärmten dann, lachend und fluchend, in Richtung Scheune aus. Mina sah Star an.
»Was sind das für Leute?«
»Yuppies. Sie kommen her, um Stoff von den Landfahrern zu kaufen. Und von mir.« Er wirkte gelangweilt. »Sie zahlen gut. Es sind Idioten.«
»Bist du auch ein Landfahrer?« fragte Mina.
»Nein. Ich gehöre überall und nirgends dazu. Ich gehöre nichts und niemandem. Ich komme und gehe, wie es mir beliebt.«
»Bist du nicht einsam?«
»Nicht mehr. Denn ich habe dich gefunden, Mina. Und ich habe schon lang nach dir gesucht.«
Etwas glitzerte in seinen Augen. »Laß es zu, Mina«, sagte er, dann legte er sich wieder auf den Rücken, den Blick in den Himmel gerichtet und ihre Hand fest in seiner. »Leg dich neben mich«, sagte er. »Stell dir vor, wir wären zwei Mumien in einem Grab. Lieg ganz still. Und sieh dir den Himmel an.« Mina tat es. Der Himmel strahlte jetzt in allen Farben, in unzähligen, dahinfliegenden Schichten. Sie sah endlose Muster und Figuren, die sich ständig veränderten und verwandelten und immer wieder neu erfanden.
»Was erwartest du eigentlich vom Leben, Mina?« fragte Star.
»Keine Ahnung. Ich weiß ja nicht mal, wer ich bin«, antwortete sie.
»Ich werde dir alles geben, was du willst, und ich werde dir zeigen, wer du bist«, sagte er, ohne sich zu rühren. »Nimm meine Hand. Spür die Kraft.«
Mina gehorchte. Sie lagen schweigend nebeneinander, stundenlang, jahrhundertelang. Mina spürte, wie sie ihren Körper abschüttelte. Sie spürte, wie stark ihre Seele war. Selbst Stars kleine Hündin begriff, daß etwas ganz Außergewöhnliches, etwas Gigantisches geschah.
Nach einer Weile wurde sie unruhig; sie winselte und leckte dann Minas Hand; ein paar Jahrtausende später hob sie ihre graue Schnauze zum Himmel und jaulte.

Kapitel 6

Charlotte war zufrieden mit dem Verlauf des Abendessens. Sie hatten bei Kerzenlicht an dem langen Tisch in der Küche gegessen. Der Blätterteig war perfekt aufgegangen, die Steak-and-Kidney-Pie war exzellent gewesen; Gini hatte zwar kaum etwas angerührt, doch der arme, halbverhungerte Rowland, für den niemand kochte oder zumindest nicht richtig, hatte insgesamt drei Portionen verschlungen. Charlotte hätte nicht zufriedener sein können, wenn Rowland ihr eigener Sohn gewesen wäre.

Gegen halb elf, nachdem sie die anderen ins Wohnzimmer gescheucht hatten, waren sie und Max für kurze Zeit allein in der Küche. Friedliches eheliches Schweigen lag in der Luft; Charlotte kochte Kaffee; Max hantierte, wie sie plötzlich merkte, mit einer Flasche Portwein herum, die er vorhin geöffnet hatte; es war einer seiner teuersten Portweine, ein 69er Fonseca.

»Max«, sagte sie, »du wirst ihnen den doch nicht geben wollen? Ist das klug?«

»Bestimmt nicht. Ich werde das Risiko trotzdem eingehen.« Er fing ihren Blick auf. »Hast du den *frisson* bemerkt – vorhin beim Essen?«

»Allerdings. Es war vielleicht ein einseitiger *frisson*, aber er war deutlich zu spüren.«

»Es kann nichts schaden, ihn ein wenig zu kultivieren. Zu fördern –«

»*Max*. Vorhin hast du aber ganz anders geklungen.«

»Ich weiß.« Er küßte sie auf den Hals. »Es ist doch nur Portwein.«

»Es ist nicht nur Portwein. Das Zeug da ist hochexplosiv.«

»Das ist kein ›Zeug‹. Etwas mehr Ehrfurcht, bitte.«

»Rowland wird anfangen zu *reden*, wenn du ihm was davon gibst. Er wird die ganze Nacht reden und morgen auch noch.«

»Ich mag es, wenn Rowland redet. Du auch.«
»Das heißt nicht, daß Lindsay es ebenfalls mögen muß.« Charlotte warf ihm einen Blick zu. »Und glaube bloß nicht, ich hätte nicht bemerkt, wie du vorhin, vor den Cocktails, Lindsay ins Ohr geflüstert hast –«
»Ich habe nicht geflüstert. Ich habe sie nur auf ein, zwei Dinge *hingewiesen.*«
»Du hast ihr von Rowlands Mädchen erzählt, stimmt's? Max, sieh mich an.«
»Nur ganz beiläufig. Es kann nicht schaden, wenn sie das weiß. Schließlich ist es *wahr.*« Er hielt den Portwein anerkennend gegen das Licht. »Außerdem hattest du ganz recht, Frauen sind wirklich pervers veranlagt. Sowie ich es ihr gesagt habe, habe ich es gesehen. Ein unverkennbares Glänzen in den Augen ...«
»Warum tust du das, Max? Du hast doch selbst gesagt –«
»Warum sind Frauen eigentlich so? Warum ist euer Geschlecht so komisch? Jede vernünftige Frau sollte vor einem Mann mit Rowlands Ruf schreiend die Flucht ergreifen –«
»Frauen sind nicht vernünftig. Das ist ihr Glanz und ihre Nemesis. Weich mir nicht aus. Warum?«
»Ich habe es mir nach unserem Telefongespräch anders überlegt. Oder vielleicht auf der Herfahrt. Nein, vielleicht, als ich mich heute abend mit Rowland unterhalten habe. *Halbwegs* anders überlegt. Ich dachte, ein wenig Ermunterung kann nicht schaden. Ich dachte, vielleicht irre ich mich ja. Charlotte könnte recht haben. Du hast oft recht. Du bist schrecklich klug ...«
»Hör auf, mich auf den Hals zu küssen, Max.«
»Darf ich dich woandershin küssen? Auf die Hände? Die Füße? Die Zehen?«
»Gib ihnen endlich diesen verdammten Fonseca, Max. Ein kleines Glas könnte ganz angebracht sein. Ach – und schenk Gini einen Doppelten ein.«
»Beim Portwein gibt es keinen Doppelten«, erklärte Max liebevoll, »wie du genau weißt.«
»Dann gib ihr einfach ein verdammt volles Glas. Ich habe sie zwar sehr gern, aber sie hat heute abend sechsmal versucht, Pascal anzurufen, und allmählich treibt sie mich zum Wahnsinn ...«

Der Plan war zum Scheitern verurteilt. Gini verweigerte den Fonseca ebenso wie Charlotte. Rowland würdigte den Fonseca mit einer kurzen, beredten Ansprache, als er erst das halbe Glas getrunken hatte. Lindsay, für die Alkohol in jeder Form lediglich ein nützliches Mittel gegen Nervosität war, leerte ihr Glas viel zu schnell.

Um Viertel vor zwölf klingelte das Telefon. Gini, die sich zerstreut mit Rowland unterhalten hatte, erhob sich halb aus ihrem Sessel. Röte überzog ihr Gesicht und ihren Hals; Rowland trat zurück. Während Charlotte den Anruf in Max' Arbeitszimmer entgegennahm, zog Rowland ein Buch aus Max' Regal und begann zu lesen; Gini verharrte auf der Sesselkante.

Als Charlotte ins Zimmer zurückkehrte, merkte sie, daß sie Gini nicht in die Augen sehen konnte.

»Lindsay, es ist dieser vermaledeite Markov«, sagte sie schnell. »Er sagt, er muß mit dir reden. Er ruft von seinem Autotelefon aus an. Aus Paris, bittesehr.«

Lindsay stand seufzend auf. Sie trottete in Max' Arbeitszimmer und nahm den Hörer auf.

»Hör dir das einmal an!« sagte Markov ohne jede Einleitung. »Also ehrlich, hält man das im *Kopf* aus? Ist das Poesie? Ist das Genie? Ja oder nein?«

Dann hielt er das Telefon vor den Lautsprecher seiner Autostereoanlage. Es war, wie Lindsay nur zu gut hören konnte, eine alte Aufnahme. Es war *»Be Still, My Foolish Heart«*.

»Markov«, erklärte Lindsay mit Nachdruck, von dem Fonseca in ihren Adern beflügelt. »Woher hast du diese Nummer? Von Louise? Es ist Mitternacht, Markov. Dieses Stück war schon lausig, als ich es zum ersten Mal gehört habe. Und das ist es immer noch.«

»Heißt das, es *spricht nicht* zu dir? Hast du gar kein Gefühl? Wie geht's in Maxopolis voran? Was geht ab?«

»Markov, verschwinde augenblicklich aus der verfluchten Leitung.«

»Lindy, ich bin in Paris. Ich rufe dich aus Paris an.«

»Und wenn du in der Äußeren Mongolei wärst. Das ist mir scheißegal. Hör auf, mich ständig anzurufen. Und nenn mich nicht Lindy – das hasse ich wie die Pest.«

»Möchtest du etwas wirklich Interessantes erfahren? Möchtest du wissen, wer mir gerade eben auf dem Flughafen über den Weg gelaufen ist?«

»Nein.«

»In der VIP-Lounge? Also, ich bin eben *gelandet*, und sie wollen gerade *weg?* Du willst es wissen, Lindy, glaub mir.«

»Also gut. Wer? Du hast zehn Sekunden. Ich liege schon im *Bett*, Markov, ich habe schon fast geschlafen. Mach's kurz.«

»Allein, meine Süße – oder rufe ich vielleicht zu einer wirklich unpassenden Gelegenheit an? Vor der Klimax? In der Klimax? Ist es jemand, den ich kenne, meine Teuerste? Latin Lover oder blond?«

»Noch fünf Sekunden –«

»Lindy, du wirst langsam ein bißchen langweilig, weißt du das? Also gut. Nur Maria Cazarès. Und Jean Lazare. Zusammen. *Außerordentlich* zusammen. Also, er hat seinen Arm um sie gelegt, weil sie weint und zittert, und er versucht, sie aufs Haar zu küssen ...«

»Bist du ganz sicher?«

»Liebes, ich habe Augen wie ein Falke, vergiß das nicht, und ich hatte *keine* Sonnenbrille auf. Sie waren keine zehn Meter von mir entfernt. Ich habe ein paar *äußerst* interessante Dinge mitbekommen. Glaub mir, da hat sich ein echtes Drama abgespielt.«

»Moment mal, Markov –«

»Meine Süße, ich muß gleich noch fünfzehn Millionen Leute anrufen. Ich meine, wir sprechen hier von einem Tschernobyl an Information. Ich muß das unter die Leute bringen –«

»Moment mal, Markov. Das ist wichtig. Wen hast du schon angerufen?«

»Noch niemanden. Du bist die erste –«

»Dinner am Montag?« Lindsays Gehirn arbeitete auf Hochtouren. »Im *Maxims? Le Tour Eiffel? Grand Vefour*? Wo möchtest du mal wirklich gerne Aufnahmen machen, Markov? Du brauchst es nur zu sagen, und schon bist du dort ...«

»Hyderabad. Fünf Tage. Quest und Evangelista. Drei Doppelseiten. Vierfarbig. Im *Sunday Correspondent*. Sechzehntausend Pfund. Ist das drin?«

»Schon gekauft.«

»Plus das *Grand Vefour* am Montag –«

»Jesus, Markov. Also gut.«

»Mein Mund bleibt versiegelt, meine Süßeste. Ich verehre dich. Ciao.«
Mit glühendem Gesicht hastete Lindsay zurück ins Wohnzimmer. Eine gähnende Charlotte und eine schweigende Gini waren bereits auf dem Weg ins Bett.

»Zeit zum Schlafen«, sagte Charlotte. Lindsay wartete ein paar Sekunden, bis sich die Tür hinter ihnen geschlossen hatte, dann sprudelte es aus ihr heraus.

»*Hyperabad?*« fragte Max ein paar Minuten später. »Bist du von Sinnen, Lindsay? Kommt gar nicht in Frage. Das wird der *Sunday* uns nie abkaufen. Ich werde nicht mal *anfragen*.«

»Sechzehntausend?« fragte Rowland. »Ihnen ist wohl der Portwein zu Kopf gestiegen. Markov ist ein Schlitzohr. Bestimmt hängt er schon wieder am Apparat.«

»Das tut er nicht. Wir verstehen uns.«

»Ganz offensichtlich.«

»Für jede Anzeige verlangt er mehr –«

»Das ist Erpressung. Soviel würde ihm nicht mal die *Vogue* zahlen.«
Lindsay ging nicht weiter auf Rowland ein. Der Mann war ein hoffnungsloser Fall. Sie wandte sich an Max, der im Zimmer auf und ab ging.

»Max, ruf beim *Sunday* an – bitte. Ich kann Markov keine Farbseiten anbieten, der *Sunday* schon. Außerdem ist Jancy schon lange scharf auf ihn. Sie wird die Gelegenheit beim Schopf packen. Er ist *heiß*. Max, der heißeste Fotograf überhaupt. Und Quest – wart's nur ab, sie ist außergewöhnlich. Ich werde sie in Paris einsetzen. Sie kommt noch *ganz groß* raus.«

Rowland stöhnte; Lindsay ignorierte ihn.

»Komm schon, Max. Tu mir diesen winzigen, winzigen Gefallen. Du mußt Jancys Chefredakteur für mich bearbeiten ... Verdammt noch mal, Max, er war zusammen mit dir und der übrigen Männerwelt in Oxford. Zieh *einmal* die Fäden für mich, Max. Setz deine legendären Überredungskünste ein ... Halten Sie den Mund, Rowland, ich bin noch nicht fertig. Bitte, Max – es wird seine Auflage hochreißen. Nur ein winzig kleiner Hinweis, Max. Ist das so viel verlangt?«
Lindsay hatte die Arme um Max' Taille gelegt. Hinter Max' Brille glänzte und blinzelte es; er wurde allmählich mürbe.

»Was soll der ganze Aufruhr überhaupt?« mischte sich Rowland ein, der sich mit solchen Tricks offensichtlich nicht anfreunden konnte. »Er hat sie also am Flughafen zusammen gesehen. Na und? Vielleicht ist das für mich in gewisser Weise interessant. Aber es ist bestimmt keine Schlagzeile.«

»Sie kennen Markov nicht. Ich schon. Das war erst der Aperitif, Rowland. Lassen Sie mich mit Markov reden. Ich *weiß*, daß mehr dahintersteckt.«

»Ich hätte eine bessere Idee.« Rowlands grüne Augen sahen sie kalt an. »Wie wär's, wenn *ich* mit Markov rede? Denn *mich* führt er ganz bestimmt nicht an der Nase herum …«

»Vergessen Sie's, Rowland. Markov würde Ihnen nicht mal die Uhrzeit verraten.«

»Ach ja? Und warum?«

»Weil er Sie nicht *kennt*. Er würde Sie nicht mögen. Er ist schwierig. Und Sie würden ihn hundertprozentig falsch anfassen.«

»Jedenfalls würde ich mich nicht so einwickeln lassen wie Sie, das steht fest. Max, sprich endlich mit dieser Frau!«

»Ganz bestimmt nicht.« Max verkniff sich ein Lächeln und wich zurück. »Ich halte mich da raus, Kinder …«

»Ich will ja nur, daß du sie zur Vernunft bringst, Max, mehr verlange ich ja gar nicht.«

Max zögerte. Er blickte erst auf Rowland, dann auf die kleine, rotgesichtige Lindsay. Sie stand jetzt in Kampfstellung vor ihm; sie sah aus wie eine hübsche Frau und ein zorniger Junge zugleich. Rowland hingegen mochte zwar hitzig klingen, schaffte es aber, dabei absolut gelassen auszusehen. Er lehnte am Kaminsims, ein Glas Fonseca in der Hand, und wirkte wie der Inbegriff männlicher Arroganz. Max seufzte.

»Es kann ja nichts schaden, ihnen die Sache vorzuschlagen, Rowland«, meinte er beschwichtigend. »Lindsay hat recht – Markov ist eine Mimose. Abgesehen davon ist er extrem gut informiert. Und er und Lindsay haben eine ganz besondere Beziehung. Markov vergöttert sie. Er frißt ihr aus der Hand –«

»Eine besondere Beziehung? Mit Markov?« Rowland sah ihn ungläubig an. »Also, das kannst du erzählen, wem du willst –«

»Vielleicht«, fiel ihm Max salomonisch ins Wort, »vielleicht wäre es ja eine Idee, wenn ihr euch *beide* mit ihm trefft. Gemeinsam.« Die

UNO-Taktik war ein Fehlschlag. Rowland verdrehte gequält die Augen zur Zimmerdecke, und Lindsay, der das nicht entging, begann hitzig auf Max einzureden.
»Wenn du dir *einbildest*, Max«, begann sie, »daß ich mich auch nur *eine Sekunde* mit diesem blöden, holzköpfigen, eigensinnigen, arroganten Iren ins *Grand Vefour* setze ... Du mußt von Sinnen sein, wenn du glaubst, daß ich ihn auf Markov loslasse. Dieser Mann hat soviel Feingefühl wie ein Bär in Boxhandschuhen. Er ist ein *Atavismus*, Max, aus einer sehr, sehr primitiven Ära. Warum klettern Sie nicht zurück auf Ihren Baum, Rowland? Und bitten Sie mich bloß nie wieder um einen Gefallen ...«
»In Ordnung«, entgegnete Rowland. »Das ist kein Problem. Ich arbeite sowieso lieber mit Profis zusammen. Wutausbrüche liegen mir nicht.«
Dabei nahm er einen kleinen, provozierenden Schluck Fonseca. Lindsay sagte nichts. Max hatte den Eindruck, daß sie eine merkwürdige rhythmische Atmung praktizierte. Beide verfolgten, wie sie exakt zehnmal aus- und einatmete.
»Rowland«, sagte sie dann zuckersüß und vollkommen ruhig. »Sie haben keine Ahnung von der Modebranche. Ich weiß, daß es Ihnen schwerfällt, das zuzugeben, aber ich glaube, wenn die Wirkung des Portweins nachläßt, werden Sie einsehen, daß ich damit recht habe. Sie brauchen mich, um diese Akte durchzusehen, und Sie brauchen mich, um etwas aus Markov herauszukriegen, und Sie brauchen mein Fachwissen, denn sonst fürchte ich, werden Sie ohne Radar fliegen, Rowland, und zwar im Nebel und durch hohes Gebirge. Sonst befinden Sie sich im *Blindflug*. Wenn Sie das begriffen haben, was vielleicht morgen früh der Fall sein wird, dann dürfen Sie mich auf Knien um Verzeihung bitten, Rowland, und zwar ein paar Stunden lang. Gute Nacht, Max.« Sie stand auf und gab ihm einen Kuß auf die Wange. »Reizendes Essen. Schlaf gut ...«
Sie ging aus dem Zimmer und schloß ganz ruhig die Tür hinter sich. Im Zimmer wurde es still. Rowland stellte den Portwein ab.
»Ich warne dich, Max«, sagte er, »wenn du jetzt lachst, wenn du auch nur lächelst ...«
»Habe ich gelacht? Gelächelt? Auch nur einen Ton gesagt?«
»Und setz diese gottverdammte blasierte Miene ab, Max.« Rowland

ließ den Kopf in die Hände sinken. »Was ist eigentlich passiert?« fragte er irritiert. »Was zum Teufel ist eigentlich passiert? *Wann* ist es passiert? Das war nur der Portwein, Max. Ich hätte ihn nicht anrühren sollen. Bis dahin lief alles wie geschmiert ...«

Oben hüpfte Lindsay beinahe in ihr Zimmer. Dann schlenderte sie in BH und Höschen ins Bad; sie wusch sich vergnügt und sang ein bißchen dabei. Vor Kälte bibbernd flitzte sie zurück in ihr Zimmer, zog sich die Daunendecke um die Schultern, rückte die Nachttischlampe zurecht und schlug Rowlands grünen Ordner auf. Anfangs fand sie es schwer, sich zu konzentrieren; immer wieder sah sie in Gedanken Rowlands wütendes Gesicht vor sich. Sein faszinierendes Haar und seine Augen ließen sie nicht los; genüßlich rief sie sich jenen erhabenen Moment ins Gedächtnis, als sie diese eingebildete, arrogante Miene mit ein paar wohlgesetzten Worten von seinem Gesicht gewischt hatte.

Ein-, zweimal meinte sie aus Ginis Zimmer nebenan Geräusche zu hören; erst Schritte, dann, als sie genauer hinhörte, Weinen. Aber sie war sich nicht sicher, und diese vierhundert Jahre alten Wände waren dick; sie lauschte angestrengt und gelangte dann zu dem Schluß, daß sie sich getäuscht haben mußte; jetzt war alles still.

Sie wandte sich wieder der Akte zu, konzentrierter jetzt, und las etwa eine Stunde. Als sie etwa die Hälfte geschafft hatte, erinnerte sie sich an etwas, und sie spürte, wie ihr Herz schneller schlug. Es gab eine ganz offensichtliche, entscheidende Lücke in der Geschichte von Maria Cazarès und Jean Lazare – und vielleicht, nur vielleicht, konnte sie diese Lücke füllen.

Unten wurde Max allmählich müde – es war nach ein Uhr –, und Rowland grübelte trübsinnig vor sich hin.

»Wenn du dir überlegst, wie du morgen am besten vor ihr kniest«, erklärte Max im Aufstehen, »dann kannst du das auch alleine tun. Ich gehe noch mal kurz mit den Hunden raus, dann verschwinde ich ins Bett.«

»Ich komme mit.« Rowland wuchtete sich aus dem Sessel.

Sie zogen Mäntel und Stiefel über und machten sich dann mit den Hunden auf einen Rundgang durch den Obstgarten. Rowland hatte

ein ausgezeichnetes Gehör; schon nach wenigen Schritten blieb er stehen und lauschte.
»Was ist das für ein Lärm?«
»Was für ein Lärm? Ich höre nichts. Bloß den Wind. Komm schon, Rowland – es ist eisig.«
»Hör doch mal.« Rowland rührte sich nicht vom Fleck. »Musik. Ich kann Musik hören. Sie kommt aus den Hügeln.«
Max lauschte, und schließlich hörte er es selbst, weit entfernt, aber gerade noch zu vernehmen; einen komisch pulsierenden, jaulenden Klang.
»Wahrscheinlich eine Party«, sagte er. »Eine Party bis zum Morgen. Was soll's? Jetzt *komm*, Rowland, Herrgott noch mal. Ich erfriere allmählich.«
»Eine Party?« Rowland rührte sich immer noch nicht. »Max, da oben gibt es kein Dorf. Nicht einmal ein Haus. Da gibt es überhaupt nichts, bloß Felder, Bäume, ab und zu eine Scheune ...«
»Vielleicht ist es ja eine Party im Freien. Wen kümmert das schon?«
»Im Januar? Bei Temperaturen unter dem Gefrierpunkt? Ich bitte dich, Max –«
»Paß auf«, erklärte Max mit Nachdruck. »Es ist mir piepegal. Meinetwegen können sie da oben satanische Rituale abhalten. Ich gehe einmal durch diesen Obstgarten und dann geradewegs ins Bett. Und ich rate dir, es mir gleichzutun.«
Sie gingen ein paar Schritte weiter, während die Hunde aufgeregt unter den Bäumen hin und her rannten. Sie haben den Fuchs gewittert, dachte Rowland. Dann fielen ihm die Lichter ein, die er vorhin bemerkt hatte. Er blieb wieder stehen.
»Ich glaube, ich sehe mir die Sache mal an. Gehe den Weg rauf. Um einen klaren Kopf zu bekommen. Mir ist noch nicht nach Schlafen zumute.«
»Danach ist dir ja nie zumute«, entgegnete Max mürrisch. »Einer von deinen vielen Fehlern. Selbst im Morgengrauen bist du schon grauenvoll aktiv. Ich gehe zu Bett. Ich lasse die Tür auf. Schließ ab, wenn du heimkommst ...«
Max kehrte zum Haus zurück, dicht umkreist von den schnuppernden Hunden. Rowland durchquerte den Obstgarten und öffnete das Tor, das in die Felder führte.

Er ging gern spazieren, vor allem in der Nacht und am liebsten allein. Die Stille, dachte er, und die Nachtluft werden meine verwirrten Gedanken wieder ordnen. Er hätte das Lindsay nie eingestanden, aber manche ihrer Bemerkungen hatten ihn tief getroffen. Ein Bär in Boxhandschuhen? Ein atavistischer Neandertaler? Wirkte er tatsächlich so? Oder schlimmer, *war* er so? Er schüttelte sich ungeduldig und schritt weiter aus. In der Nähe gab es einen festen Weg, wie ihm wieder einfiel, er brauchte nur die ersten beiden Felder zu überqueren.

Während er dahinwanderte, fügten sich die vielen Ereignisse dieses langen Abends in seinen Gedanken zu einer neuen Ordnung zusammen. Erst dachte er an Lindsays Bemerkungen, dann an die seltsame, stille, verunsichernde Genevieve Hunter. Dann mußte er plötzlich an seine Kindheit und an die Farm denken, die er Max' Kindern geschildert hatte. Warum *dorthin*?, dachte er. Warum mußte er ausgerechnet *dorthin* zurückkehren? Und einen Augenblick lang sah er einen anderen Bauernhof vor Augen, einen, der sich nicht in die simplen Regeln eines Märchens fügte, ein häßliches, beengtes, feuchtes Gehöft, in dem die Familie seines Vaters seit Generationen ihr Leben gefristet hatte. Das Haus bestand aus vier winzigen Zimmern, war ohne heißes Wasser, ohne Bad, mit dem Klo im Hof. Es gab einen Innenhof, einen Kuhstall, drei Schweinekoben, vier Felder. Rowland liebte diesen Hof und haßte ihn; dort hatten sich seine Eltern abgemüht; sie hatten kaum miteinander geredet. In den Zimmern roch es nach Resignation, nach leeren Träumen und Hoffnungslosigkeit; manchmal, wenn sein Vater getrunken hatte, flammte die stille Feindseligkeit zu offener Gewalt, einem echten Krieg auf.

Warum habe ich diese Welt für Max' Söhne verändert und verklärt? fragte sich Rowland jetzt und ging schneller. Warum kehrte er in Form eines Märchens an diesen Ort zurück, den er ansonsten stets mied? Seine Mutter, bei der Geburt ihres einzigen Kindes bereits vierzig Jahre alt, war seit zehn Jahren tot; sein Vater war von einem geliehenen Traktor überrollt worden und gestorben, als Rowland siebeneinhalb gewesen war. Er hatte seit fast dreißig Jahren keinen Fuß mehr auf irischen Boden gesetzt, von seinem Vaterhaus ganz zu schweigen – warum kehrte er also ausgerechnet jetzt dorthin zurück?

Natürlich gab es ein Geheimnis, eine Familienromanze. Warum hatte seine Mutter, diese so wenig impulsive Frau, einen acht Jahre jüngeren Mann ohne einen Penny geheiratet, einen schwachen, gutmütigen, versoffenen Iren, der kaum lesen, wohl aber mit Engelszungen reden konnte, wenn es ihm einfiel? Sie war damals eine achtunddreißigjährige englische Jungfer gewesen mit einer Zwei-Zimmer-Wohnung in einem billigen Viertel von Birmingham und einem Job als Englischlehrerin in einer düsteren Stadtschule, einem Beruf, den sie voller Eifer aufgenommen und zutiefst zu hassen gelernt hatte. Seinem Vater war sie begegnet, als der sich vorübergehend in England aufhielt, um auf dem Bau etwas Geld zusammenzukratzen: Er kam zu ihr, um ein paar Dachrinnen auszubessern, ihre Gartenmauer zu reparieren.
Was war passiert? War es sexuelle Anziehung? Wollte sie insgeheim um jeden Preis ein Kind? Sie war eine konventionelle, engstirnige, alleinstehende und möglicherweise einsame Frau aus der Mittelschicht, die sich im Namen ihrer Prinzipien von ihren familiären Wurzeln in einem idyllischen Provinzstädtchen abgeschnitten hatte. Wie kam es, daß von allen Frauen ausgerechnet sie sich in einen irischen Arbeiter verliebte, so hübsch und charmant er auch sein mochte?
Und warum war ihr sein Vater erlegen? Hatte er es auf den Erlös aus dem Verkauf der kleinen Wohnung seiner neuen Frau abgesehen, zweitausend Pfund insgesamt, mit denen er seine Farm noch eine Weile über Wasser halten konnte? War es möglich, daß er diese verkniffene, humorlose Frau geliebt hatte? Oder war sie früher, vor Rowlands Geburt, anders gewesen – bevor sie sich entschlossen hatte, sich mit schweigsamer Verbissenheit für ihr Kind aufzuopfern?
Herrgott, dachte Rowland und versuchte, die Erinnerungen zurückzudrängen. All jene Lektionen seiner Kindheit: Seine Mutter lehrte ihn lesen; sie lehrte ihn rechnen; sie lehrte ihn, ordentlich zu schreiben und gut aufzupassen und sich grammatikalisch korrekt auszudrücken, damit er eines Tages diesem Ort entfliehen und sich die wirkliche Welt zurückerobern konnte. Sein Vater lehrte ihn, mit dem Gewehr umzugehen, Regen um Stunden vorherzusagen, einem Hasen mit einem Schlag das Genick zu brechen. Einmal entdeckten sie zusammen ein Kiebitznest, in der Nähe des Moores, das

er in seinem Märchen beschrieben hatte. Ein andermal beobachteten sie einen Bussard, der auf der Thermik segelte, und sein Vater fragte ihn, ob das nicht ein feiner Anblick sei, ob das einem Mann nicht zu Herzen gehen müsse?

Rowland blieb abrupt stehen und ließ den Blick über die windumwehten Hügel schweifen. An das Gesicht seines Vaters konnte er sich nicht mehr erinnern, das hatte die Zeit verwischt, doch seine Stimme konnte er immer noch hören und auch nach fast dreißig Jahren die genaue Form und Zeichnung seiner großen, schmutzigen, schwieligen Hände vor sich sehen. Es waren geschickte Hände. Den Blick starr auf die englische Landschaft gerichtet, sah Rowland einem Toten beim Drahtbiegen, beim Fallenbauen zu.

Vorbei, vorbei. Er bückte sich, hob einen Kalkbrocken auf und ließ ihn wieder fallen. Vor der Beerdigung seines Vaters hatte eine Totenwache stattgefunden, das gehörte sich so. Seine Mutter war vielleicht keine Irin, aber sie erfüllte ihre Pflichten bis zum letzten. Sobald die Wache vorbei war, begann seine Mutter zu packen. Drei Koffer. Sie trug schwarz: einen schwarzen Mantel, schwarze Schuhe, schwarze Nylonstrümpfe, ein neues, unpassendes schwarzweiß getupftes Kopftuch. Er spürte, wie der Raum vor Vorfreude, vielleicht sogar Glück bebte. Sie knöpfte seinen Regenmantel zu, legte ihm den Gürtel um; sie sagte: »Rowland, die Fähre ist schon gebucht. Wir fahren nach England zurück. Wir fahren heim.«

Kein Stoff für ein Märchen. Kein Happy-End – und auch keine Prinzessinnen, die passiv und geduldig ihrer Rettung harrten, dachte Rowland und lächelte.

Dieser Portwein von Max macht mich rührselig, sagte er sich, schüttelte die düsteren Friedhofsgedanken ab und marschierte schneller auf die erste Hügelkuppe zu.

Dort blieb er stehen und blickte zurück. Max' Haus und das Dorf waren von hier aus nicht mehr zu sehen. Im Westen lag Cheltenham; er entdeckte den hellen Schimmer am Himmel über der Stadt. Im Süden lag der Luftwaffenstützpunkt, auf dem dieser Landis Dienst tat; die Landebahnen waren von Scheinwerfern erhellt und deutlich zu sehen; auch die Umrisse der Gebäude und Hangars waren zu erkennen; er konnte Gräben und Drahtzäune ausmachen. Im Norden und

Osten gab es keine Lichter, nur Mauern, kahle Felder, dorniges windzerzaustes Dickicht in verstreuten Klumpen. Die Einsamkeit und das Alleinsein wirkten belebend. Er konnte die Musik immer noch hören, aber er verspürte nicht länger den Wunsch, ihr nachzugehen. Er würde noch ein paar Meilen weiter wandern, beschloß er, und dann zum Haus zurückkehren.

Hier gab es einen breiten Weg quer über das ansteigende Gelände. Nachdem er ihm etwa eine Meile gefolgt war, blieb er noch einmal im Schutz eines Dickichts stehen. Er fühlte sich erfrischt und gestärkt. An eine Steinmauer gelehnt, ließ er die Vergangenheit von sich abfallen: Er sah auf zu den Sternen und versuchte, sie in die einzelnen Bilder zu ordnen; er schlug die Füße übereinander, blickte zu Boden und entdeckte das Mädchen.

Mit einem leisen Schreckenslaut ging er in die Hocke. Bis er sie berührte, war er fast überzeugt, daß sie nur in seiner Einbildung existierte, daß es sich um ein Spiel von Mondlicht und Schatten handelte, eine Sinnestäuschung, ein zufälliges Muster aus totem Holz und weißen Steinen.

Dann berührte er sie und begriff: Dies war keine Illusion, die Frau war wirklich da. Ihre Füße und Beine waren nackt, ansonsten war sie dunkel gekleidet. Er schob ein paar Ranken beiseite, faßte eine kalte Hand: Die Frau rührte sich nicht.

Sie lag zusammengekauert und mit verdecktem Gesicht im Graben. Mit geübtem Griff betastete er erst ihren Hals, dann ihr Rückgrat; erst als er sich davon überzeugt hatte, daß beides nicht verletzt war, ging er das Risiko ein, sie zu bewegen. Ganz sanft drehte er sie zu sich um, in die Sicherheitslage, auf ihre rechte Seite.

Ihr Körper blieb schlaff und leistete keinen Widerstand. Als er sie bewegte, fiel Mondlicht auf ihr Gesicht, und Rowland erstarrte. Sie war sehr jung, fast noch ein Kind. Auf ihren Lidern glänzte metallische Farbe; ihr Gesicht war verdreckt, und ihre Lippen schwarz. Er tastete am Hals nach einem Puls, konnte aber keinen spüren. Er faßte ihr Handgelenk und stellte dabei fest, daß sie sich das Wort HASS auf die Fingerrücken tätowiert hatte, auf jeden Finger einen Buchstaben, und daß die Finger bereits steif wurden.

Erst spürte er eisigen Zorn, dann unendliches Mitleid. Er tastete noch mal nach ihrem Puls, obwohl ihm klar war, daß er keinen spüren würde, nicht bei einem Mädchen, das offenbar bereits seit mehreren Stunden tot war. Er legte sie sanft auf den Boden zurück, zog seinen Mantel aus und deckte sie zu. Dann stand er auf und lief den Weg zurück, den er gekommen war, zu Max' Haus, zu einem Telefon.

Er war fit; er legte die zwei Meilen, die er gegangen war, in zehn Minuten zurück. Um Viertel nach zwei hatte er die Polizei angerufen, Max geweckt, ihm erklärt, wo das Mädchen lag, und war bereits wieder auf dem Weg zurück über die Felder.

Da er das Gefühl hatte, daß sie nicht allein bleiben sollte, blieb Rowland neben ihrer Leiche stehen und schaute über die Hügel. Er versuchte sich zusammenzureimen, wie jemand, der so jung und so auffallend gekleidet war, ausgerechnet an einen so verlassenen Ort gelangte, zu einer so späten Stunde, bei dieser Kälte.

Der Schock verlangsamte seine Gedanken, deshalb dauerte es ein paar Minuten, bis er das Mädchen mit den Lichtern und der Musik in Verbindung brachte. Er fuhr herum und merkte erst jetzt, daß die Musik verstummt war, daß er nur noch seinen eigenen Atem und den Wind hören konnte, der durch das Dickicht wehte.

Aber selbst wenn die Musik erklärte, wie das Mädchen hierhergekommen war, so erklärte sie doch nicht, warum sie tot war. Er kniete neben der zusammengekrümmten Gestalt nieder und suchte nach einem Hinweis darauf, wieso sie hier lag – tot – wo sie doch keinerlei Verletzung aufwies.

Natürlich konnte Rowland nicht wissen, daß es Cassandra für eine gute Idee gehalten hatte, sich von der Scheune, von den Tanzenden abzusondern und allein über die Felder zu wandern.

Erst hatte sie sich unglaublich stark gefühlt, auch wenn ihr schrecklich heiß war, als stünden ihre Kleider in Flammen. Deshalb hatte sie Schuhe und Strümpfe ausgezogen und war weiter gewandert, bis die Luft sie abgekühlt und die innere Hitze ein wenig nachgelassen hatte.

Sie war lange unterwegs; dann, ganz plötzlich, konnte sie keinen Schritt mehr tun. Ihre Beine zitterten; ihr Kopf sagte *lauf,* aber die Botschaft drang nicht mehr bis in die Füße vor. Vielleicht kommt das von der Kälte, dachte sie. Sie dachte: *leg dich hin,* und suchte sich einen Graben, in dem sie sich zusammenkauerte. Dann übergab sie sich, auch wenn nur wenig kam; und dann fing dieses Zittern an, ein schlimmes Zittern, aber ich bin immer noch okay, sagte sie sich; das wird bestimmt bald vorbeigehen; sie mußte sich nur ein bißchen ausruhen und runterkommen.

Dieses *White Dove* sprengte ihr fast den Schädel, und ihr Herz raste wie in einem Trommelwirbel; aber sie mußte dranbleiben, sie durfte nicht wegsacken. Laß dich nie überrollen, sagte Star immer, und laß dich nie zu tief runterziehen. Du mußt auf der Brandung surfen, sagte er, aber hüte dich vor heimtückischen Strömungen, also versuchte sie das, und als sie spürte, daß sie zu ertrinken drohte, begann sie zu schwimmen.

Es war ein weiter Weg nach oben, verdammt weit, und als sie schließlich auftauchte, schnappte sie nach Luft, aber das Gefühl kam gut, echt gut, sie konnte ihren Vater sehen, der neben ihr von den Wellen überspült wurde, und sie atmeten beide dieses flüssige Gold; diesen flüssigen Frieden. Gott sei Dank haben Mina und ich die Pillen getauscht, schoß es ihr durch den Kopf, als ihre Gedanken abrupt die Richtung wechselten; für Mina wäre dieses Zeug entschieden zu hart gewesen, aber für jemanden mit ihrer Erfahrung war es total okay, schließlich hatte sie schon Acid geschluckt, damals in Glastonbury, und außerdem diese ganzen anderen Wahnsinnssachen – was für ein Trip, dachte sie, was für ein absolut unglaublicher Trip, ein langer, perfekter Flug; sie hörte das Blut durch ihre Adern rauschen, sie wurde erst hochgezogen, dann wieder hinab …

Das Zittern war schlimm. Ganz ruhig, sagte sie sich und begann sich zu fürchten. Sie versuchte, jemanden zu rufen, sie zwang ihre Lippen, das Wort »Daddy« zu formen, aber kein Laut drang aus ihrem Mund. Die Nervenlähmung war inzwischen schon zu weit fortgeschritten, aber das wußte Cassandra nicht. Sie stöhnte leise und kauerte sich zusammen. Dann, fünf Minuten später, setzten ohne weitere Vorwarnung die Krämpfe ein.

Kapitel 7

Gini schlief drei Stunden. Sie erwachte gegen sechs und stand sofort auf. Sie zog die Vorhänge zurück; draußen war es noch dunkel. Sie wusch sich und zog sich schnell ein paar Sachen an, dann tappte sie die Treppe hinunter.

In der Küche wurde sie von den winselnden und schwanzklopfenden Hunden begrüßt; das Haus war still. Sie kochte Wasser auf dem merkwürdigen gußeisernen Ofen, auf den Charlotte schwor, und machte sich eine Tasse Instantkaffee. Ihre Hände zitterten, und ihr Herz schlug schnell. Vor drei Tagen hatte sie das letzte Mal mit Pascal gesprochen; inzwischen war es hier halb sieben und damit halb acht in Sarajevo.

Sie tappte weiter in Max' Arbeitszimmer, wie er es ihr angeboten hatte, machte die Tür hinter sich zu und starrte auf die Telefone. In diesem Zimmer hatte Max den gesamten High-Tech-Schnickschnack der modernen Bürowelt installiert. Es gab einen Macintosh, ein Normalpapierfax, einen Laptop für unterwegs und zwei Telefone mit jeweils eigener Leitung. An jedes war ein Anrufbeantworter angeschlossen, und Pascal hatte beide Nummern. Offenbar hatte Max die Anrufbeantworter eingeschaltet, bevor er zu Bett gegangen war; zwei rote Lämpchen leuchteten ihr ruhig entgegen. Niemand hatte während der Nacht angerufen – weder für Max, noch für sie.

Sie setzte sich und begann, die Nummer einzutippen. Beim dritten Versuch erreichte sie das Hotel; es klingelte lange. Während sie wartete, konnte sie die Hotellobby vor sich sehen, das Gedränge der Journalisten und Fernsehcrews und Kameramänner, die sich dort bereits zu so früher Stunde versammelten. Sie konnte die Treppe und die selten funktionierenden Aufzüge vor sich sehen; sie konnte das

Zimmer vor sich sehen, das sie und Pascal geteilt hatten. Ein häßliches Zimmer in Braun und Orange; es hatte ein Panoramafenster im Stil der siebziger Jahre mit Anti-Splitter-Folie auf dem Glas.
»Leg dich neben mich. Ich werde dich halten«, hatte Pascal damals gesagt, als sie aus dem Krankenhaus in Mostar zurückgekommen waren. Sie war seiner Bitte gefolgt. Zitternd lag sie in seinen Armen. Bis zum nächsten Tag mußte sie ihren Bericht über den eben erlebten Vorfall verfaßt haben. Sie konnte Worte in ihrem Kopf hören, und jedes davon klang hohl. Sie starrte durch das Zimmer auf das Fenster. Draußen brach die Nacht an. Sie war viel zu erschöpft und zu ängstlich, um die Augen zu schließen.
»Erzähl mir, was du gesehen hast. Erzähl mir, was du gedacht hast.« Pascal strich ihr ganz sanft übers Haar. Es war noch lang, noch nicht geschnitten. Er strich es ihr aus dem Gesicht und drehte ihren Kopf zu sich her. »Liebling, du mußt das tun. Wenn du es in deinem Herzen einschließt, wirst du es nie loswerden. Gini, bitte glaube mir. Ich weiß es.«
»Du weißt, was ich gesehen habe.« Sie fand es schwer, die Worte zu formen. »Du hast es auch gesehen.«
»Nein.« Ruhig nahm er ihre Hand. »In einer solchen Situation sieht jeder etwas anderes …«
»Pascal, du warst bei mir – ganz nahe …«
»Trotzdem.«
Erst jetzt erlaubte sie sich, ihn anzusehen. Sie konnte die Müdigkeit in dem so geliebten Gesicht erkennen; sie erblickte Reue und Resignation, aber auch Kraft in seinen Augen. Ganz gleich, was ich gesehen habe, dachte sie, er hat Schlimmeres gesehen – viele, viele Male.
»Gini, versteh' mich nicht falsch, das ist kein Heilmittel.« Seine Hand faßte sie fester. »Es gibt kein Heilmittel. Das weißt du. Du kennst mich lang genug. Wenn diese Tür erst einmal aufgestoßen wurde, läßt sie sich nie wieder verschließen. Ein Abgrund trennt die Leute, die durch diese Tür gegangen sind, von den anderen. Ich habe dich davor gewarnt.«
»Ich weiß.«
»Aber uns trennt kein Abgrund …« Er zog sie in seine Arme. »Gini, du darfst keinen entstehen lassen. Erzähl es mir, mein Liebling. Erzähl mir, was du gesehen hast.«

Und Gini versuchte es. Sie kehrte zurück in jenes ehemals städtische Gebäude in den Außenbezirken Mostars, diesen von leergebombten Häusern umgebenen Bau, der seit zwei Monaten als provisorisches Krankenhaus diente.

Sie waren in dem langen Saal gewesen, der den Schwerverletzten vorbehalten war. An einem Ende lagen die Soldaten, am anderen die Zivilisten; es gab nur wenige Kinder auf dieser Station, wie Gini beim Hereinkommen erleichtert festgestellt hatte. Sie hatte erst eine Krankenschwester, dann einen der Ärzte aus Mostar interviewt, der die ganze Nacht durch Patienten ohne Betäubungsmittel operiert hatte. Einer der freiwilligen Ärzte gesellte sich zu ihr, ein Franzose von den *Médecins sans frontières,* der Pascal kannte. Er hatte dringend benötigten Nachschub an Schmerzmitteln und Antibiotika mitgebracht. Gini half ihm beim Auspacken und ließ sich dann von ihm an das letzte Bett im Saal führen. Er stellte ihr den zehnjährigen Jungen darin vor, dem er eine Tafel Schokolade mitgebracht hatte. Seine beiden Eltern waren vor zwei Wochen getötet worden. Das Bein des Jungen war über dem Knie amputiert worden, am rechten Arm hatte er eine leichte Schrapnellwunde abbekommen. Neben seinem Bett kauerte seine siebenjährige Schwester, die auf keinen Fall von ihm getrennt werden wollte. Sie war körperlich unverletzt, aber sie hatte seit vierzehn Tagen mit keinem Menschen außer ihrem Bruder ein Wort gesprochen.

Gini setzte sich neben den Jungen und unterhielt sich mit ihm, während der französische Arzt übersetzte. Ihr Schmerz und Mitleid waren so tief, sie waren so beredt wie jede Sprache. Das Gespräch versandete schließlich; sie hoffte, hoffte inbrünstig, daß dieser Junge mit dem dünnen Gesicht und den dunklen, aufmerksamen Augen begriff, wie sehr sie mit ihm fühlte, selbst wenn dieses Mitgefühl nutzlos war und ihm keine Erleichterung brachte.

Während der gesamten Unterhaltung hob die Schwester des Jungen nicht ein einziges Mal den Kopf. Sie zitterte die ganze Zeit; sie hielt die Hand ihres Bruders fest umklammert. Als der Arzt Ginis Miene sah, ergriff er die Initiative. Er sagte ein paar Worte, und zog Gini dann durch den ganzen Saal in einen dahinterliegenden Gang. Irgendwo in der Ferne dröhnten, wie immer, Geschütze. Der Arzt war dünn, bärtig, etwa fünf Jahre jünger als sie. Er sah sie eindringlich an.

»Wie lange sind Sie schon hier draußen?«
»Drei Monate. Fast vier.«
»Dann hören Sie mir genau zu. Dieser Junge wird überleben. Seine Schwester auch. Jetzt haben wir Penicillin, die Wunde wird heilen ...«
Gini warf einen Blick über die Schulter. Pascal kam mit düsterem Gesicht durch den Saal auf sie zu. Sie sagte: »Überleben? Er hat keine Eltern. Kein Heim. Er ist zehn Jahre alt. Sie haben seine Augen gesehen ...«
Sie schlug die Hände vors Gesicht. Der junge Arzt ließ sie keine Sekunde aus den Augen.
»Trotzdem wird er überleben. Sie dürfen sich nicht emotional engagieren – das ist Ihnen doch klar? Ich habe mir das zum Prinzip gemacht ...« Er stockte. »Ich frage nie nach den Lebensumständen. Es ist mir lieber, wenn ich nicht weiß, wie sie heißen. Ich sorge einfach dafür, daß sie ihre Verbände und Medikamente bekommen, weil sie sonst sterben würden. Das ist meine Aufgabe. Ihre Aufgabe –«
»Meine?« Gini sah abrupt zu ihm auf. Sie weinte, und inzwischen war es ihr egal, wer ihre Tränen sah. *Meine* Aufgabe? Was in Gottes Namen ist meine Aufgabe? Ich komme mir so nutzlos vor – *schlimmer* als nutzlos. Ich komme mir vor wie ein *Voyeur*.«
»Das ist ganz normal. Es wird vorübergehen.« Er wandte den Blick ab, weil ihn irgendein Geräusch draußen ablenkte. Laufende Schritte waren zu hören, ein Ruf, dann Stille. Der Mann trat vom Fenster weg und nahm ihren Arm.
»Sie haben eine Aufgabe«, sagte er. »Fragen Sie Pascal. Sie wecken Mitgefühl. Entrüstung.« Er sah sie kühl an. »Dann stellen die Menschen Schecks aus. Die Politiker kommen unter Druck. Und wir hier«, er sah sich stirnrunzelnd um, »kriegen die Hilfsflüge, die Notärzte, die Lebensmittel. *Das* ist Ihre Aufgabe. Zu schreiben. Also schreiben Sie. Beschreiben Sie diesen gottverlassenen Ort. Bringen Sie die Leute dazu, ihn zu *sehen*. Beschreiben Sie dieses Kind –«
»Das *reicht* nicht.« Gini wollte sich abwenden. »Das ist viel zu wenig. Und das wissen Sie auch ...«
»Haben Sie einen besseren Vorschlag? Sind Sie Krankenschwester? Haben Sie Medizin studiert? Passen Sie auf ...«
Er redete noch einen Sekundenbruchteil länger auf sie ein, glaubte

Gini, obwohl sie ihn nicht mehr hören konnte. Sie fuhr herum und sah, wie sich sein Gesicht veränderte, wie die Luft schwarz wurde. Etwas Warmes, Schnelles wehte ihr über das Gesicht, riß sie von ihm weg, hob sie beide hoch, als wären sie aus Papier, und schleuderte sie zu Boden. Ein langes, tiefes Dröhnen folgte, und dann der tiefe, atmende Sog, den sie inzwischen so fürchtete. Sie konnte Mauerwerk einstürzen hören, dann Stille, dann hastende Schritte, dann Schreie. Dreißig Sekunden? Sechzig Sekunden? Sie krabbelte zurück über den Gang, kroch zur Tür zum Krankensaal. Staubwolken wogten in der Luft, krochen ihr in den Hals und in die Augen, begannen sich dann langsam zu verziehen und wieder zu senken. Ein Teil der Station war verschwunden. Die drei Betten am anderen Ende waren verschwunden. Der Junge, den sie vor nicht einmal fünf Minuten besucht hatte, war verschwunden, genauso wie seine Schwester. Einen langen, stillen Augenblick dachte sie fassungslos und bis ins Mark getroffen: *und Pascal auch.*

Sie hatte geholfen, das eingestürzte Mauerwerk beiseite zu räumen, hatte sich durch die pulvrigen Steine gegraben; sie war inzwischen erfahren genug, um zu wissen, daß es so gut wie keine Hoffnung gab, und Pascal, der neben ihr arbeitete, wußte das auch. Als beiden bewußt wurde, daß kein Wunder geschehen war, stand er auf, zog sie hoch und zerrte sie schweigend fort. Das war es, was sie Pascal mitteilen wollte, als sie, zurück in Sarajevo, auf jenem Bett in ihrem Hotelzimmer lag. *Warum?* wollte sie ihn fragen. Warum haben die beiden Ärzte überlebt und die Krankenschwester und die anderen Patienten und du und ich? Warum wurde der kleine Junge nicht verschont, der kleine Junge und seine Schwester? Letzten Endes gab es nicht mehr zu sagen als das: ein langes, ohnmächtiges *Warum*.

Pascal wartete, bis sie zu Ende gesprochen hatte. Seine Arme schlossen sich fester um sie. Er wischte ihr die Tränen von den Wangen und küßte sie auf die geschlossenen Lider.

»Warum? Weil es der *Zufall* so will«, antwortete er schließlich leise. »Weil all das ganz zufällig und willkürlich geschieht. Eine alte Frau wird verschont, ein kleines Kind muß sterben. Ein Soldat, der tags zuvor zwei Frauen vergewaltigt hat, darf überleben, und ein unschuldiger Passant nicht. Gini – versuch nicht, irgendein Muster, irgendeinen Sinn darin zu erkennen. Es gibt keinen …«

»Es gibt keinen Gott.« Mit einer unvermutet zornigen Geste stand sie vom Bett auf und drehte ihm den Rücken zu. »Kein Gott. Es kann keinen geben. Das begreife ich jetzt.«
»Keinen, den ich anbeten wollte. Nein.« Pascal beobachtete sie schweigend. Sie barg ihr Gesicht in den Händen und begann bitterlich zu weinen.
»Ich will diesen Jungen *zurückhaben*«, hörte Pascal sie sagen. Die Worte schienen ihr im Hals steckenzubleiben. »Ich will – der Arzt hat gesagt, er würde überleben. Pascal ...« Sie sah auf und drehte sich zu ihm um. »Wie kannst du das ertragen? Wie *hältst* du das nur aus? Wie kannst du all dem Jahr um Jahr zusehen? Ich dachte – wenn ich nur hart genug wäre – dann könnte ich –« Sie verstummte unvermittelt und ließ den Kopf sinken. »Ich kann nicht – ich glaube – ich habe keine Hoffnung mehr ...«
Jetzt stand Pascal leise auf und nahm sie wieder in die Arme. Er wartete, bis der Tränensturm nachließ und sie wieder ruhiger wurde.
»Ich liebe dich.« Er hob ihr Gesicht an und zwang sie, ihn anzusehen. »Ich liebe dich, und ich weiß, daß du mich liebst. Dieser Junge – wurde geliebt. Du wirst ihn nicht vergessen. Ich werde ihn nicht vergessen. Liegt darin nicht ein wenig Hoffnung?«
Seine Stimme und seine Miene waren ernst. Gini sah ihm in die Augen, erfaßte die Ruhe in seinem Blick. Ungewollt und unerwartet – und zum ersten Mal seit Wochen – schoß Verlangen nach ihm durch ihren Körper. Die Begierde durchzuckte sie wie ein Messerstich und beschämte sie. Noch während sie dagegen ankämpfte, ließ sie den Kopf an seine Brust sinken und lauschte seinem Herzen.
»Ich weiß, was du jetzt denkst«, sagte Pascal – und er hatte recht; er wußte oft, was sie dachte, wenn auch vielleicht nicht immer. »Das ist so zerbrechlich – nicht wahr? Und die Liebe schützt uns nicht. Der Tod kann jederzeit an der nächsten Straßenecke auf uns lauern, keine fünf Minuten entfernt?«
»Ja. Genau. Und ...«
»Keine Gerechtigkeit.« Er küßte sie auf den Scheitel und seufzte. »Ach, Gini – begreifst du nicht? Genau davor wollte ich dich warnen. Ich wußte, daß das passieren würde. Und es ist das Schlimmste überhaupt ...«

Der Anschluß in Sarajevo klingelte immer noch. Beim zwanzigsten Läuten nahm endlich jemand ab. Sie hatte Glück, denn oft geriet sie an einen der Portiers, die kaum Englisch sprachen. Diesmal war der Neunzehnjährige am Apparat, der so stolz auf seine Sprachkenntnisse war, erworben durch jahrelanges Studium amerikanischer Gangsterfilme.
Er sagte, Pascal sei nicht im Hotel; er sei morgens gegen vier Uhr zurückgekehrt und eine halbe Stunde später wieder weggegangen. Am Abend zuvor habe er zwei Stunden lang versucht, sie zu erreichen, sei aber nicht durchgekommen. Er hatte aber offenbar einige ihrer Nachrichten erhalten und würde sie garantiert im Lauf der nächsten vierundzwanzig Stunden anrufen.
Ginis Hände zitterten. Sie legte wieder auf und ließ den Kopf in die Hände sinken. Sie wußte, was diese Nachricht in Wahrheit bedeutete und warum sie so aufmunternd abgefaßt war. Sie bedeutete, daß Pascal eine Fährte hatte. Sie bedeutete, daß er vor Tagesanbruch irgendwohin aufgebrochen war, wo es noch gefährlicher war als in Sarajevo; gewöhnlich flauten die Kämpfe frühmorgens ab; in den Stunden vor der Dämmerung war die Gefahr geringer, von einem Heckenschützen getroffen zu werden oder in einen plötzlichen Granatangriff zu geraten.
Sie spürte die Angst aufwallen, diese grauenvolle, lähmende Panik, die sie immer zu überfallen schien, wenn sie am wenigsten darauf vorbereitet war. Sie zwang sich, aufzustehen und aus dem Zimmer zu gehen. Sie zwang sich, etwas zu tun; sie kehrte in die Küche zurück und wusch die paar Teller ab, die Charlotte in der Spüle zurückgelassen hatte, dann zog sie einen Mantel über und führte die Hunde kurz an die frische Luft.
Sie ging durch den Garten und die Obstbäume, wo ihre Schuhe Abdrücke im bereiften Gras hinterließen. Den Blick auf die Felder und die nackten Hügel dahinter gerichtet, versuchte sie sich einzureden, daß dieser Geistes- und Herzenszustand vorübergehender Natur war. Der Zufall würde nicht eintreten. Pascal würde nichts passieren, und bald, ja bald würde er heimkehren. Vielleicht würden sie sogar hierherkommen, so wie Charlotte es vorgeschlagen hatte. Sie würden dort oben spazierengehen, in den Hügeln, im Sommer vielleicht, an einem warmen Sommerabend; nur ein paar Monate, und

die Landschaft hier wäre wie verwandelt. Die Bäume wären belaubt; Blumen würden blühen; sie würden sich unterhalten oder miteinander schweigen können, und sie wären beide wieder in Sicherheit.
Es sei denn, sie ginge zum Haus zurück und beträte die stille Küche, setzte sich an den Tisch und starrte die Wand an, ohne etwas zu sehen. Sie hätte sich lieber nicht daran erinnert, aber das Gespräch mit Helen, Pascals Ex-Frau, wollte ihr einfach nicht aus dem Kopf gehen. Gini hatte sich kurz vor Weihnachten, vor etwa vier Wochen, mit ihr in London getroffen.
Vor diesem Gespräch war sie Helen, einer dünnen, energischen, dunkelhaarigen Engländerin, nur zweimal begegnet, beide Male in Pascals Begleitung. Bei diesem von Helen vorgeschlagenen Mittagessen unterhielten sich die beiden Frauen zum ersten Mal allein. Helen hatte im Laufe des vergangenen Jahres wieder geheiratet; ihr neuer Mann, den sie als ihren guten, soliden Engländer bezeichnete, war ein Witwer, dessen drei Teenager-Kinder im Internat lebten. Er leitete eine ererbte, erfolgreiche Stoffirma, die vor kurzem eine französische Seidenweberei mit Zentrale in Paris und Fertigungsstätten in Lyon übernommen hatte. Die Modernisierung dieses einstmals berühmten Unternehmens nehme ihn zur Zeit sehr in Anspruch, erklärte Helen. Deshalb hätten sie und Ralph beschlossen, ihre Suche nach dem idealen englischen Landhaus zu verschieben und die kommenden sechs Monate in Ralphs Pariser Wohnung zu leben; dieser Plan brächte allen Beteiligten Vorteile.
Gini lauschte völlig betäubt ihrem Geplauder. Helen beschrieb, wie sie sich in Paris in das Abenteuer gestürzt hatte, die Wohnung einzurichten; sie war nicht dumm und äußerte sich mit keinem Wort über Ginis Apathie oder über ihr Aussehen, das, wie Gini wußte, all ihren Anstrengungen zum Trotz sehr zu wünschen übrig ließ.
»Das bedeutet natürlich«, fuhr Helen fort, »daß Marianne noch ein halbes Jahr auf ihrer französischen Schule bleiben kann. Sie hat sich ein bißchen gegen den Umzug nach England gesträubt; ich habe Ralph erklärt – sie vergöttert ihn bereits, das war mir von Anfang an klar –, daß wir ihr nicht allzu viele Veränderungen auf einmal zumuten wollen. Wenn sie noch eine Weile in ihrer alten Schule, bei ihren alten Freunden bleiben kann ... insgesamt schien das die praktischste Lösung. Pascal fand das auch ganz vernünftig ...«

»Ach.« Gini sah auf. »Das wußte ich nicht.«
»Äh, ja. Wir haben kurz darüber gesprochen. Vor Ihrer Abreise nach Jugoslawien ... Bosnien. Wie auch immer es jetzt heißt. Wahrscheinlich hat er einfach vergessen, es Ihnen zu erzählen. Sie hatten bestimmt andere Dinge im Kopf.«
Sie sah Gini prüfend an, die aber nichts darauf erwiderte. Sie winkte dem Ober, noch Kaffee zu bringen, und zündete sich dann eine Zigarette an.
»Darf ich offen mit Ihnen sprechen?« fragte sie unvermittelt. Sie zögerte. »Das ist ein heikles Thema. Bitte glauben Sie mir, daß ich das, was ich gleich sagen werde, nicht aus Neid oder Eifersucht sage. Früher wäre das vielleicht der Fall gewesen, aber das hat sich geändert.«
»Nein. Bitte reden Sie. Ich verstehe.«
»Ich war fünf Jahre lang mit Pascal verheiratet. Wir hatten schon zuvor zusammengelebt. Es war vielleicht keine erfolgreiche Ehe, aber ich kenne Pascal. Ich kenne ihn sehr gut.«
Gini schwieg. Sie fixierte Helens schicken scharlachroten Kaschmirsweater, die einreihige Perlenkette. Helen war um die vierzig. Sie sah zehn Jahre jünger aus, sie strahlte Kraft aus, sie wirkte wie eine Frau, die ihr Leben und die Welt im Griff hatte.
»Haben Sie vor, immer gemeinsam zu arbeiten, im Team? Das wäre wahrscheinlich eine Lösung.«
»Nein«, antwortete Gini. »Jedenfalls nicht immer. Wir hatten uns überlegt – wenn wir können –«
»Mir gefällt der Ausdruck Workaholic nicht«, fuhr Helen fort. »Das Wort ist abgenutzt. Und es impliziert eine Art von Sucht – aber ich hatte nie das Gefühl, daß Pascal *süchtig* nach seiner Arbeit ist. Damit wäre eine gewisse Passivität verbunden, ein Mangel an Willenskraft – und das kann man Pascal beim besten Willen nicht vorwerfen, ich am allerwenigsten.« Sie lächelte knapp. »Verzeihen Sie. Wie Sie wissen, habe ich als Übersetzerin gearbeitet. Ich nehme die Sprache sehr genau.«
Sie hielt inne, inhalierte nachdenklich und runzelte dann die Stirn. »Ich war immer der Meinung, daß Pascal sich seiner Arbeit gewidmet hat, mit Leib und Seele, fast wie ein Priester. Als wäre sie seine Berufung – Sie verstehen mich?«

»Ja. Und das fordert viel von ihm.«
»Vielleicht.« Helen ging auf diesen Einwand nicht ein. »Ich meinerseits fand es sehr schwer, damit zu leben. Anfangs vielleicht nicht. Da war dieser Glamour, wissen Sie? Pascal wurde berühmt. Ich fand es spannend, Briefe an irgendwelche entlegenen Orte zu schicken oder zu versuchen, in einem Kriegsgebiet telefonisch zu ihm durchzukommen. Ich gab sogar ein paar Interviews, wußten Sie das?« Ihr Blick streifte Ginis. »Man wollte wissen, was es für ein Gefühl sei, mit ihm verheiratet zu sein. Wie ich zurechtkam …« Sie schnitt eine Grimasse. »Natürlich war Pascal nicht damit einverstanden. Er war außer sich, als ich ihm die Bilder zeigte. Er hat grundsätzlich keine Interviews gegeben. Er wollte kein Prominenter sein. Ruhm hat ihn nie interessiert.«
Gini schwieg. Sie wünschte, Helen hätte die Kriegsgebiete nicht in dieser speziellen Weise erwähnt. Plötzlich schien Bosnien ganz nah zu sein, direkt hinter der Restaurantwand. Noch ein paar Minuten, und sie würde wieder den Lärm hören; die Verzweiflung und der Schmerz würden wieder über ihr zusammenstürzen. Das ist nicht normal, sagte sie sich. Sie mußte die Dinge wieder in den richtigen Blickwinkel rücken. Sie zwang sich, genauestens aufzupassen, was Helen sagte.
»Schon vor Mariannes Geburt«, fuhr sie fort, »gab es Probleme. Pascal war manchmal monatelang weg. Ich mußte allein auf Parties, Dinners gehen. Natürlich war ich immer sehr unabhängig gewesen, deshalb machte mir das nicht wirklich etwas aus …« Sie runzelte die Brauen. »Vielleicht wäre es besser gelaufen, wenn Pascal damals mehr Geld verdient hätte. Wir hätten uns eine größere Wohnung leisten können. Ich hätte Gesellschaften geben können. Als alleinlebende Frau wird man sehr schnell übergangen, wissen Sie? Natürlich habe ich Pascal erklärt, daß er mehr verdienen könnte – nichts einfacher als das. Werbeagenturen rannten ihm die Türe ein. Ich habe ihn oft damit aufgezogen; ich sagte immer, du kannst sie doch bestimmt vor dem nächsten Krieg irgendwie dazwischenschieben …«
Sie lachte und sah Gini an.
»Ich sehe, daß Sie das nicht billigen. Vielleicht sind Sie hochherziger, als ich es war. Ich konnte mir wirklich nicht vorstellen, daß ihm das

geschadet hätte. Aber das tut ohnehin nichts zur Sache. Alles in allem kamen wir sehr gut zurecht. Das änderte sich, nachdem Marianne geboren war.« Sie schwieg, und ihr Gesicht wurde ernst.

»Ich mußte allein zurechtkommen, Gini, und zwar vollkommen allein. Natürlich war unsere Ehe damals schon ein bißchen angeschlagen. Trotzdem, wenn Marianne krank wurde, wenn es zu Hause irgendein Problem gab, ob groß oder klein, dann mußte ich allein damit fertig werden. Neunzig Prozent der Zeit war Pascal nicht da. Er war im Flugzeug, auf dem Flughafen, in irgendeinem verfluchten, verwanzten Hotel irgendwo in der Pampas, wo die Telefonanlage so gut wie nie funktionierte, und wenn sie funktionierte, war Pascal nie da ... Ich kam damit zu Rande. Nicht immer gut. Manchmal versuchte ich, ihm das zu erklären, wenn er aus Afghanistan, Kambodscha, Mosambik oder weiß der Geier woher heimkam. Er erzählte mir nie, was er dort durchgemacht hatte; er sprach überhaupt nicht darüber. Und eigentlich wollte ich das auch gar nicht wissen. Ich meine, ganz gleich, was er dort Schreckliches erlebt haben mochte – *ich* konnte ihm dabei nicht helfen. Natürlich war mir klar, daß es nicht gerade rücksichtsvoll war, mich über *meine* Problemchen auszulassen. Ich wußte, daß sie ihm unbedeutend vorkommen mußten. Aber ich konnte nicht anders. Ich machte ihm Szenen, weinte, flehte ihn an, machte ihm Vorwürfe. Nichts davon zeigte die geringste Wirkung. Er redete beschwichtigend auf mich ein und verschwand dann mit dem nächsten Flugzeug. Mit der Zeit ...«

Sie hielt inne und sah Gini prüfend an. »Mit der Zeit machte mich das schrecklich wütend. Wirklich schrecklich wütend. Ich spürte die ganze Zeit über diesen *Zorn.* Ich glaube, ich wäre besser damit zurechtgekommen, wenn er eine andere gehabt hätte, schließlich wäre das normal, nicht weiter ungewöhnlich gewesen. Aber ich konkurrierte nicht mit einer Frau, sondern mit seiner *Arbeit.* Ich« – ihre Lippen wurden schmal – »konnte das einfach nicht mehr ertragen. Ein Ehemann, der nie da ist, ist eine Sache. Ein Vater, der nie da ist, ist eine ganz andere. Natürlich liebte Pascal Marianne über alles. Wenn er mal zu Hause war, war er ihr ein wunderbarer Vater. Doch er wollte einfach nicht verstehen, daß Hingabe allein nicht genügte. Was meinen Sie, hat er sich geändert?«

Die Frage kam ganz unvermittelt. Gini wurde feuerrot.

»Er hat es bestimmt nicht leicht«, begann sie. »Er versucht immer, all dem gerecht zu werden, was ihm wichtig ist. Selbst in Sarajevo dachte er immerzu an Marianne. Er schrieb ihr ständig, rief sie an. Wenn er zurückkommt, wird er –«

»Das habe ich eigentlich nicht damit gemeint, und ich glaube, das wissen Sie auch«, unterbrach Helen sie ruhig. »Ich habe dabei nicht an Marianne gedacht. Ich habe an Sie gedacht.«

Gini senkte den Blick. »Wir haben keine Kinder«, flüsterte sie. »Für mich ist das etwas anderes.«

»Natürlich.« Helen sah sie zweifelnd an. »Außerdem geht mich das ja auch nichts an. Ich will mich nicht einmischen. Wissen Sie, wann er aus Sarajevo zurückkommt?«

»Nein, nicht genau. Die Lage ändert sich täglich. Aber bald. Wahrscheinlich in ein paar Wochen ...«

»Also, jedenfalls wird er zu Mariannes Geburtstag im Januar wieder dasein. Darauf können wir uns verlassen.« Helens Stimme klang leicht gereizt. »Wenigstens dieser Termin steht fest.«

»Er wird bestimmt schon früher zurückkommen«, beteuerte Gini schnell. »Weihnachten ist er ganz sicher wieder hier.«

Helen schwieg. Gini sah ihr ins Gesicht und ahnte, daß sie an dieser Prophezeiung zweifelte – und natürlich zu Recht, wie sich herausgestellt hatte. Pascal war nicht vor Weihnachten zurückgekommen. Seine Ex-Frau kannte ihn wirklich gut.

»Ich übernehme die Rechnung.« Helen hatte sich umgedreht und winkte dem Ober. »Nein, ich bezahle. Ich bestehe darauf. Hoffentlich sehen wir uns bald einmal wieder. Vielleicht in Paris, zu Mariannes Geburtstag? Ich möchte, daß Sie Ralph kennenlernen. Ich bin der Meinung, daß es solche Dinge immer vereinfacht, wenn man ganz offen darüber spricht. Es gibt keinen Grund, warum wir nicht alle Freunde werden sollten ...« Sie zögerte, streckte dann zu Ginis Überraschung die Hand über den Tisch aus und drückte ihre.

»Ich mag Sie, Gini. Ich hätte das nicht erwartet, aber es ist so. Ich hoffe, Sie wissen – Pascal hat ein bißchen Glück verdient. Mit mir hat er es weiß Gott nicht gefunden. Als ich ihn das letzte Mal gesehen habe – er sah so verändert, so viel besser aus, in jeder Hinsicht.

Keine Bitterkeit, kein Zorn – ich konnte sehen, wie gut Sie ihm tun, und das hat mich gefreut. Doch –«

»Was?«

»Meine Liebe, Sie sehen nicht allzugut aus, wissen Sie?«

»Mir geht es gut. Ich hatte mir in Sarajevo was geholt. Ich bin wieder gesund.«

»Gut.« Helen lächelte. »Richten Sie Pascal aus, er soll gut auf Sie achtgeben. Und passen Sie auf, daß er sich nicht völlig in seine Arbeit verrennt – schließlich leben Sie jetzt zusammen! Machen Sie ihm ruhig ein bißchen Feuer unterm Hintern, Gini, wenn er das nächste Mal anruft. Bei mir hat das zwar nicht funktioniert, aber bei Ihnen würde es bestimmt etwas nutzen.« Sie stand auf. »Ich muß los. Mein Flug nach Paris geht um sechzehn Uhr. Ralph holt mich vom Flughafen ab, ich darf ihn also nicht verpassen.« Sie warf Gini einen winzigen verschwörerischen Blick zu. »Inzwischen bin ich diejenige, die das Flugzeug erwischen muß.«

Gini kehrte in ihre Wohnung zurück. Sie konnte Helen nicht leiden, und sie war nicht sicher, ob sie ihr trauen konnte, aber sie hatte unter den pointierten Bemerkungen aufrichtiges Gefühl herausgehört. Eine, zwei Stunden lang lief Gini rastlos in der Wohnung auf und ab. Das Telefon klingelte nicht. Schließlich gab sie der Versuchung nach, ging ins Bad und machte den Schwangerschaftstest, den sie vor dem Treffen mit Helen gekauft hatte. Er war einfach: Wenn man schwanger war, färbte sich der Teststreifen rosa; wenn man nicht schwanger war, färbte er sich blau.

Die Reaktionszeit betrug fünfzehn Minuten. Sie saß im Bad und beobachtete den Test. Sie fragte sich, was Pascal wohl sagen würde, wenn er die Wahrheit wüßte, wenn sie ihm verriete, daß sie sich aus tiefstem Herzen wünschte, der Streifen würde sich rosa färben. Was würde er sagen, wenn sie ihm gestand, daß sie sich seit jenem Tag im Krankenhaus sehnsüchtig ein Kind wünschte und daß sie diesen Wunsch noch genauso schmerzlich spürte wie am ersten Tag?

Sie schlug die Hände vors Gesicht. Sie brauchte sich seine Reaktion auf dieses Gefühl, das sie ihm bestimmt nicht eingestehen würde, gar nicht vorzustellen; sie wußte genau, wie diese Reaktion aussehen würde. Sie hatte sie in jenem braun-orangefarbenen Hotelzimmer erlebt, als sie Pascal erklärt hatte, daß ihre Regel ausgeblieben war; Sorge, dann Angst, dann etwas wie Verzweiflung.

»Liebling – du nimmst doch immer noch die Pille? Ich verstehe nicht …«

»Doch. Ich nehme sie. Ich glaube, es kommt von der vielen Arbeit. Der Anstrengung …«

»Bist du ganz sicher, Gini? Du hast sie nicht vielleicht ein-, zweimal vergessen? Komm her – Liebling, du siehst so schrecklich müde aus …«

»Nein, ich habe es nachgeprüft. Keine Angst, es ist nur der Streß – das ist mir schon öfter passiert …«

Er versuchte, sie in die Arme zu schließen; er bestand darauf, daß sie sich von einem Arzt untersuchen ließ. Als Gini von der Untersuchung zurückkam und bestätigt bekommen hatte, daß sie nicht schwanger war, merkte sie, daß sie ihm nicht in die Augen blicken konnte. Sie fürchtete sich davor, die Erleichterung darin zu sehen. Sie starrte auf den Boden.

»Und wenn ich es gewesen wäre«, sagte sie leise. »Was dann, Pascal?«

»Liebling, ich *weiß* es nicht …« Er legte die Arme um sie. »Wir haben unsere Zeit hier erst zur Hälfte hinter uns gebracht. Und dir lag soviel daran – an dieser Arbeit. Dein Beruf bedeutet dir sehr viel. Du hast gesagt, du willst keine Kinder. Ein solcher Fehler, ausgerechnet jetzt, wo wir beide rund um die Uhr arbeiten, immer in Bewegung sind und auch in Gefahr, Gini –«

»Ein Fehler?«

»Na ja, in gewisser Hinsicht wäre es ein Fehler gewesen, Liebling, das weißt du genau. Wir haben so etwas nie in Betracht gezogen – geschweige denn, daß wir es *jetzt* geplant hätten, in diesem Chaos …«

Gini wandte sich wortlos ab. Sie konnte die Angst in seiner Stimme hören; sie glaubte, unterschwellige, schlecht verhohlene Ungeduld zu entdecken.

Er hat ja recht, sagte sie sich; er reagierte ganz vernünftig, pragmatisch, verantwortungsbewußt. Sie dachte: Er will kein zweites Kind; er will kein Kind von mir.

Es tat entsetzlich weh. Trotzdem, und obwohl seine Argumente ver-

nünftig waren, ließ die Sehnsucht nicht nach. Sie wollte immer noch ein Kind von ihm und klammerte sich noch lang nach ihrer Abreise aus Bosnien an die Hoffnung, sie könnte doch schwanger sein. Natürlich wußte sie, wann dieser Wunsch erwacht war. Sie konnte den Zeitpunkt auf den Tag, die Stunde genau bestimmen. Nach Mostar. Sie hatte zu viele Kinder sterben sehen; jetzt diktierte ihr Körper – sie wollte spüren, wie ein Kind in ihr wuchs; sie wollte, daß Pascal sah, wie dieses Kind geboren wurde.
Schließlich waren die fünfzehn Minuten verstrichen. In ihrem Bad sitzend, hatte sie auf den Schwangerschaftstest gestarrt, auf den Teststreifen, der sie an den viele Jahre zurückliegenden Chemieunterricht in der Schule erinnerte. Das Urteil war vernichtend: Wie befürchtet und erwartet, färbte sich der Teststreifen blau.

Als erstes Familienmitglied tauchte Charlotte auf. Sie kam gähnend in die Küche, in einen tiefblauen wollenen Morgenmantel gehüllt, und beschwerte sich, daß sie von Sirenen geweckt worden sei. Gini wandte das Gesicht ab, um ihr nicht auf den Bauch zu starren; Charlotte war so mit den Hunden beschäftigt, daß sie Ginis gerötete Augen nicht bemerkte.
»Das begreife ich nicht.« Sie wedelte mit einem Zettel. »Max hat mir eine Nachricht hinterlassen – er wollte mich nicht wecken, und ich habe geschlafen wie eine Tote. Aber offenbar ist irgendwas passiert. Er und Rowland haben vergangene Nacht die Polizei geholt, nachdem wir zu Bett gegangen sind. Aber warum sind sie noch nicht zurück? Wo können sie nur sein? Warum haben sie nicht angerufen?«
»Ich mache Tee.« Gini stand auf. »Mach dir keine sorgen, Charlotte. Wahrscheinlich gibt es eine ganz einfache Erklärung. Es ist bestimmt nichts Ernstes. Sonst hätte Max dich aufgeweckt.«
»Nein, das hätte er nicht. Er hat einen ausgeprägten Beschützerinstinkt. Mir – und unserer Tochter gegenüber.« Sie tätschelte sich den Bauch. »Jetzt strampelt sie gerade. Hier …« Sie streckte die Hand aus. »Fühl mal, Gini. Ist das zu glauben? So klein, und schon so kräftig?«
Gini ließ es zu, daß Charlotte ihre Hand nahm. Sie legte die Handfläche auf Charlottes gewölbten Bauch. Es überraschte sie, wie hart

er war; erst spürte sie nichts, dann ein Zittern, dann Bewegung. Unter ihrer Hand pochte etwas, als würden winzige Hände oder Füße dieses enge Gefängnis sprengen wollen und sich gegen die Wände des Mutterleibs stemmen. Unvermittelt wurde es still, dann spürte sie wieder eine Bewegung wie eine lange, flüssige Welle unter ihren Fingerspitzen.

»Sie hat sich umgedreht.« Charlotte lächelte. »Jetzt schläft sie wieder. Das ist ihre Schlaflage.«

»Sie?« Gini zog ihre Hand zurück. Neid und ein so intensives Verlangen, daß es ihr den Atem nahm, schnürten ihr die Kehle zu. Sie drehte sich schnell zum Herd um.

»Ich glaube Rowland.« Charlotte lachte leise. »Ich weiß, daß er mich nur necken wollte, aber ich glaube ihm trotzdem. Rowland ist ein eigenartiger Mensch – wer weiß, vielleicht hat er ja magische Kräfte. Oh, Tee – wie schön. Ich trinke schnell eine Tasse, dann ziehe ich mich an und geh' rüber in den Laden – unsere Klatschzentrale. Falls tatsächlich was passiert ist, dann weiß man dort bestimmt Bescheid.« Sie verstummte abrupt und fuhr herum.

Gini drehte sich ebenfalls um. Sie hörte eilige Schritte, eine verzweifelt rufende Stimme. Eine Frau kam über die Terrasse gerannt; ohne anzuklopfen riß sie die Küchentür auf. Erst als sie zu sprechen begann und Gini ihren Akzent hörte, begriff sie, daß diese bleiche, zerzauste Frau die elegante, viel zu teuer gekleidete Susan Landis war, die sie am Abend zuvor kennengelernt und auf Anhieb unsympathisch gefunden hatte.

»Bitte«, keuchte sie. »O Gott, Charlotte – bitte, Sie müssen mir helfen. Ich habe ununterbrochen versucht, anzurufen – ich war eben oben beim Gutshaus. Die Polizei ist überall ...«

Sie schwankte, hielt sich an einer Stuhllehne fest und hustete.

»Bitte helfen Sie mir. Etwas Schreckliches ist passiert. Cassandra ist tot, und Mina ist verschwunden. Sie ist ein so gutes Mädchen – sie ist doch erst fünfzehn, Charlotte – bitte. Die Polizei will mich nicht verstehen – Mina ist verschwunden.«

Um neun Uhr dreißig saß Rowland immer noch in einem kleinen Vernehmungsraum in der Polizeizentrale Cheltenham. Der Raum war winzig und roch nach kaltem Rauch. Seit sechs Uhr dreißig saß er hier. Er hatte nichts gegessen, hatte sich nicht gewaschen, nicht rasiert und nicht geschlafen. Max, der ihn hergefahren hatte, saß im Vernehmungsraum nebenan. Er hatte Cassandra Morleys Leiche identifiziert. Nun tat er wahrscheinlich das gleiche, was Rowland die vergangenen drei Stunden getan hatte: mit der Polizei die Ereignisse der vergangenen Nacht durchgehen.

Rowland hatte seine Aussage gemacht und war darüber vernommen worden. Welche Uhrzeit, wann, wie: Was hatte er dort oben zu suchen gehabt, allein, mitten in der Nacht? Warum hatte er die Leiche angefaßt?

»Weil ich nicht wußte, daß das Mädchen tot war«, hatte Rowland geantwortet. »Sie lag völlig verdreht da. Ich habe sie nach Hals- und Rückenverletzungen abgetastet und sie dann umgedreht. Dann –«

»Sind Sie Arzt? Haben Sie eine medizinische Ausbildung?«

»Nein. Nicht direkt. Ich habe ein paar Erste-Hilfe-Kurse mitgemacht –«

»Wirklich? Warum?«

»Ich gehe Bergsteigen. In Schottland. Ich habe auch schon in den Alpen Berge erstiegen. Ich weiß, wie man solche Verletzungen feststellt. Das war für mich ganz selbstverständlich. Ich nehme an – ich habe auch nach anderen Verletzungen geschaut ... einer Kopfwunde ... ich weiß nicht –«

»Haben Sie versucht, sie wiederzubeleben?«

»Nein. Sie hatte keinen Puls mehr, und –«

»Sind Sie sicher?«

»Herrgott noch mal.« Rowland verlor die Geduld. »Die Totenstarre hatte bereits eingesetzt. Es war – wie kalt wohl? Fünf Grad unter Null? Sie war bereits ein paar Stunden tot, als ich sie gefunden habe.«

Und so ging es weiter. Eine Vernehmung mit einem Beamten, dann mit einem zweiten. Die allmähliche und unangenehme Erkenntnis, daß man ihm aufgrund der Umstände – und weil er ein Mann war – nicht glaubte. Schließlich änderten sie ihre Verhörtaktik, der Ton wurde weniger feindselig – wahrscheinlich hatten sie einen vorläufigen gerichtsmedizinischen Bericht erhalten, und Max hatte seine Aussagen bestätigt. Doch Rowland machte dieses Mißtrauen ganz

krank; er fühlte sich allein aufgrund seines Geschlechts unter Verdacht, ein vollkommen neues Gefühl für ihn.
Die Aussage wurde aufgenommen, korrigiert, vervollständigt und dann zum Tippen weggebracht. Von draußen drang ununterbrochen Lärm in den Vernehmungsraum. Ein paar Landfahrer waren von der Scheune hergebracht worden, wurden wahrscheinlich vernommen, vielleicht wegen Rauschgiftbesitzes festgenommen; Rowland konnte das nicht feststellen, und niemand würde ihm Genaueres verraten. Gegen neun brachte ihm jemand Tee, den er nicht wollte, und eine halbe Stunde später kehrte der ältere Detective zurück. Ein Mann mittleren Alters, der bereits erwähnt hatte, daß er zwei Töchter im Teenageralter hatte; er wirkte so müde und angeekelt, wie Rowland sich fühlte. Er fuhr sich mit der Hand übers Gesicht, setzte sich und reichte Rowland die Aussage zur Unterschrift.
»Eines noch.« Er deutete auf den ersten Absatz. »Ihr Notruf ging um zwei Uhr elf bei uns ein. Wann sind Sie zu der Leiche zurückgekehrt?«
»Gegen zwei Uhr dreißig. Vielleicht zwei Uhr fünfunddreißig.«
»Und wann haben Sie bemerkt, daß die Musik aufgehört hatte?«
»Vielleicht fünf Minuten später. Ich bin mir nicht sicher. Ich habe nicht darauf geachtet, jedenfalls nicht gleich. Ist das wichtig?«
»Es könnte uns helfen.« Der Beamte seufzte. »Als unsere Wagen an der Scheune eintrafen, befanden sich die Landfahrer bereits im Aufbruch. Die Anführer waren schon weg – behaupten die anderen wenigstens. Normalerweise dauern solche Veranstaltungen bis zum Morgen. Ich würde einfach gerne wissen, warum sie so früh Schluß gemacht haben.«
»Es gibt also Anführer?«
»Natürlich. Die Landfahrer möchten einen gern mit irgendwelchem Quark abspeisen. Behaupten, Sie seien Kraftlinien gefolgt, hätten Tarotkarten gelegt, tun so, als hätten sie sich alle ganz zufällig zur gleichen Zeit am gleichen Ort versammelt. In diesem Fall geht es um ein totes Mädchen. Also sind sie ein kleines bißchen kooperativer. Nicht so, daß man in die Luft springen müßte. Sie kennen die Dealer – aber sie nennen keine Namen.«
»Waren es Drogen?« Rowland sah ihn an. »Ist sie an einer Überdosis gestorben?«

»Dafür müssen wir den Autopsiebericht abwarten. Ich halte es für wahrscheinlich. In letzter Zeit strömt das Zeug in unsere Gegend – Ecstasy, Heroin, Kokain, Amphetamine. Die Leute glauben, auf dem Land seien sie davor geschützt. Sie glauben, Drogenprobleme gibt es nur in den Großstädten. Sie täuschen sich. Ich gebe mir Mühe, das meinen Töchtern zu erklären – sie hören mir zu. Und kaum bin ich aus dem Zimmer, lachen sie mich aus. Haben Sie Kinder?«

»Nein.«

»Warten Sie's nur ab. Hier kann man genauso leicht Drogen kaufen wie in London. Pubs, Clubs, Discos, Parties, Raves – Gras, Ecstasy, alles im Laufe eines Abends; Biertrinken kommt teurer. Manchmal kaufen sie Müll, manchmal kriegen sie ganz reinen Stoff. Es ist eine Art Russisches Roulette, und das gefällt den Kids. Verstärkt vielleicht den Reiz. Wer weiß?« Er tippte mit dem Finger auf das Protokoll. »Wenn Sie damit zufrieden sind, dann unterschreiben Sie. Sie wollen bestimmt endlich raus hier.« Rowland unterschrieb.

»Das ist der zweite Todesfall innerhalb von vier Wochen«, fuhr der Mann fort, während Rowland aufstand. »Die andere war auch ein Mädchen. Das war kurz vor Weihnachten. Eine Holländerin, eine Ausreißerin. Sie war vierzehn, aus gutem Hause, jede Menge Geld, keine Probleme. Sie war neun Monate nicht mehr zu Hause gewesen. Ihre Eltern haben die Leiche am ersten Weihnachtsfeiertag identifiziert. War kein besonders gelungenes Weihnachtsfest für mich.«

»Sie war Holländerin?« fragte Rowland. »Aus welcher Stadt?«

»Amsterdam, glaube ich. Einstiche an beiden Armen. Die Amphetamine, die sie geschluckt hatte, haben sich nicht mit dem Heroin vertragen. Und das Heroin war ungewöhnlich rein. Von Zeit zu Zeit bringen die Dealer hochprozentiges Heroin auf den Markt – wenn sie neue Kunden brauchen und sie schnell süchtig machen wollen ...«

Er öffnete die Tür. »Vielen Dank für Ihre Hilfe. Ihr Bekannter müßte auch bald fertig sein. Sie können hier draußen warten ...«

Rowland kehrte in die Wachstube zurück. Er war zornig, deprimiert und gereizt. Er hatte Cassandra Morley nicht mehr retten können, und die Informationen, die er geben konnte, würden wahrscheinlich nicht weiterhelfen. Er setzte sich unter ein Poster, auf dem vor Alko-

hol am Steuer gewarnt wurde, und wartete schicksalsergeben auf Max.
Von den Landfahrern war nichts mehr zu sehen. In der Wachstube befanden sich lediglich der diensthabende Beamte hinter dem Schalter und ein aufgebrachter, dicklicher Mann in einem teuren Anzug und einem grellbunten Hemd, der seinem Akzent nach aus Südlondon kam: Die beiden hatten eine Auseinandersetzung, die sich eindeutig schon länger hinzog.
Als Rowland eintrat, wurde der Mann lauter.
»Also noch mal«, sagte er. »Wie kriege ich das bloß in Ihren Schädel? Ich will hier meinen Wagen gestohlen melden und mich nicht von Ihnen von blöden Fragen nerven lassen. Es ist ein Fünfer-BMW, ein Sondermodell. Silbern. Lederpolster. Aluminiumfelgen. Wir reden hier über knapp dreißigtausend Pfund –«
»Das habe ich alles schon notiert. Ich habe auch das Kennzeichen. Sind Sie der Eigentümer des Fahrzeugs, Sir?«
»Nein, das bin ich nicht. Herrgott noch mal. Ich heiße Mitchell – haben Sie das? Glauben Sie, Sie können das buchstabieren? Der Wagen gehört einer Freundin von mir. Ich hab' ihn mir nur über das Wochenende geliehen. Ist das inzwischen ein Verbrechen? Möchten Sie sonst noch was wissen? Meine Blutgruppe vielleicht? Das Geburtsdatum meiner Mutter? Ich meine, wenn Sie das brauchen, damit Sie endlich in Aktion treten können, dann lassen Sie es mich wissen –«
»Haben Sie den Wagen abgeschlossen, als Sie ausgestiegen sind, Sir?«
»Ja. Nein. Hören Sie – ich weiß nicht genau. Ich habe Ihnen doch schon gesagt –«
»Sie wissen es nicht? Hatten Sie getrunken, Sir?«
»Nein. Ich hatte verdammt noch mal nicht getrunken. Was soll das? Ich habe Ihnen das doch schon erklärt. Ich war auf dem Weg zurück nach London, von hier aus, und – ich mußte anhalten. Ich mußte mal pissen. P-I-S-S-E-N. Kapiert?«
Der Constable nahm diese Information mit unbewegter Miene auf. Rowland hörte aufmerksamer zu. Die beiden führten einen Zermürbungskrieg, und er wußte, wer ihn gewinnen würde.
»Also, ich steige aus, um kurz Druck abzulassen, okay?« fuhr Mitchell fort. »Ich bin von der Hauptstraße abgebogen. Ich bin auf

diesem Feldweg, mitten im Nichts. Auf dem Hügel vor mir steht eine Scheune. Ich kann Lichter sehen, Musik hören – also denke ich mir, schau doch mal nach, was da oben so abgeht. Und was entdecke ich? Da oben tummelt sich ein Haufen Hippies. Ich seh' mir die Sache kurz an – ich habe den Wagen vielleicht zwei, drei Minuten stehenlassen – und was muß ich feststellen, als ich zurückkomme? Die Mistkarre ist weg. Also tu ich das Nächstliegende. Ich geh' wieder hoch. Ich erkundige mich. Ich stelle ein paar *Nachforschungen* an – ich frage, hat einer von euch Hohlköpfen irgendwo einen dreißigtausend Pfund schweren BMW gesehen? Keine Reaktion. Überall toben diese blöden Bälger rum. Ich gebe auf – geh' den Weg runter, und was muß ich entdecken? Die haben mir auch noch meine Scheißbrieftasche geklaut. Kein Geld. Keine Kreditkarte. Sagen wir's mal so – das hat meine Laune nicht gerade gehoben. Und jetzt würde ich gern mal wissen – melden Sie dieses Auto endlich als gestohlen, oder wollen Sie sich weiterhin stur stellen?«
Der Constable machte sich eine Notiz. Er sagte: »Die Uhrzeit, Sir? Wann war das genau?«
Rowland verfolgte die Szene inzwischen mit gespannter Aufmerksamkeit. Er wußte, wie wichtig diese Frage war; Mitchell schien das auch zu ahnen. Augenblicklich wurden seine Antworten vage.
»Die Uhrzeit? Ich weiß nicht mehr genau. Mitternacht – vielleicht kurz davor?«
»Es ist inzwischen nach neun Uhr, Sir.«
»Na und? Sind Sie die Zeitansage, oder wie?«
»Warum haben Sie den Diebstahl nicht früher gemeldet?«
»Weil ich im Dunkeln irgendwo auf einem verfluchten Feldweg festsaß, darum. Weil ich mehrere Meilen gehen mußte, verdammt noch mal, und weil mich hier, als ich es *endlich* hierhergeschafft hatte, ein Haufen Holzköpfe haben warten lassen ...«
Mitchell hielt inne. Während seiner letzten Tirade hatte der Constable zu telefonieren begonnen und einen kurzen Wortwechsel geführt. Jetzt legte er den Hörer wieder auf, kam hinter seinem Schalter hervor und nahm Mitchell am Arm.
»Wenn Sie bitte mitkommen würden. Einer der Detectives möchte sich mit Ihnen unterhalten –«

Mitchell begann laut zu protestieren. Rowland bemerkte, daß er zur Tür sah, als spielte er mit dem Gedanken an einen Fluchtversuch. Offenbar überlegte er es sich anders. Er verschwand in einem Nebenraum. Eine Zeitlang war seine wütende Stimme noch durch die verschlossene Tür zu vernehmen. Dann wurde es still; Rowland dachte: Jetzt haben sie ihm von dem Mädchen erzählt.
Er ließ den Kopf gegen die Wand sinken und starrte blind auf die Poster. Mitchell hatte gelogen; das war ganz offensichtlich. Er fragte sich, ob Mitchell wohl etwas Wichtiges wußte, doch seine Gedanken wollten nicht mehr bei dieser Frage verweilen, ebensowenig wie bei einer anderen. Er fühlte nachtschwarze Verzweiflung über sich kommen, und er wußte, wohin das seine Gedanken führen würde, wenn er nichts dagegen unternahm: zurück in eine Straße in der Nähe des Dupont Circle und zu einem Drogentod ganz anderer Art, der sich vor etwa fünfeinhalb Jahren ereignet hatte.
Er wischte sich mit der Hand übers Gesicht und versuchte, seine Gedanken in eine andere Richtung zu zwingen. Etwa fünf Minuten später tauchte Max auf. Er sah grau und erschöpft aus. Nachdem er sich eine alte Barbour-Jagdjacke übergezogen hatte, nahm er Rowland am Arm.
»Nichts wie raus hier«, sagte er. »Komm schon, Rowland. Ich muß nachdenken. Ich muß an die frische Luft.«

Sofort nachdem sie zu seinem Land-Rover zurückgekehrt waren, versuchte Max, von seinem Autotelefon aus Charlotte anzurufen. Beide Anschlüsse waren besetzt. Er versuchte es mehrmals und gab dann auf.
»Fahren wir heim.« Er sah Rowland an. »Sag mal – würde es dir was ausmachen, wenn du fährst? Ich – ich fühle mich absolut mies.« Als sie im Auto saßen, schwiegen beide eine Weile. Max zündete sich eine Zigarette an.
»Stört es dich?«
»Nein. Es stört mich nicht. Im Gegenteil – du könntest mir eine anbieten.«
»Du rauchst nicht. Du rauchst seit drei Jahren nicht mehr.«
»Komm schon, Max. Gib mir eine, okay?«
Rowland zog an der Zigarette, die ihm Max ohne weiteren Kom-

mentar gegeben hatte. Das Nikotin beruhigte ihn augenblicklich; es war so vertraut und so angenehm, wie eh und je.

»Weißt du«, begann Max abrupt, ein paar Meilen weiter, »ich habe noch nie eine Leiche gesehen. Nicht einmal die eines Fremden, ganz zu schweigen von der eines so jungen Mädchens, einer Bekannten. Lächerlich, nicht wahr?«

»Nein. Und heutzutage auch nicht ungewöhnlich.« Rowland blickte stur auf die Straße. »Deine Eltern leben noch. Charlottes auch. Außerdem hat man den Tod aus unserem Alltag verbannt. Er findet im Krankenhaus, hinter einer Scheibe statt. Du brauchst dich nicht schuldig zu fühlen, Max. Was erwartest du denn von dir? Daß du das einfach so wegsteckst?«

»Ich führe ein so behütetes Leben«, antwortete Max. »Wahrscheinlich will ich das damit ausdrücken. Und im Moment verabscheue ich mich dafür. Du kannst das nicht verstehen. Auf dich trifft das nicht zu.«

Rowland schwieg. Er dachte an seinen Vater, dann an seine Mutter, die sich ihrem Tod genauso grimmig gestellt hatte wie dem Leben, damals auf jener Krebsstation in einem Nordlondoner Krankenhaus. Er dachte an die zwei Bergsteigerunfälle, die er in den Cairngorms mitangesehen hatte, an die Drogenmorde, über die er in Washington berichtet hatte. Er dachte nicht, und er würde auch auf gar keinen Fall an einen Sommertag in dem frostigen Leichenschauhaus der Washingtoner Polizei denken. *Wenn Sie die Leiche identifizieren könnten, Mr. McGuire. Sie ist – fühlen Sie sich in der Lage dazu?*

»Weißt du, was sie mir erzählt haben?« Max hatte den Blick immer noch auf die Straße gerichtet. »Sie haben mir erzählt, daß die Region in jüngster Zeit mit Drogen überschwemmt wird ...«

»Das haben sie mir auch erzählt.«

»Jesus, Rowland. In zehn Jahren könnten meine Kinder dieses Zeug kaufen. In zehn Jahren? Viel eher – Alex ist acht. Cassandra war erst sechzehn ...«

»Ich weiß.«

»Als wir das Haus gekauft haben, dachten wir –« Max deutete zornig auf die vorbeifliegenden Felder. »Wir dachten, wir lassen sie auf dem Land aufwachsen, weit weg von London. Wir wollten sie ganz altmodisch großziehen – mit Hunden, Spaziergängen, einer Dorfschule, in frischer Luft. Wir haben geglaubt, hier sei es *sicher*. Wir haben geglaubt – wahrscheinlich haben wir geglaubt, hier gälten noch andere Werte.«

»Heutzutage ist es nirgendwo sicher, Max. Das weißt du ganz genau.«

»Es gibt hier zuviel Geld. Große Güter, Privatschulen, Zweitwohnungen. Zu viele reiche Kinder, zu viele gleichgültige Eltern. Cassandra Morleys verdammte Mutter war öfter weg als zu Hause. Und ihr Vater zieht mit einer neuen Frau quer durch Europa, die nicht mal halb so alt ist wie er –«

»Hör auf, Max. Es gibt jede Menge Opfer mit ganz verschiedener Herkunft. Sieh dir bei Gelegenheit mal ein paar Sozialsiedlungen an. Reich, arm – heute macht das keinen Unterschied mehr.«

»Das weiß ich doch. Natürlich weiß ich das ...« Max zögerte. Er deutete aus dem Fenster.

»Siehst du den Weg da drüben? Er führt zur Scheune hoch. Ein paar Landfahrer sind immer noch dort oben, haben sie mir auf der Polizei gesagt. Sie halten sie dort noch vierundzwanzig Stunden fest. Vielleicht nicht einmal so lange, denn ich vermute, daß sie ihnen nicht allzuviel erzählen werden. Ich will dieser Story nachgehen –«

»Ich auch.«

»Ich will jemanden da raufschicken. Ich will, daß jemand mit den Landfahrern redet. Ich würde natürlich selbst hochgehen, aber ...«

Rowland lächelte ironisch. »Mit deinem Akzent? So wie du angezogen bist? Ich glaube nicht, daß du besonders weit kommen würdest.«

»Du könntest natürlich hingehen ...« Max musterte ihn nachdenklich. »Aber du bist inzwischen Redakteur, kein Reporter mehr. Du mußt morgen nach London zurück, und wir brauchen eigentlich jemanden, der ein paar Tage hierbleiben könnte. Jemand, der mit den Landfahrern und mit Cassandras Schulfreundinnen redet, der herausfindet, was sie wissen. Jemand Junges, dem sie vertrauen –«

»Ich weiß, an wen du denkst, Max. Ich bin dagegen.«

»Warum? Sie ist eine gute Reporterin. Sie ist schon hier. Gestern wolltest du sie noch unbedingt einsetzen –«

»Das war gestern«, antwortete Rowland knapp. »Heute ist heute. Hör doch auf, Max – du bist doch nicht blind. Du hast sie gestern abend erlebt. Die meiste Zeit ist sie auf Autopilot.«

»Ich nehme an, daß sich das schnell ändern kann. Charlotte glaubt, daß sie und Pascal sich getrennt haben –«
»Max, die Gründe sind irrelevant. Sie sieht krank aus. Sie schleicht herum wie eine verdammte Schlafwandlerin. Ich habe nicht vor, ihr die Lazare-Sache oder irgendeine andere Geschichte anzuvertrauen, das sage ich dir.«
Max schwieg. Er war Rowlands schnelle, harte Urteile und seine bisweilen übereilten Entscheidungen gewöhnt; hier teilte er möglicherweise seine Meinung. Er zuckte mit den Achseln.
»Wir sollten jedenfalls heimfahren. Ich muß mit Charlotte sprechen. Dann können wir eine Entscheidung treffen. Hier rechts, dann links ...«
Rowland schoß an dem Gutshaus vorbei, vor dem mehrere Streifenwagen parkten, und bog in Max' Auffahrt ein. Erst als sie das Haus betraten, fiel ihm Lindsay und der Streit vom vergangenen Abend wieder ein. Heute sollte er sich eigentlich bei ihr entschuldigen, sie auf Knien anflehen, wie sie es ausgedrückt hatte. Er konnte Frauenstimmen aus der Küche hören: Weder eine Entschuldigung noch Niederknien schienen im Augenblick relevant.
Als Max und er in die Küche traten, war ihnen sofort klar, daß in ihrer Abwesenheit etwas vorgefallen war. Die Atmosphäre war gespannt; Charlotte war kalkweiß, Lindsay sah aus, als hätte sie geweint; Gini stand etwas abseits und hatte den anderen den Rücken zugewandt. Sie drehte sich nicht um, als Max und Rowland eintraten. Bevor Max auch nur ein Wort sagen konnte, stürzte sich Charlotte in seine Arme. Die ganze Geschichte sprudelte aus ihr heraus – wie erst Susan Landis und dann ihr Mann aufgetaucht waren, wie die Polizei sich endlich aufgerafft und Ermittlungen eingeleitet hatte.
»Max, es geht nicht nur um Cassandra«, erklärte sie schließlich. »Es geht auch um Mina Landis. Sie war gestern abend mit Cassandra zusammen. Sie waren beide oben an der Scheune –«
»Mina auch? Wo ist sie jetzt?«
»Das ist es ja eben. Max – das weiß niemand. Sie ist verschwunden. Sie ist nicht zu Hause, sie ist nicht im Gutshaus, sie ist nicht bei den Landfahrern, sie ist nicht bei der Scheune. Robert Landis hat eben noch einmal angerufen. Offenbar behaupten die Landfahrer jetzt,

daß sie gestern abend weggefahren sei. In einem Auto. Mit einem Mann …«

Charlotte war den Tränen nahe. Max schloß sie in die Arme und zog sie vorsichtig beiseite.

»Nicht, Liebling«, hörte Rowland ihn sagen. »Das darfst du nicht. Denk an das Baby …«

Rowland wandte sich ab. Die Verbundenheit, die Max und Charlotte in solchen Augenblicken ausstrahlten, rührte ihn jedesmal und beschwor zugleich ein Gefühl der Ausgeschlossenheit, der Trostlosigkeit in ihm herauf. Es war, als kommunizierten sie in einer geheimen Sprache, der Sprache der Ehe: keine, die er je gesprochen hatte, keine, die er wohl jemals erlernen würde. Er registrierte, daß sich Lindsay im selben Moment umgedreht hatte und nun geschäftig mit dem Kessel auf dem Herd hantierte. Einer der Hunde winselte.

Rowland lehnte sich gegen das Fenster und starrte hinaus auf den Garten. Eine Uhr tickte; bleierne Müdigkeit befiel ihn. Lindsay machte Kaffee; Max und Charlotte unterhielten sich immer noch leise miteinander: Max drückte seine Frau fest an sich und überredete sie dann, sich zu setzen. Genevieve Hunter, fand Rowland, sah krank aus; ihr Gesicht war weiß vor Anspannung. Jetzt beobachtete sie Max und Charlotte; daß sich Max so um seine Frau sorgte, schien ihr aus einem unerfindlichen Grund Qualen zu bereiten.

»Darf ich etwas sagen?« unterbrach sie Charlotte unvermittelt und so ruppig, daß es schon unhöflich war. »Wir vergeuden doch bloß Zeit. Zu allererst möchte Robert Landis, daß Max ihn anruft. Er ist jetzt auf der Polizei in Cheltenham –«

»Laß es endlich gut sein, Gini, okay?« Lindsay knallte den Kessel auf den Herd und fuhr herum. »Wir wollen uns nicht schon wieder streiten. Laß es Charlotte einfach auf ihre Weise erklären. Laß ihr Zeit. Sie ist im siebten Monat schwanger, falls du das noch nicht bemerkt haben solltest –«

»Das ist wohl kaum zu übersehen«, blaffte Gini; Charlotte sah sie tadelnd und überrascht an. Max runzelte die Stirn.

»Hör zu, Gini«, begann er ruhig. »Du scheinst die Situation nicht zu begreifen. Und solche Bemerkungen bringen uns nicht weiter. Wenn es dir also nichts ausmacht –«

»Fein.« Die Warnung fand keine Beachtung; Ginis Lippen wurden schmal. »Aber diese Spekulationen sind doch sinnlos. Die betreiben wir inzwischen seit einer Stunde – nein, länger.«

»Gini, es sind nicht nur Spekulationen.« Charlotte nahm Max' Hand. »Lindsay und ich versuchen bloß zu begreifen, was vorgefallen sein könnte. Mina könnte entführt worden sein. Sie könnte ebenfalls tot sein. Es gibt hundert Möglichkeiten, eine schrecklicher als die andere –«

»Entführt? Die Zeugen haben etwas anderes gesagt.« Gini wandte sich wieder an Max. »Max, hör mir bitte zu! Die Zeugen, mit denen Landis und die Polizei gesprochen haben, haben daran nicht den geringsten Zweifel gelassen. Mina stand nicht unter Drogen. Sie war nicht bewußtlos. Sie wurde von keinem Groschenroman-Schurken ins Auto gezerrt. Wenn sie nicht gelogen haben, dann ist vollkommen klar, was sich abgespielt hat ...«

Sie stockte; Charlotte hatte zu weinen begonnen. Max beugte sich über sie, und während Rowland beobachtete, wie Ginis Miene sich verkrampfte und verhärtete, keimte Abneigung in ihm auf. Seine Feindseligkeit wurde von allen Anwesenden geteilt, und er konnte sehen, daß Gini das merkte. Sie wurde erst rot, dann wieder bleich. Ohne sich um die anderen zu kümmern, wandte sie sich wieder an Max – ein Verhalten, das Rowland noch mehr ärgerte.

»Max – es ist doch ganz *klar*, was passiert ist. Eine Fünfzehnjährige hat ihre Eltern angelogen. Sie ging zu der Scheune, wohl wissend, daß ihre Eltern das nie im Leben erlauben würden. Wahrscheinlich hat sie auch Gras geraucht – man hat sie rauchen gesehen –«

»Ihre Mutter sagt, das würde sie auf gar keinen Fall tun, Gini«, begann Charlotte. »Marihuana? Ich sage dir doch – das ist unmöglich. Sie hat noch nicht einmal Zigaretten angerührt – das hat mir Susan Landis erzählt –«

»Mein Gott!« Gini breitete beschwörend die Hände aus. »Und das glaubst du? Ihrer Mutter hätte sie das zu allerletzt auf die Nase gebunden. Max, *hör mir zu.* Die Zeugenaussagen sind eindeutig. Sie fuhr gegen Mitternacht in einem Auto weg, zusammen mit einem Mann. Also gut, sie behaupten, sie könnten weder das Auto, noch den Mann beschreiben – aber auf jeden Fall sagen sie, sie sei *freiwillig* mitgefahren. Weil sie ihre Eltern angelogen hat, hat keiner gemerkt, daß sie weg war. Wer auch immer diesen Wagen fährt, hat also zehn Stunden Vorsprung. Wenn Mina gefunden werden soll, dann hat es keinen Sinn, in den Phantasien ihrer Eltern zu schwelgen, was für ein braves, liebes Kind sie doch war. Fünfzehnjährige tun *nicht*, was ihre Eltern glauben. Andernfalls wäre gestern nacht niemand gestorben.« Sie war lauter und ihr Ton schärfer geworden; Rowland war mit seiner Geduld am Ende.

»Herrgott noch mal«, begann er mit eisigem Zorn. »Was ist eigentlich mit Ihnen los? Andere Leute haben Gefühle, selbst wenn *Sie* keine haben. Wissen Sie, Sie hören sich nicht gerade mitfühlend an.«

»Mitfühlend? Ich bin bloß realistisch.«

»Dann denken Sie nach, bevor Sie so losplatzen. Ein junges Mädchen ist gestorben. Ich habe ihre Leiche entdeckt. Max und ich waren die ganze verdammte Nacht auf. Charlotte will der Mutter helfen. Sie und Max haben das Mädchen *gekannt* –«

»Das weiß ich. Und sie ist tot. Cassandra Morley kann niemand mehr helfen. Und Mina Landis können wir wesentlich effektiver helfen, wenn wir nicht bloß herumstehen und heulen –«

»Verdammt noch mal.« Rowland sah sie voller Verachtung an. »Warum zum Teufel sind Sie nicht einfach still und halten sich aus der Sache raus? Ihrem Benehmen gestern abend nach zu urteilen, ist Ihnen das doch sowieso lieber …«

Es wurde völlig still. Genevieve Hunter taumelte einen Schritt zurück, als hätte er ihr eine Ohrfeige versetzt. Blut schoß ihr ins Gesicht. Sie sah erst ihn an und blickte sich dann gehetzt im Raum um. Schließlich senkte sie den Kopf, tastete mit abgewandtem Gesicht nach einem Mantel, der über einer Stuhllehne hing, nahm ihn auf und drückte sich an Rowland vorbei zur Tür hinaus. Lindsay stieß einen leisen Schreckenslaut aus und machte einen Schritt nach vorn.

»Gini, warte, wo willst du hin?«

»Ich gehe spazieren. Ich muß an die frische Luft.«

Die Tür schlug hinter ihr zu. Wieder herrschte Schweigen, diesmal länger. Rowland sah Gini mit hastigen Schritten durch den Garten und aus seinem Blickfeld gehen. Lindsay warf Charlotte einen verstohlenen Blick zu und seufzte.

»Rowland – das hätten Sie nicht sagen sollen. Gini geht es nicht gut. Sie hat es nicht so gemeint –«

»Das ist mir egal. Jemand mußte es sagen. Soll sie doch spazierengehen. Meinetwegen kann sie bis nach London zurückgehen. Max – ich möchte John Lane anrufen. Oder Chris Huxley. Einer von beiden müßte Zeit haben. Wenn er sofort aus London abfährt, dann wäre er in anderthalb Stunden hier –«

»Nimm das Telefon in meinem Büro. Ich komme mit. Ich muß Landis anrufen.«

Max folgte Rowland aus dem Raum. In der Küche tauschten Lindsay und Charlotte einen Blick. Lindsay ging zu ihr und setzte sich neben sie.

»Ach, Lindsay.« Charlotte seufzte. »Ich wünschte, ich hätte sie nicht eingeladen. Das ist zwar auch nicht gerade mitfühlend. Aber es ist so.«

»Ich kann dir keine Vorwürfe machen, Charlotte. Reg dich nicht auf. Sie hat sich unmöglich benommen. Sie hat sich schon den ganzen Morgen unmöglich benommen. So habe ich sie noch nie erlebt.«

»Sie war schon um sechs Uhr auf.« Charlotte sah sie besorgt an. »Ich habe sie herumgehen gehört. Dann bin ich wieder eingeschlafen. Lindsay, sie hat behauptet, sie hätte gut geschlafen, aber das hat sie ganz bestimmt nicht. Und sie hat wieder versucht, Pascal anzurufen.«

»Sie hat ihn nicht erreicht?«

»Nein.« Charlotte zögerte und stellte sich dann Lindsays Blick. »Ist es vorbei, Lindsay? Hat sie irgendwas gesagt? Ich glaube, es *ist* vorbei. Das war mir klar, sobald ich sie gestern gesehen habe.«

»Ich bin nicht sicher. Allmählich glaube ich das auch. Warum sollte er so lange wegbleiben? Erst wollte er nur zwei Wochen länger bleiben, dann wurden es vier. Dann wollte er an Weihnachten heimkommen ... Charlotte, es sollte ihr erstes gemeinsames Weihnachtsfest werden. Sie hatte einen Baum besorgt, sie hatte ihm Geschenke gekauft und sie verpackt – du kannst dir nicht vorstellen, wie glücklich sie war. Sie war fast wie früher ...«

»Aber er ist nicht gekommen?«

»Nein.« Lindsay sah sie unsicher an. »Ich habe das erst hinterher erfahren. Ich dachte, er wäre wie geplant heimgekommen. Aber er war nicht da. Sie hat das ganze Weihnachtsfest allein verbracht.«

»Allein? Und was ist mit ihrer Stiefmutter?«

»Die ist nicht da. Gini behauptet, sie wäre bei ein paar Freunden gewesen, von denen ich noch nie etwas gehört habe. Mir war klar, daß sie lügt. Sie kann es nicht ausstehen, wenn man sie bemitleidet ...«
»Ich weiß.« Charlotte schüttelte traurig den Kopf. »Na ja, Rowland hat sie jedenfalls nicht bemitleidet. Ich wünschte, er hätte das nicht gesagt. Ich weiß, daß er wütend war und daß er die ganze Nacht nicht geschlafen hat, aber Rowland kann so grausam sein.«
»Vielleicht tut ihr das ganz gut. Wer weiß.« Lindsay runzelte die Stirn, sah Charlotte an. »Du weißt ja, was sie über fünfzehnjährige Mädchen gesagt hat ...«
»Wie sie sich benehmen? Ja. Ich erinnere mich nur ungern daran, aber ich weiß es.«
»Sie hat ihre Gründe dafür, Charlotte. Ganz persönliche Gründe. Ich bin sicher, daß sie sich mit Mina identifiziert. Weißt du, wie alt sie war, als sie Pascal zum ersten Mal begegnete?«
Charlotte wußte es nicht; und Lindsay verriet es ihr. Sie erzählte ihr von ihrer ersten Begegnung in Beirut und ihrer sechs Wochen dauernden Affäre. Sie erzählte ihr, wie Ginis Vater der Sache ein Ende gemacht hatte. Ihr war klar, daß sie dadurch Ginis Vertrauen mißbrauchte, und als sie zu Ende erzählt hatte, schämte sie sich dafür.
Charlotte lauschte ihr schweigend und mit wachsender Bestürzung.
»Du siehst«, schloß Lindsay, »sie ist nicht einfach nur in Pascal verliebt. Sie hat nicht nur das letzte Jahr mit ihm zusammengelebt. Es geht viel tiefer, Charlotte. Es geht so weit zurück.«
»Ich will das nicht mehr hören.«
Charlotte stand mit unglückseliger Miene auf. Sie machte eine hilflose Geste. »Ich *hasse* das. Lindsay. Arme Cassandra. Mina. Gini. Liebesgeschichten. Lügen. Diesen ganzen Zorn, dieses ganze Elend. Daß wir gestern abend gemütlich gegessen haben, während Cassandra die ganze Zeit dort oben auf einem Acker lag. Es ist so schrecklich. So gräßlich. Und es macht mir solche *angst* ...«
Sie begann, Teller und Tassen vom Tisch zu räumen, als könnte sie wieder Ordnung in die Welt bringen, indem sie in ihrer Küche Ordnung schaffte.
»Ich gehe mit den Jungs nach draußen«, erklärte sie unvermittelt. »Sie können schließlich nicht den ganzen Tag in ihrem Zimmer spie-

len. Ich bringe sie zu einer Freundin im Dorf. Dann gehe ich zu Susan Landis. Sie sollte jetzt nicht allein sein.«

»Charlotte …«, begann Lindsay warnend.

»Ich weiß. Ich weiß.« Charlotte war den Tränen nahe. »Aber du hast selbst ein Kind, Lindsay. Du kannst mich bestimmt verstehen. Und ich muß *irgendwas* tun. Ich halte es hier nicht länger aus, Lindsay. Ich fühle mich hier einfach nicht mehr wohl.«

Kapitel 8

Nachdem Charlotte gegangen war, suchte Lindsay eine Stunde lang nach einer Beschäftigung. Max und Rowland hatten sich im Arbeitszimmer eingeschlossen; sie konnte ihre Stimmen, die Telefone hören. Sie kam sich ausgeschlossen und überflüssig vor. Gini war immer noch nicht zurückgekehrt. Sie fand einfach keine Ruhe. Nachdem sie erst die Küche aufgeräumt hatte, ging sie nach draußen und wanderte durch den Garten. Sie ging bis zu dem Tor zu den Feldern, in der Hoffnung, sie würde Gini zurückkommen sehen und könnte sie abfangen, um sie wieder zur Besinnung zu bringen, aber Gini war nirgendwo zu sehen, und es war bitterkalt.

So kehrte sie ins Haus zurück, schnappte sich Rowlands Akte und versuchte, sich auf die Presseausschnitte zu konzentrieren, doch das Thema kam ihr frivol und völlig bedeutungslos vor; nicht zum ersten Mal in ihrem Leben sann Lindsay darüber nach, wie sehr sie die Modewelt haßte. Nicht ihre Arbeit als solche, nicht ihren Job, sondern das Milieu, die Atmosphäre, die Gehässigkeit und Launenhaftigkeit der Branche, ihre gnadenlose Besessenheit von allem Neuen. Ein junges Mädchen war gestorben, dachte sie sich, und klappte rastlos die Akte zu; was hatte daneben noch Gewicht? Was für ein zutiefst trivialer Zeitvertreib, dachte sie, ohne zu lächeln, und einer, dem sie seit siebzehn Jahren nachging. Der Gedanke verstörte sie; es war eine Sache, dieser Arbeit nachzugehen, weil sie dadurch Tom ein Heim und Einkommen bieten konnte, aber in ein, zwei Jahren würde Tom auf die Universität gehen, ausziehen. Was werde ich *dann* tun, dachte Lindsay, werde ich mein Leben dann weiterhin von Kollektionspremiere zu Kollektionspremiere leben?

Sie spürte, wie Angst und Hoffnungslosigkeit sie zu überwältigen drohten. Solchen Gefühlen gab sie sich besser nicht hin, das war ihr klar, außerdem waren sie selbstsüchtig und der Situation völlig unangemessen. Wie der Tod doch alles verändert, dachte sie: Eben hatte sie beobachtet, wie Charlotte mit der plötzlichen Einsicht in die Zerbrechlichkeit ihres Lebens, des Bollwerks von Familie und Ehe gerungen hatte; jetzt empfand sie das gleiche. Tu etwas, mahnte sie sich – das würde helfen. Wenn sie schon ausgeschlossen war, dann konnte sie sich wenigstens nützlich machen. Sie würde Max und Rowland ein paar Sandwiches machen, vielleicht die Hunde ausführen. Das Feuer im heimischen Herd in Gang halten, sagte sie sich mit leiser Ironie und trat in den Hausflur.

»Max ...« begann sie und hielt inne. Die Tür zu Max' Arbeitszimmer stand einen Spalt weit offen; sie konnte das Gespräch nur zu gut mithören.

»Vergiß es, Max«, sagte Rowland eben mit kalter Wut. »Ich habe es dir doch gesagt. Versuch es noch mal bei John Lane. Oder nimm Huxley –«

»Du siehst doch, daß ich sie nicht erreiche. Lane reagiert nicht. Huxley ruft gegen vier zurück. Er ist in *Norfolk*, verdammt. Das bringt nichts. Ich brauche jemanden, der *jetzt* hier ist.«

»Dann suchen wir uns jemand anderen. Und zwar einen Mann, verdammt noch mal. Ich habe die Nase voll von diesen hysterischen Weibern. Erst Lindsay, jetzt sie.«

»Du solltest dich reden hören, Rowland. Du reagierst viel zu heftig – wieso eigentlich? Sie ist jetzt spazieren. Vielleicht denkt sie ja währenddessen noch mal über alles nach –«

»Denkt sie überhaupt? Bis jetzt kann ich nichts dergleichen erkennen. Sie *denken* beide nicht, Max. Sie verlieren bloß die Geduld, stürzen davon, machen aus allem und jedem ein verdammtes persönliches Problem. Sie sind Nervensägen.«

»Schon gut, schon gut. Ich könnte es mal bei Nick versuchen.«

»Ruf ihn an. Wenn er nicht kann – dann reicht's. Dann gehe ich eben selbst zu dieser verflixten Scheune rauf. Die Polizei wird diese Landfahrer nicht ewig festhalten. Wir vergeuden nur Zeit.«

»Du rufst Landis an. Nimm den anderen Apparat. Frag nach, ob es etwas Neues gibt – vielleicht haben sie inzwischen etwas über den Wagen erfahren, in dem sie weggefahren ist. Dann ruf noch mal in der Redaktion an. Ach ja, und sag Landis, wir bräuchten ein Bild von Mina, ein möglichst neues ...«

Es wurde still, dann konnte man die Wählgeräusche hören. Gekränkt und wütend machte Lindsay kehrt. Sie ging zurück in die Küche und begann, Sandwiches zu machen. Etwa eine Viertelstunde später hörte sie schnelle Schritte, dann trat Gini ein und kickte sich an der Tür die schlammigen Stiefel von den Füßen.

Lindsay starrte sie verblüfft an. Gini wirkte wie ausgewechselt. Die kalte Luft hatte Farbe in ihr Gesicht gebracht, aber auch sonst hatte Lindsay den Eindruck, eine andere Frau habe eben das Haus betreten. Aus Ginis Augen leuchtete frischer Glanz, aus ihrer Miene sprach neue Entschlossenheit; sie bewegte sich wieder wie früher, jeder Zentimeter ihres Körpers strahlte Energie und Willensstärke aus. Wie vor den Kopf geschlagen und unfähig, den Blick abzuwenden, starrte Lindsay sie an. Die Verwandlung war aus heiterem Himmel gekommen, und eine Sekunde lang bereitete sie ihr eher Unbehagen: Sie hatte vergessen, wie sie mit ihrer Vitalität einen Raum zum Leuchten bringen konnte.

»Wo ist Max?« erkundigte sich Gini ohne jede weitere Vorrede.

»Da drin. Mit Rowland.« Lindsay zögerte. »Sie ziehen gerade über dich her, wenn du die Wahrheit wissen willst, Gini. Hör zu –«

»Das ist mir egal, okay? Ich muß mit ihm reden. Ich war oben bei der Scheune. Ich habe mit den Landfahrern geredet –«

»*Da* warst du also?«

»Natürlich. Und sie haben mit mir geredet. Ich habe ihnen ein bißchen Gras geschenkt. Das hat sie gesprächig gemacht.«

»Marihuana? Du hast ihnen *Marihuana* geschenkt? Was hat die Polizei dazu gesagt?«

»Die hat nicht hingesehen. Lindsay, das ist einfach eine *Währung*. In Sarajevo habe ich ständig welches verteilt. Und Zigaretten. Und schottischen Whisky. Max –« Weiter kam sie nicht. Während sie seinen Namen ausgesprochen hatte, waren Max und Rowland, immer noch streitend, eingetreten. Alle vier Anwesenden wußten genau, daß Rowland mit seinem leise gemurmelten »Gans« nicht das Geflügel aus Max' Stall gemeint hatte. Beide Männer verstummten, als sie Gini bemerkten; sie ignorierte die betretenen Mienen und die eben gehörte Bemerkung.

»Max«, begann sie, »ich war bei der Scheune, und ich habe mit den Landfahrern gesprochen. Mina Landis *war* letzte Nacht dort oben, und sie ist auch mit einem Mann weggefahren. Sie verschwand kurz nach Mitternacht, und zwar in einem gestohlenen Wagen. Einem brandneuen, silbernen Fünfer-BMW. Der Fahrer heißt Star –«

»Ein silberner BMW?« Rowland warf Max einen Blick zu. »Von dem Auto habe ich schon gehört. Weiter.«

»Niemand weiß, woher Star kommt oder wo er sich gewöhnlich aufhält. Niemand weiß, wohin sie wollten – sie könnten überall stecken. Star ist ständig auf Achse. Vergangene Woche war er in Amsterdam – das hat er wenigstens behauptet –«

»Amsterdam?« hakte Rowland nach.

»Ja. Und er hat sich dort gut eingedeckt. Gras. Amphetamine. Betablocker. Und etwas Neues namens White Doves. Die müssen etwas ganz Besonderes sein, denn sie kosten dreimal soviel wie alles andere. Und er war ziemlich geizig damit. Er hatte nur wenig davon dabei –«

Sie spürte die neue, plötzliche Spannung im Raum und schwieg.

»Habe ich irgendwas Falsches gesagt? Ist hier irgendwas im Gang?«

»Das ist im Moment nicht so wichtig«, erklärte Max hastig. »Was noch? Hast du eine Beschreibung?«

»Von Star? Natürlich. Alter Anfang bis Mitte zwanzig. Größe vielleicht eins achtundachtzig, eins neunzig. Glattrasiert. Schwarzes, schulterlanges Haar. Blauschwarze Augen, markantes Gesicht – sehr gutaussehend, meinen vor allem die Frauen. Kleidet sich wie ein Landfahrer. Trägt einen alten Tweedmantel, schwarze Sachen und immer ein rotes Tuch. Könnte Brite, Amerikaner oder vom Kontinent sein. Das weiß niemand ...«

Es wurde still. Rowland hatte Gini eindringlich angesehen, während sie Bericht erstattet hatte, und warf jetzt Max einen Blick zu; Max nickte.

»In diesem Fall«, erklärte Rowland, »haben wir eine Spur. Eine heiße Spur. Max, du rufst Landis an. Ich rufe die Polizei an. Dann fahre ich nach Cheltenham. Ein Mann namens Mitchell hat diesen BMW heute morgen gestohlen gemeldet. Die Polizei hat ihn vernommen. Mit etwas Glück ist er noch dort ...«

Er war schon auf dem Weg in Max' Arbeitszimmer, als er sich, wie in einer plötzlichen Eingebung, zu Gini umdrehte.

»Wollen Sie mitkommen?«
»Ja. Warum nicht?« antwortete Gini. Unbemerkt und vergessen seufzte Lindsay in ihrer Ecke und wandte sich ab.

Mitchell hatte den ganzen Tag damit zugebracht, der Polizei bei ihren Ermittlungen zu helfen. Jedenfalls lautete so die offizielle Bezeichnung für sein mürrisches, nur von wenig aussagekräftigen Schmähungen unterbrochenes Schweigen. Dieses Schattenboxen war eben zu Ende gegangen. Mitchell war vorübergehend entlassen worden, wußte aber, was ihn nun erwartete: eine Nacht in einem billigen Hotel, bis die Kreditkartengesellschaft die Karte ersetzt hatte; dazu wahrscheinlich über Wochen hinweg immer wiederkehrende Belästigungen durch die Polizei. Die Aussicht machte ihn wirklich nervös. In seinem Hirn fand immer noch ein seltsames chemisches Gebrutzel statt. Er trat in verheerender Verfassung vor die Polizeistation und wurde von zwei Journalisten empfangen. Das hob seine Laune ein wenig. Die blonde Reporterin war attraktiv; ihr Begleiter gab ihm einen Whisky aus, und es tat Mitchells angeschlagenem Ego gut, daß sich die Presse für ihn interessierte.
Den ersten Whisky kippte Mitchell in Windeseile. Als der zweite vor ihn hingestellt wurde und er eben danach fassen wollte, deckte der Reporter eine Hand auf das Glas.
Mitchell hob den Kopf und musterte die beiden. Der Mann, ein Engländer oder Ire, war groß und kräftig gebaut; er hätte eine Rasur vertragen; er hatte die kältesten grünen Augen, die Mitchell je gesehen hatte, und er machte den Eindruck, als sei mit ihm nicht zu spaßen. Die Amerikanerin dagegen war blond, ein bißchen dünn, aber hübsch. Ihr Mund wirkte erstaunlich sexy, und ihre netten grauen Augen waren vertrauenerweckend. Ganz eindeutig die Mitfühlendere von beiden und leicht einzuwickeln, dachte Mitchell. Er beschloß, den Mann zu ignorieren und sich an sie zu wenden.
»Gebt ihn schon her«, sagte er. »Ich fühle mich wirklich mies. Ich habe alles erzählt, was ich weiß.«
Die Hand blieb fest auf dem Whiskyglas liegen. Die Frau seufzte. »Ach Mist – und dabei war ich überzeugt, daß Sie uns helfen können. Na gut. Rowland – geben Sie ihm den Whisky. Er gibt sich doch alle Mühe.«

»Meinen Sie? Also, ich kaufe ihm diese Geschichte nicht ab. Sie ist von Anfang bis Ende erlogen. Der gleiche Mist, den er der Polizei vorgesetzt hat, nur in abgewandelter Form. Ganz bestimmt keinen zweiten Whisky wert. Und erst recht keinen doppelten.«

»Ach, hören Sie doch auf, Rowland.« Sie warf Mitchell einen komplizenhaften Blick zu, als wollte sie sich für das Benehmen ihres Partners entschuldigen. »Sie lügen uns doch nicht an, oder?« sagte sie. »Ich kann Ihnen nicht verdenken, daß Sie vorsichtig sind. In Ihrer Situation wäre ich das auch. Aber selbst wenn Sie irgendwas gekauft haben, dann doch bestimmt keine harten Sachen, oder? Wollten Sie Gras? Oder vielleicht Speed?«

»Herrgott, Gini«, mischte sich der Mann unwirsch ein. »Wann werden Sie das endlich begreifen? Der Mann ist ein gottverdammter *Pusher.* Das meint jedenfalls die Polizei. Sie haben es mir eben erzählt.«

Mitchell starrte ihn entsetzt an. Das war ihm neu und gar nicht recht. Er merkte, daß er zu schwitzen begann; er sah sich in der Bar um, versuchte, den chemischen Nebel aus seinem Hirn zu vertreiben.

»Hören Sie«, wandte er sich wieder an die Frau, »wir wollen eines klarstellen. Vielleicht habe ich wirklich was gekauft – darüber läßt sich vielleicht reden. Aber verkauft habe ich ganz bestimmt nichts. Und ich weiß nichts über das tote Mädchen. Ich hab' das Scheißweib überhaupt nicht gesehen. Das schwöre ich bei Gott, okay?«

Das Schimpfwort war ein Fehler. Sowie es ihm entschlüpft war, verhärtete sich die Miene des Mannes. Er wandte sich an die Frau. »Vergessen wir's. Ich habe was Besseres zu tun.« Er stand auf, nahm sich das Whiskyglas und wollte weggehen.

»Warten Sie, Rowland.« Die Frau schenkte Mitchell einen mitleidigen Blick. »Kümmern Sie sich gar nicht um ihn«, murmelte sie leiser. »Ich glaube Ihnen. Ich weiß, daß Sie nicht lügen würden, nicht wenn es um etwas so Ernstes geht. Das arme Mädchen ist immerhin gestorben.«

Mitchell, dem den ganzen Tag niemand geglaubt hatte, wurde von einer Woge überwältigender Dankbarkeit hinweggetragen. Plötzlich empfand er das starke Bedürfnis, sich dieser Frau anzuvertrauen.

»Hören Sie.« Er beugte sich vor und begann gehetzt zu reden. »Ich sag' Ihnen was – das tote Mädchen, da steckt er dahinter, und sie ist nicht die erste. Im letzten Winter war es eine kleine Französin – er hat ihr mit dem Rasiermesser das Gesicht aufgeschlitzt. Danach kam die nächste, eine Holländerin, mit reichen Eltern, aus gutem Hause. Anneka. Sie ging eine Zeitlang mit ihm. Er – er hat sie für sich arbeiten lassen, wenn Sie wissen, was ich meine. Eigentlich sollte sie seine Freundin sein, aber er hat sie trotzdem anschaffen geschickt. Na ja, ich habe ihn nach ihr gefragt, gestern erst, und sie ist tot. Glauben Sie mir, er ist ein Scheißwahnsinniger. Sehen Sie, hier ...«
Er beugte sich vor.
»Sehen Sie, was er mit meiner Nase angestellt hat! Gestern. Er hat mich gebissen, aus heiterem Himmel, einfach so. Jetzt darf ich einen Bluttest machen. Wahrscheinlich habe ich jetzt AIDS. Wahrscheinlich muß ich sterben ... Das können Sie ruhig wissen, ich halte das sowieso nicht mehr aus. Ich habe nicht geschlafen. Er hat mir gestern diesen Stoff verkauft, für vierzig Pfund, sagte, es sei was Neues, er nannte es White Dove – weiß der Geier, was das war. Jedenfalls hat es mir ganz schön die Birne durchgeblasen. Sehen Sie mal meine Hände. Die zittern immer noch. Und die Lichter hier drin tanzen immer noch hin und her ...«
Der große Mann war an den Tisch zurückgekehrt und hatte sich hingesetzt, aber Mitchell war inzwischen so in Fahrt, daß er das kaum bemerkte. Er sah immer nur die Frau an, die ihm eindringlich und mit entsetzter, besorgter Miene lauschte.
»Rowland, bitte geben Sie ihm den Whisky«, sagte sie entrüstet. »Sie sehen doch, daß es ihm nicht gutgeht. Ich habe Ihnen doch *erklärt,* daß er uns helfen wird ...«
Achselzuckend schob ihm der Mann das Glas hin. Die Frau schenkte Mitchell ein Päckchen Chips und ein Sandwich; Mitchell, der rasenden Hunger hatte, schlang beides mit riesigen Bissen hinunter. Dann wechselten die beiden Journalisten kurz und leise ein paar Worte. Die Frau schien einen Vorschlag zu machen; der Mann schien nicht viel davon zu halten. Schließlich wandte sie sich achselzuckend wieder Mitchell zu.
»Hören Sie«, sagte sie. »Rowland ist der Auffassung, ich sollte Ihnen das nicht sagen, aber ich meine, er irrt sich. Die Sache ist die – ich

glaube, ich kenne den Mann, den Sie da beschreiben. Ich glaube, es könnte genau der Kerl sein, den ich festzunageln versuche –«

»Hören Sie auf, Gini«, mischte sich ihr Begleiter ein, doch die Frau schenkte ihm gar keine Beachtung. Mitchell hatte ihr aufmerksam zugehört und plusterte sich jetzt auf.

»Im Ernst?« fragte er. »In dem Fall könnte ich Ihnen ganz bestimmt helfen. Ich meine, na ja, warum nicht, oder? Ich schulde ihm nichts. Niemand wird ihm eine Träne nachweinen, wenn Sie ihn hinter Gitter bringen ...«

Die Frau schien beeindruckt, dann aber plötzlich Zweifel zu bekommen.

»Sind Sie sicher?« fragte sie. »Ich möchte Sie nicht in Gefahr bringen ...«

»Glauben Sie etwa, ich habe Schiß vor dem Kerl? I wo.« Mitchell plusterte sich noch mehr auf. »Ich meine, Sie schützen doch Ihre Informanten, oder?«

»Natürlich. Alles bleibt absolut anonym.« Plötzlich zauberte die Frau einen Recorder hervor. Mitchell war so gebannt von ihrem Blick, daß er kaum registrierte, wie sie den Aufnahmeknopf drückte.

»Dann erzählen Sie«, sagte sie so interessiert, als wollte sie sich kein Wort von dem entgehen lassen, was Mitchell sagte, »dieser Typ – das war doch Ihr Dealer, nicht wahr? Nennt man ihn zufällig Star?«

Mitchell nickte. Er beugte sich vor und begann zu reden – sehr ausführlich und sehr schnell.

Eine Stunde später, es wurde langsam dunkel, wartete Gini in dem von Max geliehenen Land-Rover. Rowland war im Polizeigebäude und sprach mit dem Detective, der ihn am Morgen vernommen hatte. Gini schaute den Einheimischen zu, die, mit schweren Einkaufstaschen beladen, auf dem Heimweg waren. Sie sah Mitchell aus dem Pub kommen und sich zwischen den Passanten hindurchschlängeln. Fünfzehn Minuten vergingen, dann tauchte Rowland wieder auf.

»Sie haben den BMW immer noch nicht gefunden«, erklärte er, während er auf den Fahrersitz kletterte. Er drehte den Zündschlüssel und startete den Motor. »Ich habe ihnen erzählt, was Mitchell uns verraten hat – keine Ahnung, ob es ihnen weiterhilft.« Er zögerte und sah sie dann an. »Sie waren gut. Sehr gut sogar.«

Sie zuckte mit den Achseln. »Wir haben gute Routinearbeit geleistet. Nicht besonders originell, aber zuverlässig und bewährt. Und wir haben einen glücklichen Zeitpunkt erwischt. Ich wünschte bloß, er hätte uns mehr verraten können. Den wahren Namen von diesem Star zum Beispiel …« Sie verzog die Lippen zu einem angedeuteten Lächeln. »Eine Adresse. Das hätte uns weitergeholfen. Irgendwas Handfestes. Aber trotzdem.«

»Diese Holländerin könnte uns einen Ansatzpunkt liefern. Anneka. Ihr Vater ist Diamantenhändler. Das habe ich eben auf der Polizei erfahren.«

Rowland sagte das ohne jede Betonung. Er starrte durch die Windschutzscheibe auf den Parkplatz.

»Was noch?« Gini sah ihn von der Seite an. »Es gibt doch noch etwas.«

»Sie haben die Autopsie durchgeführt. Vor etwa einer Stunde. Cassandra ist an Drogen gestorben. Was genau sie genommen hat, wird sich aber erst nach den toxikologischen Untersuchungen herausstellen.«

»Wie lange wird das dauern?«

»Mindestens drei Tage, meinen sie. Unter Umständen auch länger.«

Er löste die Handbremse und legte ohne ein weiteres Wort den Gang ein. Sie bogen aus dem Parkplatz in ein kompliziertes System von Einbahnstraßen, ein wahres Straßenlabyrinth. Die Geschäfte machten eben zu, und der Verkehr war dicht. Beide schwiegen; schließlich ließen sie die Außenbezirke hinter sich und fuhren über die ruhigeren Landstraßen. Rowland konzentrierte sich auf den ihm fremden Weg; auf diesen verschlungenen Straßen war im Dunklen Vorsicht geboten. Vor ihm schlängelte sich die Fahrbahn; sie durchquerten eben einen Buchenwald, dessen Bäume sich wie ein Tunnel über ihnen wölbten. Rowland fuhr langsamer. Als die Strecke wieder weniger kurvig und offener wurde, warf er einen kurzen Seitenblick auf Gini, die die ganze Zeit über kein Wort gesprochen hatte, was er ungewöhnlich für eine Frau fand.

Ihr Gesicht war hinter dem silbernen Vorhang ihres Haares verborgen. Der Land-Rover war zugig, und es war kalt. Sie saß in ihren

Mantel gemummelt, die nackten Hände im Schoß gefaltet; um ihren Hals lag ein kleegrüner Wollschal. Darüber konnte Rowland gerade noch den blassen, geschwungenen Halsansatz erkennen. Ihr vorn und an den Seiten längeres Haar war im Nacken ganz kurz geschnitten. Es war ein eigenartiger, struppiger Haarschnitt, wie bei einem kleinen Jungen, und aus irgendeinem Grund rührte ihn das. Er verlieh ihr etwas Verwundbares, das ihm zuvor gar nicht aufgefallen war; es wirkte, als hätte sie sich das Haar selbst geschnitten – und zwar mit einer stumpfen Schere.

Rowland fragte sich, ob das zutraf und wenn ja, warum. Er fragte sich, ob sie sich tatsächlich von dem gefeierten Pascal Lamartine getrennt hatte, wie Max angedeutet hatte. Er fragte sich, ob ihr Schweigen bedeutete, daß sie sich wieder, wie die Prinzessin in seinem Märchen, hinter einer Glasmauer verkroch.

Er beschloß, daß es an der Zeit war, etwas zu sagen, um sie in eine Unterhaltung zu verwickeln.

»Jedenfalls haben wir ein paar brauchbare Informationen bekommen – das heißt, Sie haben sie bekommen. Die Polizei müßte Mina damit ausfindig machen können. Der Wagen ist schwer zu übersehen. Und die beiden sind schwer zu übersehen. Ein so gutaussehender, so auffallend gekleideter Mann. Ein junges Mädchen mit roten Haaren … Vorausgesetzt, sie sind noch zusammen, natürlich.«

»Ich glaube schon, daß sie noch zusammen sind«, antwortete sie. »Nein, ich bin mir sicher.«

»Gibt es irgendwelche Gründe dafür?« Er warf ihr einen neugierigen Blick zu; es war nichts von einer gläsernen Wand zu spüren, bemerkte er; sie hatte ganz normal und eigenartig überzeugt gesprochen.

»Keine rationalen. Das sagt mir vor allem mein Instinkt. Und was Mitchell uns erzählt hat. Dieser Star scheint einem festen Verhaltensmuster zu folgen. Die Französin vergangenen Winter; sie wurde durch Anneka ersetzt; jetzt ist es Mina. Er bringt sie her, und er bleibt mit ihnen zusammen. Eine Weile. Er hat einen Hang zu jungen Mädchen – und Mina sieht anscheinend viel jünger aus, als sie ist. So wie Charlotte sie beschrieben hat, sieht sie aus wie zwölf. Und …«

»Sprechen Sie weiter.«

»Er scheint eine Vorliebe für Mädchen aus wohlhabendem Hause zu haben. Aus einem scheinbar glücklichen Zuhause. Dann ist da die Sache mit der Nationalität – das Mädchen, das er mit dem Rasiermesser verstümmelt hat, war Französin; Anneka war Holländerin; Mina ist Amerikanerin. Vielleicht findet er Gefallen daran, Menschen ihrem Heim und ihrer Familie zu entreißen. Vielleicht verschafft ihm das ein Gefühl von Macht.«

»Das ist interessant. Und?«

»Deshalb frage ich mich, wohin er Mina wohl bringt. Schließlich hatten sie zehn Stunden Vorsprung ...«

»Ich weiß. Sie sind um Mitternacht losgefahren, in einem schnellen Auto. Von hier zu den Fähren am Kanal braucht man höchstens zwei, drei Stunden. Vielleicht sind sie durch den Kanaltunnel, oder sie haben eine Fähre oder das Hovercraft genommen ...«

»Fahren die auch nachts?«

»Da bin ich mir nicht sicher. Die Polizei hat diese Möglichkeit erst ziemlich spät in Betracht gezogen. Max überprüft eben die Fahrpläne. Ganz bestimmt legen welche am frühen Morgen ab. Vielleicht waren sie schon bei Tagesanbruch jenseits des Kanals, in Frankreich.«

»Und von dort aus könnten sie überallhin gefahren sein. Nach Amsterdam zum Beispiel.«

»Exakt. Oder nach Belgien oder Italien oder Frankreich oder Deutschland. Andererseits besteht auch die Möglichkeit, daß sie immer noch in England sind.«

Gini schauderte. Sie zog den Mantel fester um sich.

»Er ist gefährlich. Ich habe Angst um Mina.«

»Er ist zweifellos gefährlich«, bestätigte Rowland grimmig. »Und seine Waren sind es auch.«

Beide schwiegen. Rowland schaltete herunter, dann wieder hinauf. Schließlich sagte er brüsk: »Hören Sie, ich muß mich bei Ihnen entschuldigen. Als Max und ich heute morgen nach Hause kamen ... Wegen meiner Bemerkung, Sie hätten kein Mitgefühl. Das war unhöflich. Es tut mir leid, daß ich das gesagt habe.«

»Ich bin froh, daß Sie es gesagt haben. Sie brauchen sich nicht dafür zu entschuldigen. Wenn Sie grob waren, dann habe ich das verdient. Ich schäme mich dafür, daß ich mich so aufgeführt habe. Das ist zwar für Sie belanglos – aber Sie sollen es trotzdem wissen.«

Dieses leise vorgebrachte Eingeständnis bereitete ihr offenkundig Schwierigkeiten. Danach verstummte sie sofort wieder. Rowland merkte, daß ihre Reserviertheit an seinen Nerven zu zerren begann, trotzdem nahm er noch einmal seinen Mut zusammen.

»Ich wollte Ihnen auch noch sagen«, begann er steif, »daß ich Ihre Arbeiten kenne. Ich habe Ihre Artikel immer bewundert; vor allem die aus Sarajevo.«

»Danke.« Sie zuckte leicht zusammen. »Ich – ich spreche nicht über Sarajevo. Das habe ich mir zum Prinzip gemacht.«

»Vertragen Sie kein Lob?« fragte Rowland unerwartet scharf. Sie wandte ihm das Gesicht zu, sah ihn lange unverwandt an, wandte sich dann wieder ab.

»Nein«, antwortete sie leise. »Nicht bei diesem Thema. Ich hätte nie das Gefühl, dieses Lob zu verdienen.«

»Warum nicht?«

Rowland sah wieder zu ihr hinüber; sie reagierte nicht gleich. Er hatte sich – mitleidslos, dachte er – gefragt, ob sie vielleicht auf weitere Komplimente aus war. Dann sah er Tränen in ihren Augen glitzern und begriff, wie billig dieser Verdacht war. Er schämte sich dafür.

»Erzählen Sie es mir«, bat er sanfter. »Erklären Sie es. Es würde mich wirklich interessieren.«

»Was ich geschrieben habe, wurde der Situation nicht gerecht.« Sie hatte das Gesicht abgewandt, doch er konnte spüren, wie nahe ihr das Thema ging. »Was ich dort gesehen habe – wahrscheinlich konnte ich nicht einmal den tausendsten Teil davon vermitteln. Vielleicht trifft das in einer solchen Situation immer zu – aber das hatte ich dummerweise nicht vorhergesehen. Worte – ich vertraue ihnen nicht mehr. Wann hätten Worte jemals etwas bewegt?«

»Vielleicht nicht oft, und vielleicht nicht viel ...« Rowland zögerte. Er konnte spüren, daß sie ihm eine nicht allzu glatte Antwort hoch anrechnen würde. »Andererseits«, fuhr er langsam fort, »was nützt es zu schweigen? Die richtigen Worte, die richtigen Zeitungsartikel können einen Wandel bewirken.«

»Die Feder ist mächtiger als das Schwert?« Sie sah ihn kurz von der Seite an. »Mein Vater hat das immer zitiert. Ich habe das einst auch geglaubt. Jetzt nicht mehr.«

»Ich bin Ihrem Vater mal begegnet«, sagte Rowland. »In Washington. Als ich dort als Korrespondent gearbeitet habe.«
Das riß sie aus ihren Gedanken; sie sah ihn an, und die Hände in ihrem Schoß verkrampften sich. Als er einen kurzen Moment den Blick von der Straße wandte, entdeckte er Angst in ihrem Gesicht.
»Wie lang ist das her?«
»Eine Weile. Vielleicht sieben Jahre. Ich habe mich nur kurz mit ihm unterhalten. Es war in einer Bar namens O'Brien's – viele Journalisten von der *Post* verkehrten dort –«
»Ja. Natürlich war es eine Bar. Wenn nicht die, dann eine andere. Er trinkt. Wie Sie bestimmt wissen.«
Ihr Ton war aggressiv; Rowland fuhr langsamer.
»Das habe ich gewußt. Ja. Hat er schon immer getrunken?«
»Er ist Alkoholiker. Bevor er zum Alkoholiker wurde, war er ein Trinker, einer von der Sorte, die behauptet, jederzeit aufhören zu können. Ich weiß nicht genau, wann er die Grenze überschritten hat, wenn es überhaupt eine Grenze zwischen beidem gibt …«
»Trank er schon, als Sie ein Kind waren?«
»Das weiß ich nicht mehr. Ich habe eigentlich nie mit meinem Vater zusammengelebt. Seit ich fünf, sechs Jahre alt war, lebte ich bei meiner Stiefmutter in England.«
Sie wurde von Sekunde zu Sekunde verschlossener; Rowland spürte, wie sie neue Mauern um sich herum errichtete. Sie fuhren schweigend weiter; nach einer Weile bemerkte er, wie sie die Hände im Schoß bewegte. Sie sagte: »Er ist jetzt in einer Klinik in Arizona. Er absolviert ein Zwölf-Stufen-Programm. Er war schon mal dort. Vielleicht schlägt die Kur ja diesmal an. War er sehr betrunken, als Sie ihm begegnet sind? Ich hoffe – ich würde mir wünschen, daß er es nicht war. Die Menschen vergessen. Sie haben ein so kurzes Gedächtnis. Früher einmal – früher war er ein hervorragender Journalist …«
Rowland hörte das Flehen in ihrer Stimme, und es rührte ihn. Er erinnerte sich undeutlich an einen prominenten Journalisten, einen ehemaligen Pulitzer-Preisträger, der sich zu einem rotgesichtigen, lauten, groben Klotz entwickelt hatte. Er wurde von einer schwindenden Schar ergebener Fans beschützt; kurz bevor Rowland aufge-

brochen war, hatte er sich aus seinem Sessel gestemmt und war dann zu Boden gekracht.
»Nicht besonders betrunken«, antwortete er nachsichtig. »Es war ihm nicht besonders anzumerken.«
»Erzählte er von Vietnam?« Sie sah ihn mit einem bohrenden, gequälten Blick an.
»Wieso?«
»Das ist eines der Stadien. Sonst nichts.«
Rowland konnte die tiefe Verzweiflung unter ihrem ironischen Tonfall hören und beschloß zu lügen. »Nein, nein, dieses Thema kam überhaupt nicht zur Sprache ...« Sie kamen an eine Kreuzung, er bremste und bog links ab. »Außerdem hätte mich das interessiert. Ich habe das Vietnambuch Ihres Vaters gelesen. Seine frühen Arbeiten sind sehr eindrucksvoll.«
»Es freut mich, daß Sie so denken ...« Zum ersten Mal hörte Rowland echte Freude in ihrer Stimme. Obwohl er sich selbst dafür haßte, schoß er sofort die nächste Frage ab und überrumpelte sie damit – genau wie er gehofft hatte.
»Er hat Sie doch bestimmt beeinflußt? War es der Einfluß Ihres Vaters, der Sie nach Bosnien geführt hat? Oder Pascal Lamartines?«
»Ich wollte, daß mein Vater stolz auf mich ist. Als Kind dachte ich immer, ich könnte ...« Sie hielt inne, die Hände unruhig im Schoß ringend, den Kopf gesenkt. »Vielleicht wäre es etwas anderes gewesen, wenn ich ein Junge – sein Sohn – gewesen wäre. So jedenfalls – Männer machen die Kriege, und Männer können besser darüber schreiben. Natürlich gab es auch Kriegsberichterstatterinnen, die gute Arbeit geleistet haben. Aber nicht viele.« Sie zögerte, bekam sich wieder in die Gewalt und klang plötzlich spröde. »Ich weiß also nicht, ob ich mein Versagen meinem Geschlecht oder meinem Charakter zuzuschreiben habe. Alles in allem glaube ich, daß es eher an meinem Charakter liegt. Was meinen Sie?«
Rowland antwortete nicht. Ihre Antwort interessierte ihn in mehrfacher Hinsicht und nicht zuletzt deshalb, weil sie Pascal Lamartine kein einziges Mal darin erwähnt hatte. Warum betrachtet sie ihre Arbeit in Bosnien als Versagen? fragte er sich. Mit jedem Satz revidierte sie seine Meinung über sie, erst in die eine Richtung, dann in

die andere. Ihm gefiel ihre abschließende Frage und der Tonfall, in dem sie sie gestellt hatte. Damit hatte sie ihn überrascht.
Er verlangsamte den Wagen, sah sie an, fällte dann unvermittelt eine Entscheidung und lenkte das Auto an den Straßenrand.
Er hielt den Wagen an und drehte sich zu ihr um.
»Darf ich Sie was fragen? Wissen Sie, warum Sie hier sind?«
»Was – hier bei Max, an diesem Wochenende?« Sie sah ihn unsicher an, das Mondlicht verstärkte ihre ebenmäßigen Züge, dann lächelte sie schüchtern. »Ja. Das weiß ich wohl, Rowland. Ich bin nicht dumm. Ich bin hier, weil ich Max und Charlotte leid tue. Weil Lindsay ihnen zugesetzt und erzählt hat, daß ich kurz vor dem Nervenzusammenbruch stehe, nehme ich an. Daß ich hier bin, ist ein Akt des Mitleids – den ich ihnen schlecht gedankt habe, und –«
»Hat Lindsay recht mit ihrer Diagnose?«
»Mit dem Nervenzusammenbruch?« Sie erwiderte seinen Blick, runzelte dann die Stirn und sah weg. »Nein. Ich glaube, ich stand dicht davor. An Weihnachten. Damals hatte ich sehr zu kämpfen. Inzwischen geht es mir wieder besser.« Sie stockte. »Allerdings läßt mein Benehmen immer noch zu wünschen übrig, wie Sie mir heute morgen erklärt haben. Ich verärgere die Menschen. Ich habe Sie verärgert – das ist mir klar. Ich kann mich selbst dabei beobachten ...« Wieder lächelte sie andeutungsweise. »Wissen Sie, was Lindsay dazu sagt? Sie sagt, ich löse Mitleidslähmung bei ihr aus.«
Rowland erwiderte ihr Lächeln. Er fragte sich, was an Weihnachten wohl vorgefallen war, denn er hatte den Schmerz in ihrer Stimme bemerkt, obwohl sie sich Mühe gegeben hatte, ihn zu überspielen.
»Natürlich hat sie recht damit. Ich war in letzter Zeit egozentrisch und egoistisch. Ich werde mich bessern ...« Jetzt sprach sie schneller, immer noch mit abgewandtem Gesicht. »Also, eigentlich wollte ich sagen, daß ich wieder arbeiten sollte, das ist mir jetzt klar. Als ich aus Bosnien zurückkam, konnte ich nicht mehr schreiben. Ich habe mehrere Angebote abgelehnt.«
»Wirklich? Ja, ich glaube, Max hat etwas in der Art erwähnt.«
»Aber als wir uns vorhin mit Mitchell unterhielten, als ich zu der Scheune hochging ... da merkte ich, wie mich die Story packte. Ich hatte vergessen, wie einen das mitreißen kann ... dieses Gefühl von Energie und Zielstrebigkeit ... Aber jetzt – jetzt möchte ich Star fin-

den. Vor allem möchte ich Mina finden. Wenn ich also irgendwie helfen könnte – falls Sie oder Max vielleicht möchten, daß jemand mit Cassandras und Minas Freunden redet –, das könnte ich machen. Das würde ich gern tun. Es ist – schließlich bin ich schon hier ...« Ihre Stimme versagte. Rowland war klar, daß sie ihr Selbstvertrauen verloren hatte, noch während sie den Vorschlag gemacht hatte; sie erwartete, daß er ihr ausweichen oder ablehnen würde. Etwas, dachte er, oder jemand hat ihrem Selbstbewußtsein einen schweren Schlag versetzt.

»Warum interessieren Sie sich so dafür?« fragte er.

»Wegen Mina.« Sie ließ sich das Haar wieder ins Gesicht fallen. »Ich kannte ein Mädchen, das ihr sehr ähnlich war.«

»Wirklich? War sie auch so unvorsichtig?«

»Vielleicht. Aber sie hatte mehr Glück.«

Sie schauderte und schien erst jetzt zu merken, daß das Auto stand. »Jedenfalls – sollten wir zurückfahren. Warum haben Sie angehalten?«

»Weil ich Ihnen erzählen wollte, weshalb Sie dieses Wochenende hier sind. Es war kein wohltätiger Akt. Sie irren sich.«

»Ach ja?« Sie sah ihn an.

»Ja. Sie sind hier, weil ich Max gebeten habe, Sie einzuladen. Ich habe ihn überredet, dieses Wochenende zu veranstalten. Ich wollte Sie kennenlernen. Und ich wollte, daß Sie für mich arbeiten –«

»Wirklich?« Sie wurde rot. »Das verstehe ich nicht. Warum konnten Sie mich nicht einfach fragen? Wozu dieses ganze Theater? Ach, ich *verstehe* ...« Ihre Miene hellte sich schlagartig auf. »Sie haben geglaubt, ich würde ablehnen? Oder daß Lindsay mich gegen Sie aufgehetzt haben könnte?«

»Der Gedanke ist mir gekommen.«

»Aber das ist nicht alles?« Sie blickte ihn prüfend an. »Da ist noch mehr. Sie wollten mich erst mal beobachten – sehen, ob ich Ihren Erwartungen entspreche – diese neurotische Ziege, diese Langweilerin –«

»So würde ich es nicht ausdrücken. Sie haben über einen Krieg berichtet – einen besonders widerwärtigen Krieg. Offensichtlich hat Ihnen das zugesetzt. Ich hätte weniger Achtung vor Ihnen, wenn es Ihnen nicht zugesetzt hätte. Aber ich mußte sichergehen –«

»Sie brauchen nicht taktvoll zu sein. Ich habe nicht viel für Takt übrig. Sie kommen mir nicht wie ein besonders taktvoller Mensch vor. Es wäre mir lieber, wenn Sie ehrlich zu mir sind ...« Sie hielt inne. »Ach, ich verstehe. Allmählich geht mir ein Licht auf. Es gibt da eine Verbindung, nicht wahr, zwischen Ihrer Geschichte und dieser hier – eine unvorhergesehene Verbindung? Es hat etwas mit Drogen zu tun, mit White Dove, mit Amsterdam. Deshalb haben Sie und Max vorhin so reagiert.«

Sie verstummte. Der Eifer, die ironische Heiterkeit, die eben ihr Gesicht gestreift hatten, verschwanden wieder. »Deshalb also«, schloß sie resigniert und ließ sich in ihren Sitz zurücksinken. Rowland sah das Mondlicht über ihr Gesicht wandern.

Er sagte: »Darf ich Ihnen das erklären?«

»Jetzt? Hier?«

»Warum nicht? Bevor wir wieder bei Max sind. Auf diese Weise gibt es weniger Unterbrechungen, außerdem wird es nicht lange dauern. Frieren Sie?«

»Ein bißchen.«

»Ich lasse den Motor laufen. Und die Heizung.« Er hielt inne, schaltete dann die Scheinwerfer aus. Er wartete, bis sich seine Augen an das Zwielicht gewöhnt hatten; dann wies er auf einen Pfad, der im Mondlicht silbern über die Felder führte.

»Sehen Sie den Weg dort? Der führt auch zu der Scheune. Aber wie Sie bereits vermutet haben, beginnt diese Geschichte nicht dort oben. Sie beginnt nicht mit Cassandras Tod, nicht einmal mit einem Mann namens Star. Diesen Namen habe ich heute zum ersten Mal gehört. Sie beginnt ...«

Er schwieg; wenn er ganz aufrichtig sein wollte, dann mußte er ihr erklären, daß für ihn diese Geschichte schon vor Jahren begonnen hatte, damals in Washington – aber diese Gefühle, die er ihr nicht zu offenbaren gedachte, waren im Moment irrelevant.

»Sie beginnt in Amsterdam. Vergangenes Jahr ...«

»Im vergangenen Herbst«, begann Rowland, »arbeitete ich an einer Serie über Drogenfahnder. Kurz bevor ich zum *Correspondent* kam, stieß ich auf eine neue Spur. Ich erhielt einen Hinweis auf ein relativ kleines Drogenlabor in Amsterdam. Bis dahin hatte ich mich vorrangig mit Heroin und Kokain beschäftigt, den neuen Schmuggelrouten, den Aktivitäten der russischen Mafia und so weiter. Die Recherchen dazu sind immer noch nicht abgeschlossen; aber dieser Geschichte wollte ich ebenfalls nachgehen. Das Labor in Amsterdam hatte sich spezialisiert, müssen Sie wissen: auf Designerdrogen, die Drogen der Zukunft, wie manche Leute meinen – obwohl sie ihren Siegeszug natürlich schon in unserer schönen neuen Welt angetreten haben ...«

Er sah sie an, als er das sagte, vielleicht, weil er sehen wollte, ob Gini diese Anspielung mitbekommen hatte. Dann fuhr er fort, das ernste Gesicht den Feldern draußen zugewandt. Seine knappe, trockene Art zu reden weckte ihr Interesse; ein-, zweimal hatte sie das Gefühl, daß er mehr dabei empfand, als er sich anmerken ließ, und sie glaubte, einen tief vergrabenen Zorn zu spüren, den er unerbittlich unterdrückte.

»Das Labor in Amsterdam«, fuhr er fort, »war das geistige Werk zweier junger Männer. Einer davon war ein Amerikaner, der seit Jahren in den Grauzonen des Drogenschmuggels operierte, ein Dealer und User zugleich. Sein Partner war ein begabter holländischer Chemiker. Beide beschäftigten sich recht erfolgreich mit der Herstellung und dem Verkauf von MDMA, auch bekannt als Ecstasy, sowie Variationen dieses Stoffes. Im Laufe des vergangenen Jahres begannen sie allerdings zu ahnen, daß der Markt nicht weiter expandierte – die Teenager in den Clubs, ihre wichtigste Zielgruppe, wurden langsam mißtrauisch. Es hatte die ersten Ecstasy-Toten gegeben, außerdem setzte sich allmählich die Erkenntnis durch, daß die Droge nicht das sexuelle Wundermittel war, als das sie verkauft wurde, und der Markt wurde mit unreinen Imitaten überschwemmt, von denen manche nur aus Aspirin und Kalk bestanden, andere hingegen tödlich waren. Der Drogenmarkt ist Moden unterworfen. Teenager, die niemals eine Spritze in die Hand nehmen würden, die sich auf gar keinen Fall einen Schuß setzen würden, sind durchaus bereit, Pillen oder Kapseln zu schlucken – aber sie sind ständig auf der Suche nach etwas Neuem, das besser anturnt, das ihnen mehr gibt –

Der holländische Chemiker wollte ein neues Produkt auf den Markt bringen ...« Rowland warf ihr einen Blick zu. »Der Mann ist ein glänzender Geschäftsmann. Deshalb wußte er ganz genau, wonach er forschte. Etwas, das, wenn möglich, süchtiger macht als Ecstasy, das einen hochreißt, das immense Energien freisetzt, so wie Speed, und vor allem ein Produkt, das einen noch stärkeren sexuellen Appetit hervorruft als Ecstasy – und ohne dessen nachteilige Auswirkungen auf sie Sexualität.«

»Ecstasy wirkt sich nachteilig auf die Sexualität aus?«

»Natürlich. Ecstasy wirkt bisweilen erregend, erschwert aber die männliche Erektion. Alle harten Drogen wirken sich nachteilig auf die Sexualität aus, entweder kurzfristig oder langfristig – und natürlich war sich der holländische Chemiker dieser Tatsache durchaus bewußt. Er war sich auch der Tatsache bewußt, daß ihn ein Produkt, mit dem sich die sexuelle Leistungsfähigkeit steigern läßt, zu einem reichen Mann machen würde. Einem sehr reichen Mann.«

»Und hat er es geschafft?« fragte Gini.

»Ja. Er hat es geschafft – das behauptet er wenigstens. Zu seinem Erfolg trug die Tatsache bei, daß er einen Investor fand, der bereit war, seine Experimente zu finanzieren. Gemessen an der Größe des niederländischen Labors war es ein sehr großzügiger Investor. Er stellte zweihundertfünfzigtausend Schweizer Franken zur Verfügung, direkt aus einem Züricher Nummernkonto. Die Summe wurde im April vergangenen Jahres im Amsterdamer Hilton dem amerikanischen Teilhaber übergeben. Sechs Monate später hatte der holländische Chemiker sein Produkt perfektioniert und war bereit, es auf den Markt zu bringen. Sie können sich gewiß schon denken, wie er es nannte ...«

»White Dove?«

»White Dove. Natürlich.«

Für einen Moment schwiegen beide. Gini sah Rowland neugierig an. »Sie sind sehr gut informiert«, meinte sie. »Wer hat Sie mit all diesen Informationen versorgt?«

»Ich kenne jemanden bei der amerikanischen Drogenbehörde. Der holländische Chemiker und sein amerikanischer Partner werden seit fast einem Jahr überwacht. Amsterdam ist einer der Hauptumschlagplätze für Heroin und Kokain. Es ist nicht ungewöhnlich, daß die DEA dort Einsatzkräfte hat.«

»Nein.« Gini sah ihn unsicher an, weil sie seine plötzliche Verschlossenheit bemerkte. »Aber es ist doch ein wenig ungewöhnlich, daß sie einem britischen Journalisten so viele Informationen zukommen lassen.«

»Ich habe ein paar Jahre in Washington gearbeitet«, antwortete er knapp. »Meine Kontakte zur DEA reichen weit zurück.« Er verstummte kurz. »Ich werde später auf die finanzielle Unterstützung und auf den Namen des Investors zurückkommen, wenn Sie gestatten. Erst möchte ich Ihnen erzählen, was im vergangenen Herbst geschah. Der Chemiker hatte sein neues Produkt entwickelt – auf das er große Hoffnungen setzte. Als nächstes mußte er einen Markt dafür schaffen – diese Aufgabe fiel dem Amerikaner zu. Der ging wie üblich vor: Freunde im Rockmusikgeschäft erhielten erste Proben; dann versorgte er ein paar Kontaktleute in den Schwulenclubs; ein paar Pillen wurden an Fotografen und Models verteilt. Die Kunde sprach sich schnell herum. Die Musiker entdeckten, daß man damit den ganzen Tag, die ganze Nacht und den ganzen nächsten Tag ununterbrochen durchmachen konnte. Die Models stellten fest, daß die Pille ihren Appetit auf Null reduzierte ... Kurz gesagt, mit White Doves fühlte man sich selbstbewußt, glücklich und inspiriert. Man brauchte keinen Schlaf mehr. Nichts mehr zu essen. Der sexuelle Appetit hingegen, das bedarf keiner besonderen Erwähnung, wurde nicht beeinträchtigt –«

»Die Droge erfüllte alle Erwartungen?«

»So hieß es jedenfalls. Der Amerikaner behauptete, sie würde ein gewissen Verlangen stimulieren, und wenn man diesem Verlangen nachgab – also, dann bebte die Erde. Sechs-, sieben-, achtmal pro Nacht – meinte er. Natürlich wollte er mit diesen Zahlen Werbung machen. Andererseits haben sie ihren Preis innerhalb von zwei Monaten verdreifacht, und trotzdem rennen ihnen die Kunden die Türe ein. Deshalb kann ich mir vorstellen, daß etwas an seinen Behauptungen dran ist ...«

Rowland hatte ohne jedes Gefühl gesprochen und zuckte jetzt mit den Achseln. Gini seufzte. »Das versteht sich von selbst. Eine Droge, die dünn, glücklich und sexuell aktiv macht? Damit wären so ziemlich alle Bedürfnisse unseres Jahrhunderts abgedeckt.«

»Wir leben in einer profanen Welt.« Rowland sah sie an. Er hatte sich nie so recht eins mit dieser Welt gefühlt und entnahm ihrem Tonfall, daß es ihr ähnlich ging.

»Ihnen ist doch klar, um welche Summen es da gehen kann? Irgendwann werden White Doves natürlich nachgemacht werden. Andere Labore werden sich die Pille beschaffen, sie analysieren, sie kopieren. Aber das braucht Zeit. Bis dahin wollen der Holländer und der Amerikaner die Produktion steigern – und zwar schnell. Sie wollen – wieder laut dem Amerikaner – in den nächsten zwei Jahren das große Geschäft machen. Er schätzt, daß sie mit fünf Millionen Gewinn aus der Sache herausgehen, dann will er sich zur Ruhe setzen. Vielleicht wird das genau so geschehen. Wenn die DEA oder die niederländische Polizei oder seine Heroinsucht ihm nicht in die Quere kommen. Falls sich in der Zwischenzeit herausstellen sollte, daß White Doves tatsächlich tödlich wirken können, dann wird das weder ihm noch seinem Partner den Schlaf rauben. Soweit es sie betrifft, wirkt ein gewisses Risiko bei ihrem Produkt nur geschäftsfördernd. Die Cassandra Morleys dieser Welt bereiten ihnen kaum Kopfzerbrechen.«
Es wurde wieder still. Gini war aufgefallen, wie wütend er geworden war, während er das gesagt hatte, auch wenn der Zorn nur in seinen Augen zu erkennen war.
»Erst wenn die toxikologischen Untersuchungen abgeschlossen sind, wissen wir, woran Cassandra gestorben ist«, wandte sie ruhig ein. »Gut, man hat sie gestern zusammen mit Star gesehen, und er hat White Doves verkauft. Das gibt zwar zu Vermutungen Anlaß, aber es ist kein Beweis. Das sind bestenfalls Indizien. Mitchell andererseits *hat* eine genommen. Und er hat überlebt.«
»Zugegeben. Und Mitchell ist – wie groß? Einen Meter achtundsiebzig? Und schwer gebaut. Ich würde schätzen, er wiegt mindestens fünfzehn Stone, gut neunzig Kilo. Cassandra Morley dagegen war schlank und höchstens halb so schwer. Vielleicht ist das Ganze nur eine Frage des Körpergewichts und der Dosierung. Es könnten auch andere Faktoren eine Rolle spielen – Essen, Flüssigkeitsaufnahme oder Alkohol zum Beispiel.« Er schöpfte Atem. »Ich will auch keine voreiligen Schlüsse ziehen. Aber ich glaube, Sie können verstehen, warum mich diese Story interessiert – warum ich ihr schon vor den Ereignissen an diesem Wochenende nachgehen wollte.«
»Ja, durchaus.«
»Gini ...« Er sah ihr in die Augen. »Journalismus kann sehr wohl

helfen, etwas zu verändern. Vielleicht ist es bloß eine winzige Veränderung – daß man verhindert, daß ein weiterer Teenager wie Cassandra Morley sterben muß, oder dazu beiträgt, daß ein Labor schließen muß, während Tausende andere weiterexistieren, daß man einen Mann wie Star daran hindert, seine Ware unter die Leute zu bringen, wenigstens für kurze Zeit … Aber es ist trotzdem eine Veränderung, und zwar eine Veränderung zum Guten. Ganz egal, was Sie in Bosnien erlebt haben und wie stark Ihr Glauben an Ihre Arbeit gelitten hat – das sehen Sie doch auch?«

Selbst wenn ich es nicht so gesehen hätte, dachte Gini, dann hätte mich sein eindringlicher Appell wahrscheinlich umgestimmt. Zum ersten Mal gestattete er sich, seine Gefühle zu zeigen. Einen kurzen Moment erinnerten sein Ungestüm und sein Idealismus sie an Pascal.

»Doch, das sehe ich«, antwortete sie leise.

»In diesem Fall …« Er verstummte, als würde er gerade eine Entscheidung fällen. »In diesem Fall müssen Sie mit mir zusammenarbeiten, so wie ich es beabsichtigt hatte.«

Seine Direktheit überraschte sie ebenso wie die Geschwindigkeit, mit der er seine Entscheidung getroffen hatte.

»Sind Sie sicher?« Sie sah ihn prüfen an. »Gestern abend, heute morgen – hätten Sie mir die Geschichte da auch angeboten?«

»Nein.«

»Aber jetzt tun Sie es?«

»Ja.«

»Dann nehme ich an. Ich will an der Story arbeiten. Ich will sofort daran arbeiten.«

Sie hatte den Eindruck, daß ihm ihre Antwort gefiel. Er ging jedoch nicht weiter darauf ein, sondern wandte sich wieder ab und legte den Gang ein.

»In diesem Fall«, sagte er, »sollten Sie noch mehr wissen –«

»Wie zum Beispiel, wer die Gelder zur Verfügung gestellt hat? Wer plötzlich mit einer Viertelmillion Schweizer Franken aus einem Züricher Nummernkonto vor der Tür stand?«

»Genau.« Er lächelte und lenkte den Wagen zurück auf die Straße.

»Wer war es? Jemand mit Verbindungen zum Drogenhandel?«

»Nein. Ganz im Gegenteil. Aber es ist jemand, von dem Sie bestimmt schon gehört haben. Jemand, dessen Beteiligung mir Rätsel aufgibt …«

»Wer war es?«

»Ein Franzose.« Rowland lenkte den Wagen um eine scharfe Kurve. »Ein sehr reicher und sehr einflußreicher Franzose. Er heißt Jean Lazare.«

Die übrigen Informationen gab er ihr im Weiterfahren, ebenso knapp wie zuvor. Gini hörte ihm aufmerksam zu; er besaß eine bewundernswerte Fähigkeit, alle nötigen Fakten in korrekter Reihenfolge und ohne jede Voreingenommenheit mitzuteilen. Er erzählte ihr nur das, was er unbestreitbar wußte, und nichts darüber hinaus. Von ihrer Arbeit her war sie es gewohnt, daß sie so gut wie immer erst versuchen mußte, die Tatsachen aus einem Mischmasch von Annahmen und Mutmaßungen herauszusieben und unter Schichten von verfälschten Zitaten, unbegründeten Verdächtigungen und absichtlichen Fehlinterpretationen nach einem Körnchen Wahrheit zu graben, deshalb war sie ihm dafür dankbar. McGuire war wesentlich gewissenhafter, als sie erwartet hatte, und Gewissenhaftigkeit war eine Eigenschaft, die sie sehr schätzte.

Als sie in Max' Auffahrt einbogen, hatte er ihr alle erforderlichen Informationen mitgeteilt. Er fuhr den Land-Rover hinter das Haus und stellte ihn im Hof gegenüber dem Stall ab.

»Bevor wir reingehen …« wandte sich Gini an ihn. »Möchte ich sichergehen, daß ich das alles richtig verstanden habe. Das Geld wurde also von Lazares Stellvertreter übergeben?«

»Ja. Er heißt Christian Bertrand. Sorbonne. Harvard Business School. Ein Überflieger. Er arbeitet seit vier Jahren für Cazarès und Lazare.«

»Und er ist diese Woche wieder nach Amsterdam gefahren, um eine Lieferung White Doves abzuholen? Sechs White Doves? Warum so wenige?«

»Das weiß ich nicht.« Rowland überlegte kurz. »Natürlich werden, wie Lindsay mir unentwegt unter die Nase reibt, nächste Woche die neuen Kollektionen in Paris vorgestellt. Die Vorführung bei Cazarès soll am Mittwoch stattfinden. Vielleicht braucht Lazare diese White Doves, um die Präsentation und das darauffolgende Tohuwabohu durchzustehen. Jedenfalls behauptet das der Amerikaner ... Andererseits würde das gar nicht zu ihm passen. Lazare ist kein Schwächling. Man sagt ihm einen eisernen Willen nach, eiserne Selbstbeherrschung ...«

»Heißt das, Sie glauben, die Droge ist für jemand anderen bestimmt?«

»Der Gedanke ist mir gekommen. Maria Cazarès erscheint mir als Kandidatin viel wahrscheinlicher. Es kursieren Gerüchte über ihre Gebrechlichkeit, ihre Gesundheit. Sie ist das Herzstück einer Milliarden Francs schweren Branche, einer Firma, die Lazare vergangenes Jahr angeblich loswerden wollte. Falls er immer noch an einem Verkauf interessiert sein sollte, dann muß Maria Cazarès weiter funktionieren, und die Leute müssen sehen, daß sie funktioniert. Es ist immens wichtig, daß sie am Ende ihrer Show erscheint, und zwar offenkundig gesund. Falls sie das nicht tun sollte, falls sich die augenblicklichen Gerüchte über ihre Gesundheit, ihre Fähigkeiten als Modeschöpferin weiter verbreiten sollten, wie würde sich das dann auf den Wert des Unternehmens auswirken? Er würde sinken. Wenn sich andererseits mit einem kleinen Vorrat von White Doves nicht nur sicherstellen ließe, daß sie erscheint, sondern daß sie bei ihrem Auftritt auch noch ungebrochenes Selbstbewußtsein ausstrahlt – Sie begreifen?«

»Ja.«

»Natürlich ...« Rowland faßte nach dem Türgriff, »ist das alles reine Spekulation. Erst einmal sollten wir uns auf diese Spur konzentrieren. Finden Sie Mina. Finden Sie Star. Reden Sie mit Minas und Cassandras Schulkameradinnen. Reden Sie mit der Familie dieser Holländerin Anneka –«

»Und mit Ihrer Kontaktperson bei der DEA«, fiel ihm Gini schnell ins Wort. »Wenn ich nach Amsterdam fahre, sollte ich auch mit –« Sie brach mitten im Satz ab, denn sie spürte Rowlands Unbehagen. Er ließ die Tür zu; einen Moment war es still; der Wind schlug gegen den Wagen.

»Nein«, sagte er schließlich. »Das ist leider nicht möglich. Das – überschreitet Ihre Befugnisse.«

Gini starrte ihn fassungslos an. »Überschreitet meine Befugnisse? Wieso? Rowland, alle Ihre Informationen stammen aus einer einzigen Quelle. Ich *muß* mit ihr sprechen. Es gibt weitere Entwicklungen – vielleicht weiß sie etwas über Star.«

»Es tut mir leid. Nein. Jeder Kontakt mit der DEA muß über mich laufen. Das sind deren Bedingungen, nicht meine, und die muß ich akzeptieren. Ich reise auf deren Ticket. Sie haben meine Zusicherung, mein Wort, daß meine Recherchen ihre Arbeit nicht behindern werden.«

»Aber ich würde sie *ganz bestimmt* nicht behindern. Ich war schon öfter in einer solchen Situation. Ich weiß, wie so was abläuft, Rowland –«

»Nein.«

»Nein? Sonst nichts? Nein? Und damit muß ich mich abfinden?«

»Wenn Sie an der Sache arbeiten wollen – ja.«

Er klang verbindlich und unerbittlich. Gini, der schon eine Erwiderung auf der Zunge lag, beschloß abzuwarten; sie würde den Angriff zu einem geeigneteren Zeitpunkt wieder aufnehmen. Sie schaute noch einmal zu Rowland hinüber; der starre Blick seiner grünen Augen beunruhigte sie. Sie sah in die andere Richtung, über den gepflasterten Hof. Aus einem Scheunendach erhob sich eine Eule in die Luft; sie beobachtete den weißen Schlag der Schwingen und kletterte dann aus dem Wagen.

Ohne ein weiteres Wort ging Rowland ihr voran über den Hof und durch den Garten. Als sie an ein paar Stufen gelangten, reichte er ihr höflich die Hand und führte sie hinauf. Gini warf ihm einen flüchtigen Blick zu und fragte sich, ob sein Schweigen wohl auf Mißfallen zurückzuführen war, aber aus seiner Miene ließ sich keinerlei Gefühl erkennen.

»Vorsichtig – hier ist es glatt«, sagte er, als sie an der obersten Stufe strauchelte.

Auf den Terrassenfliesen lag ebenfalls Eis. Gini arbeitete sich behutsam vorwärts, blieb dann kurz stehen und sah in den sternenklaren Nachthimmel auf.

»In London sieht man überhaupt keine Sterne mehr«, sagte sie. »Der Himmel über der Stadt ist viel zu hell dazu. Sind sie nicht großartig? Früher konnte ich sogar ein paar Sternbilder benennen, aber inzwischen habe ich das meiste davon vergessen. Der Orion …«

»Ist da drüben.«

»Und der Polarstern? Der Pflug?« Sie legte den Kopf in den Nacken. Rowland, der nicht in den Himmel geblickt hatte, schaute jetzt wieder hoch.

Er zeigte ihr ein Sternbild nach dem anderen. Dort war der Pflug, dort waren der Große und der Kleine Bär, dort war die Cassiopeia und dort der zur Orientierung so wichtige Polarstern. Als Gini zu diesem letzten Stern hochsah, begann sie zu zittern, und Rowland nahm sie in einer höflich behütenden Geste am Arm, um sie über die glatten Fliesen zur Tür zu geleiten.

Lindsay saß auf dem Sofa in der Küche, als sie den Kies knirschen hörte und Rowland den Land-Rover in Max' Auffahrt lenkte.

Sie hatte Colin und Danny vorgelesen. Die Jungen kuschelten sich in ihren Pyjamas und Bademänteln müde an ihre Flanken und kämpften gegen den Schlaf an. Max war in seinem Arbeitszimmer und telefonierte; Charlotte war oben und beaufsichtigte Alex und Ben beim Baden. Lindsay klappte das Buch zu. Es war acht Uhr. Rowland und Gini waren mehrere Stunden weg gewesen.

»Ins Bett, ihr beiden«, sagte sie. »Ihr schlaft ja schon halb. Nein, keine Widerrede. Ab mit euch.«

Danny gab ihr einen nassen Kuß auf die Wange; gehorsam zogen er und Colin Hand in Hand ab. Lindsay stand auf und ging in der Küche herum. Sie sah auf den Herd, den Tisch, die Stühle. Zehn Minuten vergingen. Was in aller Welt machten Gini und Rowland da draußen? Saßen sie etwa plaudernd im Dunkeln?

Beim Tee hatte Max ganz beiläufig geäußert, er wüßte gerne, ob Lindsay sich wohl überreden ließe, Rowland am morgigen Tag nach London mitzunehmen. Er persönlich, erklärte er, habe beschlossen, am nächsten Morgen ganz früh loszufahren. Falls Gini die Cassandra-Morley-Story übernehme, würde sie noch ein, zwei Tage bleiben wollen, um Cassandras und Minas Freundinnen zu interviewen. Lindsay fand, daß er wankelmütig und unsicher wirkte, und erkannte bald den Grund dafür: Max fürchtete, dieser Vorschlag werde Rowland McGuire nicht gefallen.

»Warum kann er nicht mit dir zurückfahren?«

»Weil ich schon bei Tagesanbruch losfahre. Charlotte wird es gar nicht gefallen, wenn alle auf einmal verschwinden. Komm schon,

Lindsay. Ein paar Stunden wirst du seine Gesellschaft doch ertragen können, oder?«
»Also gut«, sagte Lindsay, »ich habe sowieso etwas mit ihm zu besprechen.«
»Ach ja?« Das schien Max zu interessieren.
»Ja. Du weißt doch, daß er mich gebeten hat, diese Akte durchzusehen? Über Jean Lazare? Ich bin fertig damit, und mir ist etwas Eigenartiges aufgefallen. Ich –«
»Verdammt. Das Telefon läutet. Das ist bestimmt die Redaktion. Oder Landis. Erzähl mir später davon, Lindsay.«
Max verschwand. Während Lindsay seinen Söhnen vorlas, war er wieder aufgetaucht, mehrere Male sogar, hatte aber keine Neigung gezeigt, das Thema noch einmal anzuschneiden. Lindsay, der ihre Entdeckung auf dem Herzen brannte, war enttäuscht. Max interessiert sich für nichts, was ich zu sagen habe, dachte sie trübsinnig; wahrscheinlich würde sich Rowland ebensowenig dafür interessieren. Sie trommelte mit den Fingerspitzen auf den Küchentisch; eine Viertelstunde nachdem sie den Land-Rover gehört hatte, hörte sie endlich auch Schritte auf der Terrasse.
Rowland und Gini traten in die Küche, gefolgt von einem Schwall eisiger Luft. Lindsay beobachtete sie mißtrauisch. Rowland half Gini aus dem Mantel; er machte eine Bemerkung, die Lindsay nicht verstand, und Gini lächelte.
»Habt ihr Mitchell getroffen?« Lindsay war entschlossen, nicht länger unsichtbar zu bleiben.
»Was?« Rowland zog gerade seinen Mantel aus. »O ja, das haben wir. Und es war sogar ein äußerst ergiebiges Treffen. Wo ist Max?«
»Was meinen Sie, Rowland?« fragte Gini eben. »Einen Tag hier? Ein Tag müßte genügen. Dann könnte ich nach Amsterdam weiter …«
»Ein Tag genügt ganz bestimmt. Ich bezweifle, daß die Schulfreundinnen etwas Wichtiges beizutragen haben – aber die Möglichkeit besteht. Sie könnten was über Star gehört haben – vielleicht sind Cassandra oder Mina ihm schon früher begegnet –«
Er brach mitten im Satz ab. Max war eben, einen Zettel wedelnd, in die Küche getreten. Er wirkte ausgesprochen aufgeregt, soweit man bei Max überhaupt von Aufgeregtheit sprechen konnte.

»Ein Durchbruch«, meldete er. »Sie haben das Auto gefunden. Die Polizei hat mich eben angerufen –«
»Den BMW? Wo?«
»Das ist wirklich interessant.« Max' Blick schnitt sich mit Rowlands. »In Paris – wer hätte das gedacht?«
»*Paris?* Definitiv?«
»Es wurde bereits bestätigt. Er wurde in Pantin abgestellt, nahe dem *periphérique.* Ein schlichter *policier* hat ihn entdeckt, vor etwa drei Stunden –«
Max verstummte; ein Telefon hatte zu klingeln begonnen; als er hörte, daß Charlotte oben abgenommen hatte, wandte er sich wieder an Rowland.
»Ja, in Paris«, fuhr er fort. »Und angesichts deiner übrigen Informationen, Rowland, ist das doch äußerst interessant, findest du nicht?«
Lindsay hatte sich bereits wieder in ihr Schicksal gefügt, unsichtbar zu sein, und sie beobachtete Rowland; er ließ sich Zeit mit seiner Antwort. Und zwar, registrierte sie, weil er sich ganz auf Gini konzentrierte. Sie stand völlig reglos, die Hände erstarrt, während sie eben ihren grünen Schal ablegen wollte. Sie lauschte Charlottes kaum vernehmbarer Stimme; ihre Augen strahlten unnatürlich, das Gesicht war angespannt und blaß. Sie begann loszulaufen, als sie Charlottes Schritte im Obergeschoß hörte; sie war schon auf dem Weg in Max' Arbeitszimmer, als Charlotte von oben herunterrief.
»Gini«, rief sie, »schnell – er versucht schon seit Stunden, durchzukommen. Die Verbindung ist grauenhaft, aber man kann ihn noch verstehen. Gini, schnell – es ist Pascal!«

Zweiter Teil

Das Festland

Kapitel 9

Mina wurde von Kirchenglocken geweckt. Sie drangen in ihren Traum vor. Zuerst, noch in ihrem Traum, meinte sie Kuhglocken zu hören und glaubte sich irgendwo hoch oben in den Bergen. Gleich darauf verwandelte sich der Klang in Schlittengeläut, und sie flog an Stars Seite, in eine Pelzdecke gehüllt, über den Schnee. Dann begann ihr der Traum zu entgleiten, und sie begriff, daß sie Kirchenglocken hörte, irgendwo außerhalb dieses Zimmers in Paris. Sie räkelte sich, schlug die Augen auf und begann sich zu erinnern. Sie erinnerte sich an das Zimmer, an die Matratze, auf der sie lag, und an die saubere Patchwork-Decke, mit der sie zugedeckt war, eine Decke mit einem Muster aus dunkelblauen Sternen und roten Sechsecken.
Sie setzte sich auf, rieb sich die Augen und lächelte dann: Star hatte gesagt, er würde weggehen, richtig, und sie solle sich ausruhen. Nun, inzwischen war er zurückgekommen.
Er saß ihr gegenüber auf einem kleinen Holzstuhl und sah ihr beim Aufwachen zu.
»Wie spät ist es, Star?«
»Zeit zur zweiten Messe. Acht Uhr.«
»Messe? Heißt das, heute ist *Sonntag*?«
»Heute ist Sonntag. Du warst erschöpft. Es war eine lange Fahrt. Wir mußten dieses Zimmer suchen. Du hast ewig geschlafen. Willst du frühstücken? Ich kenne ein Café ganz in der Nähe ...«
»Ich habe Hunger. Vielleicht hat mich die Jewel so müde gemacht. Ein Frühstück wäre nicht schlecht. Star ...«
»Das Bad ist auf dem Treppenabsatz. Du kannst es benutzen. Schau – ich habe dir ein Geschenk mitgebracht. Ein Kopftuch. Ein blaues Kopftuch. Es paßt zu deinen Augen.«

Er zauberte das Kopftuch aus seiner Tasche; er zauberte es in seine Hand. Mina konnte erkennen, daß es aus Seide war und wunderschön, so blau wie der Flügel eines Eisvogels. Sie stieß einen kleinen Freudenschrei aus. Star stand auf und drücke es ihr in die Hand.
»Bind es dir übers Haar«, sagte er. »Vorerst müssen wir vorsichtig sein. Mina. Selbst hier ...«
Mina sah ihn unsicher an.
»Ich kann sie doch bald anrufen, nicht wahr, Star? Ich möchte nicht, daß sie sich Sorgen machen. Meine Mutter – Star, wenn heute schon Sonntag ist – dann ist sie bestimmt schon halb verrückt vor Angst. Ich muß ihr sagen, daß es mir gutgeht. Keine Angst – ich verrate ihr bestimmt nicht, wo wir sind.«
»Natürlich kannst du sie anrufen.« Er lächelte, und sein Lächeln ließ das ganze Zimmer erstrahlen. »Wenn du nicht so lange geschlafen hättest – du kannst sie vom Café aus anrufen. Da gibt es ein Münztelefon. Jetzt komm, kleine Mina ...« Er nahm ihre Hände. »Das ist ein Abenteuer, ja? Unser Abenteuer. Nachher –« Er brach ab, und Mina sah, wie sich seine Miene veränderte.
»Nachher was?« fragte sie. Seine Augen wurden schmaler, dunkler.
»Nachher habe ich noch was zu erledigen, sonst nichts. Ich muß zum Flughafen. Charles de Gaulle. Und dann kannst du es dir überlegen. Es gehen ständig Flüge nach London. Jede Stunde – öfter. Wenn du willst, setze ich dich gleich ins Flugzeug. Du kannst schon heute nachmittag wieder zu Hause sein ...«
»Wirklich?« Mina sah ihn unsicher an. »Star, ich habe kein Geld für ein Ticket. Ich habe überhaupt kein Geld. Ich habe mein ganzes Geld Cassandra gegeben ...«
»Kein Problem.« Wieder machte er eine seiner beschwörenden Bewegungen, und plötzlich hatte er beide Hände voller Geld.
»Francs, Dollar, Pfund – mehr als genug für einen Flug nach England. Du brauchst es nur zu sagen, Mina, und wir können beide von hier verschwinden. Wohin du willst.«
»Du kannst den Flug doch nicht für mich bezahlen ...« Mina legte die Stirn in Falten. »Ich müßte es dir irgendwann zurückzahlen, Star.«
»Darüber brauchen wir doch nicht zu streiten. Wer weiß? Vielleicht fahren wir ja auch zum Flughafen, und du willst überhaupt nicht

heim. Beeil dich – es ist ein schöner Tag. Wir können im Café sitzen und der Sonne zuschauen, wie sie Paris zum Strahlen bringt. Paris gehört zu den vier schönsten Städten der Welt.«

Er verkündete das mit tiefem Ernst. Mina war beeindruckt.

»Und die anderen drei?« fragte sie.

»Venedig, New Orleans und Hongkong. Vielleicht fahren wir irgendwann mal zusammen hin.«

»Da warst du schon überall?« fragte Mina, und er wandte sich ab, als würde ihn das Thema plötzlich langweilen.

»Natürlich«, gab er zurück. »Ich bin rumgekommen.«

Mina begriff, daß die Unterhaltung damit beendet war. Sie lernte Star immer besser kennen, und unter anderem hatte sie gelernt, daß seine Laune abrupt umkippen konnte. Einen Moment widmete er sich ihr mit all seiner gespannten Aufmerksamkeit, so daß sie das Gefühl bekam, seine schwarzblauen Augen könnten ihre Gedanken lesen wie einen Computerausdruck; im nächsten Moment geschah irgendwas: Eine Klappe schien zu fallen, und seine Miene wurde verschlossen.

Sie ging hinaus ins Treppenhaus, fand das Bad, wusch und kämmte sich. Es war ein primitives Bad, aber es war auch ein altes Haus. Sie waren ganz oben, im Dachgeschoß, und das Haus selbst stand auf der Kuppe eines Hügels. Sie öffnete das Fenster und blickte auf eine verwinkelte Dachlandschaft, auf Kuppeln, Schindeln, Kamine, Blitzableiter. Star hatte ihr erklärt, es sei der Unterschlupf eines Freundes; er hatte ihr erklärt, dies sei das Studentenviertel; er hatte ihr erklärt, sie seien im Quartier Latin, dem besten Viertel von Paris, und ganz in der Nähe der Sorbonne.

Mina nahm ihr neues blaues Kopftuch, das so leicht war wie ein Stückchen Sommerhimmel, und deckte sorgfältig ihr rotes Haar damit ab. Sie verknotete es auf Zigeunerart, wie sie es bei den Frauen der Landfahrer gesehen hatte, so daß der Knoten unter ihrem Hinterkopf lag und das Tuch tief in die Stirn reichte, bis knapp über die Brauen. Es sah hübsch aus, und sie lächelte ihr Spiegelbild an. Das idiotische Falken-Tattoo hatte sie abgewaschen, aber die Reste des goldenen Lidschattens hatte sie drangelassen, und sie trug immer noch Cassandras alte schwarze Sachen. Einen langen, losen Rock, der ihr bis auf die Waden reichte; ein indisches Hemd, das Cassandra von der Heilsarmee gekauft hatte; eine schwere, ebenfalls schwarze Jacke mit schwarzen Stickereien, die Cassandras Mutter von irgendwoher mitgebracht hatte. Sie sah so verändert aus, so viel älter – und sie fühlte sich auch älter, als wäre sie in den letzten anderthalb Tagen erwachsen geworden und hätte die Welt gesehen.

Sie konnte es gar nicht erwarten, Cassandra zu erzählen, was alles geschehen war, wo sie gewesen war. Sie stellte sich die Szene in der Schule vor; sie konnte ihre eigene Stimme hören: *Ja, um Mitternacht sind wir los, wir sind die ganze Nacht gefahren, als wir in Paris ankamen, war es immer noch dunkel. Wir haben in der Wohnung eines Freundes gewohnt. Star hat überall Freunde, hat er mir erzählt. Er ist immer auf Achse, Cass. Ich hätte bei ihm bleiben können. Er hat mich sogar darum gebeten. Er hat gesagt – wenn ich wollte, könnte ich mit ihm um die ganze Welt reisen …*

Sie musterte ihr Spiegelbild. Star rief nach ihr. Plötzlich mußte sie an ihre Mutter und ihren Vater denken, und die Zweifel regten sich wieder. Sie fühlte sich ein bißchen nervös, ein bißchen aufgeregt und ängstlich.

Star brachte sie in das Café, und sie saßen am Fenster. Während sie zuschaute, wie Paris an ihnen vorüberflanierte, wurde sie wieder ruhiger.

»Du warst also noch nie hier?« Star sah sie an. Sie aß Schokoladencroissants und trank *Café auf lait.* Er streckte die Hand über den Tisch und schnippte einen winzigen Croissantkrümel von ihrem Kinn.

»Nein. Noch nie. Ich wollte immer mal her. Wir waren überall – aber immer an so blöden Orten. Auf irgendwelchen Käffern mit einer Airbase. In Deutschland war es am schlimmsten. Ich hasse Deutschland. Meine Mutter auch. Wir hockten mitten im Nichts, in diesem gräßlichen kleinen Ort, mitten in einem riesigen Fichtenwald. Daddy war rund um die Uhr am Arbeiten. Ober beim Golfspielen. Er ist ein fanatischer Golfspieler. Er hat ein Handicap von acht, also muß er wohl ziemlich gut sein, aber Mommy und ich sind fast wahnsinnig geworden. Wir kriegten Hüttenkoller. Mom hat gesagt, daß man das so nennt –« Sie brach ab. Ich darf nicht immer so drauflosquatschen, mahnte sie sich. Es war klar, daß Star das nicht gefiel, denn dann verschloß sich seine Miene jedesmal. Vielleicht lang-

weilte sie ihn ja. Er sah weg; er begann unruhig zu werden und mit den Fingern auf den Tisch zu trommeln, und sie merkte – irgendwas nagte an ihm, denn sonst war Star immer ganz ruhig.
»Ich bin gleich wieder da«, erklärte er abrupt und stand auf. Mina sah ihn zwischen den Tischen davongehen und in Richtung Toilette verschwinden. Sie blieb sitzen und versuchte, das Croissant aufzuessen, sich Paris anzuschauen, aber plötzlich kamen ihr die Straßen vor dem Fenster freudlos vor, und das Croissant schmeckte fade.
Er blieb lange weg, zehn Minuten, vielleicht länger. Als er jedoch zurückkam, sah sie sofort, daß er wieder guter Laune war. Er setzte sich ihr gegenüber, schloß die Manschettenknöpfe seines Hemdes. Seine Hände rochen nach Seife. Er schenkte ihr dieses ganz besondere Lächeln, das ihr das Gefühl gab, daß sie alle Zeit der Welt hatten.
»In Deutschland ...« Er beugte sich vor und legte seine Hand auf ihre. »Haben sie dort angefangen zu streiten? Du weißt schon, du hast mir im Auto davon erzählt ...«
»Vielleicht.« Mina runzelte die Stirn. »Ich war erst dreizehn, als wir dort weggezogen sind. Wir haben volle drei Jahre dort gelebt. Vielleicht ging es ja schon früher los, und mir ist das nicht aufgefallen, oder ich habe mir vorgemacht, daß alles ganz normal wäre. Vor Deutschland haben wir auf Hawaii gelebt, da war es besser. Ich weiß nicht. Wahrscheinlich – waren sie früher mal glücklich. Als ich noch klein war. Sie waren wirklich verliebt, als sie geheiratet haben. Das hat mir Mommy erzählt. Sie hat gesagt, daß sie Daddy einfach umwerfend gefunden hätte und –« Sie brach wieder ab und kämpfte gegen die plötzlich aufsteigenden Tränen an. Star beobachtete sie mit seinem ruhigen, eindringlichen Blick.
Dann nahm er ihre Hand. Er sagte: »Mina. Die Liebe kommt und geht. Das mußt du begreifen.«
»Sie bleibt nicht?« Sie wandte den Blick ab. »In den Büchern bleibt sie schon. Und im Film.«
»Manchmal kann sie bleiben.« Er zündete sich eine Zigarette an, nahm einen Zug und stieß den Rauch aus. Mina sah ihn durch die grauen Rauchschwaden an.
»Natürlich möchte jeder, daß sie bleibt. Deshalb kämpfen die Menschen viel zu verkrampft darum. Sie werden nervös und gestreßt.

Dabei wäre es viel besser, einfach abzuwarten. Die Liebe kommen zu lassen. Zu hoffen, daß sie bleibt. Liebe lohnt sich immer, selbst wenn es nur ein kleines bißchen ist. In dieser Welt gibt es so viel Haß.«
Mina sah ihn weiter eindringlich an. Seine Antwort klang weise, fand sie, auch wenn es nicht die Antwort war, auf die sie gehofft hatte. »Star«, begann sie, »falls es passiert, wenn es passiert – wie merkt man das überhaupt?«
Zur Antwort packte er ihr Handgelenk so fest, daß es weh tat, und riß sie aus ihrem Stuhl, bis sie halb über dem Tisch lag und sein schönes Gesicht nur Zentimeter von ihrem entfernt war.
»Sieh mir in die Augen«, sagte er. »Mach schon, Sieh. Sieh genau hin, Mina. Laß es zu ...«
Mina sah ihm so in die Augen, wie er es von ihr verlangte. Die Iris war dunkel, fast schwarz, mit blauen Einsprengseln. Sie konnte sich selbst in seinen Augen sehen, eine winzige Mina, und dann verlor sie sich und sah nur noch seinen Blick, bis alles um sie herum versank und sie das Gefühl hatte, in einen Ozean zu starren. Sie schaute den Wogen zu; sie blickte in diese langsame, hypnotische, tiefer werdende See, und sie begann leicht zu zittern und seufzte schließlich.
Stars Griff lockerte sich. Er streichelte ihre Hand. Er sagte: »Jetzt kennst du mich. Und ich kenne dich. Ich brauche dich so sehr, Mina. Das war mir sofort klar, als ich dir begegnet bin.«
Mina stockte der Atem. Star ließ ihre Hand los. Er stand auf.
»Komm«, sagte er, als wäre gar nichts passiert, als hätte er eben überhaupt nichts gesagt. »Komm. Wir müssen zum Flughafen. Es wird Zeit.«
Mina stand ebenfalls auf. Sie schob ihren Stuhl zurück und faßte nach ihrer Jacke, eine Folge kleiner, nervöser Bewegungen. Star war bereits auf dem Weg zur Tür, und sie lief ihm nach und nahm seine Hand.
»Star«, sprach sie ihn an. »Ich wollte doch anrufen. Du hast gesagt, ich könnte von hier aus meine Eltern anrufen –«
»Das Telefon ist kaputt. Ich habe eben nachgesehen.« Er nahm sie am Arm, zog sie auf die Straße und hielt ein Taxi an. »Komm. Du kannst vom Flughafen aus anrufen. Da gibt es an jeder Ecke ein Telefon ...«

Doch als sie am Flughafen ankamen, schien er auch dieses Versprechen vergessen zu haben. Er marschierte mit langen Schritten durch das Terminal, Rolltreppen hinauf und hinab. Mina mußte laufen, um mit ihm Schritt zu halten. Es war voll, sie mußte sich durch die Menschenmassen kämpfen. Sie irrte durch ein chaotisches Durcheinander von fremden Stimmen, fremden Sprachen, Lautsprecherdurchsagen.

Eine Sekunde blieb sie vor einer der Anzeigetafeln stehen und beobachtete, wie die Buchstaben durchliefen. Es gab unzählige Flüge nach England, genau wie er gesagt hatte. Die Zehn-Uhr-Maschine war schon fort, der Flug um elf bereits aufgerufen. Mittags gab es wieder einen.

»Komm. Hier lang …« Star kam zu ihr zurück, nahm sie wieder am Arm, zog sie weiter. Er ging immer schneller, und als Mina zu ihm aufsah, sah sie, daß er wütend war, schrecklich wütend, ganz ohne Grund.

»Was habe ich denn gemacht? Star?« Sie zupfte ihn am Ärmel. »Habe ich was Falsches gesagt?«

Er blieb stehen und sah sie verständnislos an.

»Wie? Nichts. Ich habe es einfach eilig. Gleich kommt ein Flug an. Den will ich nicht verpassen. Hier durch … Moment. Nimm meinen Mantel. Das ist besser. Jetzt. Kein Wort, und bleib dicht bei mir …«

Er schob ihr den zusammengerollten alten Tweedmantel in die Arme. Ohne den Mantel, stellte sie fest, sah er völlig verändert aus, gar nicht mehr wie ein Landfahrer. Er mußte vorhin gebadet und sich umgezogen haben und sah nun – eigenartig, daß ihr das nicht aufgefallen war, aber sie sah ihm immer nur ins Gesicht, nie auf seine Kleider – in seinem schwarzen Sweatshirt, dem schwarzen Sakko und den sauberen schwarzen Jeans aus wie ein Student, ein Student von der Sorbonne vielleicht.

»Dein Tuch«, sagte sie. »Star, du trägst dein rotes Tuch ja gar nicht –«

»Ruhig«, zischte er sie an. »Hast du nicht gehört? Kein Wort. Hier durch.«

Er führte sie zu einer Tür am Rand des Terminals und dann in einen schmalen Gang. Mina lief neben ihm her, seinen Mantel fest in den Armen. Plötzlich schwirrten ihr unzählige Fragen durch den Kopf. Was war aus dem schönen silbernen Auto geworden? Sie entsann sich, daß er es irgendwo in einer Seitenstraße geparkt hatte, aber wo war es jetzt? Wo war Star gewesen, während sie geschlafen hatte – sie hatte mindestens sechzehn Stunden geschlafen, rechnete sie nach. Und wo war sein kleiner Hund, der die ganze lange Fahrt über auf Minas Schoß gesessen hatte? Dancer, die er zusammen mit Mina unter einer Decke versteckt hatte, als sie die Grenze passiert hatten, und die noch dagewesen war. Mina war ganz sicher, daß sie dagewesen war, als Mina in diesem Dachgeschoßzimmer eingeschlafen war.

»Wo ist Dancer?« platzte sie heraus. Sie mußte immer noch laufen, um Schritt mit ihm zu halten. »Star, was ist mit Dancer? Du hast gesagt, du würdest sie überallhin mitnehmen –«

»Diesmal habe ich sie eben nicht mitgenommen.« Er blieb so abrupt stehen, daß Mina gegen seinen Rücken prallte. Jetzt konnte es keinen Zweifel mehr an seiner Wut geben; sein Gesicht war verzerrt vor Zorn, und Mina zuckte zurück. »Sie ist bei einer Freundin. Noch eine Frage, und ...«

Sie sah, wie er um Beherrschung rang.

»Und ich lasse dich hier stehen«, vollendete er den Satz. »Ich gehe einfach weg und lasse dich hier stehen. Ich hasse Fragen. Ich hasse Frauen, die zuviel fragen. Ich dachte, das hättest du begriffen.«

»Habe ich auch. Star –«

»Dann tu, was ich dir sage. Wann ich es dir sage. Ich habe meine Gründe. Begreifst du? So. Du wartest hier.«

Mina tat wie geheißen. Der Gang, in dem sie jetzt standen, war ruhiger und lag offenbar abseits des Hauptterminals. Star ging ein paar Schritte weiter und wartete. Nach ein paar Minuten tauchte ein Mann in Uniform auf, irgendein Flughafenangestellter, vielleicht jemand vom Putzpersonal. Er schien Star zu kennen, und Star schien ihn zu kennen. Sie unterhielten sich kurz und leise. Der Mann warf einen Blick über seine Schulter. Star machte eine seiner Zaubergesten. Mina war nicht sicher, aber sie glaubte zu sehen, daß Geld den Besitzer wechselte.

Der Mann förderte einen Schlüssel zutage und schloß eine Tür auf, eine Tür ohne irgendein Schild. Star winkte ihr, und der Mann ließ sie ein. Er selbst folgte nicht, sondern zog die Tür hinter ihnen zu; Mina sah sich um. Sie standen jetzt in einer ruhigen, teuer und dezent eingerichteten Lounge. Sessel standen in Gruppen auf dem

weichen Teppichboden, und auf den Tischen stapelten sich die neuesten Zeitschriften.
»Wo sind wir?« flüsterte sie.
»In einer VIP-Lounge«, antwortete er leise. »Du weißt doch, was das ist? Wenn wichtige Leute abfliegen oder ankommen, dann kommen sie hier durch. Die Presse darf hier nicht rein …«
»Dürfen wir hier rein?«
»Nein. Aber wir tun niemandem was. Wir warten bloß und schauen zu. Sonst nichts.«
Er zog sie an die Wand hinter eine hohe Topfpalme. Mina spürte, wie sie vor Aufregung ein Schauer überlief und ihre Nerven unverschämt zu kribbeln begannen. Es warteten noch mehr Menschen, wie sie sah, eine ganze Reihe sogar, und dahinter standen etwas abseits einige Flughafenangestellte. Niemand schien sie bemerkt zu haben. Die Flughafenleute waren mit irgendwelchen Papieren und Formularen beschäftigt und telefonierten; die anderen Wartenden, mehrere Männer, ein paar Frauen, alle elegant gekleidet, schauten aus dem Fenster. Mina reckte den Hals: Das Fenster reichte vom Boden bis zur Decke. Es ging auf das Rollfeld. Sie sah ein Flugzeug heranrollen, ein kleines Privatflugzeug, dachte sie, mit einem ihr unbekannten Logo auf dem Rumpf. Star sah es ebenfalls, und Mina merkte, wie sich sein ganzer Körper versteifte, sobald er es erblickte.
»Nicht bewegen«, murmelte er aus den Mundwinkeln. »Nur zuschauen. Nicht bewegen.«
Also schaute Mina zu. Und begann sich nach kurzer Zeit zu langweilen. Nach dem mysteriösen Anfang passierte nun so gut wie gar nichts mehr. Das Flugzeug kam draußen zum Stehen. Sie konnte sehen, wie die vordere Tür geöffnet wurde, dann drängten die wartenden Männer und Frauen ans Fenster und verstellten ihr die Sicht. Sie hörte Wortfetzen, Gemurmel, aber alle sprachen Französisch, und Minas Französischkenntnisse waren nur rudimentär.
Sie spürte eine leichte Spannung und Erregung in der Gruppe der Wartenden, als würde man auf etwas Unvorhersehbares warten, doch eigentlich geschah überhaupt nichts Besonderes. Wer auch immer in dem Flugzeug gesessen hatte, war inzwischen offenbar ausgestiegen und kam von einem Eingang im Erdgeschoß herauf, denn

plötzlich eilte die Gruppe am Fenster hektisch zu den Türen am anderen Ende der Lounge.
Ein Mann stellte sich etwas abseits und sprach hastig in ein Handy; ein anderer öffnete einen schwarzen Diplomatenkoffer und zog rasch ein paar Akten heraus. Die Wartenden bauten sich zu beiden Seiten des Eingangs auf, wo sie zwei Reihen bildeten und sich zu einem formellen Empfangskomitee ordneten. Eine ältere Dame in elegantem Kostüm und mit makellos frisiertem Haar wartete gleich rechts neben der Tür; einen Schritt hinter ihr stand ein Mann, den Mina für den wichtigsten hier im Raum hielt. Er trug einen schwarzen Mantel, eine Schildpattbrille mit getönten Gläsern und einen dunklen Anzug mit feinen, hauchdünnen Nadelstreifen. Die übrigen warteten in gebührendem Abstand hinter und neben den beiden.
Dann ging die Tür auf, und die Angekommenen traten ein. Jetzt hatte Mina wieder freie Sicht: Sie konnte sehen, daß man einen Mann und eine Frau erwartet hatte. Der Mann war um die fünfzig und strahlte, selbst auf diese Entfernung, Energie und Macht aus. Sein Haar glänzte schwarz wie das Gefieder eines Raben; er war relativ klein und konservativ gekleidet; seine Haut war gebräunt, und Mina fragte sich, ob er vielleicht Italiener oder Spanier war. Er bewegte sich wie ein König.
Sowie er durch die Tür trat, begann er zu sprechen, und es war fast komisch anzusehen, wie alle anderen sofort Habachtstellung annahmen, knicksten und sich verbeugten. Dann machte der Mann eine herrschaftliche Geste, das Gemurmel erstarb, die Bewegungen erstarrten, und der Mann trat beiseite, um der Frau den Vortritt zu lassen.
Sie war zierlich gebaut, sah Mina, ganz schlank und kaum größer als Mina, und sie bewegte sich graziös wie eine Tänzerin. Ihr ebenfalls nachtschwarzes Haar war fast völlig von einem teuren Seidentuch bedeckt. Sie trug eine große dunkle Brille, hinter der Mina kaum etwas von ihrem Gesicht erkennen konnte. Nur die Lippen konnte sie sehen, blasse, ungeschminkte Lippen. Die Frau trug einen Pelzmantel, einen wunderschönen, dunklen Pelzmantel, der ihr bis zur Wade reichte. Sie hatte Handschuhe an. Gold glitzerte an ihrem Arm, und Mina sah dem Glitzern zu, während die Frau einen nach dem ande-

ren begrüßte. Hier berührte sie jemanden, dort reckte sie sich, um jemand anderen zu küssen, und Mina entging nicht, daß die Menschen angenehm überrascht auf die Begrüßung reagierten, denn während die Frau und ihr Begleiter allmählich das Spalier abschritten, tauschten die Menschen hinter ihnen Blicke, zogen die Brauen hoch oder nickten einander zu, als wollten sie sich gegenseitig gratulieren. Plötzlich konnte sie die Euphorie spüren, die wie ein Duft in der Luft lag. Dann konnte sie tatsächlich etwas riechen, einen Duft wie von unzähligen Frühlingsblumen, und gleich darauf setzten sich die Frau und ihr fürsorglicher Begleiter in Bewegung, dicht gefolgt von den anderen. Vereinzelt wurden Stimmen und Gelächter laut, die Atmosphäre wurde gelöst, dann schwang eine Tür auf, und alle verschwanden.

Die Stille danach war gespannt wie Draht; Star rührte sich nicht vom Fleck. Er hatte die Frau und den Mann fixiert, sobald sie den Raum betreten und bis sie ihn wieder verlassen hatten. Reglos wie eine Statue starrte er ihnen nach. Sein Gesicht war ernst, ausdruckslos und blaß.

Mina wagte nicht, ihn anzusprechen. Er sah aus, als wäre er möglicherweise immer noch wütend oder verletzt, aber auf jeden Fall stimmte irgend etwas nicht.

Nach langem Warten zupfte ihn Mina wieder am Ärmel. »Star«, flüsterte sie, »sind wir deshalb hergekommen? Um sie zu sehen?«

»Was?« Er drehte sich zu ihr um und schien erst jetzt zu begreifen, wer sie war und wo sie waren.

»Ja«, sagte er. »Deshalb sind wir hier. Ich wollte sie sehen. Ich habe was mit ihnen vor, mit diesen beiden.«

»Du hast was vor?« Mina sah ihn unsicher an. Das Glitzern in seinen Augen machte ihr angst. »Was denn? Das verstehe ich nicht.«

»Das wirst du schon noch. In drei Tagen. Am Mittwoch. Weißt du, wie lange ich auf diesen Tag gewartet habe? Fünfundzwanzig *Jahre* habe ich gewartet.«

»Aber warum denn? Wer sind die beiden denn, Star?«

»Meine Feinde.«

»Was – der Mann und die Frau?« Mina wich ein wenig zurück, denn inzwischen fand sie seinen Blick wirklich beängstigend. »Warum denn, Star? Kennst du sie? Wer *sind* sie?«

Die ersten beiden Fragen sollte Star erst Tage später beantworten, doch die dritte beantwortete er ihr sofort.
»Die beiden sind berühmt«, sagte er. »Sehr berühmt. *Weltberühmt.*« Entsetzt beobachtete Mina, wie sein Gesicht in sich zusammenfiel; einen grauenvollen Moment fürchtete sie, er würde sie gleich schlagen.
»Die Frau ist Maria Cazarès«, sagte er. »Und der Mann an ihrer Seite Jean Lazare.«

Maria Cazarès war Autonärrin. In Paris hielt Lazare ständig vier verschiedene Wagen zu ihrer Verfügung. Bei dem Telefonat aus der Villa nahe Fez hatte er Anweisung gegeben, den Wagen vorfahren zu lassen, den er Maria vor zwei Jahren zum Geburtstag gekauft hatte. Er war 1937 in Handarbeit für ein Mitglied der Familie Krupp gefertigt worden; sie besaßen auch jüngere Rolls-Royces, aber deren Design fand Maria weniger überzeugend – sie zog einen Vorkriegs-Rolls vor.
Im Fond dieses Fahrzeugs war man vollkommen von der Welt abgeschirmt. Glasscheiben trennten sie von ihrem Fahrer; getönte Fenster schützten vor den Blicken der Passanten. Lazare lehnte in den dicken Polstern, die mit feinstem, handgenähtem Conolly-Leder bezogen waren. Außer dem leisen, beruhigenden Sirren der Reifen war kein Geräusch zu hören. Die Luft roch nach Marias Duft, nach Jonquillen und Narzissen, nach hauchzarten Frühlingsblüten. Es war das erste und immer noch berühmteste unter den Cazarès-Parfüms, *L'Aurore.* Lazare schloß kurz die Augen; er hatte in der vergangenen Nacht kein Auge zugetan; er war kein junger Mann mehr; in jüngster Zeit war ihm klar geworden, was es bedeutete, ständig schlecht zu schlafen und unausgeschlafen aufzuwachen.
Er spürte, wie sich Maria neben ihm bewegte, und schlug die Augen wieder auf. Sie preßte ihr Gesicht ans Fenster und starrte auf die vorbeiziehenden Straßen. Ihre kleinen behandschuhten Hände ballten und entspannten sich in ihrem Schoß; plötzlich drehte sie sich zu ihm um.
»Jean – er soll abbiegen. Ich möchte zu Mathilde. Ich habe sie seit Tagen nicht mehr gesehen. Ich will sofort zu ihr.«
»Nein, Liebling.« Lazare streckte die Hand nach ihr aus und nahm

ihre Finger. »Du hast sie viermal aus Marokko angerufen. Heute ist Sonntag. Du wirst sie überanstrengen, Liebling. Du vergißt, daß sie keine junge Frau mehr ist.«

»Sie fehlt mir. Ich wünschte, sie würde noch bei uns wohnen. Du hättest sie nicht fortschicken sollen, Jean –«

»Liebling, ich habe sie doch gar nicht fortgeschickt.« Er seufzte. »Sie ist in Rente gegangen. Ich habe ihr eine hübsche Wohnung gekauft, sie hat ihr eigenes Dienstmädchen –«

»Sie war *mein* Dienstmädchen. Sie war mir wie eine Mutter. Sie versteht mich. Und jetzt hast du sie mir weggenommen.«

»Weggenommen? Liebling, du weißt, daß das nicht stimmt.« Lazare, der Mathilde, eine strenge, hart wirkende Bäuerin aus der Provence, tatsächlich nie gemocht hatte, ließ sich seinen Ärger nicht anmerken. Mathilde hatte sich über zwanzig Jahre um Maria gekümmert; sie war besitzergreifend und heimlichtuerisch, haßte alle Männer und hatte Maria immer vergöttert – aber er hatte sie ihr nicht weggenommen. Höchstens dazu ermuntert, sich zur Ruhe zu setzen – aber andererseits hatte der Streß der letzten fünf Jahre Mathilde ohnehin zugesetzt.

»Paß auf«, fuhr er fort, »du kannst sie morgen besuchen, Liebling. Wenn du dich wieder besser fühlst. Wenn du dich ein bißchen ausgeruht hast.« Er hielt inne, suchte nach einer Ablenkung. »Vergiß Mathilde einen Moment, Liebling – warum zeigst du mir nicht, was du alles gekauft hast?«

Zu seiner Erleichterung ließ sie sich tatsächlich ablenken – aber Maria konnte sich auch nur noch kurze Zeit auf eine Sache konzentrieren. Sofort öffnete sie aufgeregt lächelnd die Tasche, die sie aus Marokko mitgebracht hatte und die ein Gehilfe wie angewiesen neben ihr im Auto verstaut hatte. Nacheinander zog sie die darin befindlichen hübschen Kleinigkeiten heraus. Sie wußte, was in der Tasche war, schließlich hatte sie die Sachen selbst gekauft, aber trotzdem hielt sie jedes Stück mit einem kleinen überraschten Freudenschrei hoch, als wäre die Tasche eine Art Wundertüte und sie ein kleines Kind.

Der Besuch in ihrem Haus in Marokko war auf eine plötzliche Laune Marias zurückzuführen. Sie hatte sich das am Freitag, um neun Uhr abends, in den Kopf gesetzt; zwei Stunden später hatten sie in ihrem

Privatflugzeug gesessen. Doch Maria war den ganzen Flug über unruhig und quengelig gewesen; kaum waren sie in Fez angekommen, hatte sie wieder umkehren wollen.

Lazare hatte das vorhergesehen und Vorkehrungen getroffen. Der Jeep stand wartend bereit; nach einem kleinen Imbiß, den Maria nicht einmal anrührte, fuhr man sie hinaus in die Wüste. Dort beobachteten sie, wie sich die Berge, die bei ihrer Abfahrt in der Dunkelheit noch unsichtbar gewesen waren, in diesem einzigartigen Licht des Wüstenmorgens rosa und azurblau herausschälten. Doch der Anblick, der Maria früher immer so erfreut hatte, lenkte sie nur kurz ab. Lazare nahm ihre Hand.

»Liebling, sieh nur ...«, sagte er. »Siehst du den Gipfel dort? Siehst du den Schnee, Maria? Sieh nur, wie golden er glänzt.«

»Mir ist kalt, Jean. Ich möchte heim.«

»Liebling, nur noch ein paar Minuten. Bleib dicht bei mir. Halt deinen Pelz zu. Ich nehme dich in den Arm – so. Weißt du noch, Liebling, damals vor der Präsentation 1985? Da waren wir auch hier, Maria. Wir standen genau auf dieser Stelle. Du machtest dir solche Sorgen um die Kollektion – keine Inspiration, keine Ideen, hast du gesagt – keine einzige! Dann sahen wir die Sonne aufgehen – und plötzlich kamen sie dir. Diese Farben. Weißt du noch? Wir fuhren sofort heim, und du hast gezeichnet, seitenweise gezeichnet – es waren wunderschöne Entwürfe. So leicht, so fein – und die Farben, Maria, bestimmt erinnerst du dich an die Farben. In jenem Jahr machtest du Kleider für Göttinnen. Niemand, der sie gesehen hat, wird sie je vergessen. Die Leute sprechen immer noch davon –«

»Das war damals. Dies ist heute. Damals war ich glücklich. Heute bin ich es nicht mehr.«

»Du *bist* es, Liebling. Wir sind es.« Er umarmte sie, und sie zitterte.

»Jean – ich brauche mein Geschenk. Kann ich jetzt mein Geschenk haben? Am Morgen, hast du gesagt. Es ist Morgen.«

»Also gut«, hatte er geantwortet.

Dann waren sie in aller Eile zurück zur Villa gefahren. Er schickte die Diener fort und brachte sie an ihren Lieblingsort, den abgeschlossenen Innenhof der Villa. In seinen Mauern blühte ein geometrisch angelegter maurischer Garten mit Jasminbüschen und Orangenbäumen. Es gab einen kleinen Brunnen, dessen Wasser in eine steinerne, mit azurblauen und goldfarbenen Kacheln umflieste Zisterne plätscherte. Nur das Murmeln des Wassers war hier zu hören; Lazare setzte Maria auf eine Steinbank neben dem Brunnen und legte dann behutsam und förmlich, wie es eine Art war, die kleine weiße Schachtel mit der silbernen Kordel in ihre Hand.

Gierig riß sie die Verpackung auf; sie öffnete die winzige Schachtel mit der zusammengefalteten goldenen Ripsseide.

»Was ist es, Jean? Was kann das nur sein?«

Sie sah zu ihm auf, und auf ihr reizendes Gesicht trat vor Aufregung ein Hauch von Farbe. Ihre dunklen, großen Augen hingen an seinen; ihre Lippen standen leicht offen: Dieser so vertrauensselige, so unschuldige, so kindliche Blick hatte ihn immer mitten ins Herz getroffen. »Sag nichts – laß mich raten! Es ist klein und sehr schön. Ein Ring, Jean? Oder eine Muschel? Ein Smaragd? Ein Skarabäus? Ein schöner Stein – erinnerst du dich an diese bezaubernden Steine, die wir damals in Thailand fanden? Ja, es ist klein und hart – ich glaube, es ist ein Stein ...«

Lazare lächelte. Marias hektische, so katholische Begeisterung für alles Schöne rührte ihn, hatte ihn schon immer gerührt. Gab es irgendwo eine zweite Frau auf der Welt, die sich von einem unbezahlbar teuren Diamanten ebenso bezaubern ließ wie von einer schönen, aber wertlosen Muschel oder einem einfachen Stein?

»Nichts davon, Liebling«, antwortete er. »Es ist etwas wirklich Winziges – und ein bißchen Magisches. Würdest du mir glauben, wenn ich dir sagte, daß du einen Vogel in der Hand hältst?«

»Einen Vogel, Jean?« Sie sah ihn an.

»Ja, Liebling. Du hältst eine kleine weiße Taube in der Hand, eine kleine White Dove – so nennt man sie. Du nimmst sie – siehst du, ich habe schon ein Glas Wasser für dich da. Du mußt sie mit Wasser nehmen, Liebling, auf gar keinen Fall mit Wein – dann wirst du sehen. Diese kleine Taube ist sehr mächtig. Sie wird dir neue Flügel verleihen.«

»Bestimmt?« Sie sah ihn fest an. »Versprichst du mir das, Jean? Letztes Mal –«

»Ich weiß, Liebling. Diesmal kannst du ganz sicher sein. Ich schwöre es dir. Versuch es nur.«

Sie hatte das Goldpapier geöffnet. Mit tiefem Ernst hatte sie die winzige weiße Pille gemustert und dann das Glas Wasser entgegengenommen. Sie schluckte die Tablette wie ein gehorsames Kind, dem von seinem besorgten Vater Medizin verabreicht wird. Die Zeit verging; Lazare beobachtete ihre Miene und lauschte dem Plätschern des Brunnenwassers. Maria preßte sich eine winzige Hand auf die Brust und stieß einen leisen Schrei aus.

Und dann begann es – ein Tag und eine Nacht fiebriger Aktivität: eine Fahrt zum Souk, aus dem sie mit Einkäufen überhäuft zurückkam; ein Bad im Pool; der Wunsch zu tanzen, der Wunsch, sich hinzulegen, mit ihm zu reden, wie sie seit vielen Jahren nicht mehr mit ihm geredet hatte; ein Tag und eine Nacht, die sich ständig wandelten, die in winzige Fragmente zersplitterten, die kein Ende nehmen wollten ... Noch jetzt, während er neben ihr im Auto saß, spürte Lazare die inzwischen ungewohnte Liebkosung ihrer Lippen und Hände auf seiner Haut. Für ihn war es eine Tortur gewesen; für Maria vierundzwanzig Stunden, nein, mehr, ungetrübten Glücks. Das hatte sie jedenfalls immer wieder betont. Nun ließ das Glücksgefühl allmählich nach, wie er annahm.

»Das hat gestern viel hübscher ausgesehen.«

Sie hielt ihm ein Armband zur Ansicht hin, das sie tags zuvor im Souk gekauft hatte. Es war ein silbernes Band mit korallenroten und türkisfarbenen Perlen. Es war alt und wirklich hübsch und hatte einst wohl zur Mitgift eines arabischen Mädchens gehört. Alles in allem sah es den zwanzig oder dreißig anderen Armbändern, die Maria in diesem Souk schon gekauft hatte, zum Verwechseln ähnlich.

»Und das da.«

Sie hielt eine winzige Glocke aus durchbrochenem Messing hoch, um sie gleich wieder fallen zu lassen. »Jean ...« Sie drückte seine Hand. »Wenn wir heimkommen, möchte ich schlafen. Ich möchte hundert Jahre schlafen, so wie Dornröschen. Ich möchte im blauen Zimmer schlafen, Jean, in den weißen Laken, die du aus London hast kommen lassen ...«

»Liebling, du kannst schlafen, wo du willst. Ruh dich aus. Mach dir keine Sorgen. Es ist alles arrangiert.«

»Wirst du bei mir bleiben und mit mir reden? Nur bis ich eingeschlafen bin? Du läßt mich nicht allein?«

»Nein. Heute ist Sonntag, Liebling. Ich kann den ganzen Tag bei dir bleiben, wenn du möchtest –«
»Sonntag. Ich liebe den Sonntag.« Sie seufzte. »Ich werde im Bett liegen und mit dir reden und den Glocken lauschen ...«
Sie sank in die Lederpolster zurück und schloß die Augen. Jean betrachtete das Gesicht, das er so lange schon liebte. Ihre Stirn war glatt und immer noch fast ohne Falten. Ihre langen schwarzen Wimpern lagen in einem Halbmond auf ihren Wangen, und ihre Wangen waren immer noch rosig. Begierde strömte durch seinen Körper, eine Begierde, der er so wehrlos ausgeliefert war wie seit jeher. Er beugte sich zu ihr herüber und küßte sie zärtlich auf den Mund. Ihre Lippen teilten sich mit süßer Vertrautheit unter seinen. Er löste die Seidenkordel ihres Mantels und ließ die Hand unter den Pelz gleiten. Er begann die weichen, einst so schönen Brüste zu streicheln; fühlte mit den Fingerspitzen den Schlag ihres Herzens.
Sie kuschelte sich an ihn, schlang die Arme um seinen Hals. Er küßte sie auf die geschlossenen Lider und das dichte Haar. Doch plötzlich begann sie sich zu wehren und ihn wegzuschieben. Augenblicklich zuckte er zurück, hob ihre kleine Hand an seine Lippen und küßte sie. Er brachte es nicht über sich, ihr in die Augen zu sehen.
»Nicht, Jean. Bitte nicht weinen, Liebling.« Sie küßte ihn aufs Gesicht, wollte ihn dazu zwingen, sie anzusehen. »Bitte nicht. Ich kann es nicht ertragen, dich traurig zu sehen. Ich fühle mich gut, wirklich. Warte doch, bis ich mich ausgeruht habe, vielleicht ...« Sie verstummte. »Vielleicht nehme ich noch eine einzige kleine White Dove, Jean. Du hast gesagt, du hättest mehr davon für mich. Du hast gesagt, sie wären gut für mich, Liebling, und das sind sie auch –«
»Sobald wir zu Hause sind.«
Er entzog sich ihrem Griff, ließ sich in die Polster zurücksinken und hielt mit abgewandtem Gesicht ihre Hand. Von da an wartete sie geduldig, denn sie vertraute ihm absolut und war fest davon überzeugt, daß er sie noch nie belogen hatte, obwohl er keine Gewissensbisse hatte, andere anzulügen.
Dieses Haus, etwa sechzehn Kilometer außerhalb von Paris in einer sanften Landschaft zwischen der Stadt und dem Schloß von Versailles gelegen, war das erste, das Lazare ihr gekauft hatte. Jedes Detail des Rokokobaus aus dem 18. Jahrhundert war nach seinen Anwei-

sungen akribisch genau restauriert worden. Einst hatte Lazare jedesmal etwas wie Freude und Triumph empfunden, wenn er hierhergekommen war; inzwischen waren diese Gefühle verblaßt. Nun war es nur noch ein Haus, wenn auch vollkommen in seiner Art. Lazare merkte, daß er das Innere mit dem anderer Häuser durcheinanderzubringen begann. Manchmal stand er auf der Treppe, schaute in die verschiedenen Flure, auf den vergoldeten Stuck, die Spiegel und fragte sich: *Wohin jetzt?*

Heute gingen sie, wie von ihr gewünscht, nach oben ins blaue Zimmer, das mit der weißen Spitzenbettwäsche aus London, dem Bett, das einst Marie-Antoinette gehört hatte, und den kleinen, unbezahlbaren und unbequemen Louis-XIV-Sesselchen. Es war ein weibliches Zimmer, ein ruhiges Zimmer, dessen dezente, aufeinander abgestimmte Farbtöne besänftigend wirkten. Lazare schickte das Mädchen weg.

Er holte das kleine weiße Päckchen aus seiner Tasche, doch diesmal war Maria enttäuscht, als sie sah, daß es genauso verpackt war wie das erste. Lazare vermerkte das insgeheim: Bei allen restlichen Pillen mußte sich die Verpackung unterscheiden; sie mußte geändert werden.

Maria schluckte die Pille gierig; sie nahm einen Schluck von dem Wasser, das er ihr hinhielt, aber sie wollte nicht alles trinken.

»Liebling«, sagte er. »Du brauchst das Wasser. Du mußt mehr essen. Soll ich dir etwas bringen lassen?«

»Nein, Jean. Später. Ach, mein Bett! So hübsch, und so bequem ...«

»Es wurde für eine Königin gemacht.«

»Keine glückliche Königin. Keine besonders nette Königin. Aber egal, jetzt gehört es mir.«

Sie ging durchs Zimmer, trat sich die Schuhe von den Füßen, ließ den Pelz auf den Boden fallen. Sie legte sich auf das blaue Bett, unter den blauen Himmel, und tätschelte dann die blaue Tagesdecke.

»Setz dich zu mir, Jean. So wie du es versprochen hast. Erzähl mir was, Liebling. Erzähl mir was, bis ich eingeschlafen bin. Keiner kann das so gut wie du ...«

Er setzte sich neben sie. Sie legte sich zurück, schloß die Augen. Ganz sanft und geschickt löste er ihr Haar und breitete es über die strahlend weißen Kissen. Es war so schwarz, schwarz wie Rabenschwingen; er streichelte es, genau wie ihre elfenbeinblasse Stirn, und dann erzählte er ihr von ihrer gemeinsamen Vergangenheit.

Maria liebte alle seine Geschichten, aber diese Geschichte, *ihre* Geschichte, war ihr die allerliebste. Er ließ sie in dem alten Haus beginnen, an das sie sich immer noch erinnerte, dessen Balkone aus Spitze zu sein schienen und doch aus Eisen waren. Er rief ihr wieder vor Augen, wie es damals gewesen war, als sie beide noch arm waren und er so stolz, so schwierig, so eigensinnig und so im Unrecht.

Er sagte: »Es war eine schreckliche Zeit, Liebling – erinnerst du dich? Ich lebte jeden Tag mit dieser Wahrheit, und sie zerstörte mich. Sie fraß mich bei lebendigem Leibe auf. Dann –«

»Aber dann wurde alles gut.« Sie regte sich kurz und griff nach seiner Hand. »Schließlich wurde alles gut. Weil ich dir den Weg gezeigt habe.«

»Das hast du.« Er beugte sich über sie und küßte sie auf die Stirn. »Das hast du. Und das war sehr tapfer von dir.«

Er zögerte, weil es ihm immer noch schwerfiel, diesen Teil ihrer Geschichte zu erzählen. Vielleicht, dachte er, wird es ihr gar nicht auffallen, wenn ich ihr auslasse, wenn ich diese Episode überspringe. Maria schien schon halb zu schlafen; vielleicht beruhigte sie die White Dove diesmal; vielleicht reagierte sie jeden Tag anders darauf.

»Zwei Jahre später«, begann er, »machten wir die Reise. Wir nahmen den Zug, dann ein Flugzeug –«

»Nein. Nicht weglassen.« Sie hatte die Augen aufgeschlagen. »Ich hasse es, wenn du das wegläßt. Erzähl es mir. Das war das allerschönste. Erzähl mir vom ersten Mal.«

»Das war doch bestimmt nicht allein das allerschönste, Liebling?«

»Nein. Nein – aber es gehört mit dazu. Daran erinnere ich mich am allerliebsten. Bitte, Jean.«

»Also gut.« Er seufzte. »Es war in deinem Zimmer. Erinnerst du dich an das Zimmer?«

»Ja.«

»Ich hatte getrunken. Ich hatte mit aller Gewalt versucht, mich zu betrinken, aber ich wurde einfach nicht betrunken. Ich ging spazieren. Durch die ganze Stadt. Es war schon Nacht. Ich kam zurück ins alte Zentrum. Dann ging ich lange über den Friedhof – erinnerst du dich noch an den Friedhof mit den riesigen Grabmälern, die wie rich-

tige Häuser aussehen? Wo du als kleines Mädchen immer gespielt hast?«
»Ja. Ich glaube, ich kann mich noch daran erinnern.«
»Ich ging dorthin, weil ich an dich denken mußte. Irgendwo in der Ferne spielte Jazz. Ein Blues, mit Saxonphonen. Der Rhythmus trieb mich fast zum Wahnsinn. Ich war völlig verzweifelt ...«
»Du hattest gar keinen Grund dazu. Es war ganz einfach. Ich habe es dir von Anfang an gesagt.«
»Ich wollte nicht auf dich hören. Dazu fehlte mir der Mut. Also – in jener Nacht – fühlte ich mich mächtig und verdammt zugleich. Ich stand am Scheideweg. Ich hatte das Gefühl, daß ich ewig leben oder mich auf der Stelle umbringen könnte. Ich hatte das Gefühl, mit dir sprechen zu müssen. Aber ich hatte solche Angst vor dir. Ein Wort von dir, und ich hätte alles getan, einfach alles –«
»Ich habe das Wort gesagt.«
Wieder schlug sie die Augen auf und sah ihm ins Gesicht. Sie hatte wieder zu zittern begonnen, und ihr Blick war verschwommen, fast getrübt.
»Weißt du es noch?« Sie hielt ihn am Arm fest. »Sag mir, daß du es noch weißt. Wie hieß das Wort?«
»*Maintenant.*«
Er sprach es leise und mit Akzent aus, dem alten Akzent ihrer Jugendzeit. Das Wort – *jetzt* – schmerzte so sehr, daß er das Gesicht abwandte. Er konnte das schattige Zimmer sehen, in dem sie das Wort ausgesprochen hatte, und die Geräusche von damals hören: die ferne, traurig dahintreibende Bluesmelodie; das Kreischen der Güterzugpfeife und das Rauschen und Rattern der Räder.
Der Klang trug weit in der Stille der Nacht, und die Güterzüge waren lang: dreißig Waggons, manchmal vierzig. Er hatte gewartet, bis das Geräusch in der Ferne verhallte, und ihr Gesicht betrachtet, das ihn klein und bleich aus dem Dunkel heraus ansah. *Jetzt,* hatte sie gesagt, heftig und gebieterisch, beinahe zornig, als wollte sie keine Ausflüchte mehr hören und sei entschlossen, sich über seine Gegenwehr und seine Ausreden hinwegzusetzen. *Jetzt,* hatte sie gesagt, und er hatte den Güterwaggons gelauscht, auf das Kruzifix an der Wand gestarrt und begriffen, daß er sich nicht mehr wehren konnte: Seine Widerstandskraft war völlig erlahmt.

Dann hatte er sie mit einem tiefen Seufzer in die Arme gezogen und sie zum ersten Mal ganz anders geküßt – wie ein Liebhaber, aber auch wie ein Beschützer und ein Freund.
»Und so hat es angefangen«, sagte er jetzt in die Stille des blauen Zimmers hinein. »Mir war klar, was das für Konsequenzen haben würde. Wir wußten es beide. Wir hatten etwas angefangen, das niemals enden konnte.«
Er merkte, daß sie während seiner Erzählung begonnen hatte, sich neben ihm zu bewegen, so behutsam jedoch, daß er, ganz in der Vergangenheit gefangen, erst nach einer Weile darauf aufmerksam wurde. Sie rutschte näher, rollte sich auf die Seite, zupfte wieder an seinem Ärmel.
»Komm zu mir, Jean. Bitte. Berühr mich so wie gestern nacht. Ich möchte es noch mal versuchen.«
»Nein, Liebling. Du willst doch schlafen. Das hast du selbst gesagt –«
»Vorhin wollte ich schlafen. Jetzt nicht mehr.«
Sie setzte sich auf und schüttelte sich das dichte schwarze Haar in den Nacken. Ihre Finger nestelten an den Knöpfen ihrer Bluse. Ihr Gesicht war jetzt gerötet, die Bewegungen wirkten hektisch. Sie bekam nur zwei Knöpfe auf, dann riß die Seidenbluse.
»Egal. Laß ... es ist mir egal. Bitte komm zu mir, Jean. Streichle meinen Busen. Küß mich, Liebling. Bitte küß mich ...«
Er spürte tiefe Erschöpfung, als er sich zu ihr umdrehte, und wie ein böses Omen die leise nagende Gewißheit, daß dies kein gutes Ende nehmen würde. Er streichelte ihr den Rücken, dann die Brüste, wie sie gebeten hatte; er gab sich Mühe, nicht zu fühlen oder zu sehen, wie schrecklich dürr sie geworden war, aber das war unmöglich. Jeder Wirbel in ihrem Rückgrat, jede Rippe war zu tasten; ihre immer noch kleinen Brüste wirkten inzwischen wie die eines Mädchens in der Pubertät.
Mit geschlossenen Augen, das Gesicht an ihrem Hals geborgen, kämpfte er gegen die Erschöpfung und gegen die Scham an.
»Nein, Liebling«, wiederholte er sanft. »Du solltest dich ausruhen, entspannen –«
»Ich will mich nicht ausruhen.« Ihre Stimme hatte jetzt jenen hohen, herrischen Klang, den er zu fürchten gelernt hatte. »Ich will, daß du mit mir schläfst. Ist das zuviel verlangt? Warum *willst* du

denn nicht? Warum *kannst* du denn nicht? Ich weiß, daß du mich liebst. Ich weiß, daß du mich begehrst. Was stimmt denn nicht? Jean, du bist noch keine fünfzig. Bist du zu alt?«

Diese Provokation war neu. Sie sah Zorn in sein Gesicht schießen und stieß einen leisen Triumphschrei aus.

»Das ist es also. Du bist zu alt. Du kannst nicht mehr.«

»Du täuschst dich.« Er stand auf und sah kalt auf sie herab. »Wenn ich möchte, kann ich den Akt sehr wohl ausführen.«

»Also – dann führe ihn aus. Beweis es mir. Ich glaube dir nicht.«

»Also gut. Nachdem du mich so charmant darum bittest.«

»Jean –«

»Leg dich hin, verdammt ...«

Er löste den Gürtel, öffnete die Hose, ließ seine Kleider an. Als er sie nahm, stieß sie einen langen, schaudernden Schrei aus und begann sich dann in seinen Armen zu winden. Er drückte sie mit seinem ganzen Gewicht in die Matratze und hielt ihre Arme fest. Während er sich in ihr bewegte, empfand und sah er nichts; sein Gehirn war vollkommen abgeschaltet. Sein einziges Ziel war, den Akt so schnell wie möglich hinter sich zu bringen, den Schmerz mit Lust abzutöten, selbst wenn die Lust nur von kurzer Dauer und schnell wieder vergessen war.

Er schaffte es einfach nicht, zum Höhepunkt zu kommen; immer wieder stieß er zu, bis sie schließlich zu sprechen und sich unter ihm zu bewegen begann – und das machte es noch schlimmer. Sie redete und bewegte sich auf eine ganz neue Art, wie eine Hure – was er natürlich erst recht nicht wollte. Huren konnte er sich jederzeit kaufen und hatte er sich in den letzten Jahren oft genug gekauft, wenn er verzweifelt gewesen war. Er drückte ihr die Hand auf den Mund, um sie zum Schweigen zu bringen. Verzweiflung staute sich jenseits einer dünnen Wand in seinem Kopf auf, doch er wollte sich ihr auf keinen Fall stellen. Vergangene Nacht hatte er versagt; diesmal mußte er es schaffen.

Sie murmelte unter seiner Hand. Er verschloß seine Gedanken vor ihren Worten. In seiner Phantasie beschwor er die Maria ihrer Vergangenheit herauf. Er spürte wieder ihre züchtigen Berührungen, sah das Vertrauen in ihren Augen. Diese Maria verehrte er: Sie zu lieben, war seine einzige Religion, das Leitmotiv seines ganzen Lebens gewesen. Auf diese Maria konzentrierte er sich, und sie ließ ihn nicht einmal jetzt im Stich: Es genügte, daß er sie sich vorstellte. Er küßte ihre Brüste, erschauerte und kam. Die Ejakulation war beinahe schmerzhaft. Sobald sie vorbei war, zog er sich mit einer angewiderten Geste aus ihr zurück. Er haßte sich selbst, und er haßte die Frau, in die sich diese verlorene Maria verwandelt hatte.

Er hatte sie nicht befriedigt, obwohl ihm das einst so leichtgefallen war. Sie fing seine Hand und preßte sie zwischen ihre Schenkel, schloß die Augen wieder und rieb sich wütend an ihm. Mehr als fünf Minuten vergingen, ehe sie den Höhepunkt erreicht hatte, aber dann schien sie intensive Lust dabei zu empfinden; gleich danach gab sie seine Hand frei.

»Schlaf jetzt.« Er rückte augenblicklich von ihr ab, stand auf und zog sich wieder an. »Schlaf jetzt. Jetzt kannst du bestimmt schlafen.«

Sie antwortete nicht, sondern blieb reglos und mit geschlossenen Augen liegen. Lazare setzte sich auf einen der kleinen, unbequemen, unbezahlbaren Sessel. Er haßte den Stuhl, das Marie-Antoinette-Bett, die im Lauf der Jahre erworbenen und angehäuften Besitztümer. Die Häuser, die Autos, die Flugzeuge, die Gemälde: Er verabscheute sie. Er hatte sie in dem Glauben erworben, den Verlust damit aufwiegen zu können, aber jetzt blickte er, krank vor Angst, in die Leere, die im Herzen seines Lebens herrschte.

Über eine Stunde blieb er so sitzen, das Gesicht versteinert vor Verzweiflung. Die ganze Zeit über lag Maria vollkommen reglos da. Er fürchtete sich davor zu sprechen oder sich zu bewegen, falls sie nur vorgab zu schlafen, und sehnte sich doch so sehr danach, diesem Zimmer zu entkommen. Er wäre so gern in den Park hinausgegangen und durch die Edelkastanienallee spaziert; er wollte an die frische Luft, wollte nachdenken und allein sein. Diese Pillen waren seine letzte Hoffnung gewesen, der letzte Akt in dem faustischen Pakt, den er geschlossen hatte. Jetzt erkannte er, welche Katastrophe sie bewirkten. Ganz egal, was bei der Modenschau geschehen würde, ganz egal, ob Maria dort auftauchen würde, ganz egal, ob ihre Phantasie weiter brachliegen würde, ganz egal, ob er noch einmal fünf derart höllische Jahre durchmachen mußte wie die vergangenen – er würde die letzten White Doves vernichten und keine weiteren mehr kaufen.

Natürlich würde die Firma irgendwann darunter leiden – aber das war ihm gleichgültig. Er konnte sie auch in Zukunft mit denselben Methoden führen. Er würde einfach auch weiterhin die beiden anonymen, begabten und überbezahlten jungen Männer engagieren, die das Unnachahmliche nachzuahmen versuchten und in den vergangenen fünf Jahren Cazarès-Imitate produziert hatten. Falls die Firma nur die kommende Präsentation überlebte, würde er die Verhandlungen wiederaufnehmen, die er vor einem Jahr begonnen hatte. Irgendwann würde er verkaufen, und dann würden er und Maria – was würden sie? Plötzlich wurde ihm klar, daß er keine Zukunft mehr für sie beide sah, es sei denn, einer der wenigen Ärzte oder Magier, die er noch nicht konsultiert hatte, würden Maria helfen können.

Maria bewegte sich auf dem Bett ihm gegenüber. Sie setzte sich auf, warf das Haar zurück und sah ihn ruhig an. »Jean«, sagte sie. »Wo ist das Papier? Wo sind meine Stifte? Meine Zeichenstifte?«

»Die liegen da drüben, Liebling«, antwortete er müde. »Auf dem Tisch, so wie immer.«

Zu seinem Erstaunen stand sie wortlos auf, ging zum Tisch, zog das Papier zu sich her und begann zu zeichnen. Sie war immer noch halb nackt. Er stand auf, holte einen Morgenmantel und legte ihn ihr über die Schultern. Sie schüttelte ihn gereizt wieder ab.

»Hör auf, mich zu bemuttern, Jean. Mach das Licht an. Laß mich allein.« Er schaltete die Lampe neben ihr ein, trat ein paar Schritte zurück und beobachtete sie ängstlich und besorgt. Es war das erste Mal seit über einem Jahr, daß sie wenigstens zu zeichnen versuchte. Wie lange würde es dauern, bis sie das Papier zerriß, es zerknüllte – eine Stunde? Eine halbe Stunde?

Im Augenblick schien sie ganz und gar in ihre Arbeit versunken. Er zog sich ans andere Ende des Zimmers zurück, wo sie ihn nicht zu bemerken brauchte, und setzte sich. Auf dem Tisch neben seinem Sessel lagen ein paar Bücher; er nahm sich eines und blätterte leise darin herum, ohne etwas von dem wahrzunehmen, was auf den Seiten stand. So verstrich in völliger, nur vom Schaben ihrer Stifte und dem Ticken einer kleinen goldenen Uhr unterbrochener Stille erst eine Stunde, dann noch eine.

Als sich der Nachmittag schließlich dem Ende zu neigte, stand er auf und trat ans Fenster; er sah hinaus ins Dunkel. Plötzlich hörte er hinter sich eine Bewegung, das Rascheln von Papier und einen langen, dünnen, hohen, zutiefst verzweifelten Schrei.

Er eilte zu ihr, kniete neben ihr nieder, schloß sie in die Arme. Ihre Zeichnungen lagen um ihn herum am Boden, und zuerst war er zu sehr damit beschäftigt, Maria zu trösten, als daß er sie wahrgenommen hätte. Irgendwann fiel sein Blick jedoch erst auf ein Blatt, dann auf ein anderes. Seine Muskeln spannten sich an, und er bückte sich, um das Papier aufzuheben. Er betrachtete die ineinanderfließenden Farben, die hastig skizzierten Linien. Ein Außenstehender hätte wahrscheinlich nichts damit anfangen können und sich möglicherweise wenig beeindruckt gezeigt. Doch diese Skizzen waren in einer Geheimsprache abgefaßt, die nur er und Maria verstanden. Er konnte erkennen, wann Selbstsicherheit aus einer Bleistiftlinie sprach, und genau die erkannte er hier.

Er sah zu ihr auf, verständnislos, erstaunt und zugleich bemüht, sich seine Hoffnung nicht anmerken zu lassen. Er dachte: Sie wirken ja doch, diese *White Doves.*

Marias Kopf lag in ihren Armen. Sie weinte bitterlich, ihr ganzer Körper bebte unter ihrem Schluchzen.

»Nicht weinen, Liebling«, flüsterte er leise. »Sie sind wunderschön – deine schönsten Zeichnungen seit Jahren. Siehst du? Ich habe dir immer gesagt …«

Sie hörte ihm nicht zu. Sie sah auf; Tränen strömten ihr über die Wangen.

»Ich will mein Baby wiederhaben«, sagte sie. »Jean – bitte. Ich will meinen Sohn. Ich muß ihn sehen. Ich brauche ihn. Jean, es tut so weh …«

Schmerz durchschnitt ihn wie ein Messer, wie jedesmal, wenn sie ihn so anflehte. Er schloß sie wieder in die Arme und erklärte ihr, ruhig und langsam wie immer, daß dies das einzige war, was er ihr nicht geben konnte, weil ihr Baby längst gestorben war.

»Das Baby ist *tot,* Maria«, sagte er. »Liebling, damit mußt du dich abfinden. Die Ärzte haben erklärt –«

»Du lügst. Die Ärzte wissen nichts. Du hast ihn weggebracht. Du hast ihn mir weggenommen, genau wie du mir Mathilde weggenommen hast. Du hast dich für mein Baby geschämt …« Sie schlug die Hände vors Gesicht. »Ich will es sehen. *Jetzt.*«

Lazare wandte sich ab und kämpfte darum, nicht die Beherrschung zu verlieren. Diesen Refrain kannte er nun seit ihrer Operation vor fünf Jahren. Nachdem ihr klar geworden war, daß sie keine Kinder mehr bekommen konnte, war etwas in ihrem Herzen und ihrem Kopf zersprungen. Davor hatte er immer geglaubt, sie hätte ihren Verlust verarbeitet und die Trauer überwunden. Dann war sie von neuem aufgeflammt; im Laufe des letzten Jahres, vor allem in den letzten Monaten, waren diese wilden Szenen voller Schmerz und Vorwürfe immer häufiger geworden. Jetzt bekam sie unter ihren Tränen kaum noch Luft. Er fand ihren Schmerz und ihre Unversöhnlichkeit unerträglich. In einem plötzlichen Wutanfall fuhr er herum und donnerte die Faust auf den Tisch. Die Lampe fiel um, die Stifte rollten zu Boden.

»Hör auf!« brüllte er. »Bei Gott, hör endlich auf! Das Baby ist *tot*, Maria – und zwar seit fünfundzwanzig *Jahren!* Ich kann dich an sein Grab bringen. Ich kann dich in die Kirche bringen, wo die Totenfeier stattfand –«

»Welche Totenfeier? Ich war auf keiner Totenfeier.«

»Maria – du warst zu *krank*. Ich war dort. Ich hatte alles organisiert. Ich kann dir den Namen des Pfarrers geben. Unten liegt der Totenschein. Soll ich ihn holen? Soll ich ihn dir vorlesen? Mein Gott, wie oft muß ich dir das denn noch beweisen?«

Sie hörte ihm immer noch nicht zu. Die Tränen waren versiegt, und ihr Gesicht zu einer trotzigen Maske erstarrt. Sie schlug die Augen nieder und warf ihm dann einen Seitenblick zu, den er fast als hinterhältig empfand. Gleich darauf ging sie in die Hocke und sammelte die Blätter und Pinsel und Stifte wieder auf.

»Laß mich allein«, sagte sie tonlos und mürrisch. »Ich kann dich nicht leiden, wenn du mich anbrüllst. Du lügst. Ich höre dir gar nicht zu. Laß mich allein.«

Er ließ sie allein, wütend auf sie und auf sich selbst. Als er eine Stunde später zurückkehrte, schlief sie tief und fest, und das neue Zimmermädchen kam eben aus dem Zimmer. Verlegen erklärte sie ihm, daß Mademoiselle Cazarès telefoniert habe; sie habe Mathilde zu sich bestellt. Lazare war das inzwischen gleichgültig. Soll die alte Hexe doch kommen, dachte er, und widmete sich den verstreuten Zeichnungen auf dem Tisch.

Nachdem er gegangen war, hatte Maria keine Entwürfe mehr gezeichnet. Seite um Seite war mit unzusammenhängenden Hieroglyphen und Worten bekritzelt. Dazwischen hatte sie äußerst sorgfältig bearbeitete Miniaturen aus ihrer Vergangenheit eingefügt. Ein Kruzifix, eine Wiege, und zahllose Reihen frisch aufgeworfener Gräber. Vor allem eine Zeichnung fesselte ihn: Auf das größte Grab hatte sie den Namen ihres Sohnes, Christophe, geschrieben; daneben stand das Alter, in dem er gestorben war – drei Monate. Vielleicht beginnt sie ja endlich zu akzeptieren, was ich ihr erklärt habe, dachte er. Mühsam kämpfte er die Tränen nieder, die ihm in die Augen traten, als er den Namen las.
Andere Details in der Zeichnung verwirrten ihn jedoch. Ihr schien eine Bedeutung innezuwohnen, die sich ihm aber entzog. Rechts von Christophes Grab hatte Maria eine Sonne gemalt; links davon eine Mondsichel. Über seinem Grab schwebte in kräftigen Strichen wie ein biblisches Zeichen ein vielzackiger Stern. Ansonsten war die Zeichnung schwarzweiß: Nur den Stern hatte Maria, wie um ihn hervorzuheben und seine Bedeutung zu unterstreichen, golden ausgemalt.

Kapitel 10

Als Lindsay sich an diesem Abend Notting Hill Gate näherte, saß sie wie auf glühenden Kohlen, sie blinkte rechts, bog links ab und verfehlte um Haaresbreite einen Poller. Sie warf einen verstohlenen Blick zu Rowland hinüber, der neben ihr saß, die langen Beine ausgestreckt, so weit es die Enge ihres Kleinwagens gestattete; er wirkte völlig ungerührt.

Vor ihrem Haus trat sie auf die Bremse und sah an der Fassade hoch. Die Mieter im Erdgeschoß schienen aus zu sein, aber in ihrer Etage brannte Licht: Vielleicht ist Tom zu Hause, und Louise ist ganz bestimmt daheim, dachte sie verzagt.

»Ich laufe nur schnell hoch und hole das Foto und meinen Artikel«, sagte sie. »Ohne das Bild kann ich die Sache mit Lazare nicht richtig erklären. Also, ich hole es schnell, dann fahre ich Sie heim – wo wohnen Sie noch gleich?«

»In Spitalsfields«, sagte Rowland. »Im East End. Meilen von hier. Ich kann genausogut die U-Bahn nehmen. Außerdem können Sie so nicht stehenbleiben, Sie blockieren die Straße.«

»Unfug«, widersprach Lindsay, die ihm nur mit halbem Ohr zugehört hatte und sich nur äußerst notdürftig im Londoner East End zurechtfand. »Wir brauchen höchstens – wie lang? Eine Viertelstunde? Glauben Sie mir – das ist wirklich *aufregend,* Rowland, Sie werden schon sehen.«

»Was ist mit unserem Lunch morgen? Warum können Sie es mir nicht dann erzählen?«

»Weil es wichtig – und dringend – sein könnte. Außerdem – außerdem ist mir inzwischen klar geworden, daß ich morgen gar keine Zeit habe, mit Ihnen essen zu gehen. Ich habe zuviel zu erledigen. Ich muß noch meine Sachen für Paris packen und … Warten Sie doch einfach im Auto, Rowland, ja? Dann können Sie den Wagen wegfahren, falls tatsächlich jemand vorbei will …«

Sie sprang aus dem Auto, ehe Rowland ihr weiter widersprechen konnte, lief ins Haus und hastete die vier Stiegen hinauf. Auf halbem Wege blieb sie stehen; ihr wurde klar, daß sie vielleicht unhöflich und wenig gastfreundlich geklungen hatte. Auch nicht mehr zu ändern, entschied sie. Sie hatte während der ganzen Fahrt von Max' Haus Zeit gehabt, einen Entschluß zu fassen, und hatte sich zweierlei in den Kopf gesetzt: Erstens wollte sie um jeden Preis Rowland McGuires Wohnung sehen, und zweitens durfte Rowland McGuire unter gar keinen Umständen Louise begegnen.

Sie stieß die Tür zu ihrer Wohnung auf und trat in einen intensiven Duft nach gebratenen Zwiebeln und Hamburgern. Sie sah Tom am Herd stehen und den Stapel schmutzigen Geschirrs in der Spüle; sie sah Louise mit untergeschlagenen Füßen auf dem Wohnzimmersofa lagern. Ihre Mutter hatte sich aufgetakelt und trank ein Glas Wein.

»Hi, Mum«, sagte Tom.

»Wo ist er?« sagte Louise.

»Er ist draußen im Auto, das habe ich euch doch *gesagt.*« Lindsay umarmte Tom und durchkreuzte dann eilends den Raum. »Ich habe es dir doch erklärt, als ich angerufen habe. Ich brauche bloß ein paar Sachen, dann fahre ich ihn schnell heim.«

»Wie entsetzlich unhöflich, Liebling. Was denkst du dir nur dabei?« Louise, die eine erstaunliche Behendigkeit an den Tag legen konnte, wenn es ihr gefiel, war bereits am Fenster und riß es auf. »Sieh nur. Der arme Mensch hat das Auto für dich eingeparkt. Meine Güte – er ist ja hinreißend, Liebling. Warum hast du das nicht erzählt? Und jetzt steht er da unten wie eine verlorene Seele – in der eisigen Kälte.«

»Louise –«

»Juuuhuuu …« Louise hatte sich aus dem Fenster gelehnt und winkte mit ihrem Glas. »Hallo, Rowland«, rief sie sirenengleich. »Lindsay kann die Sachen nicht so schnell finden. Kommen Sie doch herauf und trinken Sie ein Glas Wein …«

»Bitte, lieber Gott, tu mir das nicht an«, murmelte Lindsay leise. Louise schloß das Fenster und drehte sich um.

»Was war das, Liebling?«
»Ich habe gebetet«, sagte Lindsay. »Ich habe gebetet, daß sich mein Leben ändern würde. Daß du dich ändern würdest. Egal …«
»Nichts ist so gefährlich wie ein erhörtes Gebet, hat schon Truman Capote gesagt«, verkündete Louise. »*War* das überhaupt Capote? Es klingt so katholisch. Ein bißchen jesuitisch. Vielleicht war es Graham Greene?« Ihr Finger zielte auf den Türöffner. Lindsay warf ihr einen letzten verzweifelten Blick zu, ihrer blonden, schlanken, unmöglichen Mutter, und flüchtete in ihr Arbeitszimmer. Sie betete immer noch, daß sie *schnell* finden möge, wonach sie suchte: Sie riß Schubladen auf und verteilte Aktenordner auf dem Boden. *Vogue*, dachte sie. Die englische *Vogue*, und einer ihrer ganz frühen Artikel, damals als sie angefangen hatte, als freie Journalistin zu arbeiten. War das 1978 oder 1979 gewesen? Hatte sie ihn unter »Freie Arbeiten« oder unter *Vogue* abgelegt?
»Was machst du denn für einen Krach da drin, Liebling?« rief Louise. »Du brauchst dich nicht zu beeilen. Wir haben uns schon miteinander bekannt gemacht. Tom hat sich auch vorgestellt. Meine Güte! Was riecht das gräßlich nach Zwiebeln hier drin! Tom, mach das Küchenfenster auf. Können Sie kochen, Rowland? Nein? Und das ist auch gut so. Ich finde, Kochen ist Frauensache, aber Lindsay hat da so moderne Ansichten. Der arme Tom kommt ganz gut zurecht. Setzen Sie sich an meine Seite, Rowland – schmeißen Sie die Zeitschriften einfach auf den Boden. Ich hoffe, der Chardonnay schmeckt Ihnen – natürlich ein australischer und irrsinnig billig –, aber gar nicht schlecht. Nun erzählen Sie – kennen Sie Lindsay schon lange?«
Lindsay ließ einen Stapel Ordner fallen. Gütiger Gott, dachte sie; sonst war nicht einmal Louise, die nie unnötig Zeit verlor, so direkt. Sie kam zu dem Schluß, daß sie es nicht ertrug, noch mehr zu hören, und schloß die Tür mit einem Tritt. Während sie weitersuchte, konnte sie nebenan Louises und Rowlands gedämpfte Unterhaltung hören, ein Gott sei Dank unverständliches Gemurmel. Rowland wirkt ausgesprochen liebenswürdig, dachte sie, als seine tiefe Stimme durch die Tür drang. Verdammt; der Artikel war nicht unter *Vogue* abgelegt; er mußte also im Ordner »Freie Arbeiten« sein – und genau den hatte sie vorhin fallen lassen; der Inhalt lag jetzt über

den ganzen Boden verstreut. Mit einem verzweifelten Stöhnen sank sie auf die Knie und wühlte in den Papieren; die Blätter lagen teils mit der Vorderseite nach oben, teils verkehrt herum. Sie brauchte fast zehn Minuten, um den Artikel und das dazugehörige Foto zu finden. Doch sowie sie es entdeckte, wußte sie, daß sie recht gehabt hatte. Ihr Gedächtnis hatte ihr keinen Streich gespielt. Triumphgefühl und Begeisterung erfüllten sie. Die Seiten an die Brust gepreßt, öffnete sie die Tür.

»... Und Sie waren noch nie verheiratet, Rowland?« hörte sie. »Ein so gutaussehender Mann wie Sie? Was ist denn los mit den jungen Frauen? Also, zu meiner Zeit hätte sie schon längst eine geschnappt, Rowland ...«

»Ausweichstrategien«, hörte sie Rowland antworten. »Ich habe sie zu einer wahren Kunst entwickelt.«

»Unsinn!« fuhr Louise auf. »Sie haben einfach noch nicht die Richtige gefunden. Mir können Sie nichts vormachen – Sie sind romantisch, Rowland, nicht wahr?«

»Sie haben recht«, gestand Rowland erstaunlicherweise. »Louise, Sie sehen bis auf den Grund meines Herzens.«

»Ohne ihre Brille«, mischte sich Tom ein, »die sie aber nicht trägt, weil sie zu eitel ist, kann sie nicht mal bis zur Wand gegenüber sehen. Ich bezweifle deshalb –«

»Du brauchst meine Gebrechen nicht auch noch anzupreisen, Tom.« Louise seufzte geräuschvoll. »Obwohl er recht hat, Rowland. Ich muß es gestehen. Ich werde älter und allmählich recht gebrechlich –«

»Bestimmt nicht«, widersprach Rowland fest und galant.

»Keine Schmeicheleien, Rowland. Sie sind sehr nett, aber die Wahrheit ist – ich werde nicht jünger, und ohne Lindsay käme ich überhaupt nicht mehr zurecht. Ich bin ihr wohl eine schreckliche Last, auch wenn sie sich nie beklagt –«

»Das würde ihr bestimmt nicht einfallen.«

»Tja, also, ich bin völlig auf sie angewiesen.« Louises Stimme wurde schärfer, als hätte sie etwas an Rowlands Tonfall auszusetzen. »Wohin sie geht, muß ich auch hingehen. Wie bei Ruth. In der Bibel. Sie wissen schon.«

Reglos hatte Lindsay von der Tür ihres Arbeitszimmers aus diese nicht unvertraute Litanei mit angehört. Jetzt hielt sie es nicht länger aus. Normalerweise arbeitete Louise dieses Repertoire im Verlauf mehrerer Wochen durch. Warum um alles in der Welt hatte sie es diesmal so eilig?

Mit ernster Miene trat sie ins Wohnzimmer. Sie fragte sich, ob Rowland aufgefallen war, daß das große, im Grunde hübsche Zimmer aussah, als wäre ein Wirbelsturm hindurchgefegt. Würde ihm auffallen, was Louise und Tom innerhalb von zwei Tagen mit einem Zimmer anstellen konnten, und wenn es ihm auffiel, würde er sich daran stoßen?

Tom ließ sich gerade Rowland und Louise gegenüber nieder, umgeben von stapelweise Büchern über Ingmar Bergman. Er trug keine Schuhe, und seine Socken hatten Löcher. Auf seinem Schoß balancierte er ein Tablett mit einer riesigen Plastikflasche Ketchup und einem Teller voller Hamburger, Pommes frites und Zwiebeln. Louise und Rowland schienen unterdessen wunderbar miteinander auszukommen. Louises einst berüchtigte blaue Augen waren fest auf Rowland geheftet, und Rowland lächelte gelöst und entspannt. Tom erwiderte Lindsays Blick voller Mitgefühl; er wollte sogar in einer Geste der Verbundenheit aufstehen.

»Bleib sitzen, Tom«, sagte Lindsay etwas zu heftig, denn Rowland war ihm schon zuvorgekommen. »Rowland, ich habe den Artikel gefunden –«

»Und jetzt müssen wir leider gehen.« Rowland hatte bereits sein Weinglas abgestellt und reichte nun äußerst galant Louise die Hand. »Louise, es war mir ein Vergnügen, Sie kennenzulernen. Tom, ich suche dann die Bücher heraus, über die wir gesprochen haben –«

Louise formte stumm die Worte *»wunderbarer Mann«*, und zwar so, daß Rowland das bemerken mußte. Dann ließ sie sich – in Anbetracht der Tatsache, wie behende sie vorhin ans Fenster geeilt war –, mit überraschender Mühseligkeit von Rowland beim Aufstehen helfen. Sie verzog tapfer die schmerzgeprüfte Miene und seufzte noch mal.

»Nein, nein, es ist nichts ...« wehrte sie Rowlands unausgesprochene Frage ab. »Nur dieses Ziehen im Rücken. Ich bin so froh, daß ich Sie kennengelernt habe. Natürlich hatte ich sowieso das Gefühl, Sie schon ewig zu kennen. Lindsay spricht so oft von Ihnen.«

»Ja. Sie zieht über Sie her«, fiel ihr Tom ins Wort, loyal und wahrheitsliebend bis zum bitteren Ende.
»Ach ja?« Rowland schickte einen kühlen, grünäugigen Blick in Lindsays Richtung. »Tja, das Kriegsbeil ist begraben, Tom. Wir führen bereits Friedensverhandlungen. Nicht wahr! Lindsay? Erste Friedensgespräche ...«
Aus Rowlands Mund klang das verblüffend erotisch. Lindsay merkte, daß sein Blick und sein Tonfall ihren Körper auf unerklärliche Weise in Aufruhr versetzten, und wandte den Blick ab. Louise gab einen eigenartigen zwitschernden Laut von sich, der möglicherweise elterliche Nachsicht, möglicherweise aber auch Zorn ausdrückte.
Lindsay mußte zugeben, daß Rowland mannhaft und entschlossen sein konnte, wenn es ihm beliebte. Bevor Louise weitere Vorbehalte anmelden konnte, hatte er Lindsay am Arm gepackt, sie durch die Tür geschoben und die Treppe hinabgeleitet.

»Das ist typisch für sie«, sagte Lindsay, während sie in ihr Auto einstieg, das Rowland tadellos in eine winzige Lücke mit fünf Zentimetern Rangierabstand eingeparkt hatte. Sie kurbelte am Lenkrad. »Ich muß Sie um Verzeihung bitten, Rowland. Sie macht das mit jedem. Und zwar ständig.«
»Das habe ich mir schon gedacht«, antwortete er ungerührt. »Wir sitzen auf, Lindsay. Ganz ruhig. Gut so.«
Puterrot vor Anstrengung und Scham rangierte Lindsay das Auto schließlich aus der Lücke und schoß über die Straße davon.
»Nach Osten?« fragte sie. »Ich fahre einfach Richtung Osten, und Sie lotsen mich dann weiter, ja?«
»Im Augenblick fahren Sie Richtung Norden, Lindsay. Hier rechts.«
Lindsay gehorchte. Eine ganze Weile rollten sie schweigend dahin. Einmal touchierte Lindsay einen offensichtlich blinden Taxifahrer, und einmal hatte sie eine kurze Auseinandersetzung mit einem schäbigen Ford Cortina, in dem vier jugendliche Komiker saßen. Die Komiker überholten sie auf der falschen Spur; offenbar hatten sie etwas an Lindsays Spurwechsel beim letzten Kreisverkehr auszusetzen. Als sie vorbeirasten, schossen vier Arme mit hochgereckten Mittelfingern aus den Seitenfenstern. Lindsay preßte die Hand auf

die Hupe, bis der Ford in der Ferne verschwunden war. Sie sah zu Rowland hinüber, der immer noch völlig gelassen wirkte.

»Sie sind ein angenehmer Beifahrer, Rowland. Ich finde es unerträglich, wenn man mir beim Fahren hineinredet. Manche Leute meinen, mir immerzu erklären zu müssen, wann ich zu bremsen oder zu blinken habe – das macht mich ganz verrückt. Gini ist am schlimmsten. Viel zu nervös. Während der Fahrt zu Max hat sie die ganze Zeit über die Augen zugemacht.«

»Ich kann es ihr nicht verdenken«, antwortete Rowland leichthin. »Sie sind eine miserable Autofahrerin. Eine der schlechtesten, die mir je begegnet sind. Soweit es mich betrifft, kann mit Ihnen nur ein einäugiger Taxifahrer mithalten, der mich einmal durch Istanbul gefahren hat. Er hat während der Fahrt Haschisch geraucht. Sein Fahrstil war Ihrem ähnlich.«

Lindsay beschloß, das als Kompliment zu nehmen.

»Ich fahre sehr gut«, verkündete sie fest. »Vielleicht ein bißchen schnell. Ich verliere nicht gern unnötig Zeit.«

»Außerdem fahren die meisten Frauen schlecht Auto«, fuhr Rowland fort. »Ihnen fehlt das räumliche Vorstellungsvermögen. Man hat Tests durchgeführt Das ist wissenschaftlich bewiesen.«

»Was für ein Quatsch.«

»Es stimmt. Deshalb gibt es so wenige Architektinnen. Und deshalb spielen Frauen nur mittelmäßig Schach –«

»Ich spiele ausgezeichnet Schach. Ich habe es Tom beigebracht.«

»Und wer gewinnt jetzt, wenn Sie gegen Tom spielen?«

»Er natürlich. Aber das beweist gar nichts. Tom ist ein außergewöhnliches Kind. Er ist wirklich sehr klug.«

»Das finde ich auch. Er hat mir gefallen.«

»Wirklich?« Lindsay fuhr vor Freude einen Schlenker. »Ich hätte nicht gedacht, daß er viel sagt – nicht solange Louise dabei ist.«

»Nein. Hat er auch nicht. Deshalb hat er mir ja gefallen. Er hat einen guten Geschmack, was Filme angeht. Erinnern Sie mich dran, daß ich Ihnen ein paar Bücher für ihn mitgebe. Und«, er sah zu ihr hinüber, »ihm entgeht nur wenig, glaube ich.«

»Tom entgeht nichts«, korrigierte Lindsay stolz. »Er hat *phantastische* Antennen. Er registriert die allerfeinsten Signale … Links oder rechts hier?«

»Links«, sagte Rowland. »Na ja, macht nichts. Wir können auch so herum fahren. An der Fabrik vorbei, dann bei den Sozialwohnungen abbiegen, genau so … Jetzt unter der Unterführung durch, am Lastwagenabstellplatz vorbei und dann geradeaus bis zu dem Platz dort. Bei der Hawksmoor-Kirche links. Ist sie nicht wunderschön? Meine Lieblingskirche in ganz London. Ich kann den Kirchturm vom Bett aus sehen.«

Lindsay hatte noch nie von Hawksmoor gehört; jetzt bog sie wie gewünscht scharf links ab. Ihr ging eben durch den Kopf, in was für einer ungewöhnlichen Gegend Rowland lebte, einer der heruntergekommensten und verrottetsten, die sie in dieser Stadt je zu Gesicht bekommen hatte, als ihr Blick auf die Straße und das Haus fiel, auf das er deutete. Sie schnappte nach Luft, stieg auf die Bremse und brachte das Auto mit einem Rad auf dem Bordstein zum Stehen.

»Mein Gott. Was für eine unglaubliche Straße. Was für unglaubliche Häuser …« Rowland sah liebevoll auf die Backsteinfassaden. Die Reihenhäuschen hatten Fächerfenster über den Türen und hohe Schiebefenster. Treppchen führten zu den Türen hinauf.

»Sie wurden um 1730 gebaut«, erläuterte er. »Für die Hugenotten, die damals aus Frankreich vertrieben wurden und hierherflüchteten. Die Hugenotten waren berühmte Kaufleute und Seidenweber. In dieser Gegend haben immer Flüchtlinge gewohnt. Nachdem die Franzosen fort waren, wurde es ein jüdisches Viertel. Jetzt leben vor allem Inder hier. Ich habe dieses Haus gerettet. Es war halb verfallen, als ich es kaufte.«

»Es ist schön, Rowland.«

»Nicht wahr? Innen ist es immer noch ein bißchen primitiv. Ich habe es vor zwölf Jahren gekauft. Während ich in Washington war, haben Freunde darin gewohnt. Ich habe nie die Zeit gefunden, es richtig einzurichten … O Gott. Schnell. Rein in den Wagen …«

Lindsay war bereits halb ausgestiegen, als er das sagte, und sah sich verdutzt um. Ein Stück weiter die Straße hinauf stand ein langes, niedriges, weißes Mercedes-Cabrio. Eben war eine große, dünne und äußerst attraktive junge Frau ausgestiegen. Die Straße war so schlecht beleuchtet, daß Lindsay im ersten Moment glaubte, es sei Gini. Das Mädchen hatte die gleiche Figur, die gleichen kurzgeschnittenen blonden Haare, den gleichen breiten Mund, die gleiche entschlossene Ausstrahlung. Doch Gini trug keine hautengen silbernen Hosen, keine gerafften T-Shirts und keine schwarze Motorradlederjacke; sie trug auch selten knallroten Lippenstift und würde nicht diese Reaktion bei Rowland auslösen, der – inzwischen auf dem Gehsteig stehend – offensichtlich am liebsten die Flucht ergriffen hätte.

»Du Scheißäär«, brüllte das Mädchen, als es Rowland erreicht hatte, und versetzte ihm einen Magenschwinger. »Du Schwein. Isch rufe an. Isch weine. Isch schreibe Briefe aus meinem 'erzen an disch. Isch sitze in meinem Auto. Isch warte. Isch weine noch mehr – große Trännen, siehst du? Wie kannst du mir das nur antun? *Merde, je m'en fiche, tu comprends?«* Sie zeterte in ihrer Muttersprache weiter, den Mund wutverzerrt und mit großen Tränen, die ihr von den Wangen auf die Lederjacke tropften. In regelmäßigen Abständen versetzte sie Rowland einen Schlag, und ebenso regelmäßig sagte Rowland: »Sylvie ...«

Mitten in ihrem racineartigen Rezitativ ließ Sylvie von Rowland ab und begann Lindsays nagelneuen Volkswagen zu attackieren. Sie wirbelte mit eindrucksvollem Tempo herum, holte aus und donnerte ihre Faust auf die Kühlerhaube. Das Blech bekam eine Delle.

»Moment mal«, mischte sich Lindsay ein.

»'ure!« kreischte Sylvie. »Englische 'ure. Du 'ast meinen Mann gestohlen. Ich werd' dir zeigen, was ich von 'uren 'alte. Und von ihren blöden Autos.«

Sie trat gegen das Nummernschild des Volkswagen und hinterließ die nächste Delle.

»Was soll denn das? Jetzt langt's aber!« Lindsay versuchte, Sylvie zu packen, verfehlte sie aber, weil die Französin im selben Moment in die Luft gehoben wurde.

»Hör auf. Verschwinde. Geh heim.« Rowlands Stimme war mindestens drei Straßen weit zu hören. »Sofort. Jetzt reicht's. Es ist *vorbei* ...«

Sylvie schwebte fest umklammert über dem Boden. Ihre Füße traten wütend nach seinen Knien. Sie kratzte und fauchte wie eine Wildkatze; sogar Lindsay war beeindruckt, und Lindsay konnte selbst ziemlich cholerisch werden.

»Ich sterbe.« Sylvie erschlaffte plötzlich. »Ich bring mich um. Ich schneide mir den 'als durch. Noch 'eute nacht.«
»Nein. Das wirst du nicht tun.« Rowland trug sie unter dem Arm zu ihrem Auto. »Du hast einen bemerkenswerten Selbsterhaltungstrieb, Sylvie –«
»Dann bringe ich die 'ure um ...«
»Diese Hure ist meine Frau, Sylvie.« Rowland setzte sie ziemlich unsanft neben ihrem Auto ab. »Wir haben gestern geheiratet. Es war Liebe auf den ersten Blick. Und jetzt verschwinde.«
»*Ta femme? Hypocrite! Menteur! C'est impossible ...*«
»Das ist keineswegs unmöglich. Soll ich dir den Ring zeigen?« Aus seinen grünen Augen sprach absolute Überzeugung. Sylvie stieß ein hyänenhaftes Heulen aus. Ein Schwall französischer Schimpfworte brach aus ihr heraus, dann gab sie Rowland mit aller Kraft eine Ohrfeige, sprang in ihren Mercedes und brauste mit quietschenden Reifen davon.
Rowland kehrte zu Lindsay zurück, die immer noch mit offenem Mund neben ihrem armen, verbeulten Auto stand. Ohne jedes weitere Wort und mit verschlossener Miene nahm er sie beim Arm, führte sie die Stufen hinauf und schloß die Haustür auf. Er schaltete das Licht an. Auf dem Vorleger hinter der Tür lag ein Sortiment von Frauenhöschen, die aus dem Briefschlitz quollen. Lindsay bückte sich und hob sie auf. Es waren schwarze Spitzenhöschen, rosa Spitzenhöschen, weiße Spitzenhöschen. Sie sah Rowland an.
»Sylvie?«
»Das ist jedenfalls ihr Stil«, antwortete Rowland. »Sie in den Briefschlitz zu stopfen, ist auch ihr Stil.«
»Wahnsinn«, sagte Lindsay, und beide prusteten los.

Sie lachten, während sie die blanke Holztreppe hinaufstiegen, während sie im ersten Stock den Flur entlanggingen und bis sie im Salon standen. Lindsay war so erschöpft vom Lachen, daß sie sich in den einzigen Sessel im Zimmer fallen ließ.
»O mein Gott«, japste sie schließlich. »Eine wirklich *außergewöhnliche* Frau, Rowland.«
»Nicht außergewöhnlich genug.« Er hatte zu lachen aufgehört und klang fast grimmig.

»Passiert Ihnen so was öfter?«
»In Variationen, ja. Zwei- oder dreimal im Jahr. Weiß der Himmel, warum.«
Lindsay rechnete in Windeseile nach: Max hatte gesagt, er hielte es mit keiner Frau länger als drei Monate aus. »Drei Monate sind der *Rekord,*« hatte er betont. »Die meisten kommen gerade mal auf einen Monat.«
Lindsay fragte sich, ob Sylvie eine Ein-Monats- oder eine Drei-Monats-Frau gewesen war. Im selben Moment schämte sie sich dafür. Das ging sie schließlich nicht das geringste an.
Rowland tigerte, wie ihr auffiel, unruhig im Zimmer herum. Nachdem er vorhin eine so beeindruckende Seelenruhe an den Tag gelegt hatte, wirkte er jetzt plötzlich nervös. Er schloß die hölzernen Läden vor den hohen Fenstern, schaltete das Licht ein. Erst jetzt fiel Lindsay die eigentümliche Atmosphäre dieses Raumes auf. Das Zimmer war perfekt geschnitten, die Wände waren getäfelt; neben ihr war ein schöner Kamin, in dem offenbar erst vor kurzem ein Feuer gebrannt hatte. Zugleich war es der kargste mönchischste Raum, den sie je betreten hatte. Abgesehen von ihrem Sessel, einem Tisch voller Bücher und vollgepfropften Regalen an der gegenüberliegenden Wand war er fast vollkommen leer. Es gab keinen Heizkörper, und es war bitterkalt.
»Ich weiß nicht recht ...« Rowland wirkte jetzt eindeutig verlegen. »Finden Sie es nicht ein bißchen kühl hier drin?«
»Sibirisch, um genau zu sein, Rowland. Ich kriege schon die ersten Frostbeulen.«
»Der Kamin. Ich mache den Kamin an. Dann wird es wärmer ...«
Er begann Anmachholz, Papier und Scheite in den Kamin zu stapeln. Er schaffte es, das Feuer mit einem einzigen Streichholz zu entzünden, etwas, das Lindsay nie gelingen würde.
Schließlich stand er auf und trat ein paar Schritte zurück. »Ein Drink«, sagte er. »Sie möchten doch bestimmt etwas zu trinken. Ich habe Whisky da. Andererseits müssen Sie noch fahren. Sie müssen zurück nach Notting Hill, und –«
»Keine Panik, Rowland.« Lindsay bekam Mitleid mit ihm.
»Ich werde bestimmt nicht lange bleiben, das verspreche ich Ihnen. Entspannen Sie sich. Wir sind zum Arbeiten hier. Ich zeige Ihnen

den Artikel, dann verschwinde ich wieder. Aber einen kleinen Whisky fände ich ganz wunderbar – und er wird mir bestimmt nicht schaden.«

»Gut. Gut.« Rowland wirkte immer noch nervös. »Richtig. Ich gehe ihn schnell holen. Er ist wohl in der Küche.«

Er verschwand mit großen Schritten. Lindsay hörte ihn die Holztreppe hinunterpoltern. Sie stand auf und ging im Zimmer herum. Da war noch etwas, was ihr im ersten Augenblick gar nicht aufgefallen war. Die ganze Wand hinter ihrem Sessel war mit Fotos von Bergen beklebt, lauter Schwarzweiß-Fotos, ein zackiger Gipfel neben dem anderen. Lindsay sah sich die Bilder genauer an, obwohl ihr Berge zuwider waren und angst machten. Die Bilder waren in Rowlands klarer, schöner Handschrift beschriftet. Über jedem Gipfel stand der Name des Berges und daneben ein Datum und weitere Bemerkungen, zum Teil über die Wetterbedingungen, zum Teil wahrscheinlich über die Aufstiegsrouten. Allerdings waren alle in einem völlig unverständlichen Jargon abgefaßt und gespickt mit Wörtern wie Verschneidung und Kamin, unter denen sich Lindsay nicht das geringste vorstellen konnte. Max hatte ihr erzählt, daß Rowland zum Klettern ging, und Lindsay hatte dabei an kleine Felsgärten gedacht. Er hatte doch bestimmt nicht diese Giganten bezwungen?

Rowland kehrte kurz darauf mit zwei Gläsern, einer Flasche Scotch, einer kleinen Karaffe Wasser und einer Untertasse mit gesalzenen Erdnüssen zurück.

Als er Lindsay über ein Foto gebeugt seh, taute er augenblicklich auf. »Das ist der Sgurr Na Gnillean.« Er deutete auf einen ehrfurchtgebietenden, schneebedeckten Gipfel. »In den Cuillins, auf der Insel Skye. Letzten Monat habe ich den Kamm überquert. Das Wetter war phantastisch – zwei ganze Tage nur blauer Himmel. An Heiligabend habe ich genau hier im Biwak übernachtet ...«

Er deutete auf einen schneebedeckten Hang über einem schwindelerregenden Abgrund; in Lindsays Augen der wahrscheinlich ungastlichste Ort auf Erden.

»Auf einem Sims, und natürlich angeseilt, für den Fall eines Wetterumschwungs –«

»An Heiligabend?« fragte Lindsay mit versagender Stimme nach. »Waren Sie allein, Rowland?«

»Ja. Natürlich war das nicht besonders klug, auf Skye und mitten im Winter. Normalerweise klettere ich mit Freunden. Aber an Weihnachten ... Die meisten Leute sind da bei ihrer Familie. Außerdem klettere ich ganz gern allein.«
Lindsay schwieg. Sie merkte, wie ihr Gehirn immer schneller zu arbeiten begann und schließlich durchdrehte; sie versuchte, ihren gesunden Menschenverstand als Notbremse einzusetzen, aber der versagte.
Rowland reichte ihr den Whisky und die Untertasse mit den Erdnüssen. Lindsay merkte ihm an, daß er stolz auf diesen Fund war, den er mit rührender Höflichkeit darbot. Sie sah auf die Erdnüsse – es waren genau zehn – und merkte, daß ihr die Tränen in die Augen stiegen.
Später sollte ihr klar werden, daß sie sich genau in dieser Sekunde in Rowland McGuire verliebt hatte. Wodurch dieses Debakel allerdings ausgelöst wurde, vermochte sie nicht zu sagen. War es die Vorstellung, wie er Weihnachten allein auf einem Berg verbrachte, oder war es die Tatsache, daß die verdammten Erdnüsse schon Wochen alt waren?

Rowland fand zwei Stühle mit hoher Lehne, die er nebeneinander an den Tisch stellte; er wischte die Bücher zu Boden, und Lindsay legte den grünen Ordner, den er ihr ausgehändigt hatte, und den von zu Hause mitgebrachten Artikel auf die Tischplatte. Sie setzten sich, und Lindsay kippte ihren Whisky viel zu schnell hinunter.
»Also«, setzte sie an. Sie empfand Rowlands körperliche Nähe ausgesprochen intensiv. »Ich werde Ihnen wie versprochen helfen, Rowland, obwohl Sie sich weder entschuldigt noch vor mir niedergekniet haben.«
»Das habe ich ganz vergessen. Ich gelobe, das nachzuholen.«
»Also passen Sie auf. Sie werden gleich eine Welt betreten, von der Sie keine Ahnung haben.«
»Ich passe ja auf«, bestätigte Rowland verdächtig leutselig. »Ich hänge an Ihren Lippen.«
»Gut. Wir haben über die Geheimnisse gesprochen, die sich um Lazare und Maria Cazarès ranken – Sie erinnern sich? Woher sie kommen, wie er zu Geld gekommen ist, ob sie ein Paar sind, was sie heute

verbindet und so weiter. Was ist Ihrer Meinung nach die *zentrale*, die allerwichtigste Frage?«

»Woher die beiden kommen. Mit einer Antwort darauf ließen sich viele andere Fragen ebenfalls beantworten.«

»Ganz meine Meinung. Ich werde Sie jetzt auf die Probe stellen – Sie haben mir doch erzählt, Sie hätten diese Akte gelesen. Wie lautet die autorisierte Version ihrer Herkunft?«

»Die PR-Version? Eine ziemlich gute Geschichte. Demzufolge stammt Maria Cazarès aus einem winzigen spanischen Dorf und wurde schon als kleines Kind zur Waise. Daraufhin zog sie zu einer Verwandten, einer Tante oder einer Cousine, die ebenfalls spanischer Abstammung war, aber in Frankreich lebte. Die Tante – die übrigens nie jemand gesehen oder gar interviewt hat – war eine äußerst begabte Stickerin, die viele Jahre für Balenciaga gearbeitet hatte. Diese alte, ledige Frau nahm Maria bei sich auf – und brachte ihr das Schneidern bei. Wie sich bald herausstellte, war Maria sehr begabt. Nachdem ihre Tante – oder Cousine – aufgehört hatte, für Balenciaga zu arbeiten, merkte sie, daß sie kaum allein von ihrer Rente leben konnte, und eröffnete darum, mit Maria als Gehilfin, eine kleine Privatschneiderei. Praktischerweise starb dann diese Cousine – oder Tante –, und Maria arbeitete alleine weiter. Allmählich begann sich ihr Talent unter den eleganten Pariser Damen herumzusprechen, und Maria nähte, ganz das tapfere Schneiderlein, immer weiter allein in ihrem zugigen Atelier, bis sie genug Geld zusammenhatte, um einen kleinen Laden zu eröffnen. Und so begab es sich, daß eines Tages ein reicher junger Mann unbekannter Herkunft an jenem Laden vorbeikam und augenblicklich von den Kleidern im Schaufenstern in Bann gezogen wurde – Jean Lazare. Lazare erkannte augenblicklich Marias Genie und freundete sich mit ihr an. Er investierte in ihr Geschäft und unterstützte sie von da an. 1976 verhalf er ihr nach erstaunlich wenigen Rückschlägen zum Durchbruch – Cazarès veranstaltete ihre erste Modenschau.« Lindsay sah ihn respektvoll an.

»Eine wortgetreue Wiedergabe, Rowland. Und überzeugt Sie diese Geschichte?«

»Sie gefällt mir. Sie klingt vertraut. Eine Prise *Nell*, ein Hauch *La Dame aux Camelias* und *La Bohème* –«

»Glauben Sie sie, Rowland?«
»Nein. Ich vermute, die Verbindung Spanien/Balenciaga ist reine Phantasie. Ich glaube, diese Geschichte ist von Anfang bis Ende erfunden.«
»Sie lenkt die ganze Aufmerksamkeit auf Maria Cazarès, da stimme ich Ihnen zu. Und sie läßt eine ganze Reihe von Fragen unbeantwortet – zum Beispiel die, woher Lazare stammt, wenn er kein Franzose ist; und er hat nie akzentfrei Französisch zu sprechen gelernt. Aus Korsika? Aus einer ehemaligen französischen Kolonie wie Algerien? Ist er vielleicht Portugiese oder Spanier? All diese Möglichkeiten wurden bereits erwogen, doch falls eine davon wahr sein sollte, warum hat er das dann nicht einfach zugegeben? Was hat er zu verbergen? Er hat verschiedentlich angedeutet, daß seine Familie Verbindungen nach Korsika hätte und daß er als Kind in Armut gelebt habe. Wie aber ist er dann zu dem Vermögen gelangt, das er brauchte, um das Modehaus Cazarès zu gründen? Antwort – Fehlanzeige.«
»Aber Sie glauben, einen Hinweis gefunden zu haben?«
»Ich glaube, ich habe mehr als nur einen Hinweis.«
»Wirklich?« Jetzt sah Rowland sie mit aufrichtigem Interesse an. »Es muß wirklich was Größeres sein. Sie sehen völlig verändert aus, wissen Sie? Sie strahlen so ein eigenartiges Leuchten aus.«
»Das ist sicher nur das Kaminfeuer«, widersprach Lindsay hastig. »Aber andererseits bin ich tatsächlich aufgeregt. Ich hatte schon das ganze Wochenende über geahnt, daß ich recht habe.«
»Sie haben sich aber nichts anmerken lassen.«
»Ich wollte mich natürlich nicht einmischen. Das Durcheinander war auch so schon groß genug – und Sie und Gini und Max hatten zu tun. Ich war nicht sicher, ob Sie sich immer noch dafür interessieren würden –«
»Natürlich«, fiel er ihr ins Wort. »Sehr sogar. Wie wär's, wenn Sie es mir endlich erklären würden?«
»Das werde ich.« Lindsay riß ihre Augen von ihm los und zwang sich, auf den Ordner zu sehen. Rowland rückte seinen Stuhl ein bißchen näher an ihren; das Licht der Flammen züngelte über die getäfelten Wände.
»Ihre Rechercheure haben gute Arbeit geleistet, Rowland«, begann

sie langsam. »In diesem Ordner sind Presse-Ausschnitte, die ich noch nie gesehen habe. Ich beschäftige mich erst seit 1978 beruflich mit Mode; 1984 war ich zum ersten Mal bei den Frühjahrs-Präsentationen in Paris. Deshalb habe ich mich vor allem für die Berichte von den frühen Cazarès-Modeschauen interessiert – die Kleider, mit denen sie sich einen Namen gemacht hat, mit denen sie zur Legende wurde. Als ich die Bilder ihrer frühen Arbeiten durchsah, stieß ich auf dieses Foto. Es hat mich augenblicklich stutzig gemacht. Ein Abendkleid von Maria Cazarès, aus ihrer allerersten Kollektion 1976. Fotografiert für die amerikanische Ausgabe von *Harper's Bazaar.*«

Sie zog den betreffenden Zeitungsausschnitt heraus, eine Farbkopie der Zeitschriftenseite. Rowland beugte sich vor und betrachtete sie aufmerksam.

»Niemand sonst hätte dieses Kleid schneidern können, Rowland«, fuhr Lindsay fort. »Nicht der Lacroix von heute, nicht einmal der St. Laurent von früher. Es konnte nur von Cazarès sein. Jedes Detail trägt ihre Handschrift. Das Kleid gehört zu ihrer russischen Kollektion – so nennt man sie heute. Sehen Sie nur, wie der Rock geschnitten ist, wie voll er ist – ist das nicht eine Traumfarbe? Dieses volle, tangdunkle Grün. Und achten Sie auf die Applikationen am Saum – dieses schmale schwarze Seidensamtband. Sehen Sie sich den goldenen und grünen Brokat an den Ärmeln und den Wurf der Jacke an. Sehen Sie, wie die Linien durch den Pelzbesatz akzentuiert werden? Und wie hier der Schnitt der Weste und der Armlöcher die Schultern schmaler wirken läßt ...«

Sie brach abrupt ab; Rowland hatte eben gegähnt.

»Rowland, bitte – *versuchen* Sie es wenigstens. Das ist wichtig. Wenn Sie ihren Stil nicht zu lesen verstehen, dann werden Sie gar nichts begreifen. Jetzt erzählen Sie mir, was Sie hier sehen.«

»Dieser komische Turban, den das Model da trägt, gefällt mir nicht. Das sieht doch absurd aus.«

»Vergessen Sie den Turban, Rowland. Sie sollen sich das Kleid ansehen. Versuchen Sie, die einzelnen Komponenten zu erkennen. Versuchen Sie, es zu deuten. Versuchen Sie, die Geschichte zu spüren, die dieses Kleid erzählt. Ist es nicht wahnsinnig romantisch? Müssen Sie nicht an einen Ball in St. Petersburg denken, wenn Sie es sehen?

Denken Sie an …« Sie überlegte fieberhaft. »Denken Sie an *Krieg und Frieden,* Rowland. Die Ballszenen. Denken Sie an Nataschas nächtliche Schlittenfahrt durch den Schnee …«
Ein Funke des Verstehens glomm in Rowlands Auge auf. »Ja, vielleicht …« Er runzelte die Stirn. »Ich glaube, ich kann es sehen … Sie haben *Krieg und Frieden* gelesen?«
Lindsay seufzte. »Ich habe vielleicht nicht in Oxford studiert«, erklärte sie ihm geduldig, »aber ich bin nicht völlig ungebildet, Rowland. Natürlich habe ich *Krieg und Frieden* gelesen. Ich lese sogar ziemlich viel, um genau zu sein. Ich lese ständig.«
Rowland betrachtete sie mit neu erwachtem Interesse. »Wirklich?« fragte er. »Und was lesen Sie zur Zeit?«
Lindsay senkte den Blick. Auf ihrem Nachttisch stapelten sich die Bücher, die sie zu lesen vorhatte, und jene, die sie statt dessen las. Oben auf dem Stapel lag augenblicklich eine dicke Flughafen-Schmonzette, sechshundert Seiten voller Liebesglück und Liebesleid, mit der sie sich abends nach einem anstrengenden Tag einlullte. Zwar mangelte es dem Opus an stilistischer Eleganz, doch war die Handlung deftig, und die Figuren waren von tragischer Größe. Ihr Gefühlsleben war ausgesprochen turbulent; letzten Donnerstag war auf Seite 435 der Held verblichen; Lindsay hatte, übermüdet, geweint.
»John Updike«, sagte sie. »Den letzten seiner Rabbit-Romane, Sie wissen schon.«
Sowie sie den Namen ausgesprochen hatte, hellte sich Rowlands Miene auf. Er redete drauflos; Lindsay unterbrach ihn hastig und fest entschlossen, noch in dieser Nacht mit diesem Roman anzufangen.
»Rowland, ich weiß, daß Sie lieber über Bücher reden würden, aber dazu haben wir keine Zeit. Bitte. Sie müssen sich konzentrieren.«
Rowland entschuldigte sich. Er beugte sich über das Foto eines neunzehn Jahre zuvor entworfenen Ballkleides und starrte voller Anspannung und Konzentration darauf. Er schien wild entschlossen, diesen weiblichen Code zu knacken; amüsiert beobachtete Lindsay, wie sein Verstand eine ganze Weile daran arbeitete.
»Es hat männliche und weibliche Elemente«, erklärte er schließlich. »Das Kleid selbst könnte nicht weiblicher sein. Aber Cazarès hat es mit einer Männerweste kombiniert – wie sie ein Kosake tragen könnte.«

»Ganz hervorragend.« Lindsay sah ihn lobend an. »Sie lernen schnell. Das ist das Wesen des Cazarès-Stils – die Kombination scheinbarer Gegensätze. Männlich und weiblich, rauh und glatt, exotisch und gediegen, keusch und unrein. Das ist ihre Sprache, wenn Sie so wollen. Jetzt konzentrieren Sie sich noch mal. Sehen Sie sich dieses zweite Foto an.«
Plötzlich fühlte sie sich nervös. Sie zog den Artikel hervor, den sie aus ihrem Archiv herausgesucht hatte, und legte ihn Rowland vor. Gegenüber ihrem Interview war ein ganzseitiges Bild abgedruckt. Es zeigte eine königlich wirkende, weißhaarige und immer noch schöne Frau in einem herrschaftlichen Salon. Über den Sessel neben ihr war ein Kleid gebreitet, ein langes Kleid mit dazugehöriger, pelzbesetzter Weste.
»Das gleiche Kleid.« Rowlands Antwort kam wie aus der Pistole geschossen. »Das gleiche Kleid. Die gleiche Weste. Die beiden sind identisch.«
»Das sind sie tatsächlich«, bestätigte Lindsay mit leisem Triumph. »Und das ist merkwürdig. Sehr merkwürdig sogar. Fast unerklärlich ...«
»Wieso? Das verstehe ich nicht. Erklären Sie es mir.«
»Weil das erste Kleid 1976 entworfen wurde, richtig? Und dieses hier genau zehn Jahre *davor* entstand. Das 1976er Kleid ist von Cazarès – unbestreitbar. Dieses aus dem Jahr 1966 stammende Kleid wurde – obwohl es ihm aufs Haar gleicht, wie Sie selbst festgestellt haben – von einem unbekannten jungen Mädchen entworfen, einer Amateurschneiderin namens Marie-Thérèse ...«
Jetzt hatte sie Rowlands ganze Aufmerksamkeit. Sie beobachtete, wie er diese Neuigkeit verarbeitete. Sie sah, wie er nach einer Erklärung zu suchen begann.
»Das ist noch nicht alles, Rowland ...« fuhr sie fort. »Ich weiß, was Sie gerade denken. Sie fragen sich, ob Maria Cazarès und diese Marie-Thérèse vielleicht ein und dieselbe Person sein könnten? Sie fragen sich, ob das erste Kleid vielleicht aus ihrer unbekannten Periode stammt, der Zeit vor Lazare und ihrem Aufstieg zum Ruhm, als sie sich angeblich in ihrem bitterkalten Atelier abmühte, das die PR-Leute so gern beschreiben ...«
»Richtig. Genau das denke ich.«

»Falsch gedacht. Denn dieses Kleid wurde nicht in einem bitterkalten Atelier geschneidert. Es wurde nicht einmal in Paris angefertigt. Es stammt aus Amerika.«
»*Amerika?*«
»Ja, Rowland. Aus New Orleans.«

»Soll ich fortfahren, Rowland?« fragte Lindsay wenig später verunsichert. Ein paar Minuten waren verstrichen, in denen ihre Erzählung von einer ihr unverständlichen Reaktion Rowlands unterbrochen worden war. Er war aufgestanden, um noch einen Scheit ins Feuer zu legen, und stand jetzt mit dem Rücken zu ihr. Als hätte er vollkommen vergessen, daß sie im Zimmer war, starrte er gedankenverloren in die Flammen. »Ich würde Ihnen die Geschichte gern so erzählen, wie sie mir erzählt wurde«, sagte sie. »Es ist eine gute Geschichte – mir gefällt sie jedenfalls. Es ist eine Art Liebesgeschichte.«
»Natürlich.« Rowland drehte sich um. »Ich möchte sie gern hören ...«
»Ist irgendwas, Rowland?«
»Nein, nein. Nur als Sie gefragt haben, ob ich New Orleans kenne ... da habe ich mich an das letzte Mal erinnert, als ich dort war. Das ist alles.«
»Kennen Sie die Stadt gut? War das in der Zeit, als Sie in den Staaten gearbeitet haben?«
»Ziemlich gut. Ich war ein paarmal dort. Ich hatte in Washington eine Freundin; ihr Bruder war Dozent an der Tulane.«
»Tulane?«
»Die Universität von New Orleans. Ihre juristische Fakultät gehört zu den besten Amerikas. Egal. Das tut kaum etwas zur Sache. Erzählen Sie weiter.«
Noch im Reden war er an den Tisch zurückgekehrt und hatte sich gesetzt. Lindsay hatte keineswegs die Absicht, weiter in ihn zu dringen, hätte aber auch nicht sagen können, ob er die Stadt in schöner oder trauriger Erinnerung hatte; vielleicht beides, entschied sie. Für ein paar Sekunden hatte sie einen Blick auf einen ganz anderen Rowland McGuire erhascht, als den, den sie allmählich zu kennen glaubte. Sie spürte, daß er nicht gewillt war, diese Seite seines

Wesens weiter vor ihr auszubreiten, sondern sich darüber ärgerte, kurzfristig die Kontrolle über seine Gefühle verloren zu haben. Er nahm die Flasche und schenkte, als Lindsay den Kopf schüttelte, sich noch etwas Whisky nach. Er hob das Glas gegen das Licht, sah prüfend hindurch und wandte sich dann wieder ihr zu, bemüht, sich so zu geben wie immer.

»Erzählen Sie mir diese Liebesgeschichte, Lindsay. Raus damit.«

»Wollen Sie sie wirklich hören? Es ist schon spät. Ich könnte Ihnen auch den Artikel hier lassen, wenn Ihnen das lieber wäre. Da steht die Geschichte auch drin. Fast vollständig. Bis auf den Schluß – man hat mich gebeten, den wegzulassen.«

»Nein. nein. Ich habe was gegen Geschichten ohne richtiges Ende. Eine Geschichte sollte einen eindeutigen Anfang, eine Mitte und einen Schluß haben.« Er lächelte. »Außerdem würde ich sie lieber von Ihnen hören.«

»Also gut.« Lindsays Herz machte einen kleinen Satz. Sie nahm das Foto der großen, weißhaarigen Patrizierfrau mit dem bezaubernden Kleid neben sich. Sie erinnerte sich ausgezeichnet an das Interview: Es war ihre erste größere Arbeit als freie Journalistin gewesen. Sie war damals zwanzig Jahre alt und furchtbar stolz gewesen, daß sie die Idee zu dem Artikel gehabt und ihn bei *Vogue* untergebracht hatte – und schrecklich nervös, als sie vor dem Haus stand, in dem das Interview stattfinden sollte.

Es war ein Haus in Belgravia gewesen, ein Riesenkasten mit weißen Säulen, dessen Tür von einem Butler geöffnet wurde, dem ersten Butler, dem Lindsay leibhaftig begegnete. Sie folgte ihm eine breite Treppe hinauf und in einen riesigen Salon mit drei hohen Fenstern auf den Garten hinter dem Haus. Es war Herbst; im Kamin brannte ein Feuer, doch das Zimmer war voller Frühlingsblumen. Die ehemalige Letitia Lafitte Grant und nunmehrige Lady Roseborough war aufgestanden, als Lindsay eintrat, und Lindsay war, als sie sich dieser Gestalt von legendärer Eleganz gegenüber sah, augenblicklich das Herz in die Hose gesunken.

Dann waren ihre Hände ergriffen worden, und Letitia redete mit ihrem warmen Südstaatenakzent auf sie ein, bis Lindsay sich wieder gefaßt hatte.

»Kommen Sie, trinken Sie einen Tee, meine Liebe. Sie wollen sich

mit mir über meine Kleider unterhalten? Wir werden uns königlich amüsieren – ich werde Ihnen Sachen zeigen, die ich seit Millionen Jahren nicht mehr aus dem Schrank geholt habe ...«
Sie hatte »Jahren« wie »Jaahn« ausgesprochen. Noch jetzt, während sie die vor so langer Zeit gehörte Geschichte wiedergab, meinte Lindsay in der Stille von Rowlands Zimmer Letitias gemächlichen Singsang zu hören.
»Die Frau auf dem Bild«, begann sie, »ist Letitia Lafitte Grant, jedenfalls hieß sie so, als das Kleid für sie gemacht wurde. Sie stammte aus Louisiana, aus einer uralten reichen Familie, und hatte in eine noch ältere und noch reichere Familie eingeheiratet. Die Lafitte Grants besaßen Baumwoll- und Zuckerrohrplantagen; nach ihrer Hochzeit zog Letitia in den Stammsitz der Familie ein, einen wunderschönen Vorkriegs-Plantagensitz am Nordufer des Mississippi zwischen Baton Rouge und New Orleans. Sie war berühmt als Gastgeberin, für ihre Schönheit, ihre Reitkünste und ihre Modesammlung. Ich glaube, sie war auch eine großzügige Frau – eine sehr mitfühlende Frau.«
Lindsay hielt inne. »Ich wollte das Interview mit ihr machen, weil ihre Eleganz legendär war. Sie gehörte zu den Frauen, die in allen Sachen schön wirken. An ihr sahen ein geliehenes Herrenhemd, das Tweedsakko ihres Mannes und alte Jeans wie ein richtiges Ensemble aus. Sie war eine Modenärrin, fuhr über zwanzig Jahre lang zweimal im Jahr nach Paris zu den Mode-Präsentationen und hatte ihre gesamte Garderobe in einwandfreiem Zustand konserviert. Ungefähr drei Jahre nach meinem Interview starb sie. Heute wird ihre Modesammlung im Metropolitan Museum in New York aufbewahrt.
Ich hatte das Interview mit dem Hintergedanken vereinbart, daß sie mir dabei ihre Schätze zeigen würde – die Schiaparellis, die frühen Chanels, die Balenciagas –, und sie zeigte mir alles. Ich hatte sie gebeten, für das Foto eines ihrer Lieblingskleider herauszusuchen, und sie wählte das Kleid, das dort über dem Sessel liegt.«
»Eine überraschende Wahl?« fragte Rowland; er hörte ihr jetzt gespannt zu. »Sie hatten erwartet, daß sie das Kleid eines berühmten Couturiers aussucht?«
»Genau. Sie erklärte mir, sie habe dieses Kleid ausgesucht, weil es sie an eine glückliche Zeit ihres Lebens erinnere, als ihre Kinder fast er-

wachsen waren und bevor ihr Mann chronisch krank wurde. Und weil es sie an ein außergewöhnliches junges Mädchen erinnere – das Mädchen, das es angefertigt hatte, Marie-Thérèse.

Letitia erklärte mir, es sei eine typische New-Orleans-Geschichte,« fuhr Lindsay fort. »Sie sagte, ich müsse mir eine Stadt vorstellen, die kaum etwas mit dem späteren New Orleans zu tun hätte. Eine Stadt fast ohne Touristen, in der die Vergangenheit noch zu spüren war. Sie sagte, ich müsse mir die Hitze vorstellen und die schönen Häuser des französischen Viertels mit ihren schmiedeeisernen Balkonen und der Atmosphäre des Verfalls. Ich müsse mir die Gegensätze in der Stadt vorstellen, den verschwenderischen Reichtum und die absolute Armut, das Durcheinander von verschiedenen Völkern – Franzosen, Spaniern, Kariben –, verschiedenen Religionen, Aberglauben und Sprachen. Es sei eine Stadt wie keine andere in Amerika gewesen, eine Stadt, in der das Außergewöhnliche alltäglich war. Sie erweckte in mir ihr New Orleans zum Leben, Rowland, und dann erzählte sie mir von Marie-Thérèse.

Letitia hatte das Mädchen kennengelernt, einige Jahre bevor das Kleid geschneidert worden war. Marie-Thérèse war damals etwa vierzehn und besuchte eine Klosterschule im französischen Viertel, auf die auch eines von Letitias Dienstmädchen gegangen war. Auf Empfehlung des Dienstmädchens hin durfte Marie-Thérèse für den Haushalt der Lafitte-Grants arbeiten, Leinen besticken und so weiter. Die Handarbeiten waren ihr von den Nonnen im Kloster beigebracht worden, die zum Teil aus Frankreich kamen. Wie es hieß, war Marie-Thérèse, selbst französischer Abstammung, wenn auch in New Orleans geboren, eine sehr begabte Schülerin. Als Letitia sah, wie exquisit Marie-Thérèse arbeitete, wollte sie das Mädchen kennenlernen. Sie war augenblicklich von ihr eingenommen. Marie-Thérèse war still, fast übertrieben bescheiden, nicht direkt schön, aber faszinierend – Letitia beschrieb sie als *jolie laide.* Sie hatte blasse Haut – magnolienblaß, wie Letitia sagte –, ein kindliches Gemüt und nachtschwarzes Haar. Letitia wollte ihr unbedingt weitere Arbeiten geben – vor allem, weil sie wußte, daß dieses Kind in großer Armut lebte …«

Lindsay verstummte und sah Rowland an. »Marie-Thérèse hatte einen Bruder, und beide waren früh verwaist, hieß es. Der Bruder war

von der Schule abgegangen, als er dreizehn und sie neun Jahre alt gewesen war. Von da an hatte er für sich und seine Schwester gesorgt.«
Es wurde still. Das Feuer zischte, ein Scheit sank tiefer. Rowland hob langsam den Kopf und sah Lindsay an.
»Sie hatte einen *Bruder?* Einen älteren Bruder?«
»Ja, und Letitia zufolge hatte er einen ausgesprochenen Beschützerinstinkt. Ein schlecht erzogener, sensibler, stolzer und sehr empfindlicher junger Mann.«
»Interessant. Weiter.«
Das Treffen führte dazu, daß Letitia das Mädchen ausgesprochen lieb gewann. Von da an kam Marie-Thérèse in regelmäßigen Abständen aus der Stadt, um Letitia zu besuchen; Letitia dagegen besuchte das Mädchen nie. Im Verlauf der folgenden zwei Jahre gab Letitia ihr Arbeit, sooft sie konnte und sooft das Mädchen, das ja noch zur Schule ging, sich ihr gewachsen fühlte. Mit der Zeit wurden Marie-Thérèse auch andere Arbeiten als nur Stickereien anvertraut. Sie machte einige Blusen für Letitia, dann einen wunderschönen Schal. Man ließ sie ein Paar von Letitias Sachen ändern, und Letitia merkte, wie sehr sie die Kleider faszinierten. Sie erzählte dem Mädchen oft von ihren Besuchen in den großen Modehäusern, von den Anproben und von der Perfektion, die dort verlangt wurde. Sie erzählte ihr von den Nessel-Entwürfen und davon, wie jedes Modellkleid zusammengefügt und handgenäht wurde. Eines Tages vertraute sie Marie-Thérèse eines ihrer ältesten und liebsten Modelle an, ein Chanel-Kostüm aus der Vorkriegszeit, das zerrissen worden und ihrer Meinung nach nicht mehr zu reparieren war. Das Mädchen nahm es mit nach Hause und brachte es in einwandfreiem Zustand zurück. Als Letitia das Kostüm genauer untersuchte, erkannte sie, daß das Mädchen die Jacke völlig aufgetrennt und neu zusammengenäht hatte. Marie-Thérèse fieberte vor Begeisterung; normalerweise brachte sie kaum ein Wort heraus, doch an diesem Tag redete sie ununterbrochen über das, was sie gelernt hatte. Wissen Sie, was sie Letitia sagte? Ich habe es zitiert. Sie sagte: ›*Madame,* ich habe Kunst immer erkannt, doch jetzt habe ich auch die Wissenschaft der Mode begriffen ...‹ Von da an«, fuhr Lindsay fort, »interessierte sich Letitia noch mehr für das Mädchen. Sie ermunterte es, von sich selbst zu erzählen, von ihrem Heim und ihrem Bruder. Und was sie hörte,

bedrückte sie zutiefst. Marie-Thérèse und ihr Bruder lebten in zwei Zimmern in einer armen Gegend des Vieux Carré, praktisch neben dem Kloster und der Schule. Sie hatten die Wohnung von den Nonnen gemietet, deren Orden in dieser Gegend eine ganze Reihe heruntergekommener Gebäude besaß. Das Haus hieß Maison Sancta Maria, nach einer kleinen Marienstatue, die in einer Nische in der Gartenmauer stand. Die Nonnen vermieteten ihnen diese Zimmer aus Barmherzigkeit – und aus einem anderen Grund. Sie glaubten, genau wie der Bruder, daß Marie-Thérèse berufen war. Sie bedrängten sie, Novizin zu werden, sobald sie die Schule abgeschlossen hätte. Marie-Thérèse hatte schon eingewilligt. Sie erzählte Letitia, daß sie den Schleier tragen wolle.

Letitia war nicht katholisch, deshalb stimmte sie das betroffen. Sie ermahnte das Mädchen, sich einen solchen Schritt reiflich zu überlegen. Sie sagte, sie selbst sei nur zu gern bereit, ihr eine Alternative zu bieten: Marie-Thérèse könnte in den Haushalt der Lafitte Grants aufgenommen werden; man würde sie zum Dienstmädchen ausbilden oder eine Arbeit für sie finden, bei der sie ihre Nähkünste anwenden konnte. Zu Letitias großer Überraschung lehnte das Mädchen diesen Vorschlag zwar charmant und bescheiden, doch rundheraus ab. Sie erklärte, sie habe sich noch nie ihrem Bruder widersetzt, und der würde einen solchen Schritt keinesfalls gutheißen. Sie sagte, sie könne nichts in Betracht ziehen, was sie von ihrem Bruder trennen würde. Er sei ihr ein und alles – ihr Beistand, Beschützer und Freund. Letitia wandte vorsichtig ein, daß ihr Bruder zwar für die Nonnen arbeitete, deren Gärten er pflegte, daß sie sich aber definitiv von ihm trennen würde, wenn sie Nonne würde. Marie-Thérèse hörte ihr höflich zu, schien aber nicht zu verstehen …«

Lindsay hielt inne und sah Rowland erneut an.

»Ihren Nachnamen habe ich nie erfahren«, erklärte sie, »aber der Bruder hieß mit Vornamen Jean-Paul. Das läßt sich bequem auf Jean verkürzen. Genau wie jene Marie-Thérèse, die damals im Maison Sancta Maria wohnte, sich vielleicht schlicht Maria nennen könnte, falls sie später ihren Namen ändern wollte – vor allem, wenn sie ihre Abstammung verheimlichen wollte, meinen Sie nicht auch?«

»Ja, das meine ich auch«, antwortete Rowland. »Aber ich will keine übereilten Schlüsse ziehen.« Er zögerte. »Eine schöne Geschichte,

Lindsay. Aber eine Liebesgeschichte sehe ich bis jetzt noch nicht ...«
»Das kommt noch.«
»Dann erzählen Sie weiter.«
»Dieses Gespräch führte dazu«, fuhr Lindsay fort, »daß Letitias russisches Kleid geschneidert wurde. Die Lafitte Grants gaben jedes Jahr zum Mardi Gras einen Ball – ein großes Ereignis der High Society von New Orleans, und jeder Ball stand unter einem Motto. So hatte es schon einen ottomanischen und einen venezianischen Ball gegeben. 1966 hieß das Thema ›Rußland‹, und Letitia beschloß, sich diesmal nicht wie sonst ein Kleid in Paris schneidern zu lassen, sondern Marie-Thérèse damit zu beauftragen. Ihre Motive waren nicht ganz uneigennützig. Falls ihr das Kleid nicht gefiel, war das kein großes Unglück – Letitia hatte ganze Zimmer voller Kleider. Aber falls es ein Erfolg wurde, dann würden ihre Freundinnen dieses Wunderkind mit Aufträgen überhäufen. Und dann würde Marie-Thérèse möglicherweise begreifen, daß es tatsächlich eine Alternative zum Kloster gab.«
»Und ging Letitias Plan auf?«
»Nein. Der Schuß ging nach hinten los. Das Kleid machte Furore, war ein *succès fou.* All ihre Freundinnen wollten unbedingt wissen, wer es geschneidert hatte. Aber weder sie noch Letitia bekamen jemals Gelegenheit, Marie-Thérèse noch einen Auftrag zu erteilen. Nach dem Mardi-Gras-Ball sollte Letitia dem Mädchen nur noch ein einziges Mal begegnen ...«
Lindsay hielt inne und blickte nachdenklich in die Flammen. Dann seufzte sie und sah Rowland wieder an.
»Als Letitia mir davon erzählte, sah ich, wie es in ihr arbeitete. Ich glaubte, jetzt käme etwas Schreckliches, daß es einen Unfall gegeben hatte oder Marie-Thérèse vielleicht gestorben war. Aber dem war nicht so. Nichts dergleichen war passiert. Sie erzählte mir die Geschichte zu Ende, allerdings unter der Bedingung, daß ich das nicht drucken würde. Nicht der Tod entriß ihr Marie-Thérèse. Sondern der Bruder – Jean Paul.«
»Ich verstehe. Und Letitia war dem Bruder nie begegnet?«
»Nein. Sie wußte, daß er rund um die Uhr arbeitete – im Klostergarten und als Aushilfe in verschiedenen Bars und Hotels in New Orleans. Auf Vorschlag ihres Mannes hin und weil seine Schwester ihn

als ausgezeichneten Mechaniker angepriesen hatte, hatte man ihn ein- oder zweimal die Autos der Lafitte Grants warten lassen – eine Flotte von Rolls-Royce aus der Vorkriegszeit, eine Leidenschaft von Letitias Ehemann ...«

»Lazare sammelt ähnliche Wagen ...«

»Ganz genau. Doch aus diesen Jobs hatte sich nie eine feste Anstellung entwickelt. Das übrige Personal der Lafitte Grants konnte den Jungen nicht leiden; man hielt ihn für arrogant und überempfindlich, weil er sich ständig irgendwelche Beleidigungen einbildete. Er hatte ein cholerisches Temperament; niemand wollte mit ihm zusammenarbeiten. Als der Bruder am Tag nach dem Ball vor ihrer Tür stand, stellte Letitia fest, daß sie diese Reaktion nachvollziehen konnte. Der Junge war ihr vom ersten Moment an unsympathisch.«

Lindsay zögerte. »Ich glaube, ein bißchen bemitleidete sie ihn auch. Er war erst neunzehn, und Letitia entging nicht, daß er sich krampfhaft um ein weltmännisches Auftreten bemühte. Doch sobald er ihr Haus betreten hatte, wurde er aggressiv und unhöflich. Er erklärte ihr herablassend, daß seine Schwester ihre Protektion nicht nötig habe, daß er sie schon immer finanziell unterstützt habe und das auch weiterhin tun würde, wenn das nötig sein sollte. Er würde nicht dulden, daß sich eine protestantische Familie in Marie-Thérèses Leben drängte, die ein katholisches Mädchen einfach nicht verstehen konnte. Er betonte ausführlich und nachdrücklich die Bescheidenheit seiner Schwester, ihre Reinheit und ihre tiefe Religiosität. Er werde Marie-Thérèse nicht mehr gestatten, für Letitia zu arbeiten, und auch keine weiteren Begegnungen dulden – denn Letitia vergifte nur die Seele seiner Schwester, indem sie das Mädchen mit weltlichen Dingen in Versuchung führe. Es sei Marie-Thérèse bestimmt, eine Braut Christi zu werden, daran habe er nie gezweifelt, seit sie ein kleines Kind war. Das hätte sich ihre tote Mutter für Marie-Thérèse gewünscht, und er werde dafür sorgen, daß dieser Wunsch erfüllt werde. Letitia unterbrach ihn nur selten, während er diese zweifellos eingeübte Ansprache herunterratterte. Dann stürmte er aus dem Haus. Letitia sollte ihm genau wie seiner Schwester nur noch ein einziges Mal begegnen.«

»Wie ungewöhnlich. Wie eigenartig ...«, murmelte Rowland in die

folgende Stille. »Arme Letitia. Und was passierte dann, Lindsay? Erzählen Sie weiter.«
»Ein paar Jahre vergingen. Man hatte Letitia vor den Kopf gestoßen, deshalb unternahm sie keine weiteren Versuche, Marie-Thérèse zu treffen. Sie hörte gelegentlich von ihr, durch das Dienstmädchen, das Marie-Thérèse einst bei ihr eingeführt hatte, aber die Informationen waren spärlich, und allmählich erlosch Letitias Interesse. Es gab wichtigere Dinge für sie: Die Krankheit ihres Mannes war inzwischen ausgebrochen, wenn auch noch nicht diagnostiziert worden. Erst drei Jahre später, 1969, hörte sie von ihrem Dienstmädchen, daß es zu Spannungen gekommen war: Marie-Thérèse hatte bis dahin die Schule abgeschlossen und war in den Konvent eingetreten. Allerdings hatte sie ihr Noviziat abgebrochen, angeblich weil sie den Glauben verloren hatte. Dies und einiges andere habe schließlich zum Bruch zwischen den Nonnen und Marie-Thérèse geführt. Sie und ihr Bruder sollten in Kürze auf die Straße gesetzt werden. Sie hatten kaum Geld und kein Heim mehr.
Das Mädchen, wie Marie-Thérèse eine Konventschülerin, war ebenfalls sehr schüchtern. Als Letitia diese Geschichte zu Ohren kam, ahnte sie, daß etwas anderes hinter diesem Hinauswurf steckte, etwas, was das Mädchen nicht über die Lippen brachte. Als Letitia nachhakte, wurde die Kleine rot und antwortete nur unzusammenhängend. Sie sagte, Marie-Thérèse habe das Vertrauen enttäuscht, das die Nonnen in sie gesetzt hätten, und wolle vor Scham keinem Menschen mehr unter die Augen treten.
Damals war Letitias Mann schon sehr krank. Deshalb ging sie der Sache nicht weiter nach. Fünf, sechs Monate verstrichen, ein neues Jahr begann, es war Januar 1970, ihr Mann wurde immer schwächer, und Mardi Gras stand wieder vor der Tür. In diesem Jahr würde es keinen Ball geben, doch Letitia erinnerte sich wieder an Marie-Thérèse. Sie rief ihr Dienstmädchen zu sich und fragte es aus. Nach langem Hin und Her gab ihr das Mädchen schließlich eine Adresse, unter der Marie-Thérèse und ihr Bruder nun angeblich wohnten. Das Mädchen erzählte, es habe gehört, die beiden seien schrecklich arm, und daß Marie-Thérèse krank gewesen sei. Mehr war nicht aus ihr herauszubringen.« Lindsay atmete durch.
»Ein paar Tage darauf beschloß Letitia, sich auf eine Gnadenwallfahrt

zu begeben, wenn Sie so wollen.« Sie sah auf. »Sie können sich wohl denken, was sie vorfand, Rowland. Aber eigenartigerweise war es etwas, das sie selbst nie vorhergesehen hatte, deshalb war sie zutiefst schockiert und bestürzt. Erst nach langem Suchen fand sie das Haus, ein schmutziges, verfallenes Apartmenthaus im Norden des French Quarter, einer Gegend, die von den meisten Weißen gemieden wurde. Als sie es endlich entdeckt hatte, stand die Haustür offen; es gab weder Klingeln, noch Namensschilder. Ein alter Mann saß whiskytrinkend auf der Türschwelle. Er erklärte ihr, daß Marie-Thérèse und ihr Mann im obersten Stock im Hinterzimmer wohnten. Als Letitia die Treppe hochstieg, hörte sie ein Baby weinen. Erst nahm sie an, das Geräusch käme aus einem anderen Zimmer. Doch als sie oben angekommen war, begriff sie ... Die Tür zu Marie-Thérèses Zimmer stand offen, als wäre eben jemand zurückgekommen – sie trat näher und blieb stehen, ohne einen Ton herauszubringen. Marie-Thérèse saß zusammengekauert am anderen Ende des Zimmers auf einem Bett; sie stillte ein winziges Baby, das heißt, sie versuchte, es zu stillen. Über sie gebeugt stand ihr Bruder Jean-Paul, einen Arm auf ihre Schulter gelegt. Letitia erklärte mir, sie hätte augenblicklich und ohne den Hauch eines Zweifels gewußt, daß er der Vater des Kindes war.

Sie wollte schon wieder gehen, noch ehe die beiden sie bemerkt hatten. Doch etwas ließ sie stehenbleiben: Sie hörte am Weinen des Babys, daß es krank war – Letitia hatte selbst vier Kinder gehabt. Sie sah, daß Marie-Thérèse schrecklich ausgemergelt war und krank aussah. Sie sah, wie zärtlich und ängstlich zugleich Jean-Paul auf Mutter und Kind einredete, und sie schämte sich ihrer ersten Reaktion. Sie wollte die beiden gerade ansprechen, ihnen vorschlagen, einen Arzt zu holen – ihren Arzt, falls nötig, obwohl sie bezweifelte, daß er in so eine Gegend kommen würde. Da sah Jean-Paul auf und entdeckte sie. Sein Blick war so zornig, daß ihr die Worte im Halse steckenblieben. Statt dessen stellte sie den Obstkorb ab, den sie mitgebracht hatte und der, wie sie begriff, hier ein ziemlich unpassendes Gastgeschenk war. Sie wurde dabei von dem schweigenden Jean-Paul beobachtet, dessen Gesicht vor Haß und Verachtung wie erstarrt wirkte. Sie nahm alles Geld, das sie bei sich hatte, und legte es in den Korb. Dann machte sie kehrt und verschwand, ohne auch nur ein Wort gesagt zu haben.«

Lindsay erwiderte Rowlands besorgten Blick. »Und damit ist die Geschichte so gut wie zu Ende. Letitia sollte weder Bruder noch Schwester jemals wiedersehen. Ungefähr sechs Monate lang schickte sie den beiden danach Geld per Post. Nie bedankte sich jemand dafür; sie wußte nie, ob es überhaupt angekommen war. Später in jenem Jahr erfuhr sie von ihrem Dienstmädchen, daß die beiden aus New Orleans weggezogen waren. Als sie sich jedoch nach dem Baby erkundigte, leugnete das Mädchen, überhaupt davon zu wissen, und das machte Letitia Sorgen. Sie fragte sich, ob das Kleine wohl gestorben war; sie befürchtete, es könnte vielleicht zur Adoption oder in Pflege oder in ein Heim gegeben worden sein. Sie stellte wiederholt Nachforschungen an, die allesamt fruchtlos blieben, und begab sich schließlich zu dem Konvent, wo sie von der Äbtissin empfangen wurde. Die Schwester bestätigte ihr, daß Marie-Thérèse unverheiratet sei und ein Kind – einen Sohn – habe. Sie gab keinerlei Auskünfte über den Vater des Kindes und bestritt, irgend etwas über den Aufenthalt des Kindes zu wissen. Mit einem Kind aus einer solchen Verbindung, erklärte sie, könne sie sich nicht abgeben, ob es tot sei oder lebendig.
Letitia war wütend, doch sie war mit ihren Nachforschungen in eine Sackgasse geraten und vermochte nichts weiter herauszufinden. Im Verlauf desselben Jahres starb dann ihr Mann, und ihr ältester Sohn trat das Erbe an. Letitia reiste nach Europa, um dort ein paar Freunde zu besuchen; später lernte sie ihren zweiten Mann kennen und ließ sich in London nieder. Sie sei, erzählte sie mir, hin und wieder nach Louisiana geflogen, doch sie habe sich dort nie mehr richtig wohl gefühlt. Von dem außergewöhnlichen Mädchen und ihrem Bruder hörte sie nie wieder. Nur das Kleid auf diesem Foto war ihr von der ganzen Episode geblieben. Ein Kleid, das jetzt irgendwo im Metropolitan Museum liegt – säuberlich in säurefreies Seidenpapier verpackt …«
Sie fing Rowlands Blick auf und sah sofort wieder weg. Sie blickte ins Feuer, auf die Fensterläden, die Wandvertäfelung, die Bergfotos mit den eingezeichneten Routen. Rowland schwieg, doch sie spürte, daß ihm die Geschichte zu schaffen machte, genau wie ihr, als sie sie zum ersten Mal gehört hatte. Sein Kopf war tief über die beiden Fotos der russischen Kleider gebeugt. Lindsay seufzte und stand auf.

»Sie sehen, es war also doch eine Liebesgeschichte«, sagte sie. »Eine höchst ungewöhnliche Liebesgeschichte.«

»Das sind Liebesgeschichten meistens – für die Betroffenen«, gab er zurück.

Lindsay starrte weiter auf die Bergbilder; im Feuer rumpelte ein Scheit.

»Ich bin überzeugt, daß es die Geschichte von Cazarès und Lazare ist«, meinte sie schließlich. »Da bin ich mir ganz sicher.«

»Ich mir auch. Obwohl ich es wahrscheinlich nicht sein sollte. Abgesehen von den Kleidern gibt es keinerlei Beweis. Aber ich habe einen Instinkt, Lindsay – genau wie Sie. Mir kommt die Geschichte wahr vor.« Er überlegte kurz und sah dann zu ihr auf. »Aber Sie werden mich bestimmt verstehen, Lindsay. Selbst wenn ich diese Geschichte Wort für Wort beweisen könnte, könnte ich sie trotzdem nie bringen, solange die beiden leben. Max würde das nicht billigen. Und ich auch nicht. Diese Sache geht niemanden außer den beiden etwas an. Es ist eine Privatangelegenheit – und es geht außerdem um ein Kind ... Was tun Sie da?«

»Ich ziehe meinen Mantel an. Ich verstehe durchaus. Mir war klar, daß Sie das sagen würden. Mir war klar, daß diese Sache nur als Hintergrundinformation dienen konnte. Ich sollte langsam heimgehen.«

»Warum denn? Es ist erst neun – wir könnten essen gehen. Ich dachte – ich bin sehr froh, daß Sie mir das alles erzählt haben. Ich habe noch tausend Fragen ...«

Lindsay blieb stehen, genau vor diesen Bergfotos. Sie blickte auf die eingezeichneten Routen. Sie atmete zehnmal ein und aus, dann legte sie lächelnd ihren Mantel wieder hin.

»Sind wir nicht verheiratet, Rowland?« fragte sie. »Ich meine mich zu erinnern, daß wir gestern geheiratet haben, nach einer höchst turbulenten Affäre ... Warum benehmen wir uns dann nicht wie ein Ehepaar? Wie wär's, wenn ich Ihnen was koche?«

Kapitel 11

»Das ist keine gute Idee«, protestierte Rowland, während er hinter ihr die Treppe herunterpolterte »Ich warne Sie, Lindsay! Ich habe Ihnen doch gesagt, daß ich nichts von Hauswirtschaft verstehe. Es ist nichts zu essen da.«

»Natürlich ist was da«, widersprach sie ihm über die Schulter hinweg. »Hier entlang? In jeder Küche gibt es was zu essen, Rowland, selbst in Ihrer.«

Es war Lindsay nicht entgangen, daß ihr Angebot, ihm etwas zu kochen, Rowland tiefes Unbehagen bereitete. Natürlich wußte sie aus Max' Predigt, daß Rowlands Einmonats- und Dreimonatsgespielinnen stets darauf bestanden, für ihn zu kochen und den Haushalt für ihn zu führen.

»Lassen Sie mich eines klarstellen, Rowland«, erklärte sie ihm, während sie von einem Haken an der Küchentür ein Spitzenschürzchen zog, das Rowland bestimmt nicht selbst gekauft hatte. »Wir sind zum *Arbeiten* hier. Wir sind Kollegen. Mit etwas Glück können wir uns vielleicht irgendwann anfreunden. Ich habe keinerlei weitere Absichten, Rowland. Ich will mich Ihnen nicht aufdrängen. Ich hasse Leute, die das tun. Unzählige Lover haben genau das bei mir versucht – und sie sind heute samt und sonders Ex-Lover.«

»Wirklich?« Rowland hatte sein inneres Gleichgewicht wiedergefunden und zog, an der Tür lehnend, eine Braue hoch. »Unzählige, wie?«

»Ich brauche wohl kaum ins Detail zu gehen.« Lindsay begann, die Schränke zu inspizieren. »Glauben Sie mir, die Technik ist im Grunde dieselbe. In meinem Fall fängt es damit an, daß sie mir erzählen, welchen Wein ich kaufen soll. Dann mäkeln sie an meinen

Kleidern herum. Dann erklären sie mir, wie ich meinen Sohn zu erziehen habe. Dann beklagen sie sich über meine Arbeitszeiten. Und dann«, sie warf ihm einen verschmitzten Blick zu, »lasse ich normalerweise Louise auf sie los. Sie schafft sie mir unter Garantie in kürzester Zeit vom Hals ...«

»Wenn sie sich so leicht abschrecken lassen, dann waren sie die Mühe sowieso nicht wert«, meinte Rowland dazu.

Lindsay fand diese Bemerkung zwar vielversprechend, ging aber nicht weiter darauf ein, sondern durchsuchte weiter mit großem Getue die Schränke nach etwas Eßbarem. Der Wortwechsel schien seinen Zweck erfüllt zu haben; Rowland wirkte jetzt viel entspannter, gut gelaunt, fast heiter. Er trieb eine Flasche Wein auf und entkorkte sie. Dann deckte er den Tisch für zwei. Er schlug Lindsay vor, mit dem Taxi nach Hause zu fahren, dann würde er – falls sie einverstanden sei – ihr Auto reparieren lassen, während sie in Paris war.

»Das mit Sylvie war also nichts Ernstes?« konnte Lindsay kurz einwerfen. Rowland wirkte im ersten Moment aufrichtig erstaunt, dann ein wenig verbittert.

»Etwas Ernstes? Ich dachte, Sie kennen die Gerüchte. Ich lasse mich nie auf etwas Ernstes ein. Haben Ihnen Ihre Informanten das nicht erzählt?«

Lindsay beschloß, lieber nicht weiterzubohren. Statt dessen widmete sie sich ganz und gar Rowlands Küche, die zwar primitiv, aber nicht ohne Charme war. Der Kühlschrank hatte schon antikes Flair, und der Gasherd schien noch aus der Vorkriegszeit zu stammen, aber der Raum hatte einen wunderschönem Yorksteinboden und eine in die Wand eingelassene Anrichte – die aber leider immer noch in ihrem ursprünglichen viktorianischen Braun lackiert war.

Blau, dachte Lindsay; dieses phantastische matte, verwaschene schwedische Blau; oder vielleicht ein abgetöntes Crème. Dann könnte man die Anrichte mit blauen und weißen Tellern und einer riesigen Vase mit Wiesenblumen schmücken. Auf den Boden könnte man eine Kokosmatte legen ... Wirklich, die Küche mußte nur mal gestrichen und *richtig eingerichtet* werden ...

»Also los. Ich nehme Sie jetzt ins Kreuzverhör«, sagte Rowland, wobei er sich an dem Kiefernholztisch niederließ – ein wirklich hübscher Tisch – und sich mit beiden Händen durch sein erstaunlich dichtes Haar fuhr. »Erstens – warum hat niemand vor Ihnen diese Verbindung entdeckt? Die zwei Kleider sind identisch. Schließlich erschien Ihr Artikel in der *Vogue*.«

»Das hat hauptsächlich mit dem Timing zu tun«, antwortete Lindsay, während sie in Rowlands winzigen Lebensmittelschrank starrte und sich fragte, wie um alles in der Welt sie aus diesen Zutaten eine Mahlzeit zaubern sollte. »Mein Artikel erschien erst im Frühjahr 1979, drei Jahre *nach* der Russischen Kollektion von Cazarès. Er wurde in der englischen Ausgabe von *Vogue* abgedruckt, während dieses spezielle Cazarès-Kostüm 1976 nur in einer amerikanischen Zeitschrift abgebildet worden war. Wenn man die beiden Fotos nicht direkt nebeneinanderlegt, wird man die Verbindung kaum herstellen. Man würde höchstens eine gewisse Ähnlichkeit bemerken und weiterblättern.«

Im Schrank gab es zwei Fächer. Im unteren standen die Dinge, die Rowland eindeutig selbst gekauft hatte: Sein Proviant bestand aus fünf Dosen Tomatensuppe, ein paar Dosen Thunfisch, einem ungeöffneten Päckchen Fünf-Minuten-Reis, Frühstücksflocken, Orangen- und roter Marmelade. Im oberen Fach befanden sich die Sachen, die von Sylvie, vielleicht auch ihren Vorgängerinnen hinterlassen worden waren – denn sie sahen zum Teil schon recht staubig und traurig aus, als wären sie seit Monaten oder gar Jahren nicht mehr verwendet worden. Dort standen eine Riesenflasche sündteures, kaltgepreßtes Olivenöl, ein Glas mit sonnengetrockneten Tomaten, eine Dose *paté de foie gras*, etwas Himbeeressig, einige grüne Pfefferschoten und ein kleiner Topf angegammelter Kräuter der Provence.

»Haben Sie vielleicht auch Eier, Rowland? Verzeihung, was haben Sie eben gesagt?«

Rowland zog stolz ein paar Eier aus dem Kühlschrank. Er verkündete, daß er auch Butter und etwas nicht allzu altes Brot besitze, das getoastet wahrscheinlich noch eßbar wäre.

»Letitia.« Er setzte sich wieder, offenbar willig, Lindsay nun einfach walten zu lassen, was ihr auch eindeutig am liebsten war. »Selbst wenn sonst niemand gemerkt hat, daß die beiden Kleider identisch waren – sie muß das doch gesehen haben. Sie kaufte Haute Couture. Ihr muß doch aufgefallen sein, daß die heißeste Designerin in Paris ein Kleid vorgestellt hatte, das einem zehn Jahre zuvor für sie angefertigten aufs Haar glich.«

»Nein. Weil sie nach dem Tod ihres ersten Mannes all das aufgegeben hatte. Sie ging auf keine Modenschauen mehr. Sie kaufte keine Haute Couture mehr. Natürlich hatte sie von Cazarès gehört, als ich sie interviewte. Aber das Bild in *Harper's Bazaar* hatte sie nicht gesehen. Ich habe es Ihnen doch erklärt, Rowland. Es ist eine amerikanische Zeitschrift. Sie lebte damals in London. Falls ihr irgend etwas aufgefallen wäre, hätte sie mir das mit Sicherheit erzählt. Sie hatte ganz bestimmt keine Ahnung ... Rowland, sehen Sie mich nicht so *an*, wenn ich koche. Das bringt mich ganz aus dem Konzept.«

»Verzeihung. Ich habe Sie gar nicht angesehen. Ich habe nachgedacht. In die Luft gestarrt. Wollen Sie Rührei machen? Ich liebe Rührei.«

»Ja«, bestätigte Lindsay, während sie die Eier in eine Schüssel schlug. »Ich brutzle uns schnell was zusammen. Ein echtes Tom-Essen. Und es wird verdammt schwer sein, in diesem Ding Rührei zu machen. Die Eier werden kleben bleiben. Der Pfannenboden ist völlig verbeult. Sie sollen mir nicht zuschauen. Schauen Sie auf die Kommode. Oder auf die Wand ...« Gehorsam wandte Rowland den Blick ab.

»Die Daten passen«, fuhr er nachdenklich fort. »Das Alter paßt auch. Lazare ist – wie alt? An die fünfzig? Und die Cazarès verrät ihr Alter nie, aber sie muß über vierzig sein, auch wenn sie jünger wirkt. Wenn sie 1966 sechzehn oder siebzehn war, dann wäre sie jetzt fünfundvierzig oder sechsundvierzig. Könnte das hinkommen?«

»Durchaus. Soweit sich das durch einen kurzen Blick auf den Laufsteg feststellen läßt. Auf dem sie sich zweimal im Jahr schwer geschminkt für ein paar Sekunden sehen läßt.«

»Das würde so manches erklären ... Lazares Akzent zum Beispiel; das Französisch in New Orleans ist ein ganz eigener Dialekt. Vermutlich hat sich die Cazarès ihren Akzent abtrainiert – aber sie ist auch länger zur Schule gegangen als ihr Bruder ... Was wichtiger ist, es würde die pathologische Geheimniskrämerei der beiden erklären. Die vielen falschen Fährten, die sie ausgelegt haben. Können Sie sich vorstellen, was das bedeuten würde, Lindsay? Die ganze Zeit über vorgeben zu müssen, nicht miteinander verwandt zu sein ... diese eine zentrale Wahrheit absolut geheimhalten zu müssen?«

»Nein, kann ich nicht«, antwortete Lindsay. »Aber ich weiß, daß es schrecklich sein muß – und zermürbend. Und sie haben nicht nur die Tatsache verheimlicht, daß sie miteinander verwandt sind. Sie waren nicht nur Bruder und Schwester, sondern auch ein Paar. Wenn man den Gerüchten Glauben schenken kann, sind sie es immer noch –« Sie ließ kurz von der Eierpfanne ab und wendete den Toast unter dem Grill. Rowland ging nicht auf ihre Bemerkung ein.
»Das Kind beschäftigt mich am meisten.« Sie sah besorgt aus. »Und Letitia hat es ebenfalls beschäftigt. Was wohl aus ihm wurde? Ist es gestorben? Wurde es in ein Heim gesteckt? Ich halte es für durchaus möglich, daß es gestorben ist. Vielleicht war es irgendwie behindert ...«
»Das Kind eines Geschwisterpaares? Gut möglich.«
»Stellen Sie sich nur vor, Rowland – wenn es noch leben würde, wäre es inzwischen über zwanzig. Erwachsen. Älter als Tom. Und sie könnten es nie anerkennen, es nicht einmal besuchen. Ich glaube, das kann kaum ein Mensch ertragen ... Was ist, Rowland?«
»Nichts.« Er hatte sie plötzlich ganz eindringlich angesehen; dann schüttelte er den Kopf. »Das sind ohnehin nur Spekulationen. Die sich nur schwer nachprüfen lassen. Wir haben keinen Nachnamen. Das ist alles viel zu vage ...«
»Wenn wir einen Nachnamen hätten –« Lindsay häufte jetzt die Eier auf den Toast – »könnten Sie dann Recherchen anstellen lassen?«
»Man könnte auch ohne einen Namen welche anstellen. Man könnte bei den Lafitte Grants, in diesem Kloster und in der Klosterschule nachfragen. Mit einem Namen käme man natürlich wesentlich weiter. Dann könnte man die Geburtsdaten von Marie-Thérèse und ihrem Bruder ausfindig machen. Auch Geburtsdatum und Geburtsort des Kindes müßten sich dann herausfinden lassen – und ob es starb oder nicht. Unter Umständen ließe sich in den Unterlagen der Einwanderungsbehörde ihr Weg nach Frankreich nachvollziehen. Auf diese Weise käme man möglicherweise an eine frühe Adresse. Dadurch ließen sich eventuell Hinweise finden, wie oder wo Lazare zu Geld kam oder wann sie ihre Namen änderten. Aber all das würde viel Zeit in Anspruch nehmen, vielleicht nirgendwohin führen ... Außerdem habe ich Ihnen vorhin schon erklärt, Lindsay, daß all das Hintergrundinformationen sind, die im Hintergrund bleiben müssen ...«

Lindsay erwiderte nichts darauf. Ihr war der Gedanke gekommen, daß sich dieser Nachname möglicherweise auf eine fast geniale Weise ganz schnell herausfinden ließe, doch sie hatte nicht vor, Rowland das zu verraten. Schließlich konnte sie sich auch irren.
Sie setzten sich zum Essen. Es war eher ein Picknick, dachte sich Lindsay, und wirklich nur schnell zusammengebrutzelt. Es gab Toast mit Rührei, dann Toast mit Gänseleberpastete. Weil Rowland danach noch nicht satt war – sie fand es unfair, daß ein Mensch so viele Kalorien in sich hineinschaufeln und trotzdem gertenschlank bleiben konnte –, aß er als Nachtisch noch ein paar Cornflakes. Er machte Kaffee – und irgendwann während dieser Vesper, die so gesellig begonnen hatte, merkte Lindsay, daß er sich, genau wie vorhin, immer weiter in seine eigene private Welt zurückzog.
»Es tut mir leid«, sagte er, als er schließlich ihren Blick auffing. »Diese Geschichte läßt mich einfach nicht los. Das geht mir manchmal so. Ich kann nicht gut abschalten. Und es gibt ein Detail, das mir keine Ruhe läßt.«
»In der Geschichte, die ich Ihnen erzählt habe?«
»Indirekt, vielleicht. Aber es geht um mehr ...«
»Sie können mir immer noch nicht verraten, warum Sie sich für Lazare interessieren?«
»Nein, Lindsay. Verzeihen Sie mir. Ich werde es Ihnen erklären, wenn alles vorüber ist.«
»Aber Gini weiß Bescheid? Sie wird doch mit Ihnen an der Sache arbeiten.«
»So ist es jedenfalls geplant.«
»Also hat es etwas mit dem zu tun, was bei Max passiert ist? Und es gibt irgendeine Verbindung nach Amsterdam?«
»Fragen Sie mich nicht, Lindsay.« Er stand auf. »Es ist schon nach zehn. Ich muß noch Gini anrufen – ich habe es ihr versprochen. Sie wollte heute abend Susan Landis und einige Freundinnen von Cassandra und Mina besuchen. Es wird langsam spät – macht es Ihnen was aus, wenn ich sie kurz anrufe? Dann rufe ich Ihnen ein Taxi. Es dauert höchstens fünf Minuten ...«
Es dauerte fünfzehn. Als er wieder in die Küche kam, wirkte er gedankenverloren und zerstreut. Das Taxi, erklärte er, sei unterwegs; Lindsay gab sich Mühe, erfreut auszusehen.

»Und – irgendwelche Fortschritte?«
»Leider nein. Gini hat sich mit ein paar Mädchen aus dieser Schule in Cheltenham getroffen. Eines davon meinte, Cassandra hätte ein paarmal von Star erzählt. Aber das war auch schon alles. Keine konnte Gini weiterhelfen. Mina wurde bisher nirgendwo gesehen – na ja, andernfalls hätten Gini oder Max oder die Redaktion schon angerufen. Wir bringen die Geschichte von Cassandras Tod und Minas Verschwinden morgen, und zwar mit Fotos von beiden Mädchen. Vielleicht ergibt sich dadurch was. Auf jeden Fall fliegt Gini morgen früh nach Amsterdam, und Sie reisen nach Paris –«
Er brach ab, weil jemand klingelte.
»Das ist bestimmt Ihr Taxi. Ich hole Ihnen den Mantel, und dann suche ich noch schnell die Bücher heraus, die ich Tom versprochen habe …«
Fünf Minuten später saß Lindsay im Fond eines Taxis, mit einem Buch über Bergman, einem über Fellini und einem Band über die französische *Nouvelle Vogue* auf dem Schoß. Es war eine lange, langsame und kalte Heimfahrt; der Fahrer schien sich ständig zu verfahren, oft mußten sie kehrtmachen. Rowland hatte ihr warmherzig und außerordentlich höflich gedankt; trotzdem hatte sie das Gefühl, abgeschoben und an die Luft gesetzt worden zu sein.
Was hatte der Abend überhaupt gebracht? Sie hatte in einer unmöglichen Pfanne hervorragende Rühreier gebraten. Sie hatte Rowland eine faszinierende Information zukommen lassen, die allerdings kaum praktischen Nutzen hatte. Er vertraute ihr nicht einmal so weit, daß er ihr verriet, an was für einer Geschichte er arbeitete. An was für einer Geschichte er und Gini arbeiteten.
»Ich hasse die Welt«, erklärte sie Tom, der noch auf war und sich einen Spätfilm anschaute.
Auf dem Sofa entrollte sich ein Hügel, den Lindsay im Halbdunkel für ein Kissen gehalten hatte, und setzte sich auf. Es war Toms ruhige, hübsche und fast gigantische Freundin Katya. Tom legte den Arm um sie.
»Nimm's nicht so schwer«, antwortete er freundlich, den Blick fest auf den Fernseher gerichtet. Dafür haßt dich die Welt *nicht.* Ich hasse dich übrigens auch nicht …«
»Ich Sie auch nicht«, ergänzte Katya. »Hi.«

Lindsay schöpfte neuen Mut. Sie ging zu Bett, schleuderte den fetten Flughafen-Schmöker auf den Boden, ließ ihn mit einem Tritt unter dem Schrank verschwinden und las zwei Stunden lang Updike. Gegen ein Uhr morgens stand sie auf, fischte den Schmöker wieder hervor und las ihn zu Ende. Der Held war offenbar ein wahrer Lazarus. Auf Seite 502 erwachte er wieder zu blühendem Leben, verführte auf Seite 503 die Heldin erneut, lieferte sich auf Seite 510 einen gigantischen Streit mit ihr und führte sie, nach einem achtseitigen sexuellen Marathon, auf der vorletzten Seite zum Altar. Genau wie Rowland war Lindsay altmodisch, was Geschichten betraf: Sie hatte eine Schwäche für den Triumph der Liebe. Durch dieses herzerweichende Ende getröstet, kehrte sie ins Bett zurück und schlief augenblicklich ein.

Währenddessen lag Rowland in seinem Bett im Obergeschoß seines Hugenottenhauses, den Kirchturm von Hawksmoor vor seinem Fenster. Auf der gegenüberliegenden Straßenseite parkte, wie ihm kurz nach Lindsays Abfahrt aufgefallen war, ein weißes Mercedes-Cabriolet. Er verspürte nicht die geringste Lust nachzusehen, ob es immer noch dort stand, sondern lag wach auf dem Rücken und zählte die Sekunden.

Er ließ sich noch einmal die Geschichte durch den Kopf gehen, die Lindsay ihm erzählt hatte. Er dachte an Lindsay, an Gini, dann an die tote Cassandra, an die vermißte Mina und schließlich an einen jungen dunkelhaarigen Mann, einen jungen Mann Anfang Zwanzig, einen jungen Mann unbekannter Herkunft, Mitchells Dealer, Star.

Etwa um drei Uhr fiel er in einen unruhigen Schlaf; er träumte von einer geisterhaften Esther und einem geisterhaften New Orleans. Obwohl er im Traum genau wußte, wo er war, fühlte er sich benommen. Sie gingen gemeinsam die Decatur Street entlang, dann die Dumaine hoch und durch die Bourbon zur Canal Street. Esther versuchte, ihm etwas zu erklären, aber er konnte sie nicht hören.

Er erwachte abrupt und versuchte noch im Liegen die Unruhe niederzukämpfen, mit der er jedesmal aus diesen Träumen aufschreckte. Die Stunden schleppten sich dahin; er spürte jenes eigenartige Kribbeln von Schlaflosigkeit und Erschöpfung; er fühlte sich von den Anforderungen aus der Vergangenheit und der Gegenwart erdrückt.

Morgens rief er als erstes Gini an, die noch auf dem Land war, aber sich bereits reisefertig machte; sie würde um zehn Uhr dreißig nach Amsterdam fliegen. Dort wollte sie mit Annekas Eltern sprechen, die ihr möglicherweise etwas über Star erzählen konnten.
»Fragen Sie, ob er Amerikaner sein könnte«, sagte Rowland. »Fragen Sie, ob er Verbindungen nach Amerika haben könnte.«
»Warum? Rowland, ich mache mir keine großen Hoffnungen, daß sie überhaupt was wissen.«
»Egal. Fragen Sie trotzdem.«
Als er aufgelegt hatte, war er wütend auf sich selbst. Er hatte soeben getan, was er am meisten verabscheute: Er verstieß gegen alle Regeln, die er sich selbst auferlegt hatte. Er sah Verbindungen, wo es keine gab – aber andererseits war das kaum überraschend, sagte er sich. Aus mehreren Gründen – unter anderem durch Schlaflosigkeit – war sein Urteilsvermögen getrübt.

»Könnte dieser Star vielleicht Amerikaner sein?« fragte Gini. »Oder irgendwelche Verbindungen nach Amerika haben? Hat Ihre Tochter jemals irgendwelche amerikanischen Freunde erwähnt?«
In dem Sessel ihr gegenüber schüttelte Erica van der Leyden den Kopf. »Nein. Außer in der Nachricht, die Anneka uns dagelassen hatte, hatte sie diesen Mann nie erwähnt. Ich kann mich nicht erinnern, daß sie irgendwelche amerikanischen Freunde gehabt hätte. Wir leben recht ruhig. Anneka war den ganzen Tag in der Schule. Wenn sie nach Hause kam, mußte sie Hausaufgaben machen. Falls sie mal ausging, dann immer mit Freundinnen, die ich kannte. Mein Mann und ich haben ihr nie erlaubt, allein durch die Stadt zu ziehen, in Cafés herumzusitzen und so weiter. Wir haben Anneka ziemlich streng erzogen. Vielleicht sind mein Mann und ich da altmodisch.«
»Natürlich«, antwortete Gini höflich. Sie überlegte, ob es Sinn hatte, noch weiter zu fragen. Sie saß nun seit fast einer Stunde in diesem reizenden, ruhigen, exquisit eingerichteten Zimmer. Beim Betreten fühlte man sich in eines jener holländischen Interieur-Gemälde versetzt, die ihr immer so gut gefallen hatten. Ein Holzfeuer-Kachelofen mit Delfter Kacheln stand in der Ecke; durch die hohen Fenster blickte man auf einen der schönsten Kanäle Amsterdams. Erica van der Leyden wirkte in ihrer zurückhaltenden Eleganz ebenso zivili-

siert wie das Zimmer; sie sprach ausgezeichnet Englisch; sie war etwa sechsunddreißig und konservativ gekleidet, in Schuhe mit flachen Absätzen, einen knielangen Rock, ein Twinset und Perlen.
Nur ihre Hände verrieten ihren Schmerz und die Spannung, unter der sie stand. Sie vermochte sie einfach nicht ruhig zu halten. Jedesmal, wenn sie den Namen ihrer Tochter aussprach, ballte sie beide zu Fäusten. Gini konnte es ihr zutiefst nachfühlen. Es war deutlich zu sehen, daß Erica van der Leyden mit aller Macht darum kämpfte, ruhig zu bleiben, und daß all ihre Nerven zum Zerreißen gespannt waren.
Nur ein Element wollte sich nicht in das Zimmer einfügen – das pubertierende Mädchen, das jetzt in dem Sessel rechts von Ginis lümmelte. Das Mädchen war Gini als Annekas ältere Schwester Fricke vorgestellt worden und etwa sechzehn Jahre alt. Fricke wirkte nicht besonders einnehmend, was ihr, wie Gini vermutete, bewußt war und was sie darum noch unterstrich. Sie war übergewichtig, trug eine dicke Brille und hatte langes, blondes, fettiges Haar. Sie war in Jeans und Rollkragen-Pullover und sprach – den wenigen mürrischen Bemerkungen nach zu schließen, die sie bislang von sich gegeben hatte – ebenfalls ausgezeichnet Englisch. Ihre Mutter hatte bereits zwei Versuche unternommen, sie aus dem Zimmer zu komplimentieren. Ohne Erfolg, trotz der strengen Erziehung. Jetzt erhob sich Erica van der Leyden und versuchte es ein drittes Mal.
»Fricke, du hast doch bestimmt noch Hausaufgaben auf –«
»Schon erledigt.«
»Würdest du uns dann bitte ein paar Minuten allein lassen? Du siehst doch, daß das nicht leicht für Miss Hunter und mich ist ...« Sie zögerte und sagte dann in schärferem Ton etwas auf Holländisch. Fricke sah ihre Mutter mürrisch an und machte keine Anstalten aufzustehen.
»Warum soll ich nicht dabeisein? Ich bin Annekas Schwester. Es kommt wohl niemand auf die Idee, daß ich etwas Wichtiges beitragen könnte?«
Sie schien Gefallen an ihrer brüsken Antwort und an der Tatsache zu finden, daß sie Englisch gesprochen hatte, damit Gini ihre Unhöflichkeit auch ja bemerkte. Erica van der Leyden wurde rot, und Gini mischte sich blitzschnell ein.

»Nein, bitte. Meinetwegen braucht Fricke nicht hinauszugehen. Sie hat recht. Vielleicht erinnert sie sich ja an irgendwas – das auf den ersten Blick möglicherweise unwichtig erscheint ...«
Fricke schnitt eine winzige Grimasse, die Zufriedenheit oder auch Verachtung ausdrücken mochte. Ihre Mutter hob resigniert die Hände und sank in ihren Sessel zurück. Sie sah Gini verwirrt und hilflos an. Gini merkte, wie ihr das Gespräch zu entgleiten drohte. Sie beugte sich vor.
»Vielleicht – wenn Sie mir Anneka beschreiben könnten, Mrs. van der Leyden. Ich weiß, daß das weh tut, aber unter den gegebenen Umständen ...«
»Natürlich.« Die Hände begannen wieder zu arbeiten. »Ein weiteres junges Mädchen ist gestorben. Ein drittes wird vermißt. Die Eltern haben mein ganzes Mitgefühl. Ich wünschte, ich könnte irgendwie weiterhelfen, aber ...«
»Es würde mir vielleicht schon helfen, wenn Sie mir einfach erzählten, was Anneka gern gemacht hat. Ging sie gern ins Kino oder zum Tanzen? Mochte sie Musik oder –«
»Also, Musik mochte sie schon, nehme ich an – moderne Musik, wie die meisten Mädchen ihres Alters. Sie interessierte sich auch für Mode. Sie hat sich öfter Modezeitschriften gekauft, nicht wahr, Fricke? Wir haben uns ab und zu über ihre Frisur, übers Schminken oder über ihre Kleider gestritten, so wie Mütter das eben mit ihren Töchtern tun – aber das war nie ernst. Anneka war ein wirklich liebes Mädchen, nicht so klug wie Fricke natürlich, aber phantasievoll. Gesellig. Sie hatte unzählige Freunde. Auch Brieffreunde in aller Welt. Sie bekam so gerne Post. Und sie war ziemlich gut in Fremdsprachen. Sie reiste gern. Wir waren früher alle zusammen zum Skifahren in Italien, Spanien und in der Schweiz. Vergangenes Jahr hat sie eine Klassenreise nach Paris gemacht, und im Jahr davor eine nach London – eine große Sache für sie. Sie nahm Ballettunterricht. Sie war eine begabte Tänzerin, graziös und ...«
Die Tatsache, daß so gewöhnlich war, was sie beschrieb, machte ihr zu schaffen: Gini sah, wie die Erkenntnis sie traf – daß das Mädchen, das sie zum Leben zu erwecken versuchte, nicht anders war als jedes beliebige junge Mädchen aus einer einigermaßen privilegierten und gebildeten Familie. Daß sie nicht imstande war zu erklären, wie ein-

zigartig ihre Tochter gewesen war, schnürte ihr plötzlich die Kehle zu. Tränen stiegen ihr in die Augen. Mit einer um Verzeihung bittenden Geste stand sie auf und kehrte Gini den Rücken zu.
Gini erwartete, daß Fricke zu ihrer Mutter gehen und versuchen würde, sie zu trösten, aber das Mädchen rührte sich nicht. Fricke blieb, genau wie zuvor, in ihrem Sessel liegen und beobachtete ihre Mutter mir einer verdrießlich-herablassenden Miene. Gini stand auf.
»Mrs. van der Leyden«, begann sie. »Das wird Ihnen zuviel. Es tut mir leid. Vielleicht sollte ich lieber gehen –«
»Nein. Bitte. Sie sind von weit hergekommen. Ich habe gesagt, ich würde mit Ihnen reden. Vielleicht – es gibt ein Foto von Anneka, das ich Ihnen gern zeigen würde. Ich gehe es schnell holen. Wenn Sie mich einen Augenblick entschuldigen würden ...«
Sie verschwand aus dem Zimmer. Gini kehrte in der entstandenen bleiernen Stille zu ihrem Sessel zurück. Sie hob den Zettel auf, den Annekas Mutter ihr vorhin gegeben hatte, den Abschiedsbrief; er trug das Datum des 2. Aprils des vergangenen Jahres. Auf einem beigehefteten Blatt war eigens für Gini in akkurater Handschrift eine Übersetzung angefertigt worden. Sie lautete: *Liebe Mutter, lieber Vater, gestern habe ich einen neuen Freund getroffen. Er heißt Star. Er ist ein wunderbarer und sehr netter Mensch. Ich fahre ein paar Tage mit ihm nach England. Freitag komme ich wieder zurück. Ich rufe Euch von England aus an. Macht Euch keine Sorgen. Alles Liebe, Anneka.*
Neun Monate später war sie tot. Ihre Eltern sollten sie nie wiedersehen. Es war der Alptraum aller Eltern; die Sorglosigkeit, die Naivität dieses Briefes ließen Gini das Blut in den Adern gefrieren.
»Sie glaubt das alles wirklich.«
Fricke hatte so unvermutet zu sprechen begonnen, daß Gini zusammenzuckte.
»Verzeihung?«
»Meine Mutter.« Fricke stand auf. »Sie glaubt tatsächlich diesen ganzen Unfug, den sie eben erzählt hat. Brieffreunde. Ballettstunden ...« Sie taxierte Gini mit einem Blick. »Wahrscheinlich haben Sie ihr auch geglaubt.«
»Nicht unbedingt.« Gini erwiderte den Blick genauso kühl. »Ihre

Mutter wollte mir helfen. Vielleicht täuscht sie sich in manchen Dingen ...«

»Ach ja? Sie täuscht sich tatsächlich, und zwar total. Mein Vater auch. Sie haben Anneka nie verstanden. Sie kannten sie überhaupt nicht ...«

»Haben Sie mir irgend etwas zu erzählen?«

»Vielleicht.«

»Warum rücken Sie dann nicht einfach raus mit der Sprache, statt mir die Zeit zu stehlen?«

Das Mädchen errötete und drehte ihr dann achselzuckend den Rücken zu. Gini wartete ab; ihr Instinkt riet ihr, weder zu drängen noch zu betteln – und er schien ihr recht zu geben, denn Fricke gab als erste nach.

»Hier kann ich nicht darüber reden ...« Sie überlegte kurz. »Kennen Sie den Leidseplein? Den großen Platz gleich beim Vondelpark?«

»Kenne ich. Ich war schon öfter in Amsterdam.«

»Es gibt ein Café dort, an der Nordecke. Das ›Rembrandt‹. Ich bin in einer halben Stunde dort. Dann habe ich Geigenunterricht. Ich lasse ihn ausfallen. Sie wird nichts davon erfahren.«

»Fricke ...«

Das Mädchen war bereits auf dem Weg zur Tür. Sie schenkte Gini einen letzten höhnischen Blick.

»Wenn Sie dort sind, gut. Wenn nicht – auch egal. Ihr Journalisten seid sowieso nur Scheißer. Als Anneka verschwand, haben sie unsere Haustür belagert und das Telefon blockiert. Jetzt, wo sie tot ist – was passiert da? Nichts. Sie sind alle schon bei der nächsten Scheißtragödie ...«

Sie sprach die beiden Schimpfworte mit Bedacht aus. Gini reagierte weder darauf, noch auf ihren Kommentar, was sie zu enttäuschen schien. Sie verschwand aus dem Zimmer; Gini blieb nur ein paar Minuten länger bei Erica van der Leyden. Ja, erfuhr sie, Anneka habe ein Tagebuch und ein Adreßbuch geführt, aber sie hatte beides nach England mitgenommen. Man hatte beides nicht gefunden. Ihre übrigen persönlichen Aufzeichnungen seien von der Polizei durchgesehen worden, hätten aber keine weiteren Aufschlüsse gegeben und seien inzwischen weggeräumt. Nein, nichts habe darauf hingedeutet, daß Anneka irgendwie verstört oder unglücklich gewesen sei. Sie sei ein zufriedenes, gut erzogenes Mädchen mit netten Freundinnen aus gutem Hause gewesen …

Das Porträt überzeugte Gini nicht, und sie spürte, daß es auch Annekas Mutter nicht völlig überzeugte; eben deshalb betonte sie so verzweifelt und beharrlich, daß es der Wahrheit entsprach. Sie setzte ihre Schilderung fort, während sie Gini die Treppe hinunter und zur Tür begleitete. Dort blieb sie abrupt stehen, eine Hand auf der Türklinke. »Natürlich hatte sie manchmal ihre Launen.« Ihre Augen blickten Gini flehend an. »Wie alle Teenager, auch Fricke. Das hat nichts zu bedeuten. Das geht vorbei. Das gehört zum Erwachsenwerden dazu. Sie wußte, wie sehr wir sie lieben. Sie hat auch ihre Familie geliebt …«

Gini konnte die ohnmächtigen, unausgesprochenen Fragen hören und in ihren Augen lesen. Es waren die gleichen Fragen, die Minas Eltern am Abend zuvor nicht zu stellen gewagt hatten: Was haben wir übersehen? Warum fühlte sie sich von uns enttäuscht? Was haben wir falsch gemacht?

»Bitte. Nehmen Sie das Bild. Behalten Sie es. Es gehört Ihnen.« Erica van der Leyden drückte Annekas Foto in Ginis Hand. Ihr Gesicht fiel bekümmert in sich zusammen.

»Ich habe sie geliebt«, erklärte sie mit plötzlicher Leidenschaft. »Ich habe sie so geliebt. Sie können das nicht verstehen, wenn Sie keine Kinder haben. Natürlich liebe ich auch meinen Mann – wir sind schon lang verheiratet, und ich würde ihm das nie erzählen … Aber meine Liebe zu ihm ist nichts, *nichts* verglichen mit der Intensität, mit der ich meine Töchter liebe. Ist das nicht schrecklich? Es ist mir egal. So ist es eben. Wenn ich ihn für sie opfern müßte, würde ich keine Sekunde zögern. Ihn, mich, dieses Haus, all unseren Besitz – das hat alles nichts zu bedeuten, ich würde sofort alles aufgeben, ich würde töten, um sie zurückzubringen …«

»Bitte«, setzte Gini an.

»Das ist es, was es bedeutet, Mutter zu sein. Kein Mann könnte jemals so etwas empfinden. Eine so tiefe Liebe. O lieber, gnädiger Gott …«

Sie bebte am ganzen Leib, schlug die Hände vors Gesicht und packte Gini unvermittelt mit aller Kraft, so daß sie ihr ins Gesicht sehen muß.

»Sagen Sie mir, daß Anneka das gewußt hat. Wenn ich nur glauben könnte, daß sie das gewußt hat …«

»Sie hat das ganz bestimmt gewußt«, antwortete Gini leise, »da bin ich mir ganz sicher, Mrs. van der Leyden …«

Die Antwort wurde Erica van der Leydens Schmerz keineswegs gerecht, aber sie schien Annekas Mutter zu trösten – wenigstens für kurze Zeit.

»Vielleicht haben Sie recht«, sagte sie. »Ich bete zu Gott, daß Sie recht haben.«

Nachdem Gini das Haus verlassen hatte, ging sie mit schnellen Schritten ans Wasser, wo sie stehenblieb, beide Hände fest um das Brückengeländer geklammert. Sie bebte unter der Wucht, mit der Erica van der Leydens Gefühle sie getroffen hatten; sie waren von Annekas Mutter in sie übergegangen; sie meinte, sie in ihrer Lunge, in ihrem Herzen und in ihrem Blut zu fühlen. Sie waren beängstigend, und sie empfand sie vor allem als beängstigend, weil sich diese Gefühle nicht einfach von Annekas Mutter auf sie übertragen hatten – etwas in ihr war erwacht und erblüht, um diese Gefühle aufzusaugen. Es erhebt Anspruch auf mich, dachte Gini, während sie auf der Brücke auf und ab ging und die kalte Luft tief in die Lungen einsog; und weil sie wußte, daß dieses Gefühl schon immer auf sie gewartet hatte – seit ihrer Geburt – sollte sie diesen Augenblick auf der Brücke nie vergessen.

Sie überquerte die Brücke und drehte sich auf dem gegenüberliegenden Ufer noch einmal um. Annekas Mutter ließ eben die Jalousien vor der einsetzenden Dämmerung herunter. Gini war klar, daß sie eine Furt überschritten hatte: Einen Augenblick lang fühlte sie sich schwach und elend, wie erdrückt durch eine alles verzehrende Leidenschaft und Liebe. Im nächsten Augenblick empfand sie das genaue Gegenteil, eine so mächtige, zu Kopf steigende und bestärkende Kraft, daß ihr vor Freude schwindlig wurde.

Ich bin bereit für diese Initiation zur Frau gewesen, dachte sie. Seit ihrer Ankunft in Sarajevo hatte sie sich darauf vorbereitet, aber wie merkwürdig, wie abwegig, daß sie diese Initiation in einer fremden Stadt, in dem gediegenen Flur eines gediegenen Hauses erhalten sollte, und zwar von einer Frau, der sie nie zuvor begegnet war.

So also fühlte man sich als Mutter; das war das Wesen dieser Bestimmung; sie spürte die Verletzlichkeit und Kraft in ihren Adern. Plötzlich empfand sie tiefe Dankbarkeit gegenüber dieser Frau, die sie, indem sie ein Kind verloren hatte, an diesem Gipfel Anteil hatte nehmen lassen. War es durch ihre Liebe oder durch ihren Kummer übertragen worden? Durch beides, glaubte sie. Sie machte kehrt, beschleunigte ihren Schritt und schlug den Weg zum Leidseplein mit seinen Cafés und seinen vielen Lichtern ein.

Das Café Rembrandt war leicht zu finden. Im Sommer war es zweifellos voll mit Studenten und Rucksacktouristen, der internationalen Armee der Jugend. Jetzt, im Januar, war es fast leer. Die wenigen Gäste waren durch die Bank ältere Touristen, Rentner-Ehepaare vielleicht, die einen billigen Winterurlaub gebucht hatten.

Gini setzte sich an einen gut sichtbaren Tisch am Fenster und bestellte Kaffee. Während sie wartete, versuchte sie sich zu beruhigen, sich wieder auf ihre Arbeit zu konzentrieren. Sie wußte, daß sie von diesem Augenblick an mit neuer Willenskraft und größerer Entschlossenheit arbeiten würde und daß die Gefühle, die sie in Erica van der Leydens Gesicht gesehen hatte, ihrer Arbeit von nun an Gestalt geben würden. Zwei junge Mädchen waren gestorben; Mina Landis würde ihnen nicht folgen, das würde sie nicht zulassen – und noch während sich dieser Gedanke in ihrem Kopf festsetzte, spürte sie, daß das keine leere Floskel, keine Prahlerei war: Sie war jetzt *gerüstet*, und sie konnte tatsächlich verhindern, daß einer weiteren Tochter, einem weiteren Kind Leid zugefügt wurde.

Allerdings brauchte sie Hilfe; sie brauchte eine neue Fährte. Wenn Fricke ihr nicht weiterhelfen konnte, dann würde diese Reise, selbst wenn sie für sie keineswegs verlorene Zeit bedeutete, kaum brauchbare Informationen ergeben. Ihr fehlte ein Wegweiser; jemand mußte ihr zeigen, welchen Weg sie einschlagen sollte.

Sie hatte bereits mit dem Polizei-Inspektor gesprochen, der Annekas Fall verfolgt hatte; er hatte ebenfalls perfekt Englisch gesprochen und war außerordentlich hilfsbereit gewesen. Aber offenbar hatten auch neun Monate an Nachforschungen so gut wie nichts ergeben.

»Ihre Polizei ist uns gegenüber im Vorteil«, sagte er. »Die hat wenigstens eine Beschreibung. Ehrlich gesagt überrascht es mich, daß es ihn wirklich gibt. Ich war zu der Überzeugung gekommen, daß An-

neka van der Leyden den Namen ›Star‹ erfunden hat. Das hätte mich nicht überrascht. Bei Mädchen ihres Alters überrascht mich gar nichts.«
Eine Sackgasse, dachte Gini. Tags zuvor, bei Max, und bevor Rowland mit Lindsay nach London gefahren war, hatte sie ihn noch einmal zu überreden versucht, sie mit seiner Kontaktperson von der DEA zusammenzubringen. Sie hatte mit einer Abfuhr gerechnet, und sie hatte sich auch prompt eine eingehandelt.
»Dann geben Sie mir wenigstens eine Adresse, Rowland«, hatte sie ihn gebeten, während sie gemeinsam die Auffahrt hinuntergingen. »Ein Café. Eine Bar. Irgendeinen Ort, wo dieser holländische Chemiker hingeht, wo sich sein amerikanischer Partner die Zeit vertreibt –«
»Nein. Das werde ich nicht tun, das habe ich Ihnen doch schon erklärt. Ich erhalte die Informationen nur unter der Bedingung, daß ich keinesfalls monatelange DEA-Ermittlungen gefährde –«
»Ich werde sie nicht gefährden, Herrgott noch mal. Wofür halten Sie mich eigentlich, Rowland? Glauben Sie, ich marschiere zu diesen Typen hin, bestelle eine Kiste White Dove, zücke meine Pressekarte und verlange, daß sie mir Stars wahren Namen verraten? Ich weiß, wie ich mich zu verhalten habe, Rowland –«
»Die Antwort ist nein. Ich kann Ihnen keine andere geben. Ich habe ihnen mein Wort, mein Ehrenwort als Journalist gegeben.«
»Na schön. Ich hätte gedacht, Mina zu finden wäre wichtiger als so ein DEA-Schattenboxen, das sich seit Monaten hinzieht. Trotzdem, Sie sind der Boß.«
Das gefiel ihm nicht. Seine grünen Augen blickten sie lang und kalt an.
»Ich will eines mal kristallklarstellen. Wenn Sie hier aus der Reihe tanzen, Gini, wenn Sie meine Quelle in Schwierigkeiten bringen, dann sind Sie diese Story los. Dann werden Sie nicht noch mal für mich arbeiten – nie wieder. Haben wir uns verstanden?«
»Verstanden.« Gini zuckte verärgert die Achseln. Sie hatte sich schon umdrehen und ins Haus zurückgehen wollen, als etwas an Rowlands Haltung sie zurückhielt. Ihre Antwort schien ihm nicht zu genügen, Gini wurde unsicher; sie wußte, daß sie unhöflich gewesen war; es fiel ihr immer noch schwer, Anweisungen von Män-

nern entgegenzunehmen – sie hatte in der Vergangenheit mit zu vielen Männern zusammengearbeitet, deren redaktionelle Anweisungen sie verabscheute –, und bei Rowland McGuires Tonfall, diesem kalten, sachlichen Diktat von Bedingungen, hatten sich ihr augenblicklich die Nackenhaare aufgestellt.

Er wartete immer noch: in der Einfahrt stehend, die Hände in den Taschen seines Mantels vergraben, das Haar vom Wind zerzaust und die grünen Augen – er hatte die klarsten grünen Augen, die sie je gesehen hatte – immer noch fest auf ihre gerichtet. Sie spürte seine Mißbilligung, merkte, wie sie in seinen Augen an Ansehen verlor – und hatte das Gefühl, daß er das zu bedauern schien, so als hätte er mehr von ihr erwartet.

Das war nicht nur Sturheit und typisch männliche Besserwisserei, wie ihr schuldbewußt aufging; Rowland wartete auf ihr Eingeständnis, daß es hier nicht um seine Befehlsgewalt als Vorgesetzter ging; er wartete ab, ob sie aufrichtig genug war, ihm recht zu geben.

»Es tut mir leid.« Sie drehte sich mit einer verlegenen Geste zu ihm um. »Wirklich. Natürlich weiß ich, was hier Vorrang haben muß. Ich gebe Ihnen mein Wort, Rowland. Ich werde Ihre Quelle auf keinen Fall gefährden.«

»Andernfalls könnte es gefährlich werden«, meinte er, und sein Tonfall verwirrte Gini.

»Gefährlich? Für mich, meinen Sie?«

»Nein. Natürlich nicht. Das hoffe ich wenigstens. Für meine Quelle selbstverständlich.«

»Sie meinen, wenn die Tarnung auffliegen würde? Rowland, das würde ich ganz bestimmt nicht tun.«

»Ich habe es bereits erklärt. Die DEA schickt keinen Spitzel nach Amsterdam, um über die Aktivitäten eines kleinen holländischen Chemikers auf dem laufenden zu sein, ganz gleich, wie tödlich oder erfolgreich sein Produkt ist. Amsterdam ist einer der Hauptumschlagplätze für Heroin und Kokain. Nach vorsichtiger Schätzung passierten im Laufe der letzten zwölf Monate Drogen im Wert von fünf Milliarden Dollar diese Stadt. Bei solchen Summen steht extrem viel auf dem Spiel. Und entsprechend hoch ist das Risiko für jeden V-Mann. Das brauche ich wohl nicht weiter auszuführen.«

Gini wurde rot. »Nein. Natürlich nicht. Sie haben recht, mich zu zügeln. Was ich vorhin gesagt habe, tut mir leid. Mir ist klar – ich überstürze die Dinge, ich bin zu schnell. Das kommt vor. Wenn ich von etwas besessen bin. Man hat mir das schon früher vorgehalten. Ich bin fast davon geheilt ...« Bei dieser Antwort sah er sie mit etwas mehr Wärme an. Er ging zu Lindsays Auto, dann drehte er sich um. »Nur interessehalber – wer hat damals ihr Ungestüm kritisiert? Max?«

»Nein. Mein Vater – vor Jahren. Und natürlich spielt Pascal bisweilen darauf an.«

Sie wußte, daß ihm ihr sarkastischer Tonfall nicht entgangen war, doch er ließ die Sache auf sich beruhen. Er musterte sie mit einem letzten, eigenartig prüfenden Blick und stieg dann in Lindsays Auto, um mit ihr nach London zurückzufahren.

Ein ungewöhnlicher Mann, dachte Gini jetzt; ein interessanter Mann – und ein Mann, der genauso ungestüm sein konnte wie sie selbst, vermutete sie. Auf der Hinfahrt hatte Lindsay ihn als arrogant bezeichnet. Gini fragte sich, ob sie ihr Urteil inzwischen wohl korrigiert hatte – ein Urteil, dem Gini nicht zugestimmt hätte. In der kurzen Zeit, die sie Rowland McGuire kannte, war sie schon zweimal mit ihm aneinandergeraten; sie erinnerte sich nicht gern an den Augenblick, als er sie in Max' Küche angefahren und ihr vorgeworfen hatte, sie habe kein Mitgefühl. Als einziger unter allen Anwesenden hatte er den Mut gehabt, auszusprechen, was jeder dachte, und das fand sie bewundernswert. Nicht arrogant, dachte sie, aber kompromißlos, und auch wenn sie Rowland das nicht eingestehen würde, schuldete sie ihm etwas für diese zornige Bemerkung. Durch den Schreck und die Scham darüber war sie aus dem Morast von Verzweiflung und Antriebslosigkeit und Elend gerissen worden, in dem sie seit Monaten gesteckt hatte. Sie mochte vielleicht rot werden, wenn sie sich an den Vorfall erinnerte – sie wurde tatsächlich rot –, aber sie war trotzdem dankbar dafür. Rowland McGuire hatte sie wieder auf Kurs gebracht. Ihm war es zu verdanken, daß sie wieder entdeckt hatte, wie es war, sie selbst zu sein.

Ich muß ihn anrufen, dachte sie, und Pascal ebenfalls, sobald ich ins Hotel zurückkomme. Inzwischen warf sie einen Blick auf die Uhr – es war fast vier Uhr nachmittags, und Fricke hatte sich verspätet.

Sie öffnete ihre Handtasche und holte Annekas Bild heraus. Ein Studiobild, hatte ihre Mutter gesagt, aufgenommen zur Feier ihres vierzehnten Geburtstags. Ihrem letzten Geburtstag; nicht einmal ein Jahr, nachdem dieses Bild entstanden war, war Anneka tot.
Ein hübsches, elfengesichtiges Mädchen sah sie an. Anneka hatte das kurze flachsblonde Haar ihrer Mutter, zu einem adretten Bubikopf geschnitten. Sie trug ein altmodisches Kleid, das sie jünger aussehen ließ. Genau wie Mina hätte man sie für eine Zwölfjährige halten können. Dünn, noch ohne Busen und mit gequältem Lächeln, als wäre es ihr unangenehm, fotografiert zu werden.
»Sie hat dieses Bild gehaßt«, sagte eine Stimme.
Gini blickte auf und seh Fricke neben ihrem Tisch stehen, einen Violinkoffer in der Hand. Das Mädchen schnitt eine Grimasse, setzte sich, schenkte sich Kaffee ein und zündete sich – mit trotzigem Blick auf Gini – eine Zigarette an.
»Es sieht ihr nicht mal ähnlich. Sie haben sie aufgeputzt.« Wieder maß sie Gini mit einem ihrer langen Blicke. »Dieses Mädchen, das jetzt vermißt wird – Mina, richtig? Haben Sie ein Bild von ihr?«
»Nicht bei mir. Nein.«
»Hat sie zufällig dunkle Haare? Schwarze Haare?«
»Nein. Sie hat rote Haare. Warum?«
»Weil er dunkle Haare mag. Das hat mir Anneka erzählt. Sie hat sich die Haare schwarz gefärbt, um Star zu gefallen. Das haben Sie nicht gewußt?«
»Nein.«
»Sie hat's aber gemacht. Er hat sie ihr abgeschnitten, radikal, bis sie ganz kurz waren, so wie Ihre. Dann hat sie sich das Haar ihm zuliebe schwarz gefärbt. Es hat ihr gefallen. Es sah cool aus. Hat sie gesagt.«
»Ich verstehe.« Gini erwiderte ihren taxierenden Blick. »Wollten Sie mir das erzählen? Daß Sie auch nach Annekas Verschwinden Kontakt zu ihr hatten? Ohne daß Ihre Eltern etwas davon wußten?«
»Niemand weiß was davon.« Sie sah Gini aufmüpfig an und warf sich dann das Haar zurück. »Sie können es ihnen gern erzählen. Ist mir scheißegal.«
»Ich habe keine Lust, die Petze zu spielen.« Gini schwieg und versuchte, Fricke einzuschätzen. »Aber warum erzählen Sie mir das?«
»Sie sind extra aus England hergekommen.« Sie blies eine Rauch-

wolke in die Luft und zuckte mit den Schultern. »Vielleicht hat mich das gerührt. Vielleicht habe ich einfach gefunden, daß Sie mehr Hirn haben als die anderen Idioten, die meine Mutter interviewen wollten. Ich habe Sie beobachtet. Sie sind ziemlich gerissen. Andererseits … vielleicht war mir einfach danach. Anneka ist tot. Warum sollte ich es nicht erzählen?«

»Und das ist von Bedeutung? Haben Sie ihr versprochen, nichts zu verraten?«

»Genau. Sie hat zweimal angerufen, als meine Eltern aus waren. Das erste Mal drei Tage, nachdem sie fort war. Das zweite Mal zwei Wochen später. Ich habe schwören müssen, nichts zu verraten – aber es gab sowieso nichts zu verraten. Sie hat mir nichts Wichtiges erzählt – sie wollte einfach nur ein bißchen schwatzen. Sie hat mir nicht verraten, wo sie war. Sie hat gesagt, sie würde wieder heimkommen … und ich habe ihr geglaubt. Ich habe gedacht, sie ist wirklich okay, so wie sie behauptet hat –«

Sie begann zu weinen, genauso unvermutet wie ihre Mutter vorhin. Tränen tropften ihr von der Nase und auf die Brillengläser. Sie nahm die Brille ab und rieb sie wütend mit einer Papierserviette sauber. Gini beobachtete sie still: Ohne ihre Brille und ohne diese höhnische, trotzige Miene wirkte Fricke jung, verletzlich – und verängstigt, dachte Gini.

»Ist das Ihr Problem, Fricke?« fragte sie vorsichtig, als die Tränen wieder versiegt waren. »Haben Sie deswegen ein schlechtes Gewissen?«

Das war die falsche Vorgehensweise. »Wer sagt denn, daß ich ein schlechtes Gewissen habe?« fauchte Fricke. »Wieso denn? Ich habe Ihnen doch gesagt – sie hat nicht ein beschissenes Wort gesagt, das irgendwie geholfen hätte, sie zu finden. Hören Sie auf, so auf mir herumzuhacken …«

»Gut.« Gini beschloß, es anders zu versuchen, da sich das Mädchen durch Mitgefühl offenbar angegriffen und in die Ecke gedrängt fühlte. »Beschränken wir uns auf die Tatsachen. Fangen wir mit Ihnen an – von wem haben Sie diesen Slang gelernt? Waren das Amerikaner oder Briten? Denn irgendwer muß Ihnen das beigebracht haben.«

»Ich habe keine Ahnung, wovon Sie sprechen. Alle Holländer sprechen gut Englisch. Ich lerne Englisch, seit ich sechs bin –«

»Kommen Sie mir nicht so, Fricke. Im Klassenzimmer haben Sie bestimmt nicht so zu fluchen gelernt. Sie beherrschen das ausgezeichnet. Sie kommen nicht einmal ins Stocken.«

»Na und? Ist es etwa ein Verbrechen, englische oder amerikanische Freunde zu haben?« Wieder sah sie Gini gehässig an. »Amsterdam ist das ganze Jahr über voller Touristen, Leute meines Alters. Natürlich unterhalte ich mich mit ihnen. Man trifft sie überall ...«

»Wo überall?«

»*Irgendwo* eben. Im Café. In Kunstgalerien. Hier auf dem Leidseplein –«

»Geschenkt, Fricke. Hören wir doch auf, um den heißen Brei herumzureden. Sie haben Anneka gedeckt, stimmt's? Während Ihre Mutter mir erklärt hat, wie sorgfältig sie darauf geachtet hätte, immer zu wissen, wo Anneka gerade war, habe ich mir die ganze Zeit überlegt, wie Anneka ihnen wohl durch die Maschen geschlüpft ist. Es erforderte nicht viel Phantasie. Sie haben unter einer Decke gesteckt, nicht wahr? Sie haben einander Alibis gegeben? Einander gedeckt?«

»Vielleicht, ja. Na und? Das macht doch jeder. Dann sind wir eben ab und zu aus dem Knast abgehauen –«

»Natürlich. Nur daß Ihre Schwester dabei gestorben ist. Wer hat sie mit Star zusammengebracht, Fricke? Sie? Einer Ihrer amerikanischen oder englischen Freunde?«

»Nein, Scheiße noch mal. Ich bin ihm nie begegnet. Ich habe ihn kein einziges Mal zu sehen bekommen ...« Sie wurde lauter. »Sie sind auf dem ganz falschen Dampfer. Sie sind genau wie meine Eltern. Sie meinen, Anneka war mein süßes kleines Schwesterchen. Passen Sie auf – sie hat sich mit zwölf die Pille verschreiben lassen. Hinter Anneka waren die Jungs her, Anneka hat rumgevögelt, nicht ich. Und letzten Januar hat dieser Typ sie sitzenlassen, ein Junge, in den sie wirklich verknallt war. Das hat sie echt fertig gemacht – meine Mutter glaubt, sie sei glücklich gewesen – das war sie ganz bestimmt nicht. Sie hat ständig geweint; jeden Abend ist sie in mein Zimmer gekommen, und wir haben geredet, und dann hat sie wieder geweint ... Deshalb ist sie zu Star gegangen. Er hat sie *verstanden*.«

»Was?« hakte Gini ein. Sie hatte gewußt, daß Fricke irgendwann einen Fehler machen würde, wenn sie sie lange genug unter Druck setzte. Sie hatte ihn gemacht und es immer noch nicht gemerkt. Sie sah Gini verständnislos an.

»Sie ging zu Star, haben Sie eben gesagt. Nicht mit ihm, sondern zu ihm.«

»Ich habe mich versprochen.«

»Nein. Das glaube ich nicht, Fricke. Dazu sprechen Sie zu gut Englisch. Ich weiß, warum Sie das gesagt haben. Anneka kannte Star schon länger, nicht wahr? Sie hatte ihn nicht erst tags zuvor getroffen, wie sie es in ihrem Brief schrieb. Sie hatte ihr Verschwinden schon länger geplant ...« Gini seufzte. »Kommen Sie, Fricke – Sie sind sechzehn, Sie sind intelligent. Warum, glauben Sie, mache ich wohl solchen Druck? Ihre Schwester ist tot. In England ist noch ein Mädchen gestorben. Mina ist in eben diesem Augenblick mit Star zusammen, und ihr Leben steht auf dem Spiel. Ich will Star finden, und ich will ihn aufhalten. Das wollen Sie doch auch? Warum zum Teufel können Sie mir dann nicht einfach vertrauen und ein bißchen weiterhelfen?«

Es war lange still. Nicht einmal jetzt war Gini sicher, ob sie den richtigen Ton getroffen hatte. Offene Bitten, Angriffe, Mitgefühl ... dieses Mädchen schien nichts an sich heranzulassen. Sie musterte Gini immer noch widerborstig und feindselig, als stünde Gini unwiderruflich auf der anderen Seite einer undurchdringlichen Mauer zwischen Jugend und Erwachsenenwelt.

Nichts deutete darauf hin, daß Fricke nachgeben würde. Das Gespräch hatte sich festgefahren. Gini gab, mit einemmal müde und mutlos, dem Kellner ein Zeichen, neuen Kaffee zu bringen. Unter der Oberfläche dieses schwierigen Gesprächs verbarg sich eine tiefe Ironie. Gini fragte sich, ob Fricke ihr wohl glauben würde, wenn sie ihr zu erklären versuchte, wie verwandt sie sich Anneka oder Mina fühlte. Sie mußte daran denken, wie sie ein paar Wochen vor ihrem sechzehnten Geburtstag die Schule geschwänzt hatte und in ein Flugzeug Richtung Beirut gestiegen war, um zu ihrem Vater zu fliegen – der letzte, vergebliche Versuch, ihren Vater dazu zu zwingen, sie zur Kenntnis zu nehmen und wenigstens etwas Interesse an ihr zu zeigen.

»Ich will auch Journalistin werden, Daddy«, hatte sie gesagt. »Ich dachte – wenn ich herkomme, dir zuschaue. Dann könnte ich was *lernen.* Und – natürlich wollte ich bei dir sein.«

Er hatte ihr nicht einmal geantwortet. Er blieb einfach in seinem Hotelzimmer sitzen, in der Hand den dritten Bourbon an jenem Abend. Als sie das Wort Journalistin aussprach, flackerte augenblicklich Belustigung in seinem Blick auf; er lachte kurz – es klang eher wie ein Schnauben. Gini sollte das nie vergessen.
Sie hatte ihren Vater vergöttert: Da sie ihn kaum kannte und nur selten sah, war es leicht gewesen, ihn in ihrer Phantasie zum Gott zu erheben. In Beirut, wo sie ihn so gut wie nie arbeiten, sondern Tag um Tag verschwitzt in der Bar des Hotels Ledoyen sitzen sah und mit anhören mußte, wie er vor einer Jüngerschar seine ewigen Anekdoten über Vietnam und den Pulitzer-Preis wiederkäute, da war ihr klar geworden, wie unangebracht ihre Verehrung gewesen war. Sie widmete sich wieder Fricke und ihrem kalten, feindseligen Blick. Das Mädchen war bereits bei der dritten Zigarette.
»Bis zu einem gewissen Grad kann ich dich verstehen, Fricke«, begann sie. »Ich weiß noch, wie es ist, so alt wie du oder Anneka zu sein. Ich weiß noch – all die Verwirrung, die Schmerzen, die Loyalitätskonflikte. Ich habe das nicht vergessen.«
»Ach ja?« Das Mädchen lächelte sparsam. Frickes Gewißheit, daß Gini sich unmöglich in ihre Lage versetzen konnte, daß ihre und die Erfahrungen ihrer Schwester einzigartig und noch nie dagewesen waren, machte Gini wütend. Dann fiel ihr ein: Diese blinde jugendliche Arroganz, diese Überzeugung, daß noch nie jemand so komplexe und intensive Gefühle durchlebt haben konnte, hatte auch sie geteilt. Sie seufzte und wandte den Blick ab. Sie dachte an den Tag ihrer ersten Begegnung mit Pascal, an seinen Auftritt in der Bar des Ledoyen, wo ihr Vater weiterhin Hof hielt, an ihre Verlegenheit – es war noch Vormittag und ihr Vater schon wieder beim dritten Bourbon, die Anekdoten wurden immer länger und angeberischer – und an die allmählich erwachende Erkenntnis, daß dieser große, stille junge Franzose am Rande der zwanzigköpfigen Gruppe ihren Vater schweigend und mit unverhohlener Verachtung beobachtete.
Kurz darauf hatte er die Bar verlassen; sie war ihm gefolgt, wütend und entschlossen, ihn zur Rede zu stellen; der Wortwechsel war zu einem Streit und beinahe einem Handgemenge eskaliert. Es war im Juli 1982; der Krieg in Beirut noch auf einige Viertel begrenzt. Pascal hatte ihren Arm gepackt und sie auf die grellheiße Straße gezerrt.

»Dann sehen Sie sich den bedeutungslosen kleinen Krieg Ihres Vaters doch einmal an!« Seine Miene war vor Zorn wie erstarrt. »In einer Hotelbar werden Sie ihn genausowenig finden wie er. Da unten an der Straße spielt er sich ab!«
Eine weitere Autobombe war detoniert. Lamartine hatte blitzschnell die Kameras gezückt. Gini stand mitten in den Trümmern, umgeben von eingedrückten Wänden, Schutt, Schreien und Klagen: Aus dem Mauerwerk direkt vor ihr ragte ein Kinderfuß. Zum ersten Mal hatte sie damals Tod und Trauer gesehen – und eingeatmet.
Sie blieb wie erstarrt stehen, dann versuchte sie zu helfen. Man versuchte, einen Verletzten auf eine improvisierte Bahre zu heben, ein verrostetes Eisengestell. Eine Araberin spuckte ihr ins Gesicht, und sie taumelte zurück. Sie hatte Blut an den Händen und im Gesicht. Dann tauchte inmitten der Verwirrung, des Geschreis und Durcheinanders Lamartine wieder auf. Sie sah Entsetzen, Bestürzung, Angst in seinem ungewöhnlichen Gesicht. Sie spürte seine Arme um sich, dann zog er sie fort, um eine Ecke, die Straße entlang. In einer heißen Gasse in Hafennähe blieben sie stehen; dort hatte er über einer Bar ein Zimmer. Er zog sie in einen schattigen Hausgang, begann aufgeregt auf sie einzureden und verstummte plötzlich.
Sie hatte ihm ins Gesicht gesehen, in sein kräftiges, intelligentes Gesicht, in die grauen Augen. Sie hatte beobachtet, wie sein Blick erst ruhiger und dann eindringlich wurde. Genau wie er wußte sie in diesem Augenblick, was kommen mußte. Nicht einmal eine Viertelstunde, nachdem sie den Explosionsort verlassen hatten, war sie in seinem Zimmer, in seinen Armen, ließ sich zum allerersten Mal lieben, von einem Mann, dem sie eben erst begegnet war, mit dem sie kaum ein Wort gewechselt hatte und den sie doch ihr ganzes Leben zu kennen meinte.
Konnte sie Fricke das erzählen, wenigstens teilweise? Würde sie damit das Eis brechen? Konnte sie sagen, vertrau mir, Fricke, ich weiß, wie es ist, wenn man sich zum ersten Mal bis über beide Ohren verliebt. Ich weiß, wie es ist, alle Bedenken über Bord zu werfen und alles auf eine Karte zu setzen – für etwas Phantastisches und Einmaliges. Es kann sich auszahlen, Fricke – in meinem Fall hat es sich Jahre später ausgezahlt. Ich liebe diesen Mann immer noch; wir sind uns

später wieder begegnet; ich lebe mit ihm zusammen – es war bestimmt nicht klug von der Fünfzehnjährigen, die ich damals war, sich ganz auf ihren Instinkt zu verlassen, aber er hat mich nicht getrogen.

Sie beugte sich vor, die Worte schon auf den Lippen; dann zuckte sie zurück. Nein. Erstens würde Fricke ihr nicht glauben; zweitens wäre es unverantwortlich. Für Anneka war es tödlich gewesen, ihrem Instinkt zu folgen. Inzwischen schwiegen sie seit fast fünf Minuten. Fricke starrte mit gerunzelter Stirn in die Luft und fummelte mit ihrer Zigarette herum. Ihre Gedanken hatten offensichtlich eine ganz andere Richtung genommen. Jetzt kehrte sie zurück, strich sich das glatte Haar aus dem Gesicht und sah Gini mißtrauisch an.

»Was Sie meiner Mutter heute nachmittag erzählt haben ...« Sie zögerte. »Stimmt das? Anneka wurde eindeutig von Star süchtig gemacht?«

»Ja, das stimmt. Ich habe in England mit jemandem gesprochen, der Star ziemlich gut kennt. Er ist deiner Schwester zweimal begegnet. Sie war damals schon auf Heroin, und Star hat sie damit versorgt. Er half ihr oft, sich einen Schuß zu setzen.«

»Das haben Sie meiner Mutter nicht erzählt.«

»Nein.« Gini seufzte. »Du kannst dir wohl vorstellen, warum.«

»Wahrscheinlich schon ...«

Gini sah weg. Sie konnte Mitchells Stimme hören. Er hatte erzählt, Star habe zwanzig Pfund für Anneka kassiert, als Mitchell sie das erste Mal sah. Als er sie ein paar Monate darauf wieder sah, war der Preis um die Hälfte gefallen, so daß sie doppelt so viele Männer brauchte, um sich einen Schuß zu kaufen. Star behauptete, er lehre Anneka die Gesetze von Angebot und Nachfrage, das sei Wirtschaft für Fortgeschrittene. »Stellen Sie sich vor«, hatte Mitchell selbstgerecht verkündet, »beim ersten Mal hat sie mir 'nen Tripper angehängt, und beim zweiten Mal – *nein danke.* Sie war schmutzig. Voller Läuse. Sie war ein Junkie – okay? Sie hatte diese toten Augen wie alle Junkies, die nur noch an Stoff denken, gib mir Stoff. Sie war ein Zombie ... Und Star fand das wahnsinnig komisch. So was verschaffte ihm einen Kick. Er ist auf dem Powertrip.« Natürlich konnte sie nichts davon erzählen oder auch nur andeuten.

Gini wandte sich wieder Fricke zu; sie sahen einander an. Vielleicht kommunizierten sie mit Blicken – Gini vermochte das nicht einmal im nachhinein zu sagen, aber ironischerweise bewirkte ihr Schweigen, was all ihre Überredungskünste nicht vollbracht hatten: Plötzlich begann Fricke zu erzählen.

»Sie hatte ihn in Frankreich kennengelernt«, sagte sie. »Auf der Klassenfahrt, von der meine Mutter gesprochen hat. Das war letztes Jahr im Februar, ungefähr zwei Monate, bevor sie mit ihm abhaute. Sie sind sich in Paris über den Weg gelaufen – ich weiß nicht, wo, in irgendeiner Kunstgalerie oder vielleicht in einem Museumscafé. Aber er muß ganz schön rangegangen sein, weil auf diesen Klassenfahrten höllisch aufgepaßt wird, mit Zapfenstreich am Abend und Lehrern überall. Er hatte höchstens fünfzehn, zwanzig Minuten. Das hat ihm gereicht. Er gab ihr eine Adresse. Danach schrieb ihm Anneka hin und wieder. Mir hatte sie erzählt, sie hätte diesen echt wilden Typen kennengelernt, sie hätte ihm geschrieben, und er würde ihr antworten.«

»Sie schickte die Briefe nach Frankreich?«

»Keine Ahnung. Anneka sagte, er sei ständig unterwegs. Nachdem sie ihn kennengelernt hatte, wurde sie immer verschlossener. Nur ab und zu hat sie ein bißchen was angedeutet … Sie hat mich nie in ihre Pläne eingeweiht, daß sie mit ihm abhauen wollte. Sonst hätte ich bestimmt was unternommen. Ich bin nicht blöd. Ich wäre zu meinem Vater gegangen …«

Sie zögerte wieder und musterte Gini. Dann faßte sie, als hätte sie plötzlich eine Entscheidung gefällt, in ihre Umhängetasche und zog ein Buch heraus.

»Da.« Sie schubste es über den Tisch. »Annekas Adreßbuch. Als sie das erste Mal anrief – da hat sie *deswegen* angerufen. Weil sie sich Sorgen machte – wegen dem Buch.«

Gini starrte das Mädchen an, das knallrot geworden war. Vorsichtig schlug sie das Buch auf, es war ein Ringbuch voller Namen, Telefonnummern, Adressen.

»Wo hast du das her, Fricke?«

»Aus ihrem Geheimversteck. Unter einem losen Brett in ihrem Wandschrank. Da hatte sie ihr Tagebuch versteckt. Ihre Anti-Baby-Pillen. Manchmal ein bißchen Gras. Stars Briefe und das Tagebuch hatte sie mitgenommen, aber das hier hatte sie vergessen. Das wollten Sie gerade fragen, stimmt's? Das war doch Ihre nächste Frage? Ich hab's gewußt ...«

»Ja. Genau.«

»Sie können es haben. Behalten Sie's. Zeigen Sie's der Polizei. Mir egal. Ich habe es für sie versteckt, weil sie Angst hatte, sie könnten es finden – ihr war klar, daß sie ihr Zimmer durchsuchen würden. Später, als sie gar nichts mehr von sich hören ließ, bin ich es durchgegangen. Tausendmal ...«

»Seine Adresse muß da drin sein? Hat sie sich deshalb solche Sorgen gemacht, hat sie deshalb angerufen und Sie gebeten, es zu verstecken?«

»Ja.« Fricke atmete zittrig ein. Sie zündete die nächste Zigarette an. »Aber sie ist *nicht* drin – oder ich kann sie nicht finden. Kein Eintrag unter Star. Dafür tausend Namen und Adressen. Ihre ganzen Brieffreunde in Frankreich, Deutschland, Italien, England, Belgien. Amerika, Afrika ... Seit sie neun war, hat sie geschrieben. Sie bekam mindestens sieben, acht Briefe pro Woche. Finden Sie ihn, wenn Sie können, aber glauben Sie mir, es ist unmöglich. Wie die Suche nach der Stecknadel im Heuhaufen.«

Gini besah sich das Notizbuch. Es war ein typisches Mädchenbuch, unordentlich, voller Miniaturen, Anmerkungen, Streichungen. Die Einträge waren zum Teil getippt, zum Teil in einer unleserlichen Handschrift vorgenommen worden; das Verzeichnis war ein einziges Chaos.

»Fricke ... ich bin dir sehr dankbar. Aber – ich kann kein Holländisch.«

»Das brauchen Sie auch nicht. Er war kein Holländer, er hat nicht in den Niederlanden gelebt. Die ausländischen Adressen können Sie ja lesen – die hier zum Beispiel, das ist eine aus Frankreich, und die hier ist in San Francisco. Vielleicht finden Sie ja irgendwas. Sie sind Journalistin. Ich habe mir einfach gedacht ...«

Die eben noch so feindselige Fricke sah sie jetzt flehentlich an, als wären Gini und ihre vermeintlichen Fähigkeiten ihre letzte Hoffnung. Die bei weitem nicht so optimistische Gini wollte ihr weder die Hoffnungen rauben, noch weitere wecken.

»Ich werde es versuchen, Fricke. Das verspreche ich Ihnen. Ich gehe das noch heute abend durch. Notfalls kann es sich die Polizei ansehen.« Sie holte tief Atem. »Ihnen ist doch klar, Fricke, daß Sie das Ihren Eltern erzählen müssen? Das sind Sie den beiden und sich selbst schuldig.«

»Ja.« Sie senkte den Blick und spielte nervös mit ihrer Zigarette. »Glauben Sie, daß sie wütend sein werden?«

»Nein, eigentlich nicht. Ich glaube, Sie werden das verstehen. Sie lieben Sie sehr, Fricke.«

»Das weiß ich doch. Ach Scheiße –«

Sie begann wieder zu weinen. Gini wartete schweigend, bis die Tränen wieder versiegt waren. Dann holte sie ihr Handwerkszeug heraus, den Kassettenrecorder, das Notizbuch, und wie sie gehofft hatte, schienen Fricke diese Utensilien wieder Zuversicht zu geben.

»Sie wollen mich interviewen? Glauben Sie wirklich, daß ich irgendwie helfen kann? Ich habe Ihnen doch gesagt – Anneka hat mir kaum was erzählt ...«

»Das ist nicht unbedingt entscheidend. Wenn Sie sich daran erinnern können, was sie gesagt hat, Fricke – die kleinen Details, die Ihnen damals anfangs unwichtig, nebensächlich erschienen ... Das sind oft die wichtigsten.«

»Ich habe ein ziemlich gutes Gedächtnis ...«

Etwa zehn Minuten lang ging Gini sorgfältig ein Ereignis nach dem anderen mit ihr durch: die erste Begegnung in Paris, der Briefwechsel, Stars Ankunft in Amsterdam, ihre gemeinsame Abreise, die beiden späteren Anrufe Annekas, die darauf folgende lange Stille, die Monate des Wartens und dann die Nachricht von ihrem Tod. Während Fricke erzählte, hallte wie ein fernes Echo eine diffuse Erinnerung in Ginis Kopf: Klassenfahrten – es hatte etwas damit zu tun; jemand hatte erst vor kurzem von Klassenfahrten gesprochen, aber Gini konnte sich nicht entsinnen, wer oder wann das gewesen war.

»Sie glauben also, Star kam extra nach Amsterdam, um sie abzuholen, Fricke?«

»Ja. Ich bin sicher, daß er davor noch nicht hier gewesen war. Sie hatte mir erzählt, daß er kommen würde. Sie sagte, sie würde sich mit ihm treffen – sie war total aufgeregt. Und das war am Tag, bevor sie abgehauen ist.«

»Er muß ziemlich starken Einfluß auf sie gehabt haben, daß sie in etwas so Riskantes einwilligte.«

»Allerdings. Es war – als hätte er sie *gerufen*, als käme er sie holen. Er hat ihr erzählt, er hätte sein ganzes Leben nach ihr gesucht und sofort gewußt, daß *sie* es sein mußte, als er sie das erste Mal sah. Als wäre es Schicksal oder Bestimmung gewesen ...«
»Und sie hat ihm geglaubt – wieso? Weil sie vierzehn war und er ihr das Gefühl gab, etwas Besonderes zu sein, auserwählt zu sein?«
»Wahrscheinlich. Als wir telefonierten, sagte sie – sie sagte, er sei *mächtig*. Ständig hat sie davon geredet. Er hat ihr Tarotkarten gelegt. Er hat gesagt, er könnte ihr zeigen, wer sie sei.«
»Ich verstehe.« Gini sah in ihr Notizbuch. Sie konnte sich so gut in Anneka hineinversetzen. Wie gut konnte sie sich an dieses berauschende Gefühl erinnern, sich selbst zu entdecken. In Pascals Nähe, damals in Beirut und heute, hatte sie immer das Gefühl gehabt zu wissen, wer sie war.
Aber selbst wenn Annekas Geschichte in manchen Dingen ihre eigene widerzuspiegeln schien, so hatte sie doch ein ganz anderes Ende genommen. Anneka hatte Pech gehabt, sie war unkritisch und ganz bestimmt töricht gewesen – obwohl ihr Gini daraus keinen Vorwurf machen konnte. Sie hatte sich in einen gefährlichen, vielleicht sogar bösen Mann verliebt: Daran hatte sie keine Sekunde gezweifelt, seit sie Mitchells Geschichte gehört hatte.
»Erzählen Sie weiter, Fricke«, sagte sie und sah auf. »All das hilft mir, und es könnte auch Mina helfen. Sie müssen Anneka doch tausend Fragen gestellt haben. Wie lang haben Sie miteinander telefoniert? Jedesmal zehn Minuten, oder länger? Sie müssen sich erinnern, Fricke ...«
»Sie sagte, er habe dauernd nach uns gefragt. Er wollte immerzu, daß sie ihm von unseren Eltern oder von mir erzählt. Er wollte alles mögliche wissen – ganz gewöhnliche Sachen. Wie wir Weihnachten feiern, wohin wir in Ferien fahren, wie sich meine Eltern kennengelernt haben ...«
»Hat er ihr auch von seiner Familie, seiner Jugend erzählt?«
»Nein, nie. Anneka sagte, er würde Frauen hassen, die zu viele Fragen stellen, das hätte sie schon begriffen. Jedesmal, wenn sie ihn was fragte, dann wurde er zornig, schrecklich zornig. Deshalb glaubte sie, daß ihm vielleicht als Kind was Furchtbares passiert war. Daß er vielleicht mißbraucht wurde oder ein Pflegekind war oder in einem

Heim lebte, so was in der Art. Aber das waren bloß Vermutungen. Er hat nie auch nur ein Wort über seine Eltern oder seine Kindheit verloren.«

»Und der Zorn – hat sie dieses Wort verwendet?«

»Ja. Bei ihrem ersten Anruf. Sie sagte, es sei echt schwer, mit ihm auszukommen, weil er ganz ruhig und nett sein konnte, um im nächsten Moment total auszuklinken. Echt auszurasten. Dann schrie er sie an –«

»Unvorhersehbare Launen?«

»Ich weiß.« Fricke sah ihr ins Gesicht. »Später, als sie dann nicht mehr anrief, kriegte ich Angst. Ich dachte, vielleicht ist er auf irgendwas drauf. Aber Anneka sagte, daß er clean sei. Sie sagte, sie würde als einzige mit seinen Launen fertig werden. Er erzählte ihr, sie hätte heilende Kräfte – so hat er es genannt. Sie mußte sich neben ihn legen und ihm dann auf eine ganz bestimmte Weise die Stirn streicheln ... Sie war stolz darauf.«

Gini sagte nichts. In ihrem Kopf schrillten Alarmglocken. War er auf irgendeiner Droge, oder war es mehr? Aus dem Dunkel, das Star umgab, schälte sich allmählich ein Wort heraus – Psychopath.

»Was hat sie noch erzählt, Fricke? Was haben die beiden die ganze Zeit gemacht? Sie sind herumgereist, allerdings hat Anneka nie erzählt, wohin ...« Sie überflog ihre Aufzeichnungen. »Sie haben Musik gehört, Gras geraucht ... Was noch?«

Eine weitere naheliegende Aktivität war nicht in dieser Aufzählung vertreten, und Gini war klar, daß sie irgendwann danach fragen mußte. Sie wartete. Fricke runzelte die Stirn, dachte angestrengt nach.

»Er hatte diesen Reinlichkeitstick«, erklärte sie schließlich überraschenderweise. »Genau. Anneka hatte sich noch darüber lustig gemacht. Sie sagte, solange er bei den Landfahrern war, ließ er sich gehen, aber sobald er wieder allein war, hat er sich ständig gewaschen. Er hat drei-, viermal am Tag gebadet. Hat vor dem Zubettgehen geduscht, ist dann mitten in der Nacht aufgestanden und hat wieder geduscht ... Das hat sie mir erzählt. Was noch? Er hat gelesen. Er hat dauernd gelesen. Das hat sie noch erwähnt.«

»Hat sie dir erzählt, was er gelesen hat?«

»Ja. Am liebsten Kriegsbücher. Bücher über Waffen –«

»Waffen?« Kälte kroch über Ginis Rücken. »Fricke – bist du dir ganz sicher? Tarotkarten und Bücher über Waffen? Das paßt irgendwie nicht zusammen.«
»Das fand sie auch. Sie hat damit geprahlt, wie klug er ist. Daß er ein phantastisches Gedächtnis hat. Er hatte so ein Buch mit Bildern von lauter verschiedenen Waffen, so eine Art Katalog, und sie hatten da so ein Spiel. Sie mußte ihn testen. Sie deckte den Namen und die Beschreibung ab, so daß er nur das Bild sehen konnte, und er mußte die Waffe identifizieren. Jede einzelne. Und nicht nur das, er kannte auch ihre – wie nennt man das?«
»Technische Spezifikation?«
»Ja – genau. Wie groß sie sind, welche Munition man dafür braucht, wie viele Schüsse man in welcher Zeit damit abgeben kann. Er wußte alles auswendig. Er hat sich kein einziges Mal geirrt. Er kannte jede Antwort, Wort für Wort.«
Wieder schrillten die Alarmglocken los, diesmal gellend laut. Gini beugte sich über ihr Notizbuch, damit Fricke ihr nicht anmerkte, wie entsetzt sie war.
»Aber er *besaß* keine Waffe, oder hat Anneka mal von einer erzählt? Er sah sich nur gern die Bilder an, richtig?«
»O nein. Er hatte keine Waffe. Es war ihm nicht ernst. Es war bloß so was wie ein Partytrick.«
»Gut. Fricke, du hast mir sehr geholfen. Jetzt habe ich wenigstens ein Persönlichkeitsprofil. Eine Ahnung von diesem Menschen. Und ich weiß, daß Anneka ihn in Paris kennengelernt hatte – das ist eine vielversprechende Spur. Ich habe das Adreßbuch. Ich frage mich bloß … Als Anneka ihn hier treffen sollte, als er zu ihr nach Amsterdam kam – da hat sie nicht zufällig erwähnt, wo sie sich treffen würden?«
»Nein.«
»Angenommen, sie hätte den Treffpunkt bestimmt, wohin hätte sie ihn bestellt?«
Fricke überlegte lange. »Ins Antica«, antwortete sie schließlich. »Ein Coffeeshop. Man kann dort Gras kaufen. Sie haben eine Lizenz. Da war Anneka immer mit dem Typen, der sie sitzengelassen hat. Das Antica ist cool – tolle Atmosphäre. Das könnte sie ihm vorgeschlagen haben. Oder sie hätte ihm vielleicht vorgeschlagen, daß sie sich irgendwo auf der Straße treffen.«

»Ist das Antica leicht zu finden?«
»Klar. Es ist in der Nähe vom Singelkanal. Es ist berühmt. Sie können dort rumfragen. Aber das wird Ihnen wenig bringen. Die Polizei hat Annekas Bild dort schon tausendmal rumgezeigt.«
»Es kann nicht schaden, es tausendundeinmal rumzuzeigen.« Gini lächelte. Zum ersten und einzigen Mal erwiderte Fricke ihr Lächeln. Dann sah sie auf die Uhr.
»Hören Sie. Ich muß heim. Sonst macht sich meine Mutter Sorgen – wenn ich zu spät komme, ruft sie meine Geigenlehrerin an.«
»Nur eine Frage noch, Fricke ... Du kannst dir wahrscheinlich denken, worum sie sich dreht.«
Das Mädchen war aufgestanden. Sie hielt in der Bewegung inne und seufzte.
»Ja. Klar. ›Hat Anneka über Sex gesprochen‹ – stimmt's?«
»Hat sie mit ihm geschlafen, Fricke? Man hat mir erzählt, sie hätten miteinander geschlafen, aber ich weiß nicht, ob es stimmt ... Irgendwas irritiert mich an diesem Mann. Sex wäre irgendwie zu simpel, zu plump.«
»Das hat mich auch gewundert.« Fricke sah ihr in die Augen. »Ich meine, normalerweise hat Anneka nie ein Geheimnis daraus gemacht. Wenn sie mit einem Jungen geschlafen hat, dann hat sie mir das erzählt. Das war nichts Besonderes. Sie sagte dann: Hey, gestern haben wir's gemacht und es war echt toll oder mies. Aber bei Star ... Da hat sie nichts von Sex gesagt. Nicht ein einziges Wort. Ich dachte – ich dachte natürlich, daß sie es miteinander machen, und zwar ständig. Musikhören. Grasrauchen. Vögeln. Sie war in ihn verliebt, sie war wie besessen, deshalb konnte ich nicht begreifen ... Also habe ich sie bei ihrem zweiten Anruf schließlich gefragt. Ich habe gefragt: ›Und macht's Spaß im Bett?‹«
»Und was hat sie geantwortet?«
»Gar nichts.« Frickes Gesicht fiel in sich zusammen. »Sie fing an zu weinen. Und dann hat sie aufgelegt.«

Kapitel 12

Sobald Fricke gegangen war, erkundigte sich Gini nach der Adresse des Antica; dann setzte sie sich in ein Taxi und fuhr hin.
Der Coffeeshop lag in einem alten Viertel, in einer schmalen Straße voller Buchhandlungen und kleiner Kunstgalerien. Innen gab es einen großen, freundlichen Raum mit alten, holzgetäfelten Sitzecken an den Wänden; auf einem Ständer hingen in- und ausländische Zeitungen; an mehreren Tischen wurde Schach gespielt. Die kosmopolitische und fast bohèmehafte Atmosphäre erinnerte Gini an die älteren Cafés im New Yorker Greenwich Village, nur daß es hier stark nach Marihuana roch und man an der Theke neben Drinks und Zigaretten auch Gras kaufen konnte.
Mit einer *Herald Tribune* aus dem Zeitungsständer bewaffnet, setzte sich Gini an die Bar, bestellte Kaffee und wartete auf eine günstige Gelegenheit. Wie sie in etwa erwartet hatte, berichtete die *Tribune* in einem kleinen Artikel auf Seite drei über Minas Verschwinden und Cassandras Tod. Stories über vermißte Mädchen brauchten Zeit. Falls es sich bei den betreffenden Mädchen um Teenager handelte, gingen die Redakteure erst einmal davon aus, daß sie ausgerissen waren – und es gab zu viele Ausreißerinnen, als daß man damit einen Leitartikel aufmachen konnte. Tage, vielleicht Wochen würden vergehen, bevor Minas Story es auf die Titelseite schaffte – es sei denn natürlich, ihr Vater würde seine Position und seinen Einfluß geltend machen, um Wellen zu schlagen.
Sie legte die Zeitung zusammen und sah sich im Café um. Es war inzwischen fünf Uhr nachmittags, und im Antica herrschte die vorabendliche Flaute. Das Café war nicht einmal halb voll und das Publikum gemischt, was Alter, Geschlecht und Nationalität betraf. Die

meisten Gäste sahen aus wie Stammkunden; es gab eine Reihe mutmaßlicher Studenten, zwei ältere, Schach spielende Männer, ein stilles, in einem Buch lesendes Mädchen und in einer Ecke am anderen Ende eine laut streitende Gruppe von Deutschen. Sie drehte sich wieder um, sah dem Personal bei der Arbeit zu und überlegte, wie sie die Sache am besten angehen sollte.

Die Angestellten schienen in Schichten zu arbeiten; kurz nach ihrer Ankunft war die Tagschicht, eine Holländerin und ein Australier, gegangen. Sie waren von zwei Amerikanern abgelöst worden, einem großen, blonden jungen Mann von Ende zwanzig und einer etwas älteren Frau mit dunklem Haar und herzlichem Lachen. Beide trugen eine Uniform aus weißem Hemd, roter Weste und schwarzer Hose. Sie verständigten sich mit den Gästen an der Bar in allen nur möglichen Sprachen, auf holländisch, italienisch, französisch. Als die Frau Ginis Blick auffing, lächelte sie.

»Noch Kaffee?«

»Danke. Ich habe eben dein Sprachtalent bewundert ... Ach ja, und eine Packung Zigaretten.«

»Wirklich nur Zigaretten?«

»Ja.« Gini betonte ihren amerikanischen Akzent. »Habt ihr Gitanes?«

»Na klar. Und was das Sprachtalent betrifft ... So beeindruckend ist das auch wieder nicht. Ich kann in ungefähr zehn Sprachen sagen: ›Das Männerklo ist hinten rechts.‹ Nicht besonders hilfreich, wie?« Sie stützte sich auf die Bar und sah Gini an. »Du bist das erste Mal hier, stimmt's? Wir sind uns doch noch nicht begegnet? Bist du das erste Mal in Amsterdam?«

»Ja. Ich bin nur auf der Durchreise. Ich habe noch kaum was von der Stadt gesehen.«

»Eine tolle Stadt. Freedom City – stimmt's, Lance?« Sie grinste ihren Kollegen an. »Lance ist Surfer. Aus LA – ein Wellenfreak. Aber selbst er findet es cool hier.«

»Und was tut ein Surfer in Amsterdam? Hier gibt's nicht allzu viele Strände, würde ich meinen.«

»Knete machen. Was von der Welt sehen. Genau wie ich. Und du?«

»Bei mir läuft's zur Zeit nicht so gut. Ich hab' als Kellnerin in London gearbeitet. Man hat mich rausgeschmissen. Eigentlich wollte ich in Amsterdam einen Freund besuchen, aber ich hab' ihn wohl verpaßt. Mir steht Europa bis hier. Ich schätze, ich fliege bald heim.«

»Das Gefühl kenne ich. Nur nicht unterkriegen lassen. Ich hab' mir wochenlang die Hacken abgelaufen, bis ich den Job hier gekriegt habe.«

»Im Ernst? Wie lang arbeitest du schon hier?«

»Ein paar Monate. Ich bin letzten Herbst dazugestoßen. Lance hält den Rekord im Durchhalten. Er ist schon sechs Monate dabei.«

»Echt wahr? Hey, ihr könnt mir nicht zufällig weiterhelfen? Die Sache ist die, dieser Freund, den ich suche – wenn mich nicht alles täuscht, hat er mir erzählt, daß er ab und zu hierherkommt. Vielleicht kennt ihr ihn ja? Und wißt, wo ich ihn finden kann? Groß, langes, dunkles Haar, echt gutaussehend –«

»Die Beschreibung gefällt mir. Erzähl weiter.«

»Mitte Zwanzig. Die Leute nennen ihn Star.«

»Was – einfach Star?« Sie zog die Stirn in Falten und schüttelte den Kopf. »Nein. Da klingelt nichts. Hey, Lance, kennst du einen Typ namens Star, der angeblich ab und zu herkommt? So 'ne Sahneschnitte mit dunklem Haar? So ziemlich der Mann meiner Träume?«

Lance grinste und kam Gläser putzend näher.

»Star? Was, die Koksbirne? Klar kenn' ich den. Schaut ab und zu vorbei. Hab' ihn aber seit einer Woche nicht mehr gesehen – nein, länger. Glaub mir, das ist bestimmt nicht der Mann deiner Träume, Sandra. Ich meine, wir reden hier von *mega*-abgedreht ... Er verdrehte die Augen, preßte sich die Finger auf die Schläfen und hörte dann ganz plötzlich auf, den Clown zu spielen. Nein«, sagte er, »das ist nicht dein Typ, Sandra. Ganz und gar nicht dein Typ.«

»Eine Koksbirne?« fragte Gini. »Ach, komm schon ...«

Lance zuckte mit den Achseln und entfernte sich, um einen anderen Gast zu bedienen. Sandra lachte.

»Nimm's nicht persönlich. Lance ist Gesundheitsapostel. Der hält dich schon für medikamentenabhängig, wenn du Aspirin schluckst. Trotzdem sieht es wohl schlecht für dich aus.«

»Wie üblich. Was bin ich schuldig?«

Sie zahlte und wartete kurz, bis Sandra ein Paar Tische abräumte. Sie versuchte ihr Glück noch mal bei Lance, kam aber nicht weiter. Lance sagte, Star sei ungefähr einmal im Monat aufgetaucht, bis vor kurzem jedenfalls. Er habe keine Ahnung, wo Star lebte, kenne keine Freunde von ihm, aber er kenne diese wirklich phantastische Brasserie, die Gini hundertprozentig gefallen würde.

»Wie wär's?« Er beugte sich über den Tresen. »Um neun habe ich Schluß. Du hast einfach unglaubliche Augen. Hat dir das schon mal jemand gesagt?«

»Ab und zu. In ähnlichen Situationen. Tut mir leid, Lance. Ein andermal.«

»Kein Problem. Halt dich von der Koksbirne fern. Bis irgendwann mal.«

Gini verabschiedete sich mit einem Winken zu Sandra hin und ging in ihr Hotel zurück. Es war groß, international und anonym. Sie hatte den Eindruck, sich mit verbundenen Augen darin zurechtfinden zu können; es hätte überall auf der Welt stehen können; das Zimmer vermittelte ihr das Gefühl, entwurzelt und fehl am Platz zu sein.

Dies war die gefährliche Phase, das wußte sie – wenn der Streß nachließ. Sie stand in ihrem Zimmer und kämpfte gegen die Einsamkeit an, die sie überfallen hatte, sowie die Tür hinter ihr zugefallen war. Es war jetzt halb sieben. Sie versuchte, Rowland anzurufen – in London war es jetzt halb sechs –, aber seine Sekretärin war gerade gegangen, und er ging nicht ans Telefon. Sie probierte es in der Feuilletonredaktion, dann in der Nachrichtenredaktion; dort erklärte ihr ein Redaktionsassistent, daß McGuire irgendwo im Hause sei und er die Nachricht weitergeben würde, aber es gebe gerade eine Krise, deshalb würde Rowland vielleicht erst später zurückrufen.

»Was für eine Krise?« fragte Gini.

»Haben Sie McGuire schon mal wütend erlebt?«

»Nein. Eigentlich nicht.«

»Also, das ist die Krise. Verbrannte Erde. Nehmen Sie sich in acht.«

Daraufhin versuchte Ginis Pascal anzurufen, aber heute war wieder einmal nichts zu machen. Sie wählte sich die Finger wund, kam aber nicht durch. Pascal hatte ihre Nummer in Amsterdam, ermahnte sie sich; vielleicht war es sowieso besser, ihn nicht ausgerechnet jetzt zu erreichen. Bei jedem Gespräch fiel es Gini schwerer, ihn nicht anzuflehen: Bitte komm heim, Pascal. Heute war es leicht möglich, daß ihr der Satz entschlüpfte. Nein, warte, sagte sie sich: Nächste Woche hatte Marianne Geburtstag. Vielleicht hatte Helen ja doch recht, vielleicht würde er zu ihrem Geburtstag kommen. Phantastisch, dachte sie wütend – inzwischen mußte sie sich schon mit den Vorhersagen von Pascals Ex-Frau trösten.

Sie rief den Zimmerservice an und bestellte etwas zu essen. Dann holte sie Annekas Adreßbuch aus ihrer Tasche, legte es auf den Nachttisch, wo das Licht am hellsten war, und begann, es Zeile für Zeile durchzugehen.

Es war eine ermüdende Aufgabe. Anneka hatte eine winzige Schrift; die Seiten waren ein Labyrinth von Einschüben, Ausstreichungen: Pfeilverweisen auf geänderte Telefonnummern, Krakeleien und Herz-, Blümchen- und Gesichterminiaturen. Anfangs hoffte sie, Anneka hätte mit diesen Herzen und Gesichtern jene Jungs gekennzeichnet, die ihr besonders gefielen; schließlich mußte sie einsehen, daß sie rein zufällig verteilt waren. Sie stellte sich vor, wie Anneka bei einem jener endlosen Teenager-Gespräche am Telefon saß, den Stift in der Hand, das Buch vor sich, und beim Reden vor sich hinkritzelte, bis sie diese chaotischen Seiten mit Myriaden winziger, irreführender Zeichen bedeckt hatte wie mit Graffiti, das Ginis Augen zum Brennen brachte.

Nach einer Stunde gab sie auf und verzehrte das inzwischen eingetroffene Essen. Sie trank Kaffee und sehnte sich nach einem heißen Bad, einem dämlichen Fernsehfilm, tiefem Schlaf. Dann fiel ihr Fricke wieder ein, und schuldbewußt vertiefte sie sich wieder in das Buch. Die Seiten mit Adressen in Frankreich hatte sie bereits gekennzeichnet. Jetzt holte sie ihr Notizbuch heraus und schrieb sie ab. Es waren insgesamt achtzehn, zum Teil getippt, zum Teil handschriftlich. Dann sortierte sie die sieben Pariser Adressen aus und starrte auf die Liste. Alle sieben waren Adressen von Mädchen, wahrscheinlich Brieffreundinnen Annekas: Lisette, Chantal, Suzanne, Marie, Christine, Mathilde, Lucile.

Das brachte sie nicht weiter. Sie *muß* hier drin sein, dachte sie, vielleicht irgendwie kodiert oder verborgen. Warum hätte sich Anneka sonst solche Sorgen um das Buch machen sollen? Warum hätte sie Fricke sonst bitten sollen, es zu verstecken? Andererseits war es zwar durchaus möglich, daß Anneka Star in Paris kennengelernt hatte, doch mußte das keineswegs bedeuten, daß sie ihm auch dorthin geschrieben hatte. Fricke hatte erzählt, er ziehe herum. Vielleicht ist Paris eine falsche Fährte, dachte sie, doch hatte man dort auch Mitchells BMW gefunden. Sie starrte auf die Namen der sieben Mädchen auf ihrer Liste, und plötzlich fiel es ihr wieder ein.

Die *French Connection,* dachte sie. Vielleicht war es doch keine falsche Fährte: Nicht nur Anneka, sondern auch Cassandra hatte ein Jahr zuvor eine Klassenfahrt nach Paris gemacht – Susan Landis hatte das an jenem Abend bei Max beiläufig erwähnt. Nach den Gesprächen mit Cassandras Freundinnen hatte Gini angenommen, daß sie Star irgendwo in England kennengelernt hätte, in Glastonbury oder auf irgendeinem Rave vielleicht. Aber angenommen, sie hatte ihn genau wie Anneka in Paris kennengelernt? Das würde bedeuten, daß alle drei Mädchen, die vor Mina etwas mit Star zu tun gehabt hatten, eine Verbindung nach Frankreich hatten. Das erste Mädchen, dem Star mit der Rasierklinge das Gesicht zerschnitten hatte – sie war Französin gewesen, hatte Mitchell erzählt. Und sie und Rowland hatten diesem Mädchen zu wenig Beachtung geschenkt, begriff sie jetzt: Sie hatten sich auf die beiden Toten konzentriert. Doch war dieses Mädchen unmittelbar vor Anneka in Stars Gunst gestanden – wenn man dabei von Gunst sprechen konnte. War es denkbar, daß Anneka ihre Briefe an Star, der ständig unterwegs war, an die Adresse dieses Mädchens geschickt hatte?

Wie hieß sie noch? Gini konnte sich nicht entsinnen. Bestimmt habe ich Mitchell danach gefragt, dachte sie, stand auf und suchte das Band heraus, auf dem sie das Gespräch mit Mitchell aufgezeichnet hatte. Ich habe ihn doch hoffentlich gefragt? Während sie das Band erst zurück, dann wieder vorspulte, fürchtete sie kurz, diese eine Frage *nicht* gestellt zu haben. Es war schwer genug gewesen, das Gespräch in Gang zu halten: Mitchell hatte noch unter Drogen gestanden und war ständig abgeschweift ... Sie hielt das Band an. Sie hatte die Stelle gefunden, ein kurzer Wortwechsel nur, bevor Mitchell sich wieder über etwas ganz anderes ausgelassen hatte. Und nicht sie hatte die entscheidende Frage gestellt, sondern Rowland McGuire. Er hatte sie eingeworfen, und der unvermutete Klang seiner Stimme, hier in diesem Hotelzimmer, verwirrte Gini. Sie spielte den Abschnitt zweimal ab:

– Und die Französin, der er das Gesicht zerschnitten hat. Was ist aus ihr geworden?

– Keine Ahnung! Weiß der Himmel. Vielleicht ist sie ja wieder daheim? Oder hat sich irgendwohin abgesetzt? Hey, ich brauch' noch was zu trinken.

– Sie kriegen aber nichts. Konzentrieren Sie sich. Können Sie sich erinnern, wie sie hieß? Irgendwelche Details? Herrgott, er hat ihr das Gesicht aufgeschlitzt. Was haben Sie da eigentlich gemacht? Einfach blöde zugesehen? Hätten Sie ihn nicht aufhalten können?

– Das ging so schnell – okay? Klar war ich geschockt! Ich bin kein Tier …

– Nein, aber ein Feigling. Dieses Gewäsch macht mich ganz krank –

– Schon gut, schon gut, immer cool bleiben, okay? Ich will keinen Ärger. Mein Gott, Gini, was ist mit dem Typ los? Ich möchte doch nur helfen.

– Er ist einfach wütend. Das kommt vor.

– Sagen Sie ihm, er soll sich gefälligst am Riemen reißen. Wenn er mir auch nur ein Haar krümmt, laufe ich rüber auf die Wache und zeige ihn an. Und zwar ganz offiziell.

– Glauben Sie wirklich? Wenn ich mit Ihnen fertig wäre, Mitchell, könnten Sie überhaupt nicht mehr laufen, ganz zu schweigen davon, daß Sie noch Anzeige erstatten könnten. Wenn Sie noch ein einziges Mal grinsen, schlage ich Ihnen alle Zähne raus –

– Okay, okay, ich bin bloß nervös. Wenn ich nervös werde, muß ich lächeln. Ich habe Ihnen doch gesagt – mir geht's nicht gut. Ich denk' ja nach. Ich versuch' ja schon, mich zu erinnern. Ein hübsches Mädchen. Sie hat ihn wohl schon eine Weile gekannt. Wie hieß sie noch? Irgendwas mit ›C‹? Cecile? Claire? Nein – jetzt hab' ich's. Chantal, *das war's. Braunes Haar. Braune Augen. Um die achtzehn. Genau …*

Der Zorn in Rowlands Stimme war nicht gespielt, dachte Gini. Natürlich hatte er mit seiner Drohung übertrieben und dadurch den nötigen Effekt erzielt; sie waren problemlos und ohne vorherige Absprache in die Rollen »liebes Mädchen, böser Bube« geschlüpft, und Mitchell hatte ihnen die Posse abgekauft. Doch Rowlands Haß auf Mitchell, sein unterdrückter Zorn war fast greifbar gewesen. Sie hatte gespürt, wie er von ihm ausstrahlte, wenn Mitchell redete; sie hatte gesehen, wie düster sein Gesicht wurde, und auch jetzt hörte sie ihn wieder. Wirklich ungestüm, keineswegs so beherrscht, wie er sich gerne gab, dachte sie – und sein Zorn hatte ihnen einen entscheidenden Namen eingebracht: *Chantal.*

Sie spürte einen euphorischen Schub, stand auf und widmete sich wieder Annekas Adreßbuch. Hastig blätterte sie durch die Seiten, überflog die Namen, bis sie den Eintrag für Chantal wiederfand, und dort leuchtete ihr, schwach zwar, ganz am Rand der Seite und deshalb leicht zu übersehen, das Zeichen entgegen, nach dem sie gesucht hatte. Das Telefon klingelte; im Aufstehen drehte sich Gini noch einmal zu dem Adreßbuch um und blickte auf den Eintrag. Genau neben Chantals Adresse, einer getippten Adresse, prangte ein winziges Sternchen: ein Sternchen oder ein *Star,* dachte sie mit einem Gefühl des Triumphs. Das Telefon läutete immer noch; sie durchquerte das Zimmer und nahm ab.

Es war Rowland McGuire, obwohl er sich nicht die Umstände machte, seinen Namen zu nennen, seine Stimme war eisig vor Zorn. »In wie vielen Bars und Cafés waren Sie denn vor dem Antica?« fragte er. »Und in wie vielen danach? Möchten Sie vielleicht noch Plakate kleben oder Fernsehwerbung machen? Hätten Sie vielleicht die Güte, mir zu erklären, was zum Teufel Sie sich dabei gedacht haben? Sie haben mir Ihr *Wort* gegeben ...«

Er redete immer weiter. Gini starrte auf die Wand, während Rowland McGuire sie mit zielsicheren Attacken Stück für Stück auseinandernahm. Sie war erst verwirrt, dann gekränkt – und wütend auf sich selbst. Ihr war klar, daß es zwecklos war, seine Tirade unterbrechen zu wollen, und sie dachte angestrengt nach.

Jemand mußte ihn direkt aus dem Antica angerufen haben, und zwar gleich nachdem sie gegangen war. Es konnte einer von zwei Menschen gewesen sein. Sie hatte angenommen, seine Kontaktperson in Amsterdam sei ein Mann, und Rowland hatte sie, wie sie jetzt begriff, absichtlich in diesem unbegründeten Glauben gelassen. Vielleicht hatte er sie irregeführt; vielleicht auch nicht. Wer von den beiden es auch ist, dachte sie, hat eine ausgezeichnete Tarnung.

»Sandra?« fragte Gini, als er schließlich Atem holen mußte. »Oder ist Lance Ihr Kontakt?«

Sie rechnete nicht damit, eine Antwort auf diese Frage zu erhalten, und sie irrte sich nicht.

»Das ging Sie vorher nichts an – und jetzt erst recht nicht. Ich habe es Ihnen nicht nur einmal, sondern zweimal in aller Deutlichkeit erklärt. Sie haben mir Ihr Wort gegeben, und ich habe Ihnen *vertraut* ... Abgesehen davon, daß sie mich angelogen haben, ist das ein höchst unprofessionelles Vorgehen –«

»Rowland. Ich kann das erklären –«

»Dazu werden Sie auch Gelegenheit haben. In London. Bis dahin sind Sie von dieser Story entbunden, ab sofort minus eine Stunde, verstanden?«

»Rowland, hören Sie mir endlich *zu*! Ich war nur im Antica. Nirgendwo sonst –«

»Und das soll ich Ihnen glauben? Daß sie aus weiß Gott wie vielen Bars und Cafés in Amsterdam ausgerechnet das herauspicken, in dem Sie garantiert den meisten Staub aufwirbeln? Stehlen Sie mir nicht die Zeit, und beleidigen Sie nicht meine Intelligenz. Ich schlage vor, Sie nehmen den ersten Flug morgen früh. Oder noch besser einen Nachtflug.«

»Ich war dort, weil *Anneka* häufig dort war.« Ginis Geduld war erschöpft. »Das hatte nichts mit Ihrer verdammten Kontaktperson zu tun, Rowland. Was soll das eigentlich? Ich hatte eine Spur, und der bin ich gefolgt. Wollen Sie die Story oder nicht?«

»Doch, ich will diese Story. Sie können sich gar nicht vorstellen, wie sehr ich sie will –«

»Fein. Ich auch. Ich will Star finden. Ich will Mina finden. Und ich kann das entschieden besser, wenn Sie mir nicht ständig im Nacken sitzen.«

»Das ist eine heikle Geschichte. Sie wußten, daß es eine heikle Geschichte ist. Wenn Sie eine Spur hatten, hätten Sie mich anrufen können. Aber nein, Sie schießen einfach drauflos. Begreifen Sie eigentlich, was Sie da angerichtet haben? Sie haben mich kompromittiert. Sie haben gegen meine ausdrücklichen Instruktionen verstoßen. Sie haben jemanden, den ich kenne, in Gefahr gebracht. Und dadurch nicht nur *dieser* Story geschadet, sondern auch anderen –«

»Unfug!« Jetzt wurde Gini laut. »Ich weiß nicht, was Ihre kostbare Quelle Ihnen erzählt hat, Rowland –«

»Meine kostbare Quelle, wie Sie es ausdrücken, hat mir eine ganz klare und akkurate Schilderung gegeben. Versuchen Sie bloß nicht, sich reinzuwaschen. Ich weiß ganz genau, was Sie getan haben, und ebenso genau, was Sie gesagt haben. Vielleicht passen diese Sensationsreporter-Methoden ja zu der Zeitung, für die Sie früher gearbeitet haben – aber Sie passen nicht zu uns –« Er verstummte. »Hören Sie. Ich habe weder Zeit noch Lust zu so was. Ich hätte nicht erwartet, daß ich jemandem mit Ihrer Erfahrung unser Handwerk erklären muß. Falls ich Zeit habe, können Sie mir alles in London erklären. Womit Sie auch genug Zeit hätten, sich eine bessere Ausrede einfallen zu lassen –«

»Ich fliege nicht nach London zurück«, fiel ihm Gini aufgebracht ins Wort. »Ich werde auf *meine* Weise und in *meinem* Tempo an dieser Story arbeiten. Womit Sie auch Zeit hätten, Rowland, eine geeignete Entschuldigung zu formulieren.«

»Was sagen Sie da?«

»Sie haben mich verstanden. Ich pfeife auf diesen Quatsch – für wen halten Sie sich eigentlich? Tun Sie dies. Lassen Sie das. Rufen Sie mich alle fünf Sekunden an. So arbeitet *kein Mensch*!«

In der Leitung war es still. Als Rowland antwortete, klang seine Stimme unterkühlt und gefährlich höflich.

»Vielleicht habe ich mich nicht deutlich genug ausgedrückt. Sie scheinen öfter nicht so recht zu verstehen, was ich sage. Sie sind diese Geschichte los – haben Sie das begriffen? Und unter den gegebenen Umständen bezweifle ich zutiefst, daß Sie jemals wieder für mich arbeiten werden. Ich hatte von Anfang an meine Zweifel, was Sie und Ihre Methoden angeht –«

»Was?« Etwas in seinem Tonfall bewirkte, daß Gini sich innerlich verkrampfte. »Was soll das heißen – meine Methoden?«

»Ich dachte – ich war so dumm zu glauben – ich wäre ein Menschenkenner. Jetzt begreife ich …« Seine Stimme wurde wieder zornig. »Diese ganzen Entschuldigungen, dieses Rührstück im Auto, wie Sie Ihr Selbstvertrauen verloren hätten – das hatte nicht das geringste zu bedeuten. Mein Gott, ich hätte es *wissen* müssen. Ich bin selbst schuld. Sie haben mich benutzt, um an diese Story zu kommen, so wie Sie Pascal Lamartine benutzt haben, um nach Bosnien zu kommen. *Warum* nur? Das war doch gar nicht nötig. Ich habe Ihnen doch gesagt –«

»Was haben Sie da eben gesagt?« Gini wurde es plötzlich eiskalt. »Ich hätte Pascal benutzt? Wie können Sie wagen, so etwas zu sagen? Das ist erstunken und erlogen.«

»Ach ja? Gut. Mein Fehler. Hören Sie, ich muß jetzt weg. Steigen Sie einfach ins Flugzeug und –«

»Nein. Bleiben Sie dran. Und unterstehen Sie sich, jetzt aufzulegen. Sie werden mir das erklären, Rowland, und zwar sofort. Und hören Sie verdammt noch mal auf, mir ständig zu sagen, was ich tun und wohin ich gehen soll –«

»Verdammt noch mal, ich bin Ihr *Redakteur.* Ich habe Sie auf diese Story angesetzt – weiß der Himmel warum –, und ich kann Sie auch wieder abziehen, wann immer es mir gefällt.«

»Lassen Sie nicht den Boß raushängen. Lindsay hatte ganz recht. Sie hält Sie für arrogant. Sitzen da in London am Schreibtisch, spielen sich als Oberlehrer auf, ziehen voreilige Schlüsse ... Sie haben keine *Ahnung,* warum ich nach Bosnien gegangen bin. Warum checken Sie das nicht nach? Fragen Sie Max –«

»Oh, den habe ich schon gefragt. Sie wußten genau, daß er Sie nie nach Bosnien gehen lassen würde, nicht wahr? Sie haben alles versucht, ihn sogar gegen die Times ausgespielt, und als das nicht gezogen hat, haben Sie Ihren Liebhaber vorgeschickt, um den Deal festzuklopfen.«

»*Was* soll ich? Das stimmt nicht – ich habe keine Ahnung, wovon Sie überhaupt reden ...« Gini mußte kämpfen, um die Kontrolle über die Stimme zu behalten, sie hatte zu zittern begonnen, und sie ahnte, daß sie gleich eine widerwärtige Enthüllung hören würde. »Jemand hat Ihnen Lügen aufgetischt – billige Lügen –«

»Nein, bestimmt nicht.« Er wurde wieder lauter. »Ich gebe nichts auf Klatsch und Gerüchte. Lamartine hat einen Deal mit Max abgeschlossen. Das weiß ich hundertprozentig. Max wollte Lamartines Fotos – und als Lamartine Ihre Mitarbeit zur *Bedingung* für seinen Vertrag machte, gab Max schließlich nach. Sonst hätte er Sie *nie* da runtergeschickt, hat er mir erklärt. Und Ihrem augenblicklichen Benehmen nach zu urteilen, hatte Max da vollkommen recht. Sie sind unzuverlässig und nicht vertrauenswürdig, und –«

»Das würde Pascal bestimmt nicht tun!« Sie hörte ihren Protest aus dem Hörer zurückschallen. Ihre Stimme klang laut und zitterte. Tränen standen ihr in den Augen. »Wie können Sie so was sagen? Wie

können Sie es wagen? Sie wissen nichts über mich. Nichts über Pascal. Pascal würde *niemals* solche Bedingungen stellen. Er ist nämlich ein Profi – im Gegensatz zu Ihnen.«
Das saß; sie hörte, wie er tief Luft holte.
»Ja. Nun ja, Sie waren bestimmt überzeugend, als Sie ihm das eingeblasen haben. Mich haben Sie jedenfalls überzeugt. Eines muß ich Ihnen lassen, Gini, Sie sind eine gute Schauspielerin.«
»Schwein. Verlogenes, scheinheiliges Schwein. Ich –« Sie brach ab. Sie hörte nur noch das Freizeichen. Beim zweiten Adjektiv hatte McGuire aufgelegt.

Gini legte den Hörer wieder auf. Sie bebte am ganzen Leib. Das kann unmöglich wahr sein, sagte sie sich. Niemals würde Pascal sie so täuschen.
Doch im nächsten Augenblick wußte sie, daß es sehr wohl wahr sein konnte. Sie erinnerte sich an den Nachmittag vor seiner vertraulichen Unterredung mit Max. Sie erinnerte sich an seine stille Freude, als er zurückgekommen war, und an seine beiläufige Erklärung, es sei ein gutes Gespräch gewesen, aber noch sei nichts endgültig abgemacht. Er und Max waren umsichtig vorgegangen. Ihre Bedingungen hatte man ungefähr vier Tage später akzeptiert, Pascals Vertrag wurde zwei Tage darauf abgeschlossen. Sie vermochte nicht zu sagen, was sie tiefer traf: daß Pascal – aus Liebe – ihre Wünsche so katastrophal mißverstehen konnte, daß er sie anlügen und diese Lüge sechs Monate lang aufrechterhalten konnte – oder die Tatsache, daß sie, wie Rowland McGuire sich beeilt hatte anzumerken, ihren Marktwert überschätzt hatte.
Ihre Fähigkeiten, ihre Erfahrung, ihre jahrelangen Bemühungen um genau einen solchen Auftrag hatten nicht gezählt. Man hatte sie als Pascals Mädchen nach Bosnien geschickt, als widerstrebend gezahlten Bonus, um sich seine Dienste zu sichern. Die Demütigung war schmerzlich und absolut. Wie viele Menschen wußten sonst noch davon? Wußten sie es etwa alle: die anderen Reporter, die Redakteure in der Nachrichtenabteilung und im Feuilleton, die Assistenten und Sekretärinnen? Hatten sie sich alle so über sie mokiert wie McGuire? Hatten sie über sie geklatscht und hinter ihrem Rücken über sie gelacht?

Ihr erster Impuls war, nach dem Telefon zu greifen, Pascal anzurufen, die Wahrheit zu verlangen. Aber noch als sie die Hand nach dem Hörer ausstreckte, wichen Scham und Beschämung, und der Zorn schwappte in einer riesigen Woge zurück. Sie war wütend auf Max, den ach so gütigen, amüsanten Max, der das eine sagte und etwas anderes dachte; vor allem aber war sie wütend auf Rowland McGuire, der voreilige Schlüsse zog, der zwei und zwei zusammenzählte und auf sechs kam, der, wie sie jetzt begriff, von Anfang an voreingenommen gegen sie gewesen war und der sie eben mit einer derartigen Verachtung abgekanzelt hatte.
Sollte er nur glauben, sie würde diese Story fallenlassen, nach London zurückgekrochen kommen und sich verstecken: Nun, da täuschte er sich. Abgesehen von Mitchell hatte sie alle wichtigen Spuren in dieser Story aufgetan; sie allein hatte Mitchell zum Reden gebracht, sie hatte Frickes Vertrauen gewonnen, sie hatte die Spur nach Paris weiterverfolgt. Sie dachte an Erica van der Leyden und daran, wie Annekas Mutter an diesem Nachmittag die Hände gerungen hatte. Dieser weibliche Austausch hatte weitaus mehr zu bedeuten als alles, was Rowland McGuire zu bieten hatte. Sie hatte ganz bestimmt nicht die Absicht, jetzt aufzugeben. Denk nach, handle, *unternimm etwas*, drängte sie sich selbst. Kurz sah sie vor sich, wie McGuire zerknirscht alles widerrief, was er ihr eben an den Kopf geworfen hatte. Aber dieser winzige Blick in eine mögliche Zukunft verwirrte sie nur, und sie schob ihn augenblicklich beiseite. Sie hatte schon zuviel Zeit in ihrem Leben damit vergeudet, um die Anerkennung ihres Vaters zu kämpfen; sie hatte nicht vor, jetzt um McGuires zu kämpfen. Ich verachte ihn, sagte sie sich. Es war ihr vollkommen egal, wie der Mann reagierte. Sie brauchte ihm nichts zu beweisen; sie allein fällte das Urteil über sich und brauchte ihren Wert und ihre Fähigkeiten niemandem außer sich selbst zu beweisen.
Ohne auch nur eine Sekunde zu zögern, rief sie am Empfang an und bat den Portier, sie auf den nächsten Flug nach Paris zu buchen. Das nächste Flugzeug startete in fünfundvierzig Minuten; wenn sie sich beeilte, konnte sie es vielleicht noch erwischen. Das Hotel gehörte zu einer internationalen Kette und hatte auch ein Haus in Paris.
»Können Sie mir eine Reservierung durchfaxen?« fragte Gini.

Aber hier wurde ihr der erste Knüppel zwischen die Beine geworfen. Das sei leider nicht möglich, erklärte ihr der Portier. Man sei bereits zuvor mit diesem Problem konfrontiert worden: Nicht nur das eigene Schwesterhotel, sondern jedes größere Hotel in Paris war ausgebucht.
»Wissen Sie«, sagte der Portier, »da findet zur Zeit die Modewoche statt. Ab morgen, und natürlich –«
»Vergessen Sie's«, fiel ihm Gini ins Wort. »Ich erledige das selbst.« Sie wählte das St. Regis Hotel in Paris an, wo Lindsay und ihre Leute für die Dauer der Kollektions-Premieren mehrere Räume und Suiten gebucht hatten. Lindsay war außer Haus; nachdem sie unzählige Male weiterverbunden worden war und schon aufhängen wollte, bekam Gini endlich Lindsays Assistentin Pixie an den Apparat: die sonst so fröhliche und fleißige Pixie, die jetzt so hektisch, zerstreut und gereizt klang. Im Hintergrund hörte Gini Telefone läuten; Menschen, Gespräche, Gerenne. Sie begann, Pixie ihre Notlage zu erläutern, brach dann aber ab, als sie merkte, daß Pixie weinte.
»Ich werde es versuchen«, schniefte Pixie. »Ich werde mein Bestes tun, aber ich kann nichts versprechen. Sekunde – ich bin gleich dran. Es tut mir leid, Gini – Max ist auf der anderen Leitung. Ich versuche gerade, Lindsay aufzutreiben; sie ist mit Markov ausgegangen, deshalb weiß sie es noch gar nicht. Sie haben es gerade erst durchgegeben. Hier herrscht das absolute Chaos. Ich weiß gar nicht, warum ich so reagiere. Schließlich kannte ich sie überhaupt nicht. Aber jetzt kommt es mir so vor, als hätte ich sie gekannt, und –«
»Was ist denn passiert, Pixie?«
»Heißt das, Sie wissen es noch gar nicht? Ich dachte, Sie rufen deshalb an –«
»Was ist passiert?«
»Maria Cazarès. Sie ist tot.«

Gini raste zum Flughafen. Sie erreichte ihr Flugzeug fünf Minuten vor dem Start, und erst nach dem Abheben fand sie wieder Zeit zum Nachdenken. Pixie hatte ihr keine weiteren Einzelheiten verraten können, weder wie, noch wo Maria Cazarès gestorben war, nur daß sie tot war, daß sie heute gestorben war, und zwar eines natürlichen Todes – danach sah es wenigstens aus.

»Also – ich werde versuchen, Ihnen ein Zimmer zu besorgen«, hatte sie geschlossen. »Aber Sie können es sich vorstellen, Gini, nicht wahr?«
Gini konnte es sich nur zu gut vorstellen. Sie konnte sich vorstellen, was diesen plötzlichen Tod bewirkt haben mochte, sie konnte sich die unmittelbaren Folgen vorstellen. Ein zweiter Zirkus würde in die Stadt einfallen. Aus Amerika, aus Großbritannien, aus ganz Europa: Immer wenn eine Legende starb, scharten sich die Schakale um die Leiche.
Ihr Flugzeug startete pünktlich; alle zehn Minuten sah Gini auf die Uhr. Eine halbe Stunde bis zur Landung, zwanzig Minuten bis zur Landung. Sie hatte nur ihr Handgepäck dabei. Mit etwas Glück konnte sie es nach der Paßkontrolle mit einem Taxi in dreißig Minuten zum St. Regis schaffen ... Dann begannen die Probleme. Dreißig Minuten kreisten sie über dem Flughafen Charles de Gaulle; als sie schließlich an den Taxi-Standplatz kam, wartete dort bereits eine lange Schlange. Die Fahrt vom Flughafen verlief im Schneckentempo, die Pariser Innenstadt war total verstopft. Sie lief die Stufen zum St. Regis hinauf und in die riesige, mit Marmor ausgelegte Lobby. Dort blieb sie abrupt stehen.
Offenbar hatte Rowland McGuire mehr Glück gehabt. Er stand auf, als sie durch die Tür trat. Als sie an ihm vorbeizuhasten versuchte, verstellte er ihr den Weg. Dann hielt er sie am Arm fest.
»Wieso haben Sie so lange gebraucht?« fragte er.
Gini sah ihn wutentbrannt an; sie versuchte, ihren Arm aus seinem Griff zu winden.
»Rühren Sie mich nicht an«, begann sie. »Gehen Sie mir aus dem Weg –«
»Vergeuden wir keine Zeit.« Er verstärkte seinen Griff und zog sie in Richtung Aufzug. »Am besten gehen wir gleich auf unser Zimmer –«
»*Was* sagen Sie da?«
»Unser Zimmer. Eine Suite mit drei Telefonanschlüssen und zwei Faxen, einem Bett und einer Couch. Als Gentleman nehme natürlich ich die Couch –«
»Lassen Sie meinen Arm los, Sie verdammter –«
»Außerdem werden wir beide wahrscheinlich kaum zum Schlafen

kommen. Die französische Presse hat einen Vorsprung, den ich unbedingt aufholen will ... Drücken Sie die Acht.«

»Scheren Sie sich zum Teufel.«

»Den Gang runter. Die erste Tür rechts. Genau hier. Gefällt es Ihnen? Das war das letzte freie Zimmer in ganz Paris. Es kostet den *Correspondent* tausend Francs über Tarif. Im Notfall kommt man mit Bestechung oft weiter. Und jetzt ...« Er schloß die Tür, »möchte ich, daß Sie mir zuhören.«

»Lassen Sie mich raus hier ...« Gini fuhr herum, das Gesicht weiß vor Zorn und Angst. »Glauben Sie etwa, ich würde noch mit Ihnen zusammenarbeiten? Nach dem, was Sie mir an den Kopf geworfen haben? Lassen Sie mich vorbei. Ich will nicht mit Ihnen arbeiten, ich will nicht mal in einem *Raum* mit Ihnen sein.«

»Trotzdem. Sie werden mich anhören.«

»Den Teufel werde ich tun. Ich habe nicht vergessen, was Sie mir unterstellt haben. Sie haben mich quasi als Hure bezeichnet –«

»Dieses Wort habe ich nie verwendet.«

»Lügen Sie nicht. Sie haben es gemeint.«

»Möglich. Aber ich habe mich ganz bestimmt taktvoller ausgedrückt –«

Gini versetzte ihm eine schallende Ohrfeige. Sie mußte sich strecken, um ihn zu treffen, doch sie schlug mit ganzer Kraft zu. Ihre Hand hinterließ einen Abdruck auf seiner Wange. Tränen standen ihr in den Augen; zitternd wich sie zurück, bemüht, ihre Stimme unter Kontrolle zu behalten.

»Trauen Sie mir so etwas wirklich zu? Glauben Sie tatsächlich, ich würde so arbeiten? Sie täuschen sich. Ich habe nie so gearbeitet – nie. Ich *verabscheue* Frauen, die so was tun. Ich habe *jahrelang* um einen Auftrag wie den in Bosnien gekämpft. Ich *lebe* für meine Stories. Ich wollte dieses Gefühl in Bosnien abtöten, denn ich war der Meinung, ich könnte nicht gleichzeitig arbeiten und für meine Stories leben – aber ich habe es *nicht* abgetötet. Und jetzt will ich das auch gar nicht mehr. Ich werde Mina Landis finden – auch ohne ihre Hilfe. Ich werde sie finden, weil –« Sie stockte mit einer zornigen Geste. »Weil ich mit Annekas Mutter gesprochen habe und weil ... sie dabei geweint hat. Sie werden das wahrscheinlich nicht verstehen. Aber mir liegt viel an dieser Story, Rowland, ungeheuer viel ...«

Sie war lauter geworden, ihr Zorn so übermächtig, daß es ihr fast die Kehle zuschnürte. Aufgebracht, daß ausgerechnet Rowland McGuire sie so sah, schubste sie ihn beiseite.

»Lassen Sie mich vorbei, Rowland. Ich habe Ihnen nichts weiter zu sagen. Lassen Sie mich aus dem Zimmer ...«

»Nein«, widersprach er absolut ruhig. »Das werde ich nicht.« Er zögerte kurz. »Ich weiß nicht mal, ob ich das überhaupt könnte.«

»Was?« fuhr Gini ihn an, doch dann verstummte sie. Plötzlich begann sie Rowland McGuire zu sehen, wirklich zu sehen. Als würde eine Kamera von der Totale zur Nahaufnahme heranfahren. Plötzlich sah sie, wo eben noch eine gesichtslose, verschwommene Masse zwischen ihr und der Tür gestanden hatte, den wahren Rowland McGuire. Er trug einen Mantel, den unvermeidlichen alten Tweed-Anzug, ein weißes Hemd mit offenem Kragenknopf und eine grüne, locker gebundene Krawatte. Als er sie vorhin in den Aufzug bugsiert hatte, hatte sie etwas wie verärgerte Belustigung aufgefangen, jetzt wirkte er weder belustigt, noch wütend oder aufgebracht darüber, daß sie ihn eben geohrfeigt hatte.

Sie sah den Abdruck ihrer Hand quer über seinem Wangenknochen; ein rotes Mal, das seine Blässe und die feste Entschlossenheit seiner Miene noch hervorhob. Er betrachtete sie mit absolutem Ernst; die grünen Augen blickten unverwandt in ihr Gesicht. Seine Hände waren vollkommen zur Ruhe gekommen, er wirkte zugleich entspannt und konzentriert. Sie senkte den Blick, schätzte die Chancen ab, sich an ihm vorbeizudrängen, sah dann wieder auf, blickte in diese grünen, aufmerksamen Augen – und spürte augenblicklich die drohende Gefahr.

Sie standen direkt voreinander, er mit gesenktem Kopf, sie zu ihm aufschauend. In diesem Moment, als sie es am wenigsten erwartete, spürte sie, wie aus der Feindseligkeit, der Unruhe, dem rasenden Zorn heraus etwas übersprang, etwas ganz anderes, eine so deutliche sexuelle Botschaft, daß sie unwillkürlich Luft holen mußte.

Sie spürte, wie sie in ihrem Kopf pulsierte, und bemerkte sie im gleichen Augenblick auf seinem Gesicht. Aus seinen Augen sprach erst tiefe Konzentration, dann Überraschung – als hätte er diese Empfindung genausowenig erwartet oder vorhergesehen wie sie. Im selben

Moment traten beides wieder in stiller Übereinkunft, einen Schritt zurück.
Gini warf einen Blick auf die geschlossene, aber unverriegelte Tür. Rowland McGuire war jetzt zur Seite getreten, nichts hinderte sie mehr am Gehen. Sie machte einen Schritt auf die Tür zu und blieb wieder stehen. Rowland legte die Hand auf ihren Arm, zuckte aber sofort wieder zurück. Gini merkte, daß ihre Wut verflogen war; in ihrem Kopf tobte immer noch chaotischer Lärm, doch jetzt von ganz anderer Qualität.
»Woher wußten Sie, daß ich hierherkommen würde?« fragte sie leise.
»Ich habe in Ihrem Hotel in Amsterdam angerufen. Man teilte mir mit, Sie seien nach Paris geflogen. Das war ... vielleicht eine Viertelstunde nach Ihrer Abreise.« Sein Blick ruhte immer noch auf ihrem Gesicht. »Ich habe vom Auto aus angerufen, während der Fahrt zum Flughafen. Ich war schon hierher unterwegs. Jemand mußte über die Sache berichten. Ich hatte Sie gefeuert. Außer Ihnen hatte ich als einziger das nötige Hintergrundwissen. Ich wollte mich entschuldigen. Sie bitten, ebenfalls herzukommen. Ich wollte ...« Er zögerte. »Der Portier erklärte mir, Sie hätten Schwierigkeiten gehabt, in Paris ein Zimmer zu finden. Ich nahm an, daß Sie versuchen würden, sich mit Lindsay in Verbindung zu setzen, deshalb habe ich hier angerufen und mit Pixie gesprochen. Sie waren nicht schwer aufzuspüren. Ich wußte, welchen Flug Sie genommen hatten. Und so bin ich hergekommen. Habe das Zimmer besorgt. Ein paar Anrufe erledigt. Gewartet.«
»Wann haben Sie erfahren, daß Maria Cazarès tot ist?«
»Zuverlässig? Etwa fünf Minuten nach unserem Gespräch. Das Gerücht war mir eine Stunde zuvor von einem Pariser Freund zugetragen worden. Direkt nachdem ich unser Gespräch abgebrochen hatte, rief er an und bestätigte das Gerücht. Fünf Minuten später meldeten es auch die Nachrichtenagenturen.«
»Sie hatten also schon vor unserem Gespräch gehört, daß sie möglicherweise tot war?«
»Ja. Außerdem hatte ich natürlich zwei äußerst schwierige Gespräche mit meiner Amsterdamer Quelle geführt. Das war der zeitliche Ablauf. Aber das ist keine Entschuldigung.«

Beide schwiegen. Gini konnte Emotionen spüren, die im Gegensatz zu seiner ruhigen, präzisen Antwort standen. Sie zögerte.
»Wieso wollten Sie sich bei mir entschuldigen?«
»Mir ist klar geworden, wie schlecht ich mich benommen habe ...«
Er verstummte und wirkte plötzlich verunsichert. Sobald Gini die Frage gestellt hatte, wurde ihr bewußt, daß es sicherer gewesen wäre, sie unausgesprochen zu lassen, deshalb betete sie insgeheim, er möge sie nicht vollständig beantworten. Sie wollte ihm schon ins Wort fallen, als er wieder zu sprechen begann.
»Ich möchte, daß Sie wissen«, antwortete er ihr mit wohlgesetzten Worten, »wie unangenehm mir ist, was ich gesagt habe. Nicht nur, weil ich mich geirrt habe – in zweierlei Hinsicht. Sondern auch weil ich die Beherrschung verloren und unverzeihliche Dinge gesagt habe.« Er zögerte, und sie spürte, wie er mit sich rang. »Obwohl man mir etwas anderes nachsagt, verliere ich nur selten derart die Beherrschung. Jetzt begreife ich natürlich, wie das geschehen konnte.«
In diesem Moment mußte ihm Gini Bewunderung zollen. Sein Blick wich ihrem keine Sekunde aus, während er dieses Geständnis machte – und keine Frau hätte mißverstehen können, wie er es meinte. Seine Miene, sein Tonfall verrieten ihr das ohne den Hauch eines Zweifels. Es war vielleicht eine sehr zurückhaltende Erklärung, aber nichtsdestotrotz eine Erklärung. Vermutlich war es typisch für ihn, sie so zu formulieren, daß sie dieses Bekenntnis ignorieren, aber auch darauf reagieren konnte.
Sie starrte ihn an, unfähig, seinem Blick auszuweichen. Sie wußte, daß sie frei war, falls er noch etwas sagen oder seine Erklärung deutlicher formulieren würde. Dann konnte sie ihn stehenlassen, die Tür hinter sich schließen. Sie wartete, doch er sagte nichts – aber dafür sprach die Stille im Raum. Sie spürte die Gefahr jetzt ganz deutlich, die Bedrohung, die vom nächsten Schritt ausging, die Bedrohung des Unvorhergesehenen, die Möglichkeit, die sich aus ihrer noch nicht gefaßten Antwort ergeben würde. Sie merkte, wie die Zeit beschleunigte, bis sie ihre Antwort formuliert hatte, schossen eine, zwei Sekunden laut und schnell wie ein Güterzug vorbei. Kurz hatte sie das konfuse Gefühl, daß sie und er hier nur Passagiere waren. Ein falsches Wort, eine falsche Geste, und beide säßen in einem Zug, der sich nicht mehr anhalten ließ.

»Was Sie gesagt haben, stimmt nicht«, begann sie. »Über das Antica. Und über Pascal.«

Und für einen Moment wähnte sie sich in Sicherheit. Sie hatte seine Erklärung übergangen, und sie sah, wie seine Lippen schmaler wurden, als er das begriff. Sie hatte Pascals Namen ins Spiel gebracht, der ihr unter diesen Umständen völlige Sicherheit hätte verschaffen müssen; statt dessen hatte er den entgegengesetzten Effekt. Statt ihr wie ein Amulett Kraft zu verleihen, wirkte er plötzlich schwach: Mit ihm stürzten von neuem in einer Flutwelle die Unsicherheit, die Qualen auf sie ein, die einsamen, unglücklichen Monate, in denen sie allein aufgewacht, allein eingeschlafen und allein durch die Straßen von London gewandert war. Er verlieh ihr nicht den geringsten Schutz vor dieser bohrenden, unerwarteten sexuellen Spannung, einer Spannung, die jeden Nerv in ihrem Körper auflud, bis sie kaum mehr denken konnte, weil sie sich so danach verzehrte, berührt zu werden.

»Nicht«, setzte sie an und sagte sich, noch während er sich bewegte, daß sie in Sicherheit war, solange er sie nicht berührte. »Nicht. Es ist schon gut. Es hat mich nur in meinem Stolz getroffen, sonst nichts …«

Er widersprach dieser Lüge nicht, er sagte überhaupt nichts. Statt dessen nahm er ihre Hand und zog sie sanft zu sich her. Er sah die Tränen auf ihrem Gesicht und schloß sie dann behutsam in die Arme. Nach so vielen Wochen der Abstinenz spürte sie den männlichen Körper, die Umarmung wie einen Schock. Sie ließ ihr Gesicht gegen seine muskulöse Brust sinken, lauschte dem Klopfen seines Herzens. Sie fühlte das Bedürfnis nach Schutz, dann Begierde. Der Leib konnte genauso nach Zuneigung hungern wie der Geist, und eine kurze Weile verschaffte es ihr Erleichterung, nur gehalten zu werden, von einem Mann gehalten zu werden. Sie hatte das Gefühl, als hätte sie sich lange gewehrt, gegen sich selbst gekämpft, und wäre nun – plötzlich – befreit.

Dann, ganz allmählich, schlich sich die Erkenntnis ein, daß dies nicht irgendein Mann und keine wertfreie Umarmung war. Es war ein ganz besonderer Mann, kräftig gebaut, ein bißchen größer als Pascal, dessen Körper, dessen Berührung, dessen Art, sie zu halten, ihr neu waren. Sie spürte ihre Brüste an seinem Bauch, seine Erregung, seine Hand, ganz ruhig und ohne jeden Druck, dicht über ihrem Po. Irgendwo hinter ihr in diesem Zimmer, dem sie kaum einen Blick geschenkt hatte, seit sie es vor nicht einmal zehn Minuten betreten hatte, begann ein Telefon zu klingeln. Sie hatte das verwirrende Gefühl, daß der Anruf für einen von ihnen bestimmt wer, und daß, falls es für sie war, jemand eine Fremde aus einem anderen Leben zu erreichen versuchte. Sie ließ es läuten, und Rowland ließ es läuten, fünf-, vielleicht sechsmal.

Er seufzte, legte seine Hand an ihren Hals und hob dann ihr Gesicht an. Sie erwiderte den ruhigen Blick seiner intelligenten grünen Augen: ein Mann, der auch sehr ungestüm sein konnte, ein Mann, der sofort bereit war, Risiken einzugehen, wenn er das für nötig erachtete. Sie spürte, wie er sich an ihr bewegte, und ihr Körper reagierte mit einem erregten Schauer. Selbst jetzt, wo sie beide die Folgen und Nachwirkungen ahnten, wo die Geräusche, die sie machten, so laut in ihrem Kopf dröhnten, daß sie kaum noch denken konnte, selbst jetzt hatte er noch Skrupel und ließ ihr die Wahl.

»Diese Nachricht macht die Runde«, sagte er. »Vielleicht ist es ein wichtiger Anruf. Möchtest du rangehen?«

Gini sah auf zu diesem Halbfremden. Mit ungeahnter Gewalt schoß Verlangen nach ihm durch ihren Leib.

»Nein«, sagte sie.

»Ich auch nicht«, antwortete er, und nach diesem Eingeständnis zögerte er nicht länger. Im grellen Lärm des schrillenden Telefons und als hätte er mit einemmal jede Selbstbeherrschung abgeschüttelt, zog er sie an sich. Er küßte sie auf das Haar, auf die Augen, dann auf den Mund. Es waren stürmische, hastige Küsse: Gini öffnete ihm ihren Mund; sie stieß einen leisen Schrei aus, als seine Hände ihre Brüste berührten. Irgendwann hörte das Telefon auf zu läuten, und irgendwann verriegelte Rowland die Tür, aber keiner von beiden hätte später zu sagen vermocht, wann oder in welchem Stadium.

Wesentlich später stand Gini vom Bett auf und ging ins Bad. Sie fühlte sich blind, blind durch die Dunkelheit und immer noch blind, nachdem sie das Licht angeschaltet hatte. Das Bad entsprach den Erwartungen an ein luxuriöses Hotel. Es war mit Marmor verkleidet; Rowlands Sachen – eine Bürste, ein Kamm, Rasierzeug – lagen achtlos auf der Ablage. Über dem Waschbecken gab es einen Spiegel, an der Wand gegenüber einen zweiten. Gini fand sich in einem Raum ohne jede Ruhe wieder, in dem sich die Spiegelungen bis in die Unendlichkeit fortsetzten und die Adern im Marmor zu pulsieren schienen. Sie zwang sich, genau hinzusehen; sie blickte in den Spiegel; sie sah sich selbst an.

Sex ist wie Schmerz, dachte sie. Wenn man eine Zeitlang ohne ihn lebte, vergaß man, wie übermächtig er war. Und Sex war es, was sie jetzt im Spiegel sah: Er hatte seine Spur auf ihren angeschwollenen Lippen hinterlassen, auf ihrer geröteten Haut, auf ihrem Leib, wo seine Hände sie berührt, gepackt hatten. Sie spürte die süße, schmerzliche Lust, gebumst zu werden; ihre Schenkel waren naß; sie roch nach Sex, triefte vor Sex, und sie konnte immer noch die winzigen Nachbeben nach dem Sex spüren, das unterschwellige lustvolle Zittern, wenn sie sich daran erinnerte, wie Rowland erst dieses, dann jenes gemacht hatte.

Das hier war sie also. An diesen Details ließ sich ihr Betrug ermessen. Trotz ihrer Selbstsicherheit, trotz aller Schwüre war sie hier gelandet, in einer Situation jenseits ihrer Vorstellungskraft und, wie sie behauptet hätte, jenseits jeder Möglichkeit. Sie selbst hatte die Entscheidung gefällt, und wie um ihre Treulosigkeit noch zu unterstreichen, hatte sie intensive Lust dabei empfunden.

Wie hatte sie nur mit dieser festen, dummen, mädchenhaften Gewißheit glauben können, allein Pascal könnte ihr das geben? Wie hatte sie sich nur einreden können, die Liebe ändere etwas am Wesen dieses Aktes und verleihe ihm eine Tiefe und Intensität, die andernfalls fehlte? Was für ein typisch weiblicher Fehler, dachte sie: Nur Frauen konnten so irren; wie viele Männer würden wohl so etwas behaupten? Der Glaube war unbegründet; sie erkannte an ihrem Gesicht im Spiegel, wie falsch er war, sie spürte es in ihrem Unterleib. Durch den Betrug an ihrem Geliebten hatte sie eine gallenbittere und unangenehme Wahrheit über sich selbst erfahren.

Sie ließ Wasser ins Becken laufen und wusch sich. Dann ging sie zurück ins Schlafzimmer. Durch die zugezogenen Vorhänge drang schwaches Licht. Rowland McGuire lag auf dem Rücken, die Hände hinter dem Kopf verschränkt. Er sah sie an, als sie eintrat; Gini ging zu ihm und kniete neben ihm nieder. Nackt war er wunderschön. Sein fester Körper glänzte schweißnaß. Sie legte ihr Gesicht an seine Schulter und preßte den Mund auf seine salzig schmeckende Haut. Er legte still den Arm um sie und zog sie, eine Hand auf ihrer Hüfte, näher.

Die Vertrautheit und der Friede kamen genauso unerwartet. Eine Weile sagte keiner ein Wort; Gini spürte das Echo seiner Küsse und Umarmungen am ganzen Leib. Sie sprach als erste.

»Ein einziges Mal, Rowland«, sagte sie. »Es geht nicht anders. Nur dieses eine Mal. Davor war nichts, und danach darf nichts sein. Es war Schicksal, Zufall –«

»Ein Fehltritt?«

»Nein.« Ruhig erwiderte sie seinen Blick. »Nein, das würde ich bestimmt nicht sagen. Aber es ist etwas, das keiner von uns beabsichtigt oder auch nur gewollt hat. Und doch ist es passiert. Wenn wir nie wieder daran denken, nie wieder davon sprechen –«

»Es als momentane Verirrung betrachten?« Er beobachtete sie gespannt.

»Nein. Ich weiß nicht.« Gini wand sich. »Vielleicht. Wie würdest du das Wort definieren – genau definieren?«

»Ich kann dir die Wörterbuchdefinition geben. Ein Abweichen vom Wege oder von etwas, das als richtig gilt.«

»Ja, das.« Sie klammerte sich an das Wort. »Ein Abweichen. Etwas, das unter anderen Umständen keiner von uns in Erwägung gezogen oder geplant oder zugelassen hätte.«

»Waren die Umstände denn so abnormal?« Er zog seine Hand zurück und setzte sich auf.

»Ja. Das glaube ich schon ...«

»Ein Zimmer? Ein Mann und eine Frau? Eine unerwartete Entscheidung? Ist das so abnormal?«

»Ich habe es so empfunden.« Sie entzog sich seinem Blick. »Ich liebe Pascal. Rowland, dies hier ändert nichts daran ...«

Er sah sie eindringlich und fragend an, sagte aber nichts. Dann stand er auf, suchte seine Sachen zusammen und begann sich anzuziehen. Gini setzte sich auf, beobachtete ihn, strich dabei die Laken mit der Hand glatt. Sie fragte sich, ob er sie wohl für naiv oder unaufrichtig hielt, vielleicht glaubte er, daß sie sich selbst etwas vorspielte. Und in diesem Moment kam ihr ein Vorfall aus der Vergangenheit in den Sinn, an den sie sich höchst ungern erinnerte.

»Mich hat mal jemand davor gewarnt«, begann sie hitzig. Rowland, der eben seinen Gürtel schließen wollte, hielt in der Bewegung inne und drehte sich zu ihr um.

»Ein Mann hat mich davor gewarnt. Sein Name tut nichts zur Sache, außerdem ist er inzwischen sowieso gestorben. Er hat mir erklärt – daß so was passiert, und daß man sich nicht dagegen wappnen kann. Weder durch Pflichtgefühl, Ethik, Gelübde – nicht einmal durch die Liebe. Er meinte, nichts davon tauge als Schutz gegen –«

»Gegen was?«

»Das hier.« Gini deutete auf das Bett. »Begierde. Anziehungskraft. Das plötzliche, unstillbare Verlangen nach einem anderen Menschen. Er hat mich davor gewarnt, wie mächtig das sein kann. Ich war wütend. Ich habe ihm erklärt, daß er sich irrt.« Sie stand auf. »Das war vor einem Jahr. Ein paar Tage später wurde er getötet. Jetzt begreife ich, daß er recht hatte.«

»War er dein Geliebter?«

»Nein. Auf gar keinen Fall. Ich arbeitete an einer Story über ihn, sonst nichts. Ich war mit Pascal zusammen. Ich steige nicht mit jedem Mann ins Bett, Rowland, okay?«

»Das habe ich auch gar nicht geglaubt. Das wollte ich auch gar nicht andeuten ...« Er zögerte, schloß dann den Gürtel, nahm Krawatte und Sakko.

»Wir machen es so, wie du vorgeschlagen hast.« Sein Verhalten wirkte plötzlich abweisend. »Das hier ist nie passiert. Es war ein Traum. Ein Hirngespinst. Ein Abweichen vom Skript.«

»Soll ich es Pascal auch so erklären?« Gini hatte das Gesicht abgewandt.

»Erzählst du Pascal all deine Träume, all deine Phantasien?«

»Nein. Natürlich nicht.«

»Dann würde ich diese hier nicht erwähnen.«

»Du meinst, ich soll lügen?«

»Lügen durch Verschweigen. Ja.«

Gini sah ihn unsicher an. Er hatte ihr den Rücken zugewandt, so daß sie sein Gesicht nicht sehen konnte.

»Lügst du manchmal, Rowland? Bist du gut im Lügen?«

»Ich bin sehr gut. Wenn es notwendig ist. Ja.«
»Würdest du mich anlügen?«
»Natürlich. Ohne Bedenken. Und ohne daß du es ahnen würdest.«
Er drehte sich wieder um, sah sie an und kam dann zu ihrer Verblüffung zu ihr zurück, nahm ihr die Bluse aus der Hand und zog sie in seine Arme.
»Ich werde das nur einmal sagen«, begann er ruhig. Er legte ihr die Hand aufs Haar und zog ihren Kopf an seine Brust. »Ich gebe dir mein Wort – ich werde niemals über das sprechen, was heute abend geschehen ist. Ich werde unter keinen Umständen mit jemandem darüber reden – weder mit einer Frau, noch mit einem Mann. Und wenn du es aus der Erinnerung streichen möchtest – es ist gestrichen. Es wird keine Konsequenzen haben. Von jetzt an werde ich mich dir gegenüber genauso verhalten wie zuvor, und du wirst das gleiche tun. Niemand wird jemals Verdacht schöpfen.«
»Das kannst du?«
»Ja. Ich kann meine Gefühle verbergen. Das habe ich als Kind gelernt. Und seither hatte ich jede Menge Gelegenheit zum Üben.«
»Diese Sache hat nichts zu bedeuten.« Gini entzog sich seiner Berührung. »Sie hat nichts mit irgendwelchen Gefühlen zu tun. Es war bloß Sex ...«
»Das macht es noch einfacher. Sex kann ich ziemlich leicht vergessen.«
Er entfernte sich und begann, Sachen aufzuheben, die vorhin zu Boden gefallen waren: eine Brieftasche, Schlüssel. Sein Gleichmut verletzte Gini ebenso wie seine Antwort, und dafür haßte sie sich. Was für eine ausgesprochen weibliche Perversion, dachte sie, protestieren zu wollen, wenn ein Mann ihrem Wunsch entsprach, deshalb zeigte sie keinerlei Neigung, diesem Impuls nachzugeben. Ohne ein weiteres Wort begann sie sich langsam anzuziehen.
Rowland stand inzwischen an einem der Faxgeräte und überflog die eingegangenen Nachrichten. Gini war unschlüssig, wann die Faxe eingetroffen waren: davor, währenddessen, danach? Sie vermochte es nicht zu sagen.
»Die Cazarès-Zentrale ist bis morgen früh geschlossen. Scheinbar.« Er blickte auf. »Ich bezweifle das. Vielleicht nehmen sie keine Anrufe entgegen, aber trotzdem wird ganz bestimmt gearbeitet. Sie müssen

die autorisierte Version von Maria Cazarès' Tod vorbereiten. Sie soll morgen veröffentlicht werden. Lazare wird eine Pressekonferenz geben: Dienstag um elf.«
Gini sammelte sich und versuchte, ihren Tonfall seinem anzugleichen.
»Sonst steht nichts über die Todesumstände drin?«
»Nein. Herzversagen – das erste Gerücht lautete auf einen Infarkt. Seither ist nichts weiter durchgedrungen. Und sie hüllen sich immer noch in Schweigen, wann und wo sie genau gestorben ist. Nicht in einem ihrer Häuser – so war anfangs zu hören. Ich habe in dieser Sache ein paar Nachforschungen laufen. Sie wurde mit dem Krankenwagen in eine katholische Privatklinik gebracht, das St. Etienne. Offenbar wurde sie dort schon früher behandelt. Es wäre hilfreich zu wissen, wann und wo der Krankenwagen sie eingeladen hat.«
»Wenn unsere Vermutungen richtig wären, wie lange hätte sie dann White Doves geschluckt? Zwei Tage? Drei?«
»Wahrscheinlich drei. Aber das ist immer noch reine Vermutung. Und wird wahrscheinlich Vermutung bleiben, nehme ich an, jedenfalls soweit es die Klinik und die Ärzte betrifft.«
»Wird es keine Autopsie geben?«
»Ich weiß nicht. Das hängt wohl von Lazare ab und davon, wie weit sein Einfluß reicht. Die Läden gingen diesmal verdammt schnell runter.«
»Und die Präsentation? Sie sollte am Mittwoch auf dem Laufsteg stehen. Wird das abgesagt?«
»Das ist anzunehmen. Aber das wird morgen auf der Pressekonferenz bekanntgegeben. Wir können Lindsay später fragen, ob sie mehr weiß. Sie ist offenbar immer noch mit Markov unterwegs. Sie sollten eigentlich im Grand Vefour sein, aber anscheinend haben sie die Reservierung geändert. Unter Umständen hat Lindsay noch gar nichts erfahren ... Jedenfalls ...« Er drehte sich um, als Gini eben ihren Mantel aufhob.
»Sollen wir es bei dieser Chantal probieren, von der du mir vorhin erzählt hast? Vielleicht hält sich Star ja dort auf. Oder Mina. In der Rue St. Severin, richtig?«
»Ja. Die Wohnung liegt in der Nähe der Kirche St. Severin. Im Quartier Latin. Etwa eine Viertelstunde von hier. Gini sah auf die Uhr. Es ist jetzt Viertel nach elf, Rowland ...«

»Ich weiß. Zu spät für einen Anruf.« Er zuckte mit den Achseln. »Auf diese Weise haben wir wenigstens das Überraschungsmoment auf unserer Seite.«
»Wahrscheinlich ist es wieder nur eine Spur, die im Sand verläuft. Dieser Star scheint ein Genie im Untertauchen zu sein –«
Gini verstummte. Sie standen beide in der Tür; sie beobachtete, wie er die Tür entriegelte, und hatte plötzlich das hoffnungslose Gefühl, diese Maskerade nicht mehr lange aufrechterhalten zu können.
Sie fragte sich, ob Rowland wohl das gleiche empfand; anzumerken war ihm jedenfalls nichts. Er wollte die Tür schon öffnen, als er innehielt und sie ansah. In diesem Augenblick sah sie die Anspannung in seinem Gesicht, sie sah, wie sein Blick zu ihrem Mund schweifte. Er zögerte.
»Ich würde dich gerne küssen«, sagte er. »Das ist dir doch wohl klar.«
»Nicht, Rowland. Wir müssen damit aufhören. Und zwar sofort. Du hast gesagt –«
»Ich weiß, was ich gesagt habe.« Er zögerte, hob dann langsam die Hand und legte sie ihr in den Nacken.
»Nur eins noch – bevor wir gehen.« Er runzelte die Stirn. »Dein Haar – du hast es dir selbst abgeschnitten? Wann? Und wieso hast du das gemacht?«
»Das war, als ich aus Sarajewo zurückkam. Ich weiß nicht mehr genau, warum …« Gini brach ab; er drängte sie nicht, sondern wartete schweigend ab, so wie damals in der Auffahrt vor Max' Haus. »Ich war unglücklich. Ich wollte jemand anderes sein. Also habe ich mich für die leichteste Lösung, die weibliche Lösung entschieden. Ich habe statt dessen mein Aussehen verändert. Ich habe es mit einer Nagelschere abgeschnitten. Früher hatte ich langes Haar. Warum?« Sie sah ihn an. »Sieht es so furchtbar aus?«
»Nein. Es gibt dir – es gefällt mir. Es ist mir schon in England aufgefallen, auf dem Rückweg von unserem Gespräch mit Mitchell, und – es ist nicht wichtig. Wir sollten uns auf den Weg machen.«
Natürlich war es wichtig. Gini wußte das, und sie wußte, daß Rowland es ebenfalls wußte.
»Ich mag dich, Rowland«, sagte sie, als er die Tür öffnen wollte. »Das wollte ich dir noch sagen.«
»Warum?«

»Du bist schlau. Du begreifst schnell. Ich mag dich, weil du das Richtige unausgesprochen läßt –«
»Und dein Schweigen war das erste, was mir an dir aufgefallen ist …«
Es wurde still, dann nahm er ihren Arm, und plötzlich klang er ganz anders. »Wir müssen uns beeilen. Die Rue St. Severin. Wir hätten schon vor zwei Stunden dort sein sollen. Wo sind diese zwei Stunden bloß geblieben?«
»Es hat einen Knoten in der Story gegeben. Einen Knick im Handlungsablauf. Wir haben unsere Arbeit vernachlässigt«, antwortete sie, während sie in den Aufzug traten. »Drück auf Erdgeschoß, Rowland.«
In der Lobby tummelten sich die Journalisten. Rowland entdeckte einige ihm bekannte englische Reporter und mischte sich unter sie. Er lauschte aufmerksam und sprach dann ruhig und mit vertraulichen Gesten.
»Was hast du da drinnen gemacht?« fragte Gini, als er draußen zu ihr ins Taxi stieg.
»Informationen gesammelt. Falsche Informationen ausgestreut. In meine Rolle zurückgefunden.« Er lächelte. »Wie lautete die erste Regel für einen Journalisten, Gini?«
»Die kenne ich. Mein Vater hat sie mir oft genug zitiert. Du hast sie vorhin vergessen. Erst prüfen, dann gegenprüfen.«
»Das ist die zweite Regel.« Rowland sah sie scharf an. »Die erste Regel haben wir beide vergessen.«
»Und die wäre?«
»Immer eine Nasenlänge voraus sein.«

Die Rue St. Severin war kurz und sehr schmal und lag im Schatten der gleichnamigen Kirche. Die Wasserspeier an der Kirchenfassade reckten sich über den Gehweg und berührten beinahe die Gebäude auf der anderen Straßenseite. Gegenüber der Kirche reihten sich algerische und marokkanische Restaurants, die Kouskous und Kebab anpriesen. Als die Uhr im Turm über ihnen zu schlagen begann, zog Star Mina in das dunkle Kirchenportal.
»Halb zwölf«, sagte er. »Du wartest hier. Rühr dich nicht vom Fleck. Es dauert höchstens zehn, fünfzehn Minuten.«

»Kann ich nicht mit reinkommen, Star?«
»Nein, kannst du nicht. Behalte das Kopftuch auf. Bleib im Schatten.« Er nahm ihre Hände und sah sie mit seinen unvergleichlichen Augen an. »Ich brauche dich, Mina. Versprichst du, daß du auf mich wartest?«
Er überquerte die Straße und verschwand in einem schmalen Eingang zwischen zwei Restaurants. Mina starrte auf das Gebäude; es sah aus, als befänden sich über den Restaurants kleine Wohnungen; die Fenster waren keine fünf Meter von ihr entfernt. Sie waren hell, doch überall waren Vorhänge vorgezogen; sie konnte das Flickern eines Fernsehers, den Schatten einer Gestalt erkennen, sonst nichts.
Vorsichtig spähte sie die Straße entlang. In den Restaurants gibt es bestimmt Telefone, dachte sie. Wenn sie schnell war, wenn Star tatsächlich eine Viertelstunde fortblieb, dann konnte sie versuchen, in England anzurufen. Sie hatte kein Geld, aber sie konnte versuchen, ein R-Gespräch anzumelden, wenn sie auch nicht wußte, wie sie das von Frankreich aus bewerkstelligen sollte. Sie trat einen Schritt vor, dann verließ sie der Mut. Nein, Star würde bestimmt zurückkommen, würde sie bestimmt abholen; lieber warten.
Sie sah auf ihre Uhr. Er war erst ein paar Minuten fort. Gestern und heute hatte er ihr den ganzen Tag versprochen, sie zu Hause anrufen zu lassen, doch immer wenn es soweit war, kam irgendwas dazwischen. Dann hieß es, nein, er müsse auf einen Freund warten, oder sie müßten fort und jemanden treffen, doch er erklärte ihr nie, mit wem sie sich treffen mußten oder warum. Mit wem traf er sich jetzt zum Beispiel? Und wer war die Frau, mit der er sich am Nachmittag getroffen hatte? Diese gräßliche, schlurfende, brummelnde alte Vettel in Schwarz, die in dieser riesigen, gräßlichen, verstaubten Wohnung voller Nippes und Kruzifixe und gräßlicher grellbunter Jesusbilder hauste?
Mina hatte in einer Ecke sitzen müssen, während sich Star mit der Alten in leisem Französisch unterhielt und die Alte Stars Hand gestreichelt und ihn angehimmelt hatte, als wäre er eine Art Gott. Die Alte brabbelte die ganze Zeit von Maria: das einzige Wort, das Mina verstand – Maria dies, Maria das. Bevor sie zu der Wohnung der Alten aufgebrochen waren, hatte Star Mina einen Grasjoint zu rauchen gegeben, starken Stoff, aber der hatte sie nur runtergezogen.

Sie fühlte sich elend und gefangen wie ein Eichhörnchen im Käfig, und ihre Gedanken wollten nirgendwo verharren. Als sie in der Wohnung der Alten angekommen waren, war es dort stickig und heiß, und Star hatte sie direkt neben die Heizung gesetzt, wo ihr noch elender wurde.

Schließlich, mitten in einer dieser endlosen, eigenartigen, turtelnden Tiraden der Alten spürte Mina, daß sie gleich entweder ohnmächtig wurde oder sich übergeben mußte. Star zeigte ihr vergrätzt das Bad, und sie ahnte, daß er sich über das ärgerte, was ihm die Alte erzählte.

»Blöde scheißalte Kuh«, erklärte er, als sie wieder draußen auf der Straße, an der frischen Luft waren. »Die kann einen Tag nicht mehr vom andern unterscheiden. Mein ganzes Timing ist versaut. Jetzt darf ich morgen den ganzen Zirkus noch mal machen.«

»Wieso, Star?« Die Frage war ihr unvorsichtigerweise entschlüpft, doch ausnahmsweise gab er ihr eine Antwort.

»Weil ich dort jemand treffen sollte«, sagte er. »Eine Freundin. Sie hätte dasein sollen, aber sie war es nicht, weil diese blöde alte Kuh Montag und Dienstag nicht auseinanderhalten kann. Auch egal. Ich habe immer noch Zeit.« Er blieb stehen. »Siehst du die Apotheke da drüben? Geh rein und kauf dir Haarfärbemittel. Hier ...« Er drückte ihr Geld in die Hand. »Beeil dich. Ich kann das nicht machen. Ein Mann, der sich Haarfärbemittel kauft, würde ihnen auffallen. Mach du's. Beeil dich.«

Mina nahm das Geld. Sie fragte sich, ob es in der Apotheke wohl ein Telefon gab, aber natürlich gab es keines. Schließlich fand sie das Haarfärbemittel und bezahlte es. Sie fragte sich, ob die Freundin, die Star treffen wollte, wohl die Frau vom Flughafen war, diese Maria Cazarès. Als sie in der Wohnung der Alten aus dem Bad gekommen war, hatte sie einen Blick in ein Schlafzimmer werfen können, ein Schlafzimmer wie ein Schrein, mit großem Bett und rosa Seidendaunendecke und überall Fotos von Maria Cazarès, Hunderten von Fotos, auf den Tischen, den Kommoden, an den Wänden. Aber nein, dachte sie jetzt: Maria Cazarès war nicht Stars Freundin, sondern seine Feindin, hatte er ihr erklärt.

Allmählich wurde ihr kalt. Star war schon über fünf Minuten weg. Sie wagte sich aus dem Portal und überquerte die schmale Straße, immer bereit, sofort wieder in Deckung zu gehen. Der Duft von Gegrilltem stieg ihr in die Nase, und sie blieb vor einem Restaurantfenster stehen. Erst jetzt merkte sie, wie hungrig sie war. Star schien nie hungrig zu sein. Seit Stunden hatten sie nichts mehr gegessen. In einem Spiegel neben der Restauranttür entdeckte sie plötzlich ein Mädchen gleich neben sich; der Anblick versetzte ihr einen Schreck, dann begriff sie, daß sie selbst dieses Mädchen war. Sie starrte ihr Spiegelbild an. Nach einem hastigen Blick über die Schulter zog sie das blaue Kopftuch zurück, dann schnitt sie eine Grimasse. Tränen stiegen ihr in die Augen: Star hatte ihr die Haare geschnitten. Dann hatte er sie gefärbt. Als die Haare wieder trocken waren, hatte er sie in einen Handspiegel schauen lassen, nur ganz kurz. Er hatte so zufrieden gewirkt, ständig hatte er betont, wie hübsch sie aussehe.

Sie sah nicht hübsch aus, fand Mina. Sie sah grauenvoll aus. Ihr Haar hatte die Farbe sehr ungleichmäßig angenommen und wies jetzt einen scheckigen rostigschwarzen Ton auf. Überall standen sie in Büscheln von ihrem Kopf ab. Sie sah aus wie ein Flüchtling, wie eine Ausgestoßene ... Sie wich zurück und lief wieder über die Straße, zog das Kopftuch wieder über und knotete es fest. Was, wenn jemand sie beobachtet hatte? Man hatte sie heute nachmittag gesehen, ein Paar Minuten, nachdem sie das Haus dieser alten Bäuerin verlassen hatten. Es war kein *policier* gewesen, Star mied jeden uniformierten Polizisten und machte sich aus dem Staub, sobald er einen erblickte, sondern ein Mann im Straßenanzug in einem ganz gewöhnlichen, unauffälligen Citroën. Er hatte angehalten, ein Handy gezückt, zu sprechen begonnen und war ausgestiegen. Aber da waren sie schon längst losgerannt. Durch die Straßen, durch Kaufhäuser, wieder hinaus, durch ein Labyrinth winziger Gassen. Als sie schließlich anhielten, bekam Mina kaum noch Luft, und Star war kreidebleich.

»Hast du ihn gesehen?« Er packte sie am Arm. »Scheiße, sie sind überall. Bullen, Zivilbullen. In ihren Autos. Auf der Straße. Er hat deine Haare gesehen – ich hab' gesehen, wie er auf deine Haare geschaut hat. Wir müssen zurück. Wir müssen etwas an deinem Aussehen ändern.«

Er legte die Arme um sie und drückte sie an seine Brust. »Mina, dir ist doch klar, was mit mir passiert, wenn sie uns erwischen? Sie stecken mich in den Knast. Sie werden mich einsperren ...«

Mina versuchte ihm zu sagen, daß sie das nicht zulassen würde, daß sie erklären würde, sie sei freiwillig mit ihm gegangen. Aber Star hörte ihr nicht zu. Er brachte sie auf dem schnellsten Weg zurück in die Dachwohnung mit dem Bett und der Patchworkdecke, und dann verlangte er von ihr, daß sie sich die Haare färbte. Während sie das Mittel auftrug, saß er in der Ecke, er ließ sie nicht einmal das Bad benutzen, weil das Mittel Flecken hinterlassen und ein anderer Mieter dadurch Verdacht schöpfen könnte. Sie mußte die Färbung also mit einer Schüssel auftragen, während Star inmitten der abgeschorenen roten Locken und Strähnen saß. Auf dem Tisch, auf dem Boden, überall lagen Haare, doch er schien sie überhaupt nicht wahrzunehmen. Er legte das Tarot, klatschte die Karten auf den Tisch: der Turm, die Liebenden, der Gehenkte, die Königin der Münzen, der König der Kelche. Sein schönes Gesicht verdüsterte sich immer mehr. Mina sah deutlich, daß ihm mißfiel, was ihm die Karten sagten, und ehe sie sich versah, hatte er alle zu Boden gefegt, den Stuhl hochgerissen und ihn quer durchs Zimmer geschleudert. Der Stuhl krachte gegen die Wand und zersplitterte.

»Beeil dich.« Er warf sich aufs Bett und starrte, auf dem Rücken liegend, an die Decke. Seine Hände ballten sich Fäusten und entspannten sich. »Trockne dir die Haare ab, Mina. Komm her. Sprich mit mir. Streichle mir die Stirn.«

Mina tat, worum er sie bat. Sie kauerte neben ihm nieder und streichelte ihm erst das Haar, dann das Gesicht.

»Kannst du mir nicht sagen, was so schlimm ist, Star?« fragte sie schüchtern.

»Schlechte Karten.« Er griff nach ihrer Hand. »Die Karten haben mir nicht gefallen. Mach weiter, Mina. Bei dir geht es mir besser. Und nur bei dir. Du hast heilende Kräfte. Streichle mich, ganz sanft. Genau so.«

Mina machte weiter. Sie fühlte sich stolz und fürchtete sich zugleich ein wenig vor dem, was Star als nächstes tun mochte. Ihr war kalt, ihr Haar war immer noch feucht, und sie sah kleine schwarze Rinnsale auf ihre Arme und ihr Hemd tropfen. Nach einiger Zeit, langer Zeit, spürte sie, wie er sich anspannte, und ihr war klar, was jetzt kommen würde. Er packte sie am Handgelenk, schlug die Augen auf und sah sie lange und ohne ein einziges Mal zu blinzeln an. Er sah tief in sie

hinein und durch sie hindurch, das schöne Gesicht zu einer Maske erstarrt, in der sich nicht ein einziger Muskel bewegte. Dann zog er ihre Hand nach unten, weg von seiner Stirn. Er ließ sie kurz auf seiner Brust liegen und schob sie dann tiefer, bis er sie schließlich gegen seinen Schritt preßte.
Mina wußte, was er jetzt von ihr erwartete, denn das hatte er ihr tags zuvor gezeigt. Sie mußte seine Schenkel und sein Geschlecht streicheln und dabei immer wieder seinen Namen murmeln. Wenn er die Augen schloß, kam der nächste Schritt: Dann mußte sie den Reißverschluß seiner Jeans aufziehen und seinen Penis herausholen, den Star »Schwengel« nannte. Das Wort war ihr unangenehm und ließ sie erröten, weil abgesehen von Cassandra und Star niemand in ihrem Bekanntenkreis es benutzte. Zum Glück brauchte sie es nicht auszusprechen; sie mußte ihn nur streicheln und dabei sein Glied in der Hand halten. Dabei mußte sie die ganze Zeit über weiter seinen Namen murmeln; sie mußte ganz ruhig atmen und absolut still liegen: Er würde sie wissen lassen, wann sie wieder aufhören durfte.
Als er sie das erste Mal darum gebeten, nein, angefleht hatte, hatte Mina sich gefragt, ob Sex vielleicht manchmal so anfing. Sie hatte immer erwartet, daß es mit Küssen begann, aber vielleicht zogen manche Männer dieses besondere Vorspiel vor. Sie sagte sich, daß sie wußte, was als nächstes kommen würde. Es würde genau so geschehen, wie Cassandra immer geraunt hatte und wie es im Biologieunterricht besprochen worden war. Star würde erregt werden, dann würde Blut in seinen Penis gepumpt, dann bekäme er das, was ihr Lehrer als Erektion und Cassandra als Steifen bezeichnete – und dann würde er sie ganz bestimmt küssen, und schließlich würden sie sich lieben.
Hinter diesem wabernden Nebel aus Verwirrung und Worten glaubte Mina, bereit zu sein. Sie wollte nicht länger Jungfrau bleiben, doch sollte ihre Entjungferung etwas ganz Besonderes sein, nicht das hektische Herumgefummele, das Cassandra beschrieben hatte, sondern ein phantastisches Erlebnis, das sie nie vergessen würde: Es sollte ihr Geschenk an einen Mann sein, den sie liebte – und sie liebte Star; schon als er sie das erste Mal ansprach, hatte sie das begriffen.
Auf das hier hatte sie allerdings kein Diagramm, keine Beschreibung

vorbereitet. Sie wußte, daß sie aufgeregt und nervös war und vielleicht irgendwas falsch machte, doch als sie seine Jeans aufknöpfte und Stars Glied in ihre Hand nahm, ja selbst als sie ihn zu streicheln begann, geschah überhaupt nichts. Stars Augen blieben geschlossen, aber er protestierte weder, noch korrigierte er sie, und so verlor sie allmählich ihre Furcht. Sie streichelte seinen schönen flachen festen Bauch, fuhr dann mit den Fingern durch sein dunkles Schamhaar. Schüchtern strich sie mit dem Zeigefinger seinen Penis entlang: Die Größe überraschte sie, und die extrem zarte Haut. Sie fuhr eine Ader nach und hielt schließlich dieses betörende Ding in ihrer Hand. Sie hätte sich gern vorgebeugt und es geküßt, so sehr war sie von ihrer Liebe zu Star und den Geheimnissen seines Körpers überwältigt, doch das wagte sie nicht. Sie streichelte ihn immer weiter; einmal spürte sie kurz, wie das weiche Fleisch leicht zu beben und zum Leben zu erwachen schien, doch dann sackte es reglos zurück in ihre Hand, und der Mut begann sie zu verlassen.

»Sie schnellen hoch«, hatte Cassandra erzählt. »Sie schnellen hoch und stehen dann vor – wie ein Mast. Das ist total geil, Mina. Das gibt dir das absolute Machtgefühl. Einfach irre.«

Was machte sie nur falsch? Mina drückte fester zu; sie entdeckte, daß die Vorhaut genau wie in den Diagrammen vor und zurück gleiten konnte; die Spitze von Stars Penis war wie ein Auge, ein drittes Auge. Mina begann zu weinen. Sie gab sich alle Mühe, die Tränen zurückzublinzeln. Sie wußte, was nicht stimmte. Star liebte sie nicht; sie erregte ihn nicht einmal; sie war dumm und grob und ungeschickt; sie schaffte es nicht, sein Verlangen zu wecken.

»Star«, flüsterte sie, als sie es nicht mehr ertrug. »Star, ist irgendwas? Hast du das denn nicht gewollt?«

Er stand in einer schnellen, flüssigen Bewegung auf, holte weit aus und schlug sie mitten ins Gesicht, mit dem Handrücken und mit voller Kraft. Der Schlag schleuderte sie vom Bett und mit dem Rücken gegen die Wand.

Sie kauerte auf dem Boden, zu verängstigt, um auch nur zu weinen, doch dann bekam Star sie zu fassen und zerrte sie hoch. Er bebte vor Zorn, und in seinen Augen lag jenes kalte Glitzern, das sie inzwischen zu fürchten gelernt hatte.

»Nichts ist.« Er rüttelte sie. »*Nichts*, kapiert? Glaubst du etwa, ich

will *Sex?*« Er schüttelte sie wieder. »Glaubst du, ich will *ficken?* Ganz bestimmt nicht – das ist was für primitive Männer.«
Jetzt begann Mina zu weinen. Sie würgte an ihren Tränen, und ihr Kopf dröhnte, doch er sollte um jeden Preis verstehen.
»Aber ich liebe dich doch, Star«, flüsterte sie. »Ich liebe dich so. Ich dachte, du möchtest mit mir schlafen. Wenn du willst, dann –«
»Hast du's schon mal gemacht?« Er rüttelte sie wieder, und als sie verneinte, umarmte er sie mit solcher Kraft, daß sie in seinen Armen gefesselt war, und wiegte sie hin und her.
»Gut«, sagte er. »Das ist gut, Mina. Du mußt das begreifen – wir sind was ganz Besonderes. Das hier ist was ganz Besonderes. Wir sind nicht wie die anderen. Wir *vereinigen uns,* Mina. Wir vögeln mit unseren Augen, mit unseren Gedanken, mit unserer *Seele,* Mina. Das ist es. Und nichts anderes will ich.«
Mina hörte zu weinen auf und sah ihn an. Sie studierte dieses ungewöhnliche Gesicht, aus dem so brennender Eifer sprach, und fand seine Antwort so ungewöhnlich, das Eigenartigste und Schönste, was ein Mann sagen konnte – und dann nistete sich ein winziger, grausamer Zweifel in ihrem Hinterkopf ein: Hatte er das schon öfter und auch zu anderen Frauen gesagt?
Doch fast im selben Moment war der Zweifel wieder verflogen. Danach war Star so freundlich und so zärtlich zu ihr. Er nahm sie in die Arme, küßte sie aufs Gesicht und erzählte ihr, daß sie das Beste und Netteste sei, was ihm in seinem ganzen Leben widerfahren sei; er erklärte ihr, daß sie seine Erlösung sei, und Mina glaubte dem Feuer in seinen Augen und seiner Stimme. Seither hatte es keinen Wutausbruch mehr gegeben, nur jene gelegentlichen Andeutungen, dem Grollen eines Vulkans ähnlich, Hinweise darauf, daß, selbst wenn er sich in der Gewalt hatte, ein schrecklicher und ihr völlig unbegreiflicher Zorn in ihm brodelte.
Man hat ihm *weh getan,* dachte sie jetzt, während sie sich tiefer in das Dunkel des Kirchenportals verkroch, so schrecklich weh getan, daß nichts ihn lange besänftigen konnte, weder das Streicheln und Namensgeflüster, noch sein Spiel mit dem Waffenkatalog, obwohl sein Fachwissen seine Laune jedesmal mindestens eine Stunde lang aufhellte.
Sie hob die Uhr vors Gesicht und versuchte, die Zeiger zu lesen. Star

war inzwischen knapp zwanzig Minuten weg. Plötzlich bekam sie Angst, er könnte nicht wiederkommen, er könnte ihrer überdrüssig geworden sein und beschlossen haben, sie hier auszusetzen. Sie sah zu dem hellen Fenster gegenüber auf, konnte aber niemanden erkennen; eben bog ein Taxi in die Straße ein. Sie drückte sich in den Schatten, festgekettet durch ihre Angst und ihre Liebe und durch ihre Furcht vor dem Ungewissen – die mächtigsten Waffen, die ein Mann gegen eine Frau einsetzen kann, doch das wußte Mina natürlich nicht. Nicht einmal eine Minute später entschlüpfte ihr vor Erleichterung ein leiser Schrei: Die Tür gegenüber war aufgegangen, und fast im gleichen Moment war Star auf ihrer Straßenseite. Mina trat vor in das Licht, das durch die Restaurantfenster auf die Straße fiel; dann erstarrte sie. Aus dem Taxi waren zwei Leute ausgestiegen, ein Mann und eine Frau, die jetzt in ihre Richtung kamen. Sie gingen die Hausnummern ab, und sie unterhielten sich auf englisch: Mina hörte erst die tiefe Männerstimme, dann die leise Antwort der Frau.
Star, der sonst immer so vorsichtig war, schien die beiden gar nicht zu bemerken. Er stand jetzt genau vor ihr und starrte durch sie hindurch, als wäre sie unsichtbar, als schaute er auf eine Wand. Sein Gesicht war tränenüberströmt.
»Schnell, Star. Da kommen Engländer«, flüsterte sie und zog ihn weg. »Komm aus dem Licht ...«
Er bewegte sich immer noch nicht; er schien sie gar nicht zu hören. Das Paar kam immer näher, war jetzt noch etwa zehn Meter von ihnen entfernt. Ängstlich zog Mina Star hinter sich her in den Schatten des Kirchenportals. Inzwischen gab er unverständliche Töne von sich, grauenvolle Laute wie ein heiseres Stöhnen. Mina probierte die Türklinke in ihrem Rücken und drückte die Tür auf.
»Nicht, Star!« Flüsternd versuchte sie, ihm die Hand auf den Mund zu pressen. Zitternd schubste und zerrte sie ihn in die Kirche und schob die Tür dann wieder zu. Drinnen war es dämmrig und leer. Vor einem fernen Seitenaltar flackerten Kerzen. Star sackte gegen die Tür und dann zu Boden. Dort kauerte er, ohne einen weiteren Ton von sich zu geben, das Gesicht in den Armen vergraben. Mina blieb absolut reglos stehen und lauschte, hin und her gerissen zwischen ihrer Sorge um Star und ihrer Angst vor den Schritten draußen, die immer näher gekommen waren und nun anhielten.

»Das Haus da drüben«, sagte der Mann. Mina konnte jedes Wort verstehen. »Das mit den Spitzenvorhängen. Es ist jemand daheim – das Licht ist an, und der Fernseher läuft ...«
Mina erstarrte und preßte das Ohr an die Türfüllung.
»Sollen wir beide raufgehen?« Das war die Frau. »Es ist schon spät. Wir wollen sie nicht aufschrecken ...«
»Versuch du dein Glück zuerst. Eine Frau wirkt weniger bedrohlich. Paß auf, was du sagst. Wenn sie daheim ist, komme ich nach – einverstanden? Ich warte hier im Kirchenportal, wo sie mich nicht sehen kann.«
Die Frau schien unschlüssig. »Ist irgendwas, Rowland?«
»Nein. Nichts. Geh nur ...«
Mina hörte die Frau über die Straße gehen. Ihr Begleiter trat zurück und stand jetzt unmittelbar hinter der Kirchentür. Mina hielt den Atem an. Dann hörte sie zu ihrer Verblüffung, wie der Mann einem unerklärbaren Gefühl freien Lauf ließ. Er schien eine heftige Bewegung zu machen; Mina vermutete, daß er mit der Faust gegen die Wand neben der Tür schlug; sie hörte ihn einmal leise Jesus zischen, dann ein zweites Mal, noch leiser, dann klopfte jemand auf der gegenüberliegenden Straßenseite an. Danach wurde es still. Schließlich hörte sie Stimmen, von einer Frau und einem Mädchen, die sich hektisch auf französisch unterhielten.
Es war ein kurzer Wortwechsel; die Tür schlug zu. Die Schritte der Frau kamen wieder näher.
»Keine Chantal?«
»Das behauptet sie wenigstens. Die würde seit Monaten nicht mehr dort wohnen. Sie hätte keine Ahnung, wo sie hingezogen ist. Und sie mag es gar nicht, wenn um diese Uhrzeit Fremde vor ihrer Tür stehen.«
»Hat sie gelogen?«
»Vielleicht. Schwer zu sagen. Sie hat mir die Tür vor der Nase zugeschlagen.«
»Mist. Und was machen wir jetzt? Vielleicht sollten wir ins Hotel zurückfahren – ich muß nachdenken.«
»Du mußt *schlafen*. Du siehst erledigt aus, und –«
»Mir geht's gut.« Er schnitt der Frau das Wort ab. »Komm. Das hier bringt nichts. Wir können nichts erzwingen. Wir müssen die Infor-

mation an die Polizei weitergeben. Dir ist doch klar, daß Chantal möglicherweise doch dort wohnt? Vielleicht auch Star. Oder Mina Landis ...«

»Ich weiß, Rowland. Verdammt – wir haben Mist gebaut. Wir hätten nicht einfach so auftauchen sollen. Falls sie dort waren oder falls die Frau sie kennt, dann haben wir sie nur aufgeschreckt. Das war dumm. Einfach dumm. Wir haben uns das nicht gut genug überlegt.«

»Ich weiß. Fahren wir zurück ins St. Regis ...«

Die Schritte entfernten sich. Allmählich begann Mina wieder zu atmen, sich zu bewegen. Sie sah auf Star hinunter. Er schien den Wortwechsel nicht mitbekommen zu haben. Immer noch kauerte er zu ihren Füßen, die Hände vor das Gesicht geschlagen.

Nina hockte sich neben ihn und nahm ihn in die Arme. Sein Gesicht war naß. Behutsam begann sie ihn zu liebkosen und zu trösten; sie redete ihm zu, wenigstens den Kopf zu heben.

»Star«, sagte sie, »bitte hör auf. Was ist denn passiert? Was ist denn los? Hör doch auf zu weinen – ich halte es nicht aus, wenn du weinst. Sieh mich an, Star. Wir können hier nicht bleiben. Ich werde gesucht. Sie wollen zur Polizei gehen. Wir müssen weg ...«

»Sie ist tot.« Er sah sie an. »Maria Cazarès ist tot. Sie ist heute nachmittag gestorben. Heute abend. Ich habe es eben im Fernsehen gesehen. Sie ist seit Stunden tot, und ich habe es nicht gemerkt. Ich habe nichts *gespürt.*« Ein grauenvolles Schluchzen entrang sich seiner Kehle. »Die Karten haben gelogen. Sie hätten mich warnen müssen. Ich wollte ja, daß sie stirbt. Glaube ich. Aber doch nicht so. Nicht *so.*«

Plötzlich holte er wütend mit dem Arm aus und schubste Mina weg. Er stand auf. »Du bist schuld. Du. Und diese miese alte Kröte. Wenn dir nicht schlecht geworden wäre, dann wäre ich noch geblieben, dann hätte ich noch gewartet. Ich habe gewußt, daß es der richtige Tag ist. Ich habe gewußt, daß sie kommen würde – und sie ist auch gekommen. Eine, zwei Stunden, nachdem wir fort waren. Nachdem wir *deinetwegen* fort sind, weil du ständig am Jammern und Klagen warst, daß dir zu heiß ist, daß dir schlecht ist ...«

Er riß Mina hoch, schüttelte sie und packte sie dann so, daß ihr Gesicht Zentimeter vor seinem verharrte. Seine blauschwarzen Augen durchbohrten sie mit jenem schrecklichen Glitzerblick.

»Ich hätte gesehen, wie sie stirbt – ist dir das klar? Ich hätte daneben stehen können, genau wie ich es geplant habe, und zuschauen können, wie sie vor meinen Füßen verreckt. Während diese blöde Scheißmathilde plärrt und jammert und nach einem Priester ruft. Ihren Rosenkranz sucht oder ein Heiligenbildchen, als könnte ein Bildchen sie retten – ich hätte das alles mit ansehen können. Und ich hätte triumphiert. *Triumphiert.* Fünfundzwanzig Jahre habe ich auf diesen Tag gewartet – und du, du –« Er brach ab. In seinem Gesicht arbeitete es. Mina war vor Angst wie gelähmt. Seine Hände legten sich um ihren Hals und drückten zu.

»Soll ich dich umbringen, Mina?« Seine Stimme klang jetzt ruhiger, und die blauschwarzen Augen blickten direkt in ihre. »Ich könnte dich umbringen. Ich könnte dir einfach so das Rückgrat brechen. Das Genick – und dich dann hier in der Kirche liegen lassen. Ich könnte deine Leiche auf den Altar legen. Dich aufbahren, Mina, mit Kerzen zu deinem Kopf und deinen Füßen ...« Er verstummte und holte tief und langsam Luft. »Und – soll ich dich umbringen? Oder dich lieber küssen, Mina? Was meinst du?«

Mina brachte kein Wort heraus. Sie versuchte, die Lippen zu bewegen, doch er drückte ihr den Hals noch fester zu, einen winzigen Moment nur, dann beugte er sich vor und küßte sie hart auf den geschlossenen Mund.

»Du hast nichts zu befürchten«, sagte er. »Ich bin gnädig. Und ich brauche dich. Jetzt brauche ich dich mehr denn je. Ich muß meinen Plan ändern. Korrigieren. Kein Problem. Ich bin flexibel. Ich bin schnell.«

Er nahm sie am Arm, als wäre überhaupt nichts passiert, führte sie auf die Straße und brachte sie zurück in die Dachkammer. Unterwegs spürte Mina, wie seine Stimmung schon wieder umschlug; sie ahnte seine neuerwachte Energie an dem kraftvollen Schritt, an dem Leuchten in seinen Augen, er wirkte – fröhlich, fand sie, als würde er reine Unbesiegbarkeit ausstrahlen.

»Süß«, sagte er; sowie sie die Kammer betreten hatten, hatte er sich die Karten gelegt; er war immer noch in seinem langen Mantel, und Mina kauerte auf dem Bett. »*Zuckersüße* Karten. Das war mir klar. Alles okay – jetzt kann ich es schaffen. Ich habe die Mittel dazu – schau her.«

Dann holte er die Waffe heraus. Abgesehen von dem, was sie bei seinen Katalogspielen gelernt hatte, wußte sie kaum etwas über Waffen. Die hier war klein und vernickelt; er warf sie zwischen ihre Beine auf die Patchworkdecke.

»Sie ist nicht geladen. Keine Angst. Nimm sie in die Hand. Ist sie nicht schön? Die mußte ich heute abend holen.«

Mina berührte das kalte Eisen und zuckte zurück. Star nahm die Waffe wieder an sich. Er liebkoste sie. Hielt sich die Mündung gegen die Schläfe.

»Peng.« Er lächelte. »Eine Kugel ins Herz. Und eine in den Kopf. *Au revoir,* Jean Lazare. Kinderleicht. Sie feuert fünfzehn Schuß pro Sekunde. Häßliche Munition. Rotiert nach dem Auftreffen im Körper, im Gehirn. Keine Überlebenschance. Sie zerfleischt dich – kein angenehmes Gefühls, Mina. Ich kenne das nur zu gut. Mein ganzes Leben lang wurde ich zerfleischt: Sie haben mir das Herz aus dem Leib gerissen und es in winzige Stückchen zerfetzt. Eines Tages werde ich dir das alles erzählen ...«

Er redete immer weiter; die ganze Zeit über beobachtete Mina ihn und die Waffe. Sie war zu verängstigt, um etwas zu sagen, aber sie überlegte angestrengt. Star brauchte Hilfe, das war ihr inzwischen klar; er brauchte ärztliche Hilfe, aber er würde sich bestimmt nicht einverstanden erklären, zu einem Arzt zu gehen.

»Mittwoch früh. Noch zwei Tage – nicht mal«, sagte er gerade, und Mina lag mucksmäuschenstill an seiner Seite. Sie versuchte auszutüfteln, wie sie aus diesem Zimmer, diesem Haus fliehen konnte. Die Tür war nicht abgeschlossen, doch es gab ein anderes unüberwindliches Problem. Soweit sie wußte, soweit sie in den letzten drei Tagen mitbekommen hatte, schlief Star niemals.

Kapitel 13

»Warte«, sagte Markov zu Lindsay. »Ehrenwort. Quest kommt immer hierher. Und sie ißt immer sehr spät –«

»Markov, es ist gleich ein Uhr morgens. So spät?«

»Glaub mir. Viertel nach eins – spätestens. Du kannst die Uhr nach ihr stellen. So ist sie.«

»Markov, ich *weiß*, wie sie ist. Zum einen *redet* sie nicht. Ich glaube nicht, daß ich jemals mehr von ihr gehört hätte als ›Hallo‹ oder ›Guten Abend‹ ...«

»Mit *mir* redet sie sehr wohl. Falls überhaupt jemand etwas über den Tod von Maria Cazarès weiß, dann Quest. Sie ist Lazares Lieblingsmodel. Er hat sie entdeckt. Am Mittwoch, bei der Cazarès-Präsentation –«

»Die abgesagt werden wird. Komm schon, Markov.«

»Wird sie der Star sein. Glaub mir – *irgendwas* weiß sie bestimmt. Welche Alternative haben wir denn? Willst du mit einem Haufen Dummschwätzer im St. Regis rumsitzen und dir die halbe Nacht irgendwelche *Gerüchte* anhören? Bei Quest gehen wir den *direkten* Weg. Wir zapfen die Quelle an, okay? ...« Er hielt inne; seine Sonnenbrille blickte jetzt in Lindsays Richtung. »Was ist denn los mit dir, Lindsay? Du sitzt schon den ganzen Abend wie auf Kohlen.«

»Ich bin nervös. Schockiert. Ist das nicht verständlich? Wer wäre das nicht? Ich kann immer noch nicht fassen, daß sie tot ist. Es kommt mir so unwirklich vor ...«

»Und?«

»Und ich sollte im St. Regis anrufen. Das habe ich dir doch erklärt, Markov. Ich muß mit Rowland McGuire sprechen.«

»Lindy, du hast heute abend fünfmal versucht, Rowland McGuire anzurufen.«
»Er war nicht da, Markov. Vielleicht ist er inzwischen zurück. Sieh doch –«
»Und jedesmal *wenn* du ihn anrufst, Lindy, dann fange ich so eigenartige Signale auf. Nervosität zum Beispiel –«
»Er ist mein *Redakteur*. Ich muß mit ihm sprechen.«
»Natürlich.« Markov gähnte ausgiebig. »Und Redakteure redigieren, nicht wahr? Sie sitzen an ihrem Schreibtisch – in diesem Fall in London – und redigieren frisch drauflos. Klingelingeling, fax, fax, fax, nehmt diese Markov-Bilder raus, ich hasse diese Elendsgestalten … Du darfst mich natürlich gerne korrigieren, falls ich falsch liege, Lindy, aber ich meine mich zu erinnern, daß vor ungefähr fünfzehn Sekunden noch *Krieg* geherrscht hat. Ich meine mich zu erinnern, daß du ihn auslöschen wolltest und –«
»Das war vergangene Woche, Markov. Ich habe meine Meinung geändert.«
»*Nur* deine Meinung, Lindy? Und was ist mit McGuire? Ich meine, wie kommt es, daß er auf einmal seinen Schreibtisch im Stich läßt, in ein Flugzeug steigt und nach Paris fliegt? Ich muß mein Urteil über diesen Mann revidieren, Lindy. Ich glaube fast, ich hatte bis jetzt den falschen Blickwinkel, die falsche Blende, falsche Belichtungszeit, den falschen *Film* drin. Was hat ihn so überstürzt nach Paris getrieben. Lindy, *my love*? Eine *Frau*? Kannst du mir das erklären?«
»Stell dich nicht so blöd an, Markov. Natürlich ist es keine Frau. Ich habe keine Ahnung, wie du auf diesen Quatsch kommst.«
»Indem ich dich ansehe, mein Herzchen.«
»Wenn du McGuire besser kennen würdest, dann wüßtest du, daß du falsch liegst. Es war seine *Arbeit*, Markov – schlicht und ergreifend. Und ich weiß nicht genau, warum er hier ist. Sein Stellvertreter hält in London die Stellung. Ich habe mit Max gesprochen, nicht mit Rowland …«
Lindsay zögerte. Vor etwa einer Stunde hatte sie Max endlich erreicht, und Max hatte sich sehr bedeckt gehalten. Man habe dringend jemanden in Paris gebraucht, und da Gini gerade nicht zur Verfügung stünde, hätte Max und Rowland gemeinsam beschlossen, daß Rowland hinfliegen solle.

»Was soll das heißen, Gini steht *nicht zur Verfügung?*« hatte Lindsay nachgehakt. »Pixie hat gesagt, sie würde heute abend hier eintreffen – so war es jedenfalls vorgesehen.«

»Tut mir leid, Lindsay. Da mußt du schon Rowland fragen. Da ist jemand in der anderen Leitung. Ich muß Schluß machen.«

Lindsay war nicht entgangen, daß Max mit einer gewissen *froideur* über Gini gesprochen hatte. Mit einem Seufzer und einem Blick in Markovs nervtötende Sonnenbrille stand sie auf.

»Paß auf, Markov, ich werde es noch mal im St. Regis probieren. Bestimmt ist Rowland inzwischen da –«

»Lindy, Lindy. Du darfst ihnen niemals nachlaufen. Das ist eine ganz schlechte Idee, weißt du?« Markov wedelte mit dem Zeigefinger und schenkte ihr einen möglicherweise mütterlichen Blick.

»Ich laufe ihm verdammt noch mal nicht nach.« Lindsay blieb unschlüssig stehen und setzte sich dann wieder. »Laß mich das mal klarstellen, Markov. Wir arbeiten zusammen. Ich muß etwas Geschäftliches mit ihm besprechen. Es geht um Maria Cazarès. Das ist alles. Ende der Geschichte. Mehr ist nicht dabei.«

»Du kannst mich nicht anlügen, Lindy. Das konntest du noch nie. Ich durchschaue dich. Ich sehe das Leuchten in deinen Augen, die roten Flecken auf deinen Wangen. Du kennst doch Aphrodite, die Göttin der Liebe? Weißt du eigentlich, daß sie *Kinder* hatte? Und weißt du, wie diese Kinder hießen?«

»Nein, weiß ich nicht. Ich wußte nicht mal, daß sie Kinder hatte.«

»Doch, sie hatte welche. Aus einer Affäre mit Ares – dem Kriegsgott. Sie hatte fünf Kinder von ihm, Lindy. Und weißt du, wie die hießen?«

»Ich habe das dumpfe Gefühl, daß du mir das gleich verraten wirst.«

»Darauf kannst du wetten. Sie hießen Eros und Anteros – Liebe und Gegenliebe; Harmonia – das bedarf keiner weiteren Erklärung. Und dann waren da noch zwei. Deren Namen waren Deimos und Phoibos …«

»Und das heißt?«

»Angst und Schrecken.«

Markov schenkte ihr eines seiner kleinen, traurigen, flüchtigen Lächeln. Er zündete sich eine Zigarette an und inhalierte tief.

»Wie sinnig, findest du nicht? Die Kinder der Liebe. Ab und zu denke

ich an diese spezielle Verbindung. Ich denke an die *Abkömmlinge* dieser Verbindung. Furcht und Schrecken – ziemlich schlau, nicht wahr?«
»Willst du mich etwa warnen, Markov?«
»Sicher doch. Aber ja. Du wirst natürlich nicht auf mich hören, das tut niemand. Also will ich nur mal eine kleine Mahnung einschieben. In Anbetracht der Tatsache, daß ich die wenigsten Frauen leiden kann, aber dich ausgesprochen gern habe. Und du bist unglücklich, stimmt's?«
Es wurde still. Lindsay sann über Markov nach. Es überraschte sie nicht, daß er sich so gut in der griechischen Mythologie auskannte. Es hätte sie nicht einmal überrascht, wenn Markov sich gleich über den Tisch gebeugt und Griechisch gesprochen hätte. Markov gab sich redlich Mühe, durch seine Erscheinung wie auch seine Redeweise den Eindruck zu erwecken, er sei ein Hohlkopf, ein Blender, ein Opfer der Modebranche; tatsächlich war er nichts dergleichen. Markov war scharfsinnig, einfühlsam, begabt und intelligent, außerdem ausdauernd und tapfer. Sein langjähriger Partner war vor zwei Jahren an AIDS gestorben; Markov hatte ihn bis zu seinem Tod gepflegt. Er hatte wahrhaftig am eigenen Leib erfahren, daß die Liebe Harmonie, Furcht und Schrecken gebar.
Während die Minuten vorüberschlichen, musterte Markov sie, in seine übliche Verkleidung gewandet: von Kopf bis Fuß in Schwarz und mit einer schwarzen Sonnenbrille auf dem Gesicht, ungeachtet der Tatsache, daß es sich bei diesem angeblich von Quest so gern besuchten Restaurant um ein kleines, schmuddliges Lokal in einer Nebenstraße auf dem Montmartre handelte, in dem die Beleuchtung schlechter war als in einem durchschnittlichen Keller. Auf seinem Kopf saß wie üblich ein Hut – Markov zeigte sich nur selten ohne, und der hier war in Lindsays Augen ein besonders lächerliches Exemplar, ein weitkrempiger, samtiger *Fin-de-siècle*-Hut, ein Oscar-Wilde-Hut. Darunter wellten lange, blonde Strähnen hervor; den letzten Touch verliehen ihm zwei Ohrringe in Form silberner Kruzifixe und eine Faustvoll silberner Ringe. Markov, der aus Los Angeles stammte, doch behauptete, in einem Jumbo-Jet zur Welt gekommen zu sein, war seit dem Tod seines Geliebten völlig entwurzelt. Seither verbrachte er sein Leben damit, rund um die Welt zu reisen,

von einem Aufnahmetermin zum nächsten; auf seinen Fotos konnte er jede Frau zehnmal schöner machen als in Wirklichkeit; manche seiner Bilder gingen weit über jede Modefotografie hinaus und ließen Lindsay tagelang nicht mehr los. Sie hielt ihn darum für einen der besten Modefotografen der Welt – keine weitverbreitete Auffassung, denn Markovs Arbeiten waren zu subversiv und zu bizarr für den Massengeschmack. Für Lindsay war Markov als Mensch wie als Fotograf eine Art Magie. Als sie ihn jetzt ansah, stellte sie fast überrascht fest, daß er nicht nur mit ziemlicher Sicherheit ihr bester Freund war, sondern daß sie mit ihm reden wollte.

»Also gut. Du hast recht.« Sie sah ihn mit bangem Blick an. »Ich mag Rowland. Vielleicht ist es mehr als mögen. Neulich – war ich bei ihm zu Hause. Wir haben uns nur unterhalten, und dann – ist es passiert. Du weißt schon, Markov. Eine dieser kleinen Revolten des Herzens.«

»Natürlich. Die kenne ich. Erzähl weiter.«

»Mehr gibt es nicht zu erzählen. Ich dachte, ich wäre darüber hinweg – mir ist so was seit Jahren nicht mehr passiert, Markov. Ich bin kein Kind mehr. Und ich bin nicht blöd. In diesem Sommer werde ich neununddreißig. Ich habe einen siebzehnjährigen Sohn. Ich habe *Schwangerschaftsstreifen*, Markov. Wenn ich mit einem Mann ins Bett steige, mache ich vorher das Licht aus –«

»Um Himmels willen, Lindy –«

»Es ist *die Wahrheit*. Ich weiß, daß das dumm ist. Ich sage mir immer wieder, das macht doch nichts, irgendwo da draußen ist bestimmt jemand, dem das alles egal ist. Jemand, der sich nicht an den Falten in meinem Gesicht stört, weil es ihm nämlich nicht auf mein Gesicht oder auf meinen Hintern oder auf meinen Busen ankommt, sondern auf *mich*, den Mensch in diesem Körper ...« Lindsay brach ab; sie spürte Liebesleid heraufziehen und verachtete sich dafür. Sie schloß mit einer wütenden Geste. »Das willst du doch gar nicht hören. Ich merke, wie ich in Selbstmitleid versinke.«

»Ich will es sehr wohl hören. Ich verstehe dich.«

»Jedenfalls bin ich diesem Menschen noch nicht begegnet. Falls diese wunderbaren Männer überhaupt existieren, dann werde ich ihnen nie vorgestellt. Die Männer, die ich kennenlerne, lassen sich in drei Kategorien einordnen: sie sind schon verheiratet, sie sind Lügner, oder sie sind Langweiler. Das liegt an meinem *Alter*, Markov.

Nur die Angewiesenen und die ewig Verletzten sind noch übrig. Wenigstens habe ich das geglaubt. Bis ich Rowland McGuire begegnet bin.«

»Dem dunklen, großen, gutaussehenden McGuire?« Markov lächelte.

»Ja. Aber das ist nicht der Grund. Hoffentlich nicht.«

»Nenn mir doch ein paar andere.«

»Er ist intelligent – sehr sogar. Ich glaube, er ist nett. Er ist unterhaltsam. Er hat etwas Tragisches ...«

»Sehr gut. Und der Hauptgrund?«

»Schon gut, schon gut. Er wurde verletzt. Irgendwas ist ihm widerfahren, ich habe keine Ahnung, was, aber ich kann es spüren. Ihm fehlt Liebe. Er *verdient* es, geliebt zu werden. Ihm fehlt die richtige Frau, Markov, der richtige *Partner*.«

»Fehlt der uns nicht allen?«

Markov sah auf die Uhr. Falls Quest überhaupt noch kam, dann hatte sie sich verspätet.

»Und warum solltest du nicht der richtige Partner sein?« Markov setzte die Sonnenbrille ab und sah ihr in die Augen. Er schenkte ihr eines seiner flüchtigen, eichhörnchenschnellen Lächeln und setzte die Brille wieder auf. »Du bist klug. Du bist nett. Ich finde, du siehst gut aus. Das finden eine ganze Menge Leute. Du siehst – jungenhaft und peppig aus, und du hast diese wahnsinnig ehrlichen Augen. Du bist witzig – du bringst sogar *mich* zum Lachen –, und du hast ein Sonnenscheingemüt, du brütest nicht vor dich hin, du hast keine Launen, du kannst einem den ganzen Tag verschönern. Du interessiert dich für andere Menschen, du bist kein so verfluchter Egomane wie die meisten anderen Leute, die ich kenne. Du bist *großzügig*, Lindsay, du bist nicht verklemmt, du bist nicht geizig – und ich spreche dabei nicht vom Geld, okay? Du gibst gern. Ich habe das nicht vergessen. Vor zwei Jahren hast du mir eine Menge gegeben.«

Lindsay war aufrichtig gerührt. Sie nahm die Hand, die Markov ihr hinhielt, und drückte sie.

»Danke, Markov. Das ist die netteste Empfehlung, die ich je gehört habe. Vielleicht solltest du sie McGuire zukommen lassen ...«

»Wenn er so ist, wie du behauptest, dann *braucht* er keine Empfehlungen. Dann muß er nur die Augen aufmachen.«

»Nein.« Lindsay schüttelte den Kopf und wich seinem Blick aus. »Ich wünschte, du hättest recht, aber leider irrst du dich, Markov. So laufen die Dinge nicht. Ich bin unsichtbar für ihn, und außerdem bin ich sowieso nicht die Richtige.«

»Wieso denn nicht? Und komm mir bloß nicht wieder mit deinen Schwangerschaftsstreifen.«

»Weil ich nicht – ach, vielleicht bin ich einfach nicht schwierig genug. Wenn er mich hätte, dann würde er trotzdem immer noch etwas anderem nachjagen. Er würde etwas suchen, das ich ihm keinesfalls geben kann.«

»Ich verstehe.« Markov seufzte und sah zur Decke auf. »Du meinst, er ist *so* einer?«

»Ich habe dir doch gesagt, daß er was Tragisches an sich hat. Du weißt schon, die dunkle Seite des Mondes ...«

»Sexuell?« fragte Markov.

»Höchstwahrscheinlich. Auch emotionell. Intellektuell auch. Vergiß es, Markov. Ich habe lange genug darüber nachgedacht. Ich denke fast den ganzen Tag an nichts anderes. Rowland und ich – das wäre wie Wein und Milch.«

»Vielleicht ganz spaßig ...« Markov ließ ein weiteres trauriges, unstetes Lächeln aufleuchten. »Eine Zeitlang könnte es mit so jemandem sogar ausgesprochen spaßig sein.«

»Für Aufregung wäre jedenfalls gesorgt. Und für Liebeskummer. Ich will es gar nicht wissen, Markov. Ich habe das schon zu oft durchgemacht.«

»Ich auch.«

»Und er würde keine halben Sachen dulden. Das wären seine Bedingungen. Andernfalls würde er mich bei der ersten Gelegenheit sitzenlassen. Ich bin bald vierzig, Markov. Ich *will* das nicht mehr. Ich will –« Sie brach ab, lächelte dann. »Frieden, Sicherheit, Ruhe. *Harmonie*, wenn du so willst ...«

»Und das könnte McGuire alles nicht bieten?«

»Mir nicht. Nein.«

»Komm schon, Lindy. Du überzeugst mich nicht. Du überzeugst dich nicht einmal selbst. Ich sehe diesen winzigen Hoffnungsschimmer tief in deinen Augen –«

»Unfug. Mit dieser verdammten Sonnenbrille siehst du mich wahrscheinlich überhaupt nicht. Ich werde dich auf die Probe stellen. Wer ist vor etwa zwei Minuten hereingekommen?«

»Quest«, antwortete Markov, der während des Gesprächs nicht ein einziges Mal den Kopf gewendet hatte. »Und die phantastische Nadia sitzt jetzt an ihrem Stammtisch, Tisch fünf hinter mir in der Ecke. Sie hat sich von ihrem Stammkellner ihren Stammwein bringen lassen, eine Karaffe *vin ordinaire*, und sie hat sich eben die erste von unzähligen Gauloises angezündet, die sie während des Essens rauchen wird. Entschuldige mich, Darling. Die Arbeit ruft ...«

Lindsay verfolgte, wie Markov aufstand und zu Quests Tisch in der dunkelsten Ecke des düsteren Bistros ging. Lindsay rechnete nicht damit, daß Quest sie grüßen würde, obwohl sie einander kannten. Sie behielt recht. Als Markov aufstand, schickte Quest einen schönen, blinden Blick in ihre Richtung und sah dann wieder weg. Als Markov sich uneingeladen ihr gegenüber niederließ, sich – ganz Markov – einen Schluck von ihrem Wein genehmigte und sich eine ihrer Zigaretten anzündete, gähnte Quest. Mit kehliger Stimme und fast liebevoll sagte sie: »Markov, verpiß dich.«

Markov schien über diese Begrüßung ausgesprochen erfreut. Er beugte sich vor und begann zu reden; Quest antwortete, ohne daß Lindsay etwas verstanden hätte. Fasziniert sah Lindsay ihr zu.

Ihr wirklicher Name war russisch und unaussprechlich. Sie war in Smolensk als Tochter eines Stahlarbeiters und einer Fabrikarbeiterin zur Welt gekommen. Vor etwa vier Jahren war sie in den Westen ausgewandert. Sie war über einen Meter achtzig groß, dünn und für ein Model ausgesprochen grobknochig. Der männliche Körperbau, die breiten Schultern, langen Beine, schmalen Hüften und großen Hände und Füße verliehen ihr etwas Garbohaftes. Sie hatte das betörendste Gesicht, das Lindsay je gesehen hatte – prononcierte hohe Jochbögen, starke, lebhafte Brauen und große, zornige Augen von einem so tiefen Braun, daß es bei Studioaufnahmen regelmäßig Beleuchtungsprobleme gab, weil ihre Augen auf Fotos leicht zu schwarz, zu tief wirkten. Aus diesem Grund war sie auch nach ihrer Entdeckung durch Lazare, und obwohl sie das Starmodel auf dem Cazarès-Laufsteg war, nur in wenigen Zeitschriften gefeatured worden.

Markov hatte ihr Potential zuerst erkannt. Quest gehorchte keinen Regeln – und hatte damit sofort Markovs Interesse geweckt. Sie war eine Einzelgängerin, abweisend und ohne jedes Interesse an Geld, Ruhm und – so hieß es – Sex. Ihr fehlte jene Biegsamkeit, die den meisten erfolgreichen Models eigen war; sie unternahm nie auch nur den Versuch, zu schauspielern oder sich anzupassen. Sie erschien pünktlich zu ihren Terminen, ließ mit ehrfurchtgebietendem Gleichmut das Anziehen, Frisieren und Schminken über sich ergehen, dann baute sie sich turmhoch vor der Kamera auf und funkelte wütend in die Linse. Ihr Gesichtsausdruck blieb immer gleich – mißtrauische, erhabene Verachtung.
Markov vergötterte sie. In seinen extravaganten Augenblicken verkündete er bisweilen, sie sei halb Mann, halb Frau, das Weiblichkeitsideal des einundzwanzigsten Jahrhunderts. »Wenn sie den dekadenten Westen erst genug gemolken hat«, erklärte er dann fröhlich, »geht sie zurück nach Smolensk. Sie will einen *Bauernhof*. Sie möchte Schafe und Kühe halten. Ganz im Ernst. Sie ist beeindruckend. Sie weiß genau, wer sie ist, was sie will und wie sie es bekommt. Ich liebe sie. Ich lerne von ihr. Ich bete sie an.«
Seine Hochachtung beruhte auf Gegenseitigkeit, wie Lindsay wußte. Und sein Versprechen, daß Quest nur mit ihm und niemandem sonst sprechen würde, schien sich zu bewahrheiten. Lindsay konnte nicht verstehen, was Quest sagte, aber sie redete schnell und mit Nachdruck auf Markov ein.
Lindsay hoffte auf ein paar nützliche Informationen, nachdem die Suche nach Quest den ganzen Abend in Anspruch genommen hatte. Ganz zu Anfang hatten sie und Markov ihren Tisch im Grand Vefour abbestellt – worüber der Oberkellner keineswegs erfreut war. Dann waren sie durch Paris gejagt und hatten jene Orte abgeklappert, an denen Quest, wie Markov behauptete, am liebsten ihre Abende verbrachte. Lindsay war mit Markov auf einem besonders einsamen Abschnitt des Seineufers auf und ab geschlendert; bibbernd war sie durch die mittelalterlichen Straßen der Ile St. Louis gewandert, und ebenfalls bibbernd hatte sie in der russisch-orthodoxen Kirche gestanden, in der Quest – laut Markov – jeden Abend betete.
»*Worum* betet sie, Markov?« hatte Lindsay gefragt.
»Keine Ahnung.« Markov hatte eine Kerze angezündet – für Maria

Cazarès, behauptete er. »Um geistige Erleuchtung? Kühe?«
»Herrgott noch mal, Markov, ich erfriere. Können wir nicht gehen? Ich gebe auf. Quest wird sowieso nichts wissen ...«
»Doch, das wird sie. Du solltest sie näher kennenlernen, Lindy. Sie würde dir gefallen. Auch du könntest von ihr lernen –«
»Was denn?« Lindsay war schon auf dem Weg zur Tür.
»Das Alleinsein. Das ist viel wert, weißt du?«
Lindsay hatte nichts darauf erwidert; sie schob die schwere Kirchentür auf, und eine Windbö fegte herein. Hinter ihr flackerten die in Pyramiden angeordneten Kerzen, strahlte das Gold auf den Ikonen. Lindsay roch Weihrauch, diesen Hautgout der Religion; sie ging nie zur Kirche und fand Markov bisweilen allzu kalifornisch.
»Beeil dich«, sagte sie und floh auf die Straße, in die Stadtluft hinaus.
Diese Kirche war die vorletzte Station gewesen. Danach waren sie hierhergekommen, in dieses versteckt in einer schmalen Gasse gelegene Restaurant hoch auf dem Montmartre mit schrägem Ausblick auf die hellerleuchtete Kuppel von Sacre Cœur.
Anscheinend waren die Abstecher, die Verzögerungen nicht umsonst gewesen. Lindsay merkte, wie die eigenartige, mindestens fünfstündige Suche in ihr nachwirkte; sie spürte auch, daß Markovs Bemerkungen von vorhin in ihr aufgingen wie Hefe: Jetzt kehrte er an ihren Tisch zurück, freudestrahlend über die offenbar gemachten Entdeckungen.
»Gehen wir.« Er nahm Lindsay am Arm. »Du wirst deinen Ohren nicht trauen. Ich fahre dich zurück ins Hotel. Wir können unterwegs reden.«

Im Auto sprang die CD an, sobald die Zündung eingeschaltet war. »Be still, my foolish heart« hatte anscheinend einem alten Stück von Annie Lennox weichen müssen, einem ganz großartigen Stück von Annie Lennox. Lindsay erfuhr, daß die Liebe ein Fremder im Cabriolet sei. Sie beugte sich vor und schaltete die Stereoanlage aus.
»Das will ich im Moment nicht hören«, sagte sie.
»Warum nicht? Tolles Lied. Tolle Sängerin. Toller Text. Der Sturm und Drang von *l'amour*. Ich spüre, wie es zu mir *spricht*, Lindy –«
»Ich auch. Das ist es ja. Jedenfalls will ich mit dir reden. Also los – was hat sie gesagt?«

»Sie hat mir ... ein paar höchst interessante Dinge erzählt.« Markov beschleunigte. Er fuhr schnell und gut und konnte ebenso schnell und gut Bericht erstatten, wenn es ihm gefiel. »Ich werde es dir verraten, Lindy, obwohl Quest mir strengstes Stillschweigen auferlegt hat. Ich werde es dir verraten, weil du zu den vier Menschen auf dieser Welt gehörst, an denen mir etwas liegt. Und weil ich weiß, daß du es nur wenigen Auserwählten weitererzählen wirst. Wenn du mußt, erzähl es McGuire. Aber posaune es nicht herum.« Er holte Luft. »Erstens: Die Cazarès-Präsentation wurde *nicht* abgesagt. Sie wird stattfinden, und zwar übermorgen, am Mittwoch, um elf Uhr vormittags, genau wie geplant. Morgen früh gibt Lazare eine Pressekonferenz – für die in diesem Moment die Einladungen ausgeschickt werden. Der Tenor wird sein: Die Show am Mittwoch ist eine *Hommage*. So wie es sich Maria Cazarès gewünscht hätte. Rührend, nicht wahr?«

»Das ist es tatsächlich. Und?«

»Und jetzt halt dich fest – was glaubst du, wo Quest die ganze Nacht war? Nirgendwo sonst als im Atelier von Cazarès! Wo an drei ganz besonderen Ensembles gearbeitet wurde – drei *neuen* Ensembles –«

»Was? Heute nacht? Es sind nicht mal mehr zwei Tage bis zur Modenschau. Das kann nicht stimmen, Markov. Alle Kleider für die Präsentation müssen schon seit einer Woche fertig sein. Darauf legt Lazare immer größten Wert. Danach werden allerhöchstens noch ein paar kleine Korrekturen vorgenommen – Besätze, Accessoires ...«

»Richtig. Aber ich habe dir doch gesagt – diese Ensembles sind was *Besonderes*. Sie sind Maria Cazarès' letzte Arbeiten. Ihre letzten Entwürfe. Gezeichnet von ihrer Hand, an diesem Wochenende. Lazares Idee. Er war da, im Atelier, Lindy, *heute nacht*, unerbittlich wie ein apokalyptischer Reiter. Nicht einmal eine Stunde, nachdem Maria Cazarès für tot erklärt wurde, hat man Quest angerufen –«

Was? Das ist unmöglich –«

»Das ist noch nicht alles. Erinnere dich, Lindy – wann habe ich von ihrem Tod erfahren? Gegen acht, richtig? Und als du Pixie angerufen hast, um das zu überprüfen, was hat sie gesagt, wann die Meldung durchkam?«

»Gegen dreiviertel acht.«

»Ganz genau. Jetzt kannst du dir ausrechnen, wie lange Lazare die

Nachricht zurückgehalten hat. Quest wurde heute nachmittag um *fünf* gerufen. Wenn es stimmt, daß die Cazarès eine Stunde zuvor gestorben war, dann muß das gegen vier gewesen sein, richtig? Was ist also in den letzten dreidreiviertel Stunden passiert?«
»Keine Ahnung.« Lindsay überlief ein Schauer. »Sie haben die Schotten dichtgemacht, die Pressemaschine geölt, dafür gesorgt, daß alle das Richtige berichten, und zwar mit den richtigen Worten ...«
»Wahrscheinlich. Damit waren bestimmt der Hofstaat und die Günstlinge beschäftigt. Lazare aber nicht. Glaub mir, Lindy, die Cazarès ist eben mal eine Stunde tot, sie ist noch nicht mal *kalt*, da steht er im Atelier und macht allen die Hölle heiß. Sie schneiden das Material für die Kleider *am* Model zu, so wie früher bei Chanel, weil sie keine Zeit haben, ein Schnittmodell zu machen. Jedes winzige Detail muß sitzen. Quest steht in der Mitte, wird mit Nadeln gestochen und mit Scheren gepiekt, weil die Zuschneiderinnen so verdammt nervös sind, daß sie beim Schneiden zittern, und mitten in diesem Chaos, inmitten der wuselnden Menschen steht Lazare, zu keinem Kompromiß bereit, läßt sich fünfzehn, sechzehn, siebzehn Stoffproben bringen, schickt seine Leute in die Lager, um neue Stoffballen zu holen, er schickt nach den Stickerinnen, er sagt nein, diese Knöpfe passen nicht, die sind drei Millimeter zu groß – und die ganze Zeit über, Lindy, *die ganze Zeit* thront er über allem wie ein Kaiser. Keine Tränen, keine Trauer, keine Kondolenzen, statt dessen diese bleiche, gefaßte Maske und diese Stimme, die einem das Blut in den Adern gefrieren läßt –«
»*Eine Stunde* nach ihrem Tod? Das *kann* ich nicht glauben, Markov. Er hat sie geliebt. Er hat sie ganz bestimmt geliebt. *Du* weißt, daß er sie geliebt hat. Sie war das einzige, was ihm wirklich etwas bedeutet hat.«
»Das stimmt.« Markov bremste an einer scharfen Ecke und beschleunigte gleich wieder. »Wenn du sie am Flughafen gesehen hättest, Lindy – ich habe es dir doch erzählt. Ich meine, mir standen die Haare zu Berge, und ich hatte Gänsehaut bis zu den Zehen. Ich stehe da hinter dieser Topfpalme und wünsche mir, es wäre ein verdammter Palmen*wald*, weil Lazare mich jeden Moment entdecken kann, und dann bin ich *Geschichte*, denn ehrlich – als ich diesen Typ gesehen habe, hätte ich am liebsten ein Kruzifix gehabt. Oder eine Knob-

lauchkette um den Hals; um ein Haar hätte ich angefangen zu beten. Die ganze Zeit also stehe ich bibbernd hinter dieser Palme und denke, o nein, es ist dunkel und noch lang bis zum Morgengrauen –«
»Hör auf zu übertreiben, Markov. Lazare sieht fit, aktiv, gesund aus –«
»Damals nicht, nein. Sein Gesicht war weiß, Lindy – *weiß*. Er sah verzweifelt aus, und *durstig*. Eindeutig, aber ganz eindeutig ein Kind der Verdammnis. Und als sie dann von den Kindern und Babys anfing –«
»Bist du *sicher*, daß sie das gesagt hat? Du hast dich nicht vielleicht verhört?«
»Ich spreche Französisch, Lindy. Ich kenne das französische Wort für Baby. Und für Kind. Und für Sohn. Außerdem hat sie es immerzu wiederholt – ich will mein Baby wiederhaben, meinen Sohn – und er wollte sie um jeden Preis zum Schweigen bringen, sie beruhigen ...«
Markov zögerte. Seine Stimme sank. »Er hat sie *geküßt*, Lindy –«
»Das hast du mir nicht erzählt.«
»Ich weiß. Es kam mir ein bißchen blasphemisch vor – darüber zu sprechen. Ich hätte nicht dort sein dürfen. Ich hätte es nicht sehen dürfen. Ich fand es aufregend – und dann schämte ich mich dafür ...«
»Wie ich feststelle, hat dich das nicht davon abgehalten, mich anzurufen ...«
»Ich weiß. Ich bin bestimmt kein Heiliger. Aber wenn du nur *gesehen* hättest, wie er sie geküßt hat.« Markov zögerte wieder. »Zum Teil sollte der Kuß sie zum Schweigen bringen. Aber das war nicht alles. Es war deutlich zu sehen – daß er sie begehrt, und daß er sie liebt. Er sah aus, als würde er für sie *sterben*, oder vielleicht als dächte er, sie würde sterben. Ich bin mir nicht sicher –«
»Markov, das kannst du doch unmöglich wissen ...«, setzte Lindsay an, während sie um eine Ecke bogen und die Lichter des St. Regis in Sicht kamen. »Du dichtest zuviel in diesen Kuß.«
»Nein, keineswegs.« Markov hielt den Wagen an. Er wandte ihr das Gesicht zu und setzte die Brille ab. Lindsay wurde ein tiefer Blick in seine Augen gewährt.
Beschämt, weil sie sich von seinem Tonfall hatte irreführen lassen, nahm Lindsay seine Hand. Markov lächelte spröde.
»Ich habe es einfach gewußt, okay? Ich habe dieses Land wiederer-

kannt. Ich spreche seine Sprache. Ich war selbst dort, vor zwei Jahren. Diese Sprache vergißt man nicht.«
»Nein, bestimmt nicht«, antwortete Lindsay, die selbst ähnliches Territorium umschifft hatte. Sie beugte sich zu Markov hinüber und gab ihm einen Gutenachtkuß.
»Paß auf mit McGuire. Paß auf, was du zu ihm sagst«, rief er ihr nach, als sie aus dem Auto stieg. »Wir sehen uns morgen nachmittag bei Chanel, okay?«

In der immer noch vollen Lobby verließ Lindsay der Mut. Sie wollte Rowland Bericht erstatten und sie wollte Rowland so gerne sehen, aber inzwischen war es fast zwei Uhr morgens. Sie starrte auf die Telefonkabinen und wählte schließlich sein Zimmer an; er nahm beim zweiten Läuten ab.
»Nein, nein, kommen Sie rauf«, unterbrach er ihre Entschuldigung. »Ich arbeite noch. Gini ist auch da. Sie ist eben aus Amsterdam angekommen. Zimmer achthundertzehn.«
Das überraschte Lindsay, aber wiederum nicht übermäßig. Vermutlich hatte Gini, anders als Max geglaubt hatte, *doch* zur Verfügung gestanden: Rowland mußte sie aufgespürt haben; und Gini war natürlich durchaus in der Lage, die Nacht durchzuarbeiten, wenn sie sich erst einmal in einer Story festgebissen hatte. Zwei Uhr morgens ist *früh* für Gini, wenn sie bei der Arbeit ist, dachte Lindsay und lächelte, als sie in Zimmer 810 trat und Rowland am Fax stehen sah, während Gini auf französisch in einen Telefonhörer redete. Beide wirkten energiegeladen und aufgedreht, fand Lindsay. Rowland begann ihr zu erklären, daß man Mina Landis gesehen hätte; die Nachricht hatte einige Zeit gebraucht, bis sie über die britische Polizei und die Nachrichtenredaktion *Correspondent* zu ihnen vorgedrungen war: Gini versuchte eben, weitere Einzelheiten zu erfahren.
Er führte Lindsay zu einem Sofa an der anderen Wand; Lindsay setzte sich, er blieb stehen. Lindsay begann ihm zu erzählen, was Markov ihr mitgeteilt hatte, und Rowland hörte ihr gespannt und konzentriert zu. Ein-, zweimal drehte er sich zu Gini um und warf dann eine Frage ein. Lindsay brachte ihre Geschichte zu Ende und merkte erst ganz am Schluß, daß irgend etwas nicht stimmte.
Im Zimmer war Unsicherheit zu spüren. Auf der anderen Seite war

eine Tür, die höchstwahrscheinlich in ein Schlafzimmer führte. Sie war geschlossen. Lindsay ahnte unterschwellige Spannung. Verdutzt sah sie Rowland an: Er schien sich genau wie immer zu verhalten. Sie warf einen Blick auf Gini, die beim Sprechen mit der Telefonschnur spielte. Sie wollte eben fragen, in welchem Stockwerk Gini untergebracht war, oder ob sie anderswo ein Zimmer gefunden hätte, als sie merkte, daß sie ihre Frage besser für sich behalten sollte. Gini hatte ihr Gespräch beendet und legte auf. Sie sah Rowland kurz an, wandte dann den Blick ab und begann zu erklären. Mina Landis war tatsächlich gesehen worden. Die Meldung war noch unbestätigt, aber ein Mädchen, auf das ihre Beschreibung paßte, war von einem Zivilbeamten zusammen mit einem nach Star aussehenden Mann im achten Arrondissement gesehen worden. Sie holte eine Straßenkarte von Paris und legte sie auf dem Schreibtisch aus.

»Hier«, sagte sie. »Man hat sie in dieser Straße hier gesehen, in der Nähe des Faubourg St. Germain …« Sie stutzte. »Ich kenne die Gegend. Das ist ganz in der Nähe der Wohnung, in der Maria Cazarès gestorben ist. Merkwürdig.«

Rowland eilte bereits zum Schreibtisch.

»Weiß man inzwischen, wo sie gestorben ist?« fragte Lindsay.

»Was?« Rowland drehte sich zerstreut zu ihr um. »Oh – ja, offenbar schon. Wir haben es aus den Spätnachrichten im Fernsehen. Sie hat ihr früheres Dienstmädchen besucht – die alte Dame hat sich inzwischen zur Ruhe gesetzt. Sie haben zusammen Tee getrunken – und dabei ist sie plötzlich zusammengebrochen. Laut ersten Meldungen lag sie bereits im Sterben, als der Krankenwagen eintraf.«

»Aha, soviel haben sie also durchsickern lassen …«, setzte Lindsay an.

»Ich könnte mir vorstellen, daß ihnen gar nichts anderes übrigblieb. Wahrscheinlich hat irgendein französischer Journalist eine halbe Stunde nach Bekanntwerden ihres Todes der Mannschaft des Rettungswagens Geld zugesteckt, noch bevor die Meldung überhaupt bestätigt war. Das ganze Krankenhaus war voller Paparazzi – auch das war in den Nachrichten zu sehen.«

Rowland beugte sich über den Tisch. Er schwenkte die Lampe über die Karte. Gini hatte während des gesamten Wortwechsels nicht einmal aufgesehen und den Blick immer noch auf die Karte geheftet.

Rowland fuhr mit der rechten Hand ein paar Straßen nach; er legte die Linke auf Ginis Stuhllehne, zog sie aber gleich wieder zurück. »Du hast recht«, sagte er. »Es ist ganz in der Nähe …«
Ihre Hände lagen jetzt nebeneinander auf der Karte, wie Lindsay bemerkte, mit einem Abstand von vielleicht zehn Zentimetern. Gini erklärte leise, daß es ein teures Viertel sei, nicht gerade die Gegend, in der man die Wohnung eines pensionierten Dienstmädchens vermuten würde. Rowland stimmte ihr zu. Er warf einen Blick auf die Uhr und wich zurück: eine Folge völlig unauffälliger Gesten. Lindsay stand auf, ängstlich darauf bedacht, sich ihren Schrecken und ihre Pein auf keinen Fall anmerken zu lassen.
Wenn mein Abend mit Markov nicht so eigenartig verlaufen wäre, dachte sie; wenn wir nicht dieses Gespräch über Liebe und Sex geführt hätten, dann hätte ich mich von diesen unauffälligen Gesten vielleicht täuschen lassen und sie als solche hingenommen. So aber spürte sie die Elektrizität und die Spannung, die damit kaschiert werden sollte; sie spürte, daß Rowland und auch Gini wünschte, sie würde gehen – und zwar sofort.
Bis dahin durfte sie sich nicht anmerken lassen, daß sie Rowlands übermächtiges Bedürfnis, Gini in seine Arme zu nehmen, so deutlich spürte, als hätte er den Akt vollzogen. Zum Glück schenkte ihr keiner von beiden besondere Beachtung, und sie konnte ihre Gefühle im Bedarfsfall ziemlich gut verhehlen. Sie stand auf, reckte sich, meinte, sie brauche ihren Schlaf, schließlich müsse sie morgen auf zwei Präsentationen – die von Chanel und die von Gaultier – sowie auf die Pressekonferenz bei Cazarès. Gini nickte und sah sie verträumt an.
Rowland, der ebenfalls halb blind wirkte, geleitete sie zur Tür. Er werde auf jeden Fall versuchen, zu dieser Pressekonferenz zu kommen; Gini meinte, sie werde ebenfalls kommen, falls sie Zeit fände, auch wenn ihnen die Konferenz wohl kaum viel bringen würde.
»Nichts als offizielle Statements«, sagte sie. »Aber wenn Lazare selbst sprechen wird … Wenn es geht, werde ich Sie begleiten, Rowland …«
»Gute Nacht, Lindsay.« Rowland öffnete ihr die Tür und schloß sie unmittelbar hinter ihr. Lindsay blieb eine Sekunde lang im Gang stehen; sie zitterte; sie preßte sich die Hände aufs Gesicht. Das darf

einfach nicht wahr sein, dachte sie. Rowland vielleicht – aber nicht Gini, doch nicht Gini?
Noch bevor sie zwei Schritte gemacht hatte, hörte sie, wie Rowland Riegel und Kette vorlegte. Sie kehrte auf ihr Zimmer zurück und marschierte dort unruhig auf und ab, weil sie nicht einschlafen konnte. Sie mußte all ihre Kraft aufbringen, um sich nicht auszumalen, was nach ihrem Abgang hinter dieser verriegelten Tür gesprochen wurde.

Tatsächlich wurde kaum etwas gesprochen. Als die Tür ins Schloß fiel, beugte sich Gini wieder über die Karte; sie wagte nicht aufzusehen. Sie hörte den Riegel einschnappen; sie hörte, wie Rowland näher kam und stehenblieb.
Distanz zu halten war Rowlands letzte Hoffnung. Wenn er hier stehenblieb, einen Schritt von ihr entfernt, wenn sie nicht aufsah oder seinen Blick erwiderte, dann konnte er vielleicht verbergen, was er empfand. *Einmal,* hatte sie gesagt, nachdem er sie schon zweimal geliebt hatte. Den ganzen Abend über, im Taxi, in der Rue St. Severin, hier im Zimmer, während sie telefonierte und er Faxe abschickte, war sie ihm keine Sekunde aus dem Kopf gegangen. In Gedanken hatte er sie ununterbrochen berührt, geküßt, geliebt.
Vielleicht empfindet sie das ja anders, dachte er. Er verharrte in jener sicheren Entfernung, nur einen Schritt vom Schreibtisch entfernt. Sowie er die Tür abgeschlossen hatte, hatte sich sein Körper zu regen begonnen. Er betrachtete Ginis gesenkten Kopf, den blassen, geschwungenen Hals, ihre schlichte weiße Bluse, den schlichten weißen Rock. Sie war so dünn, daß er ihre Taille mit beiden Händen umfassen konnte, doch sie hatte volle, wunderbare Brüste mit großen, dunklen Warzenhöfen. Er schloß die Augen und versuchte die Erinnerung an seine Hände und seinen Mund auf jenen Brüsten niederzukämpfen. Er spürte ihre Hände auf seiner Haut, ihren weichen, offenen Mund. Er fluchte leise, ließ den Blick blind durch das Zimmer irren, drehte sich halb um und kehrte schließlich an den Schreibtisch zurück.
Dann stand er genau hinter ihr, wo er den Impuls schließlich nicht länger unterdrücken konnte und die Hände auf ihre Schultern und ihren Nacken legte. Ihre Muskeln spannten sich augenblicklich an.

Selbst dann, dachte er später, selbst dann hätte ich mich vielleicht noch zurückhalten können, doch in diesem Moment legte sie den Kopf in den Nacken und sah ihm in die Augen. Er beugte sich hinab und küßte sie auf den Mund und war in diesem Augenblick verloren. Sie nahm seine Hände und schob sie in ihre Bluse. Er spürte ihre weichen, schweren Brüste. Die Brustwarzen waren hart. Sie gab ein leises Stöhnen von sich, ein Laut der Lust oder Verzweiflung, und wand sich dann aus dem Stuhl hoch in seine Arme.

In ihren Augen sah er die gleiche Begierde und Verzweiflung, die er auch empfand, und er war in diesem Moment sicher, daß sie sich ebensosehr danach verzehrt hatte, das Unvollendete wieder aufzugreifen.

Er begann, ihre Bluse aufzuknöpfen, während sie sich erst an seinen Hemdknöpfen, dann an seinem Gürtel zu schaffen machte. Als er sie an sich zog und ihre nackten Brüste seine nackte Haut berührten, stieß sie einen leisen Schrei aus und erschauerte.

Sie legte ihre Hand erst auf seinen Schenkel, dann auf seinen Schritt. Mit einem Seufzen drückte sie sich an ihn und suchte seinen Mund. Rowlands einziger Gedanke war, sie wieder zu nehmen. Er murmelte leise ihren Namen, zog sie dabei neben sich zu Boden; sie kam zwischen verstreuten Papieren und verstreuten Kleidern zu liegen und schob im gleichen Moment seine Hand zwischen ihre Schenkel. Sie war naß; seine Finger fanden leicht in sie hinein; sie bäumte sich ihm in ekstatischer Lust entgegen.

Mit weit geöffneten Schenkeln wartete sie darauf, ihn endlich in sich zu spüren. Rowland drang tief in sie ein, weil er wußte, daß sie fast augenblicklich kommen würde. Wenn ich mich ganz vorsichtig bewege, dachte er, nur einmal, oder zweimal. Er küßte ihren entblößten Busen, dann ihren Mund; er spürte, wie ihre Lippen unter seinen weich wurden, wie sich dann plötzlich ihr Rücken wölbte und sich die Muskeln fest um seinen Penis spannten. Auf den Armen abgestützt, sah er ihr ins Gesicht und studierte ihre atemberaubenden Augen, die Wogen der Hingabe, die wie Licht über ihr Gesicht zogen. Er verharrte, zog sich zurück, stieß wieder zu und begann sich dann ganz vorsichtig zu bewegen, weil sie immer noch nicht aufeinander eingespielt waren und er darauf wartete, daß sie ihren Rhythmus seinem anpaßte. Sie brauchte eine Weile; erst glaubte er, sie widersetze sich ihm und würde absichtlich zu spät oder zu früh auf seine Stöße reagieren. Er meinte den Grund dafür zu kennen, deshalb hielt er inne, bewegte sich wieder, hielt wieder inne, auch wenn ihm das schwerfiel, weil er so erregt war und kurz vor dem Höhepunkt stand. Er setzte all seine Fertigkeiten ein, alle Kunstgriffe der Lust, bis er schließlich spürte, wie dieser eigenartige weibliche Widerstand nachgab. Sie schlug die Augen auf und blickte in seine. Er senkte den Kopf, küßte sie auf die Brüste und bewegte sich dabei tief in ihr.

»Liebling, ich kann nicht – wehr dich nicht länger«, murmelte er leise, und augenblicklich schmolz jeder Widerstand dahin. Sie begann sich mit ihm zu bewegen, in perfekter Übereinstimmung; das Gefühl war unbeschreiblich süß. Er beobachtete ihr Gesicht, wartete auf den winzigen Moment der absoluten Stille, der ihm allmählich vertraut wurde und der ihm verriet, daß sie ihm nächsten Moment kommen würde. Dann konnte er nicht länger an sich halten, die Lust war zu brennend, die Begierde zu intensiv. Er riß sie an sich, als beide zugleich kamen, und hauchte ihren Namen. Er wollte noch so viel mehr sagen und hätte es um ein Haar auch gesagt, doch er zwang sich, es unausgesprochen zu lassen. Statt dessen packte er ihre Hand und hoffte darauf, daß sein Körper zu ihr gesprochen hatte.

Als sie später nebeneinander im Bett lagen und das ins Zimmer dringende Licht der Stadt als matter, gelblicher Schimmer die Vorhänge umrahmte, drehte sie sich zu ihm um, die Lippen völlig entspannt nach der gestillten Lust und mit einem trägen Blick nach dem erotischen Rausch. Sie legte die Hand auf seinen Bauch, fuhr mit den Fingern durch sein Schamhaar und beobachtete, wie sich sein Glied regte und wieder steif wurde.

Augenblicklich reagierte ihr Körper mit einem lustvollen Schauer. Sie beugte sich über ihn, bis ihr Busen seinen Penis streifte; sie rutschte tiefer und nahm sein Glied in den Mund, und Rowland erschauerte unter der Berührung ihrer Zunge und ihrer Lippen.

»Wir schmecken nach einander.« Sie hob den Kopf und küßte ihn dann auf den Mund. »Nach einander und nach zuviel Sex. Wir wollten es bei dem einen Mal belassen – ich wollte es dabei belassen ...«

»Als du das gesagt hast, war es schon zu spät.« Er griff nach ihrer

Hand, und ihre Finger verbanden sich. »Einmal. Fünfmal. Sechsmal. Hundertmal. Macht es einen Unterschied?«
»Vielleicht nicht. Ich will dich immer noch. Ich kann es sehen und spüren, wann du mich willst. In der Rue St. Severin?«
»Ja.« Rowland lächelte. »Und vor der Kirche auch.«
»Im Taxi?«
»Im Taxi war es fast unerträglich. Hier auch. Während ich versuchte, Lindsay zuzuhören und du telefoniert hast – ich habe kaum mitbekommen, was sie erzählt hat –«
»Ich habe kaum gehört, was dieser Polizist gesagt hat. Ich habe immer nur dich gehört. Deine Hände. Das hier.«
Sie rutschte hoch, so daß ihre Schamlippen seine Eichel streichelten. Dann senkte sie sich langsam auf ihn nieder, den Blick fest auf seine Augen gerichtet, so als wollte sie sich auf seinem Glied aufspießen. In ihren Augen schimmerten Tränen. Rowland zog sie zu sich herab und küßte sie weg. Er begehrte sie und empfand zugleich tiefe Zärtlichkeit.
»Bist du traurig, Liebling? Bist du traurig?« murmelte er unter ihrem Mund. »Das brauchst du nicht zu sein. Ich verstehe dich. Es kann immer noch ein einziges Mal sein – gewissermaßen. Nur diese eine Nacht.«
»Ja. Genau. Eine Nacht. Zeit abseits der Zeit und ...«
Ihr versagte die Stimme. Sie begann zu zittern. Rowlands Orgasmus brachte ihm qualvolle Erleichterung, sofort gefolgt von tiefer Trauer. Danach kuschelte sie sich an ihn und schlief ein, während Rowland wach lag, sie festhielt, ihrem Atem lauschte und die Stunden zählte, die ihnen noch blieben, bis der späte Wintermorgen dämmerte.
Das Telefon hatte während der Nacht mehrmals geklingelt, die Anrufe waren am Empfang entgegengenommen worden. Um sechs Uhr dreißig, als sich das erste graue Tageslicht ins Zimmer stahl, stand Rowland auf und durchquerte den Salon nebenan. Wie in diesem Hotel üblich, hatte man die Nachrichten in einen Umschlag gesteckt und unter der Tür durchgeschoben. Die Anrufe waren ausschließlich für Gini gewesen, und offenbar waren es viele, mehr als er gedacht hätte, denn der Umschlag war prall gefüllt. Er legte ihn auf Ginis Schreibtisch, nahm ein paar verstreute Papiere zur Hand

und studierte die Straßenkarte, die er und Gini am Abend zuvor abgesucht hatten.

Was jetzt? Er versuchte sich auf die Anforderungen dieser Story, seiner Arbeit zu konzentrieren. Sein Blick wanderte über die Gegenstände auf dem Schreibtisch: der Stadtplan, Annekas Adreßbuch, seine Notizbücher, Ginis Notizbücher, ein Kassettenrecorder mit Bändern. Die Dinge wollten sich nicht zu einem Ganzen fügen; ihre Verbindungen waren ohne Belang. Er fuhr sich mit der Hand übers Gesicht; er fühlte sich ausgelaugt vom Sex, überreizt vor Erschöpfung und durch die sich überschlagenden Ereignisse. Konnte eine Veränderung, eine so tiefgreifende Veränderung tatsächlich über Nacht eintreten?

Er erstarrte. Er belog sich selbst. Es handelte sich nicht nur um Stunden. Es hatte nicht damit angefangen, daß er Gini am Abend zuvor in dieses Zimmer geführt hatte und aus heiterem Himmel ein unstillbares Verlangen nach einer Frau über ihn hereingebrochen war, die er nur flüchtig kannte. *Wann* hatte es angefangen? Wie lange war er schon für dieses unerwartete Ereignis vorbereitet, *geformt* worden? Wütend starrte er auf den Stadtplan und versuchte, die Ungewißheit niederzukämpfen. Hier gab es eine Stadt, einen Fluß, Straßen, breite Durchgangsstraßen, ein linkes und ein rechtes Ufer. Das Telefon läutete; Rowland nahm ab.

Er hörte ein Rauschen; dann Stille, dann wieder Rauschen, schließlich eine Stimme in der Leitung.

»Ja?« fragte Rowland ungeduldig. »Wer ist da?«

»Pascal Lamartine«, antwortete eine kühle, leicht gereizte Stimme. »Könnte ich bitte Genevieve Hunter sprechen?«

Rowlands Antwort kam einen Sekundenbruchteil zu spät, wie er erkannte, doch dafür war sein Tonfall unverdächtig.

»Tut mir leid – man hat Sie ins falsche Zimmer verbunden«, sagte er. »Sie müssen es noch mal am Empfang versuchen.«

»Ist das Zimmer 810?«

»Ja. Und gestern war Genevieve Hunter auch in diesem Zimmer untergebracht, aber sie wurde umquartiert, als ich kam. Ich bin ihr Redakteur. Ich glaube, sie wohnt jetzt im sechsten Stock, gleich neben Lindsay Drummond. Kennen Sie Lindsay?«

»Ja. Aber am Empfang hat man mir gesagt –«

»Ach, den Empfang können Sie vergessen«, fiel Rowland ihm leichthin ins Wort. »Die wissen hinten und vorn nicht mehr Bescheid. Das ganze Hotel ist gesteckt voll, der *Correspondent* hat haufenweise Zimmer. Sie sollen noch mal nachsehen. Es könnte der sechste Stock sein. Ein paar von uns sind auch im zwölften untergebracht, glaube ich. Es sei denn, sie mußte in ein anderes Hotel umziehen, natürlich.«
»Also gut. Ich versuche es noch mal am Empfang –«
»Es ist nur so ...«, beeilte sich Rowland zu sagen, »ich weiß nicht, ob Sie sie noch erwischen werden. Sie hat gesagt, sie wollte heute ganz früh losziehen. Zu irgendeinem Interview, glaube ich –«
»So früh?« Der Tonfall wurde schärfer. »Es ist noch nicht mal sieben Uhr.«
»Vielleicht erwischen Sie sie ja auch noch. Ich könnte mich irren. Ich kann ihr auch eine Nachricht zukommen lassen, wenn Sie wollen, wir werden uns wahrscheinlich um elf Uhr auf einer Pressekonferenz sehen. Hat sie Ihre Nummer? Soll sie zurückrufen?«
»Nein. Keine Nachricht. Verdammt ...« Lamartine brach ab; in der Leitung knackte es. »Sie kann mich nicht zurückrufen. Ich muß weg. Falls Sie sie sehen – können Sie ihr ausrichten, daß ich es heute nachmittag noch mal versuche? Gegen drei oder vier?«
»Gut. Ich werde es ihr sagen, wenn ich sie sehe ...«, setzte Rowland an, ehe er bemerkte, daß die Leitung schon tot war.
Augenblicklich machte sich die Anstrengung bemerkbar, die ihn diese Lügen gekostet hatten. Er spürte erst Ekel vor sich selbst, dann einen Schrecken. War Lamartine in Sarajevo oder irgendwo sonst in Bosnien? Konnte dieser Anruf bedeuten, daß er bald zurückkam?
Im Schlafzimmer saß Gini senkrecht im Bett, mit kalkweißem Gesicht und großen, dunklen Augen.
»Es war Pascal, nicht wahr?«
»Ja.« Rowland wirkte unschlüssig. »Wußte er, daß du nach Paris kommen wolltest?«
»Nein.« Sie zitterte. »Er muß in meinem Amsterdamer Hotel angerufen haben. Vielleicht hat er auch mit Max gesprochen. Als er erfahren hat, daß ich in Paris bin, hat er wahrscheinlich vermutet, daß ich in Lindsays Hotel absteigen würde. Er – ich konnte ihn von Amsterdam aus nicht erreichen. Er ist nicht in Sarajevo. Er ist zurück nach Mostar, und –«

»Nicht, Gini.« Das Zittern hatte jetzt ihren ganzen Leib erfaßt. Rowland nahm sie in die Arme. »Hör zu, Gini. Hast du mitbekommen, was ich ihm erzählt habe? Ich mußte lügen –«
»Ich weiß. Ich konnte dich hören. Es ist bloß – du hast so gut gelogen. O *Gott* ...«
»Gini, *hör zu.* Er hat mir geglaubt. Er wird heute nachmittag gegen drei oder vier Uhr noch mal anrufen. In einer Stunde bist du in einem anderen Zimmer, Ehrenwort. Keine Angst – wir haben noch Zeit. Laß mich beim Empfang anrufen. Ich frage dort nach einem freien Zimmer. Ich lasse Kaffee kommen ...«
Rowland griff nach dem Telefon. Gini sah ihm mit angst- und qualvoll geweiteten Augen zu. Ihr Körper wurde jetzt wie von Krämpfen geschüttelt, sie schien sich weder bewegen noch sprechen zu können.
»Erledigt.« Rowland drehte sich wieder vom Telefon weg. »Der Kaffee ist unterwegs. Sie meinen, daß sie unter Umständen ein Einzelzimmer auftreiben können, es gibt da einen Gast, der vielleicht vorzeitig abreisen will. Sie rufen zurück. Hör mir zu, Gini. Steh auf. Dusch dich. Zieh dich an. Bis er wieder anruft ... Wir –« Rowland verstummte. Sie brachte es nicht über sich, ihn anzusehen; sie kreuzte die Arme über den Brüsten. Sanft nahm Rowland sie bei der Hand.
»Nicht, Gini«, beschwor er sie leise. »Du machst es mir sehr schwer. Wenn du weinst – du kannst dir doch vorstellen, wie mir das zu schaffen macht. Können wir nicht einfach – einfach mit unserer Arbeit weitermachen? Das willst du doch immer noch?«
»Ich muß. Ich muß ...« Sie schluchzte leise und entriß ihm ihre Hand. »Ich *weiß* nicht mehr, was ich will. Ich weiß nicht mehr, wer ich bin. Ich kann nicht mehr denken ...«
Sie vergrub das Gesicht in den Händen. Rowland zögerte, kämpfte gegen die Versuchung zu sprechen an und sagte schließlich doch, was er schon seit Stunden hatte sagen wollen. Aus seinen Worten sprach Abneigung, das war ihm bewußt, und Wut auf Lamartine, die sich seit Tagen in ihm aufgestaut hatte und die er nicht länger unterdrücken konnte.
»Gini«, setzte er an, »ich schlafe nie mit verheirateten Frauen. Das habe ich mir zum Prinzip gemacht. Du bist *nicht* verheiratet. Du kannst dich entscheiden.«

»Du irrst dich.« Sie riß das Gesicht hoch und sah ihn an. »Ich *bin* verheiratet. Ich fühle mich verheiratet. Man braucht keinen Ring zu tragen, um das zu fühlen. Dazu braucht es keine Papiere, keine Trauzeugen, nichts von alldem ...«

»Ich weiß.«

»Ich weiß, daß du geglaubt hast, es sei vorbei. Ich weiß, daß Max das geglaubt hat und Lindsay und Charlotte auch – aber ihr täuscht euch. Es war *nicht* vorbei. Das ginge gar nicht. Pascal ist mein Leben ...«

Rowland zuckte zurück, als hätte sie ihn ins Gesicht geschlagen. Er stand auf und sah ein paar Sekunden schweigend auf sie herab. Jemand klopfte an die Tür zum Gang. Rowland reagierte nicht. Seine grünen Augen ruhten auf ihrem Gesicht.

»Weißt du das genau?«

»Ja. Nein. Ich weiß überhaupt nichts mehr. Wenn ich mir sicher wäre – dann hätte ich das doch nicht tun können ...«

»Das würde ich auch meinen.« Die grünen Augen waren erkaltet. Plötzlich zuckte er mit den Achseln. »Das wird der Kaffee sein. Ich hole ihn. Du stehst auf und ziehst dich an. Dann –«

»Dann tun wir alles wie besprochen? Rowland, die Lügen haben *jetzt schon* begonnen. Du hast bereits gelogen. Ich werde heute nachmittag lügen müssen. Ich *hasse* das ...«

»Wir haben uns da selbst hineingeritten. Wir müssen uns auch selbst wieder herausziehen.« Er hatte ihr bereits den Rücken zugedreht. »Wir müssen den Schaden begrenzen, in Ordnung?«

Im Hinausgehen streifte er einen Bademantel über. Kurz vor der Tür zum Gang fragte er sich, wie groß der angerichtete Schaden wohl war.

»Ich nehme das«, sagte er, noch während er die Tür öffnete, dann erstarrte er.

Draußen stand ein großer dunkelhaariger Mann in schwarzen Jeans und schwarzer Lederjacke. Aus seinem Ausdruck erkannte Rowland sofort, wer er war.

»Kann ich helfen?« Rowland stemmte eine Hand gegen den Türrahmen.

Der Mann sah ihn mit kalten, harten grauen Augen an.

»Ich möchte zu Gini«, antwortete er gepreßt. »Schläft sie noch? Sagen Sie ihr doch, daß ich da bin.«

Rowlands Gedanken überschlugen sich. Er blickte sein Gegenüber scheinbar verständnislos an. Ihm schoß durch den Kopf, daß er ausgetrickst worden war, daß Lamartine im Bedarfsfall andere Menschen offenbar ebenso kaltschnäuzig irreführen konnte wie er selbst.

»Gini? Ach, Sie meinen Genevieve? Verzeihen Sie – haben wir nicht eben miteinander telefoniert? Ich meine Ihre Stimme wiederzuerkennen –«

»Ja. Haben wir.«

»Ich dachte – ach, auch egal. Offenbar bin ich noch nicht richtig wach. Hatte ich Ihnen das nicht erklärt? Es gab ein ziemliches Durcheinander mit den Zimmern. Man hat mich gestern abend hier einquartiert. Und Genevieve irgendwo anders. Der *Correspondent* hat die meisten Zimmer im sechsten Stock. Haben Sie es dort schon versucht?«

»Können wir damit aufhören, und zwar sofort?« Die Augen des Mannes glitzerten. »Ich war nicht zwei Tage unterwegs, um in einer Feydeau-Posse mitzuspielen. Würden Sie mich bitte reinlassen?«

Rowland hörte den Zorn in der höflichen Frage; er wußte, daß es leicht zu einem Handgemenge kommen konnte.

»Hören Sie, es tut mir leid«, antwortete er freundlich, »aber Sie irren sich. Dies ist mein Zimmer. Beschweren Sie sich beim Empfang. Ich will jetzt duschen –«

»Die Dusche ist eben angegangen«, erwiderte Lamartine weniger freundlich. »Ich frage mich, wie Sie von hier aus wohl aufgedreht haben.«

»Habe ich etwa behauptet, ich würde allein duschen?« Rowland wirkte einen Augenblick lang unschlüssig, schenkte ihm dann ein komplizenhaftes Lächeln und senkte die Stimme. »Hören Sie, mir ist die Angelegenheit ein bißchen peinlich. Ich wäre Ihnen dankbar, wenn Sie Genevieve nichts davon erzählen würden. Bürotratsch, Sie wissen schon. Also, die Sache ist die – wir sind hier schließlich in Paris, und meine Sekretärin ist mitgekommen. Ich bin ein verheirateter Mann. Sie werden bestimmt verstehen …«

Eine Sekunde lang glaubte er, damit durchzukommen. Er bemerkte, wie sich Zweifel auf Lamartines angespanntem Gesicht ausbreitete, gefolgt von Hoffnung und schließlich Verachtung. Diese Reaktion zu beobachten gab Rowland das Gefühl von Orientierungslosigkeit. Eine Drehung des Rades, und er selbst hätte dieser Mann sein können. Lamartine war fast so groß wie er; er war ähnlich gebaut, sein Haar hatte die gleiche Farbe, er war etwa gleich alt; die Emotionen, die er jetzt in Lamartines Gesicht registrierte, wären unter den gegebenen Umständen auch seine gewesen. Rowland empfand ihn als Rivalen und fühlte sich zugleich mit ihm verwandt: Wir sind uns *ähnlich,* dachte er und verkrampfte sich. Lamartine holte zum Schlag aus.

Er sah die Bewegung, wappnete sich, um zum Gegenschlag auszuholen, und dann, als der erwartete Schlag ausblieb, beobachtete er, wie sich Lamartines Gesicht ein letztes Mal verwandelte. Ganz plötzlich sprachen aus seiner Miene Liebe und Schmerz, wie sie nur ein Mensch hätte hervorrufen können. In stummem Verständnis ließ Rowland den Arm sinken und trat beiseite.

Gini hatte einen Morgenmantel übergestreift, wie er sah, aber ihre Füßen waren nackt. Sie stand fünf Meter von ihnen entfernt, den Blick fest auf Lamartine gerichtet.

»Hör auf zu lügen, Rowland«, sagte sie leise. »Das kann ich nicht zulassen. Es ist falsch.«

Die plötzliche Stille war wie Glas. Dann trat Lamartine in den Raum und ging an Rowland vorbei, ohne ihn auch nur anzusehen. Vor Gini blieb er stehen. Er berührte sie nicht und wurde auch nicht laut. Statt dessen forderte er Gini auf französisch auf, sich anzuziehen und augenblicklich mitzukommen. Er werde fünf Minuten und keine Sekunde länger vor dem Aufzug im Gang warten, und er wäre ihr dankbar, wenn sie sich beeilte, da sie offensichtlich – und dabei blickte er auf Rowland – einiges zu besprechen hätten.

Unter extremem Streß reagiert er blitzschnell, dachte Rowland. An der Tür blieb Lamartine stehen, und ihre Blicke trafen sich.

»*Sind* Sie verheiratet?« fragte Lamartine scharf.

»Nein«, antwortete Rowland, und sah, bevor die Tür ins Schloß fiel, wie es in Lamartine zu arbeiten begann.

Kapitel 14

»Sag nichts – warte«, sagte Pascal, während er sie in den Lift zerrte. Sie fuhren acht Stockwerke abwärts, schweigend und ohne sich zu berühren, höflich wie Fremde und unter Fremden. Trotzdem konnten die anderen Fahrgäste die Spannung zwischen ihnen ahnen, das war Gini klar; sie bemerkte die neugierigen Blicke, die verlegen abgewandten Gesichter. Blindlings stolperte sie durch die Journalistenhorde, die sich bereits in der Lobby versammelte, und hinaus in die kalte, feuchte Luft. Jetzt begann sie zu sprechen, Pascal zusammenhanglos anzuflehen, aber Pascal hörte nicht. Er packte sie am Arm, zerrte sie über die Straße, dann über die erste Brücke auf ihrem Weg und auf das linke Ufer der breiten, grauen und träge dahinströmenden Seine.

Er wirkt zutiefst erschüttert, dachte Gini, die selbst vor Tränen halb blind war. Den brausenden Verkehr schien er weder zu sehen noch zu hören. Auf dem linken Seineufer zog er sie am Kai entlang und dann in eine kurze, schmale Straße, die Rue St. Julien le Pauvre. Erst jetzt begriff sie, wohin er sie brachte, wo er die Nacht verbracht hatte; ein kleines Hotel, in dem sie im vergangenen Jahr zweimal logiert hatten. Sie wehrte sich mit einem leisen Schmerzensschrei, aber der Griff um ihren Arm wurde nur um so fester; er führte sie in das alte Gebäude, die schmalen Stiegen hinauf und in ein Zimmer zur Straße mit halbem Blick auf den Fluß und Notre Dame.

Es war dasselbe Zimmer, das man ihnen schon früher gegeben hatte, zweimal sogar, als sie vor ihrer Abreise nach Bosnien nach Paris gefahren waren, um Marianne zu besuchen. Sie hatten sich in diesem Bett geliebt, sich gemeinsam aus diesem Fenster gelehnt, damals im letzten Frühling, als sie beide so glücklich gewesen waren und die

Welt einen Sinn zu haben schien; als sie ins Zimmer trat, meinte sie den Geistern von damals zu begegnen. Sie wandte sich ab, schlug die Hände vors Gesicht; Pascal knallte die Türe zu.

»Jetzt. Erklär mir ...« Er konnte kaum sprechen. »Wie lange geht das schon? *Sag es mir*, Gini, um Gottes willen – wie lange lügst du mich schon an? Seit du aus Bosnien weg bist? Noch länger?«

»Nein. Nein – bitte glaub mir.« Sie drehte sich um, sah ihn flehend an. »Pascal – es war nur diese Nacht. *Nur* diese Nacht. Sonst war nichts –«

»Und das soll ich dir glauben?« Er riß sich von ihr los. »Dein Gesicht. Deine Augen. Ich kann dich gar nicht ansehen. Du hast dir das Haar geschnitten. Du stinkst nach ihm – ich erkenne dich nicht wieder. Herr im Himmel – bleib mir bloß vom Leib. Ich hätte bei meinem Leben geschworen, daß du mir nie so was antun würdest – du nicht –«

»Pascal –«

»Sag nichts. Warte. Und faß mich um Gottes willen nicht an. Ich könnte dich umbringen. Ich könnte ihn umbringen. Warte. Ich muß nachdenken. Ich kriege keine Luft ...«

Er drehte ihr den Rücken zu, ballte die Fäuste und begann, im Zimmer auf und ab zu marschieren. Einen gezischten Fluch auf den Lippen, riß er das Fenster auf und lehnte sich hinaus in die milde Luft, den milden Regen. Die Vorhänge flatterten im Wind; ein Papier wehte vom Tisch auf den Boden. Darauf standen in Pascals Handschrift die Namen von zehn großen Pariser Hotels und die dazugehörigen Telefonnummern. Das St. Regis war das letzte auf der Liste; als sie seine Handschrift sah, begann Gini wieder zu weinen.

»Hast du mich so gefunden? Ich dachte, du hättest mit Max gesprochen –«

»Max? Nein.« Er drehte sich um und sah sie blind an. »Ich kann nicht – ich bin seit zwei Nächten und einem Tag unterwegs. Ich habe nicht geschlafen. Ich war in Amsterdam – ich wollte dich dort treffen. Ich dachte – ich wollte dich überraschen. Dann, nachdem ich erfuhr, daß du abgereist warst, bin ich weiter nach Paris. Gegen zwei Uhr morgens war ich hier. Ich erfuhr, daß die neuen Kollektionen vorgestellt werden – ich dachte, du bist bestimmt in Lindsays Hotel. Als ich herausgefunden hatte, wo du wohnst – da war es schon so spät, und in deinem Zimmer meldete sich niemand. Ich beschloß, bis zum Morgen zu warten, und ...« Ihm versagte die Stimme. Sie sah, wie Schmerz und Unverständnis sein Gesicht verdunkelten; er drehte sich wieder um und schloß das Fenster. »Das tut alles nichts zur Sache. Es ist irrelevant. Ich – ich kann nicht nachdenken. Ich verstehe das einfach nicht. Ich sehe immerzu nur diesen Mann in der Tür. Ich wußte, daß er lügt. Ich habe es ihm angesehen, ich habe deinen Mantel auf einem Stuhl gesehen. Aber selbst da, selbst da – dachte ich immer noch, nein, das kann nicht stimmen, ich muß mich irren. Dabei habe ich es gewußt. Ich habe es vom ersten Augenblick an gewußt. Ich wußte es gleich heute morgen, als er ans Telefon ging. Seine Stimme –« Er verstummte; sie sah, wie er darum kämpfte, die Beherrschung wiederzufinden. »Wie eigenartig. Das werde ich nie vergessen. Wie ich in diesem Hotelkorridor stand. Und innerlich starb –«

»Pascal, bitte ...« Unwillkürlich machte sie einen schnellen Schritt auf ihn zu. »Ich halte es nicht aus, dich so zu sehen. Bitte. Bitte hör mich an – laß mich erklären –«

Sie erstarrte. Seine Miene ließ sie erstarren; ihre ausgestreckte Hand sank herab.

»Erklären?« Er wich weiter zurück. »Ich hätte es wissen müssen – in dieser Situation – da klingt alles, was man sagt, wie ein Klischee, so als wären wir beide in einer Schmierenkomödie gefangen. Und trotzdem fühle ich – ich liebe dich so sehr, Gini. Und ich dachte, du liebst mich.«

»Ich liebe dich auch –«

»Nicht – bitte.« Er hob die Hand. »Ich kann es nicht ertragen, so von dir belogen zu werden. Du warst mit einem anderen Mann im Bett, und – *Wie* konntest du das nur tun? *Warum* hast du das nur getan? Was in aller Welt hat dich dazu getrieben? Ich habe erst am Sonntagabend mit dir gesprochen, als du bei Max warst – das ist noch nicht einmal achtundvierzig Stunden her. Du hast keinen Ton gesagt – du hast mir nicht den kleinsten Hinweis gegeben –«

»Damals gab es auch nichts zu erklären. Pascal, ich habe dich damals nicht angelogen. Ich habe nichts vor dir verheimlicht.«

»Deine Briefe ...« Er hört mich überhaupt nicht, dachte sie. Keiner ihrer Einwände schien zu ihm durchzudringen. Jetzt faßte er in seine

Jackentasche und zog ein Bündel Briefe hervor. Er schleuderte sie aufs Bett.

»Alles, was du darin geschrieben hast – ich kenne diese Briefe *auswendig*. Weißt du, wie oft ich sie gelesen und wieder gelesen habe? Du hast geschrieben – so oft hast du von *immer* geschrieben. Ich habe dich nicht darum gebeten. Du warst frei, und du hast dich *entschieden*. Gini – wie konntest du das nur tun? Warum? Ich habe dir voll und ganz vertraut. Ich habe geglaubt – glaubst du etwa, ich hätte dich irgendwann in den letzten zwei Monaten betrügen und mit einer anderen Frau ins Bett steigen können? Das hätte ich unmöglich tun können, das hätte ich gar nicht *gewollt*. Die einzige Frau, mit der ich zusammensein wollte, war die Frau, die ich liebte.«

Gini drehte ihm den Rücken zu und ließ blind den Blick durchs Zimmer wandern, durch dieses so ungeheuer französische Zimmer mit den blauen *Toile-de-Jouy*-Tapeten; Nymphen und Schäferinnen vergnügten sich inmitten romantisierter Ruinen; kleine Wappentiere durchsetzten diese pastoralen Szenen. Das Muster verschwamm vor ihren Augen, lärmten in ihrem Kopf. Sie konnte Pascal nicht in die Augen sehen; sie fürchtete sich davor, in das geliebte Gesicht zu blicken.

»Es war nicht *geplant*«, platzte es aus ihr heraus. »Pascal – das macht vielleicht keinen Unterschied, aber du mußt mir glauben. Diese Sache hat sich nicht allmählich angebahnt; wir haben nie miteinander geflirtet. Er hat mich nicht beschwatzt oder verführt – es war ganz anders. Das darfst du nicht glauben – das ist Rowland gegenüber nicht fair. Er hat das genausowenig kommen sehen wie ich. Wir sind uns erst vor ein paar Tagen begegnet, ich kenne ihn kaum. Wir arbeiten zusammen, das habe ich dir schon erzählt – und als ich gestern abend in Paris ankam – da haben wir uns gestritten, und dann – ich weiß nicht mehr. Ich glaube, er hat mich am Arm berührt. Oder meine Hand genommen. Und dann – ist es einfach passiert. Ich bin schwach geworden. Es war meine Schuld. Ich weiß nicht, warum ich es getan habe. Ich – ich habe dich so vermißt, und ich war unglücklich und einsam. Das ist alles keine Entschuldigung, ich weiß –«

Sie verstummte. Erst jetzt nahm sie durch ihre Tränen hindurch den Ausdruck auf Pascals Gesicht wahr.

»Ihr seid euch erst begegnet? Wann genau?«

»Pascal – tut das denn irgendwas zur Sache? Bitte –«
»Nein. Antworte mir. Wann?«
»Am Freitag.«
»Vergangenen Freitag?« Sie sah blankes Entsetzen in seinem Gesicht. »Du willst mir erzählen, daß du ihn noch nicht mal drei Tage kennst?«
»Ja.«
»Ich verstehe.« Aus seinem Gesicht wich alle Farbe. »So schnell hat er es geschafft? Lieber Gott. Ich kann es einfach nicht fassen. Ich kann nicht fassen, daß *du* –«
»Pascal – bitte ...« Er ging schon wieder im Zimmer auf und ab. »Es war ganz anders, glaub mir. Du irrst dich. Er hat mich nicht manipuliert – nicht ein einziges Mal, nicht im geringsten. Wir haben bloß zusammengearbeitet. Und dann ist es geschehen –«
»Nein. Du hast es geschehen *lassen*.« Er drehte sich zu ihr um, sein Gesicht war wutverzerrt. »Wenigstens das sollten wir klarstellen. Du weißt genausogut wie ich – in einer solchen Situation, wenn eine solche Situation entsteht, dann gibt es immer einen Moment, in dem man eine Entscheidung trifft, in dem man noch weggehen kann. Vor dem Kuß, vor dem entscheidenen Satz, vor dem bestimmten Blick – da kannst du dich *entscheiden*. Also erspar mir wenigstens diese netten liberalen Lügen, Gini. Erzähl mir nicht, daß du einen Mann lieben und gleichzeitig mit einem anderen bumsen kannst. Erspar mir das. Wir wissen beide, daß das nicht stimmt.«
»Ich weiß es *nicht*!« Sie wurde lauter. »Pascal, es ist nicht immer so einfach. Du kannst nicht so kategorisch sein –«
»Das kann ich sehr wohl.« Er sah ihr in die Augen. »Ich bin kategorisch. Du warst es auch. Früher mal.«

Er hatte recht; einst war das auch ihr Credo gewesen. Sie hatte entsetzliche Angst, daß er sie weiter verhören würde und sie ihm das ganze Ausmaß ihrer Untreue gestehen müßte. Sie rechnete mit Fragen: wie, wann, wo, warum, wie oft. Im umgekehrten Fall hätte sie ihn einem so groben Kreuzverhör unterzogen, daß wußte sie. Auch wenn die Gewißheit die Qualen nur vergrößerte, war sie dem Zweifel vorzuziehen.
Deshalb wartete sie auf seine Fragen. Als sie ausblieben, begann sie

zu verstehen, daß sie für Pascal bereits beantwortet waren, durch ihre Gesten, ihre Wortwahl, ihren Tonfall. Oder vielleicht war Pascal einfach zu stolz, um Fragen zu stellen, die er widerwärtig fand.
Zu ihrer Überraschung begann er, ihr die Umstände seiner Reise nach Paris zu beschreiben. Erst glaubte sie, er könne es nicht ertragen, von etwas Naheliegenderem zu sprechen; dann wurde ihr klar: diese Beschreibung war eine Form von Suche – so als würde er hier, in dem Geschilderten, nach ihr suchen. Denn soviel begriff sie: Sie hatten einst beide ihre Liebe an dem gemessen, was sie in Bosnien erlebt hatten. Jetzt fragte er sie indirekt, ob sie das vergessen hatte.
Er sei mit einem UN-Konvoi aus Mostar herausgekommen, erzählte er, auf der Ladefläche eines Armeelasters, mit dem Frauen, Kinder und Schwerverletzte evakuiert wurden. Die Fahrt über die unwegsamen Straßen hatte viele Stunden gedauert. Meistens waren die Kinder auf jenen Transporten schon zu erschöpft zum Weinen; die Mütter, die von ihren Ehemännern und Familien getrennt worden waren und nicht wußten, ob sie sie jemals wiedersehen würden, bisweilen ebenso leergeweint; manchmal aber auch nicht. Er hatte Sarajevo schließlich am Morgen des vergangenen Tages im Bauch eines Transportflugzeugs verlassen. Das Flugzeug hatte ihn auf einen abgelegenen Militärflughafen in Deutschland gebracht; von dort aus hatte er diverse Anschlußflüge organisiert; schließlich war er gegen elf Uhr abends, ein paar Stunden nach ihrer Abreise, in Amsterdam gelandet.
Er habe einen *Film* im Kopf gehabt, sagte er: Dieser Film habe ihm auf seiner Reise Kraft gegeben. Er würde vor ihrem Zimmer stehen und eintreten. Das waren die Worte, die sie zueinander sagen würden; das würden sie vielleicht danach tun. Der gleiche Film war, in überarbeiteter Fassung, noch in seinem Kopf gewesen, als er vor ein paar Stunden um sechs Uhr fünfundvierzig zum vierten Mal in vier Stunden in ihrem Zimmer im St. Regis angerufen hatte – und sich Rowland McGuire gemeldet hatte. Weiter konnte er nicht erzählen. Sie sah, wie sich sein Gesicht veränderte und einen ihr mittlerweile vertrauten Ausdruck annahm, den sie seit Bosnien insgeheim als seine »Knapp-vor-der-Schußlinie«-Miene bezeichnete.
Pascals Konkurrenten und auch ihr Vater hatten ihm oft Adrenalinsucht, wenn nicht gar unbewußte Todessehnsucht unterstellt. Gini

wußte, daß das falsch war: Pascal wägte immer sehr genau ab, welche Risiken er einging. Gut, er war weniger um seine eigene Sicherheit besorgt als die meisten Menschen, aber er war keineswegs tollkühn: Bevor er den Entschluß faßte, sich in eine mögliche Gefahr oder ein Kampfgebiet zu begeben, gab es bei ihm einen kurzen Augenblick, in dem er hochkonzentriert nachdachte. Diese Miene sah sie jetzt auf seinem Gesicht, als er sich zum ersten Mal zu ihr umdrehte, seit er zu sprechen begonnen hatte. Er stand absolut still, so daß das Licht vom Fenster schräg auf sein kräftiges, schmales, intelligentes Gesicht fiel. Seine grauen Augen erwiderten ihren Blick, und ihr war klar, daß er in diesem Moment ihre gemeinsame Vergangenheit und damit alles, was sie geteilt hatten – vielleicht sogar sie selbst – gegen das aufwog, was er heute morgen erlebt hatte. Für einen kurzen Augenblick krampfte sich ihr Herz vor Angst zusammen, denn Pascal hatte eine Abneigung gegen Kompromisse. Ihm war durchaus zuzutrauen, daß er im nächsten Moment aus dem Zimmer spazieren und ihre Beziehung ohne ein weiteres Wort und doch endgültig beenden würde, ohne jede Hoffnung auf ein Einlenken oder eine Rückkehr.
Sie stieß einen leisen, halb ängstlichen, halb protestierenden Schrei aus; seine Miene verwandelte sich. Er kam auf sie zu und berührte sie zum ersten Mal, nahm ihre Hand in seine.
»Hör mir zu. Sieh mich an.« Er drehte ihr Gesicht zu sich her. »Gini, wir müssen das hier hinter uns lassen. Ich kann – im Moment kann ich nichts begreifen, und ich kann nicht nachdenken. Irgendwas ist ganz entsetzlich schiefgelaufen. Liebling – du bist so dünn. Dein Haar. Dein Gesicht –« Seine Stimme begann zu zittern. Er zog sie an sich. »Du hast mir soviel verschwiegen – am Telefon, in deinen Briefen. Ich meine nicht diesen Mann – das hat nichts mit ihm zu tun. Warum nur, Gini? Was ist mit dir *geschehen*, seit du von mir weg bist? Ich dachte, wir hätten keine Geheimnisse voreinander ...«
Er verstummte fassungslos, sein Blick tastete ihr Gesicht ab. Als sie ihm nicht antwortete, packte er sie an beiden Händen und zwang sie, ihm ins Gesicht zu sehen.
»Gut. Wir werden es so machen: Wir reisen sofort ab – okay? Wir verlassen Paris mit dem ersten Flug, den wir kriegen können. Und dann – wir verschwinden nach London, in unser Apartment – oder an einem stillen Fleck, wo wir allein sind und uns unterhalten kön-

nen. Wir können das hier retten – aber wir müssen es gleich tun. Jetzt sofort. Sieh mich an, Liebling. Sag, daß du mitkommst.«
Gini schwieg unschlüssig, und er fühlt ihr Zögern. Augenblicklich ließ er ihre Hände los und trat einen Schritt zurück.
»Du wirst nicht mitkommen?«
»In ein, zwei Tagen, ja, Pascal. Ich will das doch auch – mehr als irgend etwas sonst. Aber ich kann jetzt nicht weg, nicht heute, das wäre falsch. Ich *muß* diese Story zu einem Ende bringen. Ich habe es dir doch erzählt – ein junges Mädchen wird vermißt. Ich – ich muß sie finden. Ich muß den Mann finden, mit dem sie zusammen ist. Seinetwegen sind zwei Menschen gestorben – ich *kann nicht* einfach so weggehen.«
Eine Stille entstand, eine Stille, die Gini zutiefst verängstigte. Sie spürte, wie in ihr die Worte zu einem Ozean anschwollen, einer riesigen, ohrenbetäubenden Masse, die viel zu lang aufgestaut worden war. Sie spürte Pascals Zorn; die zärtliche Fürsorge, die sie eben noch auf seinem Gesicht gesehen hatte, war wie weggewischt.
»Ich verstehe.« Er musterte sie lang und kalt. »Kannst du nicht von dieser Story weg – oder von diesem Mann? Sag mir die Wahrheit, Gini. Ich will Klarheit, absolute Klarheit.«
»Es ist die Story«, erwiderte sie hastig. »Das hat überhaupt nichts mit Rowland McGuire zu tun. Im Gegenteil – wenn ich ihn darum bäte, würde *er* bestimmt nach London heimfliegen –«
»Glaubst du wirklich? Ich wäre da vorsichtig. Ich glaube, daß er dich nur äußerst ungern verlassen würde. Und ich bezweifle stark, daß er so brav nach London zurückkehren würde. Seiner Miene nach zu urteilen.«
»Pascal – bitte. Du täuscht dich. Bestimmt bedauert er, was passiert ist. Er wird sich möglichst elegant aus der Affäre ziehen wollen. Er –«
»Hältst du mich eigentlich für einen Volltrottel?« In seinen Augen glühte Zorn. »Glaubst du, ich *weiß nicht*, wie ein Mann in so einer Situation aussieht? Lüg mich nicht an. Ihr habt euch die ganze Nacht geliebt – das war mir klar, sobald er mir die Tür geöffnet hat. Ich habe es gewußt, als er so galant für dich gelogen hat – und so das verdammt noch mal zugelassen hast. *Herrgott* …« Die wütende Geste ließ Gini zusammenzucken. »Er wird sich *nicht* einfach so aus dem

Staub machen. Er hat keineswegs den Wunsch, sich aus der Affäre zu ziehen – ganz im Gegenteil. Das hat er mir kristallklar zu verstehen gegeben, als ich aus dem Zimmer ging.«

»Das hat er nicht, Pascal. Er hat nur ein einziges Wort zu dir gesagt –«

»Und das hat gereicht. Was er gesagt hat, war bedeutungslos. Ich habe es ihm angesehen. Er hätte sich nicht klarer ausdrücken können, wenn er mir eine reingehauen hätte. Und du hast das verdammt noch mal gewußt. Du weißt es auch jetzt. Du kannst mir nicht in die Augen sehen. Entweder lügst du mich an oder dich selbst. Es war ein schneller, belangloser Fick, den ihr beide sofort bereut habt – oder? *Oder?*«

»Darauf werde ich dir nicht antworten –«

»Das hast du bereits.« Er rang um Beherrschung, drehte ihr kurz den Rücken zu und fuhr dann gleich wieder herum. »Also versuch nicht, ihm die Entscheidung zuzuschieben. Es muß deine Entscheidung sein. Du mußt die Wahl treffen.« Er holte Atem. »Und überleg sie dir gut, denn du wirst sie nicht revidieren können, weder morgen, noch nächste Woche.« Sein Blick traf sie bis ins Herz, in dem sich Grimm mit tiefer Reue mischte. »Wir haben das schon einmal durchgemacht«, erklärte er gepreßt. »Du mußt dich entscheiden. Zwischen mir und dieser Story, wenn du so willst. In einer Stunde geht ein Flug, und den werde ich nehmen. Mit dir oder ohne dich. Gott verdammt ...« Jetzt verlor er die Beherrschung, rammte die Faust gegen die Wand. »Glaubst du etwa, ich werde dich jetzt anflehen? Glaubst du etwa, ich werde versuchen, dich daran zu erinnern, was wir waren, was wir uns bedeutet haben? Das werde ich nicht tun. *Nein.* Wenn du mich liebst, kommst du mit. Wenn nicht, dann war das ganze letzte Jahr, dann war der größte Teil meines Lebens ein Fehler. Also entscheide dich, Gini, und zwar sofort. Ich werde nicht auf dich warten.«

»Wie kannst du so etwas sagen? Wie kannst du so was tun? Habe ich dich jemals so vor die Wahl gestellt?« Sie baute sich vor ihm auf und klang plötzlich laut und vorwurfsvoll. »Du warst *neun Wochen* lang weg, Pascal. Drei, höchstens vier sollten es werden. Es wurden *neun*. Habe ich dich da vor die Wahl gestellt? Habe ich dir gesagt, wenn du mich liebst, Pascal, dann nimm das nächste Flugzeug aus Sarajevo und komm zu mir? Habe ich das *jemals* von dir verlangt?«

»Willst du das etwa mit dem hier vergleichen? Herr im Himmel, was ist eigentlich los mit dir? War ich da unten mit einer anderen Frau zusammen? Nein, war ich nicht. Ich war dir treu – ich hätte dich gar nicht betrügen können – das weißt du ganz genau. Ich habe nie Zweifel an meinen Gefühlen aufkommen lassen, weder wenn ich mit dir gesprochen habe, noch in meinen Briefen. Ich verlange nicht, daß du dich zwischen mir und deiner Arbeit entscheidest. Du sollst dich entscheiden, wer dir mehr bedeutet – ich – oder der Kerl, der dich letzte Nacht flachgelegt hat –«
»Das hat er nicht – das habe ich dir schon erklärt. Und er hat nichts damit zu tun. Ich bitte dich um ein paar Tage Zeit, Pascal, mehr nicht – ich kann es dir nicht erklären. In Amsterdam – da habe ich mir *geschworen*, daß ich das zu Ende bringen werde –«
»Du hast eine Menge geschworen.« Er wies auf die Briefe, die er quer übers Bett geschleudert hatte. »Soll ich dir ein wenig von dem ins Gedächtnis rufen, was du mir geschworen hast? Offenbar hast du das vergessen. Es kann dir nicht allzu ernst damit gewesen sein –«
»Das ist nicht *wahr*, Pascal. Verstehst du denn nicht? Ich will gar nicht entschuldigen, was ich getan habe. Aber begreif doch – die Zeit ist für mich nicht *stehengeblieben*, während du weg warst. Woche um Woche war ich allein. Was ich in Bosnien gesehen habe, hat mich *verändert* – und ich konnte dir nichts davon erzählen. Ich konnte dir nicht erzählen, wie krank und verzweifelt und wahnsinnig ich mich fühlte. Du solltest frei sein, du solltest arbeiten können, und deshalb konnte ich dir nicht mal erzählen, wie sehr ich mich nach dir sehnte. Kannst du dir vorstellen, wie schwer es war, das *nicht* zu sagen? Woche um Woche habe ich mich damit getröstet, daß du an Weihnachten heimkommen würdest. Ich war überzeugt – ist dir eigentlich nie der Gedanke gekommen, daß sich auch in meinem Kopf Filme abspielen können, Pascal? Auch ich kann mir Sachen ausmalen. Ich hatte diesen Weihnachtsfilm im Kopf. Ich sah – gut, vielleicht etwas Dummes. Unser erstes gemeinsames Weihnachtsfest. In unserer Wohnung. Ein Baum. Ich habe einen Weihnachtsbaum gekauft. Und Weihnachtssterne. Ich habe dir Geschenke gekauft und sie eingepackt. Und dann kamst du *nicht* –«
»Gini?« Er kam auf sie zu. »Liebling – was sagst du da? Davon hast du mir nie was erzählt. An Weihnachten – du hast doch gesagt, es

würde dir nichts ausmachen. Du hast gesagt, wir würden Weihnachten feiern, nachdem ich heimgekommen wäre. Du hast gesagt –«

»Ich *weiß*, was ich gesagt habe …« Sie konnte die Tränen nicht länger zurückhalten und sie über ihr Gesicht strömen. »Aber gedacht habe ich etwas anderes. Und gefühlt. Ich hatte gehofft – ich war überzeugt, daß du verstehen würdest. Ich dachte – nicht mal Pascal kann ewig da unten bleiben. Er muß mich doch vermissen. Er muß doch heimkommen *wollen*. Und dann – damals habe ich mich mit Helen getroffen. Wir haben zusammen Mittag gegessen, und sie hat gemeint –«

Er war näher gekommen, hatte schon die Hand nach ihr ausgestreckt; als sie seine Ex-Frau erwähnte, erstarrte er in der Bewegung. »Was? Du hast dich mit Helen getroffen? Davon hast du mir gar nichts erzählt.«

»Vor Weihnachten. Ich sah ihr an, daß sie mich für dumm hielt. Sie kannte dich besser als ich. Ihr war klar, daß du weder zu Weihnachten noch zu Silvester heimkommen würdest. Sie erzählte mir – wie es während eurer Ehe war. Daß sie dich nie erreichen konnte. Daß sie ganz allein mit Marianne zurechtkommen mußte, ohne deine Hilfe – und ich dachte: Ja, sie hat recht. Pascal lebt für seine Arbeit, ganz recht, und deshalb liebe ich ihn. Nur –« Sie brach ab. Pascals Blick war schwarz vor Zorn. Er packte sie am Arm.

»Raus mit der Sprache«, sagte er. »Weiter. Nur was?«

»Nur, daß es mich *kaputtgemacht* hat, Pascal. Nie zu wissen, wo du warst, ob du in Sicherheit warst. Dir nie meine Gefühle verraten zu können. Es hat mich auch *jetzt* kaputtgemacht – und als sie das gesagt hat, als sie mir erzählt hatte, wie es war, da habe ich mir gedacht, genauso wäre es auch, wenn *ich* ein Kind von Pascal hätte. Ich wäre eine zweite Helen. Das Baby wäre eine zweite Marianne. Und du wärst *immer noch* ständig unterwegs, genau wie sie erzählt hat –«

»Mein Gott – sag das nie wieder zu mir!« Er hielt sie mit schmerzhaftem Griff an beiden Armen fest und rüttelte sie durch. »Schau dich doch an …« Er drehte ihr Gesicht zu sich her.« Ich kann auf deinem Hals noch die Fingerabdrücke dieses Mannes sehen. Ich kann sehen, wo er dich geküßt hat. Ich kann ihn an dir *riechen*, und du redest über meine Frau und mein Kind? Du weißt genau, wie meine Ehe war – du weißt, was für eine Hölle es war. Wenn es nicht wegen meiner Tochter gewesen wäre –«

»Ich weiß, daß du Marianne liebst …« Gini versuchte, sich aus seinem Griff zu befreien. »Warum bist du jetzt nach Paris gekommen, Pascal? Lüg mich nicht an. Erzähl mir nicht, dir sei ganz plötzlich in den Sinn gekommen, daß du mich sehen mußt. Ich *weiß*, was dich schließlich zurückgebracht hat – und das hat nichts mit mir zu tun. Du bist hier, weil Marianne nächste Woche Geburtstag hat –«

Da schlug er sie, so fest, daß sie zu Boden fiel. Sie wurde gegen das Fußende des Bettes geschleudert, wo sie sich zusammenkauerte und sich das Gesicht hielt. Er hatte sie noch nie geschlagen, und der Schlag war so unerwartet gekommen und so schmerzhaft gewesen, daß ihr schwarz vor Augen wurde. Pascal bekam sie zu fassen und zerrte sie wieder hoch.

»Wie kannst du so was sagen? Wie?« Er bebte vor Zorn. »Glaubst du denn kein Wort von dem, was ich dir immer wieder erklärt habe? Mehr braucht es nicht, damit du mir nicht mehr vertraust – nur ein einziges Gespräch mit meiner Ex-Frau? Das reicht dir als Rechtfertigung, um mit einem Kerl ins Bett zu steigen, den du nicht mal drei Tage kennst, und die ganze Nacht mit ihm zu vögeln? *Jesus* …« Er stieß sie weg. »Sag nichts. Du brauchst mir nicht zu antworten. Und erzähl mir bloß nichts von Marianne. Ich liebe meine Tochter. Und ich will ihren Namen jetzt nicht aus deinem Mund hören.«

»Was soll das heißen?«

»Das weißt du genau. Wir wissen es beide.« Er hielt inne und holte tief Luft, um ruhiger zu werden. »Es tut mir leid, daß ich dich geschlagen habe. Ich will nicht, daß es so endet. Es muß aber wohl so sein. Ich gehe lieber. Wenn ich bleibe – würde ich dich vielleicht noch mal schlagen. Ich …« Er sah sich blind im Zimmer um. »Es gab einen Moment – damals in Bosnien – da habe ich gedacht … Egal. Sprich einfach nicht mehr so über Marianne. Du hast keine Kinder. Du kannst das nicht verstehen. Diese Freude und zugleich das schlechte Gewissen, die Reue. Alles zu versuchen und gleichzeitig das Gefühl zu haben, nie genug zu tun. Ich mußte schließlich arbeiten, weißt du …« Er sah sie gepeinigt an. »Diesen Teil der Gleichung hat Helen bestimmt nicht aufgestellt. Doch ich mußte eine Frau und ein Kind unterhalten. Ich mache Fotos. Kriegsfotos. Da kann man nicht um fünf Uhr nachmittags Schluß machen, damit man zum Abendessen daheim ist. Das hat sie gewußt, als sie mich geheiratet hat. Als Marianne geboren wurde, haben wir Pläne gemacht. Wohin ich reisen sollte, wann ich heimkommen würde. Wie ich mir das Leben einteilen könnte. Um meiner Verantwortung als Vater gerecht zu werden. Helen war der Auffassung, daß der Versuch fehlschlug, und zwar natürlich allein durch meine Schuld. Ich habe gehofft ...« Er zögerte. »Ich hatte gehofft, daß du das anders sehen würdest. Egal. Du hast mit meiner Ex-Frau geredet und das Urteil über mich gefällt. Jetzt begreife ich, was gestern abend passiert ist. Ich werde gehen. Es hat keinen Sinn, das hier unnötig in die Länge zu ziehen. Es tut uns nur beiden weh.«

»Ich wollte doch ein Baby von dir.« Gini schrie auf; sie stürzte halb auf ihn zu, stockte aber in der Bewegung. »Ach Pascal – konntest du das denn nicht *sehen*? Konntest du es dir nicht *denken*? In Bosnien fing es an, vielleicht damals in Mostar. Weil ich dich so liebte und weil wir so viel Tod sahen.« Ihre Stimme bebte, und ihr Gesicht fiel in sich zusammen. »Ich wußte, daß es der falsche Zeitpunkt war. Und ich konnte sehen, daß du kein Kind wolltest. Aber es hat mich einfach gepackt und nicht mehr losgelassen. Ich habe mich so nach einem Baby von dir gesehnt, daß ich an nichts anderes mehr denken konnte.«

Es wurde still. Er hatte ihrem stockenden Geständnis aufmerksam und mit bleichem, unbewegtem Gesicht gelauscht. Als sie geendet hatte, machte er eine winzige, beredte Geste, so als würde er etwas aus der Hand geben, das ihm sehr viel bedeutete.

»Ich verstehe.« Seine Miene war verschlossen. »Das hast du also gefühlt. Warum hast du nicht den Mut aufgebracht, mir davon zu erzählen?«

»Warum? Weil ich zu stolz war. Weil ich dich nicht dazu überreden wollte. Weil eine solche Entscheidung von zwei Menschen getroffen werden muß, nicht von einem – und weil sie *fröhlich* getroffen werden sollte. All das –« Ihr versagte die Stimme. Sie nahm einen neuen Anlauf – und dann wurde ihr ganz langsam bewußt, daß ihn, obwohl sie ihm soeben ihre stärksten Gefühle offenbarte – Emotionen, die sich über Monate hinweg angestaut hatten –, ihr Geständnis zwar zu berühren schien, daß jedoch nichts auf ein Nachgeben oder eine Reaktion seinerseits hindeutete.

Ihre Worte versiegten. Er sah sie ein paar Sekunden lang an und seufzte dann.

»Ich würde gern wissen, ob du das wirklich ehrlich meinst.« Er sah weg, dann blickte er sie wieder an. »Vielleicht. Ich kann das nicht mehr beurteilen. Vielleicht hätte ich ganz anders reagiert, als du erwartest hast – wer weiß? Wie dem auch sei, vielleicht ist es ja besser so. Wahrscheinlich hast du nach diesem Gespräch mit Helen deine Meinung geändert – nicht wahr? – und plötzlich erkannt, was für einen schlechten Vater ich abgeben würde.« Die Worte klangen kühl; Gini schoß das Blut ins Gesicht.

»Nein – das habe ich nicht«, widersprach sie. »Das habe ich ganz und gar nicht gedacht. Ich habe es dir doch gesagt. Ich habe mich elend gefühlt. Ich konnte nicht klar denken. Ich hatte Angst, grauenvolle Angst. Du hast schon ein Kind. Du hättest vielleicht kein Kind von mir gewollt. Ich –«

»Jedenfalls hätte ich diese Entscheidung ganz bestimmt nicht in Bosnien getroffen.« Seine Stimme blieb kühl. »Eine solche Entscheidung – sie bestimmt über die nächsten achtzehn, zwanzig Jahre deines Lebens. Es wäre nicht klug gewesen, sie überstürzt zu fällen, mitten in einem Kriegsgebiet, wo wir beide unter Streß standen. Du hast mir immer wieder erklärt, wie wichtig dir deine Arbeit sei – sogar eben jetzt. Ich hätte deshalb vorgeschlagen, daß wir warten würden, ja, bis wir nach London zurückgekehrt wären und Zeit zum Nachdenken gehabt hätten ...« Er verstummte, bückte sich und hob seinen Kamerakoffer auf. »Natürlich ist all das inzwischen bedeutungslos. Die Frage stellt sich nicht mehr. Du stellst hohe Anforderungen an den Vater deiner Kinder, und denen werde ich offensichtlich nicht gerecht. Daran hast du keinen Zweifel gelassen.«

»Bitte, Pascal. Ich weiß, was du gleich sagen wirst. Tu es nicht. Ich kenne dich so gut – wenn du es sagst, gibt es kein Zurück mehr ...«

»Ich weiß, daß es weh tut. Trotzdem muß es gesagt werden.« Er maß sie mit einem langen, ruhigen und traurigen Blick und ging dann zur Tür. »Ich *habe* ein Kind, Gini. Ich weiß, was das bedeutet. Wenn du so hohe Anforderungen an den zukünftigen Vater deiner Kinder stellst, ist dir nie der Gedanke gekommen, daß auch *ich* Anforderungen stellen könnte? Ich weiß, was ich mir von meiner zukünftigen Ehefrau, von der Mutter meiner Kinder wünsche. Diesmal ...« Er stockte. »Diesmal wollte ich sicher sein, daß die Liebe auf Gegenseitigkeit beruht. Daß es eine Liebe ist, die nie wankt, die alles überdauert. Mit Verantwortung, Treue – all dem.« Er klang bitter. »Vor allem wollte ich, wie die meisten Männer, absolut sicher sein, daß jedes Kind, das meine Frau gebären würde, auch tatsächlich von mir ist.« Er holte Luft. »Du bist manchmal ziemlich egozentrisch, Gini. Trotzdem kannst selbst du das wohl begreifen.« Der letzte Vorwurf kam ganz sanft; Gini hatte sich noch nie so geschämt. Mit einem leisen Schrei streckte sie die Hand nach ihm aus.

»Warte – Pascal. Ganz egal, was ich getan habe – ich liebe dich trotzdem. Ich liebe dich immer noch. Ich kann es nicht ertragen, daß du diese gräßlichen Sachen sagst. Ich wünschte, all das wäre nie passiert. Ich würde alles darum geben, die Zeit zurückdrehen zu können. Du *könntest* mir vertrauen. Ich würde nie – irgendwann könntest du mir wieder vertrauen. Bitte – wir könnten irgendwann über diese Sache hinwegkommen, das hast du selbst gesagt –«

»Das war vor einer Stunde. Wie eigenartig.« Er sah sie blind an und blickte dann auf die Uhr. »Ja, vor einer Stunde. Es kommt mir wie ein halbes Leben vor. In dieser Stunde – da hast du mir erklärt, wie gern du ein Kind von mir gehabt hättest – und ich werde nie vergessen, wie du mich dabei angesehen hast ...« Er drehte ihr den Rücken zu. »Aber das hat dich nicht davon abgehalten, mit einem Fremden ins Bett zu gehen. Du hast trotzdem zugelassen, daß er mir ins Gesicht lügt, um dich zu schützen –« Ihm versagte die Stimme. »Ist das Liebe, Gini? Wenn ja, dann ist es eine Art von Liebe, die ich nicht kenne. Ich wäre eher gestorben, als dir so was anzutun. Ich – ach, es ist besser, wenn ich einfach gehe. Ich halte das nicht mehr aus. Du hast dich verändert, Gini.« Er hob ihr Gesicht an. »Du warst früher so – offen. So direkt. Und jetzt – drehst du mir das Wort im Mund um. Du weichst mir aus. Du behauptest etwas und im nächsten Atemzug das Gegenteil. Was hat dich so verändert? Der Krieg? Meine Abwesenheit? Ein Mann, den du kaum kennst? Sag es mir ...«

Gini sah ihm lange ins Gesicht.

»Alles zusammen«, flüsterte sie schließlich. Sie sah, daß ihm dieses Eingeständnis ebenso weh tat wie ihr. Sen Gesicht zog sich zusammen; dann drehte er sich um.

»Das ist wenigstens ehrlich. Vielen Dank.« Er ging wieder zur Tür, zog sie halb auf und blickte dann noch einmal zurück.

»Ich hätte dich in diesem Augenblick küssen können. Ich wollte es, sehr sogar. Hast du das gemerkt?«

»Ja.«

»Es ist besser, dabei nicht weichzuwerden.« Er zuckte mit den Achseln. »Wenn man so was schon tun muß – dann doch lieber sauber, meinst du nicht? Ich muß das Flugzeug erwischen. Ich werde ausgezogen sein, ehe du heimkommst. Adieu, Gini.«

Mit diesen Worten verließ er sie, genau wie sie erwartet hatte. Die Tür fiel leise hinter ihm ins Schloß. Sie hörte seine Schritte auf der Treppe. Erst rannte sie zur Tür, dann ans Fenster, wo sie ihn unten aus dem Haus treten sah. Er überquerte die schmale Straße und durchmaß mit langen Schritten den kleinen Park gegenüber. Sie beobachtete, wie seine große Gestalt in der Ferne verschwand. Auf dem Kai hinter dem Park hielt er ein Taxi an und stieg ein. Er war wirklich kompromißlos; er blickte nicht ein einziges Mal zurück.

Mit Tränen in den Augen lief Gini zum Bett. Sie sammelte die Briefe auf, die sie ihm geschrieben hatte, und drückte sie an die Brust. Seine Worte hatten sie ins Herz getroffen; und es verletzte sie zutiefst, daß er diese Briefe, diese Talismane, nicht mitgenommen hatte. Sie starrte die Wände mit ihrem erbarmungslosen Muster aus Ruinen, Schäfern und Nymphen an. Scham, Selbstvorwürfe und Unsicherheit schwemmten wie Regen durch ihre Gedanken; sie dachte – ich könnte ihm nachlaufen – und dann spürte sie, wie sich tief in ihr ein leiser Widerstand, nein, Rebellion regte.

Sie war beinahe dreißig Jahre alt. Ihre fruchtbare Zeit verringerte sich mit jedem Jahr. Ihr Kinderwunsch – hatte Pascal sie verstanden, wirklich verstanden, als sie ihm davon erzählte? Vielleicht; vielleicht auch nicht. *Entscheide dich endlich*, ermahnte sie sich. Sie begann, im Zimmer auf und ab zu laufen, versuchte dabei, sich zum Denken zu zwingen. Und dann kam ihr der Gedanke, genau wie schon in der vergangenen Nacht, daß sie vielleicht bereits ein Kind empfangen hatte, daß möglicherweise schon jetzt unendlich winzig neues Leben in ihr keimte.

Die Möglichkeit erschreckte sie zutiefst. Sie blieb abrupt stehen, weil ihr klar wurde, daß ihr Körper, wie immer sie sich jetzt auch entscheiden mochte, vielleicht bereits eine unwiderrufliche Entscheidung getroffen hatte. Die Angst wurde immer beklemmender, und dann stahl sich ein flüchtiges Hochgefühl durch ihre Adern, eine ganz und gar unangebrachte Freude; sie versuchte, sich mit dem Gedanken an eine Mutterschaft – und zwar unter solchen Umständen – zu gewöhnen und die möglichen Folgen abzuschätzen, aber die waren zu vielfältig, als daß Gini sie hätte absehen können. Sie fühlte, wie sie sich in einen gewissen Fatalismus flüchtete, diese typisch weibliche Verteidigungshaltung.

Warte, sagte sie zu sich selbst, warte – weil sie keine Entscheidung treffen konnte, ehe sie sicher war, und bis dahin weder Pascal noch Rowland in die Sache hineinzuziehen brauchte; sie hatte das dumpfe Gefühl, daß sie das Recht dazu verspielt hatte.

Mit dieser Erkenntnis, daß sie hier im Grunde ganz alleine stand, kehrte bis zu einem gewissen Grad ihr inneres Gleichgewicht zurück. Sie raffte Pascals Briefe zusammen, trat ans Fenster und blickte auf die Seine, auf Notre Dame am Rand ihres Blickfelds; von hier aus wirkte die Kirche wie der Bug eines großen Schiffes.

Sie dachte an Annekas Mutter und an ihren Schwur. Sie lief aus dem Zimmer, die Treppe hinunter und auf die Straße. *Arbeite*, dachte sie, während sie zurück zum St. Regis hastete. In Zimmer 810 war niemand mehr. Seinem Terminplan getreu, hatte sich Rowland McGuire bereits auf den Weg gemacht.

Kapitel 15

MORTE D'UNE LEGENDE lautete die Schlagzeile der Zeitung, die am Morgen in Lindsays Zimmer gebracht worden war. Darunter abgedruckt war das berühmte Beaton-Foto einer lachenden, kurzhaarigen Frau, deren Hände halb das Gesicht abschirmten. Lindsay begann, den langen Artikel zu übersetzen.

Ihre Französischkenntnisse waren zwar brauchbar, aber nicht fundiert: An Lyrizismen und Schwulst scheiterte sie. Sie konnte sich zusammenreimen, daß die hier abgedruckten Fakten die autorisierte Version des Lebens von Maria Cazarès darstellten. Darüber hinaus entnahm sie dem Artikel, daß Maria Cazarès bereits weniger als vierundzwanzig Stunden nach ihrem Tod zum Symbol erhoben wurde.

Doch zum Symbol wofür? Sie kämpfte sich durch das Vokabular, den Satzbau. Für mehrere Dinge, wie es aussah: für das Wesen der modernen Frau an sich sowie für die modernen Frauen, die sie befreit hatte, indem sie ihr Selbstbild neu definierte, wie der Autor behauptete. Für Frankreich, indem sie die französischen Tugenden der Eleganz, des sicheren Urteils und des *chics* verkörperte. Zum letzten Absatz hin steigerten sich die Gleichnisse ins Gewaltige, so als hätte sich der Reporter an seinen eigenen Worten berauscht. *L'eternelle feminine*, las Lindsay, während sie einen Strauß dichtgepackter Sätze zu zergliedern versuchte. Den Tenor meinte sie erfaßt zu haben. Maria Cazarès, *une femme solitaire, unique et mystérieuse* … ja, ja, das konnte sie verstehen – unvergleichlich, einzigartig, mysteriös … war das Soundso und die wahre Verkörperung des ewig Weiblichen – was immer *das* auch bedeuten soll, dachte Lindsay mit plötzlichem Unmut. Sie gab auf und ließ die Zeitung fallen. Wie typisch und wie vorhersehbar, dachte sie, daß man erst beschließt, Maria Cazarès als Enigma, als Geheimnis der Weiblichkeit zu interpretieren, um es dann einem Mann zu überlassen, ihren Code zu knacken.

Lindsay hatte schlecht geschlafen und fühlte sich immer noch ruhelos. Sie stellte sich ans Fenster und sah hinaus. Es war noch früh, doch es war bereits abzusehen, daß es kein schöner Tag würde. Die tief hängenden Wolken hetzten über den Himmel; Wind peitschte die Äste und kräuselte das graue, träge Wasser der Seine. Die nasse, graue Luft versprach Regen und nochmals Regen: ein dämmriger, diesiger Tag. In der Ferne, auf dem gegenüberliegenden Ufer der Seine, hielt eben ein großer, dunkelhaariger Mann ein Taxi an und kletterte hinein. Wie eigenartig, dachte Lindsay und wandte sich ab: Eine Sekunde lang hatte sie geglaubt, es sei Pascal.

Allmählich fand sie dieses Hotelzimmer beengend. Sie schlug die Zeit tot, indem sie erst zu Hause anrief und mit Tom redete und dann ein zweites Fax an ihre Kontaktperson im New Yorker Metropolitan Museum schickte, da sie noch keine Antwort auf ihre Anfrage vom Vortag erhalten hatte. Nachdem sie eine Weile unschlüssig abgewartet und sich schließlich durchgerungen hatte, das Risiko einzugehen, rief sie in Rowlands Zimmer an, da es inzwischen nach neun Uhr war und es deshalb nicht mehr peinlich wäre, wenn Gini am Apparat war.

Sie ließ es eine Weile klingeln, aber niemand nahm ab. Daraufhin ging sie, immer noch nervös, hinunter in das Zimmer, das der *Correspondent* als improvisiertes Büro verwendete. Pixie war schon da, in etwas gewandet, das aus gestrickten Schnüren zu bestehen schien. Lindsay holte ihre Einladung für die heutige Cazarès-Pressekonferenz ab, erledigte ein paar andere Kleinigkeiten und wollte schon gehen, als sie noch einmal innehielt.

»Haben Sie auch Karten für Rowland und Gini besorgt?«

Pixie, die von Natur aus indiskret und wenig geneigt war, diesen Mangel zu beheben, lächelte kurz.

»Na sicher. Ich hab' sie ihnen gestern abend aufs Zimmer schicken lassen.« Sie machte eine vielsagende Pause. »Kaum zu glauben, daß McGuire das Zimmer gekriegt hat. Ich habe geheult, gefleht, der Hotelleitung sogar meinen Körper angeboten – aber mir haben sie es nicht gegeben.«

»Na und? Rowland macht einfach mehr her als Sie«, sagte Lindsay. Pixies Lächeln wurde zu einem Grinsen. Lindsay wußte, was dieses Grinsen zu bedeuten hatte: Klatsch, Spekulationen, die Spirale der Bürointrigen.
»Allerdings«, sagte Pixie. »Er ist so ein Typ. Man kann ihm nicht so leicht widerstehen –«
»Was wollen Sie damit andeuten?«
»Obwohl ich das schon komisch fand. Daß er das Zimmer mit ihr teilt. Ich meine, schließlich hat er sie erst ein paar Stunden davor gefeuert –«
»*Was?* Rowland hat sie gefeuert?« Lindsay schüttelte den Kopf. »Nein, Pixie. Ich habe sie gestern abend zusammen gesehen. Sie irren sich.«
»Ach, *alle* haben sie gestern zusammen gesehen«, meinte Pixie abfällig. »Schließlich ist dieses Haus mit Journalisten vollgepropft. Was will man anderes erwarten? Sie wurden gestern abend gesehen, als sie zusammen fortgingen. Sie wurden gesehen, wie sie zusammen heimkamen. Ein Blick in ihr Gesicht – ich will es mal so ausdrücken – also, in der Bar wurden ziemlich ordinäre Zoten gerissen.«
»Was für ein absoluter Quatsch«, widersprach Lindsay scharf. »Ich war später mit beiden zusammen. Sie haben nur miteinander gearbeitet.«
»Wirklich? Wie lange?«
»Passen Sie auf, Pixie – ich war oben bei ihnen im Zimmer –, gute zwei Stunden, vielleicht sogar länger. Wir haben alle drei gearbeitet. Und Sie könnten sich langsam ebenfalls an die Arbeit machen.«
Während sie zur Tür ging, hegte sie die Hoffnung, daß diese Lüge den Klatsch ersticken würde. Doch dann blieb sie stehen.
»Wieso haben Sie geglaubt, daß Rowland Gini gefeuert hätte?«
»Ich glaube es gar nicht. Tony hat mich gestern spät in der Nacht aus London angerufen. McGuire war am Telefon, in seinem Büro, hinter geschlossener Tür, aber Tony hat trotzdem alles mitgekriegt. Er hat gemeint, man habe McGuire beim besten Willen nicht ignorieren können, er sei so wütend gewesen, daß man ihn bestimmt bis Picadilly Circus gehört hat.«
Lindsay seufzte: Tony war Pixies neuester und ergebener Freund. Er

arbeitete in untergeordneter Position im Feuilleton, und sein Büro lag dem von Rowland McGuire genau gegenüber.

»Verzeihen Sie mir, Pixie«, erklärte sie, »aber diesmal hat sich Tony ausnahmsweise geirrt. Ich habe es Ihnen doch gesagt – ich war mit ihnen *zusammen*. Gini ist ganz bestimmt nicht gefeuert worden.«

»Oh, sie wurde *wieder eingestellt*.« Pixie warf ihr einen Seitenblick zu. »Ich meine, soviel hat gestern abend jeder in der Lobby mitbekommen. Aber zuerst hat er sie gefeuert. Und er hat dabei kein Blatt vor den Mund genommen. Sie hat Scheiß gebaut in Amsterdam, sagt Tony, und McGuire hat getobt. Dann fing er an, über Pascal Lamartine herzuziehen. Tony meint, er wäre gestorben, wenn er am anderen Ende der Leitung gewesen wäre. Er sagt, es ist immer ziemlich schlimm, wenn McGuire durchdreht, daß man sich jedesmal wünscht, man wäre tot, er ist so beißend und kalt – aber Tony hat gesagt, so *sauer* hätte er ihn noch nie erlebt. Dann knallte er den Hörer auf die Gabel, da hatte er sie schon gefeuert, ein paarmal gleich, und dann kam er aus einem Büro gestampft, mit feuersprühenden grünen Augen. Dann ist er abgezischt, und bevor er verschwand, wurde er plötzlich ganz still und ...« Pixie seufzte. »Ich wünschte, ich wäre dabeigewesen. Ich habe Ihnen doch gesagt, daß er ganz phantastisch ist. Können Sie sich vorstellen, wie *wahnsinnig* phantastisch er ist, wenn er richtig in Rage ist? Ich liebe stürmische Männer –«

»Pixie, um Gottes willen –«

»Doch, ehrlich. Zeigen Sie mir die Frau, die anders denkt. Ich bin einfach nur ehrlich. Schon bei dem *Gedanken* an McGuire in Rage stellen sich mir die Brustwarzen auf –«

»Das reicht, Pixie –«

»Es sind vor allem seine Augen ...« Pixie war wie immer nicht zu bremsen und erschauerte wonnig. »Und das schwarze Haar. Und die Stimme. Und die Muskeln. Und seine Größe. Mir ist auch zu Ohren gekommen, daß er im Bett ganz phantastisch sein soll. Ich meine *ehrlich* phantastisch, so daß man am nächsten Tag kaum *laufen* kann. Laufen? Glauben Sie mir, ich würde nirgendwohin laufen. Ich würde einfach liegenbleiben und auf mehr warten –«

»Pixie, hören Sie auf damit, und zwar sofort. Mich interessieren diese Phantasien nicht.«

»Das sind keine Phantasien. Das ist alles genau dokumentiert. Ich kenne da ein Märchen –«

»Pixie …«

»Sie verteilt Punkte, okay? Zwischen null und fünfundzwanzig. Sie gibt ihnen Noten für Ideenreichtum, Ausdauer, Intuition, Größe, Zartheit, Ausstoß, Mitgefühl –

»*Intuition?* Was für ein Mädchen ist das denn?«

»Und wissen Sie, wie McGuire abgeschnitten hat? Mit hundert Punkten. Er hat die Skala gesprengt. Sie war *platt*. Außerdem – und das ist *belegt*, weil sie das nachgeprüft hat, und es war nicht nur bei ihr so – außerdem hat er diese *Regeln*.«

»Regeln?« wiederholte Lindsay schwach.

»Ja.« Pixie senkte die Stimme und erklärte ihr vertraulich »Also, *vorher*, okay – da macht er erst mal alles kristallklar. Sex ist drin, Freundschaft vielleicht auch – aber mehr nicht. Die Beziehung wird nicht von Dauer sein, und keiner von beiden muß sich irgendwie gebunden fühlen. Das sind seine Bedingungen. Und von denen läßt er sich auch nicht abbringen. Ich meine, nicht mal Koseworte sind drin, kein ›Liebling‹, keine persönlichen Geständnisse irgendwelcher Art. Dieses Mädchen meinte, als er mit ihr Schluß machte, hätte sie genausowenig über ihn gewußt wie am ersten Tag. Das machte sie total verrückt.« Pixie bedachte Lindsay mit einem eindringlichen und vielsagenden Blick. Lindsay kämpfte kurz gegen ihre primitivsten Instinkte an; die Instinkte siegten.

»Wie lange war sie denn …?«

»Zwei Monate. Ich schätze, der absolute Rekord liegt bei zweieinhalb. Das war vor ein paar Jahren, kurz nachdem er aus Washington zurückkam. Sie meinte, er würde die Frauen wie eine *Maschine* verschlingen. Sie meinte, daß ganz zu Anfang, als er ihr seine Einschränkungen diktierte – also, das hat sie einfach umgehauen. Sie hat sich in ihn verliebt, noch bevor er den ersten Satz ausgesprochen hatte. Und dann, am nächsten Morgen, als sie aus dem Bett aufstand und, wie ich schon gesagt habe, kaum *stehen* konnte, da hat sie sich was geschworen. Sie war entschlossen, wild entschlossen, daß sie seine Einstellung ändern würde.«

»Tja, das hat wohl nicht geklappt«, setzte Lindsay an. »Sehen Sie mal, Pixie –«

»Sie hat wirklich alles versucht«, sprudelte es aus Pixie heraus. Sie war jetzt in voller Fahrt. »Sie hat gedacht, wenn sie es schaffen würde, ihn nicht merken zu lassen, daß sie total verrückt nach ihm war, dann hätte sie eine Chance. Auf Dauer, dachte sie, nächste Woche nennt er mich bestimmt ›Liebling‹. Ich meine, sie hat den besten Sex ihres Lebens, also glaubt sie, daß sich die Sache *irgendwie* weiterentwickeln muß. Aber denkste.« Pixie seufzte. »Und sowie er gemerkt hatte, was sie für ihn empfand – eines nachts war sie so euphorisch, daß sie es ihm einfach erzählen mußte, war die Sache aus. Vorhang. Freundlich, aber unbarmherzig. Ende.«
Lindsay war bereits auf dem Weg zur Tür. »Sie hat wirklich *alles* versucht«, fuhr Pixie fort, und Lindsay blieb wieder stehen. »Sie war so verzweifelt, sie war so wahnsinnig in ihn verknallt, daß sie sich diesen wirklich verrückten Plan ausdachte. Sie wollte sich schwängern lassen. Sie war überzeugt, wenn sie das schaffte, würde er seine Meinung ändern. Also hörte sie auf, die Pille zu nehmen, ohne ihm einen Ton zu sagen. Aber natürlich klappte das auch nicht. Kondome.« Pixie sah Lindsay vielsagend an. »*Immer*. Weil er nicht nur wild, sondern auch vorsichtig ist. Und kein Weg führte daran vorbei – glauben Sie mir, sie hat wirklich Phantasie, und sie hat alles versucht.«
Lindsay war knallrot geworden. An der Tür drehte sie sich zu Pixie um. »Pixie, hören Sie augenblicklich damit auf. Wir sollten dieses Gespräch nicht führen.«
»Wieso nicht?«
»Einfach darum. Ich erwarte nicht, daß Sie das verstehen. Schieben wir es auf den Generationsunterschied. McGuire ist jemand, den wir beide kennen und mögen. Sein Privatleben geht uns nichts an. Das ist Schnüffelei und –«
»Ich dachte, Sie mögen McGuire *nicht*? Sie haben gesagt, er sei arrogant und –«
»Egal. Ob ich ihn mag oder nicht, tut nichts zur Sache. Diese Art von Klatsch bringt immer nur Ärger und Probleme. Ich will nichts mehr davon hören. Und ich will nicht, daß Sie diese Gerüchte weiterverbreiten.«
»Ich soll also nichts von Gini sagen? Oder von dem Zimmer?«
»Auf keinen Fall. Erstens geht Sie diese Sache nichts an. Zweitens sind alle Gerüchte, die darüber kursieren mögen, falsch.«

»Wenn Sie meinen.« Pixie zuckte mit den Achseln. »Mein Mund ist versiegelt, klar.«
»Es ist mir ernst, Pixie. Behalten Sie Ihre Spekulationen für sich, und verkneifen Sie sich verdammt noch mal auch alle Andeutungen. Ich nehme an, Sie haben noch zu tun – denn andernfalls läuft hier irgendwas total schief ...«
Pixie sah sie verdutzt an.
»Ich habe alles unter Kontrolle, Lindsay.«
»Sorgen Sie nur dafür, daß ich bis heute abend um neun die Dias von den Shows bei Chanel und Gaultier habe. Rufen Sie bei Markov im Hotel an, damit er da ist, bevor Sie den Fahrradkurier mit den Einladungen zu ihm schicken. Und vergessen Sie nicht, Pixie, wenn Sie mich auch nur einmal hängenlassen oder Mist bauen, sind Sie arbeitslos.«
Pixie war rot geworden. »Ich mache keine Fehler«, wehrte sie sich. »Das wird ablaufen wie ein Uhrwerk –«
»Das sollte es auch«, pfefferte ihr Lindsay im Hinausgehen hin. Es kostete sie alle Mühe, nicht die Tür zuzuschlagen. Ihr war klar, daß Pixie ihr jetzt eine Grimasse schneiden würde – und natürlich hatte sie allen Grund dazu. Lindsays Wangen glühten immer noch. Sie stürzte aus dem Hotel, lief hinaus in den Dunst und den Nieselregen und atmete tief die feuchte Luft ein.
Sie war wütend auf sich selbst. Wie konnte sie Pixie dafür tadeln, daß sie Klatsch verbreitete, wenn sie selbst ihr so gierig zugehört hatte? Wie konnte sie ihre Missetat noch verschlimmern, indem sie an Pixies Arbeit herumnörgelte, obwohl es nicht das geringste daran auszusetzen gab? Sie hatte Pixie eben ein katastrophales Beispiel gegeben, und falls es ihr überhaupt gelungen war, die Gerüchte über Rowland und Gini einzudämmen, dann höchstens für kurze Zeit. Sie drehte sich zum St. Regis um. In der Lobby hatten sich Journalisten und Fernsehcrews gedrängelt. In einer solchen Treibhausatmosphäre verbreitete sich ein Gerücht schneller als eine Grippe.
Sie fand ihre eigene Neugier widerlich; es ekelte sie an, über welche Dinge sich die Leute ereiferten. Hinter und jenseits dieser Gefühle verbargen sich andere Beweggründe: Um Rowland machte sie sich nicht allzu viele Sorgen – Rowland war weitaus schlimmer, als sie

angenommen hatte; die Liste seiner Frauen war offensichtlich länger als ihr Arm.
Höchstwahrscheinlich kam er damit wunderbar zurecht und war – falls man Pixies Klatsch Glauben schenken konnte – nicht der Mann, dem eine weitere Liaison etwas anhaben konnte.
Aber Gini – die leidenschaftliche, stürmische, idealistische und manchmal naive Gini – machte ihr Sorgen. Erstens hatte Gini nie begriffen und zumeist nicht einmal gemerkt, wie sie auf Männer wirkte; zweitens fand Gini nur sehr wenige Männer attraktiv und war die letzte, die sich auf eine flüchtige Affäre einlassen würde – wenn sie einem Mann verfiel, dann mit Leib und Seele.
Lindsay blieb stehen, in tiefer Sorge jetzt; sie überquerte den Kai, lehnte sich an die Balustrade und sah auf die Seine hinab. Vor dem Gespräch mit Pixie hatte sie sich einzureden versucht, daß ihr Instinkt sie abends zuvor getäuscht hatte. Jetzt fühlte sie sich zweifach verunsichert. Ein Punkt in Pixies Bericht gab ihr besonders zu denken: Ginis Kündigung durch Rowland und die Art und Weise, wie diese Kündigung ausgesprochen worden war.
Lindsay wußte genau, wie empfindlich Gini reagierte, wenn sie von jemandem kritisiert wurde, den sie liebte oder bewunderte. Das war natürlich ein Erbe ihres Vaters, ein Überbleibsel aus den langen Jahren, in denen sie vergebens versucht hatte, sich vor ihm zu beweisen und seine Zuneigung zu erringen.
Lindsay zog die Stirn in Falten: Sie hatte nie gewagt, Gini das zu verraten, aber sie war immer überzeugt gewesen, daß dieses Kindheitstrauma wesentlich dazu beitrug, daß Gini sich so zu Pascal Lamartine hingezogen fühlte. Zwar wußte Lindsay über Ginis erste Begegnung mit Pascal nicht in allen Einzelheiten Bescheid, da Gini sich nie darüber ausließ, doch man hatte ihr erzählt, wie Gini ihn zum ersten Mal in jener Pressebar in Beirut begegnet war. Sie hatte den Eindruck, daß aus dieser Geschichte ganz deutlich ein Aspekt sprach, dem Gini und wahrscheinlich auch Pascal völlig blind gegenüber waren.
Was war der zündende Funke für ihre Affäre gewesen? Pascals feindselige Haltung gegenüber Ginis Vater hatte sie entzündet, sowie Ginis intuitives Wissen, daß Pascal Lamartine jenen Mann verachtete, den Gini so lange und unter solchen Qualen vergöttert

hatte. In just jenem Augenblick, in dem Gini selbst an ihrem Vater zu zweifeln begann, kam ein gutaussehender, leidenschaftlicher und äußerst romantischer Mann des Wegs, der Sam Hunter auf den ersten Blick haßte und verachtete – und Gini gegenüber keinen Hehl aus seiner Meinung machte.

Noch während die erste Autoritätsfigur vor Ginis Augen zu bröckeln begann, hatte sie sie durch die nächste ersetzt – was war, wenn Gini nun kurz davor oder bereits dabei war, diesen zweiten Mentor durch einen dritten zu ersetzen?

Lindsay stieß einen Seufzer aus und begann, auf und ab zu gehen. In ihr begann es zu arbeiten. Um einen Mann lieben zu können, dachte sie, muß Gini ihn nicht nur bewundern – wie so viele Frauen –, sondern auch das Gefühl haben, daß sie etwas von ihm lernen konnte. Sie mußte zu ihm aufsehen können, sein Talent, seinen Charakter, seine Intelligenz, seine Moral hochschätzen – und gleichzeitig immer davon überzeugt sein, daß er ihr in all diesen Dingen überlegen war.

Eine typisch weibliche Schwäche, dachte Lindsay, wohl wissend, daß sie ebenfalls nicht davon verschont war. Gini mochte Gleichheit predigen, vielleicht meinte sie sogar, sie zu leben, aber Lindsay war überzeugt, daß Gini in der Liebe zu viel Gleichheit nicht ertragen konnte. Nichts sprach sie so sehr an wie ein Lehrer, und mit nichts konnte ein Mann sie leichter für sich gewinnen, als wenn er ihr einen verdienten Tadel erteilte.

Würde eine rüde Strafpredigt von Rowland McGuire tiefen Eindruck auf Gini machen? Lindsay starrte stirnrunzelnd in das graue Wasser; wenn sie ehrlich war, mußte sie zugeben, daß eine solche Erfahrung sie selbst bestimmt nicht ungerührt gelassen hätte. Dann wurde ihr klar: Was Gini betraf, war diese Frage bereits beantwortet worden, vor Lindsays Augen sogar.

Denn allein Rowland McGuires scharfe und wütende Attacke in Max' Haus, sein Vorwurf, Gini verhielte sich selbstsüchtig, hatte Gini aus ihrer monatelangen Krankheit, aus ihrem Elend und ihren Selbstvorwürfen gerissen. Mit wenigen Sätzen hatte Rowland McGuire eine Veränderung in Gini bewirkt, die Lindsay mit monatelangem Mitleid und guten Worten nicht zuwege gebracht hatte.

Jetzt meinte Lindsay ein Muster zu erkennen. Sie konnte nachvoll-

ziehen, wie Gini, falls ihre Beziehung zu Pascal angeknackst war oder Pascal sie in Bosnien irgendwie enttäuscht hatte, unter Umständen in Rowland McGuires Armen landen konnte.
Und was Rowlands Motive betraf – die lagen wohl auf der Hand, dachte Lindsay und drehte sich wütend weg. Gini war schön; wie Lindsay durch jahrelange Beobachtung wußte, wirkte sie außerordentlich anziehend auf Männer. Sie konnte sich ausmalen, wie Rowland McGuire darauf reagierte, dieser McGuire, der die Frauen wie eine Maschine verschlang. Für ihn ging es um zwei, drei Monate, um ein quasimilitärisches Manöver, bei dem Gefühle keine Rolle spielten.
Lindsay war sehr entrüstet, dann zornig. In einer solchen Situation sympathisierte sie automatisch mit der Frau, und Gini war ihre engste Freundin. Den ganzen Weg zur Cazarès-Zentrale und zu Lazares Pressekonferenz hegte und nährte sie ihren Zorn auf Rowland McGuire.
Als sie dort ankam, hatte sich Lindsay so in ihren Groll auf McGuire gesteigert, daß sie sich weder zu ihm hingezogen fühlte noch irgendwelche Sympathie für ihn empfand. Pixies Ausführungen noch im Ohr, sagte sie sich, daß Rowland McGuire ein verantwortungsloser Weiberheld war, ein Casanova, ein Valmont, ein Exemplar jener Spezies Mann, die sie zutiefst verabscheute ... Dann entdeckte sie ihn mitten im Gedränge. Ein Blick auf sein Gesicht genügte, um sie vom Gegenteil zu überzeugen.

Sie sah ihn erst nach einer Weile. Als sie vor dem Cazarès-Gebäude eintraf, war es noch eine halbe Stunde bis zum Beginn der Pressekonferenz, doch der Pöbel stürmte bereits das Haus. Draußen auf der Straße und im Innenhof stauten sich die Übertragungswagen mit den weißen, pilzartig aufsprießenden Satellitenschüsseln auf dem Dach, umgeben von den Kabeln und Gerätschaften der verschiedenen Fernsehcrews. CNN war da, genau wie alle anderen großen amerikanischen Sender; sie entdeckte die vertrauten Gesichter der Korrespondenten und Korrespondentinnen von der BBC und ITN. Die Franzosen, die Deutschen, die Spanier, die Japaner – alle waren in voller Stärke vertreten. Lindsay quetschte sich durch eine Menschenmauer, durch babylonisches Sprachgewirr. In der Eingangshalle war das Gedränge noch schlimmer. Besucher mit und ohne Einladung kämpften darum, eingelassen zu werden. Es herrschte ein Tumult wie bei einer Kollektionspremiere, nur viel schlimmer. Lindsay spürte die für eine Menschenmasse typische intensive Hysterie, aber diesmal mischten sich andere, stärkere Emotionen in das rücksichtslose Verlangen, eingelassen zu werden. Der plötzliche Todesfall hatte etwas Dramatisches an sich, löste wie eine Ersatzbefriedigung Nervenkitzel oder Trauer aus: Schon waren die ersten Frauen in Tränen ausgebrochen.

Lindsay wurde geschubst, gestoßen, auf die Füße getreten und beinahe zu Boden geworfen, während sie sich zu den Türen vor dem Saal vorarbeitete, in dem die Pressekonferenz abgehalten werden sollte. Schwarzgewandete Cazarès-Höflinge versuchten, die Menge zurückzuhalten und nur eingeladene Gäste einzulassen, aber sie waren auf verlorenem Posten; diesem Ansturm waren sie nicht gewachsen. Lindsay wurde von einem Mikrofongalgen am Kopf getroffen; eine Frau stieg ihr mit einem Pfennigabsatz auf die Zehen; ein riesiger, mächtiger Reporter von einem amerikanischen Sender rammte ihr den Ellbogen in die Rippen und ließ sich von ihr weitertragen. Inzwischen konnte sie in den Saal sehen, der von Fernsehscheinwerfern in gleißendes Licht getaucht wurde; am anderen Ende war ein schwarzes Podium aufgebaut, sie sah einen Tisch, ein Rednerpult, Mikrofone, Kameras und – über allem wachend und ins Gigantische aufgeblasen – das berühmte Beaton-Porträt von Maria Cazarès. Lindsay geriet in einen Sog, wurde in den Saal gespien, von einer Menschenwoge nach vorn gespült – und dann sah sie Rowland McGuire.

Er stand ganz in ihrer Nähe, in den unruhigen Ausläufern des Menschenstrudels. Er nutzte seine Größe, um seinen Blick über die Eintretenden schweifen zu lassen und zu beobachten, wer alles hereinkam. Er trug einen schwarzen Mantel, wie Lindsay bemerkte, dazu einen schwarzen Anzug mit schwarzer Krawatte und stach mit dieser förmlichen Kleidung aus der Menge heraus. Sein Gesicht wirkte bleich, aber gefaßt; sein Blick wich keine Sekunde von den Türen, und Lindsay wußte ohne den Hauch eines Zweifels, nach wem er dort Ausschau hielt.

Er mußte Lindsay gesehen haben, auch wenn er sich das nicht anmerken ließ, denn er machte eine schnelle Bewegung auf sie zu, ohne den Blick von der Tür zu wenden. Der gewichtige Amerikaner, der sich zuvor an Lindsay vorbeigedrängt hatte, wurde so energisch zur Seite geschubst, daß er beinahe zu Boden ging; Lindsay merkte, wie ihr Arm ergriffen und sie durch die Menschenmenge an McGuires Seite gezogen wurde.

»Sehen Sie den Ordner da drüben?« Er wies auf einen Cazarès-Höfling. »Er hält drei Plätze für uns frei, am Mittelgang, vierte Reihe. Setzen Sie sich hin. Ich komme gleich nach ...«

»Drei Plätze – und sie halten sie für uns frei? Rowland – wie um alles in der Welt haben Sie das angestellt?«

»Ich habe meine Methoden.« Er lächelte knapp. »Gehen Sie schon, Lindsay.«

Lindsay gehorchte. Der betreffende Höfling hätte sich nicht ehrerbietiger zeigen können, wäre sie die Herausgeberin der amerikanischen *Vogue* gewesen. Hingerissen sah Lindsay sich um: Dann merkte sie, daß die Redakteurinnen der amerikanischen *Vogue*, von *Harper's Bazaar* wie auch die der französischen *Vogue*, von *Paris Match* und *Hello!* in der gleichen Reihe saßen. Man begrüßte sie mit einem Hochziehen der Brauen und, in manchen Fällen, in die Luft gehauchten Küßchen. Fünf Minuten später gesellte sich Rowland zu ihr. Noch während er sich setzte, fragte er: »Haben Sie Gini heute morgen gesehen? Ist sie ins Hotel zurückgekommen?«

»Nein. Ich wußte gar nicht, daß sie weggegangen ist.«

»Sie mußte ein paar Sachen recherchieren.« Er wandte sich um, verdrehte den Hals und blickte wieder zum Eingang. »Vielleicht wurde sie aufgehalten. Ich dachte, sie würde kommen ...«

Lindsay schwieg. Nervosität strahlte von ihm aus. Sie musterte sein blasses, abgewandtes Gesicht, das energisch vorgereckte Kinn; sie blickte auf die starken, geschickten und halb zusammengeballten Hände und entdeckte tiefe Verunsicherung. Ganz offensichtlich war etwas vorgefallen, das weit über das Szenario hinausging, das sie sich ausgemalt hatte; sie schämte sich ihrer trivialen Phantasien; auch der letzte Nachgeschmack jener Gefühle, die Pixie mit ihren Geschichten ausgelöst hatte, löste sich in nichts auf.

Falls Gini noch eintraf, würde sie zu spät kommen. Man schloß bereits die Türen; vorne, in dem Graben vor dem Podium, ging die Pha-

lanx der Fotografen und Fernsehreporter in Stellung. Lindsay fragte leise: »Tragen Sie bei solchen Anlässen immer Schwarz, Rowland?«
»Was?« Er sah sie an, dann wieder weg.
»Das tut heute kaum noch jemand. Nicht mehr. Nicht einmal bei einer Beerdigung ...«
»Ich weiß nicht. Ehrlich gesagt, habe ich mir kaum Gedanken darüber gemacht ...« Er drehte sich wieder zu den Türen um. »Vielleicht ist es einfach Gewohnheit. Erziehung. Als ich ein Kind war – in Irland –, machte man sich fein für den Toten. Es ist ein Zeichen des Respekts. Warum?«
»Nur so.« Lindsay war gerührt. »Es gefällt mir. Es ist altmodisch. Aber es kommt mir angemessen vor – sonst nichts.«
Er hörte ihr nicht einmal zu. Er stand auf, schlüpfte aus seinem Mantel und ließ ihn achtlos zu Boden fallen. Während er aufstand, bemerkte Lindsay, wie sich trotz des traurigen Anlasses ein paar Frauenköpfe nach ihm umdrehten. Sie sah auf: Rowlands dunkles, nicht zu zähmendes schwarzes Haar fiel ihm in die Stirn; der schwarze Anzug, das weiße Hemd unterstrichen seine Größe und sein gutes Aussehen. Aus ihrer Reihe hörte sie ein scharfes, amerikanisches Flüstern: *Darling, wer ist dieser göttliche Mann?*
Rowland bekam ganz offensichtlich nichts von alledem mit.
»Verdammt.« Er setzte sich wieder, weil eben eine Gruppe von Höflingen das Podium betrat. »Verdammt. Jetzt ist es zu spät. Und ich muß mit ihr reden.«
»Sie haben eine Spur?« fragte Lindsay unverfänglich: Vielleicht handelte es sich tatsächlich um eine Spur, aber das war nicht der Gedanke, der ihr sich spontan aufgedrängt hatte.
»Was? Ja. Genau. Und jetzt muß ich warten ...« Er blickte wieder nach vorn aufs Podium, auf die Höflinge im Trauerstaat; auch Lindsay schenkte ihnen jetzt ihre ganze Aufmerksamkeit. Insgeheim bewunderte sie die perfekte Inszenierung dieses Ereignisses. Dann spannten sich ihre Muskeln an; Jean Lazare war eben eingetreten, und noch während er eilig auf das Rednerpult und das darauf montierte Mikrofon zuschritt, senkte sich Stille über den Saal.
Seine Traueransprache war kurz, und er hielt sie viermal: erst auf französisch, dann auf englisch, dann auf spanisch und schließlich auf deutsch. Während er redete, herrschte ehrfürchtige Stille im Raum,

nur durchbrochen von dem leisen Surren der Kameras. Nachdem er zum Ende gekommen war, und erst dann, flammte das Sperrfeuer der Kamerablitze auf.

Lindsay verstand die französische Version zum Teil, aber nicht ganz; offenbar beherrschte Rowland die Sprache besser als sie. Er lauschte mit absoluter Konzentration; ein-, zweimal stutzte er; als Lazare mit der englischen Version begann, schien er immer noch zuzuhören, aber Lindsay vermochte nicht zu sagen, ob er der Rede wirklich folgte. Sie wollte sich keinen einzigen Satz entgehen lassen und schenkte Rowland deshalb kaum Beachtung, doch es kaum ihr so vor, als würde er Lazare kaum wahrnehmen, obwohl er den Blick fest auf ihn gerichtet hatte, in Gedanken schien er woanders zu sein, vielleicht noch bei der französischen Version von Lazares Ansprache.

»Wie Sie wahrscheinlich wissen«, begann Lazare, »erlitt Maria Cazarès gestern abend eine Herzattacke. Sie befand sich in der Wohnung ihres ehemaligen Dienstmädchens, einer Frau, der sie immer noch eng verbunden war. Es tröstet mich ein wenig zu wissen, daß sie nicht allein war, als sie dieser so unvermutete Schlag traf, sondern daß eine Freundin bei ihr war. Ich möchte die Gelegenheit nutzen, um den Ärzten des Hospitals St. Etienne zu danken, die nichts unversucht ließen, um sie ins Leben zurückzuholen, und die ihr jede nur mögliche Fürsorge haben angedeihen lassen. Leider war ihren Anstrengungen kein Erfolg vergönnt. Mademoiselle Cazarès starb kurz nach ihrer Ankunft im Krankenhaus. Ich war an ihrer Seite.«

Er machte eine Pause. »Ich möchte hiermit ankündigen, daß ihre Couture-Kollektion morgen wie geplant präsentiert wird, so wie es Maria Cazarès gewollt hätte. Dabei werden wir unter anderem drei Entwürfe vorstellen, ihre letzten Entwürfe, gezeichnet am Tag vor ihrem Tod. Maria Cazarès wurde als Künstlerin geboren, und sie blieb Künstlerin bis zum letzten Atemzug.

Morgen vormittag wird bei Cazarès keine Trauerstimmung, sondern ein fröhlicher Geist herrschen.« Er verkündigte das wie einen Befehl und ließ eine Sekunde verstreichen. »Wir werden einer der ungewöhnlichsten Frauen unserer Zeit die Ehre erweisen – auf jeden Fall der außergewöhnlichsten, begabtesten und visionärsten Frau, der ich jemals begegnet bin. Sie war eine Couturière mit Witz, Originalität und Leidenschaft. Sie war eine Frau, die, wie sie selbst einmal ausgedrückt hat, von der Kunst wie auch von der Wissenschaft der Mode etwas verstand ...«

Als er das sagte, sah Lindsay Rowland scharf von der Seite an. »Ich weiß«, flüsterte er. »Ruhig. Passen Sie auf, was jetzt kommt ...«

Lazare ließ seinen Blick über die schweigende Versammlung, über das Meer ihm zugewandter Gesichter wandern, dann fuhr er mit seinem eigenartig harten Akzent und absolut ruhig, ungerührt und beherrscht fort: »Es steht mir nicht an, ihren Nachruf zu schreiben. Aber ich möchte zumindest dies sagen: Ich kannte Maria Cazarès aus vielen Jahren enger Zusammenarbeit. Sie war eine umsichtige Frau, die sich ganz und gar ihrer Berufung verschrieben hatte. Dies erforderte, wie das stets bei jeder Frau der Fall ist, viele Opfer. Maria Cazarès hat nie geheiratet; sie hatte keine Kinder. Bisweilen haben Menschen, die sie nicht kannten oder falsch unterrichtet waren, angedeutet, daß sie diese Wahl leichten Herzens getroffen hätte. Dem war nicht so. Sie erreichte diese Hingabe nicht ohne Opfer und Kämpfe, und in diesem Zusammenhang paßt einzig ein französisches Attribut auf sie: Wie alle großen Künstler war Maria Cazarès, was ihre Kunst betraf, eine *religieuse.*

Und sie war ein Mensch ...«, zum ersten Mal kam er einen winzigen Moment ins Stocken, »der anderen Freude brachte. Privat war sie offen, verständnisvoll, edelmütig, tapfer und großzügig. Sie besaß eine kindliche Direktheit und Schlichtheit, die sie sich bis zu ihrem Tod bewahrte, und ließ sich bis zu ihrem Ende nie vom Ruhm verführen ...

In beruflicher Hinsicht ...« Seine Stimme wurde kräftiger, »war sie eine Ausnahmeerscheinung – eine Frau, die Mode für Frauen entwarf, in einer Welt, in der fast alle anderen Vertreter ihrer Kunst Männer waren. Sie definierte die Art und Weise neu, wie sich die Frauen der Welt präsentierten; indem sie das Image der Frau veränderte, trug sie vielleicht auch dazu bei, ihr Selbstbild zu verändern. Über diese Frage mögen andere entscheiden, ich möchte nur eines dazu sagen: Für mich als Mann war es eine einzigartige Erfahrung, mit ihr zusammenzuarbeiten; sie vermittelte mir Einsichten, die mir sehr viel bedeuten, Einsichten in eine Welt, in der das intuitive Wissen des Körpers und des Herzens ebenso gültig und wichtig ist wie alle verstandesmäßigen Überlegungen – kurz gesagt: in die weibli-

che Welt.« Er senkte den Blick – obwohl er ohne Konzept sprach –, hob dann wieder den Kopf und blieb förmlich und steif stehen – fast in Habtachtstellung, dachte Lindsay.
»Ich möchte ihr nun die letzte Ehre erweisen und dabei einen letzten französischen Ausdruck gebrauchen. Für die Welt war Maria Cazarès eine Künstlerin: Für mich war und blieb sie – meine *amie de cœur*.«
Er verstummte, den Blick tief in den Raum gerichtet. Lindsay spürte, wie sich Trauer und Mitleid auf ihr Herz legten. Wieviel muß es ihn kosten, dachte sie, so von ihr zu sprechen, Wahrheit und offenkundige Lügen so nahtlos miteinander zu verquicken? So ruhig, überlegt, teilnahmslos zu klingen? Lazare hielt jetzt seine Rede auf spanisch, immer noch ohne jede offensichtliche Regung, dann ein letztes Mal auf deutsch. Kaum hatte er geschlossen, drehte er sich um und verschwand.
Rowland war aufgesprungen, bevor die Höflinge auf dem Podest sich auch nur bewegt hatten. Er packte Lindsay am Arm und zog sie den Gang entlang, während die übrigen Zuschauer sich langsam erhoben, Gemurmel laut wurde und sich immer größere Unruhe breitmachte. Seine Eile überraschte Lindsay, doch dann begriff sie: Gini stand neben der Tür, an der Rückwand des Saales.
Lindsay konnte nur einen hastigen Blick auf ihr blasses Gesicht werfen; sie bemerkte, wie Rowland Gini scharf und fragend musterte, dann schleifte er sie beide durch die Eingangshalle, durch den Hof, und scheuchte sie die Straße entlang, bis sie in einiger Entfernung um eine Ecke bogen. In einer stillen, schmalen Seitenstraße mit einer Front von Mietshäusern auf der gegenüberliegenden Straßenseite und einer hohen Mauer in ihrem Rücken blieb er stehen.
»Hast du alles mitbekommen?« fragte Rowland, und Lindsay begriff, daß die Frage nicht nur ausschließlich an Gini gerichtet war, sondern daß keiner von beiden sie überhaupt noch zur Kenntnis nahm.
»Ja.« Gini wich an die Mauer zurück; sie begann hastig loszureden. »Sie haben mich am Ende der französischen Version reingelassen. Diese Selbstbeherrschung – diese unfaßbare Selbstbeherrschung. Wie hat er das nur geschafft? Wie hat er es geschafft, so von ihr zu sprechen? So förmlich – und er hatte sich noch nicht mal Notizen

gemacht.« Sie verstummte und sah Lindsay zum ersten Mal an. »Rowland hat mir deine New-Orleans-Geschichte erzählt. Ich mußte ständig daran denken. Ich konnte sie hören, hinter seinen Worten, in seinen Worten ...«

Lindsay entdeckte, daß es ihr die Stimme verschlagen hatte. Sie konnte den Blick nicht von Ginis Gesicht reißen. Gini war geschlagen worden, und zwar brutal. Über die linke Seite ihres Gesichts und über die Wangenknochen zog sich ein dunkel werdender Bluterguß. Gini bemüht sich, ihn zu verbergen, dachte Lindsay, indem sie sich so hinstellte, daß ihre linke Seite der Mauer zugewandt war. Die Taktik nützte nichts. Auch Rowlands Blick lag jetzt auf dem Bluterguß. Lindsay beobachtete, wie es in seinem Gesicht arbeitete, wie er unwillkürlich den Arm ausstreckte. Den Blick fest auf ihn gerichtet, hob Gini abwehrend die Hand und ließ sie wieder fallen. Es herrschte Schweigen, ein lärmendes, spannungsgeladenes Schweigen, wie Lindsay empfand. Gini begann wieder zu reden: Sie schien zu glauben, daß sie mit Worten diesen unbehaglichen Augenblick überspielen könnte.

»Wie er ihren Charakter beschrieben hat«, setzte sie an. »Dann nannte er sie offen ...«

»Offen, verständnisvoll, edelmütig, tapfer und großzügig.« Rowlands Blick blieb auf ihr Gesicht geheftet. »So hat er sich ausgedrückt.«

»Ja. Und daß sie eine *religieuse* war. Ihm Einsichten vermittelt hätte ... Das kam ganz zum Schluß. Und er hat mit keinem Wort erwähnt, wie lange er sie wirklich kannte.«

»Viele, viele Jahre«, bestätigte Rowland. »Die Zeit war ohne Bedeutung. Das hat er mit seinen letzten Worten klargestellt. Ihr Tod ändert nichts. Sie blieb die –«

»Wird der Text der Rede veröffentlicht?« fiel ihm Gini ins Wort. »Ich habe nicht mitgeschrieben. Ich wollte eigentlich, aber ich ...«

»Sie werden ihn veröffentlichen. Wahrscheinlich sind sie schon dabei. Wir brauchen ihn nicht. Ich habe mir die wesentlichen Punkte gemerkt ...«

Gini seufzte leise; sie ballte und löste die Hände. Lindsay sah erst sie, dann Rowland an und trat leise zurück. Ihr war klar, daß sie hier nichts verloren hatte. Sie würde so leise, so schnell und so überzeu-

gend wie möglich den Rückzug antreten. Sie müsse sich mit Markov treffen, erklärte sie wahrheitsgemäß; sie müsse ihn noch vor der Chanel-Show am Nachmittag sehen. Ebensogut hätte sie verkünden können, sie müsse zum Mars fliegen; es wäre weder Gini noch Rowland aufgefallen. Sie waren in einer wortlosen Unterhaltung gefangen, die vielsagender schien als ein ganzer Sturzbach von Worten.
Lindsay drehte sich um und ging hastig davon. An der Ecke blickte sie ein letztes Mal zurück. Gini stand jetzt mit dem Rücken an der Wand und hatte den Kopf gesenkt. Rowland hatte sich vor ihr aufgebaut und stützte sich links und rechts von ihr mit den Armen an der Wand ab. Er redete energisch auf sie ein.
Gerade als Lindsay sich umwandte, hörte er zu sprechen auf, und Gini hob langsam den Kopf, um sich seinem Blick zu stellen. Lindsay wollte nicht indiskret sein und auch gar nichts mehr sehen. Sie bog um die Ecke, kämpfte sich zwischen den Menschen hindurch, die immer noch aus der Cazarès-Zentrale strömten, tauchte ein zweites Mal durch jenes babylonische Sprachgewirr und floh eilends.
Sie sehnte sich förmlich nach dem Treffen mit Markov, wie ihr aufging. Sie brauchte eine Dosis seines heilsamen, gesunden Menschenverstands, bevor sie sich dem Rest dieses langen Tages stellte. Markov würde sie nicht nur aufheitern, er würde die Dinge auch wieder in die richtige Perspektive rücken, hoffte sie. Er würde den Aufnahmewinkel korrigieren, das Bild wieder in die Totale schieben. Und mit etwas Glück würde er sogar diesen Schmerz stillen, diesen akuten Schmerz, der so klar zu spüren war wie Kopfweh und der seit dem Morgen ihr Herz fest umklammert hielt.

Wieviel Zeit war vergangen, seit Lindsay sie allein gelassen hatte? Zehn Minuten, fünfzehn? Vielleicht viel mehr. Vielleicht auch viel weniger. Die Zeit schien sich zu weigern, sich an ihre gewohnten Regeln zu halten. Gini sah Rowland wieder an, der jetzt neben ihr stand, das Gesicht abgewandt, den Rücken an der Wand.
Er atmete schwer und schnell, als wäre er gerannt. Die Luft bebte unter seinem Zorn und seiner Erregung.
»Ich will einfach nur *arbeiten,* Rowland.« Sie sah ihn an und berührte seine Hand. »Bitte. Vielleicht bin ich im Moment zu nichts anderem fähig – aber dazu schon. Ich will mich ganz auf diese Story

konzentrieren. Ich will das Puzzle zusammensetzen, und vor allem will ich Mina finden. Du warst meiner Meinung, Rowland – du warst meiner Meinung, daß wir das schaffen können.«
»Ich weiß.«
Er zögerte und erwiderte schließlich ihren Blick. Ihr blasses Gesicht sah zu ihm auf; er fand den Anblick des Blutergusses unerträglich. Aus ihren großen, bezaubernden Augen sprach eine stille Bitte. Wenn sie ihn so ansah, hatte Rowland das Gefühl, ihr unmöglich etwas abschlagen zu können; er fragte sich, ob sie sich dessen bewußt war. Er hatte den Eindruck, daß sie in ihm lesen konnte wie in einem offenen Buch: Sie mußte es wissen.
»Bitte, Rowland«, drängte sie. »Ich kann nicht mit dir darüber reden. Das wäre nicht richtig. Es besteht kein Grund, dich da hineinzuziehen. Ich muß das regeln und damit fertig werden, wann und wie ich es für richtig halte. Ich glaube nicht, daß ich auch nur darüber reden *könnte*. Es ist zu schnell zuviel auf einmal passiert. Darum – möchte ich mich an etwas relativ Einfaches, relativ Klares halten. Eine feste Reihenfolge: erst dieses Interview, dann jenes. Bitte hilf mir dabei. Rowland. Ich sollte das eigentlich allein können – aber ich kann es nicht. Nicht heute. Nicht jetzt.«
Rowland hätte behauptet, daß sie zu den Frauen gehörte, die sich keine Schwäche anmerken ließen; dieses Geständnis berührte ihn über alle Maßen. In diesem Augenblick verzehrte er sich danach, sie in den Arm zu nehmen, aber er wußte, daß das falsch und möglicherweise auch unfair gewesen wäre – und daß sie ihm das indirekt mitzuteilen versuchte.
»Also gut.« Er trat zurück, und Gini, die seine plötzlich abweisende Miene beobachtete, dachte: Er distanziert sich.
»Nachdem du weg warst, habe ich mich an die Arbeit gemacht.« Er sah an ihr vorbei, die Straße hinunter. »Da du mir verboten hattest, bei dir zu bleiben oder mit dir zu kommen –«
»Nicht, Rowland.«
»Mir blieb nichts anderes übrig. Also habe ich gearbeitet. Wenn auch nachlässig. Ich habe mit der französischen Polizei telefoniert. Mir ist etwas aufgefallen, das wir gestern abend beide übersehen haben, das uns eigentlich hätte auffallen müssen – egal.« Er hielt inne, sah auf seine Uhr. »Ich würde sagen, wir haben die Wahl. Wir haben zwei

mögliche Spuren. Wir können versuchen, mit dem Dienstmädchen zu sprechen, bei dem Maria Cazarès gestern zu Besuch war – obwohl ich ziemlich sicher bin, daß Lazare sie vor der Presse abschirmt, wahrscheinlich hält er sie praktisch unter Bewachung. Oder ...« Er sah sie wieder an. »Oder wir unterhalten uns mit dieser Chantal. Sie ist im Polizeipräsidium oder sollte es zumindest sein, wenn wir uns beeilen ...«

Gini starrte ihn an. »Du hast die Polizei auf sie angesetzt? Wann? Heute morgen?«

»Ja.« Er schenkte ihr wieder einen seiner kühlen, unergründlichen Blicke. »Ich kann ganz gut unter Streß arbeiten ...«

»Das sehe ich. Das muß ich noch von dir lernen ...« Für einen Moment verdüsterte sich ihr Gesicht; dann machte sie eine unwirsche Geste. »Du hast recht. Das ist der nächste Schritt. Reden wir mit Chantal ...«

Wie sich herausstellte, war Chantal eine kleine, dünne und zornige junge Frau mit dunkelblondem Koboldshaar und braunen Straßenkinderaugen. Rowland und Gini sahen sie erst durch die Glasscheibe eines Vernehmungsraums. Der französische Beamte in Zivil, der Rowland und Gini begleitete, hieß Martigny. Er war klein und dunkelhaarig, hatte einen scharfen Blick und wirkte gelassen. Vor dem Vernehmungsraum beendete er die Zusammenfassung von Chantals Lebenslauf, mit der er kurz zuvor in seinem Büro begonnen hatte. Der Abriß war knapp und in vielerlei Hinsicht vorhersehbar, wie Rowland fand.

Chantal war zweiundzwanzig und die Tochter einer Frankokanadierin und eines US-Amerikaners, den sie nie kennengelernt hatte. Ihre Mutter hatte noch zwei andere uneheliche Kinder, von denen Chantal im Alter von acht Jahren getrennt worden war, als sie erstmals in Fürsorge gegeben wurde.

Ihre Kindheit, soweit man dabei noch von Kindheit sprechen konnte, verbrachte sie in verschiedenen Kinder- und Pflegeheimen, aus denen sie regelmäßig floh. Mit vierzehn mußte sie wegen Ladendiebstahls ihre erste Haftstrafe absitzen, in einem Jugendgefängnis von Quebec. Mit sechzehn wurde sie Detroit wegen Autodiebstahls verhaftet, mit siebzehn in New York wegen Prostitution und Drogenbesitzes. Sie war praktisch ohne Schulbildung und halbe Analphabetin und lebte seit drei Jahren in Frankreich. Außerdem war sie als Heroinsüchtige registriert und hatte ein Methadonprogramm abgebrochen. Im Lauf des vergangenen Jahres hatte man sie wegen Prostitution und Drogenhandels angeklagt, beide Male aber aus Mangel an Beweisen freigesprochen. Ihr drohte die Abschiebung, da sie keine gültigen Papiere besaß, und sie verhielt sich – was kaum verwunderlich war – der Polizei gegenüber nicht besonders kooperativ.

Sie werde seit zwei Stunden vernommen, sagte Martigny, durch zwei seiner fähigsten Beamten, einen Mann und eine Frau. Da man ihr nichts vorwerfen konnte, würde sie demnächst wieder entlassen. Unter Drohungen hatte man ihr schließlich die Auskunft abgerungen, daß sie niemanden namens Star kannte oder jemals gekannt hätte. Sie könne sich nicht erklären, wie ihr Name und ihre Adresse in das Notizbuch eines toten holländischen Mädchens gelangt waren. Ja, sie lerne oft Ausländer kennen, und ja, sie oder eine ihrer Freundinnen könnte ihre Adresse weitergegeben haben – sie war da großzügig: Sie hatte ein Zimmer, ein nettes Zimmer, und manchmal brauchte jemand einen Platz zum Pennen. An diese Anneka Sowieso könnte sie sich überhaupt nicht erinnern: War es jetzt etwa verboten, einem Mädchen die eigene Adresse zu verraten?

Martigny wartete ab. Er sah die beiden Journalisten an, die, laut seinem englischen Kollegen, der britischen Polizei sehr geholfen hatten. Ein merkwürdiges Paar: Der Mann sah aus, als hätte er eine Woche lang nicht geschlafen; die Frau hatte einen Bluterguß im Gesicht, als wäre sie erst vor kurzem geschlagen worden. Zwischen ihnen herrschte eine Spannung, die beruflicher, emotionaler oder auch sexueller Natur sein mochte: Die Frau, fand Martigny, hatte ein hübsches und ungewöhnliches Gesicht.

Achselzuckend schob er diese Überlegungen beiseite; Chantal spreche fließend Englisch und Französisch, fuhr er fort; sie könnten sich in einer von beiden Sprachen mit ihr unterhalten, und er sei willens, ihnen zwanzig Minuten zu geben. Die Zeitspanne mache keinen Unterschied: Sie würden die Frau nicht zum Reden bringen, auch wenn er ihnen den ganzen Tag Zeit geben würde.

Damit ließ er sie allein; die Beamtin blieb an der Tür stehen, und das

Gespräch begann. Rowland und Gini saßen mit Chantal an einem schmalen, von Zigarettenbrandflecken vernarbten Tisch. Sie saß ihnen gegenüber, kettenrauchend, nägelbeißend, mit abgewandtem Gesicht, gähnend, mit den dürren Fingern auf den Tisch trommelnd; ab und zu schoß sie aus ihren braunen Augen einen Blick auf sie ab, aus dem Verachtung und Haß blitzte.

Noch nie hatte Gini eine so häßliche Narbe gesehen wie die in ihrem Gesicht. Sie verlief vom äußeren linken Augenwinkel zum Mundwinkel. Sie war schlecht verheilt, zu einem langen, krummen Wundmal inmitten verwachsener und entzündeter Haut. Die Narbe verlieh dem Gesicht etwas zutiefst Verstörendes, so als säße ihnen nicht eine, sondern zwei Frauen gegenüber. Chantal war früher hübsch gewesen und war es noch, wenn sie das Gesicht abwandte, doch hatte sie sich anscheinend entschieden, die ihr zugefügte Häßlichkeit mit Trotz zu ertragen. Gini fiel auf, daß sie Rowland jedesmal, wenn sie eine seiner Fragen beantwortete – er unterhielt sich leise und in ausgezeichnetem Französisch mit ihr –, die vernarbte Seite zuwandte. Es war nicht zu übersehen, daß sie immer nervöser und ungeduldiger wurde; Gini fragte sich, ob sie einen Schuß brauchte.

Gini fühlte sich eigenartigerweise vollkommen ruhig, so als triebe sie auf offener See in einer Flaute, weit weg von allen stürmischen Emotionen. Das hatte den Effekt, daß sie ihre Umgebung um so intensiver wahrnahm, darum beobachtete sie das Mädchen und ihre Reaktion mit absoluter Präzision. Wenn sie sich ganz darauf konzentrierte, dann brauchte sie sich vielleicht an nichts anderes zu erinnern, an nichts anderes zu denken.

Ihr Schweigen – seit sie den Raum betreten hatten, hatte sie kein Wort gesagt –, schien Chantal zu irritieren. Anfangs hatte das Mädchen sie ignoriert, den Blick fest auf Rowlands hübsches Gesicht gerichtet und unhöflich, aber auch frech auf seine Fragen reagiert. Vielleicht redet sie so auch mit ihren Freiern, dachte Gini, mit dieser eigenartigen Mischung von Flirt und Verachtung. Sie schien Rowland unbedingt in die gleiche Schublade wie das übrige männliche Geschlecht stecken zu wollen – ein aufdringlicher Kerl, der im Moment vielleicht nur Antworten verlangte, aber bei der ersten Gelegenheit primitivere, nämlich sexuelle Forderungen stellen würde. Rowlands geduldige Fragen wurden ausnahmslos abgeblockt. Chantals Blick sprang wieder in Ginis Richtung. Sie gähnte, zündete sich eine neue Zigarette an und unterbrach ihn abrupt auf englisch.

»Und was macht *sie* hier?« Sie deutete auf Gini. »Ist sie stumm oder was?«

»Wir arbeiten zusammen. Das habe ich Ihnen doch erklärt«, antwortete Rowland ungerührt. Das Mädchen hatte einen interessanten Akzent, wenn es englisch sprach, fand Gini. Er verriet ihre wechselhafte Vergangenheit: Er war weder kanadisch noch amerikanisch, noch britisch oder europäisch, sondern eine Mischung aus allem. Sie merkte, daß auch Rowland das auffiel.

»Was ist mit deinem Gesicht passiert?« Chantal sprach jetzt Gini direkt an. »Bist du in eine Tür gelaufen? Oder in eine Faust?« Sie grinste höhnisch und deutete mit dem Daumen auf Rowland. »In seine?«

»Was ist mit *deinem* Gesicht passiert, Chantal?« erwiderte Gini. Sie merkte, wie Rowland sich verkrampfte, als fürchtete er, daß sie einen Fehler gemacht hatte. Chantals Augen blitzten auf. Sie musterte Gini abschätzig.

»Fick dich selbst.« Sie zog an ihrer Zigarette. »Das geht niemanden was an, okay?« Sie kniff die Lippen zusammen und sah Rowland wieder an. Es war ein langer, eindeutig sexueller Blick. »Warum sagst du ihr nicht, sie soll sich verpissen? Und diese schmalärschige Schlampe an der Tür gleich mit dazu? Wenn wir beide allein wären, wer weiß – vielleicht wäre ich dann ein bißchen zuvorkommender ...«

Dabei fuhr sie sich mit der Zunge über die Lippen und beugte sich vor, so daß ihre kleinen Brüste gegen den durchgewetzten Sweater drückten. Vielleicht hatte sie gehofft, Rowland in Verlegenheit zu bringen, auf jeden Fall hatte sie ihn damit aus dem Konzept bringen wollen. Als ihre Bemühungen keinerlei Ergebnis zeigten, schien sie selbst aus dem Konzept gebracht. Sie wandte die Augen ab, sah zu Boden, schien sich in sich selbst zu verkriechen. Sie zog die Schultern vor und verschränkte die Arme vor der Brust. Plötzlich wirkte sie wesentlich weniger selbstsicher, schon fast verletzlich, und diese Reaktion war verräterisch. Als Gini das beobachtete – die sexuelle Anmache und die Unsicherheit, nachdem Chantal zurückgewiesen wurde –, sah sie einen möglichen Ansatzpunkt. Sie beugte sich vor.

»Ich weiß sowieso, woher du die Narbe hast«, sagte sie. »Die hat dir ein Mann namens Star verpaßt, mit seinem Rasiermesser, vergangenes Jahr in England. Ich kenne Star inzwischen ziemlich gut. Ein labiler Typ, richtig? Er kokst, und seine Laune kann völlig unvorhersehbar kippen. In solchen Augenblicken ist im durchaus zuzutrauen, daß er eine Frau mit dem Rasiermesser traktiert und sie entstellt – oder Schlimmeres. Warum tut er das, Chantal? Haßt er Frauen? Hat er vielleicht sexuelle Probleme mit Frauen?« Sie wartete. Chantal hatte sich verkrampft. Sie senkte die Kopf und begann, an den Nägeln zu knabbern. Gini sah zu Rowland hinüber, der ihr zunickte.

»Ich kann dir sagen, was er dir erzählt hat, Chantal.« Ginis Augen fixierten den gesenkten Kopf. »Er hat dir erzählt, du hättest – heilende Kräfte. Das sagt er zu seinen Mädchen, stimmt's? Das hat er auch Anneka erzählt. Jetzt erzählt er es Mina Landis, nehme ich an. Und sie wird ihm bestimmt glauben. Schließlich ist sie erst fünfzehn. Sie ist wesentlich leichter zu beeinflussen als du, weil sie im Gegensatz zu dir sehr behütet aufgewachsen ist. Aber selbst du hast ihm geglaubt, nicht wahr, Chantal? Du hast immer geglaubt, du könntest ihn kontrollieren – bis er dir das Gesicht zerschnitten hat.«

Chantals Kopf schoß hoch. Gift sprühte aus ihren Augen. »Hey – ich *kenne* ihn nicht, du Schlampe – wie oft soll ich das noch sagen, Scheiße?«

»Oh, du kennst ihn sehr wohl, Chantal.« Gini seufzte. »Und du weißt, wie gut er lügen kann. Er hat dich mit den anderen Mädchen belogen, nicht wahr? Wußtest du, daß Mina bei ihm ist, hier in Paris? Das ist sie nämlich, man hat die beiden gestern zusammen gesehen. Hat er dir das erzählt? Oder hat er dir was anderes erzählt – daß Mina, genau wie Anneka, wie all die anderen kleinen Mädchen, keine Bedeutung hat? Wohingegen du – du die einzige beständige Frau in seinem Leben bist? Hat er dir das etwa nicht erzählt, Chantal?« Sie hatte sie ganz auf ihren Instinkt verlassen und aus einem Gedankenblitz heraus ein Kartenhaus erbaut – aber sowie sie zu Ende gesprochen hatte, wußte Gini, daß sie ins Schwarze getroffen hatte: Chantal wurde kreidebleich. Ein winziges Zucken der Hand – dann hatte sie sich wieder unter Kontrolle, schließlich hatte sie Übung darin. Sie schnippte den Stummel in den randvollen Aschenbecher und zündete sich ihre letzte Zigarette an.

»Leck mich. Ich hab's satt. Zum letzten Mal: Ich kenne diesen Star nicht. Bin ihm nie begegnet. Und eure Beschreibung sagt mir auch nichts – rein gar nichts. Also laßt mich endlich in Ruhe, verfluchte Scheiße.«

»Ich möchte dir ein Foto zeigen.«

Gini faßte in ihre Tasche, holte die Fotos von Mina und Anneka heraus und reichte sie Rowland, der sie schweigend weitergab. Chantal wandte den Kopf ab.

»Sieh sie dir an, Chantal«, sagte Gini ruhig. »Ich glaube, du bist beiden nie begegnet – aber du hast von ihnen gewußt, richtig? Du hast von ihnen gewußt, und du hast dich vielleicht gefragt, wie sie wohl aussehen. Wieso Star sich für sie interessiert, wo er doch dich hatte.« Sie machte eine Pause. »Sieh dir die Fotos an, dann weißt du es. Zwei Mädchen – aber in einer Beziehung sind sie sich ähnlich. Sie sehen beide viel jünger aus, als sie sind. Sie sehen aus wie kleine Mädchen ... Ging es von da an schief, Chantal? Als du anfingst, wie eine Frau auszusehen? War es das?«

Sie hielt inne; Rowland hatte ihr schweigend und warnend die Hand auf den Arm gelegt. Chantal beugte sich über die Bilder. Sie war jetzt kalkweiß und zitterte.

»Wie alt warst du, als du so unschuldig ausgesehen hast, Chantal? Acht? Neun? Zehn?«

»Dreckige Votze.« Chantal schabte mit dem Stuhl über den Boden und stand schwankend auf. »Hören Sie ...« Sie wandte sich an die teilnahmsvolle Polizistin. »Schaffen Sie sie raus. Schaffen Sie mich hier raus. Sie können mich nicht hier behalten, Scheiße. Ich habe Rechte ...«

Jetzt zitterte sie am ganzen Leib. Rowland sagte leise: »Sie braucht einen Schuß, Gini.«

»Ich weiß. Das habe ich vom ersten Augenblick an gesehen. Zeig mir deine Arme, Chantal. Zeig mir, was er dir noch angetan hat ...«

Gini erhob sich dabei. Weder Rowland, noch die Polizistin rührten sich vom Fleck. Es wurde still, dann ließ Chantal zu Rowlands Verblüffung zu, daß Gini ihre Hände ergriff und die dünnen Pulloverärmel hinauf schob. An beiden Armen zogen sich Nadelspuren wie Stacheldraht vom Handgelenk bis zum Ellbogen.

Schweigend zog Gini die Ärmel wieder herab. Chantals Hände

krampften sich zusammen, und sie biß sich auf die Unterlippe. Sie begann zu schwitzen, und das Flattern in ihren Gliedern wurde stärker. Gini sah Rowland an, dem dieser Blick als Hinweis genügte.
Er kam um dem Tisch und sagte leise. »Wenn wir dich heimbringen – hilft dir das?«
Chantal warf einen verstohlenen Blick auf die Polizeibeamtin, die sich angestrengt taub stellte. Sie nickte.
Rowland legte den Arm um sie und zog sie zur Tür.
»Wir bringen dich heim. Die Polizei braucht dich nicht mehr. Wir nehmen ein Taxi. Das geht schneller – okay?«
Vor der Polizeiwache sah Gini das Mädchen an. Ihr Gesicht war inzwischen vollkommen blutleer; auf der Stirn glitzerte klammer Schweiß.
»Bist du überfällig?« fragte Gini. »Wie lange?«
»Eine Stunde. Fast zwei. Diese Schweine ...«
In diesem Augenblick hatte Gini Mitleid mit ihr. Nichts war Chantal von ihrem Trotz und ihrer gespielten Tapferheit geblieben. Ihr Blick irrte ziellos umher; die Augen hatten jenen Ausdruck, den Mitchell beschrieben hatte, jenen toten und zugleich verzweifelten Ausdruck, aus dem primitivste Gier sprach. Ein Stück die Straße hinunter hatte Rowland ein Taxi anhalten können. Er stieg ein, der Wagen beschleunigte und kam vor ihnen zum Stehen. Gini beobachtete das; das Mädchen beobachtete das. Einen winzigen Moment erwachte sie aus ihrer gläsrenen Trance und bedachte Gini mit einem schnellen, listigen Blick
»Du und er. Er ist ...«
»Er war, ja.«
»Hab' ich mir gedacht. Ich seh' das den Leuten an. Er braucht's – genauso wie ich meinen Schuß brauche.« Sie schwankte wieder. »Fast so stark. Sex ist – o Gott.« Sie schauderte. »Bringt mich bloß heim ...«
Und damit rutschte oder eher fiel sie neben Rowland auf den Rücksitz. Sie ließ den Kopf zurücksinken und schloß die Augen. Das Zittern wurde stärker und steigerte sich zu spastischen Krämpfen. Gini hielt ihr die Hand und wandte das Gesicht ab. Sie fragte sich, ob das Anschaffen auf dem Strich solche Instinkte schärfte und ob Chantal recht hatte. Sie wäre nicht auf den Gedanken gekommen, wenn sie in

Rowlands grimmiges Gesicht sah. Sie bogen in die Rue St. Severin. Rowland mußte Chantal über den Gehsteig und die Treppe hinaufhelfen. Gini folgte ihnen; Chantal konnte sich kaum mehr auf den Beinen halten.

Es war ein gräßliches Zimmer, fand Gini. Auf einer Fläche von vierzehn Quadratmetern drängten sich ein Doppelbett, ein Tisch mit Stühlen, Kleiderhaufen, ein riesiger Fernseher. Es roch nach Armut und nach dem Versuch, ohne irgendwelche Mittel ein Heim zu schaffen; aus den Restaurants unten an der Straße wehte Essensdunst herauf. Zwei Frauen lebten hier, begriff sie, Chantal und – wahrscheinlich – die ältere Frau, die ihr gestern abend die Tür geöffnet hatte. Auf dem Tisch standen Überreste eines Frühstücks: zwei Tassen, zwei Teller, ein paar Croissants und Marmelade. Oben auf dem ungemachten Bett lagen zwei zusammengeknüllte Nachthemden, eines blau, eines rosa. Es war kalt und klamm im Zimmer. Irgendwer gab sich Mühe, den Raum sauberzuhalten. Die Teller standen ordentlich gestapelt neben der Spüle. Auf dem Boden stand ein Katzenklo, und in einer Ecke versuchte sich hinter einem Stapel billiger Taschenbücher eine schwarze Katze zu verstecken. Auf dem Bett lag, zu einem Ball zusammengerollt, ein dünner, scheuer Lurcher. Gini bückte sich und streichelte dem Hund das struppige Fell. Dann trat sie ans Fenster, vor die Gardinen, hinter denen sie die Silhouette der Kirche St. Severin erkennen konnte. Es regnete immer noch; das fahle Licht verblaßte bereits. Sie starrte auf die Gardinen und die Kirche, weil sie nicht mit ansehen konnte, was Rowland hinter ihr machte.

»Hilf mir«, sagte Chantal eben. »Du mußt mir helfen. Ich verschütte alles. Ich kann die Hand nicht ruhig halten … Scheiße. Ich hab' mir die Hand verbrannt.«

Gini wagte einen Blick über die Schulter. Ihr war schlecht. Chantal hatte den Stoff aufgelöst; Gini sah den kleinen Plastikbeutel mit dem weißen Pulver, die blaue Gasflamme, die kleine rechteckige Alufolie. Kaum hatte Chantal die Spritze in die flatternde Hand genommen, fiel sie ihr wieder herunter.

Gini sah sie über den Boden rollen, bis sie neben dem Katzenklo zu liegen kam. Sie wandte den Blick ab.

Sie hörte, wie Rowland die Spritze aufhob, dann ein saugendes Geräusch, als sie aufgezogen wurde.

»Der Spiegel …«, sagte Chantal. »Ich muß mich vor den Spiegel stellen. Sonst geht's einfach nicht. Einfach …«

Gini hörte, wie Rowland ihr den Weg frei machte. Es wurde still. Rowland sagte: »Herr im Himmel …«

Gini fuhr herum. Chantal stand vor dem Spiegel, die Spritze vor dem Gesicht. Im ersten Augenblick verstand sie nicht, was Chantal vorhatte, doch dann begriff sie. Chantal spritzte sich die Heroinlösung ins Auge. Mit einer Hand zog sie das Unterlid nach unten, während sie mit der anderen die Nadel ansetzte. Die klare Flüssigkeit in der Spritze färbte sich rosa. Gini drehte sich weg, preßte die Hände aufs Gesicht und schauderte. Rowland trat hinter sie; sie spürte seine Arme um ihre Schultern. Sie drehte den Kopf, um in sein bleiches, grimmiges Gesicht sehen zu können.

»So was kommt vor«, sagte er leise. »Das machen sie manchmal. Wenn die Venen zerstochen sind. Warte. In einer Minute geht es ihr wieder gut. Dann wird sie wahrscheinlich schlafen.«

»Wieder gut?« Gini starrte ihn an. »Es wird ihr bestimmt nicht wieder gutgehen. Wie viele Stunden hat sie, bevor sie den nächsten Schuß braucht? Rowland –«

»Denkst du, wir beide können sie kurieren – hier und jetzt? Hör auf, Gini. Wenn wir sie nicht hergebracht hätten, dann hätte sie es irgendwie anders geschafft. Und dann wäre sie jetzt in noch schlechterer Verfassung …«

Er brach ab. Chantal stieß einen tiefen Seufzer aus. Als Gini sich umdrehte, sah sie, daß das Flattern aufgehört hatte und ein Hauch von Farbe in Chantals Gesicht zurückgekehrt war. Und dann begann Chantal zu sprechen, schnell und leise und ausschließlich an Rowland gewandt, so als wären sie allein im Zimmer.

»Paß auf. Ich muß schlafen, okay? Mir geht's gut. Jeanne, meine Freundin, kommt bald heim. Ich krieg das schon auf die Reihe – irgendwann bestimmt. Sie hilft mir. Ich bin vorsichtig. Kaufe nur guten Stoff. Teile mit niemandem Nadeln. Wenn Jeanne kommt – dann bin ich wieder okay …«

Sie sank schwankend gegen die Spüle und schloß die Augen. »Du warst echt nett zu mir. Das hat mir gefallen. Deshalb – erzähl ich dir

was. Star – ich kenn' ihn schon ewig. Er ist wie ich – ein Bastard. Zu viele Rassen, zu viele Länder, zu viele Heime, zuviel Prügel und – ich bin fertig, und er ist fertig. Darum. Wir sind beide total fertig im Kopf ...«
Sie ließ die Spritze fallen. Weder Rowland noch Gini sagten etwas.
»Und ich weiß nicht, wo er steckt. Ehrlich – irgendwo in Paris, aber ich weiß nicht wo. Ich hab' ihn gestern abend getroffen. Er hat behauptet, er ist allein, aber er – er lügt wie gedruckt, und wenn das Mädchen bei ihm ist, dann hält er es bestimmt versteckt. Das macht er immer so. Du brauchst dir um sie keine Sorgen machen. Sie ist wahrscheinlich okay. Er gibt ihr bloß Gras, redet mit ihr – vielleicht auch ein paar Pillen. Das ist okay – er hat immer guten Stoff. Keine Angst, er wird nicht mir ihr vögeln oder sie vergewaltigen ...« Sie lachte leise, hielt inne und schlug die Augen zu. Ihr Blick hatte sich verklärt; sie legte die Hand auf ihre Wange.
»Aber – laß dir das gesagt sein, wegen dem, was sie gesagt hat ...« Sie wies auf Gini. »Sie hat recht. Er kann zornig werden. Er kriegt diese irrsinnigen Wutanfälle, echte Horrortrips. Und gestern abend – ich hab' ihm eine Waffe besorgt. Er wollte eine, schon seit Monaten, und er hatte das nötige Geld und die richtigen Connections, also hab' ich ihm eine besorgt. Gestern abend hat er sie abgeholt, gerade bevor ihr geklopft habt.« Sie sah Gini an. »Das warst du, stimmt's?«
»Ja.« Sie spürte, daß Rowland sich genauso verkrampfte wie sie. »Was für eine Waffe, Chantal?«
»Keine Ahnung. Irgendeine Waffe. Er hat gesagt, daß er eine will – ich hab' sie ihm besorgt. Er hat mir ein Bild gezeigt, hat mich den Namen notieren lassen –«
»Eine Pistole?«
»Ja. Eine kleine. Mit irgendeiner Spezialmunition. Sieht fies aus. Ich hab' den Namen auf einem Zettel notiert. Den hab' ich schon vor Wochen weggeschmissen. Es war Deutsches – nein, vielleicht auch was Italienisches ...«
»Wozu könnte er eine Waffe wollen?« Rowland ging auf sie zu. Ihre Lider waren wieder geschlossen.
»Keine Ahnung. Er hat's mit Waffen. Immer schon. Ihm kommt's, wenn er sich nur Bilder davon anschaut. Sie war teuer – das hab' ich mitgekriegt. Fast viertausend Francs ... was Gescheites. Das hat er

gekriegt. Eine gescheite Waffe. Aber dann ...« Sie schwankte wieder. »Aber dann – ich weiß nicht. Der Fernseher lief, während wir uns unterhalten haben – und plötzlich war er ganz komisch. Er kriegt diesen Ausdruck. Manchmal kriegt er so einen ganz eigenartigen Ausdruck – in den Augen. Den hatte er auch, bevor er mir das Gesicht aufgeschlitzt hat ...« Sie betastete die Narbe auf ihrer Wange. »Also vielleicht sieht's doch nicht so gut aus für das Mädchen. Keine Ahnung. Hey – ich muß mich jetzt hinlegen.«

Sie taumelte durchs Zimmer zu ihrem Bett und ließ sich darauffallen, die Augen fest geschlossen. Rowland sah Gini an und beugte sich dann über Chantal.

»Chantal. Schlaf jetzt nicht ein. Kannst du mich hören? Hat er einen Namen – außer Star? Wie hieß er, als du ihm zum ersten Mal begegnet bist?«

Er verstummte und trat zurück. Auf der Treppe waren hastige Schritte zu hören, dann wurde die Tür aufgestoßen. Herein trat mit angstbleichem Gesicht die Frau, mit der Gini am vergangenen Abend gesprochen hatte. Sie blieb stehen, musterte sie beide, drängte dann an ihnen vorbei und kniete neben dem Bett nieder.

Sie nahm Chantal in die Arme und begann, ihr übers Haar zu streicheln und leise und besänftigend auf sie einzureden. Als sie sich zu Rowland und Gini umdrehte, sprach unmißverständliche Liebe und Zorn aus ihrem Blick.

»Wie lange hat man sie dabehalten? Diese Tiere – das machen sie extra ...«

Sie redete französisch, und Rowland antwortete ihr in derselben Sprache: »Etwa eine Stunde, vielleicht auch länger.«

Eine Flut von Flüchen platzte aus ihr heraus, offenbar auf die Polizei, Rowland und Gini, die Welt, den Staat.

»Warte mal, Jeanne ...« Chantal versuchte, sich aufzusetzen, kippte aber wieder zurück. »Er ist okay. Er hat mir geholfen. Ich kann nicht reden. Sie wollen was über Star wissen. Sag ihnen seinen Namen, erklär's ihnen – okay?«

Sie ließ die Augen wieder zufallen und schien in einen schlafähnlichen Zustand zu gleiten. Die Frau namens Jeanne stand auf. In Englisch mit schwerem Akzent erklärte sie es ihnen – und voller Haß dazu.

Sie sagte, allein Star sei an allem schuld. Er habe Chantal heroinabhängig gemacht und ihr das Gesicht zerschnitten. Und Star sei nur einer seiner Namen – sein neuester und momentan liebster. Sie könne ihnen eine ganze Reihe von Nachnamen anbieten, verkündete sie verächtlich: Lamont, Parker, Newman, D'Amico, Rievière, Adams, Dumas – sie könnten sich einen aussuchen.
Bei den Vornamen beschränke er sich auf zwei. Gelegentlich verwende er die englische Version seines Namens, doch er ziehe die französische vor. Vergangenes Jahr hatte er behauptet, dies sei sein wahrer Name, der Name auf seiner Geburtsurkunde – sie bezweifelte, daß er eine besaß, aber ob das nun stimmte oder nicht, jedenfalls hatte er behauptet, er heiße Christophe.

Kapitel 16

Als sie wieder draußen in der naßkalten Luft und der einsetzenden Dämmerung standen, unter den überhängenden Köpfen der Wasserspeier von St. Severin, hatte Rowland ihr erklärt: »Ich brauche was zu trinken. Du brauchst was zu trinken. Und was zu essen. Keine Widerrede. Ich weiß da was …«

Er hatte sie mit ausgreifenden Schritten in Richtung Sorbonne geführt, war dann vom Boulevard St. Michel in eine ruhige Seitenstraße abgebogen und hatte sie hierhergebracht. Es war ein kleines, altmodisches und fast leeres Bistro; sie saßen auf Bänken mit hohen Rückenlehnen, wodurch ihr Tisch so abgeschirmt wirkte wie eine kleine Schiffskabine. Auf dem rot-weiß karierten Tischtuch lag diagonal ein weißes Papiertuch: dazu zwei Gabeln, zwei Messer, zwei Wassergläser für den Wein. Rowland ließ Cognac kommen und überredete die zaudernde Gini zum Trinken. Er sah ihr schweigend dabei zu; zum ersten Mal an diesem Tag entspannte sich ihr Körper ein wenig, und ein Hauch von Farbe trat auf ihr Gesicht.

Er fand ihr Gesicht so betörend, daß er sich unwillkürlich abwenden, die Speisekarte studieren, sich mit ihr und dem kleinen, dicken *Patron* beraten mußte, nur um sich irgendwie von ihrem Mund abzulenken, von dem dunkelroten Bluterguß auf ihrer Wange und von dem Lodern in ihren Augen, ihren so unendlich weiten, ausdrucksvollen und wunderschönen Augen, die ihm eine unausgesprochene Frage zu stellen und zugleich seine Antwort zu fürchten schienen.

Er gab die Bestellung auf. Arbeit, dachte er: wenn er die Unterhaltung nur auf die Arbeit beschränken könnte. Er begann zu reden – sie begann zu reden – beide gleichzeitig.

Rowland lächelte, verstummte, ließ sich zurücksinken.

»Du zuerst.«
»Es ist nichts – ich wollte nur sagen – du hast Chantal geschickt angepackt. Sie mag dich – soweit sie einen Mann überhaupt mögen kann. Hast du das gemerkt?«
»Nein.« Rowland zog die Achseln hoch. »Ich hatte das Gefühl, auf der Stelle zu treten. Sie hat jede Frage abgeblockt.«
»Nein. Du irrst dich. Du warst geduldig und ruhig – und höflich. Dafür war sie dir dankbar. Vielleicht widerfährt ihr das nicht allzuoft. Vielleicht …« Ihr Blick suchte unsicher sein Gesicht.
»Vielleicht?«
»Vielleicht hat ihr dein Aussehen gefallen. Ich nehme an, das bist du gewohnt.«
Rowland beugte sich vor.
»Soll ich dir verraten, was sie zum Reden gebracht hat? Das war nicht ich oder irgendwas, das ich gesagt habe. Es war nicht mal die Tatsache, daß sie so dringend einen Schuß brauchte. Ich habe sie beobachtet, und ich kann dir auf die Sekunde genau sagen, wann sie sich entschlossen hat …«
»Als wir ihr die Fotos zeigten?«
»Nein.« Rowland sah sie an. Es berührte ihn, daß sie das überhaupt nicht gemerkt hatte. »Nein. Du hast eine ganz bestimmte Wendung benutzt. Darauf hat sie sofort reagiert. Vielleicht hast du zufällig etwas angesprochen, daß Star tatsächlich zu ihr gesagt hat, vielleicht auch nicht – jedenfalls hast du damit voll ins Schwarze getroffen.« Er machte eine Pause. »Du hast sie gefragt, ob sie glaube, die einzige beständige Frau in seinem Leben zu sein.«
»Da?« Sie lief rot an. »Bist du sicher?«
»Absolut sicher. In jedem Verhör, in jedem derartigen Gespräch gibt es einen Moment, in dem der Verhörende den Durchbruch schafft. Das war dieser Augenblick. Wie bist darauf gekommen, das zu ihr zu sagen?«
»Ich weiß nicht. Es kam mir einfach in den Sinn. Wir wußten, daß sie sich von den anderen Mädchen unterschied – zum einen ist sie älter. Sie kennt Star schon länger, das hat uns Mitchell erzählt. Und ich habe mich einfach gefragt, ob sie das wohl als ihre Rolle in Stars Leben ansieht. Frauen tun so was gerne.«
»Wirklich?«

»Natürlich.« Sie wandte den Blick ab. »Frauen sind monogamer als Männer. Darum finden sie alle möglichen Entschuldigungen, wenn ihre Männer fremdgehen. Sich erklären zu lassen, daß man anders sei als die anderen, zu glauben, man falle als einzige dauerhafte, ernsthafte Beziehung in eine ganz andere Kategorie – das ist ein typisch weiblicher Schutzmechanismus. Ich habe das oft genug mit angesehen.« Sie schöpfte Atem, und ihr Gesicht nahm wieder jene Verschlossenheit an, die, wie Rowland allmählich begriff, so charakteristisch für sie war.

»Jedenfalls ...« Sie nippte an ihrem Brandy. »In einem bin ich mir sicher ...«

»Anneka hat ihre Briefe an Star *nicht* an Chantals Adresse geschickt? Ganz meine Meinung. Das habe ich mir auch schon gedacht.«

»Und damit – wären wir wieder ganz am Anfang. Wir haben einen Haufen falscher Nachnamen und einen Vornamen, der vielleicht echt ist, vielleicht auch nicht. Wir wissen, daß Star eine Waffe hat – was die Sache noch schlimmer macht. Aber wir wissen nicht, wozu er die Waffe braucht, und wir haben immer noch keine Ahnung, wo er steckt.«

»Nein. Wir wissen schon mehr. Wir wissen etwas Interessantes und Seltsames ...« Rowland verstummte, da in diesem Augenblick der Restaurantbesitzer an ihren Tisch trat und sie mit einfachen, lecker aussehenden Speisen eindeckte: frisch gebackenem Brot, Salaten, Pommes frites und zwei Omeletts, die nach Aussagen des Wirtes mit Waldpilzen und Eiern von seinen eigenen Hühnern zubereitet worden waren.

Rowland lächelte angesichts dieses so französischen Strebens nach Perfektion; er wartete, bis der Wirt wieder verschwunden war, und beugte sich dann vor. Gini begann zerstreut zu essen, fast als versuche sie, sich hungrig zu geben.

»Wir wissen mehr, als uns klar war«, fuhr Rowland fort. »Dabei sind wir gestern quasi mit der Nase darauf gestoßen. Denk nach. Maria Cazarès starb gestern nachmittag in der Wohnung ihres ehemaligen Dienstmädchens – richtig?«

»Die Wohnung in der Nähe des Faubourg St. Germain, genau. Wir haben darüber gesprochen. Ich kenne die Gegend, ich kenne sogar die Straße ...«

»Wirklich?«
»Ja.« Sie zögerte. »Pascal Lamartines Ex-Frau lebt inzwischen dort. In der Wohnung ihres neuen Mannes. Ich war im vergangenen Jahr zweimal bei ihr, um Pascals Tochter Marianne abzuholen. Eine sehr elegante Gegend ...«
Sie verstummte und aß dann weiter. Sie hat sich selbst auf die Probe gestellt, dachte Rowland, weil sie wissen wollte, ob sie Pascal Lamartine erwähnen kann, ohne irgendwelche Gefühle zu zeigen – und sie hatte den Test beinahe bestanden, wenn auch nicht ganz. Lieber nicht nachfragen, dachte er, lieber darüber hinweggehen, obwohl er sofort registriert hatte, daß Lamartines Ex-Frau wieder geheiratet hatte, im Gegensatz zu Lamartine.
»Wir wissen auch«, fuhr er fort, »daß gestern nachmittag ganz in der Nähe dieser Wohnung Mina Landis und Star gesehen wurden.«
»Ja. Gegen vierzehn Uhr. Darüber haben wir bereits gesprochen.«
»Wir haben aber nicht darüber gesprochen, ob das ein Zufall war – oder ob mehr dahintersteckt. Davor wurden wir – abgelenkt, wie ich mich erinnere –«
»Rowland –«
»Schon gut. Aber es war so.« Er sah sie ernst an. »Außerdem wurde der Name des Dienstmädchens in den Fernsehnachrichten sowieso nicht erwähnt. Dafür stand er heute morgen in der Zeitung. Die Frau heißt Mathilde Duval. Hilft dir das weiter? Begreifst du jetzt?«
»O Gott.« Sie ließ die Gabel klappernd auf den Teller fallen und sah ihn mit großen Augen an. »Annekas Adreßbuch. Diese sieben Mädchennamen, die ich mir rausgeschrieben hatte. Darunter war auch eine Mathilde.«
»Ganz genau. Eine Mathilde Duval, unter der Adresse, *genau* der Adresse der Wohnung, in der Maria Cazarès gestern nachmittag starb. Ich glaube, *dorthin* hat Anneka ihre Briefe an Star geschickt, nicht an Chantal. Vielleicht hat er ihr auch Chantals Adresse gegeben, zusätzlich, zur Sicherheit, keine Ahnung – aber auf jeden Fall gibt es eine Verbindung zwischen Star und Mathilde Duval.«
»Die keineswegs ein Mädchen ist. Sondern eine alte Frau – mein Gott, wie blöd ich war –«
»Und seit unserem Gespräch mit Chantal bin ich *sicher*, daß es eine Verbindung gibt. Ich habe Annekas Adreßbuch dabei. Sieh dir das an.«

Er zog es aus der Manteltasche und reichte es ihr über den Tisch. Gini schlug Mathilde Duvals Adresse auf. Die ganze Seite war mit winzigen Hieroglyphen und Kritzeleien bedeckt; ganz schwach war genau neben Mathildes Namen ein Kruzifix zu erkennen.

»*Christophe*«, sagte Rowland. »Das bedeutet Christus-Träger. Anneka kannte Stars anderen Namen, der vielleicht sein richtiger Vorname ist, und machte sich ein kleines Zeichen dafür, direkt neben die Adresse, an die sie ihre Briefe schickte. Ich bin mir ganz sicher, Gini. Begreifst du, was das bedeutet?«

»Daß Star, wenn er Maria Cazarès Dienstmädchen kennt, vielleicht auch Maria Cazarès selbst kannte? Glaubst du das, Rowland?«

»Allerdings. Ich glaube, als er gestern mit Mina gesehen wurde, hat er das Dienstmädchen besucht – wahrscheinlich kam er gerade von ihr. Und keine zwei Stunden nachdem er fort war, kam auch Maria Cazarès. Verstehst du, Gini? Es gibt eine Verbindung zwischen Star und Maria Cazarès, zwischen Star und Jean Lazare. Erstens bezieht Star seine White Doves aus derselben Quelle wie Lazare. Zweitens hält er sich in Paris auf, wo sich die beiden niedergelassen haben. Drittens kennt er ein Dienstmädchen, dem Maria Cazarès zutiefst verbunden war und das sie oft besucht hat. Und diese Verbindung besteht schon seit einiger Zeit, Gini. Wenn wir recht haben und Anneka ihre Briefe tatsächlich an Mathilde schickte, dann können wir sie sogar datieren. Dann müssen sie sich mindestens seit März letzten Jahres kennen.« Er hielt inne. »Natürlich könnte alles auch purer Zufall sein, aber das glaube ich nicht.«

Gini musterte ihn und hörte ihm gespannt zu; er sah, wie es in ihrem Kopf hektisch zu arbeiten begann.

»Rowland – du glaubst doch nicht, daß ...«

»Daß Star das vermißte Kind aus Lindsays New-Orleans-Geschichte ist? Ich muß zu meiner Beschämung gestehen, daß mir dieser Gedanke gekommen ist, ja. Gleich nachdem Lindsay mir diese Geschichte erzählt hat. Also habe ich mich gestern für alle Fälle mit dem Miami-Korrespondenten des *Correspondent* kurzgeschlossen. Er ist nach New Orleans geflogen, um verschiedenes zu recherchieren. Darum solltest du Annekas Mutter auch fragen, ob Star vielleicht Amerikaner sein oder Verbindungen nach Amerika haben könnte.«

»Und hat der Korrespondent irgendwas rausgekriegt?«

»Bis jetzt noch nicht. Er ist vor allem auf der Suche nach einem Nachnamen. Er wollte es bei dem Konvent und bei den Lafitte Grants versuchen. Aber inzwischen sind fast dreißig Jahre vergangen, deshalb rechne ich eigentlich nicht damit, daß er viel in Erfahrung bringen wird.«

»Zu deiner Beschämung, hast du gesagt? Rowland, es *gibt* eine Verbindung, das hast du selbst zugegeben. Und Star hat das richtige Alter. Er ist schwarzhaarig wie Cazarès und Lazare. Und wenn wir Chantal glauben können, paßt auch seine Vergangenheit – Pflegeeltern, Kinderheime.«

»Ich weiß. Er hat in etwa die richtigen Qualifikationen – wie Tausende andere Männer auch. Nein, Gini. Das wäre zu bequem, und es ist einfach zu weit hergeholt.«

»Dauernd passieren Dinge, die weit hergeholt scheinen. Du brauchst bloß eine Zeitung aufzuschlagen – die sind täglich *voller* weit hergeholter Geschichten. Und ist es wirklich so unwahrscheinlich? Angenommen, Star *war* ihr Kind, und angenommen, er wurde kurz nach seiner Geburt in Pflege oder in ein Kinderheim gegeben – dann hätte er ab einem bestimmten Alter das Recht gehabt, die Namen seiner Eltern zu erfahren. Er hätte versuchen können, sie aufzuspüren ...« sie hielt inne und schüttelte den Kopf. »Nein. Du hast recht. Das haut nicht hin. Wie hätte er sie aufspüren sollen? Lazare und Cazarès haben sorgfältig alle Spuren verwischt.«

»Da gebe ich dir recht.« Rowland zuckte mit den Achseln. »Trotzdem – ich dachte, wir sollten das zumindest mal überprüfen lassen. Aber ich glaube nicht wirklich, daß *das* die Verbindung zwischen Lazare, Cazarès und Star ist. Ich hätte diese Möglichkeit nicht einmal in Erwägung gezogen, aber zu dem Zeitpunkt – ich hatte zwei Nächte lang kaum geschlafen. Ich mußte ständig an Cassandra denken, und ich konnte nicht vergessen, wie ich sie gefunden habe, wie sie aussah ...« Er verstummte, wandte schließlich den Blick ab. »Aus diesen und anderen Gründen war mein Urteilsvermögen getrübt, dessen bin ich mir wohl bewußt.«

»Was für anderen Gründen?«

»Arbeit. Überbelastung. Ich muß mich immer noch in einem relativ neuen Job zurechtfinden – einem Schreibtischjob, meinem allerer-

sten Schreibtischjob, zu dem mich Max überredet hat ...« Er zögerte und sah sie dann wieder an. »Ich muß mit anderen Veränderungen in meinem Leben zurechtkommen. Und mich ihnen widersetzen, natürlich.«
Einen Moment glaubte er, sie hätte seine Anspielung verstanden; dann begriff er, daß sie ihr entgangen war. Aber etwas, daß er gesagt hatte, stimmte sie plötzlich nachdenklich. Sie nahm ihre Gabel wieder in die Hand, legte sie dann erneut ab. Sie hatte ihren Teller erst halbleer gegessen, dennoch schob sie ihn mit einer bedauernden Geste beiseite und schien ihn im nächsten Moment vergessen zu haben. Ein Anflug von Rosa färbte ihr Gesicht. Sie sah ihm in die Augen.
»Widersetzen die Menschen sich den Veränderungen? Glaubst du das? Warum, Rowland? Weil sie sich davor fürchten oder –«
»Vielleicht ist es Angst. Veränderungen können zum Guten wie zum Schlechten hin geschehen«, antwortete er mit Bedacht. »Deshalb klammern sie sich am Althergebrachten. Meiden mögliche Abgründe.«
»Glaubst du – daß die Menschen sich auch Veränderungen in der Persönlichkeit von anderen widersetzen, oder sperren sie sich nur gegen ihre eigene?«
Er konnte sehen, wie wichtig ihr diese Frage war. »Ja, das glaube ich«, sagte er ruhig. »Sie wehren sich gegen die Veränderung ihrer eigenen Persönlichkeit und gegen die anderer.«
»Warum? *Warum* denn nur?«
»Dafür gibt es hundert Gründe, Gini – das weißt du genau. Weil jede Veränderung unberechenbar ist. Weil eine Veränderung wie ein Verrat wirken kann, ein Verrat an dem früheren Selbst einer Person ...« Er brach mitten im Satz ab, und Gini ahnte, daß eine qualvolle Erinnerung in ihm lebendig wurde. Sie beobachtete, wie der Entschluß, nicht darüber zu sprechen, sein Gesicht erstarren ließ. »Es hat keinen Sinn, sich zu widersetzen«, fuhr er nach einer Weile leise fort. »Wenn die betreffende Veränderung tief ist – nicht vergänglich oder oberflächlich –, dann *kann* man sich ihr vielleicht gar nicht widersetzen. Sie wird stattfinden, ob es einem gefällt oder nicht. Und manchmal ...« Er sah weg. »Manchmal, wenn sich die Veränderung sehr schnell vollzieht, ist es bereits zu spät, wenn man sie bemerkt.«

Beide schwiegen. Sie senkte den Kopf. Sie verschob ihr Messer um zwei Zentimeter und zog es dann wieder zurück.
»Und du glaubst, daß sich Veränderungen so schnell vollziehen können?«
»Oh, eine Veränderung kann sich verblüffend schnell vollziehen. Mitten in einem Satz, glaube ich, bei einem Essen, bei einem einsamen Spaziergang durch die Straßen. Ich glaube, sie kann zwischen dem Einschlafen und dem Aufwachen am nächsten Morgen geschehen ...« Seine Stimme wurde spröde. »Dann hat sie sich zweifellos über längere Zeit angebahnt, hat sich heimlich angeschlichen – bis man schließlich zuläßt, daß sie einen überfällt. Danach ist sie natürlich unwiderruflich.«
»Bist du sicher?« Rowland sah sie traurig an; ganz offensichtlich nahmen ihre Gedanken einen anderen Gang als seine. Er hatte eben so offen mit ihr geredet, wie er seit sechs Jahren mit niemandem mehr gesprochen hatte, und trotzdem hatte sie ihn nicht verstanden. Er fragte sich, ob das Absicht war, erkannte aber, daß es keine war. Er spielte mit dem Gedanken, noch deutlicher zu werden, verwarf ihn dann aber, weil das bedeutet hätte, sich unzulässig einzumischen.
»Und? Ist sie unwiderruflich?« Jetzt beugte sie sich ihm entgegen, mit glänzenden Augen und bangem, beschwörendem Gesicht.
Rowland seufzte. »Ich nehme es an«, erwiderte er schwermütig. »Gini – diese Uhr läßt sich nicht zurückdrehen.«
Er spürte, wie sie sich ihm entzog; er sah, wie sie nach ihrem Tuch und ihrem Mantel zu tasten begann, und rief nach der Rechnung. Sie hatte ihre Fassung wiedergefunden und versuchte, sich ganz geschäftsmäßig zu geben. Rowland beobachtete, wie sie sich das kleegrüne Tuch um den Hals legte. Als sie damit fertig war, faßte er über den Tisch, berührte ihre Hand und zog seine sofort wieder zurück.
»Was willst du jetzt tun, Gini? Weitermachen? Aufhören? Eine Pause machen?«
»Weitermachen.« Sie nahm ihre Tasche. »Als nächstes gehen wir zu Mathilde – richtig?«
»Das wäre mein Vorschlag. Wenn du aber lieber ins Hotel zurück möchtest – man hat ein Zimmer für dich gefunden ... Ich könnte auch allein zu Mathilde. Du siehst müde aus –«
»Nein. Ich bin nicht müde. Ich habe es dir doch gesagt. Ich will arbei-

ten. Wir dürfen nicht aufgeben, Rowland. Wir machen Fortschritte. Und Star hat jetzt eine Waffe. Ich will Mina finden ...« Sie stutzte, und ihr Gesicht verhärtete sich. »Davon kann mich nichts abbringen. Als ich mit Annekas Mutter sprach – da habe ich mir geschworen, sie zu finden. Deshalb ...« Sie stand auf, »gehen wir am besten beide zu Mathilde. Kämpfen uns an Lazares Wachposten vorbei, wenn er welche aufgestellt hat – in Ordnung?«
Sie lächelte dabei. Rowland folgte ihr aus dem Restaurant. Auf der Straße sah sie zum Himmel auf. Ihr Haar war immer noch feucht vom Regen, genau wie seines. Das Nachmittagslicht war inzwischen völlig verblaßt. Ein Student fuhr auf seinem Fahrrad vorbei; im Haus gegenüber rief ein Kind nach seiner Mutter; in der Ferne konnte man gedämpft das Rauschen des Stoßverkehrs hören. »Wie dunkel es ist«, sagte sie.

Als sie die Rue de Rennes erreicht hatten, war es nach siebzehn Uhr. Es war eine langweilige, wenn auch teure Straße, fand Rowland, zutiefst bürgerlich, eine jener Zitadellen der Reichen, die es in jeder Großstadt gibt, das Pariser Gegenstück zum Londoner Mayfair oder der New Yorker Park Avenue: ein breiter, baumbestandener Boulevard, beiderseits flankiert von stuckverzierten zehnstöckigen Wohnhäusern aus der Jahrhundertwende. Aus den Fensterreihen glitzerte Licht; es waren kaum Passanten unterwegs. Gini ging neben ihm her, bis sie unvermittelt stehenblieb.
»Das Haus da drüben. Das neben Helens.«
»Helens?«
»Helen Lamartine. Das sind riesige Wohnungen, Rowland ...« Sie wirkte unsicher, und ihr war anzusehen, wie gespannt sie plötzlich war. »Wir brauchen nicht beide raufzugehen.«
»Soll ich gehen?«
»Das wäre mir lieber. Ich gebe dir zehn Minuten – dann warte ich um die Ecke. Dort gibt es ein Café, gleich auf der rechten Seite. Es ist nicht zu verfehlen.«
»Also gut. Außerdem macht Lazare keine halben Sachen. Ich bezweifle, daß ich überhaupt zehn Minuten fort sein werde ...«
Er behielt recht. Gini wartete bibbernd. Den Mantelkragen hochgeschlagen, ging sie auf und ab. Sie starrte auf das Straßenpflaster, die

Bäume, die Hauseingänge, konzentrierte sich auf die Details, und verwehrte der Vergangenheit die Rückkehr. Etwa sechs Minuten später kam Rowland wieder aus dem Haus.
»Wie wir uns gedacht haben. Da drin hält so eine Amazone aus der Presseabteilung von Cazarès Wache. Sie hat mir ihre Karte in die Hand gedrückt und mich abgefertigt, falls ich Fragen hätte, solle ich mich morgen an ihr Büro wenden. Sie war äußerst charmant. Dann hat sie mir die Tür vor der Nase zugedrückt.«
»Wirklich?« Gini musterte ihn neugierig und kalkulierend. »Wie alt war sie?«
»Wie alt? Weiß der Himmel. Vierzig? Fünfundvierzig? Was macht das für einen Unterschied?«
»Es könnte einen Unterschied machen.« Ihre Stimme klang trocken. »Du hast gewisse Vorteile, Rowland, und du neigst dazu, sie zu überschätzen ...«
»Was?« Er ging bereits davon. »Was redest du da?«
Gini betrachtete die graue Gestalt, die außergewöhnlichen Augen, sein Haar. Sie hakte sich bei ihm ein.
»Gleich um die Ecke, Rowland«, sagt sie, »gibt es neben dem Café, von dem ich gesprochen habe, einen Blumenladen. Einen der besten von Paris. Mit ganz exquisiten Rosen, Lilien, Narzissen ...«
»Ja? Na und?«
»Du arbeitest vielleicht für eine angesehene Zeitung, Rowland, und du bist vielleicht gut in deinem Job – aber selbst du kannst immer noch was dazulernen. Komm mit.« Sie lächelte. »Weißt du noch, was du mir in Amsterdam am Telefon vorgeworfen hast? Also, jetzt werde ich dir ein paar *Sensationsreporter*-Tricks zeigen ...«

Es war noch nicht einmal achtzehn Uhr, doch Mathilde Duval, eine Frau mit tief verwurzelten Gewohnheiten, machte sich schon fürs Zubettgehen bereit. Juliette de Nerval, von Jean Lazare persönlich zu ihrer Hüterin und Beschützerin bestimmt, verfolgte ihre Vorbereitungen mit Mitleid, leichtem Ekel und einem gewissen Widerwillen. Sie wußte nicht, wie alt Mathilde Duval genau war, aber ihrem Aussehen nach war die Frau mindestens achtzig. Natürlich war sie bäuerlicher Abstammung, und Bäuerinnen, vor allem die aus dem Süden, alterten schnell – vielleicht war sie also auch jünger. Wie alt

Mathilde letzten Endes auch sein mochte, sie verkörperte all das, was Juliette am meisten fürchtete. Um gar keinen Preis, sagte sie sich, während sie die Alte beobachtete, wollte sie einst so enden.
Mathilde war höchstens einen Meter fünfundfünfzig groß, wenn überhaupt, und bucklig wie eine Hexe. Von Kopf bis Fuß in schwarze Bauerngewänder gekleidet; dünnes Haar, streng nach hinten gekämmt; stoppelige Borsten auf dem Kinn; Falten – nein, Falten konnte man das nicht mehr nennen: Mathildes Gesicht war von tiefen Furchen durchgraben, nicht nur unter den Augen und um den Mund herum, sondern überall. Ihre Hände hatte die Arthritis verkrüppelt; die Fußgelenke waren geschwollen; sie war praktisch blind; einen Rosenkranz in den Fingern, kleine Heiligenbildchen betastend und vor sich hin murmelnd schlurfte sie im Schneckentempo durch diese gespenstische Wohnung.
Die Temperatur in der Wohnung betrug deutlich über dreißig Grad Celsius. Obwohl die Alte unablässig herumräumte, abstaubte und fegte, stank es. Es stank nach Mottenkugeln, von denen Juliette behauptet hätte, daß es sie überhaupt nicht mehr gab; es stank nach verbranntem Öl und nach Staub und nach nicht ganz sauberen Kleidern. Ab und zu – mittlerweile hatte sie den Verdacht, daß Mathilde inkontinent war – stank es penetrant nach Urin. Dann verschwand die Alte für eine halbe Ewigkeit in ein Bad, um irgendwann sichtbar erfrischt wieder aufzutauchen. Juliette gestand sich ein, daß es ihr schwerfallen würde, der Alten zu Hilfe zu kommen, wenn sie im Bad stürzen oder um Hilfe rufen sollte. Sie hatte Mitleid mit Mathilde Duval, aber sie verursachte ihr eine Gänsehaut. Um sieben war ihre Schicht zu Ende. Bis dahin mußte sie weiter um Luft ringen und gegen ihre Übelkeit ankämpfen.
Die Schlafensvorbereitungen der Alten schienen kein Ende zu nehmen. Erst hatte sie etwas gegessen, dann heiße Milch getrunken, dann mußte das Bett in ihrem Zimmer aufgedeckt und eine Wärmflasche hineingelegt werden. Dann betete sie – auf den Knien, vor dem Bett. Dann ging sie ins Nebenzimmer, diesen grauenvollen Schrein für ihre geliebte Maria, und bestand darauf, auch dort das Bett aufzudecken, als würde Maria dort schlafen, als warte sie auf eine Frau, von der sie doch wußte, daß sie tot war.
Vor allem dieser Teil des Rituals verursachte Juliette eine Gänse-

haut; langsam bekam sie das grauenvolle Gefühl, daß man sie und die Alte beobachtete, daß sie nicht allein hier waren, daß sich leise und verstohlen der Geist einer Verstorbene näherte.
Als Mathilde unter den Bildern von Maria Cazarès eine Reihe von Votivkerzen zu entzünden begann, war Juliette rückwärts aus dem rosa Zimmer gestolpert. Die Flammen flackerten. In ihrem zuckenden Licht schienen sich Wände und Bilder zu bewegen. Das Bett mit seiner monströs aufgeblasenen rosa Seidendaunendecke sah aus, als würde es sich gleich bewegen, als würde es auf jemand warten. Juliette begann Gespenster zu spüren, obwohl sie immer behauptet hatte, nicht daran zu glauben. Sie ahnte sie in den Zimmerecken, spürte die Liebkosung einer kalten Hand auf ihrem Rücken. Sie floh. Im Wohnzimmer rauchte sie zitternd ein paar Zigaretten hintereinander.
Jetzt wusch sich die Alte. Juliette lauschte dem Wasserrauschen, dem Klopfen der Leitungen. Mühsam verkniff sie sich den Blick auf die Uhr. Sie stand mitten in diesem überladenen Zimmer und versuchte, weder die Kruzifixe, noch die Heiligen- und Christusbilder zu sehen. Über dem Kamin hing Er im Großformat: grünlichrosa; Er deutete auf ein großes Loch in seiner Herzregion, in dem ein Licht brannte. Juliette wandte den Blick ab. Kein einziges Fenster ließ sich öffnen. Sie wünschte, sie könnte verschwinden. Sie wünschte sogar, dieser englische Journalist – dieser ausgesprochen *gutaussehende* englische Journalist – würde zurückkommen. Hauptsache, sie kam endlich hier weg. Dann konnte sie heimgehen, baden, sich einen Drink mixen und mit ihrem Mann reden – wenn er da war, natürlich. Sie konnten sich über Washington, D. C., unterhalten, wohin ihr Mann, ein Diplomat, bald versetzt würde. Nur noch einen Monat, dachte Juliette – sie konnte es kaum erwarten, Paris und Cazarès zu verlassen. Sie war inzwischen zehn Jahre dabei und hatte gemerkt – ganz plötzlich, vor etwa sechs Monaten –, daß ihr die Arbeit keine Freude mehr bereitete und der Job nicht mehr gefiel. Der Cazarès-Geist hat aufgehört zu existieren, dachte sie, seit einiger Zeit schon, vielleicht schon seit fünf Jahren, sie hatte das nur erst so spät gemerkt. Natürlich hatte Lazare den langsamen Wandel kaschiert: Mit nie nachlassender Energie – einer Energie, die ihn langsam aufzehrte, vermutete sie –, trieb er sie alle an, ohne jemals seine Maßstäbe zu lockern

oder zuzugeben, daß sie sich allesamt etwas vorspielten. Er wußte, daß dem ganzen Unternehmen das Herz fehlte; er wußte, daß sie eine Leiche zum Leben zu erwecken versuchten, doch seine beharrliche Weigerung, dies in irgendeiner Form zur Kenntnis zu nehmen, gab ihnen allen Auftrieb: Niemand wagte, ihre Arbeit in Frage zu stellen, Zweifel oder eine abweichende Meinung zu äußern.
Juliette begann rastlos im Zimmer auf und ab zu gehen. Ganz plötzlich begriff sie, daß Maria Cazarès höchstwahrscheinlich in genau diesem Zimmer gestorben war – und der Gedanke ließ sie erstarren. Wo? Auf dem Sofa? In dem Sessel da drüben, wo laut Mathilde nur ihre geliebte Maria sitzen durfte? Auf dem Teppich dort vor dem Kamin? Juliette wich zurück und zündete sich mit zitternder Hand die nächste Zigarette an.
Nichts als Lügen, dachte sie. Mittlerweile bestand ihr Job aus nichts anderem mehr. Man zahlte ihr eine ansehnliche Summe dafür, daß sie Unwahrheiten ausstreute. Nein, kein Wort stimme an diesen dummen Gerüchten, daß es Maria Cazarès angeblich nicht gutgehe. Nein, natürlich habe man niemanden eingestellt, der ihr bei den Entwürfen assistierte: Jedes einzelne Stück aus der Couture- und der *Prêt-à-porter*-Kollektion war von Maria Cazarès persönlich entworfen worden … Selbst die Pressekonferenz heute: In seiner Rede, die sie zu Tränen gerührt hatte, hatte Lazare entweder Lügen erzählt oder sorgsam die Wahrheit verschwiegen.
Maria Cazarès war *nicht* im Hospital St. Etienne gestorben; Juliette hatte persönlich mit den Sanitätern und dem aufnehmenden Arzt gesprochen, und die hatten keinen Zweifel daran gelassen. Maria Cazarès war wahrscheinlich schon tot gewesen, als die arme halbsenile Mathilde hektisch zum Telefon griff; sie war ganz bestimmt tot gewesen, als die Sanitäter in die Wohnung stürmten, und kein Wiederbelebungsversuch hatte den geringsten Erfolg gezeigt. Sie war also nicht im St. Etienne gestorben, behütet von Jean Lazare, und Juliette vermochte nicht einmal zu sagen, wieso er das eigentlich behauptete – es sei denn, er wollte das selbst gern glauben.
Sie hatte die vergangene Nacht damit zugebracht, undichte Stellen zu stopfen und dafür zu sorgen, daß sie und die übrige Belegschaft jene Version der Ereignisse verbreiteten, die Lazare wünschte, und zwar wie und wann er es wünschte. Und während sie heute in dieser

Mausefalle saß, Mathilde abschirmte und sicherstellte, daß niemand mit ihr sprach, hatten ihre Leute auf Lazares Anweisungen hin die falschen Fährten gelegt, mit denen man seiner – meist zutreffenden – Ansicht nach am besten auf eine Belagerung durch die Weltpresse reagierte.
Schickt sie in die entgegengesetzte Richtung – das war Lazares Motto. Und so hatten ihre Leute bestimmt den Tag damit verbracht, illusorische Belohnungen in Aussicht zu stellen: die Möglichkeit, daß der Zutritt zu einer von Maria Cazarès' Wohnungen gestattet werden könnte, die Ankündigung – die mit Sicherheit nie wahrgemacht werden würde – man werde nun vielleicht etwas mehr über ihr Leben verraten, über ihre Jugend in Spanien und so weiter.
Die Reporter hatten den inzwischen genauestens instruierten Arzt von St. Etienne interviewen dürfen. Lazare ist ein Genie in solchen Dingen, dachte Juliette. Er verstand es, die Presse so mit Informationen zu versorgen, daß kaum auffiel, was er verschwieg. Vor allem verschwieg er natürlich Mathilde – obwohl Juliette nicht einleuchten wollte, warum. Diese brabbelnde, halbsenile Greisin konnte den Journalisten wohl kaum etwas Interessantes oder gar Skandalöses erzählen. Sie war Marias zutiefst ergebenes Dienstmädchen gewesen; sie hatten gemeinsam Tee getrunken; Maria hatte ganz plötzlich eine massive Herzattacke bekommen – was gab es da zu verheimlichen?
Auf jeden Fall hatte Juliette praktisch den ganzen Tag verschwendet. Am Vormittag hatte sie ein paar französische Reporter, den schmierigen Fotografen eines britischen Boulevardblattes und nachmittags einen etwas intelligenteren italienischen Paparazzo abgewimmelt. Der Paparazzo hatte das Zimmer fotografieren wollen, in dem die Cazarès zusammengebrochen war; Juliette glaubte nicht, daß er erwartet hatte, das Foto von der Wohnungstür aus machen zu können, und er war nicht besonders verärgert gewesen, als ihm das mißlang.
Das war alles – bis dieser englische Journalist aufgetaucht war, der für eine angesehene Zeitung arbeitete, von der Juliette nicht geglaubt hätte, daß sie sich für diesen Aufruhr interessierte.
Insgesamt eine unerfreuliche, ermüdende – und obendrein ziemlich sinnlose Übung. Sie lauschte, hörte, wie eine Tür geöffnet wurde – und begriff zu ihrer großen Erleichterung, daß die Alte sich endlich

fertig gewaschen hatte und nun über den Flur zu ihrem Bett schlurfte. Juliette hörte die Dielen knarren, dann wieder Gemurmel: schon wieder Gebete, dachte sie und sah auf die Uhr. Diese letzte Stunde im Dienst erschien ihr wie die längste Stunde ihres Lebens. Und morgen früh um halb elf warteten schon neue Aufgaben auf sie. Eine Firmenlimousine mußte hergeschickt werden; der Fahrer würde Madame Duval abholen und sie in die zentrale bringen; dann würde sie die ganze Präsentation über hinter der Bühne warten. Das war Tradition – eine Tradition, von der Lazare trotz Marias Tod nicht lassen wollte. Mathilde Duval hatte seit jeher den Kollektionspremieren beigewohnt, seit zwanzig Jahren schon – nein, länger. Früher war sie gemeinsam mit Maria Cazarès eingetroffen und war die ganze Zeit über bei ihr geblieben, versteckt in einer kleinen Kammer hinter den Kulissen, wo sie ihre Herrin beschwichtigt, ihr zugeredet und sie beruhigt hatte, bis zu jenem von Maria so gefürchteten Augenblick, in dem sie hinaus vor das Publikum, die Kameras, in den Applaus treten mußte.

Daß Maria tot sei, ändere nichts, sagte Lazare. Maria hätte gewünscht, daß Mathilde dort war, deshalb würde sie dort sein. Juliette schauderte wieder und schlich zur Tür. Immer noch konnte sie die gemurmelten Gebete hören. Durch die offene Tür auf der anderen Seite des Ganges konnte sie in diesen gräßlichen rosa Schrein von einem Zimmer blicken. Stirnrunzelnd wandte sie sich wieder dem Wohnzimmer zu. Gab es hier vielleicht etwas zu verbergen? Sie hatte angenommen, daß ihre Anwesenheit hier auf Lazares fast pathologische Geheimniskrämerei um Maria zurückzuführen war. Und wenn es einen realen Grund dafür gab, daß er Mathilde so beharrlich vor der Presse versteckte? Machte er sich Sorgen wegen Mathilde – oder wegen dieser Wohnung?

Daran hatte sie noch gar nicht gedacht. Sowie ihr der Gedanke gekommen war, sah sie sich aufmerksamer um. Sie trat an den Kamin und inspizierte die dort versammelten Scheußlichkeiten. Sie blieb an einem Tisch stehen, der mit Fotos von Maria vollgestellt war, alle jüngeren Datums, wie sie vermutete. Sie zwängte sich zwischen winzigen, altersschwachen Tischchen hindurch ans andere Ende des Zimmers, das von einem riesigen und ausgesprochen häßlichen Schreibtisch beherrscht wurde. Er war, wie jede andere Fläche hier, mit Plunder und Papier überhäuft. Stiften und Schnurstücken und Scheren und Siegelwachsstiften und Tintenfässern. Die Alte hatte Tinte verschüttet. Dort, auf einigen Blättern Papier, war ein inzwischen eingetrockneter Tintenfleck zu sehen. Es sah aus, als hätte sie versucht, einen Brief zu schreiben. Juliette beugte sich über die Seite: Die Handschrift der Alten war so krakelig, wie sie erwartet hatte; sie konnte eben noch die einleitenden Worte entziffern: *Mon bien-aimé Christophe, Il faut que je te voie, c'est urgent … J'ai mal au cœur, tu me manques …*

Wer ist Christophe? fragte sie sich. Ein Enkel vielleicht? Der Rest des unvollendeten Briefs verschwand unter der verschütteten Tinte, als hätte die Alte geschrieben, dabei das Tintenfaß umgestoßen und dann den Brief liegenlassen. Armes Geschöpf, dachte Juliette.

Sie rückte ein paar Gegenstände auf dem Schreibtisch zurecht, obwohl sie sich ihrer Neugier schämte. Hinter dem Papierstapel, sah sie, lag ein kleiner Haufen winziger Schachteln. Die Verpackung lag verstreut daneben, und diese Verpackung konnte nur von Cazarès stammen: Sie erkannte die Seidenschnur, die Gold*faille* und die typischen weißseidenen Stofftücher. Vielleicht hat Maria der Alten gestern ein paar Geschenke mitgebracht, dachte sie, und sie ihr überreicht, bevor sie Tee getrunken haben, bevor sie zusammengebrochen ist. Wie traurig. Was immer in den drei kleinen Schachteln gewesen war, jetzt waren sie leer. Vielleicht kleine Schmuckstücke, ein kleiner Liebesbeweis. Falls dem so war, dann würde Mathilde die Sachen bestimmt keine Sekunde aus den Augen lassen.

Sie durchquerte das Zimmer und sah in den Flur. Das Gebetsgemurmel war versiegt. Auf Zehenspitzen schlich sie an die Tür zum Zimmer der Alten und warf einen verstohlenen Blick hinein. Mathilde lag auf dem Bett, ruhig atmend, mit offenen Augen, und starrte in die Luft. Sie sah aus, als würde sie auf etwas oder jemanden warten.

Juliette zog sich zurück. Sie versuchte sich gerade zu überzeugen, daß ihre Phantasie mit ihr durchging, als die Türklingel schellte. Das Geräusch ließ sie zusammenfahren; es machte ihr beinahe angst – aber sie war auch extrem nervös.

Sie ging zur Wohnungstür, schielte durch den Türspion, zögerte und empfand plötzlich tiefe Erleichterung; es war noch einmal dieser gutaussehende englische Journalist.

Sie entriegelte die Tür und machte sie auf. Dieser Rowland McGuire, dessen Karte noch in ihrer Tasche steckte, sah sie mit halb fröhlicher, halb draufgängerischer Miene an – eine Mischung, die Juliette gut gefiel. In seinen Armen – und das gefiel ihr sogar noch besser – lag ein riesiger Blumenstrauß, eines der erlesensten Buketts, die sie je gesehen hatte.
»Für Sie«, sagte er. »Ich habe mich gefragt – wenn Sie freihaben – dürfte ich Sie da auf einen Drink einladen?«
Er hat die umwerfendsten grünen Augen, die ich je gesehen habe, dachte Juliette, und das umwerfendste Lächeln dazu.
Sie zögerte einen Sekundenbruchteil; es war sowieso fast sieben. Dann erwiderte sie das Lächeln.
»Ich bewundere beharrliche Männer«, sagte sie. »Und nach dem heutigen Tag möchte ich nichts lieber als einen Drink. Ich gehe nur schnell meinen Mantel holen ...«

Vom Fenster in Helens Penthouse-Wohnung hatte Pascal freien Blick auf die Straße. Er stand in dem dunklen Zimmer, die inzwischen schlafende Marianne hinter sich, und beobachtete, wie Rowland McGuire aus dem Haus nebenan kam und die breite Vortreppe hinunterging. Er war in Begleitung einer großen, eleganten Frau mittleren Alters. Pascal fielen die hochhackigen Schuhe, das blaßblonde Haar auf; sie sah aus, als würde sie sich über das schlechte Wetter auslassen; dann zog sie ihren langen Pelzmantel fester zu. McGuire sagte etwas zu ihr, das sie lächeln ließ; sie entschwanden gemeinsam die Straße hinunter.
Pascal ließ das Gesicht gegen die kalte, dunkle Scheibe sinken. Marianne atmete jetzt tief und gleichmäßig hinter ihm. Es war still im Zimmer, in dem überall Mariannes geliebte Stofftiere Wache hielten; das Buch, aus dem er ihr vorgelesen hatte, lag neben ihrem Bett unter dem winzigen Nachtlicht in Form einer Eule mit gefalteten Schwingen, das Pascal ihr von einer Reise mitgebracht hatte, weil er wußte, wie sehr sie sich in der Dunkelheit fürchtete. Wo hatte er die Eule gekauft? In London? New York? Madrid? Rom? Es wollte ihm nicht mehr einfallen. Er konnte sich an dieses winzige Ereignis ebensowenig erinnern, wie er sich auf die Worte in dem Buch hatte konzentrieren können. Vor dem Vorlesen, als er genau wie jetzt am Fen-

ster gestanden hatte, hatte er plötzlich begriffen, wer der Mann und die Frau auf der anderen Straßenseite waren, der große Mann und die schlanke Frau, die ihr Gesicht beim Sprechen so sorgsam in die andere Richtung wandte.

Der Anblick ließ sein Herz gefrieren; unfähig, sich zu rühren, blieb er am Fenster stehen. Er beobachtete, wie McGuire Gini stehenließ, die Straße überquerte und im Haus nebenan verschwand. Gerade als Pascal hinunter- und hinausgehen wollte, um mit Gini zu reden, war McGuire wieder aufgetaucht. Sie waren weggegangen, und kurz vor der Straßenecke hatte Gini seinen Arm genommen. Es war eine freundschaftliche Geste; ihre lockere Vertrautheit, so als wären sie kein Liebespaar, sondern lediglich Kollegen, hatte Pascal einen schmerzhaften Stich versetzt. Auch in dieser Beziehung, dachte er, bin ich ersetzt worden.

Jetzt wandte er sich vom Fenster ab; zum Glück hatte er nicht das Flugzeug genommen, zum Glück hatte er das beobachtet, und zum Glück hatte er der Versuchung widerstanden, hinunterzugehen und mit ihr zu reden. Gini arbeitete offensichtlich weiter mit McGuire zusammen, trotz dieser Szene heute morgen, seit der er kaum noch funktionierte und kaum noch denken konnte. Er verabscheute es und fand es erbärmlich, wenn das Ende unnötig in die Länge gezogen wurde. Ja, er hatte sich entschieden, in Paris zu bleiben, aber alles, was gesagt werden müßte, war bereits gesagt – und kein Weg führte zurück.

Er sah auf sein schlafendes Kind, und sein Herz ging über vor Liebe; er bückte sich, küßte Marianne auf die Stirn und ging dann leise aus dem Zimmer. Er kehrte in Helens überladenes Wohnzimmer zurück, wo sie in aller Stille saß und ein Buch las.

»Das hat aber ganz schön gedauert …« Sie blickte lächelnd auf, sah seine Miene und klappte ihr Buch zu. Pascal nahm seinen Mantel.

»Ja. Ich habe ihr die Geschichte gleich zweimal vorgelesen. Dann haben wir uns unterhalten. Ich glaube, sie fürchtet sich vor dem Zahnarzt morgen. Du weißt, wie sie ist …«

»Ach, sie wird es schon schaffen. Es ist nur eine Plombe. Du bringst sie ja hin. Das macht es fast zur Belohnung.« Helen stand auf. Pascal fragte sich, ob sie jemals diese Unsitte ablegen würde, alles Positive negativ darzustellen, jedes mögliche Kompliment in einen Vorwurf zu verwandeln. Seit Helen wieder geheiratet hatte, war ihre Beziehung lockerer, aber selbst jetzt konnte sie solchen Spitzen nicht widerstehen.

»Trink noch was.« Sie stand jetzt am Barwagen. »Komm schon, Pascal. Ralph kommt frühestens in einer Stunde zurück. Du wirst es doch zehn Minuten mit mir aushalten? Und du siehst aus, als könntest du einen Schluck gebrauchen.«

»Also gut. Einen Whisky – pur. Danke. Ich kann nicht lange bleiben …« Während Helen die Drinks einschenkte, begann er, ziellos im Zimmer herumzugehen. Helens zweiter Ehemann, dachte er, hat ihr all das bieten können, was sie sich immer gewünscht hat, all die materiellen Dinge, mit denen ich sie nie umgeben habe. Das Zimmer mit seinen teuren Möbeln, dem Teppichboden, den wenig originellen Gemälden, den edlen Polsterbezügen und Vorhängen kam ihm seelenlos und eigenartig falsch vor – wie das Bühnenbild einer Salonkomödie aus den dreißiger Jahren. Laut Helen war es auf ihre Anweisungen hin von einem der bekanntesten Pariser Innenarchitekten eingerichtet worden. Ihr Ehemann Ralph schien früher einen schlichteren Geschmack gehabt zu haben, aber natürlich hatte Helen ihn bekehrt.

Pascal setzte sich auf ein Sofa, das mit blumengemustertem Bennison-Chintz überzogen war. Er ließ seinen Arm auf ein Gewirr ausgeblichener Rosen sinken und nahm sein Glas entgegen. Helen schob ihm ein paar Silbertellerchen hin, Silbertellerchen mit Pistazien und schwarzen Oliven. Sie hatte sie auf einem ausladenden gläsernen Couchtisch arrangiert, auf dem eine Vase mit Lilien stand und ein Stapel großer Bildbände bereitlag. Bildbände über Häuser und Porzellan und Teppiche und Gemälde und Möbel – lauter Dinge, die man *kaufen* konnte. Wurden die Bücher zu Rate gezogen? Er mochte nicht recht glauben, daß jemand darin las.

Helen trug ein schmeichelhaftes weinrotes Wollkleid. Sie hatte eine neue Frisur, die gut zu ihr und ihrem dunklen Haar paßte. Der Schmuck war diskret. Sie sieht gut aus, dachte er; sie sah gesetzt, reich, attraktiv aus. Sie sah aus wie die Gattin eines vermögenden Mannes – so wie sie, vermutete er halb, immer hatte aussehen wollen.

Wie war es möglich, daß er fünf Jahre lang mit ihr verheiratet gewesen war und sie so wenig gekannt hatte? Der Gedanke, daß er sich ein so völlig falsches Bild von ihr gemacht hatte, vertiefte seine Depression. Helen liebte materielle Dinge – so einfach war das. Pascal lag nichts an irgendwelchem Besitz, er interessierte sich zum Beispiel für Kunst, war aber vollkommen zufrieden, sie in einem Museum oder einer Galerie betrachten zu können, und verspürte absolut keinen Drang, sie zu erwerben; er hatte immer angenommen, daß Helen genauso empfand. Als sie sich kennengelernt hatten, hatte sie sich doch bestimmt für andere Dinge als Einkaufen interessiert? Er entsann sich, mit ihr über Politik, Theater, Bücher, Filme gesprochen zu haben – und überzeugt gewesen zu sein, daß sie sich ebenso aufrichtig dafür interessierte wie er. Doch vielleicht hatte er sich darin getäuscht. Vielleicht hatte er sie einfach von Anfang an falsch gesehen oder verstanden.

Vielleicht traf das genauso auf Gini zu. Ich bin Fotograf, dachte Pascal. Mein Beruf, mein Leben besteht darin, zu *sehen* – und doch bin ich blind. Er kippte das halbe Glas auf einen Schluck hinunter und zündete sich eine Zigarette an, ohne sich an Helens kleinem, mißbilligendem Schmollen zu stören.

Helen hatte ihn genau beobachtet. »Was ist los, Pascal? Denn irgendwas ist los. Du bist mit einem Gesicht wie sieben Tage Regenwetter hier aufgetaucht. Und die Gewitterwolken haben sich immer noch nicht verzogen.« Sie hielt inne, betrachtete ihn nachdenklich. »Du hast Streit mit Gini – ist es das?«

»Halt dich einfach da raus, okay, Helen? Ich bin müde und nicht in der Stimmung für eines deiner Verhöre – ja?«

»Wie du willst.« Sie zog die Achseln hoch. »Trotzdem ist es nicht zu übersehen. Du solltest lernen, über deine Probleme zu sprechen, Pascal. Es ist nicht gut, sie derart in sich hineinzufressen.«

»Herrgott noch mal. Wer sagt, daß ich Probleme habe?« Er stand auf, marschierte im Zimmer herum und schenkte sich dann mit einem kalten Blick in ihre Richtung einen zweiten Whisky ein.

»Wenn du Probleme hast«, erklärte ihm Helen honigsüß, »dann machst du erst ein finsteres Gesicht und marschierst dann im Zimmer auf und ab. Es hat keinen Sinn, das abstreiten zu wollen. Und in deiner augenblicklichen Stimmung würde ich dir von einem weiteren Drink abraten.«

»Wieso?« Er sah sie mit kalt glitzernden Augen an. »Vielleicht ist mir danach, mich ausnahmsweise mal zu betrinken.«
»Das ist deine Sache. Aber betrink dich nicht hier.« Wieder zuckte sie gereizt mit den Schultern. »Wie lange bleibst du noch in Paris?«
»Ich bleibe bis zu Mariannes Geburtstag – nächsten Montag. Ich würde sie gerne an ihrem Geburtstag sehen. Wenn du nichts dagegen hast.«
»Nein, Pascal. Ich habe nichts dagegen. Du kannst zu ihrer Geburtstagsfeier kommen – das habe ich dir doch gesagt. Es besteht kein Grund zu irgendwelchen Feindseligkeiten. Wir können Freunde sein. Ralph und du, Gini und ich. Wir sind zivilisierte Menschen ...«
»Na klar.« Wieder musterte er sie kalt. »Wir können nett und zivilisiert zusammen essen. Mittagessen zum Beispiel ...«
»Ich verstehe.« Sie verstand die Anspielung sofort. »Da liegt das Problem, nicht wahr? Ich habe gesündigt. Ich habe doch tatsächlich gewagt, auszugehen und bei einem ganz gewöhnlichen Mittagessen mit einer anderen Frau zu plaudern. Es tut mir so leid, Pascal. Was für ein Fehltritt.«
»Es war keine andere Frau. Es war Gini. Und ich weiß ganz genau, was du ihr bei eurem ganz normalen Mittagessen erzählt hast, du kannst dir das Leugnen also sparen. Wie üblich hast du nur Ärger gemacht.«
»Das ist nicht wahr.« Sie drehte sich um und lächelte ihn an. »Ich habe Gini zum Essen eingeladen, weil ich hoffte, sie besser kennenzulernen. Da sie gemeinsam mit dir für Marianne sorgen wird, wenn Marianne bei dir ist, hielt ich das für ganz vernünftig.«
»Ach wirklich? Es war so notwendig, sie kennenzulernen? Du bist Gini doch schon zweimal begegnet. Lüg mich nicht an. Dazu kenne ich dich zu gut. Ich weiß genau, warum du Gini all das erzählt hast –«
»Herrgott – ich dachte einfach, ich möchte sie näher kennenlernen. Und da wir schon mal dabei sind, Pascal – ich war erschrocken, als ich sie gesehen habe.«
»Erschrocken? Wieso? Offenbar ist deine weibliche Intuition mit dir durchgegangen. Wie gewöhnlich.«
»Man braucht keine Intuition, um zu sehen, daß jemand krank ist – daß es ihm schlechtgeht, daß er tief verstört ist. Ich war *entsetzt* über ihren Zustand.« Sie holte wütend Luft.

»Zufällig ist mir ihre Loyalität dir gegenüber nahegegangen. Sie hat sich solche Mühe gegeben, sich nicht anmerken zu lassen, wie unglücklich sie war, wie elend es ihr ging. Also halte du mir keine Predigten, Pascal. Du bist so *blind*. Das ist nicht über Nacht passiert. Offenbar ging es ihr schon *seit Monaten* schlecht. Warum hast du das dann nicht bemerkt, als ihr zusammen in Bosnien wart? Warum bist du wie üblich nicht heimgekommen, wie du es versprochen hattest? Sie hat dich an Weihnachten zurückerwartet. Mir wären fast die Tränen gekommen –«

»Ich bin dir keine Rechtfertigung schuldig. Gini war *einverstanden*, daß ich länger blieb. Es gab Aspekte in diesem Krieg, über die ich noch nicht berichtet hatte. Und das hat Gini wesentlich besser verstanden, als du es je getan hast.«

»Ach wirklich?« Ihr Mund wurde schmal. »Mein Gott, Pascal – du hast dich kein bißchen geändert. Allmählich glaube ich, daß du dich nie ändern wirst. Wirst du deiner ewigen Kriege denn nie überdrüssig? Ist dir noch nie der Gedanke gekommen, daß du nicht dein Leben lang jeden, dich eingeschlossen, dieser Besessenheit opfern kannst? Ich dachte, du hättest etwas dazugelernt. Ich dachte, du hättest endlich eingesehen, daß die Arbeit nicht immer an erster, zweiter und dritter Stelle kommen kann und jeder andere weit dahinter an vierter. Offenbar habe ich mich getäuscht. Ich hätte es mir denken können. Die drei Jahre, die du *nicht* als Kriegsberichterstatter gearbeitet hast, haben dich nichts gelehrt. Sowie du in Bosnien gelandet warst, war alles wieder wie früher.«

»Du kannst das natürlich nicht verstehen.« Er knallte das Glas auf den Tisch. »Dir hat meine Arbeit nie etwas bedeutet. Sie war nur dazu da, damit wir die gottverdammte Miete zahlen konnten. Natürlich wäre es viel netter gewesen, wenn du einen ganz gewöhnlichen Geschäftsmann geheiratet hättest, der einer geregelten Arbeit nachgeht, dafür einen Haufen Geld kassiert und jeden beschissenen Abend um sechs Uhr bei dir zu Hause antrabt. Für dich war meine Arbeit immer ein Ärgernis – ein lästiges, bedeutungsloses exzentrisches Hobby. Wir haben uns eine Million Mal deswegen gestritten, verdammt, und ich habe keine Lust, noch mal damit anzufangen –«

»Glaub bloß nicht, daß ich das möchte. Du wirst dann nämlich jedesmal wütend und abweisend – und langweilig, wenn du es genau wissen willst. Man kann deiner Kreuzzüge schrecklich überdrüssig werden, Pascal, ich war es jedenfalls. Paß auf, daß es Gini nicht ebenso ergeht.« Sie sah ihn scharf an. »Ihr hattet Streit, nicht wahr, Pascal?«

»Es ist aus, um genau zu sein.« Seine Miene verdunkelte sich. »Das wird dich bestimmt freuen. Mach nur weiter. Das ist doch die perfekte Gelegenheit für dich. Du warst immer exzellent darin, jemandem den Todesstoß zu versetzen, wenn er am Boden liegt. In dieser Beziehung konnte es niemand mit dir aufnehmen.«

»Ich habe mich immer redlich zur Wehr gesetzt«, sagte sie. »Und ich bestreite nicht mal, was du eben gesagt hast. Wenn du Streit mit Gini gehabt hast, werdet ihr euch bestimmt wieder versöhnen. Diesmal. Und nächstes Mal. Und das übernächste Mal. Genau wie wir beide früher – nein, soviel kann ich erkennen, vielleicht wird es mit ihr einfacher als mit mir, weil du sie wesentlich mehr liebst, als du mich damals geliebt hast, und weil ihr beide besser zusammenpaßt, als wir es jemals getan haben.« Sie verstummte und seufzte, als sie die Qual in sein Gesicht treten sah. »Aber es wird immer wieder Streit geben, Pascal – sie ist jung. Sie ist noch nicht mal dreißig. Sie ist bis über beide Ohren in dich verliebt. Irgendwann wird sie Kinder haben wollen – hast du daran schon gedacht?«

»Was ich mir gedacht habe oder Gini sich gedacht hat, geht dich einen feuchten Dreck an. Halt dich verdammt noch mal da raus ...«

»Sie ist nicht die Richtige für dich, Pascal.«

Sie warf ihm die Worte zu Füßen, als er sich gerade zur Tür wandte. Sie hat immer einen ausgezeichneten Sinn für das richtige Timing gehabt, dachte Pascal wutentbrannt. Er drehte sich um und musterte sie verächtlich.

»Glaubst du, deine Meinung über Gini interessiert mich? Behalte sie für dich.«

»Wie du willst.« Ihre Miene wurde starr. »Aber ich werde es trotzdem sagen, Pascal – und du wirst mir ausnahmsweise mal zuhören. Weißt du, was du brauchst? Du brauchst eine ganz altmodische und fast ausgestorbene Art von Frau. Du brauchst eine Frau, die von Natur aus geduldig ist und ein gerüttelt Maß an innerer Stärke besitzt. Du brauchst jemanden, den es wahrhaft befriedigt, zu Hause zu bleiben und die Kinder zu hüten. Du brauchst jemanden, der dein Kommen und Gehen widerspruchslos hinnimmt. Jemand, der sich nicht ständig sorgt, ob dich vielleicht die Kugel eines Heckenschützen erwischen oder du in dem Laster sitzen wirst, der über eine Mine fährt. Was du auf *gar keinen Fall* brauchst, ist eine hochsensible, hochintelligente Frau, Pascal, bei der die Nerven in kürzester Zeit bloßliegen – und Gini ist so eine Frau, selbst wenn du das nicht zugeben willst.« Sie fixierte ihn kühl. »Wenn ich mal ganz ehrlich zu dir sein darf, Pascal, dann bräuchtest du eigentlich eine ältere Frau ohne Interesse an einer eigenen Karriere, eine Frau, in die du selbst nicht leidenschaftlich verliebt bist. Du brauchst eine ruhige Gefährtin. Du brauchst eine Frau, die keine Forderungen stellt. Dein Leben stellt schon zu viele Anforderungen, Pascal. Und deine Arbeit. Und dein Charakter. Und zu viele Anforderungen bringen Streit.«

»Wunderbar.« Aus seinem Blick sprach pure Abscheu. »Deiner Meinung nach soll ich also eine nicht zu intelligente, nicht zu aufregende Frau heiraten, die ich nicht besonders liebe. Phantastisch. Jetzt brauchst du mir nur noch zu verraten, wo ich dieses Muster an Reizlosigkeit finde. Ich kann es kaum erwarten.«

Seine Antwort brachte Helen zum Lachen; dann wurde sie wieder ernst. »Ich habe nicht gesagt, daß du sie nicht lieben kannst, Pascal. Ich habe gesagt, es wäre von Vorteil, wenn du nicht leidenschaftlich in sie *verliebt* bist.« Sie zögerte. »Glaubst du, ich bin in Ralph leidenschaftlich verliebt?«

»Darüber habe ich mir noch keine Gedanken gemacht. Ehrlich gesagt interessiert mich das nicht im geringsten.«

»Ich bin es nicht. Ich liebe ihn, ruhig, friedlich und kameradschaftlich –«

»Davon bin ich überzeugt. Und du würdest bestimmt die gleiche Zuneigung für ihn empfinden, wenn er nicht ganz so reich wäre?«

Sie errötete, überlegte kurz und sah Pascal dann zu seiner Überraschung reumütig an. »Es ist durchaus möglich, daß meine Gefühle da anders wären. Ich bin Realistin. Du und ich, wir haben verschiedene Prioritäten, Pascal – die hatten wir immer schon. Ich halte es nicht für eine Todsünde, sich schöne Kleider und eine nette Wohnung zu wünschen. Und es geht nicht nur um mich. Dank Ralphs

Position können wir Marianne so vieles geben. Ein schönes Haus in England, Ponys, die besten Schulen – mit deinem Einverständnis natürlich. Ralphs Geld wird ihr eine idyllische Kindheit ermöglichen. Stabil und privilegiert. Hand aufs Herz – hättest du ihr das geben können?«
Es wurde still – so lange, daß Helen Zeit hatte, ihren Tonfall zu bereuen und zu begreifen, daß sie eben eventuell einen strategischen Fehler gemacht hatte. Pascals Zorn schien versiegt; sein Blick lag auf ihrem Gesicht; sie spürte – und das verunsicherte sie – Ablehnung und Bedauern zugleich.
»Ich gebe ihr meine Liebe«, antwortete er schließlich. »Ist Liebe nicht das größte Geschenk?«
Er hatte das ganz ruhig gesagt. Mit einer winzigen gequälten Geste wandte Helen sich ab.
»Ja, schon«, sagte sie schnell. »Du hast recht. Da kann ich dir nicht widersprechen – wer könnte das schon? Gib mir nicht das Gefühl, schlecht zu sein, Pascal ...«
»Das hatte ich nicht beabsichtigt.«
»Nein. Vielleicht nicht. Ach verdammt – du schaffst das doch immer wieder. Und ich dachte, ich wäre davon geheilt ...« Zu seiner Überraschung entdeckte er plötzlich Tränen in ihren Augen. Sie wischte sie wütend weg und zwang sich zur Ruhe. »Das mit Marianne hätte ich nicht sagen sollen. Das war billig. Und was Gini betrifft ...« Sie schöpfte Atem. »Ich versuche *ehrlich*, neutral zu bleiben. Ich mag sie wirklich. Ich möchte, daß es gut für euch beide ausgeht. Ich möchte nicht, daß Gini so unglücklich wird, wie ich es war. Ich will nicht, daß du irgendwann unglücklich und verbittert und allein endest. Ich möchte, daß dieses Märchen ein Happy-End hat ... in meinen edleren Augenblicken will ich das wirklich.«
Sie atmete aus und drehte sich dann mit einem leeren Lächeln zu ihm um. »Und was ich vorhin gesagt habe – damit lag ich zum Teil gar nicht so falsch, nicht wahr?«
»Nein.« Er zuckte mit den Achseln. »Deine Analyse meiner Fehler – zumindest die war zutreffend. Helen, sieh mal – ich sollte jetzt gehen ...«
»Vergiß das mit morgen nicht ...« Sie kam auf ihn zu. »Du mußt Marianne abholen und bei ihr bleiben und sie zurückbringen. Du

mußt ihr deine väterliche moralische Unterstützung angedeihen lassen – was du ganz ausgezeichnet kannst, wenn du willst.«
Pascal warf ihr einen scharfen Blick zu, in dem sie Heiterkeit aufblitzen sah, ging aber nicht auf ihre Bemerkung ein.
»Gut«, sagte er. »Wir sehen uns morgen früh. Ich hole Marianne gegen halb zehn ab. Gute Nacht.«

Pascal hatte sich vorübergehend in der Wohnung eines Freundes in Montparnasse einquartieren können. Er stand am Fenster, blickte auf die Stadt und ließ sich durch den Kopf gehen, was Helen gesagt hatte. Er spürte Verzweiflung nahen. Zornig machte er eine Flasche Whisky auf, schenkte sich ein großes Glas voll und kippte es hinunter.
Er wartete, wütend auf sich selbst. Der Alkohol wollte nicht wirken. Er blieb stocknüchtern und begann, ganz nüchtern sein Verhalten, sein Lebensmuster zu analysieren.
Jetzt sah er mit schmerzlicher Klarheit, daß er ebenso fehlgegangen war wie Gini. Er hätte nicht zulassen dürfen, daß ihn seine Arbeitswut so lange in Bosnien hielt; er hätte mehr Verständnis dafür haben müssen, wie tief ihre Verunsicherung ging. Natürlich war es bequem für ihn gewesen, sich von ihren Briefen und Anrufen in Sicherheit wiegen zu lassen, sich einzureden, daß es – da sie so gut zurechtkam, viel besser, als er gedacht hatte – in Ordnung war, noch eine Woche länger und dann noch eine zu bleiben. Wenn er arbeitete, merkte er gar nicht, wie die Zeit verging; er maß sie an den Bildern, die er dabei machte. Sein Privatleben zum Stillstand zu bringen, sich ganz und gar darauf zu konzentrieren, Ereignisse festzuhalten, die vielleicht in die Geschichte eingehen würden – er hatte sich, genau wie Helen gesagt hatte, viel zu leicht und zu schnell in dieses Leben zurückfallen lassen. Jetzt bereute er das zutiefst.
Doch hinter dieser Verfehlung lag eine weitere, tiefere und weniger leicht zu durchschauende. Er hätte Ginis Kinderwunsch bemerken müssen; er hätte verstehen müssen, woher er rührte. Es war unabdingbar, daß er sich im Wechselspiel ihrer Beziehung von ihren Eigenschaften ebenso leiten ließ wie sie sich von seinen. Ihre Reaktion auf die miterlebten Ereignisse – eine Reaktion, die er zwar ahnen, aber nicht wirklich analysieren konnte – kam ihm eigenartig frau-

lich vor; als er versuchte, sie zu definieren, kamen ihm Bilder von Wasser in den Sinn, das aus der Erde sprudelte, das alles mit sich riß, das Strömungen unterworfen war, Bilder von etwas *Fließendem*, so als gäbe es zwischen den Menschen, denen sie begegnete – jenem Jungen in Mostar zum Beispiel – und Gini nichts Trennendes und könnte es auch gar nicht geben. Etwas für Pascal Undefinierbares, geistige Schwingungen vielleicht, übertrug sich von diesen Menschen auf Gini.

Er arbeitete anders. Er hatte sich in der Vergangenheit immer auf jene Tugenden verlassen, die er vermutlich für männlich hielt: das Vermögen, Distanz zu halten, Rationalität, das Leugnen jeden Gefühls als Überlebensstrategie. Mit Tränen in den Augen ließen sich keine guten Fotos machen; Entrüstung und Zorn waren schlechte Ratgeber, wenn es darum ging, unter Feuer oder Streß so profane Dinge wie Blende, Film und Aufnahmezeit zu bestimmen. Er hatte sich entmenschlicht, das wußte er, wenigstens für die Dauer seiner Einsätze. Diese Strategie hatte ihm immer gute Dienste geleistet; erst als er jetzt darüber nachdachte, kamen ihm Zweifel daran.

Letzten Endes macht das alles keinen Unterschied, dachte er. Er konnte seine und ihre Handlungen auf tausenderlei Weise analysieren; ihre Untreue würde er sich trotzdem nicht erklären können, und er bezweifelte stark, daß Gini es konnte. Diese Tat war so untypisch für sie und für sie beide so unvorhersehbar, daß er immer noch betäubt, halb blind und halb taub vor Schmerz und Unsicherheit war.

Natürlich änderte das nichts an seiner Liebe zu ihr oder minderte sie gar; falls überhaupt, gaben die Zweifel, die ihr Seitensprung ausgelöst hatte, seiner Liebe auf genial bösartige Weise eine neue, qualvolle Intensität. War dies ein großes oder ein kleines Ereignis? Wieder begann er auf und ab zu gehen, bis schließlich ein Fünkchen Hoffnung aufglomm und er wieder eine Zukunft sehen konnte, eine ferne Zukunft, in der dieser Seitensprung – dank seiner dann immer noch bestehenden Nähe zu Gini und ihrer zu ihm – zu einem unbedeutenden Erlebnis geworden war, einem Erlebnis, das sie einander noch nähergebracht, das ihre Liebe noch vertieft hatte.

Plötzlich fühlte er sich von neuer Energie durchströmt und unfähig, noch länger die festgefahrenen Muster zu ertragen, die er in seinem

Leben erkannte, griff er nach dem Telefon und rief im St. Regis an: Gini wohnte jetzt im Zimmer 615. Beim dritten Läuten nahm sie ab. Es war ein kurzes Gespräch. Von beiden Seiten ohne Entschuldigungen, ohne Vorwürfe, ohne Fragen. Pascal fürchtete sich vor dem Schaden, den zu viele Worte anrichten konnten; zudem hörte er Kummer, aber möglicherweise auch Entfremdung, wenn nicht gar Trotz in ihrer Stimme.

Er schlug vor, sie sollten sich sofort treffen. Das lehnte sie ruhig ab. Er schlug vor, sie solle sich morgen früh mit ihm treffen, und erzählte ihr von seiner Verabredung mit Marianne. Er schlug vor, sich gleich danach mit ihr zu treffen. Auch diesen Vorschlag lehnte sie ab. Sie bräuchten beide Zeit, meinte sie, und entschuldigte sich dann für diese abgedroschene Phrase. Es entstand eine Pause; sie würde morgen früh arbeiten, erklärte sie.

Pascal versagte die Stimme. Er blickte in das schwarze Loch, das sich mitten in seinem Leben öffnete.

»Ich liebe dich«, sagte er.

Er sagte es erst auf englisch und wiederholte es dann auf französisch. Er erwartete oder hoffte wenigstens, daß diese Worte irgend etwas auslösen würde. Das taten sie nicht. Gini gab einen winzigen Laut von sich, den er nicht zu deuten vermochte, und legte auf.

Als er am nächsten Morgen losging, um Marianne abzuholen, schmiedete Pascal, der sich schließlich in den Schlaf gezwungen hatte, neue Pläne. Sobald er Marianne sicher zu Hause abgeliefert hätte, würde er zum St. Regis fahren; falls Gini nicht dort war, würde er sie aufspüren. Es würde kein weiterer Tag vergehen, ohne daß die Situation geklärt wurde.

Bei seiner Ankunft in der Rue de Rennes stellte er zu seiner Verblüffung fest, daß er sich die Suche nach Gini sparen konnte. Als er um die Ecke bog, sah er sie auf dem Gehsteig gegenüber Helens Wohnhaus stehen, an derselben Stelle, an der er sie am vergangenen Abend beobachtet hatte. Als sie ihn erblickte, wich sie in den Eingang zurück; Pascal blieb stehen.

Ihr Anblick versetzte ihm einen tiefen Stich. Keine Sekunde lang kam ihm der Gedanke, daß sie zu einem anderen Zweck hiersein könnte, als ihn zu sehen – aber diese Annahme erwies sich als falsch. Sie erklärte, sie sei hier, um eine Wohnung zu observieren; sie sei

zum Arbeiten hier, und es sei ihr lieber, wenn er ginge. Ein anderer Mann hätte ihr vielleicht widersprochen, doch Pascal, der in ihren Augen lesen konnte, tat es nicht.
Er wandte sich schweigend ab, holte Marianne ab und ging Hand in Hand mit ihr davon. Bis er und seine Tochter am anderen Ende der Straße um die Ecke bogen und aus ihrem Blickfeld verschwanden, sah Gini ihnen aus dem Eingang des Wohnhauses gegenüber nach.
Ihr Blick verschwamm. Sie drückte sich tiefer in den Schatten. Als sie wieder zur Ruhe gekommen war, sah sie auf die Uhr.
Um neun Uhr fünfunddreißig war Pascal um die Ecke gebogen. Um neun Uhr vierzig sah sie Star zum ersten Mal.
Er lenkte eine große schwarze Mercedes-Limousine an den Bordstein gegenüber, parkte im Halteverbot und stieg aus. Dann sah er die Straße hinauf und hinab; ehe er das Haus betrat, in dem sich Mathilde Duvals Wohnung befand, warf er einen Blick auf seine Uhr.

Kapitel 17

An jenem Mittwochmorgen um zehn Uhr glaubte Rowland immer noch, daß sie diese Story erst in einigen Wochen, mit viel Glück vielleicht in einigen Tagen abschließen würden. Um zehn Uhr fünfundvierzig sah er, wie sehr er sich getäuscht hatte. Der Countdown war bereits angelaufen; als er das begriff, war es nur noch fünfzehn Minuten bis zum Beginn der Modenschau bei Cazarès, und er fürchtete, zu spät zu kommen.

Um zehn Uhr an jenem Morgen hing er am Telefon und versuchte immer noch, Gini aufzutreiben, die weder in ihrem Zimmer war – er hatte sich bereits zweimal persönlich vergewissert –, noch im Hotelrestaurant oder in der Lobby und die sich auch nicht meldete, nachdem er sie ausrufen ließ. Der Portier – der dritte, den er fragte – antwortete, er sei nicht sicher, aber er glaube, gesehen zu haben, wie sie das Hotel verließ.

»Wann?« fragte Rowland. »Um welche Uhrzeit?«

Der Portier klang gereizt und verunsichert: er glaube, schon vor einiger Zeit, gegen acht, vielleicht halb neun. Rowland knallte den Hörer auf die Gabel. Er starrte die Wand an. Augenblicklich war er davon überzeugt, daß nur ein einziger Mensch hinter diesem plötzlichen Verschwinden stecken konnte: Pascal Lamartine. Es hatte bestimmt nichts mit ihrer Arbeit zu tun: Andernfalls hätte ihn Gini informiert, wohin sie ging und warum. Also blieb nur Lamartine. Er begann im Zimmer herumzugehen, blieb dann wieder stehen: Natürlich – jetzt war ihm alles klar. Sie mußten in der vergangenen Nacht miteinander gesprochen haben. Hatte Lamartine angerufen – sich vielleicht sogar mit Gini getroffen? Rowland beobachtete, wie sich die Stunden, die er seit seiner letzten Begegnung mit Gini allein verbracht hatte, vor seinen Augen öffneten. Stunde um Stunde, und jede Minute dieser Stunden war plötzlich voller Zweifel.

Während er sich mit Juliette de Nerval getroffen hatte, war Gini wie vereinbart in ihr neues Zimmer im Hotel zurückgekehrt. Nachdem er ihr hierher nachgeeilt war, hatte Rowland kurz mit Gini gesprochen, kurz vor einundzwanzig Uhr, in der Tür zu eben diesem Zimmer. Rowland war klar gewesen, daß sie ihn unter Umständen in ihr Zimmer gelassen hätte und daß er sich nichts sehnlicher gewünscht hatte, als eingelassen zu werden. Der Anblick ihres blassen Gesichtes und der großen dunklen Augen hatte Rowland das Gefühl gegeben, daß eine einzige Berührung, ein einziges Wort sie einlenken lassen würde. Aus Respekt vor dem, was aus ihrem Blick sprach, und mit dem Gefühl, daß dies ein andermal zur Sprache kommen mußte, hatte er seine Begierde verdrängt, sich schließlich zurückgezogen und sich danach mehr als die halbe Nacht den Kopf darüber zerbrochen, ob es richtig gewesen war, soviel Beherrschung zu zeigen.

Gegen vier Uhr morgens hatte ihn irgendein Pol in seinen Gedanken schließlich zur Ruhe gebracht, und er war endlich für kurze Zeit in Schlaf versunken. Jetzt kreiselte der Kompaß in seinem Kopf wieder wie wild. Norden, Süden, Osten, Westen: Er schrieb die Stunden neu, die er allein verbracht hatte, gestaltete sie erst so, dann wieder anders. Kaum war er sich ganz sicher, daß ihrer beider, und Ginis Weg, einen bestimmten Verlauf nehmen mußte, da verlor er auch schon wieder jedes Vertrauen in seine Instinkte und seine Phantasie und sah ein ganzes Panorama furchtbarer alternativer Wege vor sich.

Er setzte sich wieder ans Telefon, nahm ein Notizbuch zur Hand, las ein Fax, das ihm der Korrespondent in der Nacht aus New Orleans geschickt hatte und das zu bestätigen schien, daß er sich, wenigstens soweit es seine Arbeit betraf, immer noch auf seine Intuition verlassen konnte und daß seine Gedankengänge richtig waren. Er spielte mit dem Gedanken, Sandra Lucas, seine Verbindungsfrau in Amsterdam, anzurufen, die in einem anderen Land, einem anderen Leben einst Esthers beste Freundin gewesen war. Er wählte die Vorwahl für die Niederlande; er legte den Hörer wieder auf. Er wählte die erste Ziffer von Ginis Zimmeranschluß, da donnerte jemand mit der Faust an die Tür zu seiner Suite. Er wirbelte herum, überzeugt, daß Gini zurückgekommen war.

Sowie er die Tür aufgezogen hatte, Ginis Namen auf den Lippen, sah Lindsay, wie Rowlands Miene enttäuscht in sich zusammenfiel. Sie zwang sich, darüber hinwegzusehen. Sie war schon nervös genug, teils wegen des Faxes in ihrer Hand, teils, weil sie keinesfalls zu spät zur Cazarès-Show kommen wollte, und teils, weil es ihr immer noch schwerfiel, sich nicht von Rowland McGuire aus dem Gleichgewicht bringen zu lassen – und sie entschlossen war, das zu ändern.

Sie trat eilig ins Zimmer, sah auf die Uhr und wedelte mit dem Fax vor seiner Nase herum. Knapp erläuterte sie die nötigen Details. Wahrscheinlich konnte er damit sowieso nichts anfangen, aber sie kannte jetzt den Nachnamen Marie-Thérèses und ihres Bruders Jean-Paul.

»Alle Modellstücke haben ein Label, Rowland«, sagte sie. »Genau wie alle anderen Kleider – obwohl solche Label natürlich mehr Prestige haben. Marie-Thérèse hatte mit Mode zu tun. Sie respektierte sie. Sie hat sich jedes kleine Detail abgeschaut. Ich habe einfach *gewußt*, daß sie ein Label in das Kleid einnähen würde, das sie für Letitia machte. Es war ihr erstes eigenes Kleid. Mir war klar, daß sie es irgendwie *kennzeichnen* wollte. Irgendwo auf diesem Kleid – wenn ich das Kleid auftreiben konnte, wenn es immer noch existierte – würde ich ihr Zeichen, ihren *Namen* finden. Und ich habe ihn gefunden. Die Kuratorin im Metropolitan Museum hat für mich nachgesehen. Das Kleid war noch da: Letitia hatte bestimmt, daß es aufbewahrt werden sollte. Und es *hatte* ein Label – mit handgesticktem Namen. Da steht er, Rowland – auf diesem Fax.«

Rowland hatte das Fax gelesen und las es jetzt nochmals. Sie sah ihn stutzen und dann den Kopf schütteln.

»Was ist denn, Rowland?« Sie war unschlüssig. »Ich muß los. Sonst komme ich zu spät zu Cazarès … Sagt dir der Name irgendwas?«

»Das war sehr geschickt. Danke. Lindsay.«

Er lächelte knapp. »Ich wäre in hundert Jahren nicht auf diese Idee gekommen …«

»Sie sind ja auch ein Mann. Und kein Mann, der sich besonders für die Label in einem Kleid interessiert, könnte ich mir vorstellen …« Sie zögerte; sie wünschte, Rowland hätte sie nicht so angelächelt.

Sein Lächeln war zu direkt, zu platt. Ich bin unsichtbar, dachte Lindsay, und verschwand unter weiteren Entschuldigungen, es sei schon spät und Markov würde sie erwarten.
Rowland blickte wie gebannt auf das Fax. Der Name, den Marie-Thérèse vor dreißig Jahren voller Stolz in das Kleid eingenäht hatte, war ihm vertraut. *Rivière* – das war, natürlich, einer von Stars vielen Decknamen. Die möglichen Implikationen lagen vor ihm, klar und deutlich: Vielleicht war Star tatsächlich jenes verlorene Kind aus New Orleans. Er wollte das immer noch nicht glauben.
Das Telefon klingelte. Rowland riß den Hörer hoch und hatte den stellvertretenden Hotelmanager am Apparat; er klang verkniffen und angewidert. Eine junge Dame sei bei ihm, die ein ziemliches Spektakel verursache und sich weigere zu gehen, ehe sie mit einem Engländer namens Rowland gesprochen habe. Die Kleidung der jungen Dame entspreche nicht dem Standard, den man bei den Gästen des St. Regis oder deren Besuchern für angemessen erachte, und was sie sage, ergebe kaum Sinn. Wünsche M. McGuire, daß sich der Sicherheitsdienst der Angelegenheit annehme, oder wolle er selbst mit der jungen Dame sprechen? Sie sei jetzt hier, in seinem Büro ...
Der Mann reichte den Hörer weiter. Sobald Rowland den Akzent des Mädchens hörte, begann er zu begreifen. Er eilte augenblicklich nach unten und traf im Büro des stellvertretenden Geschäftsführers zum ersten Mal mit Mina Landis zusammen. Sie weinte und schien völlig zerstört. Ihre Geschichte sprudelte in einem konfusen Schwall aus ihr heraus, teils chronologisch, teils vollkommen vom Thema abschweifend, teils in plötzlichen Rückblenden. Irgendwann, mitten in Minas Redeschwall, begriff Rowland, wie wenig Zeit noch blieb: *keine* Woche mehr, *kein* Tag mehr, nicht mal mehr Stunden. Es war jetzt zehn Uhr fünfundvierzig; in fünfzehn Minuten sollte die neue Cazarès-Kollektion vor der Weltpresse präsentiert werden.
Star, schoß es ihm durch den Kopf. Warum hatte er die Bedeutung dieses Wahlnamens nicht erfaßt?
Er sah den stellvertretenden Manager an, der schweigend und bleich zugehört hatte. Rowland reichte ihm eine Telefonnummer; er sagte: »Rufen Sie dort an. Lassen Sie sich Luc Martigny geben. Holen Sie die Polizei.«

Mina hatte alle Hoffnung aufgegeben, daß die Nacht irgendwann ein Ende nehmen würde. Sie hatte geglaubt, ihr würde sich nie mehr eine Gelegenheit bieten – doch sie kam. Anfangs, während der ersten Stunden, war Star so *drauf* gewesen: Sie spürte, wie er abhob, und als sie ihm in die Augen sah, waren seine Pupillen klein wie Stecknadelspitzen, und ein blauschwarzes Feuer strahlte aus ihnen.

Mindestens dreimal hatte er sich die Tarotkarten gelegt. Er badete zweimal und duschte einmal, wobei er sie jedesmal im Schlafzimmer einschloß. Als er aus der Dusche kam, mußte es ungefähr zwei Uhr morgens sein – Mina war nicht sicher, weil ihre Uhr stehengeblieben war. Sie schüttelte sie verzweifelt, hielt sie ans Ohr und beobachtete die Zeiger, aber die wollten sich nicht mehr bewegen. Star bekam nichts davon mit.

Er holte sich einen Anzug aus dem Schrank und legte auf einem Stuhl Kleider zurecht; den schwarzen Anzug, ein brandneues, noch verpacktes weißes Hemd, eine Krawatte, schwarze Socken, schwarze Schuhe. Die Schuhe putzte er dreimal, dann baute er sich vor dem kleinen Wandspiegel auf und musterte sich. Vor dem Spiegel führt er sich auf wie eine Frau, dachte Mina. Erst strich er sich das Haar zurück, dann ließ er es sich wieder ins Gesicht und auf die Schultern fallen; er drehte sich hin und her. Er lächelte seinem Spiegelbild zu, und die auf dem Bett kauernde Mina fand, daß er schöner denn je aussah und vollkommen wahnsinnig dazu. Er flirtete mit seinem Spiegelbild, senkte die dichten schwarzen Wimpern über seine phantastischen Augen und warf sich selbst einen langen Blick zu.

»Ich hätte Filmstar werden können«, verkündete er sachlich. »Ein richtiger großer Star – was meinst du?«

»Ja, glaube ich auch«, stimmte Mina kleinlaut zu. »Wahrscheinlich könntest du das immer noch …«

Star sah sie an und zog die Stirn in Falten.

»O nein«, erklärte er ihr fast freundlich. »Das steht nicht auf dem Plan. Ich weiß, wie meine Zukunft aussieht. Ich habe alles genau vorbereitet.«

Dann eröffnete er ihr in allen Einzelheiten, was er am nächsten Vormittag zu tun gedachte und wann er es tun würde. Er hatte ihr das schon einmal erklärt und sollte es ihr noch mehrere Male erklären.

Mina konnte sehen, wie sorgfältig er alles geplant hatte; sie wußte nicht, wie die Chancen standen; würde es funktionieren?
»Also«, sagte er, »die Cazarès-Präsentation wird eine Stunde dauern. Sie beginnt um elf und endet um zwölf. Ich werde dort sein, ganz vorn, und zuschauen. Natürlich ist es nicht leicht, da reinzukommen. Man braucht eine Einladung, und diese Einladungen werden genau kontrolliert. Überall Wachpersonal und Rausschmeißer. Aber ich kann es schaffen. Letzten Herbst habe ich einen Probelauf gestartet. Es hat wie am Schnürchen geklappt. Und diesmal klappt es genauso. Mina, das weiß ich genau. Die Karten wissen es ...«
Er verstummte, mit verträumter, wohlgefälliger Miene.
»Also, die meisten Plätze – die gehen an Prominente, Filmstars, reiche Kunden, Moderedakteure, Käufer, Reporter und Fotografen – richtig?«
»Wenn du es sagst. Ich kenn' mich da wirklich nicht so aus ...«
»Es ist einfach so, okay?« Er klang verärgert. »Also, ich hätte auch so einen Platz kriegen können – das hätte sich machen lassen. Aber ich hab' mir gedacht, nein. Ich will nicht so weit vorne sitzen, okay? Ich will unsichtbar sein – verstehst du? Bis der Augenblick kommt. Dann werde ich natürlich nicht unsichtbar sein. Alle werden mir zusehen, all diese Prominenten. Alle diese Reichen. Vielleicht werde ich sogar dabei gefilmt – das wäre toll. Dann würde mich jeder Sender auf der ganzen Welt zeigen, Mina – stell dir das vor. Zur besten Sendezeit. Dann sieht mir die ganze Welt zu, wenn ich diesen Schuß abfeuere.«
Als er das sagte, saß er neben ihr auf dem Bett. Er hatte Gras und ein paar Pillen herausgeholt und ordnete alles auf dem Tisch neben dem Bett zu einem Muster an.
»Aber das verstehe ich nicht«, wandte Mina leise ein. »Wie willst du denn reinkommen, Star?«
»Ich habe eine Einladung.« Er warf ihr einen Seitenblick zu. »Alle Modehäuser, Cazarès eingeschlossen, reservieren ein paar Einladungen für Studenten – Modestudenten, Kunststudenten –, die zukünftigen Talente. Diese Einladungen sind wie Gold, Mina, wie Diamanten. Und ich habe eine. Eigens für mich ausgestellt – von Maria Cazarès persönlich. Also werde ich zusammen mit den anderen Studenten reingehen und bei den anderen Studenten sitzen –

oder stehen –, ganz hinten, wo man einen beschissenen Blick hat.« Er lachte leise. »Das kümmert mich allerdings wenig. Ich interessiere mich nicht für die Kleider. Ich warte nur auf das Ende der Show. Denn die Plätze für die Studenten sind direkt neben dem Gang, den die Fotografen benutzen. Und dieser Gang reicht bis ans Ende des Laufstegs. Und dann, wenn Jean Lazare reinkommt, um sich am Ende der Show zu verbeugen, wenn alle toben, der ganze Saal, weil sie jedesmal toben, und diesmal ist es was *Besonderes*, weil Maria Cazarès tot ist – dann schlage ich zu ...«
Er lächelte. »Glaubst du, daß in diesem Augenblick irgendwer nach hinten schaut? Kein Mensch, Mina. Ich spaziere den Gang runter, immer weiter – und dann habe ich ihn. Eine Kugel ins Herz. Eine in den Kopf. Sie werden die Waffe nicht mal sehen – wenn sie mich nicht gerade filmen und Glück haben, dann können sie später die Bänder zurückspulen und sich denken, Jesus, da ist er, da *ist* er ...« Er machte eine eigenartig zapplige Geste. »Ich will gut aussehen, Mina. Ich will aussehen wie – ein Todesengel.«
Mina legte ihm die Hand auf den Arm.
»Star.« Sie gab sich Mühe, ganz normal zu klingen. »Bist du sicher, daß das klappt? Ich meine – du schaffst es doch nie im Leben wieder raus. Du hättest keine Chance. Die Leute, die Wachmänner – die würden sich doch auf dich stürzen.«
Insgeheim begann Mina zu glauben, daß der ganze Plan zum Scheitern verurteilt war, und das tröstete sie ein wenig, doch sie wußte, wen sie ihm das sagte, würde er sich vielleicht in einen seiner Wutanfälle hineinsteigern; sie merkte schon, wie er sich verkrampfte.
»Nein. Das wird nicht passieren. Ich habe da einen Plan.« Er legte den Finger an die Lippen. »Den Rest erzähle ich dir hinterher, Mina. Ich komme gleich danach zu dir zurück. Dann ziehe ich meine Sachen aus – die Studentensachen, weil ich wie ein Student aussehen muß, okay? Ich werde also meinen alten Mantel anhaben und mein rotes Halstuch und schmutzige Jeans – aber dann komme ich wieder zurück und wasche mich – falls ich irgendwo Blut abgekriegt habe. Und dann ziehe ich mich um. Ich ziehe den Anzug und das Hemd da drüben an – und dann, Mina, ziehen wir los, du und ich, weil ich dann endlich frei bin, verstehst du? Dann bin ich zum ersten Mal in meinem Leben frei.«

Danach verfiel er in Schweigen. Er beantwortete keine von Minas Fragen mehr; Mina dachte nur noch an die ihr verbleibende Zeit und daran, wie sie ihm entkommen und aus der Wohnung fliehen könnte.
Star holte zwei kleine Pillen heraus und schluckte sie: Eine war eine White Dove, die andere Speed, sagte er. Das überraschte Mina und machte ihr angst; es war das erste Mal, daß Star vor ihren Augen andere Drogen als Gras nahm. Er trank ein paar Glas Wasser und verschwand dann wieder im Bad, nicht ohne sie im Schlafzimmer einzuschließen. Als er zurückkam und sich wieder neben sie legte, sah sie, daß er sich gewaschen hatte, aber nicht gründlich genug: Die Spur eines weißen Pulvers lag um seine Nasenlöcher, seine Oberlippe.
Er sagte, er habe noch eine Pink Jewel für sie, und Mina wurde nervös. Ihr war klar, warum er ihr die Pille geben wollte: weil die Droge schläfrig und benommen machte und sie schließlich schlafen würde. Und zwar stundenlang.
Mina nahm die Pille und steckte sie in den Mund. Sie wußte, daß sie ihn ablenken mußte, deshalb bat sie ihn, ihr noch einmal die Waffe zu zeigen. Es funktionierte. Sie brauchte nur die eine Sekunde, in der er vom Bett aufstand. In diesem Moment spuckte sie die Pille in die Hand und ließ dann den Arm über die Bettkante baumeln. Sie schob die Pille unter die Matratze, ohne daß Star etwas davon mitbekam.
Er rauchte Gras – dieses wahnsinnig starke Gras, bei dem ihr immer schlecht wurde, und er zwang sie, auch zu rauchen, und als er merkte, daß sie nicht inhalierte, kam dieses Glitzern in seine Augen. Er zwang sie, zu inhalieren, indem er ihr den linken Arm auf den Rücken drehte, bis sie den Schmerz nicht mehr aushielt. Er zwang sie, fast den ganzen Joint zu rauchen, obwohl sie den ganzen Tag nichts gegessen hatte und merkte, wie ihr das Gras im Kopf umging und ihre Ängste immer größer wurden – riesige, physische Angstvorstellungen, die wie große Vögel auf sie niederstürzten und sie dann über eine Klippe und in einen Abgrund trieben.
Sie lag neben ihm und versuchte, diese Vögel abzuwehren. Star war beschäftigt: Er tat etwas, bei dem sie nicht zuschauen wollte. Sie hörte, wie er seinen Reißverschluß aufzog. Sie hörte, wie sich seine Hände bewegten, spürte die Bewegungen seines Körpers, hörte sei-

nen Atem schneller gehen. Sie spürte Heimlichtuerei und auch Verzweiflung. Als sie es schließlich nicht mehr aushielt und die Vögel kurzzeitig von ihr abließen, öffnete sie vorsichtig die Augen und schielte unter halbgeschlossenen Lidern hervor.

Jetzt war er steif. Offenbar konnte er selbst ihn zum Stehen bringen. Noch während sie zusah, nahm er die Waffe wieder in die Hand, und kalte Angst umklammerte ihr Herz; dann begriff sie, daß die Waffe zu diesem Ritual gehörte. Er streichelte mit dem Lauf der Waffe seinen Penis; sein Glied bebte. Mina preßte die Augen wieder zu. Noch mehr hastige Bewegungen, dann begann er heftig zu zucken: »*Jesus*«, flüsterte er, »*Jesus* …«

Mina hätte sich am liebsten übergeben. Sie bibberte vor Angst und Ekel und Mitleid und Liebe. Ich muß warten, dachte sie; ich muß warten. Als sich ihr endlich eine Chance bot, dämmerte bereits der Morgen. Sie konnte draußen die Vögel singen hören; sie sah fahles graues Licht unter den Vorhängen. Es war wohl gegen halb acht, vielleicht schon kurz vor acht. Stars Augen waren geschlossen, sein Altem ging regelmäßig. Zentimeter um Zentimeter schob sie sich an den Bettrand; als sie gerade aufstehen wollte, schoß seine Hand vor und umklammerte ihr Handgelenk.

»Star«, flüsterte sie, »mir ist schlecht. Das kommt von dem Gras. Ich muß mich übergeben …«

Sie fürchtete, er würde darauf bestehen, mit ihr ins Bad zu kommen, doch er ließ sie gehen. Er drehte sich um und sah sie lange mit seinen schwarzblauen Augen an. Er sah in sie und durch sie hindurch, und Mina dachte: Er *weiß es*; er weiß, daß ich abhauen will.

Doch er konnte das unmöglich wissen, denn er ließ sie gehen. Sie tappte in das winzige Bad; sie war noch angezogen, aber barfuß. Schuhe anzuziehen wagte sie nicht – dann hätte er bestimmt Verdacht geschöpft.

Im Bad schwappte die Übelkeit in steigenden Wogen über sie herein, schleuderte sie hin und her. Sie schwitzte am ganzen Leib; sie hatte schreckliche Angst davor, in Ohnmacht zu fallen. Sie übergab sich mehrmals hintereinander, danach ging es ihr ein bißchen besser. Schließlich wagte sie einen verstohlenen Blick über die Schulter und drehte dann alle Wasserhähne auf. Den Wasserhahn im Waschbecken, den in der Badewanne: Wie sie gehofft hatte, begannen die

Leitungen augenblicklich zu pfeifen und zu rattern. Sie hoffte, daß der Lärm ihre Flucht übertönen würde.
Immer darauf gefaßt, daß er nach ihr rufen oder sie von hinten packen würde, raste sie die Treppe hinunter. Hektisch fummelte sie an den Riegeln und Schlössern der Haustür herum und stürzte, als die Tür endlich aufging, auf die Straße. Sie lief drauflos, kreuz und quer, erst hierhin, dann dorthin, bis sie in ein Labyrinth schmaler Straßen geriet und nach einer Weile endlich sicher war, daß er sie nicht verfolgen konnte. Mit tränenüberströmtem Gesicht sank sie gegen eine Mauer; sie bemühte sich, wieder zu Atem zu kommen, aber irgendwie bekam sie einfach nicht genug Luft. Sie zog die kalte Luft tief in die Lungen, dann merkte sie, daß ihr wieder schlecht wurde, deshalb beugte sie sich über einen Kanaldeckel und erbrach hustend zähen Schleim. Eine Frau mit einem Schoßhündchen an der Leine kam vorbei; die Frau musterte sie angewidert und wandte dann das Gesicht ab.
Mina hatte nur noch einen Gedanken: zu Hause anzurufen. Sie konnte schon die Stimme ihres Vaters hören. Aber als sie schließlich ein Telefon fand, konnte sie sich der Frau im Amt nicht verständlich machen. Sie versuchte es immer wieder; aber damit vergeudete sie nur ihre Zeit. Dann kam ihr eine andere Idee, eine, die ihr die ganze Zeit über im Hinterkopf herumgespukt hatte. Dieses Paar, das sie in der Rue St. Severin belauscht hatte: Sie wußte, wie der Mann hieß, weil ihn die Frau mit Namen angesprochen hatte. Sie wußte, in welchem Hotel sie wohnten – dem St. Regis. Mina war auch überzeugt zu wissen, wer die beiden waren: Das hatte sie sich im Lauf der Nacht zusammengereimt. Es mußten Privatdetektive sein – und ihr Vater hatte sie beauftragt. Wer weiß, vielleicht war ihr Vater ebenfalls in Paris, auf der Suche nach ihr.
Mina hatte keine Ahnung, wo sie war oder wo das St. Regis war – und sie brauchte lange, bis sie es gefunden hatte. Immer wieder hielt sie Passanten auf, um in einem Kauderwelsch aus Englisch und geradebrechtem Französisch nach dem Weg zu fragen, doch die Mienen verhärteten sich jedesmal, sobald die Leute ihre Kleidung, ihre nackten Füße und das gefärbte Haar bemerkten, den Gestank nach Erbrochenem rochen und die Tränen sahen. Sie wollten nichts mehr hören; sie wandten sich ab, und wenn sie versuchte, sie fest-

zuhalten und anzuflehen, wurden sie wütend und schüttelten sie ab.
Natürlich hätte sie sich an einen Polizisten wenden können. Sie sah zwei Beamte, als sie die letzten Meter einer Straße namens Boulevard St. Michel entlangtaumelte und schließlich rannte; sie standen auf der breiten, belebten Straße im dichten Verkehr. Sie sah auf den Fluß dahinter, auf die Polizisten. Ein Bus zischte hautnah an ihr vorbei. Entsetzt sprang Mina zurück. Nein, dachte sie, nicht die Polizei. Sie wollte nicht, daß Star etwas Schlimmes passierte, daß er verhaftet wurde; sie wollte, daß er aufgehalten, daß ihm geholfen wurde. Sie wollte, daß er an einen ruhigen, heilsamen Ort kam, ein Krankenhaus vielleicht. Nein, nicht die Polizei, dachte sie und eilte quer über die Straße zur Brücke, zwischen den hupenden Autos hindurch. Selbst jetzt, als sie auf der Brücke stand, sah sie es nicht. Eine Frau, die sie anhielt und die freundlicher war als die anderen, drehte sich schließlich um und deutete darauf.
»*Mais il est là*«, sagte sie. »*En face, vous voyez* ...« Und als sie sah, daß Mina nicht einmal diese einfache Erklärung verstanden hatte, nahm sie das Mädchen an den Schultern und drehte es in die richtige Richtung. Und dann erkannte es Mina – ein Hotel wie eine riesige graue Burg: das St. Regis; der Name stand in riesigen arabesken Bronzebuchstaben über dem Portal.
Jetzt begann sie zu laufen – und wurde doch wieder aufgehalten. Der Türsteher versuchte, ihr den Eintritt zu verwehren, und als sie sich an ihm vorbei unter die Menge in der Lobby schmuggelte, wollte man ihr nicht zuhören, sie nicht verstehen. Alles dauerte so lange, so entsetzlich lange. Selbst der Mann namens Rowland, der schließlich auftauchte, der nett war und der bedächtig mit ihr redete, um sie zu beruhigen, damit das Zittern und das Weinen und das Keuchen endlich aufhörten – selbst er schien einfach nicht begreifen zu wollen – vielleicht weil Mina merkte, daß sie sich nur mit Mühe erklären konnte und die Geschichte ihr vollkommen wirr im Kopf herumging.
Sie konnte sagen, wann ihr Gestammel für ihn einen Sinn ergab: als ihr der Waffenkatalog wieder einfiel, den sie zusammengerollt und in ihre Rocktasche gestopft hatte, während Star sich gestern abend gewaschen hatte. Sie wußte, daß ihr der Katalog helfen würde und

ihn überzeugen mußte, deshalb zog sie ihn heraus und deutete mit zittrigen Händen auf die Waffe, die Star gekauft hatte.
»Er will als *Student* reinkommen«, sagte sie. »Er will hinten sitzen und auf das Ende der Show warten. Dann, wenn dieser Lazare rauskommt – dann wird er damit schießen.« Sie klopfte mit dem Finger auf die Abbildung. Sie sah, wie das Gesicht des Mannes ganz ruhig und aufmerksam wurde. »Er wird es nicht wirklich tun – ganz bestimmt nicht. Aber er ist krank, und er nimmt dieses ganze Zeug. Er hat mir nie was getan. Und er haßt sie nicht mal – Jean Lazare und Maria Cazarès. Er hat geweint, als sie starb, ich glaube, er liebt sie wirklich, alle beide. Aber das kann er nicht zugeben – deshalb hat er sich die hier gekauft ...«
Rowland blickte auf die Waffe, auf die sie so hektisch deutete. Er spürte, wie die Sekunden verstrichen, während sich vor seinem inneren Auge Stars Szenario in allen Einzelheiten entfaltete. Die Waffe unter Minas Finger war eine Beretta 93R, mit fünfzehn 9-mm-Patronen in jedem Magazin; die Kugeln konnten, wie er sah, in Feuerstößen zu je drei Schuß abgefeuert werden. Die Munition, auf die sie deutete, waren blaue 9 mm GECO-Hohlspitzgeschosse. Sie enthielten einen Plastikkern, der beim Abfeuern aus seinem Lager gerissen wurde. Nach dem Aufprall bohrte die Kugel einen unregelmäßigen Einschußkanal, der möglichst viel Gewebe zerstören sollte. Die Kugel trat in den seltensten Fällen wieder aus dem Körper des Opfer aus: Genau dafür war sie konzipiert.
Rowland sah Mina an. Sie flatterte von Kopf bis Fuß und stand kurz vor dem Zusammenbruch. Alle Fragen, selbst die wichtigsten, mußten ganz ruhig und behutsam gestellt werden.
»Mina«, sagte er, »du siehst doch diese Waffenmagazine hier? Weißt du zufällig, wie viele Star davon gekauft hat?«
»Magazine? Diese Dinger, die man in den Pistolengriff schiebt?« Ihr Blick flog rastlos durch den Raum. »Fünf. Genau – fünf. Er hat sie alle aufs Bett gelegt ...«
In diesem Moment hatte Rowland keinen Zweifel mehr daran, daß Sanftmut hier nicht angebracht war. Er wandte sich an den stellvertretenden Hotelmanager und wies ihn an, Martigny und die Polizei anzurufen. Während er darauf wartete, verbunden zu werden, und Mina ihn weinend anflehte, das nicht zu tun, rechnete Rowland nach.

Auf kurze Distanz war eine Kugel, von einem guten Schützen abgefeuert, tödlich. In den Händen eines weniger Erfahrenen müßten ein, zwei Feuerstöße ausreichen.
Star war mit fünf Magazinen unterwegs, zu je fünfzehn Schuß. Alles in allem fünfundsiebzig Kugeln, obwohl er nachladen mußte, wenn er alle abfeuern wollte.
Einen kurzen, grauenvollen Moment sah Rowland ein furchtbares Gemetzel vor sich. Er dachte: *Jean Lazare und wer noch?*

Der Mercedes, den Star fuhr, war eine Luxuslimousine. Ein 600 SEL. Gini warf einen Blick auf die hellen Lederbezüge. Wahrscheinlich war er gestohlen; sie notierte sich das Kennzeichen, wobei sie darauf achtete, daß sie von den Fenstern aus nicht zu sehen war.
Als der Wagen angehalten hatte und sie den jungen Mann aussteigen sah, war ihr im ersten Moment nicht klar gewesen, daß es sich dabei um Star handelte. Der Mann, der aus dem Fahrzeug kletterte, trug einen schwarzen Anzug, ein weißes Hemd und eine Krawatte; er hatte langes schwarzes Haar, das er sich jedoch aus dem Gesicht gekämmt und im Nacken zu einem Pferdeschwanz gebunden hatte. Er sah aus wie ein Yuppie aus einer halbprogressiven Branche: ein Werbemensch vielleicht oder ein Schallplattenproduzent. Doch als er die Autotür schloß, sah sie ihm ein paar Sekunden lang direkt ins Gesicht, und ihre Zweifel lösten sich in Luft auf. Genau wie die Landfahrer ihn beschrieben hatten: ein Aussehen wie ein Filmstar.
Es war zweifellos Star: Sie hatte sich auf eine lange Wartezeit gefaßt gemacht, obwohl sie so eine Ahnung gehabt hatte, daß Star – früher oder später – auftauchen mußte, wenn er Mathilde Duval regelmäßig besuchte. Offenbar hatte sie recht behalten, doch der Zeitpunkt überraschte sie. Juliette de Nerval hatte Rowland erzählt, daß Madame Duval heute morgen gegen halb elf von einer Limousine abgeholt werden sollte, in der sie zur Cazarès-Präsentation gebracht und später wieder heimgefahren würde.
Mathilde Duvals Wohnung lag – wieder laut Rowland – im obersten Stockwerk. Gini sah zu den verzierten Fenstern auf und blickte dann wieder stirnrunzelnd auf den Mercedes. Daß Star das Auto so dreist im Halteverbot abgestellt hatte, deutete darauf hin, daß er nicht

lange bleiben wollte. In diesem Augenblick bekam sie Angst: Madame Duval war alt und gebrechlich – und sie lebte allein. Gini wartete ein paar Sekunden ab, dann lief sie die Stufen zum Eingang hinauf.

Massive, verriegelte Türen versperrten ihr den Weg. Sie lugte durch die Glasfüllung und blickte in eine weitläufige, marmorgeflieste Eingangshalle, die von einem pompösen, bronzefarbenen offenen Aufzug dominiert wurde. Die Halle und der Aufzug entsprachen denen in Helens Haus. Und genau wie bei Helen deutete auch hier nichts darauf hin, daß eine Concierge über die verlassene, stille Empfangshalle wachte. Gini fragte sich, ob dieses Haus hauptsächlich von jenen Reichen bewohnt wurde, die sich mehrere Wohnsitze leisten konnten; sie fragte sich, ob hier wie in Helens Haus die Mehrzahl der Wohnungen oft monatelang leerstanden. Sie preßte das Gesicht gegen die Scheibe. Sie erblickte Kabel und Gegengewichte; die Aufzugskabine befand sich in einer anderen Etage: der zehnten, vermutete Gini.

Sie warf einen Blick auf die Batterie von Türklingeln und die Sprechanlage, die neben ihr in die Wand eingelassen waren. Sie drückte die Klingeln der beiden anderen Wohnungen im zehnten Stock, aber niemand reagierte. Sie läutete in anderen Etagen; beim sechsten Anlauf hatte sie Glück. Eine ungeduldig klingende Frau antwortete. Mit betont starkem amerikanischem Akzent und, wie sie hoffte, überzeugend schlechtem Französisch erklärte Gini, daß sie bei Freunden im Haus wohne. Sie hätten ihr die Wohnungsschlüssel gegeben, aber den Haustürschlüssel vergessen.

»*Oh, quelle bêtise – ces idiots* …« Die Frau ließ sich kurz über die Verdrießlichkeit dieser Situation aus, die im Durchschnitt etwa viermal pro Woche eintrat. Dann, nach Ginis eindringlichem Flehen, tat sie etwas, das für einen Bürger einer amerikanischen Großstadt undenkbar gewesen wäre – sie drückte auf den Türöffner. Gini schob die Tür auf und trat ein.

Sie lief zum Aufzugsschacht und blickte hoch, ein Angstprickeln im Rücken. Der Stockwerksanzeiger über ihr wies auf die Zehn; hoch oben konnte sie gerade noch den Aufzugsboden erkennen. Kein Laut war zu hören.

Sie überdachte ihre Möglichkeiten. Sie konnte warten; sie konnte an

die Wohnungstüren hämmern, bis jemand sie an sein Telefon ließ; sie konnte über die Feuertreppe zum zehnten Stock hochlaufen.
Sie dachte an die alte alleinstehende Frau, an Star, der eben erst eine Waffe von Chantal gekauft hatte. Sie ging in Richtung Treppe, blieb dann aber stehen. Der Aufzug war surrend zum Leben erwacht. Sie sah, wie sich die Kabel, die Gegengewichte zu bewegen begannen. Star kam wieder herunter.
Warte, dachte sie; benimm dich wie ein Hausbewohner; bleib einfach neben dem Aufzug stehen – was könnte natürlicher wirken? Warte ab, ob er allein herunterkommt.
Er kam nicht allein. Eine Frau, die nur Mathilde Duval sein konnte, stand neben ihm, schwer auf seinen Arm gestützt. Als die Kabine zum Stehen kam und Gini hinter dem Scherengitter die Alte sah, wurde ihr das Herz schwer vor Mitleid und vor Angst um sie. Mathilde Duval war winzig klein und offensichtlich gebrechlich. Sie hatte sich mit großer Sorgfalt gekleidet, in ein schwarzes Kostüm, das vor vierzig Jahren modern gewesen sein mochte. Sie trug neue schwarze Handschuhe, und ihre Hände zitterten: Gini vermochte nicht zu sagen, ob vor Alter oder Angst. Als Star die Tür aufdrückte, hob die Alte den Kopf, und etwas verkrampfte sich in Gini. Mathilde Duval hatte ein akutes Glaukom, begriff sie: Die Augen waren blauweiß, milchig, fast undurchsichtig.
»Bonjour, Madame. Monsieur«, sagte sie, als die Tür aufging. Sie nickte der alten Frau höflich zu. Mathilde Duval reagierte nicht, drehte nicht einmal den Kopf. Praktisch blind, dachte Gini – und taub dazu.
Sie spürte Stars Blick auf sich, seit er sie bemerkt hatte. In ihrem Kopf flackerte es immer noch unschlüssig: sprechen oder stillbleiben? Nichts tun oder sich einmischen?
Mathilde Duval selbst machte ein Eingreifen notwendig. Als sie in die Lobby trat, strauchelte sie und wäre beinahe gefallen. Stars Griff wurde fester. Er zog sie wieder auf die Füße hoch und versuchte, sie zur Haustür zu ziehen.
Die alte Dame kroch mühsam ein paar Schritte vorwärts, blieb dann stehen; sie preßte sich die Hand auf die Brust.
»*Un moment, Christophe*«, hörte Gini sie sagen. »*Tu marches trop vite pour moi … Souviens-toi, je suis vielle maintenant …*«

Star ignorierte ihre Bitte. Er sah aus, als wäre er bereit, sie notfalls aus der Lobby zu schleifen. Gini hörte ihn leise fluchen; er zerrte die Frau am Arm weiter. Gini trat vor.

»Madame Duval?« fragte sie. »*Vous êtes malade? Peux-je vous aider? Un moment, monsieur* ...«

Mathilde Duvals Lippen waren blau angelaufen; sie bekam kaum noch Luft; Gini sah auf, genau in Stars starren Blick. Sie begann wieder zu bitten: da war eine Bank, vielleicht sollte sich Madame Duval ein wenig setzen ... Sie sah Stars Zögern, bevor er einwilligte. Er blickte auf die Lippen der Frau und half dann Gini, sie zur Bank zu bringen. Gini setzte sich neben sie; Star zog sich zurück.

Gini nahm Madame Duvals Hände und machte weitere Vorschläge – alles, um Zeit zu gewinnen. Sollte vielleicht jemand einen Arzt rufen? Vielleicht war es nicht klug von Madame Duval, an einem solchen Tag nach draußen zu gehen, wo es doch gleich zu regnen beginnen würde und bitterkalt war ... Die Ratschläge brachten ihr vielleicht dreißig Sekunden ein. Die ganze Zeit über ruhte Stars Blick auf ihrem Gesicht.

»Sie sind keine Französin. Sie sind Amerikanerin, hab' ich recht?« Er steckte die Hand in die Tasche. Er holte eine kleine Pillendose heraus.

»Oh – ja, ganz recht.« Gini warf ihm einen kurzen Blick zu. »Ich habe ja nicht gewußt – hören Sie, es scheint ihr wirklich nicht gutzugehen. Ihre Lippen sind blau, und ...«

»Wohnen Sie hier?«

Er nahm eine winzige Pille aus der Dose, den Blick immer noch aufmerksam auf ihr Gesicht gerichtet. Seine Stimme, dachte Gini, diese eigenartige leise, sympathische und doch unidentifizierbare Stimme klang genau wie beschrieben.

»Was? O ja – doch ...«

Das schien die richtige Antwort zu sein. Sie konnte kaum behaupten, nur zu Besuch hier zu sein und Madame Duval zu kennen. Star schien die Antwort jedenfalls hinzunehmen.

»Sie hat Angina«, antwortete er gleichmütig. »Sie ist fünfundachtzig. Sie braucht bloß eine Pille. Die löst sich unter ihrer Zunge auf. Ein wahres Zauberzeug. In ein paar Minuten geht es ihr wieder blendend ...«

Mit diesen Worten preßte er die Pille zwischen Madame Duvals Lippen. Sie schenkte ihm ein blindes, dankbares Lächeln, bei dem ihre milchigen Augen einen Meter an ihm vorbeisahen. Star richtete sich wieder auf.

Er sagte: »Zeigen Sie mir Ihren Schlüssel.«

»Verzeihung?« Gini sah zu ihm auf. Seine Miene verriet keinerlei Gefühl.

»Ihren Schlüssel. Sie wohnen hier, also werden Sie doch einen Schlüssel haben, nicht wahr?«

»Um Himmels willen ...« Gini stand auf. »Was soll das? Natürlich habe ich einen Schlüssel. Ich wohne im sechsten Stock. Hören Sie, ich meine, wir sollten lieber einen Arzt rufen ...«

»Einverstanden.« Er lächelte. »Gehen wir in Ihre Wohnung und rufen einen. Ich komme mit. Einverstanden?«

Gini bekam Angst, und ihr war klar, daß ihr die Angst und Unentschlossenheit anzusehen war.

Da zögerte er nicht länger. Er runzelte kurz die Stirn und steckte die Hand in die Tasche seines schwarzen Anzugs.

»Ach Scheiße«, sagte er milde. »Die Karten haben mir geraten, das Unerwartete zu erwarten. Heute morgen. Da haben sie es gesagt. Wahrscheinlich hatten sie recht.«

Sein Ton war distanziert, gefühllos. Er seufzte leise und zog dann achselzuckend eine Waffe heraus. Völlig ruhig und mit leicht gereizter Miene hob er sie an. Gini starrte auf die Pistole, die jetzt aus etwa einem Meter Entfernung genau auf ihre Brust zielte.

»Hören Sie, bitte ...« begann sie. »Ich begreife nicht. Ich wollte Madame Duval doch nur helfen und ...«

Star hörte ihr nicht zu. Er zog die Stirn in Falten.

»Können Sie fahren?« sagte er.

Gini versuchte, die Verhaltensregeln zu befolgen: Blickkontakt vermeiden; vernünftig bleiben; sich keine Angst anmerken lassen.

»Ja, ich kann fahren, aber – hören Sie –«

Sie verstummte. Sie merkte, daß es ein dummer Fehler war, das zuzugeben, und daß Star ihre Reaktion nicht entgangen war; er begriff extrem schnell.

»Schon okay.« Er klang fast freundlich. »Das war die richtige Antwort. Wenn Sie gesagt hätten, daß Sie nicht fahren können, dann hätte ich Sie gleich erschießen müssen. Das möchte ich eigentlich noch nicht. Es könnte Krach und Dreck machen. Damit könnte ich meinen Plan verpfuschen … Ich muß alle Möglichkeiten in Betracht ziehen, wissen Sie? Ich muß flexibel und erfinderisch sein – ja? Das bin ich von Geburt an – das ist also cool. Also – Sie gehen jetzt zu dem Mercedes da draußen. Er ist offen. Setzen Sie sich auf den Fahrersitz. Ich steige mit Madame Duval hinten ein …«

Er hielt inne, runzelte wieder die Stirn; er sah aus wie jemand, fand Gini, der seinen Tagesablauf plant und leicht irritiert auf ein plötzlich auftauchendes, unbedeutendes Problem reagiert.

»Halten Sie sich für schlau?« fragte er. Mit einem leisen Klicken legte er den Sicherungshebel der Waffe um. Gini starrte in die Mündung; sie schluckte.

»Ich überstürze nichts, wenn Sie das meinen.«

»Fein. Dann machen Sie keine Dummheiten, okay? Ich meine – so was wie Schreien oder Weglaufen. Wenn ich Ihnen die Schlüssel geben, starten Sie den Motor und fahren los – aber ganz ruhig. Sonst schieße ich. Dann braucht sich Madame Duval wegen ihres Angina keine Sorgen mehr zu machen …«

Die alte Frau schien ihren Namen aufgeschnappt zu haben. Ihr Gesicht hatte wieder Farbe bekommen, und sie sah zum ersten Mal auf. Sie hob ihre blauweißen Augen und lächelte. Gini half ihr aufzustehen; Madame Duval begann zu brabbeln. Während sie im Schneckentempo die Lobby durchquerte, erklärte sie ihrem lieben Christophe, was für ein guter, netter Junge er doch sei, so geduldig zu warten …

Als sie auf dem Gehweg standen, blickte Gini die Straße hinunter. Kein Mensch war zu sehen. Ihre Hände zitterten. Sie öffnete die Fahrertür und rutschte in den Sitz. Sie blickte auf die Polsterung, dann auf den Boden unter den Pedalen und stöhnte leise. Star und Madame Duval ließen sich auf dem Rücksitz nieder. Die Alte holte einen Rosenkranz heraus. Gini hörte die Perlen klicken, wagte aber nicht, sich umzudrehen. Ihr Mund war vor Angst wie ausgedörrt. Beim Einsteigen war ihr etwas aufgefallen: Auf dem Lederbezug ihres Sitzes klebte eine bräunliche Masse; zu ihren Füßen hatte sie sich in einer noch nassen Lache gesammelt.

»Ja. Es ist Blut.« Star hatte sich vorgebeugt. Der Lauf der Waffe berührte ihren Nacken. »Wissen Sie, wie viele Menschen ich heute

morgen schon umgebracht habe? Drei. Der Chauffeur war der dritte. Seine Leiche liegt noch im Kofferraum. Lassen Sie den Motor an, fahren Sie den Boulevard hinunter und am Ende rechts.«
Gini fragte sich, ob sie den Motor absaufen lassen konnte. Sie drückte das Gaspedal durch und pumpte ein paarmal, bevor sie den Zündschlüssel drehte. Star lachte.
»Das klappt nicht. Nicht bei einem Mercedes. Sind Sie schon mal einen gefahren? Die besten Autos der Welt. Mein Vater will nur das Beste. Mercedes. Rolls Royce. Er hat vier davon – wußten Sie das?«
Der Motor erwachte schnurrend zum Leben. Gini zögerte, lenkte den Wagen dann vorsichtig auf die Straße und fuhr den Boulevard entlang. Hinter ihr klickten die Rosenkranzperlen.
»Sie betet nicht für Sie. Auch nicht für mich«, erklärte Star im Plauderton. »Sie betet für meine Mutter. Meine Mutter ist tot. Sie ist Montag nachmittag ganz plötzlich gestorben. Zu viele kleine Pillen, glaube ich. Das meint Mathilde jedenfalls. Sie wollte mir einen Brief schreiben, und sie hatte drei von ihren kleinen Spezialpillen genommen – was natürlich ziemlich dumm war. Deshalb hat sie den Brief nicht mehr zu Ende schreiben können. Sie ist zusammengebrochen. Kriegte Krämpfe. Es hat eine ganze Weile gedauert, sagt Mathilde. Nicht schön anzusehen. Aber das ist der Tod wohl nie.«
Als Gini ihm nicht antwortete, wirkte er verärgert. Sie warf einen Blick in den Rückspiegel und sah, daß er wieder die Stirn runzelte.
»Meine Mutter war eine sehr berühmte Frau«, insistierte er. »Weltberühmt. Sie kennen sie bestimmt. Maria Cazarès.« Er hielt inne. »Bei der nächsten Kreuzung links. Wer sind Sie? Sind Sie von der Polizei – irgendeiner Polizei? Oder Privatschnüffler? Hat Minas Vater Sie vielleicht angeheuert?«
»Nein. Ich bin Journalistin.« Gini gab sich Mühe, ruhig zu klingen. »Ich will einen Artikel über Mina schreiben.«
»Ach ja? Und über Cassandras Tod? Wirklich zu traurig. Ich hab's in der Zeitung gelesen. Mina weiß natürlich nichts davon.« Er überlegte. »Eine Journalistin. Wie nett. Schreiben Sie für amerikanische Zeitungen?«
»Manchmal. Aber ich lebe in London. Deshalb arbeite ich auch für eine britische Zeitung. Den *Correspondent* ...«

»Ach, den kenne ich.« Er klang zufrieden. »Eine angesehene Zeitung, richtig? Wie die *Times*?«
»Ja. Könnte man sagen.«
»Hey. Das trifft sich. Hier rechts, und dann die Hauptstraße lang ...« Jetzt lächelte er sie über den Rückspiegel an. Sein Lächeln ließ Gini das Blut in den Adern gefrieren. »Wissen Sie, da in der Lobby – da war ich einen winzigen Augenblick ganz durcheinander. Weil mir die Karten doch gesagt haben, daß ich mit dem Unerwarteten rechnen muß, Sie wissen schon – aber sie haben gesagt, es wäre was Gutes, was Nützliches ...« Er runzelte wieder die Stirn. »Wollen Sie wissen, warum ich Sie nicht sofort erschossen habe? Das hat nichts mit dem Fahren zu tun. Da hab' ich ein bißchen geflunkert. Sondern weil ich abwarten wollte. Ich meine, Sie waren ganz offensichtlich die Überraschung – aber zuerst sah das nicht wie eine besonders positive Überraschung aus. Es sah so aus, als könnten Sie meine ganzen Pläne umschmeißen. Aber ich habe den Karten vertraut, sehen Sie? Und ich habe recht damit gehabt. Weil Sie ein Zufall sind, klar, aber auch genau das, was ich brauche. Hier links.«
Gini konnte kaum das Lenkrad halten. Sie wußte, daß sie vor Anspannung schwitzte und konnte nur hoffen, daß er das nicht bemerkte. Sie spürte immer noch den Waffenlauf im Nacken. Er strich fast liebkosend damit auf und ab. Gini hatte panische Angst vor Waffen. In Bosnien und anderswo hatte sie aus nächster Nähe mitangesehen, was moderne Waffen einem Menschen antun konnten. Sie schluckte und versuchte, möglichst gelassen zu klingen.
»Wieso bin ich, was Sie brauchen?« fragte sie.
»Wieso?« Er klang verblüfft. »Können Sie sich das nicht denken? Weil Sie meine Story schreiben können, natürlich. Sie können alles *erklären*. Wenn Sie wollen, können Sie die Exklusivrechte haben. Die können Sie dann vermarkten – weltweit. So wird das doch gemacht, stimmt's?«
»Ja. So wird das gemacht. Bei großen Stories. Gelegentlich.«
»Oh, das wird eine Riesenstory.« Er seufzte. »Und wenn sie rauskommt, werde ich berühmt. Ich werde weltberühmt sein. Überall in Europa, in Amerika werden die Leute mich kennen. Und Sie werden mir helfen, ein Star zu werden, okay?«
Gini begann zu begreifen. Nun sah sie, welchen Weg er eingeschla-

gen hatte, in jedem Sinn des Wortes. Sie waren jetzt abseits der Rue du Faubourg St. Honoré; sie konnte schon das berühmte Stadthaus sehen, in dem die Firma Cazarès residierte. Sie konnte das unmittelbar an den Hof anschließende Gebäude sehen, in dem die Kollektion präsentiert werden sollte. Sie konnte die Satellitenschüsseln sehen, die Fernsehcrews, die modisch gekleidete, auf Einlaß wartende Menge, die sich unruhig auf dem Trottoir drängelte. Sie zögerte und sagte dann leise: »Ein Star? Star ist einer Ihrer Wahlnamen, richtig? Sie nennen sich doch manchmal Star?«

»Genau. Sie können mich so nennen, wenn Sie wollen – also, wenn wir uns unterhalten, wenn Sie mich interviewen. Aber wenn Sie die Story schreiben, müssen Sie meinen richtigen Namen nehmen, den Namen auf meiner Geburtsurkunde: Christophe Rivière. Langsam – noch langsamer. Hier rechts rein. Bleiben Sie vor den Hoftoren stehen.«

Gini tat wie geheißen. Sie sah auf die hohen Eisengitter, an denen auf einer Tafel der Name *Cazarès* stand. Hinter den Toren befand sich ein schmaler Hof mit einer langen Reihe von etwa zwanzig Garagen, die einst als Ställe und Kutschenschuppen für die eleganten Häuser gedient hatten, hinter denen sie erbaut worden waren. Star hob ein kleines elektronisches Gerät, und die Tore schwangen auf. Er befahl ihr, zur hintersten Garage zu fahren, wo er mit dem gleichen Gerät das stählerne Garagentor öffnete. Sie fuhr hinein, hielt an und schaltete den Motor aus.

Es war eng in der Garage. Star hatte gerade Platz genug, Madame Duval aus dem Wagen zu helfen. Er zog die alte Frau ins Freie und kehrte augenblicklich zurück.

Gini saß vollkommen reglos und starrte ins Leere. Sie wußte, was er jetzt tun würde. Er würde das Tor verriegeln. Er würde das Tor schließen und sie mit einem Toten im Kofferraum alleine lassen.

»Bitte«, flehte sie leise, als er an ihr offenes Fenster trat. »Bitte schließen Sie mich nicht ein.«

»Es wird nicht lange dauern«, versicherte er beschwichtigend. »Ich komme zurück. Geben Sie mir die Autoschlüssel. Gut so. Jetzt hören Sie mir zu. Es gibt kein Autotelefon – ich hab's rausgerissen. Sie können den Wagen nicht anlassen. Das Garagentor ist aus fünf Zentimeter dickem Stahl – absolut einbruchsicher. Niemand wird Sie hören, wenn Sie schreien oder ans Tor hämmern, weil alle anderen Autos weg sind und in der Rue St. Honoré stehen, wo sie nach der Show die Prominenten aufsammeln sollen. Also wird in den nächsten anderthalb Stunden niemand hier auftauchen. Außer mir natürlich. Ich werde nicht lang brauchen. Ich muß nur schnell meinen Vater umbringen, worauf ich schon so lange gewartet habe und was ich geplant habe, seit ich weiß, daß er mein Vater *ist*, also seit über einem Jahr. Danach komme ich sofort zurück und …«

Zum ersten Mal zögerte er. Der Lauf der Waffe schwankte ein winziges bißchen. Gini sah, wie Angst in seine schönen Augen trat.

»Und wenn ich dann ein bißchen ausgepowert bin – keine Angst, okay? Das kommt manchmal vor. Dann kriege ich diese Kopfschmerzen, direkt hinter den Augen. Ich werde Ihnen zeigen, was Sie tun müssen. Sie müssen mich nur streicheln. Dann wird es wieder besser. Ich habe auch ein paar Pillen – ein paar ganz besondere Pillen. Vielleicht nehme ich eine davon – zum Feiern, klar?« Er lächelte. »Vielleicht gebe ich Ihnen auch eine. Mal sehen. Also – haben Sie eine Uhr? Gegen zwanzig nach elf, höchstens halb zwölf bin ich zurück. Ich – hey, das hätte ich fast vergessen. Wie heißen Sie?«

»Genevieve. Man nennt mich Gini. Star – bitte …« Gini zögerte. Sie fragte sich, ob sie ihn überraschen konnte, indem sie die Tür ganz plötzlich aufstieß; ob sie ihm so die Waffe aus der Hand schlagen konnte. Das Risiko war zu groß; die Waffe schwebte fünf Zentimeter vor ihrem Gesicht. »Hören Sie – kann ich nicht mitkommen? Dann könnte ich alles viel besser beschreiben …«

Er wirkte unschlüssig, und einen Moment lang glaube Gini, er würde ihren Vorschlag annehmen. Dann schüttelte er den Kopf. Mit seiner so leisen und so grauenhaft vernünftigen Stimme erklärte er es ihr.

»Nein, das geht nicht. Bei Cazarès haben sie überall Türsteher, vorn und hinten. Wirklich schweren Wachschutz. Mit Mathilde komme ich rein, das ist geklärt. Aber Sie würde man nicht reinlassen, Gini. Man kennt Sie nicht, verstehen Sie? Zwanzig nach elf – okay? Einem freien Menschen bedeutet die Zeit alles …«

Noch bevor sie aus dem Auto gestiegen war, hatte er die Garage zugemacht. Sie hörte, wie Schloß und Riegel einrasteten, als sie das Tor erreichte. Es war jetzt stockfinster in der Garage. Im Dunkeln tastete

sie nach dem Auto, bis ihre Hand auf dem Kofferraum zu liegen kam. Sie erstarrte und lauschte. Sie hörte, wie sich etwas bewegte, sie hörte definitiv, wie sich etwas in diesem Kofferraum bewegte. Ganz leise und langsam. Mit einem Angstlaut wich sie zurück. Dann warf sie sich gegen das Tor und zerrte daran. Es bewegte sich nicht um einen Zentimeter. Aus dem Auto war ein Tröpfeln zu hören.
Gini kauerte vor dem Tor nieder. Sie hörte, wie Star Madame Duval wegführte. Er erklärte ihr mit einem leisen Anflug von Ungeduld, daß sie sich ein wenig beeilen müsse. Sie wolle doch zu Marias großem Tag nicht zu spät kommen, mahnte er.
Gini wartete. Sie hörte, wie die Schritte sich entfernten. Sie wußte, was zu tun war, aber sie brauchte Minuten, um sich dafür zu stählen. Sie mußte den Kofferraum öffnen; es ging nicht anders. Als sich der Kofferraumdeckel hob, ging eine kleine Lampe im Inneren an, so daß sie den Inhalt deutlich erkennen konnte. Augenblicklich wünschte sie, sie hätte nichts gesehen. Sie unterdrückte einen Schrei und zuckte zurück. Das Ding im Kofferraum bewegte sich. Sie preßte sich die Hände auf den Mund. Es war so schwer, nicht zu schreien, und noch schwerer, den Kofferraum nicht wieder zuzuschlagen.

Kapitel 18

»Was ist denn hier los?« Markov drehte sich auf dem Absatz um und versuchte, etwas durch die dicht an dicht stehenden Menschen zu erkennen, die von hinten nachdrängten.
Lindsay klammerte sich an seinem Arm fest. Sie hatten es schon fast bis zu den Türen zu dem großen *salon* geschafft, in dem die letzte Cazarès-Kollektion vorgestellt werden sollte. Überall um sie herum prangten Zeugnisse barocker Architektur, gab es bezaubernde Dächer, Fenster und Gesimse im Stil des siebzehnten Jahrhunderts zu sehen, der hier zur Perfektion gebracht worden war; überall um sie herum herrschte Chaos, drängelte und schrie die hysterische Menge. Weiter vorn konnte Lindsay Höflinge in schwarzen Anzügen und muskelbepackte Wachleute sehen. Vor und hinter ihnen brandeten die Menschen in wütenden Wogen an, fest entschlossen, durch die Türen zu gelangen und – aus unerklärlichen Gründen – zu drücken und zu drängeln, damit sie auch als erste durch diese Türen gelangten. Vor ihnen konnte sie jetzt drei gefeierte Moderedakteurinnen erkennen; die Chefeinkäuferin bei Bloomingdales; eine berühmte Filmschauspielerin und langjährige Kundin von Cazarès, die für ihre enigmatische Schönheit und ihren Chic berühmt war; ein international bekannter Rockstar in Begleitung seiner fünften Gemahlin; dann ein Gewoge unbekannter Schultern und Köpfe und Rücken und wedelnder Arme. Weiße Einladungen blitzten auf. Es verwunderte sie jedesmal, daß ausnahmslos jeder, ob bekannt oder unbekannt, mächtig oder unbedeutend, reich oder arm, alt oder jung, sich dieser Prozedur unterziehen mußte. Markov meinte, die Höflinge würden dieses Gerangel um den Einlaß kultivieren, den Aufruhr noch anheizen und absichtlich jene demütigen, die sie be-

eindrucken wollten. »Sie wollen das Adrenalin zum Sprudeln bringen«, sagte er. »Und die Angst schüren – daß nicht mal die Königin von England wüßte, ob sie eingelassen wird. Wir sollen vor ihnen auf die Knie sinken, Lindsay, und darum betteln, zu den Auserwählten gehören zu dürfen. So bescheißen sie uns um unsere Kritikfähigkeit, noch ehe wir durch die Tür sind. Sie haben uns unserer Macht beraubt. Das stinkt zum Himmel.«
Lindsay war seiner Meinung, trotzdem unterzog auch sie sich dieser Tortur. Inzwischen war sie seit fünfunddreißig Minuten in dieser künstlich erzeugten Hysterie gefangen. Man hatte sie so oft geknufft und gestoßen, daß sie am ganzen Leib blaue Flecken hatte. Schon jetzt hatte sie Kopfschmerzen. Sie bekam kaum Luft – und wenn sie es endlich in den *salon* geschafft hätte und schließlich sogar bis zum Sanktum der ersten Reihe vorgedrungen war, würde sie vor Hitze, Leibern, Parfümschwaden immer noch keine Luft bekommen. Aber das war ihr egal. Exakt dieselben Menschen, die sie und alle anderen erniedrigt hatten, hätten dann ihren Status bestätigt – und das bedeutete ihr viel, oder hatte ihr zumindest in der Vergangenheit viel bedeutet. Jetzt mußte sie daran denken, wie Rowland McGuire diesen Prozeß kommentiert hatte, und verabscheute sich selbst.
Trotzdem spürte sie Panik, hatte sie das Gefühl, die hektisch nachdrängende Menge hinter ihr könnte sie jeden Augenblick zu Boden reißen. Sie hatte keineswegs die Absicht, sich umzudrehen, um nachzusehen, was Markovs Aufmerksamkeit auf sich gezogen hatte. Laßt mich einfach *rein*, dachte sie, laßt mich zu meinem Platz.
»Wer hätte das gedacht? Die Bullen.« Markov reckte immer noch den Hals. Um sich einen besseren Überblick zu verschaffen. setzte er für einen kurzen Moment sogar die dunkle Sonnenbrille ab. »Und noch dazu die *Sturmtruppe*. Die GIGN ist da. Lindy – sieh nur.«
Lindsay riskierte einen winzigen Blick nach hinten und war fassungslos. Hinter der drängelnden Menge sah sie die vertrauten, bedrohlichen Mannschaftswagen auffahren und die Straße hinter dem Hof verstellen. Es kam zu Wortwechseln; man versuchte, die Cazarès-Mercedes-Limousinen und die Übertragungswagen zu entfernen, die die Straße verstopften. Eine Sirene heulte auf und erstarb. Die schwarzen Hecktüren der GIGN-Wagen flogen auf und

spien behelmte, schwarzuniformierte Männer aus. Jemand hinter ihr schubste sie mit aller Kraft.

Lindsay strauchelte, fing sich aber in letzter Sekunde. Sie krallte sich an Markov fest.

»Was um alles in der Welt ... ? Ich dachte, die werden nur bei Demonstrationen eingesetzt – oder bei irgendwelchen Terrorsachen?«

»Jedenfalls ist es nicht ratsam, sich mit ihnen anzulegen.« Markov lächelte kurz. »Echte Schlägertypen. *Nicht* für ihren Humor bekannt. Und natürlich bis unter die Zähne bewaffnet. Aber andererseits ganz appetitlich – findest du nicht, Lindy? Dieses ganze schwarze Leder? Und diese gemeinen Faschistenstiefel?«

»Was wollen die hier? Und hör auf, dich so aufzuspielen ...«

Markov, heute in seiner Eigenschaft als Prominenter anwesend, ließ wieder ein winziges Lächeln aufleuchten. Er hatte tatsächlich einen Hang, sich vor der Menge zu produzieren, und hatte seine Kommentare besonders laut abgegeben.

»Ich glaube eher«, antwortete er leiser, »daß sie Leute *rausfiltern*. Jetzt halten sie auf den Pferch zu. Nein, dreh dich nicht um – wir haben's fast geschafft ...«

Sie wurden weiter auf den Eingang zu geschwemmt. Dahinter konnte Lindsay Reihen goldener Stühle erkennen, den Wall der Kameras, das glitzernde Licht. Schwarzgekleidete weibliche Cazarès-Bedienstete patroullierten durch das Sanktum und versprühten aus Kristallflaschen Duftwasser. Sie roch Frühling, den Duft von Narzissen und Hyazinthen: *L'Aurore*, in solchen Mengen verteilt, daß sie beinahe würgen mußte. Ein letztes Mal blickte sie zurück. Der Pferch war ein kleines, nach dem Hof zu gelegenes Areal, das mit einer Kette eingezäunt war. Dort drängten sich die Jungen, die Armen, die Leidenschaftlichen: Kunststudenten, Modestudenten, Fans; ein paar davon besaßen vielleicht sogar Einladungen, die meisten nicht. Jedes Jahr, bei jeder Kollektionspremiere gelang es ein paar Leuten, selbst ohne Einladungen hineinzukommen. Sie setzten List, Täuschung, Diebstahl, Fälschung und manchmal Gewalt ein: Lindsay fand ihre brutale Entschlossenheit beängstigend. Zwar stand ihre eigene Entschlossenheit jener nicht nach, doch – irrationalerweise – hatte sie das Gefühl, daß jene schlimmer war.

Und wie sie feststellte, hatte Markov recht; vor allem auf diese Besucher schien sich die schwarzuniformierte Spezialeinheit zu konzentrieren. Sie sah eben, wie ein großer, langhaariger junger Mann ins Freie gezerrt wurde. Er schrie aus Leibeskräften, weil er an den Haaren hinausgezogen wurde. Gerade als sie durch die offene Tür geschubst wurde, stieß er einen Schmerzensschrei aus, dann verstummte sein Gebrüll.

Es war nach elf; selbst bei Cazarès, wo man solche Veranstaltungen gewöhnlich mit quasi-militärischer Präzision organisierte, würde die Präsentation verspätet beginnen. Der *salon* war noch nicht einmal halb voll; die Luft war ein Chaos von Farben und Bewegung, von gehauchten Küßchen und Umarmungen und Gekreische. Die üblichen Streitereien um die Plätze brachen aus; die üblichen Anschuldigungen und Schaukämpfe. Am Vortag hatten sich bei Chanel zwei exquisit gekleidete Damen einen Schlagabtausch geliefert; sie hatten sich gegenseitig eins mit den identisch gemusterten Chanelhandtaschen am Goldkettchen übergezogen. Markov und Lindsay hatten sich königlich amüsiert.

Es war wie immer – und doch nicht wie immer. Als Lindsay erst saß und sich der große Saal füllte, wurde ihr das klar. Auch hier drinnen waren Polizisten, genau wie draußen – nicht von der GIGN, sondern Beamte in Zivil. Sie wanderten durch die hintersten Reihen und hatten einen Hundeführer dabei.

Fassungslos und mit langgerecktem Hals beobachtete Lindsay sie. Es war schwer zu sagen, was hier eigentlich gespielt wurde, weil die Stühle fest verankert waren und das Licht blendete, aber ganz offensichtlich handelte es sich hier um einen ernst zu nehmenden Alarm. Sie spürte eine neue Spannung im Raum, Gerüchte und Panik lagen in der Luft. Beides breitete sich von den Fotografen her aus, die das Ende des Laufstegs belagerten, und sickerte von dort langsam durch den ganzen Saal. Sie fing geflüsterte Wortfetzen und nervöse Blicke auf: *Bombe, Terroristen, Spürhunde ...*

»Jedenfalls haben Sie's auf den *hoi polloi* abgesehen.« Markov deutete in die Richtung. »Da hinten in der letzten Reihe, Lindy. Das ist schon der zweite, den sie rausziehen ...«

Lindsay kniff die Augen zusammen. Sie schirmte sie vor den Scheinwerfern ab und beobachtete, wie ein weiterer junger Mann abgeführt wurde. Er war groß, dunkelhaarig und in schwarzen Jeans; um

seinen Hals trug er ein rotes Tuch. Sie runzelte die Stirn; eigenartig – höchst eigenarig.
Die Präsentation begann schließlich mit einer halben Stunde Verspätung. Bis dahin hatten sich die Aktivitäten in der letzten Reihe fast gelegt. Im Saal wurde es ruhig, und gespannte Erwartung lag in der Luft. Man wandte sich wieder dem Laufsteg zu. Allmählich erstarb das Geflüster. Lindsay warf einen letzten Blick auf jene letzte Reihe. Was immer auch den Alarm ausgelöst hatte, die Polizei hatte Vorsichtsmaßnahmen getroffen. Polizisten standen hinter den Stuhlreihen und in Abständen entlang des Mittelgangs, der zu dem Fotografengraben führte. Eine dichte Reihe von Männern in Kampfjacken und schwarzen Helmen umringte die Stehplätze. Sie schauderte leicht und blickte dann auf ihr Programm. Maria Cazarès' letzte drei Entwürfe sollten die Akzente in der Show setzen. Einer würde ganz zu Anfang gezeigt; der zweite würde die Mitte markieren, der letzte würde die Präsentation abschließen. Lazare, der immer kurz vor Maria Cazarès auf den Laufsteg getreten und neben ihr gestanden hatte, während sie den Applaus entgegennahm, würde zu dieser Gelegenheit erst ganz am Schluß und natürlich allein erscheinen.
Das Licht ging aus; plötzlich erschallte eine strahlende Bach-Fanfare. Lindsay und Markov blickten in Richtung Laufsteg. Kurz bevor das erste Model erschien – Quest, schwungvoll dahinschreitend, Publikum und Presse mit ihrer üblichen Verachtung musternd, halb verschleiert und in ein phantastisches Ensemble gekleidet, das in selbstewußtem Fuchsienviolett leuchtete –, kurz zuvor glaubte Lindsay, Rowland McGuires Gestalt zu sehen. Sie erblickte ihn ganz kurz auf einem Gang an der Wand gegenüber, wo er mit einem Mann sprach, der von der Polizei sein mochte. Dann lenkten die Musik und die Bewegung und die Eleganz dieses Cazarès-Kleides sie ab. Aus dem Publikum stieg ein leiser, kollektiver Seufzer der Begeisterung auf. Als Lindsay das nächste Mal einen Blick zum Seitengang hinüber warf, war Rowland nicht mehr zu sehen. Sie konzentrierte sich auf die Kleider und die Details an diesen Kleidern. Wie gewöhnlich machte sie sich Skizzen und Notizen. Sie spürte, wie Erregung, Nostalgie, Trauer und Freude aufkamen.
Als später alles vorüber war, mußten sie und Markov zugeben: Bis

ganz zum Schluß hatten sie nichts gehört oder gemerkt. Quest wußte Bescheid; ein, zwei andere Models wußten Bescheid; die Directrice hinter der Bühne wußte Bescheid; die Polizei wußte Bescheid. Aber das hier war eine Bühne, und die Show ging weiter – so wie Lazare und Maria Cazarès es sich gewünscht hätten.

Jean Lazare sah den jungen Mann zum ersten Mal um elf Uhr zehn, und zwar an Mathilde Duvals Seite. Lazare wurde von Juliette de Nerval auf ihn aufmerksam gemacht, die ihm erklärte, daß er Madame Duvals Großneffe sei und daß die alte Dame sie gestern abend aufgelöst und unter Tränen angerufen und darauf bestanden habe, sie könne diese traurige Vorstellung nicht alleine durchstehen und ihr geliebter Großneffe sei eigens vom Lande angereist, um ihr in dieser Zeit der Prüfung zur Seite zu stehen. Ohne ihn würde Mathilde nicht kommen, deshalb habe Juliette widerstrebend zugestimmt. Sie hoffe, sagte sie mit nervösem Blick auf Lazare, richtig entschieden zu haben.
Lazare musterte den jungen Mann mit einem Blick, den Juliette eigenartig fand. Es war ein langer, nachdenklicher, kalter Blick, in den sich schließlich Heiterkeit mischte. Ja, ja, sagte er im Weggehen; natürlich habe sie korrekt gehandelt. Würde jemand den jungen Mann und Madame Duval in das übliche Zimmer und an den üblichen Platz führen?
Eilends war Juliette, von dem unerwarteten Alarm aufgescheucht, seiner Aufforderung nachgekommen. Im Moment warteten Madame Duval und der junge Mann in der Ecke des riesigen chaotischen Raumes, in den sich die Models in Windeseile umkleideten. Sie blickten in eine aufgewühlte See von Visagistinnen, Friseusen, Schneiderinnen, Models und Assistenten. Sie klemmten zwischen Kleiderstangen und herumwieselnden Menschen. Die Luft roch schwer nach Parfüm und ätzend nach Haarlack. Madame Duval, die von ihrem gutaussehenden Neffen am Ellbogen gestützt wurde, wirkte benommen und schwach.
Juliette lotste beide in das Labyrinth von Gängen hinter der Garderobe und in die kleine, ruhige Kammer, in der Madame Duval immer gemeinsam mit Maria Cazarès gewartet hatte. Sie wartete, bis sich beide gesetzt hatten, vergewisserte sich, daß Madame Duval bequem

saß und daß der Bildschirm, der das Geschehen auf dem Laufsteg übertrug, im richtigen Winkel stand. Sie überzeugte sich davon, daß Tee, Kaffee, Canapès und Drinks zur Verfügung standen – nicht daß Madame Duval jemals etwas davon angerührt hätte –, und eilte dann in einen anderen Teil des Gebäudes davon, der nächsten Auseinandersetzung mit diesen unmöglichen, panikschürenden und so unsäglich beschränkten Polizisten entgegen.

Um elf Uhr fünfundzwanzig wurde Jean Lazare zum zweiten Mal auf Madame Duvals Großneffen aufmerksam gemacht. Bei dieser Gelegenheit brachte Lazares rechte Hand, Christian Bernard, die Rede auf ihn. Wie erwartet war Lazare in der Garderobe, der ruhige Fels inmitten des stürmischen Menschenmeers. Er stand neben Quest, einem Model, das Bertrand nicht leiden konnte und das in einem atemberaubend schönen Kleid atemberaubend schön aussah. Fuchsienviolett: getragen mit einem acht Zentimeter breiten Kragen aus Amethysten. Lazare persönlich richtete den Schleier an Quests Romanze von einem Hut. Er wollte ihn um zwei Millimeter senken. Erst nachdem er das erledigt hatte, wandte er sich von Quest ab.

»Monsieur Lazare …« Christian Bernard sprach ihn leise an. »Verzeihen Sie die Unterbrechung in so einem Moment …«

»Ja?«

»Aber angesichts der Lage, der Polizei, der Wachleute vorne. Man hat mich ermahnt, Monsieur Lazare, alle nur möglichen Vorkehrungen zu treffen, und – der junge Mann, der Madame Duval begleitet hat. Er scheint sie allein gelassen zu haben, Sir. Und niemand weiß, wo er steckt.«

»Ich weiß, wo er ist.« Lazare bedachte Bertrand mit einem eisigen Blick. »Er wartet in meinem Büro auf mich. Ich werde gleich zu ihm gehen. Seien Sie so gut und widmen Sie sich wichtigeren Dingen als Madame Duvals Neffen. Die Präsentation beginnt in …« Er sah auf die Uhr, »dreieinhalb Minuten. Falls sie auch nur eine halbe Minute später beginnt, betrachten sie sich als entlassen …«

»Jawohl, Monsieur Lazare.«

Bertrand trat den Rückzug an. Er ließ seinen Groll an der Directrice aus, die vierzig Jahre Übung darin hatte, Männern wie Bertrand den Kopf zu waschen.

»Verziehen Sie sich in Ihr Büro, Monsieur Bertrand«, fauchte sie. »Ich nehme keine Anweisungen von Ihnen oder so einem Schwachkopf von der Polizei entgegen. Ich nehme sie ausschließlich von Monsieur Lazare entgegen, so wie schon immer. Stehen Sie mir nicht im Weg. Also – Mademoiselle Quest ...«

Bertrand trat ein zweites Mal den Rückzug an. Quests überragende Gestalt, die in ihren High Heels Bertrand um Handbreit überragte, rauschte an ihm vorbei. Hier, hinter der Bühne, klang der Lärm im Publikum gedämpft und leise und verführerisch wie das Meeresrauschen in einer Muschel. Die Models waren bereit, die Hilfskräfte waren bereit, alle waren bereit. Bach erschallte, die Trompeten trompeteten Freude, Zuversicht, Magie und Erfolg hinaus. Quest stieg die Stufen hinauf, holte tief Luft, trat vor und verschwand auf den Catwalk hinaus. Draußen stiegen Wellen von Stimmen und Applaus auf und brachen sich. Bertrand blickte auf die Uhr, Punkt elf Uhr dreißig. Er machte sich auf den Weg zurück ins Büro, wo er die Show über Video verfolgen würde. Als er die Garderobe verließ, sah er zu seiner Verblüffung, daß Jean Lazare, der sonst immer die Stellung gehalten hatte, um auch das winzigste Detail jedes Kleides zu kontrollieren, ebenfalls ging. Lazare wandte sich in Richtung seines Büros, nahe dem Ausgang, am Ende eines langen Ganges.

Der Bruch mit der Tradition schien ihm zu gefallen; er verließ, wie Bertrand bemerkte, den Raum mit erleichterter Miene.

Lazares Büro hier war so karg wie das im Hauptgebäude von Cazarès. Zudem war es, wie all seine Büros, schalldicht. Als er den Raum betrat und die gepolsterte Tür hinter sich schloß, fragte er sich, ob der junge Mann das wohl wußte, der behauptete, Madame Duvals Neffe zu sein.

Er saß, genau wie Lazare erwartet hatte, in einem Sessel vor Lazares großem, schlichtem schwarzem Schreibtisch. Sein Blick war auf den 60-cm-Videomonitor geheftet, auf dem der Laufsteg mit der wunderschönen, arroganten, fuchsienviolett gekleideten Quest zu sehen war. Als Lazare eintrat, drehte der junge Mann sich um und erhob sich höflich. Er wirkt verwirrt, dachte Lazare. Er hatte Lazare nicht so schnell zurückerwartet, und vielleicht hatte er auch nicht erwartet, daß es so leicht werden würde.

Lazare sah den jungen Mann an, der mindestens zehn Zentimeter größer war als er selbst. Er bemerkte den schwarzen Anzug – auch er trug Schwarz – und das sorgfältig gebügelte weiße Hemd. Die Schuhe waren frisch geputzt, die Krawatte war dezent. Der junge Mann, der ein ausgesprochen schönes Gesicht hatte, beeilte sich, eine Entschuldigung und eine Erklärung für seine Anwesenheit vorzubringen: Lazare schnitt ihm das Wort ab.

»Ich weiß, warum Sie hier sind«, sagte er. Er seufzte, trat an einen Seitentisch, schenkte sich einen Drink ein. Er bot dem jungen Mann ebenfalls einen an, der mit einem schnellen Kopfschütteln ablehnte. Lazare sah, daß er ziemlich sicher unter Drogen stand: Seine Pupillen waren winzig wie Stecknadelspitzen; er strahlte eine eigenartige Spannung aus, wie Licht. White Doves, dachte Lazare und korrigierte sich gleich: nein, wahrscheinlich nicht. Eher Kokain oder Speed – und in diesem Fall sollte sich der junge Mann lieber in acht nehmen. Sein Urteilsvermögen wäre getrübt und seine Reaktion verlangsamt.

Er nahm den Cognacschwenker mit zum Schreibtisch, setzte sich und sah den jungen Mann an. Er fragte sich, ob er kalt oder leidenschaftlich, langsam oder schnell sein würde. Vielleicht hat er einen Hang zum Dramatischen, dachte Lazare – er sah danach aus –, und empfand bei diesem Gedanken Ungeduld, Müdigkeit und eine leichte Verachtung.

»Wissen Sie, wer ich bin?« Der junge Mann strahlte jene Begierde aus, die Initiative zu ergreifen, die Lazare an jungen Menschen so ermüdend fand.

»Jedenfalls nicht Madame Duvals Großneffe, nehme ich an«, erwiderte er. Er nahm einen Schluck von seinem Cognac. »Und ich nehme auch an, daß Sie mir gleich erzählen werden, wer Sie wirklich sind. Machen Sie es kurz.«

Diese Antwort mißfiel dem jungen Mann offensichtlich. Er hat tatsächlich einen Hang zum Dramatischen, dachte Lazare, während er ihn beobachtete: Seine Reaktion bestand darin, eine Waffe aus der Tasche zu ziehen und sie unter seiner Hand auf dieTischplatte zu legen.

Lazare warf einen Blick auf die Waffe, die er als Beretta erkannte. Sie war entsichert.

»Fahren Sie fort«, sagte er.
»Haben Sie irgendwelche Sicherheitssysteme hier drin?« Immer angespannter riß der junge Mann den Blick von ihm los. »Eine Alarmanlage oder so?«
»Natürlich.« Lazare deutete auf eine kleine Knopfleiste in der Schreibfläche. »Ich könnte sie aktivieren. Ich könnte auch auf den kleinen Knopf im Boden neben meinem Fuß drücken. Keine Angst. Ich habe nicht die Absicht, das zu tun. Außerdem wäre ich – wenn Sie nicht gerade ein erbärmlicher Schütze sind – tot oder im Sterben, bevor Hilfe einträfe – es hätte also wenig Sinn.«
Er verunsicherte den Mann immer noch – verängstigte ihn sogar, wie er merkte, und das wollte er keinesfalls. Lazare bemerkte den unsteten Blick, das Wechselspiel von Röte und Blässe in seinem Gesicht. Mit einer ruhigen Geste schob Lazare seinen Sessel vom Schreibtisch weg. Er seufzte.
»Jetzt kann ich an keinen Alarmknopf mehr kommen. Ist das besser so?«
»Klar, bleiben Sie so.«
»Also, erzählen Sie mir, wer Sie sind.« Lazare machte eine Pause. »Ich sollte Ihnen verraten, daß ich bereits weiß, welchen Anteil Sie an Marias Tod hatten. Sie haben ihr doch von dem Amsterdamer Chemiker erzählt, nicht wahr? Von Ihrem Freund, der die einzige Pille liefern konnte, die sie wieder glücklich machen und sie wieder zum Arbeiten bringen könnte? Maria hat mir erzählt – ach, das ist inzwischen schon fast ein Jahr her –, daß ein Freund diesen Mann entdeckt hatte. Sie erzählte mir, es sei ein anderer Modedesigner. Ich habe ihr nicht wirklich geglaubt – aber das tat nichts zur Sache. Eine Weile glaubte ich sogar an diesen Mann und seine Experimente, deshalb habe ich mich überreden lassen, sie zu fördern. Natürlich wollte ich auch glauben.«
»Wirklich?« Der junge Mann starrte ihn an. »Warum?«
»Weil wir alles andere bereits ausprobiert hatten. Unzählige Ärzte, Kliniken, Behandlungsmethoden. Fünf Jahre lang habe ich mit Hilfe einiger halbseidener, halblegaler Heilpraktiker sowie der besten Ärzte in ganz Europa die Randbezirke der Medizin ausgeforscht. Ich war – verzweifelt.« Er schöpfte Luft. »Und wenn man verzweifelt ist, läßt man nichts unversucht. Nicht wahr?«

Der Mann machte eine kurze, zuckende Handbewegung. Lazare runzelte die Stirn.
»Eines jedoch verstehe ich nicht. Als Sie Maria einredeten, daß dieser Chemiker und seine Pillen sie erlösen könnte – wußten Sie da, daß sie tödlich sind?»
»Das sind sie nicht.« Er musterte Lazare mit einem spöttischen Blick. »Sie war saublöld. Sie waren so blöd. Sie haben ihr zu viele auf einmal gegeben – und sie hat sie genommen. Vier an einem Tag, eine von Ihnen, dann noch drei bei Mathilde. Nichts zu essen. Nichts zu trinken. Sie war sowieso schon krank und mager ...« Er zuckte mit den Achseln. »Tja, so kann's gehen. Herzstillstand.« Er hielt inne. »Aber Sie sind clever, das muß ich Ihnen lassen. Ich wollte nicht, daß die Pillen sie umbringen. Ganz im Gegenteil.«
»Sie wollten damit sicherstellen, daß sie gesund genug ist, um heute nach der Show aufzutreten, ist es das? Ich verstehe. Natürlich.« Lazare zog die Stirn in Falten. »Sie wollten sie draußen auf dem Laufsteg –«
»Oh, ich wollte Sie beide auf dem Laufsteg haben.« Der junge Mann lächelte selbstgefällig. »Sie – kein Problem. Aber es war deutlich zu sehen, daß sie am Zerbrechen war. Das wollte ich nicht. Sie durfte meine Pläne für diesen Tag nicht über den Haufen werfen. Sie *mußte* auftreten. Die White Doves hätten das garantieren können ...« Er stockte, und seine Augen wurden schmal. »Eigenartig, nicht wahr? Sie sind ein so gründlicher Mensch, ein Mensch, der jedes Detail berücksichtigt – das sagen alle. Das steht in jedem Artikel über Sie. Trotzdem haben Sie zugelassen, daß sie eine Überdosis nimmt. Wieso das?«
Einen winzigen Moment flackerte Gefühl in Lazares teilnahmsloser Miene auf. Der junge Mann ist gar nicht so unintelligent, dachte er. »Sagen wir ...« Er seufzte. »Ich habe es Maria schwer, aber nicht unmöglich gemacht. Die Pillen lagen in einer Schreibtischschublade. Sie wußte, in welcher Schublade und in welchem Schreibtisch. Sie wußte, daß die Schublade abgeschlossen war und daß ich den Schlüssel bei mir trug. Alles in allem – und natürlich konnte ich nicht sicher sein, wie die Sache ausgeht –, habe ich ihr die Wahl gelassen. Wenn sie meinen Schreibtisch aufbrechen wollte, wenn sie die Dosis erhöhen wollte, obwohl ich ihr eindringlich erklärt habe,

wie hoch die Dosis sein darf – dann war das ihre Entscheidung. Sehen Sie ...« Er wandte den Blick von dem jungen Mann ab und ließ ihn auf der nackten Wand ruhen.

»Sie sehen, ich war am Ende. Ich konnte nicht mehr weitermachen. Ich hätte nie geglaubt, daß ich das einmal sagen würde. Ich gebe nicht leicht auf, und ich gebe auch nicht gern auf. Aber ich war an diesem Punkt angelangt. Maria vielleicht ebenfalls. Der Tod kann eine Gnade sein, wissen Sie? Schließlich kommt man an einen Punkt, wo man am besten einen Schlußstrich zieht, die Konten abschließt, das Buch zuklappt ... Vielleicht sind Sie zu jung, um das zu verstehen.«

Lazare war halb aufgestanden, merkte, daß diese Bewegung den jungen Mann noch nervöser machte, und setzte sich wieder. Er blickte auf seine Uhr. Er sah zum Bildschirm hoch.

»So. Ich glaube, ich weiß, was Sie Maria erzählt haben. Ich glaube, ich weiß, als wer Sie sich ausgegeben haben. Verschiedenes weiß ich auch von Mathilde Duval. Ich weiß, wie Sie sie kennengelernt haben, wie Sie sich erst in Madame Duvals Leben und dann in Marias eingeschlichen haben. Das war gewiß nicht schwer, bei einer halbblinden, halbsenilen Frau; und einer anderen, die unheilbar krank war. Überzeugen Sie mich. Das wird nicht so leicht sein, glaube ich.«

Der junge Mann stand auf und nahm die Waffe wieder in die Hand. Er trat einen Schritt vom Schreibtisch zurück und sah Lazare an. Lazare fragte sich, wie oft er diesen Augenblick wohl geprobt hatte, wie oft er ihn sich ausgemalt hatte. Sehr oft, dachte er, während er ihm desinteressiert zuschaute – und vermutlich auch vor dem Spiegel. Der junge Mann posierte, als stünde er vor einer Kamera, einem unsichtbaren Publikum.

»Ich bin dein Sohn«, sagte er.

Lazare beobachtete ihn weiter, schweigend und ohne jede Reaktion. Der Mann kniff den Mund zusammen, und sein Blick wurde starr und glitzernd.

»Ich bin dein Sohn. Maria Cazarès war meine Mutter. Ich heiße Christoph Rivière. Früher war euer Name Rivière. Ich wurde im Dezember 1969 in New Orleans geboren. Du hast sie gezwungen, mich wegzugeben. Ihr wart arm. Also hast du sie gezwungen, mich ins

Waisenhaus zu geben, damit mich jemand adoptiert – nur wollte mich keiner haben. Ich habe meine Geburtssurkunde gesehen – Maria hat sie mir gezeigt. Sie hat mir erzählt – daß sie sich geweigert hat, daß sie geweint und dich angefleht hat, aber du wolltest nichts hören. Du hast mich eingepackt und weggebracht – wie Müll –«

»Ich verstehe.« Lazare faltete die Hände. Seine ruhige Stimme brachte den Wortschwall zum Versiegen. Der Mann starrte ihn an, kalkweiß im Gesicht. »Maria hat Ihnen Ihre Geburtsurkunde gezeigt. Hat Sie Ihnen auch Ihre Sterbeurkunde gezeigt?«

Der junge Mann bleckte die Zähne zu einem schnellen Feixen.

»Na klar. Die hat sie mir auch gezeigt. Und sie wußte, daß sie gefälscht war. Es *gab* keine Sterbeurkunde – erst Jahre später. *Jahre* sind vergangen, ehe du sie ihr zum ersten Mal gezeigt hast. Bis dahin wart ihr so scheißreich, daß du dir alles kaufen konntest. Eine rückdatierte Sterbeurkunde? Ein Säuglingstod? Kein Problem. Wieviel hat dich das gekostet? Fünfhundert Dollar? Tausend?«

»Fünftausend«, antwortete Lazare.

Er sprach genauso ruhig wie vorhin. Das Gesicht des Jungen verschwamm vor Wut und Aufregung. Er begann, heftig zu zittern; der Lauf der Waffe zeigte kurzzeitig zur Decke, dann wieder auf ihn.

»Ich hab's *gewußt* ...« Seine Stimme überschlug sich.

»Scheiße, ich hab's *gewußt*. Du mieses Arschloch, du Scheißkerl –«

»Halten Sie die Waffe ruhig«, ermahnte ihn Lazare. »Wenn sie so damit herumfuchteln, geht sie am Ende noch los. Ich bin unbewaffnet. Sehen Sie ...« Er faßte in sein Sakko, und in den Augen des jungen Mannes flackerte Angst auf. »Ich will nur meine Brieftasche herausholen. Sehen Sie?« Er legte die schwarzlederne Brieftasche auf den Schreibtisch. »Und jetzt möchte ich ein Foto herausnehmen, das Sie sich bitte ansehen mögen.«

Dabei holte er einen kleinen farbigen Schnappschuß heraus und schob ihn über den Tisch. Der Junge riß ihn an sich und schleuderte ihn dann wieder weg.

»Wer ist das? Irgendein beschissenes krankes Kind. Irgendein Krüppel –«

»Das ist mein Sohn.« Lazare empfand eine solche Wut, daß er am liebsten aufspringen, ausholen und seine Faust in das Gesicht des jungen Mannes rammen wollte. Er wartete, bis der Zorn sich wieder gelegt hat, und fuhr dann mit kalter, tonloser Stimme fort: »Das ist mein Sohn. Er hieß Christoper Rivière – genau wie Sie sagen. Er wurde mit Gehirnlähmung geboren. Wissen Sie, was das ist? Eine der grausamsten Krankheiten, die ein Kind haben kann. Sie wirkt sich nicht unbedingt auf die Intelligenz aus, aber sie verkrüppelt alle Muskeln – wie Sie auf diesem Foto sehen können. Sie ist unaufhaltsam, und der Verfallsprozeß kann nicht aufgehalten werden. Mit meinem Geld – als ich zu Geld gekommen war – habe ich ihm die bestmögliche Pflege gekauft. Davor lebte er in einem katholischen Waisenhaus für kranke Kinder in New Orleans, später war er in einer ausgezeichneten Klinik im Staat New York untergebracht. Ich habe ihn viermal im Jahr besucht, in jedem Jahr seines Lebens. 1981, kurz vor seinem zwölften Geburtstag, starb er.«

Er verstummte, blickte schweigend auf das Foto, schob es dann ruhig zurück in die Brieftasche und steckte die Brieftasche wieder ins Sakko. Der junge Mann hatte sich kein einziges Mal bewegt.

Lazare verharrte unschlüssig und machte dann eine winzige Geste.

»Ich habe meinen Sohn aus tiefstem Herzen geliebt. Ich war schrecklich stolz auf ihn. Ich kann Ihnen – oder irgendwem sonst – gar nicht beschreiben, wie sehr ich ihn für seinen Mut bewundert habe. Ihn in Amerika zurückzulassen, war die schwerste Entscheidung meines Lebens. Nur seinetwegen machte ich mich daran, ein Vermögen zusammenzutragen. Sein Wohlergehen – und das seiner Mutter – haben immer mein Leben bestimmt ...« Er seufzte, und seine Stimme wurde härter. »Ich sehe, daß Sie mir nicht glauben. Wie Sie meinen. Aus Gründen, die Sie nichts angehen, beschloß ich, Maria damit zu verschonen. Ich sehe keinen Grund, warum ich Sie schonen sollte. Sie sind ein Phantast. Sie sind nicht mein Sohn. So sehr ich es mir auch wünschte – mein Sohn wird nicht von den Toten wiederauferstehen.«

Als er das sagte, wappnete er sich, weil er sehen konnte, was seine Worte anrichteten. In dem Gesicht des jungen Mannes arbeitete es fieberhaft, und seine Hände zitterten. Er bebte am ganzen Leib; Lazare beobachtete, wie eine schreckliche Mischung verschiedenster Gefühle in ihm kämpfte: Zorn und Unglauben und Angst und Trauer. Er wartete auf den Schuß und mußte dem Jungen widerwillig Anerkennung zollen, als dieser nicht abdrückte.

Lazare senkte den Kopf und fuhr sich mit der Hand übers Gesicht. Er merkte, daß dieEnergie, die er bei dem Anblick des jungen Mannes in seinem Büro plötzlich verspürt hatte, wieder vollkommen versiegt war. Er empfand eine völlige Erschöpfung von Körper und Seele, eine so tiefe Lethargie und Gleichgültigkeit, daß es ihn wunderte, wie sein Körper so eigensinnig weiter funktionieren, wie seine Lunge weiter Sauerstoff pumpen, sein Herz weiter schlagen konnte.

Er dachte an seinen Sohn, seinen über alles geliebten Sohn, und an dessen Leiden, das seiner Liebe von Anfang an einen bitteren Beigeschmack gegeben hatte. Hätte er sein Leben neu schreiben können, dann hätte er dafür gesorgt, daß sein Sohn sein kurzes Leben bei Maria und ihm selbst verbracht hätte, selbst wenn Maria, die schwächer war als er, unter dem Gewicht dieses Kummers zusammengebrochen wäre. Aber er konnte sein Leben nicht neu schreiben.

Als er die Entscheidung gefällt hatte, war er jung gewesen, hin und her gerissen zwischen Liebe, Scham und Schuld – und die Schuld war so zersetzend, so durchdringend gewesen. Natürlich auch für Maria. Er sah zu dem jungen Mann auf, der ihm gegenüber saß. War es möglich, daß sie ihm wirklich geglaubt hatte? Vielleicht, in einem Winkel ihres armen, zersplitterten Verstandes, obwohl Lazare nicht entgangen war, daß sie immer noch sehr darauf geachtet hatte, wieviel sie ihm erzählte. Der Junge hatte ganz offensichtlich nicht die leiseste Ahnung, daß die Eltern, die er für sich beanspruchte, Bruder und Schwester waren – aber vielleicht hatte Maria das auch nur vergessen und verleugnet, so wie alles, was ihr Qualen bereitete; vielleicht.

Meine größte Schwäche, dachte er, ist seine Unbeweglichkeit gewesen. Er hatte es immer für ein Zeichen von Schwäche gehalten, sich anders zu besinnen, nachdem er sich erst einmal entschieden hatte. Indem er Maria zu schützen versuchte, hatte er sich der Nähe zu seinem Sohn beraubt – dabei hatte er sich, das sah er jetzt, in seinem Leben nach nichts so sehr gesehnt wie nach dieser Nähe.

Er sah zu seinem großen, kräftigen und gutausssehenden Gegenüber auf. Welche Ironie, dachte er: Er wünscht sich ebenso verzweifelt einen Vater, wie ich mir einen Sohn wünsche. Begreift er nicht, daß ich – wenn es Wunder gäbe und er tatsächlich mein Sohn wäre –

vor Freude kaum sprechen könnte? Ich würde aufspringen und ihn in die Arme schließen, mein Leben würde neu beginnen, und ich würde vielleicht sogar glauben, daß es doch einen Gott gibt.
»Also sagen Sie mir«, er hob den Kopf, »warum Sie heute hierhergekommen sind. Sagen Sie mir, was Sie von mir wollen ...«
Und stammelnd und prahlend kam der Junge seiner Aufforderung nach. Er ist völlig verwirrt, dachte Lazare; er scheint sich keinen Begriff davon zu machen, wie unmöglich dieser Plan ist. Für ihn zählte einzig und allein, daß diese Exekution – die er als Tötung bezeichnete – in der Öffentlichkeit stattfinden solle. Man sollte sie sehen, mitverfolgen, fotografieren, möglichst filmen. Das weckte kurzfristig Lazares Interesse. Der Tirade des jungen Mannes lauschend, sann er über die Verlockungen des Ruhmes nach – die Maria, wie er in seiner Abschiedsrede erwähnt hatte, ebensowenig interessiert hatten wie ihn selbst.
Der Junge hatte die Ruhmeskrankheit, jetzt konnte er das sehen. Sie sprach aus seinem bleichen Gesicht, den glitzernden Augen, den wilden Gesten. Sein einziger Wunsch war, mit ein oder zwei Schüssen berühmt, weltberühmt zu werden. Ein Elternmord sollte ihm den Weg zu Ruhm ebnen, und der Laufsteg sollte ihm dabei als Bühne dienen. Lazare seufzte. Er selbst hielt Ruhm für etwas zutiefst Verräterisches; dieser Junge dagegen glaubte ganz eindeutig, daß er dank des Ruhmes seine verlorene Identität wiederfinden würde, daß er dann endlich wissen würde, wer er war.
Lazare hatte nicht die Absicht, so zu sterben; und er war, wie er jetzt merkte, auch nicht bereit, noch länger zu warten. Er sah zu den Bildschirmen auf: Über den Catwalk marschierte soeben Quest in einem von Marias letzten Entwürfen, einem schwarzen, zobelbesetzten Anzug. Ein langer schwarzer Zobelschal hing ihr über den Arm und bis zum Boden. Bei der Kehrtwendung versetzte sie ihm einen einstudierten Kick.
Die Präsentation war zur Hälfte vorüber. Der Anzug war in jeder Hinsicht exquisit, auch wenn Lazare nie Marias Vorliebe für Pelze geteilt hatte. Er runzelte die Stirn, stand dann auf.
»Ich werde nicht kooperien«, sagte er.
Der junge Mann starrte ihn an. Er richtete die Waffe auf ihn. »Das müssen Sie aber. Sie gehen aus diesem Zimmer, wenn ich es sage. Sie

gehen durch den Korridor, durch die Garderobe und raus auf den Laufsteg – mit mir. Dann tue ich's –«

»Dank Ihrer Inkompetenz ist mein *salon* gesteckt voll mit bewaffneter Polizei –«

»Um so besser.«

»Sie wollen ein Blutbad?« Lazare musterte ihn lange und kühl. »Gut möglich. Aber ich werde Ihnen nicht dabei behilflich sein. Dies ist Marias letzte Präsentation, und sie wird genauso ablaufen wie alle anderen Präsentationen. Perfekt. Diszipliniert. Eines sollten Sie wissen …« Lazare sah ihm in die Augen. »Ich habe mir nie von irgend jemanden Befehle erteilen lassen. Hier gebe ich die Befehle.«

»Jetzt nicht mehr, nein.«

Der Mann lächelte. Wieder schwenkte er die Waffe.

Lazare erwiderte das Lächeln, kam um den Schreibtisch herum und auf den Jungen zu. Er sah, wie der Lauf zu zittern begann und der junge Mann zurückwich. Er bemerkte den schnellen Blick zur Tür und die aufkommende Panik. Ihm war klar, daß er das Richtige, genau das Richtige sagen mußte, und zwar schnell.

Sollte er diesem jungen Wahnsinnigen erklären, daß er sterben wollte, daß er bereit war zu sterben und daß er andere Mittel finden würde, wenn der junge Mann ihm diesen Wunsch nicht erfüllte? Lieber nicht, dachte er, als er ihn betrachtete: Der Junge wollte mehr als nur das Vergnügen, den Schuß abzugeben – und das Eingeständnis, daß er diesen Schuß herbeisehnte, hätte bestimmt zur Folge, daß er sein Unterfangen verschob, wenn nicht aufgab.

Sehnsüchtig blickte Lazare die Waffe an. Vielleicht läßt er sich ja provozieren, dachte er, denn er spürte, roch sogar den Zorn des Jungen.

Aggressivität, Beleidigungen … Er zuckte leicht mit den Achseln. Was eben nötig war.

»Sie sind so stupide!« Er sprach schärfer. »Sie können mich zu gar nichts zwingen. Was wollen Sie denn machen, wenn ich mich weigere, mit Ihnen hinauszugehen? Was wollen Sie dann unternehmen? Schießen? Ihre Hände zittern ja. Ihnen fehlt der Mumm dazu. Sie bringen das nicht fertig, nicht wahr? Und selbst wenn – dann würden Sie vorbeischießen. Haben Sie eigentlich schon jemals eine Waffe abgefeuert? Nein. Das habe ich mir gedacht.«

Er schubste den Jungen beiseite, der keine Anstalten machte, ihn aufzuhalten. Langsam ging er auf die Tür zu; der Junge unternahm immer noch nichts. Lazare drehte sich um: Der junge Mann zitterte jetzt, hielt die Waffe ganz falsch, mit ausgestrecktem Arm und bebendem Lauf. Sein Gesicht war vollkommen bleich und verzerrt. Lazare hatte fast Mitleid mit ihm; er sah ihn voller Verachtung an.
»Mein Sohn hatte großen Mut«, sagte er. »Diesen Mut habe ich an ihm geliebt. In all den Jahren, die ich ihn kannte, empfang ich für ihn Respekt, Bewunderung, Ehrerbietung –«
»*Ich* bin Ihr Sohn. *Ich* bin Christophe. Hören Sie auf mit diesen gottverdammten Lügen ... Maria hat mich erkannt – meine Mutter wußte, wer ich bin –«
»Maria war nicht mehr bei Verstand.« Lazares Blick war kalt. »Vor ihrem Tod war sie fast so verrückt wie Sie. Sie haben Angst, nicht wahr? Sie können nicht einmal eine Waffe ruhig halten, ganz zu schweigen davon, daß Sie sie abfeuern können. Im Gegensatz zu meinem Sohn sind Sie ein Feigling – wenn es darauf ankommt. Ein Feigling und ein Angeber und ein Idiot. Ein *Niemand*. Das ist nicht zu übersehen.«
Damit drehte er ihm den Rücken zu. Noch als er die Hand nach der Türklinke ausstreckte, glaubte er, versagt zu haben und die nächsten Stunden doch noch ertragen zu müssen: den sinnentleerten Applaus, die Emotionen, die Lobeshymnen und die Leere danach. Eine Schande, dachte er mit leiser Erheiterung, denn wenn ich irgendwie garantieren ließ, daß Maria Cazarès' letzte Präsentation unvergessen bleiben würde, dann dadurch. Trotzdem, es war nicht wirklich von Bedeutung. Später am Abend konnte er sich immer noch in eine seiner Residenzen zurückziehen; alle waren mit einem reichlichen Vorrat von Marias Schlaf- und Schmerzmitteln bestückt, die, in der richtigen Menge und vorzugsweise mit Alkohol eingenommen, sich als ebenso wirksam erweisen würden wie das hier.
Er drückte die Klinke, und Schmerz explodierte in seinem Kreuz. Das Krachen hallte im Raum wider, so daß er noch im Fallen überlegte, ob der junge Mann, dieser namenlose junge Mann, vielleicht mehr als einmal geschossen hatte. Während er gegen die Wand sackte, hörte er sich einen eigenartig glitschigen Laut abgeben.
Er verfolgte den Todeskampf mit einer Genauigkeit, die ihn über-

raschte: Dies waren die einzelnen Stadien, das erblühende Rot auf seinem weißen Hemd; das warm aus seinem Unterleib sprudelnde Blut, so daß er glaubte, die Beherrschung über seine Blase verloren zu haben, und sich eine Sekunde vor sich selbst ekelte. Die Worte, die in seinem Mund zu Blut wurden, dann der Verlust der Sehkraft, als der Raum auf ihn zustürzte, sich verdunkelte, verebbte.
Ganz entfernt registrierte er, daß der junge Mann jetzt in wildem Aufruhr war. Er hatte zu kreischen begonnen, Worte, die eine Liebeserklärung oder Beleidigung sein mochten. Jetzt berührt er mich, dachte Lazare; er spürte die Hände um die Brust, dann auf dem Hals und dem Gesicht. Dadurch erreicht er einzig und allein, dachte Lazare, während sein Bewußtsein langsam schwand, daß er sich mit Blut besudelt.
Lazare versuchte sich aufzusetzen. Jetzt empfand er Zuneigung und Dankbarkeit dem jungen Mann gegenüber. Er wollte ihn wissen lassen, daß der Raum schalldicht war, so daß mit etwas Glück niemand die Schüsse gehört hatte. Er wollte ihm sagen, daß er nur ganz leise durch den Hintereingang verschwinden mußte, dann konnte die Präsentation weitergehen und er vielleicht sogar entkommen – wenigstens fürs erste. Auch etwas anderes wollte er ihm mitteilen, etwas unendlich Wertvolles, das er in seinen Gedanken und in seinem Herzen aufblühen spürte, ein unbezahlbares Geheimnis des Lebens. Was für ein Geheimnis das jedoch war, vermochte er nicht zu fassen.
Star, über ihn gebeugt und ihn festhaltend, sah, wie sich Lazares Gesicht in dem Versuch zu sprechen verzerrte. Er begann, das sterbende Gesicht seines Vaters zu küssen. Er beobachtete, wie die Lippen ein Wort oder Wörter bilden wollten, und klammerte sich an Lazare fest, die letzte Botschaft erhoffend, mit der sein Vater ihn bestimmt als Sohn anerkennen und ihm seine Liebe gestehen würde.
Lazares Lippen bewegten sich; er hustete schwach; aus seinem Mund sprudelte helles Blut. Star wartete. Nichts geschah. Lazare sackte nicht zusammen. Seine Augen schlossen sich nicht. Es ist überhaupt nicht wie im Film, dachte Star und rüttelte ihn. Er wartete weiter. Das Zimmer wirbelte um ihn herum. Irgendwann begann er zu begreifen, daß es keine Abschiedsworte, keine letzte Geste geben würde; Jean Lazare war tot.
Er weinte, dann stand er auf, dann ging er im Raum herum. *Mist,*

Mist, Mist, dachte er. Er spürte, wie ihm seine Gedanken entglitten, wie kein Gang mehr greifen wollte. Er war außer sich vor Zorn und Angst. Aus seinem Hinterkopf schoß mit unglaublicher, alles mitreißender Geschwindigkeit ein anderer Gedanke nach vorn: Man hatte ihn beraubt.
Dieser Gedanke ließ ihn zittern, dann lachen, dann wieder weinen. Er beugte sich über die Leiche seines Vaters und stahl – obwohl ihm das Design nicht besonders gefiel – seine Uhr. Er legte sie um sein Handgelenk. Dann nahm er Jean Lazares Mantel vom Kleiderständer und streifte Jean Lazares schwarzlederne Handschuhe über. Die Handschuhe waren zu eng, aber sie verdeckten das Blut auf seinen Händen. Der Mantel war zu kurz und zu klein, aber wenn er ihn über die Schultern legte, dann überdeckte er das Blut auf seinem Hemd. Er drückte ein neues Magazin in die Waffe, stopfte sie in die Tasche und öffnete die Tür.
Er konnte den fernen, an- und abschwellenden Applaus des Publikums hören und die arme halbblinde, halbtaube Mathilde im Zimmer gegenüber sitzen sehen, die milchigen Augen dem Bildschirm zugewandt. Der Gang war menschenleer. Er betrat das Zimmer gegenüber, schnappte sich ein weißes Seidenkissen, preßte es auf den Lauf der Waffe und feuerte zweimal in Mathildes Nacken. Aus nächster Nähe. Ihr Tod war besser als der seines Vaters. Sie sackte augenblicklich in ihrem Sessel zusammen. Die Waffe war nicht zu hören, nur diese riesige, weiße, offene Stille, Stille wie ein ganzer Himmel. Jetzt spürte er sie wieder – die Unbesiegbarkeit, ganz nahe.
Er trat aus der Kammer, wandte sich nach links und spazierte durch den Personaleingang an der Rückseite des Gebäudes hinaus. Er gelangte in eine schmale Gasse mit einem Gittertor am Ende, das von einem Wachmann in einem kleinen Häuschen aus Holz und Glas bewacht wurde.
An diesem Eingang war keine Polizei. Von hier aus waren die Stallungen, die Garage, der *Ruhm* nicht einmal vier Minuten zu Fuß entfernt.
Er merkte, wie seine gewöhnliche Gerissenheit zurückkehrte, wie sie langsam durch seine Adern sickerte. An dem Wachhäuschen blieb er stehen und lächelte den Wachmann an, der ihn von heute morgen her wiedererkannte, wie er glaubte. *Mal probieren*: Er erkundigte

sich nach dem Weg zur nächsten Apotheke. Madame Duval sei unpäßlich, begann er. Dann fand er diese Erklärung angesichts der Umstände ausgesprochen komisch; er lachte schnaubend. Sie brauche, fuhr er fort, an das offene Fenster des Wachhäuschens gelehnt, diese spezielle *tisane*. Er beobachtete den Wachmann, der – ein bißchen zu schnell – erkärte, ja, alte Frauen seien bisweilen so, einfach festgefahren, und es gebe eine Apotheke – eine ausgezeichnete Apotheke – ganz in der Nähe, linker Hand hinter der übernächsten Kreuzung.
Star betrachtete ihn; er spürte Gott in seinem Schädel. Wenn der Mann nicht noch extra betont hätte, wie exzellent die Apotheke sei, dann hätte er ihn vielleicht am Leben gelassen. So aber hatte seine Miene etwas Nervöses, Hasenartiges, das Star mißfiel. Er zog die Waffe und feuerte zwei Salven in das Gesicht des Mannes ab. Er sah es zersplittern und zerplatzen und versprühen, dann lud er neu, stopfte sich die Waffe in die Tasche und legte die paar hundert Meter zu den Stallungen im Laufschritt zurück.
Keine Sirenen, keine Stimmen, keine eiligen Schritte. Leicht, leicht, leicht, dachte Star; es war so gottverdammt *leicht*, berühmt zu werden. Er öffnete das Tor zu den ehemaligen Stallungen und lief die letzten Meter bis zu der hintersten Garage. Er lauschte, hörte aber nichts als die Ruhe dieses Gottes in seinem Kopf. Er wollte schon das Garagentor öffnen, da dachte er: eine kleine Belohnung.
Er zog den Behälter mit den White Doves heraus. Sechs waren noch übrig. Eine zusammen mit Speed in der vergangenen Nacht, während Mina neben ihm lag, so tat, als würde sie sich nicht fürchten, als wäre sie nicht wach, als würde sie ihn nicht verraten wollen wie alle anderen auch – von den anderen interessanten und angenehmen Nebenwirkungen ganz abgesehen.
Er kippte sich eine Pille in die Handfläche. Dann legte er eine zweite dazu und schluckte beide. Wasser, dachte er: muß Wasser trinken – aber das war okay. In Mathildes Wohnung konnte er Wasser trinken, das Interview geben.
»Gini«, rief er leise durch das geschlossene Tor. »Gini, es ist okay. Ich bin es. Tut mir leid, daß ich so spät komme ...«

Kapitel 19

»Süß«, sagte Star, als sich das Tor hob. Er stand genau vor Gini und verwehrte ihr die Flucht. Sie stand ihm wie erstarrt gegenüber und sah ihn an. Er war voller Blut. Auf seinem Hemd, seinen Händen, unter seinen Nägeln, an seinem Hals, auf seinem Gesicht, überall war Blut. Sein Haar war naß von Blut, und in seinen Haaren, in einer losen Stirnlocke, hingen kleine scharfe weiße Splitter. Knochen; winzige Knochensplitter, dachte Gini; sie schlug die Hände vor den Mund. Er blieb vor ihr stehen, bluttriefend, und streifte mit einem breiten Grinsen einen Mantel und schwarzen Handschuhe ab.

Zitternd wich sie an die Garagenwand zurück. Wie viele Menschen hatte er noch umgebracht? Nur Jean Lazare; nur den Chauffeur des Wagens – oder, wie er behauptet hatte, noch mehr? Der Fahrer ist *jung* gewesen, dachte sie, soweit sie das Alter eines Mannes bestimmen konnte, von dem nur noch das halbe Gesicht übrig war. Sie hatte ihr neues grünes Halstuch abgezogen und es auf die grauenvollen Wunden gedrückt. Sie wußte, was passieren würde, sie hatte in Bosnien ähnliches miterlebt; er war nicht mehr zu retten, es war zwecklos, das Blut stoppen zu wollen. Trotzdem versuchte sie es; er hatte über eine Stunde gebraucht, um zu verbluten.

Jetzt war sie ebenfalls blutverschmiert. Sie trug ihren Sweater und den dicken Mantel, aber der Schock ließ sie bis ins Mark frieren. Sie vermochte das Bibbern nicht zu unterdrücken – und das schien Star, als er es schließlich bemerkte, zu gefallen.

»Ist schon okay. Ist schon okay«, sagte er. »Ich hab' auch gezittert. Nur ein bißchen. Nur kurz davor – bevor ich's getan habe, ja? Sie brauchen sich nicht zu schämen, Gini – das ist schon okay.«

»Ich kann nicht fahren ...« Sie wich weiter zurück, streckte dann die

Hände aus. »Sehen Sie doch. Ich kann nicht fahren, solange meine Hände so zittern –«
Er schlug sie ins Gesicht, fest und ohne Vorwarnung. Gini strauchelte und wäre beinahe gestürzt. Als sie ihn wieder ansah, entdeckte sie jenen Ausdruck auf seinem Gesicht, den Chantal ihr beschrieben hatte. Weiße Haut, ein Glitzern in den Augen, etwas Grauenerregendes und zutiefst Abstoßendes um seinen Mund.
»Scheiße. Sie werden fahren. Sie werden fahren und zwar jetzt, gottverdammt.« Er packte sie am Mantelkragen und schubste sie rückwärts gegen die Autotür. Er wollte eine Drohung, ein *sonst* hinzufügen, tat es aber nicht. Er hatte ihre Furcht erkannt, konnte ihr schweigendes Einverständnis riechen. Das beschämte Gini, und Scham machte sie wütend. So langsam wie möglich befolgte sie seine Anweisungen. Sie hatte das Gefühl, daß er taub war, daß er sich der Gefahr überhaupt nicht bewußt war. Sie konnte jetzt in der Ferne Sirenengeheul hören; er, so schien es, nicht.
Während sie sich dem Hoftor näherten, saß er kerzengerade neben ihr, die Waffe auf ihren Magen gerichtet. Gini bog so langsam auf die Straße, wie es ihr Mut eben noch zuließ; sie betete um Polizeiautos, herbeieilende Schritte. Er dirigierte sie durch ein Labyrinth winziger Gäßchen und Nebenstraßen, jetzt betete sie um eine Straßensperre, aber keine kam. Das Heulen der Sirenen wurde erst lauter, später wieder leiser. Er schien es immer noch nicht wahrzunehmen. Sie hatte das Gefühl, daß er etwas betrachtete, eine Art persönlichen Horrorfilm, doch er blieb dabei stets wachsam und dirigierte sie erst nach links, dann geradeaus, dann nach rechts.
Einmal, als sie glaubte, er sähe es nicht, als sein Blick starr und blind zugleich wirkte, riskierte sie es, das Fernlicht einzuschalten, um auf sich aufmerksam zu machen, doch er ertappte sie sofort.
»Lassen Sie das«, sagte er. »Machen Sie keinen gottverdammten Mist. Machen Sie das Licht aus. Sie kriegen von mir – die Geschichte Ihres Lebens. Die wollen Sie doch haben, oder? Hier rechts.«
In diesem Moment begriff Gini, wohin sie fuhren. Er wählte eine direktere Route als auf dem Hinweg, doch er brachte sie zurück in Mathildes Straße, Mathildes Wohnung. Ihr Gehirn arbeitete inzwischen wieder; Angst und Wut verliehen der Zeit ungewöhnliche Klarheit und Präzision. So sah sie ganz klar, daß er, falls sie mit ihm

in diese Wohnung ging, sie früher oder später umbringen würde. Sie durfte nicht in die Wohnung mitkommen, doch sie sah keine Möglichkeit, wie sie das verhindern sollte. Falls sie sich weigerte, würde er sie im Auto erschießen oder auf der Straße oder in der Eingangshalle oder im Lift. Sie versuchte, Zeit zu gewinnen.

»Star«, begann sie schließlich, wobei sie das Tempo kaum merkbar drosselte, »haben Sie eigentlich die Sirenen gehört?

»Nein. Wieso?«

»Na, ich mache mir so meine Gedanken. Fahren wir zurück zu Mathildes Wohnung?«

»Ja.«

»Halten Sie das wirklich für eine gute Idee? Bestimmt hat uns jemand gesehen – vielleicht folgt man uns bereits –, und wenn wir zu lange in der Wohnung bleiben ... Dann könnten Sie dort in der Falle sitzen, Star. Sie wissen doch, was dann passiert. Sie umstellen das Gebäude, schneiden Ihnen alle Fluchtwege ab, so daß es keine Möglichkeit zu entkommen mehr gibt ...«

»Ich will auch gar nicht entkommen.« Er schenkte ihr ein totenblasses Lächeln. »Haben Sie das denn nicht begriffen?«

»Nein. Nein. Wahrscheinlich nicht. Aber Star –«

»Passen Sie auf – ich bin nicht blöd, okay?« Sie hörte wieder diesen unvorhersehbar aufblitzenden Zorn. »*Niemand* kann entkommen. Heute, morgen, nächste Woche – sie kreisen dich ein und machen dich fertig. Vorerst sind Sie meine Geisel – das hier ist eine typische Geiselsituation, okay? Sie wissen, was die Polizei tun wird, und ich weiß es auch. Sie evakuieren das Gebäude. Sie umstellen es. Sie pflanzen ihre besten gottverdammten Scharfschützen auf die Dächer. Sie gehen in die Wohnung gegenüber und in die nebenan und in die untendrunter. Sie installieren Abhörgeräte, damit sie wissen, in welchem Raum wir sind. Sie rufen an. Sie holen sich einen aalglatten Scheißer, so ein Arschloch von einem Psychofuzzi, der mich über das Telefon bequatschen soll. Sie machen eines ihrer Psychoprofile, okay? Und sie sind so schrecklich nett, so scheißkooperativ. Du erzählst ihnen, daß du ein Auto, ein Flugzeug, einen Hubschrauber willst – irgendwelchen Scheiß –, und sie bleiben die ganze Zeit am Ball. Sie sagen ›Klar, Star, kein Problem – brauchst du sonst noch was? Vielleicht eine Jacht? Eine Concorde? Wie wär's mit einem Platz im Orient-Expreß ...?‹« Er lachte. »Glauben Sie, ich bin so blöd, denen das abzukaufen? Ich habe das Millionen Male auf Video gesehen … hier links … ich *weiß*, was sie tun. Sie lassen dich schwitzen. Sie warten, bis dich die Spannung fertig macht. Sie zermürben dich. Sie denken, früher oder später muß er ja mal schlafen, wird er *aufgerieben*. Und dann, wenn sie glauben, daß der Zeitpunkt gekommen ist, dann schicken sie ihre Leute los. Und diese Jungs – von der SWAT, der SAS, oder hier der GIGN – sind gut. Dreißig Sekunden, wenn überhaupt – und Sie sind draußen, Gini. Und ich – wissen Sie, was dann mitmir passiert ist? Dasselbe wie mit all den anderen armen Scheißern: Ich bin tot, tot wie eine Scheißratte in ihrem Scheißloch …«. Wieder seufzte er tief. »Also, ich habe nicht vor, so zu sterben. Wirklich nicht.«

Gini hatte diesem langen Vortrag schweigend zugehört. Seine Schilderung war so präzise, daß ihr eiskalt wurde. Sie packte das Lenkrad mit aller Kraft; sie waren eben am anderen Ende in die Rue de Rennes eingebogen. Drei Kreuzungen weiter stand das Haus mit Mathilde Duvals Wohnung. Sie wurde langsamer.

»Sie haben vor zu sterben?« fragte sie ruhig. »Ist es das?«

»Vielleicht.« Er warf ihr einen nicht zu deutenden Blick zu und lächelte dann. »Das macht Ihnen Sorgen, nicht wahr?«

»Natürlich. Sie sterben – also muß ich auch sterben. Ich habe den Eindruck, Sie haben eben mein Todesurteil verkündet.« Sie spürte neue Kraft und sah ihn an. »Obwohl ich mir nicht vorstellen kann, wie ich Ihre Story schreiben soll, wenn ich tot bin.«

»Das werden Sie schon sehen. Sehr bald.« Er bedachte sie erneut mit einem vielsagenden Lächeln. »Stellen Sie einfach keine Fragen – okay? Ich kann Frauen nicht leiden, die ständig Scheißfragen stellen. Ich – Scheiße, was tun Sie da?«

Gini hatte eben die Passanten vor ihnen wahrgenommen – sie wahrgenommen und erkannt. Etwa vierzig Meter vor ihnen und immer noch zwanzig Meter von Madame Duvals Haus entfernt spazierten Pascal und Marianne.

Sie gingen Hand in Hand. Über Pascals Schulter hing seine Kameratasche. Er neigte sich leicht zu Marianne hinab und hörte ihr zu; Marianne hüpfte plappernd neben ihm her, das Gesicht ihrem Vater zugewandt. Gini trat das Gaspedal durch; Star rammte ihr die Waffe zwischen die Beine.

»Da sind Leute. Star –«
»Bremsen Sie.Jetzt.«
»Star –. Sie werden uns sehen. Und Sie sind voller Blut. Sie werden –«
»Halten Sie an. Genau hier. Bei drei drücke ich ab. Eins. Zwei …«
Gini bremste ab. Sie standen genau vor Madame Duvals Haus. Pascal und Marianne befanden sich etwa zehn Meter hinter ihnen auf dem Gehweg, auf ihrer Wagenseite, so daß sie die beiden im Rückspiegel näher kommen sah.
»Warten Sie, Star …«, begann sie. Ein paar Sekunden noch, dann wären sie an ihnen vorbei und in dem Gebäude verschwunden, in dem Helen ihre Wohnung hatte. Sie plauderten und lachten immer noch, vielleicht würden sie nichts bemerken.
»Star – Sie wollen doch jetzt keine Probleme. Warten Sie einfach –«
Er hatte sich herübergebeugt, den Schlüssel aus dem Zündschloß gezogen und war bereits ausgestiegen. Ginis Blick blieb auf den Rückspiegel geheftet. Sie konnte Mariannes hohe Kinderstimme hören. Ihr kleines herzförmiges Gesicht blickte immer noch zu ihrem Vater auf. Sie trug blaue Wollstrumpfhosen, einen blau-rot karierten Faltenrock und eine blaue Matrosenjacke. Ihre Haare waren erst kürzlich zu einem Bubikopf mit Pony geschnitten worden. Ihre grauen Augen, denen ihres Vaters so ähnlich, schauten immer noch zu ihm auf. Sie ist erst neun, dachte Gini. Star schlug die Beifahrertür zu, ging um das Auto und trat auf den Bürgersteig; nur noch ein paar Sekunden. Vielleicht bemerkten sie ihn ja überhaupt nicht. Vorausgesetzt, sie blieb im Auto, vorausgesetzt, Pascal sah sie nicht, wenn sie sich nicht bewegte und Star nichts sagte. Bitte, lieber Gott, dachte Gini.
Ein Meter; ein halber Meter. Weiter, dachte sie – geht weiter. »*Mais regarde, Papa – cet homme là …*« Pascal, geschult durch viele Jahre in Kriegsgebieten, reagierte augenblicklich. Noch bevor Marianne aus dem Tritt kam, noch bevor sie diese hohe, verdutzte Bemerkung machte, war Pascal stehengeblieben, hatte sich zur Seite gedreht und Marianne hochgerissen. Er wollte kehrtmachen und weglaufen, als Star an die Fahrertür trat, sie aufzog und sagte: »Okay, Gini – raus jetzt.«
Gini rührte sich nicht. Über sich, in die Autotür gebeugt, konnten sie Stars kreideweißes Gesicht sehen; sie konnte die Waffe sehen – und sie

dachte, daß er nicht nur taub, sondern auch blind war. Er hatte die Sirenen nicht gehört, er konnte Pascal und Marianne nicht sehen. Wenn sie ihnen nur fünfzehn Sekunden verschaffen konnte, oder zwanzig – das mußte reichen. Sie starrte auf die Waffe, wartete auf das Geräusch sich entfernender Schritte. Es waren keine Schritte zu hören, nur grauenvolle weiße und endlose Stille. Dann begann Star zu brüllen. Sein Schrei ließ ihr Herz aussetzen, hallte in der Straße wider.

»Raus aus dem Scheißauto, raus, *sofort!* Sie steigen aus, oder ich blase Ihnen den gottverdammten Schädel weg – raus, *raus* ...«

Jetzt rutschte sie eilig aus dem Sitz, weil sie begriff, daß vielleicht nicht Verzögerung, sondern Schnelligkeit die Lösung war. Sie wand sich aus dem Wagen und nach oben, beinahe in Stars Arme; er verdrehte ihr den Arm auf den Rücken und bohrte ihr dieWaffe in den Hals. Aus dem Augenwinkel konnte sie einen Meter zu ihrer Linken Pascal sehen, Marianne in den Armen, einen Arm um ihre Taille gelegt, die andere Hand preßte mit gespreizten Fingern ihr Gesicht an seine Schulter. Ein für einen winzigen Moment aufblitzendes Filmbild: Sie sah sein Gesicht, bleich, angespannt, in der Schwebe, den *Knapp-vor-der-Schußlinie-Blick*. Hatte Star die beiden gesehen? Hatte er sie irgendwie bermerkt?

»Bitte, Star«, flüsterte sie und schob sich zwischen Star und Pascal, den Blick fest auf seine Augen gerichtet, die freie Hand auf seiner. »Bringen Sie mich einfach nur ins Haus. Ich möchte drinnen sein, mit Ihnen ...«

Etwas vollzog sich in seinem Gesicht, in seinen Augen. Schlagartig trat etwas in seine Miene, das ihn anders, konzentriert, sehnsüchtig aussehen ließ. Jetzt schmiegte sich sein Arm um ihre Schulter, wurde sein Griff sanfter. Er begann sie in Richtung Vortreppe zu ziehen, die Waffe an ihren Hals gedrückt, ihren Hals streichelnd. Die Stufen hinauf, alle acht; unter das schützende Vordach. Er fummelte mit seiner linken Hand in der Tasche, zog die Schlüssel heraus, reichte sie ihr.

»Machen Sie die Tür auf. Machen Sie die Scheißtür auf. Sie holen den Lift – schnell ...«

Es ist geschafft, dachte Gini, niemand rührte sich, niemand war in ihrer Nähe; niemand außer ihr und Star und diesem Schlüssel. Die Welt war zu diesem winzigen überfrachteten Fleck zusammenge-

schmolzen. Ihre Hände zitterten; sie konnte nichts dagegen tun. Sie zitterten so stark, daß sie den Schlüssel nicht ins Schloß brachte. Er kratzte und schabte über das Metall.
»Laß mich helfen, Gini«, sagte eine kühle Stimme hinter ihr, dann spürte sie, wie sich Pascals Hand über ihrer schloß. Er schob den Schlüssel auf Anhieb ins Schloß.

Pascal spürte, wie der Apparat in seinem Geist arbeitete. Eine Serie blitzschneller, motorgetriebener Bilder. Der auffällige Wagen, der so eigenartig gefahren wurde, der erst beschleunigte und dann, ein paar Meter vor ihnen, abrupt abbremste. Ein Teil von ihm hörte immer noch Marianne zu, die von ihrer bevorstehenden Geburtstagsparty und von dem Magier erzählte, der Kaninchen aus seinem Zylinder zaubern konnte, dann sah er ebenfalls den Mann auf der Beifahrerseite aussteigen, sah das Blut und etwas Metallisches gleißen. Und es war immer noch – gerade noch – in Ordnung, denn er hatte Marianne an sich gezogen und wollte sich schon wegdrehen. Hinter ihnen, nicht einmal fünf Meter entfernt, war ein Eingang, und der Mann, dieser Wahnsinnige mit den abgehackten Bewegungen wie eine Marionette, schien überhaupt nicht gemerkt zu haben, daß sie auf dem Bürgersteig waren. Es blieb also immer noch Zeit, sich umzudrehen, Marianne abzuschirmen. Gehen, nicht laufen, ermahnte er sich. Und dann hörte der Ginis Namen und drehte sich nicht um, ging nicht weg – was in diesem Augenblick das einzig Richtige und der schlimmste Fehler zugleich war.
Sie schindete Zeit für ihn. Er beobachtete sie dabei, nicht einmal zehn Sekunden lang, die sich über ein ganzes Jahrhundert erstreckten. Sie schirmte ihn und Marianne mit ihrem Körper ab, dann stieg sie mit dem Mann die Vortreppe hinauf, und sie verschaffte ihm dadurch Zeit, Marianne wieder abzusetzen und sie in den Eingang nebenan zu schieben.
»Du rührst dich nicht vom Fleck«, sagte er »Du wartest, bis ich zusammen mit Gini und diesem Mann im Haus bin und die Tür zu ist. Dann läufst du zu Maman. Sag ihr, sie soll die Polizei rufen – sofort. Erzähl ihr, was du gesehen hast. Wo ich bin. Hast du das verstanden, Marianne?«
Ihr winziges bleiches Gesicht sah zu ihm auf, die großen Augen wa-

ren fest auf seine geheftet. Eine Sekunde lang fürchtete er, sie würde zu weinen beginnen, ihm widersprechen oder sich an ihn klammern. Dann sah er, wie ihre Miene ernst und ruhig und entschlossen wurde. Sie nickte, und Pascal, der zum ersten Mal begriff, wie sehr sie seine Tochter war, empfand plötzlich tiefe, qualvolle Liebe zu ihr. Er drückte ihre Hand, lief lautlos über den Bürgersteig zurück und die Stufen hinauf. Weitere winzige, schnelle Informationsblitze, während sich seine Hand über Ginis schloß und er ihr beim Einführen des Schlüssels half .Die Waffe war eine Beretta, eine 93R, und der Mann, der sie hielt, war ungeübt im Umgang mit Waffen, wirkte überdreht, reagierte aber mit Verzögerung. Pascal sah sein kalkweißes Gesicht, die flackernden Augen. Er hatte den Eindruck, daß der Mann ihn erst wirklich zur Kenntnis nahm, seine Anwesenheit registriert hatte, als sie zu dritt in der Lobby standen und die Haustür hinter ihnen ins Schloß gefallen war. Erst in der Mitte der im Schachbrettmuster gefliesten Lobby, den Lift im Rücken, Gini vor sich und die Waffe immer noch an ihrem Hals, unter ihr Kinn gepreßt, schien er Pascal wahrzunehmen. *Laß den Film langsamer laufen,* dachte Pascal, weil er sehen konnte, daß vor den Augen des Mannes ein viel zu schneller Film ablief, ein leerlaufender Streifen mit zu vielen Bildern pro Sekunde, so daß er hier eine Lücke spüren, dort eine Lücke spüren konnte.

Pascal sah dem Mann in die Augen und lächelte ihn an, als wären sie alte Bekannte. Er schulterte seine Kameratasche und sagte: »Soll ich den Lift holen? Welches Stockwerk?«

Die Schlichtheit dieser Frage schien dem Mann zu helfen.

»Machen Sie einfach das Gitter auf«, sagte er.

Langsam und ohne jede Bedrohlichkeit kam Pascal der Aufforderung nach. Der Mann trat rückwärts in den Lift, ohne Gini loszulassen oder die Waffe von ihrem Hals zu nehmen. Pascal machte sich daran, das Gitter zu schließen, hielt es jedoch im letzten Moment fest und schob einen Fuß in den Spalt.

Er suchte nach irgendeinem winzigen Hinweis in Ginis Gesicht. Er durfte keine hastige oder bedrohliche Bewegung machen. Ginis angstweite Augen waren auf sein Gesicht geheftet. Während er das Gitter offenhielt, merkte er, wie sie ihm stumm etwas mitzuteilen versuchte. Sie blickte lang und intensiv auf seine Kameratasche.

»Kann ich vielleicht helfen?« Pascal versuchte, ihre Botschaft zu verstehen. »Ich arbeite mit Gini zusammen, wissen Sie, und …« Er runzelte die Stirn und begriff plötzlich.
»Ich bin Fotograf –«
»Wirklich?« Der Mann starrte ihn erst mit glasigen, dann hellwachen Augen an. Er zuckte leicht. »Sind das Kameras?« Er machte eine Kopfbewegung zu Pascals Tasche hin. »Haben Sie Kameras da drin?«
In seiner Stimme lag, gerade noch wahrnehmbar, etwas wie Freude, vielleicht sogar Ehrfurcht.
»Natürlich. Kameras. Linsen. Filme. Farbe und Schwarzweiß …«
»Wer hätte das gedacht? Ist das was?«
Den Mann überlief ein leiser Schauer. Er hielt die Waffe auf Ginis Kinn und den Blick auf Pascal gerichtet.
»Das ist Pascal Lamartine«, sagte Gini leise. »Er und ich – wir arbeiten zusammen –«
»Wissen Sie, am besten komme ich einfach mit Ihnen hinauf.« Pascal trat in die Aufzugkabine. Gleich hinter dem Gitter blieb er stehen. »Welches Stockwerk?«
Er beobachtete aufmerksam die Miene des Mannes. Er hatte eine Reaktion erwartet, als er in die Kabine trat, aber es kam keine. Der Mann schien statt dessen auf seinen Namen zu reagieren; sobald Gini ihn vorgestellt hatte, registrierte Pascal in atemberaubendem Wechsel erst Unglauben, dann benommene Fassungslosigkeit, dann – während sie hochfuhren und der Mann den Namen endlich einzuordnen schien – eine eigenartige Mischung aus Hochstimmung und Erleichterung.
Nicht im Aufzug, dachte Pascal, und auch nicht im Hausgang. Dort war es zu eng, außerdem hielt der Mann Gini immer noch fest. In der Wohnung, dachte er, als ihm der Mann ein paar Schlüssel zuwarf und ihm befahl, die Tür zu öffnen. Ja, hier, dachte Pascal, als sie einen riesigen, mit Möbeln vollgestellten Raum betraten; hier – wenn er Gini endlich losläßt, wenn er sich entspannt und seine Konzentration nachläßt – dann.
»Ich kenne Sie, Pascal …« Aus dem Gesicht des Mannes strahlte nun beinahe messianischer Triumph. Er war so klug gewesen, sich mit dem Rücken vor die Kaminwand zu stellen, Gini immer noch vor

sich und die Waffe immer noch an ihrem Hals. »Ich kenne Sie. Ich kenne Ihre Arbeiten. Ich habe Fotos von Ihnen. Die von Caroline von Monaco? Erinnern Sie sich an die? Die habe ich mir ausgeschnitten. Und die von der amerikanischen Filmdiva – Sonia Swan? Die waren einfach toll. Die habe ich mir auch ausgeschnitten. Sie arbeiten für alle meine Lieblingszeitschriften – *Paris Match, People ...«* Er stutzte. »Aber in letzter Zeit habe ich kaum mehr was von Ihnen gesehen.«

»Nein. In letzter Zeit war ich mit anderen Dingen beschäftigt. Sie wissen ja, wie das so geht.«

»Klar. Klar. Weiß ich doch. Ich meine, das war bestimmt schwer, so nah an all diese berühmten Leute heranzukommen, an den ganzen Wachleuten und Hunden vorbei. Solche Bilder zu schießen, die die Welt eigentlich nicht zu Gesicht kriegen sollte .... Das hat mir gefallen. Ich meine, Sonia Swan, diese Schlampe, die ist doch bloß eine Nutte. Sie haben uns gezeigt, wie sie *wirklich* ist.«

Er hielt inne; er bebte vor Aufregung. Pascal dachte: welche Ironie. Die drei Jahre, deren er sich immer noch schämte – ausgerechnet diese drei Jahre halfen ihm jetzt. Er sah diesen Mann an und erkannte, daß er ruhmeskrank war – und zwar unheilbar. Eine ganz eigene Art des Wahnsinns: ein Fan; ein Fanatiker, dachte Pascal.

»Ich habe immer noch ein paar Bilder von Ihnen.« Er lachte überdreht. »Ich habe sie sogar dabei. Ich bewahre hier ein paar von meinen Sachen auf, in dem Zimmer meiner Mutter über dem Flur. Vielleicht können wir sie später ja anschauen? Sie sind in dem Koffer unter dem Bett ...« Er hielt wieder inne, fand die Beherrschung wieder. Wieder zuckte er kurz.

»Also, passen Sie auf, Pascal – Sie sind doch ein kluger Kerl, okay? Ich sage Ihnen, was Sie jetzt machen werden. Sie werden durch die ganze Wohnung gehen, in jedes Zimmer, und alle Jalousien und Vorhänge vorziehen. Schalten Sie das Licht ein und lassen Sie es brennen. Dann gehen Sie in die Küche und holen mir Wasser. Mineralwasser, okay? Aus dem Kühlschrank. Mathilde stellt mir immer welches rein. Bringen Sie mir die versiegelte Flasche und ein Glas. Und kommen Sie bloß nicht auf dumme Gedanken, Pascal, sonst –«

»Nein. Nein. Natürlich, ich verstehe ...«

Pascal ging an die Fenster. Er überschlug die Zeitspanne. Fünf Minu-

ten? Zehn? Würden die Sirenen einsetzen oder ganz leise in Stellung gehen?
Er schritt durch die Wohnung, versuchte, sich den Grundriß einzuprägen. In der Mitte ein langer fensterloser Flur; beiderseits zwei große Zimmer; rechts zwei Schlafzimmer mit jeweils eigenem Bad; links das Wohnzimmer, das sie zuerst betreten hatten, und dahinter ein Eßzimmer; schließlich, am Ende des Flurs, eine große und altmodische Küche. Der Grundriß war, wenn auch verkleinert, fast identisch mit dem von Helens Wohnung – und als er das begriff, begann er neue Hoffnung zu schöpfen.
Er betrat die Küche, und seine Hoffnung zerstob. Genau wie in Helens Wohnung gab es eine Nottür zur Feuertreppe. Wutentbrannt starrte Pascal die Tür an: Er hatte darauf gezählt – doch sie war unpassierbar.
Sie wurde von einem riesigen, unbeweglichen Kühlschrank verstellt. Er öffnete alle Fensterriegel, genau wie in den anderen Zimmern – obwohl er bezweifelte, daß das viel bringen würde. Die Fenster waren offenbar nie geöffnet worden und zugestrichen. Er stemmte sich gegen das über der Spüle; es rührte sich nicht.
Er blickte sich in der Küche um und zog leise die Schubladen auf. Schließlich fand er das Werkzeug, nach dem er suchte: ein langes, dünnes und sehr scharfes Fleischmesser. Er ließ es in seine Jackentasche gleiten, allerdings ohne sich allzu große Hoffnungen zu machen. Ein Messer war eine Waffe für den Nahkampf; eine Pistole nicht.
Er machte sich eben mit dem Wasser auf den Rückweg – wozu Wasser? –, als er aus dem Zimmer am anderen Ende ein Geräusch hörte, bei dem ihm das Herz stehenblieb. Ein leises Stöhnen, dann Ginis erstrickter Schrei. »Bitte nicht …« hörte er. »Star, nein – bitte nicht – noch nicht. Wir müssen uns unterhalten. Ich soll doch das Interview machen. In meiner Tasche habe ich einen Recorder und Bänder und …«
Pascal war an der Tür. Er kam vielleicht fünf Sekunden zu spät. Vielleicht hätte sich eine Gelegenheit ergeben, aber die hatte er verpaßt. Was immer Star auch gemacht hatte, er hatte Pascals Schritte gehört und damit aufgehört. Mit kreidebleichem Gesicht blieb Pascal in der Tür stehen.

Er begriff, was sich hier abgespielt hatte, und es erschreckte ihn zutiefst. Star hatte Gini vor sich in die Knie gezwungen. Sie bebte am ganzen Leib. Stars Gürtel hing offen. Mit der Rechten preßte er ihr den Pistolenlauf gegen die Schläfe. Die Linke hatte Gini im Nacken gepackt. Auf seinem Gesicht stand nackte Erregung und Gier. Als Pascal eintrat, riß er Gini wieder hoch.

»Stellen Sie das Wasser hin. Gehen Sie da rüber. Sofort.« Er wartete, bis Pascal seinen Befehl ausgeführt hatte. »Okay: Wir machen das Interview. Vielleicht kann Pascal ein paar Bilder machen. Das wäre gut – Bilder, ja? Ich muß die ganze Geschichte erzählen, und ...« Sein Blick trübte sich ein wenig und klarte dann wieder auf. »Ich wollte eigentlich eine ganze Menge sagen. Aber ich weiß nicht. Vielleicht fasse ich mich lieber kurz. Ich – ich will noch was anderes machen. Sie wissen schon, bevor ...«

Er brach ab. Sein Kopf fuhr herum wie der eines Tieres. Augenblicklich war er hellwach. Er lauschte, und Gini lauschte, und Pascal lauschte dem Heulen zahlloser Sirenen.

Das Heulen kam näher, wurde ohrenbetäubend laut, verstummte dann. Star seufzte lang und tief. Er zog Gini wieder gegen seinen Körper, und Pascal, der entsetzt Ginis Gesicht beobachtete, wußte warum. Er sah sie erbleichen. Sie schloß die Augen; ihre Hände ballten sich zu Fäusten. Star preßte ihr mit der Rechten die Waffe gegen den Hals; seine Linke umfaßte sie und kam auf ihrem Busen zu liegen.

Er hatte den Sirenen gelauscht. Jetzt schien er der Stille zu lauschen. »Ich schätze, das Publikum ist eingetroffen«, sagte er.

Um elf Uhr dreißig, während Quest in Fuchsienviolett über den Laufsteg stolzierte, ging Rowland durch den Mittelgang des Saals auf den Ausgang zu. Er blickte in die blassen Gesichter, auf die Beamtenkette rings um die letzte Reihe, und sein Instinkt gellte *falsch*. Ganz egal, was man Mina erzählt hatte, das Szenario war zu glatt, zu simpel; augenblicklich verließ er das Gebäude. Dies ist ein *Theaterstück*, dachte er – und wo immer der Regisseur auch steckte, er hatte sich nicht unter das Publikum gemischt und hatte das auch nie vorgehabt.

Als er aus dem Gebäude trat, verstärkte sich das Gefühl, ein unfreiwilliger Statist in einer Aufführung zu sein. Wie nicht anders zu erwarten, hatte die Ankunft der GIGN das Interesse der Presse noch gesteigert. Vor dem Hof der Cazarès-Zentrale lieferte sich inzwischen ein Mob von Reportern, Fotografen und Fernsehcrews kleine Handgemenge mit der Polizei. Bisweilen durchdrangen einzelne Journalisten die Absperrungen, um dann wieder zurückgedrängt zu werden und von neuem vorzudringen. Rowland umging die Szene und verschwand in einem Netz kleiner Nebenstraßen. Er kam an einigen ehemaligen Stallungen mit versperrtem Tor vorbei, hinter dem vermutlich die Mercedesflotte von Cazarès in ihren Garagen stand, und gelangte schließlich an den Hintereingang.

Auch dieser Eingang, dachte er, wird bestimmt in Kürze von der Presse belagert werden, aber im Moment war es noch ruhig dort. Der mürrische Wachmann zeigte sich verdrossen über sein Auftauchen; er teilte Rowland mit, daß hier nur berechtigte Personen eingelassen würden und nur berechtigte Personen eingelassen worden *seien*.

Die Hand bereits auf dem Telefon, befahl er Rowland zu gehen, und zwar sofort, ehe er Verstärkung holen würde. Rowland ging: Er konnte sich nur noch zwei Orte vorstellen, an denen sich Star aufhalten mochte – bei Mathilde Duval oder bei Chantal. Aber Mathilde Duval war bei Cazarès und verfolge die Präsentation von dem Hinterzimmer aus, das ihm Juliette de Nerval beschrieben hatte; also Chantal, dachte er. Keine zehn Minuten später stieg er in der Rue St. Severin aus einem Taxi. Er wartete ein paar Sekunden vor der Kirche, überquerte dann die Straße. Die Haustür stand offen; er blieb im Gang stehen und sah die Treppe hoch zu Chantals Wohnung. Die Wohnungstür stand ebenfalls offen; er wurde nervös. Er wußte augenblicklich, daß etwas vorgefallen war – und zwar etwas Schreckliches.

Er erklomm die Stufen; noch bevor er die Tür aufstieß, war ihm klar, was geschehen war, was geschehen sein mußte. Er sah das verschmierte Blut an der Wand gegenüber; er hörte das hektische Kratzen und das Heulen einer Katze.

Die Katze war in einen Schrank unter der Spüle gesperrt worden. Aus welchem Grund auch immer, war die Katze verschont geblieben; Chantal und Jeanne und ihr kleiner dünner grauer Hund nicht. Eine von ihnen, vermutlich Jeanne, hatte sich zu wehren versucht. Sie lag ausgestreckt unter der blutbespritzten Wand; Chantal, die von alldem eventuell überhaupt nichts mitbekommen hatte, war im Bett erschossen worden. Das Bett, auf dem sie lag, war blutdurchtränkt; auf dem Boden, den Gardinen, den Wänden, überall war Blut. Nur Star konnte das getan haben, und er hatte seine Arbeit mit Blut signiert: Auf einer Wand, über Jeannes Leiche, prangte ein unförmiger blutiger Stern; bei Chantal, genau über dem Bett, fand sich ein zweites blutiges Zeichen, ein hingeschmiertes Kruzifix. Neben der Hundeleiche lag ein Kleiderhaufen – schwarze Jeans, ein rotes Halstuch, die Studentenuniform, die Star angeblich bei der Präsentation hätte tragen wollen. Rowland riß den Blick von den Toten los. Auf der Spüle, der umgebenden Arbeitsfläche und dem Boden war überall blutiges Wasser. Er dachte: Er hat das *geplant*; er ist hergekommen und hat das getan und dann hat er sich gewaschen und umgezogen.

Verständnislosigkeit und Zorn kämpften gegen den Schock an. Ein Taschentuch um die Hand gewickelt, rief Rowland Luc Martigny an, dann öffnete er – der Lärm war unerträglich – den Schrank und ließ die Katze hinaus. Sie raste an ihm vorbei und die Treppe hinunter. Rowland wich rückwärts aus dem Zimmer; diese still daliegenden Körper sandten Signale zu ihm aus, erzählten ihm eine Geschichte – und zwar keine simple Mördergeschichte, dazu waren diese Greuel zu komplex.

Mühsam tastete er sich nach unten vor und wartete im Hauseingang auf die Polizei. Er versuchte, seinen Atem ruhiger gehen zu lassen; er versuchte, den Erinnerungen in seinem Kopf zuzuhören, Erinnerungen daran, was Chantal ihm tags zuvor und Mina erst am Morgen erklärt hatte, wenn auch auf ganz unterschiedliche Weise, daß Star zwar diese *Zornesausbrüche* bekam, sie aber nie sexuell belästigt hatte. »Bitte«, hatte Mina gesagt, »bitte, er ist kein schlechter Mensch. Er hat mir nichts getan. Er hat mir überhaupt nichts getan – verstehen Sie mich?«

Rowland starrte auf die schwarze Silhouette von St. Severin. Leichter Regen hatte eingesetzt; er hörte die näher kommenden Sirenen, bekam wie durch einen Nebel mit, daß Martigny und andere Beamte das Haus betraten; er hörte ihre Schritte auf der Treppe, die gedämpften Ausrufe, die selbst diesen Profis entfuhren. Allmählich verstärkte sich eine düstere Vorahnung, er empfand Angst, wachsende Panik. Wo war Gini? Er sah zu den Wasserspeiern über seinen Kopf auf.

Martigny blieb nur ein paar Minuten in Chantals Wohnung – das registrierte Rowland. Als er wieder auftauchte, nahm er Rowland am Arm und führte ihn zu einem Polizeiauto.
»Ich werde es Ihnen im Wagen erklären«, sagte er und das tat er auch, während sie im Auto durch die Stadt zurückrasten. Rowland hörte ihm schweigend zu; blaue Lichtblitze zuckten hektisch durch die Luft; die Sirenen gellten gleichzeitig in seinen Ohren und in seinem Kopf.
»Es geht nicht nur um die zwei Frauen dort«, begann Martigny gepreßt. »Wir haben es mit *fünf* Toten zu tun: Lazare selbst, dieser Mathilde Duval und einem Wachmann am Hintereingang …« Er verstummte.
»Und?«
»Und wir wissen inzwischen, wo dieser Star sich aufhält. Der Anruf hat uns vor etwa fünf Minuten erreicht. Er ist in Mathilde Duvals Wohnung. Und ich fürchte, er ist nicht allein. Ihre Kollegin – Genevieve Hunter, ja? Sie ist bei ihm. Nein – warten Sie, hören Sie mir zu. Er hat sie mit einer Waffe als Geisel genommen, ja – aber sie ist nicht die einzige. Ein Fotograf ist bei ihr, vielleicht kennen Sie ihn ebenfalls – Pascal Lamartine …« Martigny wirkte unschlüssig. Rowland sagte nichts.
»Die Anwesenheit eines anderen Mannes … vielleicht entschärft das die Situation ja …« Martigny warf ihm einen Seitenblick zu. »Natürlich – die Lage ist ernst.Ganz offensichtlich. Fünf Tote. Diese Frauen da …« Er verstummte wieder; Rowland sah ihn an.
»Er hat sie vergewaltigt, nicht wahr?«
»Ja. Ich fürchte ja. Vielleicht bevor sie starben, vielleicht danach …« Martignys Miene wurde verschlossen.
»Vorerst – brauchen wir Ihre Hilfe, okay?«
Als sie die Rue de Rennes erreichten, verschwand Martigny mit grimmiger Miene. Wenig später kehrte er zu Rowland zurück und korrigierte die Zahl der Toten.
»Nicht fünf, sondern *sechs*«, sagte er, »Sie haben eben den Mercedes abgeschleppt. Und glauben Sie mir, Sie würden nicht in den Kofferraum schauen wollen …«
Er zündete sich eine Zigarette an und rauchte sie in tiefen Zügen. Rowland und er standen nebeneinander im Nieselregen und schau-

ten über den Boulevard. Immer noch wurden die Nachbargebäude evakuiert, wurde das *matériel* für eine Belagerung angefahren. Absperrbänder flatterten im Wind; Polizeiautos, schwarze Mannschaftswagen standen dicht gepackt; von den Wänden hallten die Tritte schwerer Stiefel wider.

Langsam blickte Rowland an der Fassade des Hauses mit Mathilde Duvals Wohnung hoch. Auf dem Dach und auf den Dächern gegenüber sah er die flüchtigen Schatten der Polizei-Scharfschützen, die eben in Stellung gingen.

»Es ist die Wohnung da oben«, sagte Martigny. »Die mit den geschlossenen Fensterläden –«

»Ich weiß«, sagte Rowland.

»In etwa zehn Minuten werden wir über das Telefon Verbindung aufnehmen. Offenbar hat er die Leitungen nicht gekappt, das vereinfacht die Sache. Wir wollen nicht allzu schnell mit ihm reden, und wenn wir mit ihm reden, dann müssen wir das Richtige sagen. Wir brauchen Ihre Hilfe – englisch, französisch? Wo können wir einhaken? Sie wissen mehr über ihn als irgendwer sonst …«

»Sicher. Selbstverständlich.«

»Sehen Sie.« Martigny nahm ihn am Arm. »Ich habe Ihnen doch erklärt. Sie ist nicht allein da drin. Das hilft uns.«

»Glauben Sie wirklich? Seit etwa acht Uhr heute morgen hat er sechs Menschen ermordet …«

»Trotzdem. In so einer Situation – da läßt sich nichts vorhersagen. Wahrscheinlich ist sie wohlauf. Wahrscheinlich sind sie beide wohlauf. Er braucht sie lebendig – die beiden sind seine Fahrkarte nach draußen. Hören Sie – nehmen Sie eine Zigarette …«

Rowland schüttelte den Kopf. Er hielt den Blick auf das Gebäude gegenüber gerichtet. Martigny war kein Idiot, er seufzte.

»Also gut. Okay. Wahrscheinlich braucht er sie nicht alle beide – das gebe ich zu –«

»Sie wissen verdammt gut, daß er sie nicht braucht.«

Rowland sah ihn wütend an. »Daß sie zu zweit sind, macht die Sache *schlimmer*, nicht besser. Er liebt Auftritte vor Publikum. Er wird einen umbringen und den anderen am Leben lassen – wenigstens eine Weile lang …«

»Er wird *die Frau* am Leben lassen. « Martigny stieß einen weiteren

Seufzer aus. »Das wissen wir doch beide. Das ist nur logisch – die Frau ist physisch schwächer, leichter einzuschüchtern …«
Er hielt inne. Er fing den kalten grünen Blick des Engländers auf und wußte nur zu gut, was ihm durch den Kopf ging, denn ihm war der gleiche Gedanke gekommen.
»Nicht«, sagte er leise. »Es hilft nichts, sich das Schlimmste auszumalen – nicht in so einer Situation. Warten Sie ab. Im Laufe der nächsten halben Stunde werden wir mit ihnen sprechen, dann haben wir die Abhörgeräte installiert, den Grundriß der Wohnung, wir wissen genau, wo er steht, und selbst wenn er blinzelt, kriegen wir das mit.« Er zuckte mit den Achseln. »Jedenfalls fast … Hier entlang. In diesen Wagen. Sie bereiten die Bänder vor und bauen die Telefonverbindung auf.«
Rowland folgte ihm widerstrebend. Während ihrer Unterhaltung waren drei weitere Mannschaftswagen und fünf PKW eingetroffen. Die ersten Fernsehcrews versammelten sich, die Kameraleute begannen kleine Grüppchen zu bilden. Er stieg über Kabel und Drähte; er sah ein weiteres Aufgebot von GIGN-Helmen und Bleiwesten. Er kannte die Szene aus hundert Filmen, hundert Nachrichtensendungen – und empfand dabei die gleiche grauenvolle Vorahnung wie schon früher. Es ist wie im Film, dachte er, weil Star das so haben wollte und weil Star immer noch in jeder Hinsicht Regie führte.
»Begreifen Sie denn nicht?« sagte er zu dem ruhigen Psychologen im dunklen Anzug, der den ersten Telefonkontakt herstellen würde und ihm jetzt gegenübersaß, während er auf eine Verbindung wartete. »Begreifen Sie denn nicht? Genau das will er ja. Ein möglichst großes Medienecho – Berichte in den Hauptnachrichten. Er *hat sich ein Drehbuch geschrieben*. Das hier ist sein Film. Hier kann er endlich zum Star werden, nachdem er sein ganzes Leben lang ein Nichts, ein Niemand war …«
»Schmeichelei?« fragte der Psychologe.
»Vielleicht. Jedenfalls keine offene Kritik. Und er mag es nicht, wenn man ihm Fragen stellt, das hat die kleine Holländerin gesagt. Aber seine Laune kann ganz plötzlich umkippen – und er steht fast mit Sicherheit unter Drogen. Wahrscheinlich Kokain, möglichwerweise noch mehr …« Rowland hielt inne. Er war verzweifelt und wütend, und diesen Empfindungen entsprang eine Idee. Er dachte an die tote

Cassandra, an die tote Maria Cazarès. »Es gäbe eine Möglichkeit ...«, begann er, doch dann schüttelte er den Kopf.
»Nein. Das ist zu gefährlich.«
Der Psychologe und Martigny tauschten einen Blick aus.
»Monsieur McGuire«, sagte der Psychologe, während er den Kopfhörer aufsetzte, »in dieser Situation ist alles gefährlich ...«

»Machen Sie den Koffer auf, Pascal«, sagte Star. »Bleiben Sie da hinten am Tisch stehen und machen Sie den Koffer auf. Sehr gut.«
Pascal öffnete den Koffer, der, wie Star gesagt hatte, unter dem rosa Bett im rosa Zimmer gelegen hatte; das ganze Zimmer war voll mit Fotos einer Frau, in der Pascal die Modedesignerin Maria Cazarès erkannte.
Er blickte auf. Star war immer noch nervös, aber auch auf der Hut. Er stand fünf Meter entfernt, immer noch halb hinter Gini, immer noch mit der Waffe an ihrem Hals. Auf einem kleinen Tisch neben ihm standen Ginis Aufnahmegerät und das Mikrofon. Ein Band war eingelegt.
Die Aufnahme lief bereits. Pascal wußte, genau wie Gini – er las das Wissen aus ihrer Miene –, daß ihnen dieses Band nicht helfen würde. Dieses Band war Stars Weg zur traurigen Berühmtheit, zur Unsterblichkeit – und kein Interview, das Gini irgendwann niederschreiben würde. Aus den bisherigen Ereignissen hatte sich Pascal zusammenreimen können, daß Star nie vorgehabt hatte, Gini den Artikel später schreiben zu lassen, was er ihr auch erzählt hatte: Sie konnte vielleicht seine Worte jetzt niederschreiben, oder sie besser noch aufnehmen, damit die Welt später seine Stimme hören konnte – aber sie würde nicht überleben, um selbst Bericht zu erstatten, genausowenig, wie Pascal die Fotos überleben würde, die er unter Umständen noch machen würde.
Jetzt sind wir ihm nützlich, dachte Pascal, doch wenn die Fotos erst geschossen und die Aufnahme fertig war, dann würde er sie beide umbringen. Das wußte Pascal mit absoluter Gewißheit; und er wußte, wer zuerst sterben würde.
Der Koffer war mit Notizbüchern und Zeitungsartikeln und Fotos vollgepfropft. Sie wirkten unordentlich und durcheinander. Mit äußerster Sorgfalt nahm er sie heraus und legte sie auf dem Tisch aus.

»Nicht durcheinanderbringen, okay?« ermahnte Star ihn scharf. »Sie sind sortiert – ja? Oben liegt das ganze Zeug über meinen Vater und meine Mutter – und was ich mir aufgeschrieben habe, nachdem ich durchgeblickt hatte, als alles erst mal Sinn machte ...«
Offenbar waren Maria Cazarès und Jean Lazare seine Eltern. Pascal stapelte die Notizbücher auf der einen Seite, die eselsohrigen Artikelbündel daneben.
Darunter lagen, wie er sah, Bündel verschiedener ausgefranster Papiere und weiterer Zeitungsausschnitte. Es gab ein Päckchen über die Familie des Fürsten von Monaco, das auch seine eigenen, erschlichenen Bilder von Prinzessin Caroline enthielt, die Star vorhin erwähnt hatte; ein Bündel über die Kennedys, eines über einen englischen Duke mit kanadischer Gemahlin, eines über einen australisch-amerikanischen Pressemagnaten sowie mehrere über diverse amerikanische Filmstars. Pascal legte sie Stück für Stück in säuberlichen Häufchen vor sich aus. Darunter, am Kofferboden, lag eine Sammlung abgegriffener, extrem brutaler Pornobilder. Pascal klappte den Kofferdeckel darüber zu. Star machte eine eigenartig sich windende Bewegung, wies auf die kleineren Häufchen von Zeitungsauschnitten und lächelte dann.
»Das waren meine Fehlstarts, okay? Dieser Fürst – die Filmstars – ich hab' schon immer gewußt, daß ich irgendwie anders war, daß ich nicht nur irgendwer war, verstehen Sie? Ich hab' versucht, meine Mutter ausfindig zu machen – sobald ich alt genaug war und sie mich gelassen haben, habe ich das versucht. Aber natürlich hatte Maria alle Spuren verwischt. Wissen Sie, was die mir erzählen wollten?« Seine Stimme triefte vor Verachtung und Überheblichkeit. »Die wollten mir erzählen, daß meine Mutter so eine Nutte war, eine billige Drecksnutte, und schon tot. Mann, *das* habe ich denen natürlich nicht abgekauft. Ich war in Montreal bei dieser gottverdammten Sozialarbeiterin, und sie hat all diese Papiere rausgekramt, eine Geburtsurkunde – auf dem Scheißding stand nicht mal der Name meines Vaters –, und sie hat mir erklärt, ich könnte meine Mutter nicht sehen, weil die tot sei, sie sei von einem ihrer Freier verdroschen worden, und ähnlichen Scheiß ... Und wie sie mich angesehen hat, mit dieser Scheißmitleidsmiene. Am liebsten hätte ich sie gleich kaltgemacht, ihr den gottverdammten Hals umgedreht, weil sie

mich mit diesen Scheißlügen abspeisen wollte. Und dann ist mir klar geworden – sie war nur ein Teil der Verschwörung, sonst nichts. Also habe ich sie am Leben gelassen. Diese scheißblöde verlogene Schlampe …«

Er erschauerte, und Gini zuckte zusammen.

»Danach – ich mußte sie finden, meine Eltern, okay? Und sie haben es mir echt schwergemacht – also bin ich ein paar falschen Fährten gefolgt, doch dann hatte ich Glück: einfach so. Ich habe Mathilde getroffen. Ich war in Paris, war eben aus Amsterdam angekommen, und ich war ziemlich am Ende, die Karten waren schlecht, ich hatte kein Geld – und diese Freundin von mir, Chantal, wir hatten uns gestritten, deshalb konnte ich nirgendwo hin –, und da habe ich Mathilde getroffen. Gar nicht weit von hier. Sie saß in diesem kleinen Park, hat Tauben gefüttert – und wir sind ins Gespräch gekommen. Ich wollte bloß was zu essen. Einen Platz zum Pennen. Ich habe mich nicht gut gefühlt – ich kriege ab und zu diese Kopfschmerzen. Also hat sie mich hergebracht und mir was zum Essen gekocht – und Mathilde war in Ordnung. Ich habe Mathilde gern gehabt. Sie war einsam, und sie kam ins Reden – über Maria. Und natürlich wußte ich, wer Maria war, ich hatte ja schon Zeitschriften und so über sie gelesen –, ganz langsam ging mir ein Licht auf. Eine Woche später, vielleicht eher, vielleicht einen Tag später, ich weiß nicht mehr – aber da hat Mathilde mir erzählt, wie Maria ihren kleinen Sohn verloren hat, damals in New Orleans – und da wurde es *Licht*, ich meine, da habe ich *verstanden*. Es paßte alles zusammen. Das Datum paßte. Meine Haare – sie sind schwarz wie ihre und die von diesem Schwein Lazare. Ja – meine Haare und meine Augen … ich sehe aus wie meine Mutter, ja?«

»Ich kann eine gewisse Ähnlichkeit erkennen«, antwortete Pascal.

Sein Blick war fest auf Star gerichtet. Die Konzentration schien inzwischen immer öfter nachzulassen. Sein Blick schweifte ebensooft ab wie seine Worte. Manchmal sah er Pascal an, dann wieder Gini, dann die Waffe, dann starrte er ins Leere. Pascal hatte das Gefühl, daß Star diese Unterhaltung vertraut war, daß er sie schon oft geführt hatte und daß er sie – hauptsächlich mit sich selbst führte.

Behutsam arbeitete sich Pascal um den Tisch herum vor, so daß der Abstand zwischen ihnen ein bißchen kleiner wurde. Star reagierte nicht. Er begann Gini wieder zu betatschen. Unbeholfen und unkoordiniert knetete er ihre Brust.

»Star – ich muß nur schnell das Band kontrollieren ...« Gini wand sich in seinem Griff. Ihr Blick war fest auf Pascals Gesicht gerichtet. Sie sah, was Stars Grabschen bei ihm auslöste; aus seiner Miene sprach Mordlust. Sie versuchte, ihn mit Blicken zu warnen – sich nicht zu bewegen, nicht zu protestieren. »Star – das erste Band ist gleich zu Ende. Kein Problem – ich habe noch jede Menge. Ich muß nur schnell ein neues einlegen –«

»Nein. Das brauchen wir nicht mehr. Ich bin fertig. Das war alles –«

»Nein, Star – das kann nicht alles sein. Ich – ich möchte noch so vieles erfahren. Die Leute werden wissen wollen, wie Maria reagiert hat, als Sie ihr erzählt haben, wer Sie sind – das haben Sie ihr doch bestimmt erzählt, Star?«

»Klar. Ich hab's ihr erzählt.«

»Die Leute werden wissen wollen, was sie gesagt hat. Und dann – sie werden wissen wollen, was dann geschah ...«. Sie sah Pascal eindringlich an und runzelte die Stirn. »Sie werden wissen wollen, wieso Sie sich entschlossen haben, Jean Lazare umzubringen – und was dabei passiert ist ...«

Pascal rührte keinen Muskel. Er begriff, daß sie ihm Informationen zukommen lassen und zugleich Zeit gewinnen wollte. Stammte das Blut, das immer noch Stars Hände und Gesicht verschmierte, von Lazare?

»Die Leute werden Fakten haben wollen, Star ...«, fuhr sie fort. »Pascal kann das ziemlich gut einschätzen – du glaubst doch, sie würden sich dafür interessieren, nicht wahr, Pascal?«

»Sicher.« Pascal sprach möglichst gelassen. »Die Details machen die Sache erst lebendig ...«

»Wieso ich ihn umgebracht habe?« Star lachte. »Und wie ich ihn umgebracht habe? Wie ich sie umgebracht hätte, verdammt noch mal, wenn ich nur Gelegenheit dazu gehabt hätte? Das könnt ihr gern wissen ...«

Er schwenkte kurz die Waffe und bohrt sie dann wieder in Ginis Hals. Seine Reaktion verzögerte sich immer mehr. Er hatte fast fünfzehn Sekunden gebraucht, um Ginis Frage zu beantworten, doch schien ihm weder diese Zeitspanne noch Pascals Einwurf bewußt zu sein. Sein Gehirn produziert Kurzschlüsse, dachte Pascal.

Jetzt erlaubte er Gini, sich zum Recorder zu beugen und das Band zu wechseln. Pascal wartete auf eine Gelegenheit. Es bot sich keine. Etwa zwanzig Sekunden nachdem Gini auf *Aufnahme* gedrückt hatte, zog Star sie wieder vor seinen Bauch und begann wieder zu reden.

»Soll ich euch was sagen? Er hat mich *angefleht* ...« Seine Stimme wurde lauter. »Der große Jean Lazare. Der Kaiser persönlich lag vor mir auf seinen gottverdammten Knien, hat mich angebettelt, mir alles angeboten, was ich mir wünsche, nur damit ich nicht schieße. Das hat mir gefallen. Im Ernst – das hat *Spaß* gemacht. Mein beschissener Vater, der vor mir auf den Knien liegt. Auf diesen Augenblick habe ich so lange gewartet. Ich ...«

Er war der falsche Ansatzpunkt gewesen, begriff Pascal, eine törichte, vielleicht sogar tödliche Themenwahl. Star ereiferte sich von neuem. In seinem Kopf schien es eine direkte Verknüpfung zwischen den beschriebenen Demütigungen und Sex zu geben.

Er hörte zu sprechen auf, riß Gini wieder an sich und begann mit den Händen über ihren Körper zu streichen. Er rieb sich an ihrem Rücken, ohne Pascal dabei auch nur eine Sekunde aus den Augen zu lassen. Er lächelte, und sein Blick wurde starr und glitzernd.

»Versuchen Sie es lieber nicht, Pascal. Die Waffe ist entsichert. Das Ding kann leicht losgehen. Kennen Sie sich Waffen aus? Das ist eine Fünfzehn-Schuß-Magazin. Gemeine Munition. Total abgefahren. Läßt sich ordentlich versprühen ... Sie wäre tot, und Sie wären es auch, bevor sie auch nur einen gottverdammten Schritt gemacht hätten ...«

Er wurde lauter. »Das gefällt Ihnen nicht, Pascal? Macht Sie das vielleicht nervös? Fühlen Sie sich ein bißchen machtlos, ein bißchen *impotent* vielleicht? Wirklich jammerschade. Ich habe mich *jahrelang* so gefühlt. Jahrelang hat man mich angepißt und weggescheucht und rumkommandiert und eingesperrt. Jahrelang mußte ich nachts zu diesen Schwanzlutschern kriechen, in den Heimen, und diesen gottverdammten Scheißern einen runterholen – Scheiße, wissen Sie, wie alt ich damals war? Fünf Jahre war ich beim ersten Mal, in den Arsch, in den Mund. Zehn, zwölf beschissene *Jahre* mußte ich

das mitmachen, mich behandeln lassen wie den letzten Dreck, wie ein beschissener Niemand, und darum …«
Pascal erstarrte. Gini stöhnte gepreßt und schlug sich sofort die Hand auf den Mund. Pascal begann sich zu bewegen; er wußte, daß Star gleich schießen würde; er sah, wie sich sein Gesicht verzerrte. Das Telefon klingelte. Star rammte die Waffe gegen Ginis Mund – dann plötzlich, nach dem fünften Läuten, schien er das Telefon zu hören und hielt inne. Ein Schauer durchlief seinen Körper; er wich zurück; sein Gesicht verlor jeden Ausdruck, wurde starr, dann schien er sich zu entspannen. Er bohrte den Lauf in Ginis Rippen.
»Da rüber. Er auch. Auf die andere Seite von dem Tisch, wo ich euch beide sehen kann. Keiner rührt sich vom Fleck. Ich muß eben mal telefonieren …« Er schauderte und lachte dann. »Mein Psychiater will mich sprechen …«
Star beobachtete, wie Gini durch das Zimmer stolperte. Er wartete, bis sie beide auf der anderen Seite des Tisches standen, etwa sechs Meter von ihm entfernt. Waffe und Augen auf sie gerichtet, hob er den Hörer ab und klemmte ihn zwischen Ohr und Schulter. Er lauschte lächelnd. Pascal konnte eine männliche Stimme hören; der Anrufer sprach ruhig und gleichmäßig. Pascal zog Gini fest in seine Arme. Wer immer da am Telefon war, er betete zu Gott, daß er gut war und daß ihm klar war, wie schnell sie handeln mußten.
Er schloß Gini in die Arme. Er küßte ihre Tränen weg, küßte sie auf ihr Gesicht, versuchte das Angstzittern in ihrem Körper zu stillen. Als Star zu antworten begann, so daß Pascals Stimme übertönt wurde, preßte er den Mund auf ihr Ohr und ihr Haar und begann leise zu sprechen. Er spürte, wie sich ihr Körper in seinen Armen anspannte; er wußte, und sie wußte wohl auch, daß dies vielleicht ihr letztes Gespräch war. So wenig Zeit und so viel zu sagen …
»Gini? Uns bleibt nicht viel Zeit, ist dir das klar …«
»Ich weiß. Ich dachte schon, jetzt schießt er.«
»Das wollte er auch. Er ist kurz vor dem Durchdrehen. Aber er will diese Fotos – und ich könnte noch eines versuchen …« Er zögerte, wartete, bis Star wieder sprach, und flüsterte dann weiter. Gini lauschte, ihre Augen fest auf seinen Nacken gerichtet. Sie spürte die Lippen auf ihrer Haut und ihrem Haar. Sein Vorschlag machte ihr schreckliche Angst.

»Nein.« Sie preßte die Lippen auf sein Gesicht. »Nein. Pascal – bitte. Er wird dich umbringen. Er will dich zuerst umbringen. Wir müssen warten – ihn weiter ins Gespräch verwickeln –«
»Wir müssen es versuchen. Du siehst doch, wie labil er ist. Die Polizei wird versuchen, Zeit zu gewinnen – warten, bis er müde und erschöpft wird. Dafür ist keine Zeit –«
Er brach ab, während Star lachte, lauschte und dann wieder etwas sagte. Pascal blickte in Ginis bleiches Gesicht; wieviel Zeit blieb ihnen noch? Zehn Minuten, fünfzehn, vielleicht weniger.
»Pascal.« Ihre Hand schloß sich über seiner. »Warum bist du nicht weggegangen? Draußen auf der Straße, mit Marianne. Du hättest es geschafft – du hättest davonkommen können. O Gott«
Ihr versiegten die Worte. Sie wußte die Antwort ohnehin, und hätte sie daran gezweifelt, dann hätte sie sie jetzt in der Trauer und der Zärtlichkeit lesen können, die auf sein Gesicht traten.
»Die Frage hat sich nicht gestellt«, sagte er nur. Sie hörte, wie seine Stimme rauh wurde. »Gini, nichts hat sich geändert. Ich liebe dich so sehr. Das weiß du.« Noch während er das sagte, beugte er sich zu ihr herab und küßte sie auf den Mund, drehte sie dabei zur Seite, so daß Star sie nicht sehen konnte. Ihr Mund öffnete sich unter seinem, und ihre Augen schlossen sich; in ihrer Umarmung spürte er ihre Liebe und den verzweifelten Wunsch, ihm diese Liebe mitzuteilen.
Er küßte sie innig; vielleicht ist es das letzte Mal, unser letzter Kuß, dachte er dabei. Er lauschte der Antwort, die ihr Körper ihm gab. Als er sie wieder ansah, entdeckte er eine Veränderung, neue Entschlossenheit in ihrem Gesicht.
Star wurde lauter, er lachte wieder. Pascal löste sich langsam von Gini, er sagte, die Lippen an ihrem Hals so daß nur sie ihn hören konnte: »Das rosa Schlafzimmer, Gini. Da drin.Er soll in das Zimmer, das ihn so nervös macht. Das dunkelste Zimmer …

Im Wagen der Einsatzleitung schob sich Rowland den Kopfhörer zurecht. Der Polizeipsychologe, der sich Star nur mit seinem Vornamen, Lucien, vorgestellt hatte, unterhielt sich nun schon seit fast fünf Minuten mit ihm. Rowland sah genau, was der Psychologe da tat: Er versuchte zu beruhigen und gleichzeitig Informationen zu sammeln, zu verzögern und – präziser – eine von Abhängigkeit und

Vertrauen geprägte Beziehung aufzubauen. Rowland – und auch der Psychologe, vermutete er – hatte den Eindruck, daß Star ganz genau wußte, was damit bezweckt werden sollte.
Star ist allzu kooperativ, dachte Rowland, und seine Antworten – beide Gesprächspartner hatten vom Französischen ins Englische gewechselt – klangen zunehmend unverschämt und höhnisch.
»Was zu essen?« sagte Star soeben. Er lachte. O Mann – ja. Ich meine, was zu essen wäre wirklich gut. Es gibt hier eine Speisekammer und einen Kühlschrank – und beide sind gesteckt voll, also ich schätze, wenn ich wollte, könnte ich es hier ein paar Tage – nein, Wochen aushalten. Ich meine, ich würde bestimmt nicht *verhungern*, okay? Und Gini und Pascal genausowenig. Wir würden *teilen*. Aber wenn Sie vom Essen reden, da haben Sie wahrscheinlich was ganz Besonderes im Sinn, oder? Wissen Sie, was mir echt gefallen würde? Langustinen. Es gibt da ein Restaurant in St. Germain, L'Age d'Or – die machen ganz besondere Langustinen. Also, wenn Sie mir ein paar von denen schicken könnten, in ... Nicht gleich. Vielleicht in einer Stunde. Wenn Sie mich in einer Stunde zurückrufen könnten. Nein – einer halben Stunde. Nein – zwanzig Minuten. Ach was – heben wir uns das lieber für später auf, okay?«
Der Psychologe warf Martigny einen Blick zu und zog die Stirn in Falten. »Natürlich. Das läßt sich arrangieren«, sagte er unverändert ruhig.
»Und das Auto.« Star lachte. »Vergessen Sie das Auto nicht. Das werde ich brauchen. Jean Lazares 1938er Rolls soll mich zum Flughafen bringen. Aber nicht gleich. Ich amüsiere mich so gut hier. Also – lassen Sie mich alles noch einmal durchgehen ...«
Er zählte die absurden Forderungen noch einmal auf, die er bis dahin gestellt hatte; der Psychologe schaltete das Mikrofon stumm. Er sah erst Martigny, dann Rowland an und schüttelte schließlich denKopf. Martigny drehte sich um und sprach mit dem GIGN-Beamten neben ihm; Stars Stimme kam immer noch aus dem Lautsprecher. Als es im Wagen wieder still wurde, schaltete der Psychologe das Mikrofon wieder ein. Rowland beobachtete die rotierenden Bänder. Mit jeder Sekunde fühlte er sich ohnmächtiger und ängstlicher.
»Bis dahin ...« Star machte eine Pause. »Zu schade – aber wir haben alle Fensterläden zugeklappt und die Vorhänge zugezogen, deshalb

können wir nicht rausschauen, und Ihre Scharfschützen natürlich nicht reinschauen ...« Er kicherte. »Also müssen Sie mir das erzählen – wir machen einen ziemlichen Wirbel, wie? Ist die Presse schon da? Das Fernsehen? Nein, sparen Sie sich die Antwort. Ich meine, Sie sind ein ehrlicher Junge, das kann ich sehen, aber vielleicht würden Sie mich ja anlügen. Schon okay. Sagen Sie ihnen, heute abend werde ich einen Auftritt auf dem Balkon vorne hinlegen, ja? Vorerst werde ich Gini mal nachschauen lassen – also nicht schießen oder so, ja? Gini, würden Sie das machen? Das Fenster am anderen Ende. Wie? CNN? und – alle anderen auch?
Phantastisch. Echt phantastisch. Sie können jetzt zu Pascal zurückgehen. Langsam. Genau so. Kluges Mädchen. Schon okay. Nicht weinen. Pascal, wollen Sie sie noch mal küssen? Lassen Sie sich nicht stören. Machen Sie einfach. Sie können sie auch ficken, wenn Sie wollen. Sie zuerst. Dann ich ... War nur Spaß. Das sind diese kleinen Pillen, wissen Sie? Die geben mir diese – Lebenslust. Vielleicht lege ich noch eine nach, gleich jetzt ... Mhm, *exzellent*. Mann, die sind wirklich gut ... Hey, Pascal – ich sage das nicht gern, vor allem zu einem Franzosen, Sie wissen schon – aber Ihre Technik läßt zu wünschen übrig. Sie sind zu sanft. Wissen sie, was Frauen wirklich anmacht? Grobe Kerle. Sie mögen es viel viel lieber, wenn sie ordentlich rangenommen werden –«
Rowland ließ den Kopf sinken. Der Psychologe mischte sich ein. »Christophe«, sagte er. »Christophe? Darf ich einen Vorschlag machen? Wäre es nicht leichter, insgesamt besser, wenn Sie mit einer Geste Ihren guten Willen zeigen würden? Sagen wir, indem Sie im Austausch für den bereitgestellten Wagen eine Geisel freilassen ...«
»Gini?« Star lachte wieder. »Sie wollen Gini, stimmt's? Ich bin mir nicht so sicher. Sie und ich – wir kommen prima miteinander aus. Ich muß mir das erst überlegen ...«
Der Psychologe gab Martigny ein Zeichen, ein hochgereckter Finger.
»Dann schlage ich folgendes vor. Ich rufe Sie in genau zwanzig Minuten wieder an, ja? Damit haben Sie Zeit, meine Vorschläge zu überdenken. Vielleicht fällt Ihnen ja noch etwas ein, das Sie brauchen können. Oder vielleicht möchten Sie mit jemanden sprechen; falls das so ist, dann können wir das arrangieren –«

»Ich glaube nicht.« Star kicherte wieder. »Das ist unwahrscheinlich. Die sind alle tot.«

»Fein. In zwanzig Minuten. Dann rufe ich Sie an. Um Punkt zwei Uhr –«

Er brach die Verbindung ab, seufzte und drehte sich zu Martigny und dem GIGN-Einsatzleiter um.

»Können Sie vorher eingreifen? In, sagen wir einer Viertelstunde?«

Die beiden Männer unterhielten sich kurz mit gesenkten Stimmen.

»Eine halbe Stunde wäre besser«, sagte Martigny. »Eine dreiviertel Stunde noch besser.«

»Davon würde ich abraten.«

»Sie glauben nicht, daß Sie ihn dazu bringen können, Genevieve Hunter freizulassen?«

»Er hat nicht vor, einen von beiden freizulassen. Oder das Auto oder das Flugzeug zu nehmen.Sie haben ihn selbst gehört. Er ist begeistert. Er spielt mit uns – ja?«

»Fein.«

Rowland beobachtete, wie die Entscheidung getroffen wurde. Er beobachtete, wie der GIGN-Einsatzleiter verschwand; er hörte Rumoren vor dem Wagen, das Schultern von Waffen, sich entfernende Schritte. Der Psychologe fuhr sich mit der Hand über die Stirn. Martigny zündete sich im Setzen eine Zigarette an.

Alle drei saßen schweigend beisammen. Sie beobachteten, wie der lange Zeiger der Uhr weiterkroch; sie schauten auf die Phalanx von Tonbandgeräten. Sie hörten die leise übertragenen Geräusche des Gerätes, das die Bewegungen in der Wohnung aufzeichnete, dann statisches Rauschen. Rowland erstarrte: Er hatten eben Ginis Stimme gehört.

Martigny seufzte. »Endlich. Die Abhörgeräte sind installiert. Wenn sie reingehen – dann gleichzeitig von vorne und von hinten. Dreißig Sekunden vor dem Einsatz wird das Telefon klingeln. Fünfzehn Sekunden danach werden wir alle Lichter in der Wohnung löschen. Dann ...«

Er brauchte nicht weiterzuprechen. Im wesentlichen war Rowland klar, was dann passieren würde. Sie würden sich vom Dach abseilen. Lärm und Blendgranaten zur Ablenkung; GIGN-Beamte, behelmt, in voller Montur, jeder mit Nachtsichtgerät und jeder in ständiger

Funkverbindung. Theoretisch waren sie dank ihres Trainings in der Lage, blitzschnell im Dunklen in eine fremde Wohnung einzudringen und blitzschnell zu unterscheiden, wer eine Geisel war und wer nicht. Blitzschnell würden sie mit ihren automatischen Waffen Star ausschalten – und nur Star. Manchmal verliefen diese Einsätze erfolgreich, manchmal nicht.

Pascal Lamartine und Star sind von ähnlicher Statur, dachte er; beide hatten dunkles Haar; einer von beiden hielt eine Waffe, der andere nicht.

Er heftete den Blick auf die Uhr, die über der Gerätebank und der Ausrüstung in die Wagenwand eingelassen war.Der Empfang aus der Wohnung war nicht einwanfrei, sondern immer wieder gestört – wie bei einem schlecht eingestellten Radiosender. Plötzlich, nach einem lauten Rauschen, hörten sie Lamartines Stimme; er klang kühl, fast gelassen.

»Nicht hier drin«, sagte er. »Drüben, im Zimmer Ihrer Mutter – dem rosa Zimmer. Da gibt es eine Wand mit lauter Bildern von ihr. Wenn Sie sich davorstellen würden ... Da könnte ich Sie ein paarmal in der Totale aufnehmen. Bloß –«

»Was? Wo liegt das Problem?«

Für die Titelblätter bräuchte ich Ihr Gesicht. Ich bräuchte eine gute Nahaufnahme.«

»Titelblätter?«

»Natürlich. *Time. Newsweek. Paris Match.* Ich brauche Schwarzweiß- und Farbfotos – schwarzweiß für die Zeitungen, farbig für die Zeitschriften –«

»Ich kann das Zimmer nicht leiden. Es ist das Zimmer meiner Mutter. Meine Mutter – sie könnte zurückkommen ...«

»Fein. Okay. Dann machen wir es hier. Das ist zwar nicht ganz so gut –«

»Nein. Nein. Wir gehen rüber – aber keine Dummheiten, okay, sonst schieße ich, und sie ...«

Die Stimmen wurden wieder unhörbar. Im Übertragswagen wurde es totenstill.

»Was im Himmels willen hat er vor?« platzte es aus Rowland heraus. Martigny seufzte und legte ihm die Hand auf den Arm. Der Psychologe schüttelte den Kopf.

»Ich hätte ihm abgeraten, das Zimmer zu nehmen. Oder seine Mutter zu erwähnen. Aber –«
»Oder Kameras.« Rowland stand auf. »Über Kameras hätte er keinesfalls sprechen dürfen. Er liebt Kameras. Er ist publicitysüchtig – das haben Sie selbst gesehen. Ihm ist durchaus zuzutrauen, daß er Gini vor der Kamera umbringt. Das ist das Dümmste, was Lamartine überhaupt tun konnte. Rufen Sie wieder an. Und zwar sofort. Sie müssen eingreifen.«
Martigny und der Psychologe blickten auf die Uhr. Fünf Minuten waren vergangen. Martigny drückte ein paar Knöpfe und sagte etwas in ein Mikrofon; die Aufnahmegeräte klickten und begannen zu surren. In Madame Duvals Wohnung klingelte das Telefon. Alle drei setzten ihre Kopfhörer wieder auf und lauschten. Doch in der Wohnung nahm niemand ab.

»Lassen Sie es läuten«, sagte Star. »Lassen Sie es läuten und machen Sie weiter. Schnell ...«
Pascal versuchte, Star einzuschätzen und das Zimmer dazu. Sowie sie eingetreten waren, war Star, genau wie er vorhergesehen hatte, nervöser geworden. Pascal beobachtete ihn und hatte den Eindruck, daß in Stars Kopf immer noch ein Film ablief, der viel zu schnell vor seinen Augen vorbeizog. Je schneller der Film, desto langsamer schien Stars Reaktion zu werden. Jetzt stand er mit dem Rücken an der Wand, die Pascal angesprochen hatte, umrahmt von Abbildungen seiner Mutter. Er hielt Gini fest an sich gepreßt und drückte ihr die Waffe an den Hals. Hier war es schummriger als im Wohnzimmer nebenan. Pascal nahm eine seiner Kameras und blickte durch den Sucher. Langsam richtete er die Linse auf Stars eigenartige Augen. Er durfte nichts überstürzen; er mußte warten, bis sich Stars Augen dem Dämmerlicht angepaßt und die Pupillen sich erweitert hatten.
An dieser Kamera war ein nur selten eingesetztes Teil namens Ringblitz befestigt. Beim Abdrücken produzierte es einen grellen, blendenden Lichtblitz. Wenn er dieses Licht aus nächster Nähe genau auf die Augen richtete, dann konnte es ihm fünfzehn, zwanzig, dreißig Sekunden Zeit verschaffen, was ausreichend sein könnte oder auch nicht. Nein, es reichte ganz bestimmt nicht aus, solange Gini in dieser Position blieb und der Pistolenlauf an ihrem Hals lag.

Er senkte die Kamera. Stars Augen fixierten jetzt das riesige rosa Bett hinter Pascal. Pascal seufzte; ruhig und bedauernd erklärte er: »So geht das nicht. Gini ist zu groß, Sie verdeckt Ihr Gesicht –«
»Leck mich. Wie ist es so?«
Mit einer blitzschnellen Bewegung hatte er Gini in die Knie gezwungen und ihr die Pistole an die Schläfe gedrückt.
»Nein.« Pascal sah ihm ins Gesicht. »Diese Aufnahme werde ich nicht machen. Und selbst wenn ich es täte, würde niemand sie abdrucken.«
»Leckt mich doch. Ich ... was war das?«
Star hatte zu zittern begonnen. Sein Blick irrte im Zimmer umher. Gini entfuhr ein leiser, ängstlicher Laut. Pascal, der das Geräusch ebenfalls gehört hatte – eine Art Rutschen –, sah Star verständnislos an.
»Was? Ich höre nichts –«
»Doch – da. Jetzt ...« Stars Miene erstarrte. »Da bewegt sich doch jemand. Ich höre, wie sich was – rührt – da drüben – beim Bett ...«
Pascal wußte sehr wohl, daß das Geräusch von oben kam und fast sicher vom Dach hereindrang. Er nahm die Kamera halb hoch, machte einen Schritt vorwärts. Star preßte sich jetzt mit angstverzerrtem Gesicht an die Wand. Aus seiner Kehle drang ein tiefes Keuchen. Für Pascal blieb die Zeit einen Augenblick stehen, dann ging alles blitzschnell. Noch ein Geräusch, dachte er, und er schießt.
»Sie ist zurückgekommen ... Meine Mutter ist zurückgekommen. Sie – ich hätte mich waschen sollen. Ich wollte mich doch waschen. Sie kann das Blut an mir riechen. Sie ist da ...« Sein Blick zuckte weg, wanderte zurück zu Gini, dann wieder zum Bett.
»Du ...« Er versetzte Gini einen Tritt. »Sieh nach. Zieh die Decke zurück – die rosa. Sie bewegt sich – Scheiße, sie bewegt sich – mein Gott ...«
Jetzt, dachte Pascal, während Gini aus Stars Reichweite rollte und aufsprang. Während sie zum Bett ging und nach der Decke faßte, schlich Pascal eilig näher, dreißig, sechzig, neunzig Zentimeter. Star stand immer noch an die Wand gepreßt, mit blutleeren Lippen; er bebte am ganzen Leib, und die Waffe wackelte hin und her; sein Mund öffnete sich zu einem stummen Schrei. Von oben war ein langes Rumpeln und Rutschen zu hören. Gini zupfte die rosa Tages-

decke beiseite. Ganz ruhig sagte sie: »*O mein Gott*«, und einen Sekundenbruchteil, bevor Star den Abzug durchdrückte, feuerte Pascal seinen Blitz ab.
Licht und Lärm ließen den Raum explodieren. Das Zimmer schien zu zerfallen. Pascal tauchte ab. Er spürte, wie seine rechte Schulter in Stars Rippen rammte. Star hatte zu schießen begonnen, bevor Pascal auftraf, und schoß im Fallen weiter. Pascal war geblendet vom Lärm, von den Schüssen, dem grauenvollen Schlachthofschrei aus Stars Mund. Noch im Fallen trat Pascal gegen den Arm mit der Waffe, und Star stieß ein schmerzvolles Heulen aus. Weitere Schüsse folgten, Glas zerbarst. Metall wirbelte durch die Luft, als die Waffe Star aus der Hand flog, dann krachte Stars Faust in seinen Mund.
Er versuchte, Gini etwas zuzubrüllen – er konnte sie nicht sehen, vielleicht war sie getroffen worden –, dann stürzte sich Star wieder auf ihn, packte ihn an der Kehle, bohrte ihm die Finger in die Halsschlagader. Zehn Sekunden, und er würde unter diesem Druck das Bewußtsein verlieren. Pascal riß das Knie hoch in Stars Unterleib und spürte, wie er mit einem gequälten Grunzen zusammensackte und sich der Griff seiner Finger lockerte. Er konnte einen weiteren Schlag landen, diesmal gegen den Halsansatz, der Star nach hinten schleuderte und ihn selbst dabei mitriß. Sie rammten gegen die Bilder an der Wand krachten dann in einen Sessel, in einen der zierlichen, gebrechlichen Tische, die überall in der Wohnung herumstanden, und schließlich auf den Boden. Pascal fiel unglücklich, ein Bein unter den Leib verdreht – und mehr als dieser winzige Nachteil war nicht nötig. Blitzschnell war Star wieder auf den Beinen; er trat ihn mit voller Kraft, und Schmerz schoß durch Pascals Arm, durch seine Rippen.
Er wurde beinahe ohnmächtig, wollte aufstehen, sah, wie das Zimmer sich zu drehen und zu kippen begann, und dann sagte eine Frauenstimme, eine kaum erkennbare Stimme: »Wenn du ihn noch einmal trittst, bist du tot …« Pascal dachte: gnädiger Gott, die arme Gini. Er versuchte auf die Beine zu kommen, trotz der Schmerzen, die durch seinen Arm schossen. Er wußte, daß sein Arm, sein rechter Arm, gebrochen war, und der Film wurde wieder langsamer, er sah mit grauenvoller Klarheit, fast wie in Zeitlupe, was gleich passieren würde. Star stand vollkommen reglos und wirkte plötzlich hoch-

konzentriert. Ganz langsam breitete sich ein Lächeln über sein Gesicht aus.
»Süß ...«, sagte er. »Also los – schieß doch. Du kannst mir nichts tun, das haben mir die Karten gesagt. Du wirst *vorbeischießen ...*«
Sie würde tatsächlich vorbeischießen – das konnte Pascal selbst durch den Nebel der Schmerzen erkennen: Gini, die Waffen haßte und fürchtete und die nicht einmal wußte, wie man eine Pistole wie diese hielt.
Die Beretta mußte mit beiden Händen gehalten werde. Gini hielt sie, wie Pascal sah, auf die denkbar schlechteste Weise, auf typisch weibliche Weise, den Rücken gegen das Bett gepreßt, die Waffe in einer Hand, den Arm ganz durchgestreckt, so daß das Gewicht der Waffe und ihre Angst den Lauf zittern und schwanken ließen. Er sah, daß sie vor Angst wie gelähmt war, wie starr ihre Augen, wie weiß ihr Gesicht war. Als Star ganz langsam einen Schritt vorwärts machte, zuckte sie zusammen. Aus weiter Ferne hörte Pascal Geräusche – Schritte, geflüsterte Kommandos, hastig und eilig. Geistesabwesend dachte er: Wunderbar, aber sie kommen zu spät. Er versuchte, endlich wieder auf die Füße zu kommen, und Star machte einen weiteren Schritt vorwärts. Er strahlte Selbstbewußtsein aus, es ging von ihm aus wie Hitze.
»Du blöde Scheißvotze«, sagte er leise. »Weißt du, was ich jetzt tun werde? Das was ich schon vorhin tun wollte. Und dein Scheißfreund hier kann gerne zuschauen. Ihr werdet bald sehen, wie das ist – alle beide. Denn wenn ich komme, dann blase ich dir dein gottverdammtes Gehirn raus. Los, auf die Knie, Votze, gib mir die Pistole, du Schlampe ...«
Für Gini, mit dem Rücken am Bett, brauchte er Jahrhunderte, um die drei Meter zurückzulegen. Sie konnte jedes noch so winzige Detail erkennen, das zertrümmerte Zimmer, Pascals zertrümmerten Arm, die blutigen Schmierer auf seinem bleichen Gesicht. Er versuchte immer noch aufzustehen, und Star kam immer näher, sein so ungewöhnliches Gesicht von einem nassen, widerwärtigen Grinsen entstellt.
Sie begriff: Sie hörte genau, was die kleine Stimme in ihrem Kopf sagte. Pascal konnte ihr nicht rechtzeitig zu Hilfe kommen, niemand würde rechtzeitig durch die Tür oder die Fenster hereinplatzen, es

gab nur sie und diese näher kommende Gestalt und dieses Ding in ihrer Hand, das vielleicht schon leergeschossen oder fast leergeschossen war, so daß sie sehr sorgfältig zielen mußte, wenn sie abdrückte.
Star kam immer noch auf sie zu, immer noch sprudelten Worte aus seinem Mund, und dann machte er einen winzigen Fehler. Als er an Pascal vorbei wollte, versetzte er ihm einen letzten Tritt gegen die Beine – und in diesem Augenblick war alles ganz einfach. Sie zog den Finger zurück; sie stand wieder auf einer Brücke in Amsterdam, und durch ihren Körper strömte wie ein Sturzbach unfaßbare Kraft. All diese verborgene weibliche Kraft, in Annekas Mutter, in ihr selbst. Die Kraft blendete die Panik und das Mitleid aus, deshalb schoß sie, als er noch einen guten Meter von ihr entfernt war, und die Waffe zuckte nach oben.
Die Waffe zuckte, als wäre sie lebendig, doch sie feuerte immer weiter, und sie sah, daß sie vorbeigeschossen hatte, obwohl er ein so riesiges Ziel und so nahe war, denn er kam immer noch auf sie zu, deshalb zog sie die Waffe näher an den Körper und umfaßte sie mit beiden Händen, und als er die Hand nach ihr ausstreckte, feuerte sie genau auf die Blutflecke auf seiner Brust.
Was dann geschah, war entsetzlich. Er wirbelte rückwärts mit weit aufgerissenen Augen, und begann, während sie immer wieder abdrückte, wie eine Marionette in abgehackten spastischen Bewegungen zu tanzen. Sie wartete darauf, daß er mit diesem gräßlichen Puppentanz aufhörte und wieder auf sie zukam; erneut drückte sie den Abzug durch, doch nichts geschah, abgesehen von einem leisen Klicken, und so wartete sie darauf, daß er aufhörte zu tanzen und sie packte, und noch im Warten dachte sie: Ich habe versagt, und jetzt müssen wir beide sterben, Pascal und ich.
Sie sah zu Pascal hinüber, doch in diesem Moment gab Star ein würgendes, gurgelndes Geräusch von sich. Sie starrte ihn an; er klappte nach vorn auf die Knie und preßte sich die Hände auf den Leib, als würde sich etwas Lebendiges, eine Art Tier, durch seinen Körper fressen, erst durch seinen Magen, dann durch seine Brust, dann durch seine Kehle. Seine Augen fixierten ihr Gesicht, er öffnete den Mund, um etwas zu sagen, aber die Worte schienen in seiner Kehle zu verklumpen.

Sie sah Pascal aufstehen, spürte, wie er endlich an ihre Seite kam und ihr die Waffe aus der Hand nahm; sie glaubte, daß er die Beretta zu Boden fallen ließ, doch sie konnte den Blick einfach nicht von Stars Gesicht losreißen. Sie wartete auf die Worte, sah, wie seine Lippen sie formten, dann übergab er sich, und ein Schwall Blut ergoß sich aus seinem Mund. Er kippte vornüber, mit ausgebreiteten Armen, mitten aufs Gesicht, und Gini starrte ihn immer noch an. Sie wartete darauf, daß er aufstand.

Pascal zog sie in seine Arme. Es war dunkel, nirgendwo brannte Licht, das Telefon klingelte, und sie hörte Glas splittern und zerbersten.

»Schau nicht hin, Gini«, sagte Pascal. »Bleib ganz ruhig. Ich halte dich fest. Warte. Es ist –«

»Habe ich ihn umgebracht?« fragte sie.

Du hast ihn durchsiebt, dachte Pascal, aber das ließ er unausgesprochen. Er zog sie zur Seite. Gebrüll schallte durch den Raum. Er drückte sie mit dem Rücken an die Wand, schirmte sie mit seinem Körper ab und wartete, bis das Nachbeben vorüber war.

Irgendwann wurde der Strom wieder eingeschaltet. Als die schwarzuniformierten Männer sie hinausführten, blickte Gini ein letztes Mal zurück. Star lag mit ausgestreckten Armen und geballten Fäusten auf einem Haufen von zertrümmertem Holz und Porzellan und Glas. Neben seiner linken Hand lagen eine kleine kopflose Porzellanfigur und ein Kruzifix, rechts von ihm ein zerrissenes Foto von Maria Cazarès. Während des Kampfes waren ihm ein paar Sachen aus den Hosentaschen gefallen: darunter ein abgenutztes Päckchen Tarot-Karten; und die Dose mit den drei übriggebliebenden White Doves.

Kapitel 20

Rowland wartete unten auf der Straße. Das Tageslicht verblaßte langsam; dünner Regen hatte eingesetzt. Die grellen Bogenlampen legten Pfützen künstlichen Lichts in die niedersinkende Dunkelheit. Stirnrunzelnd blicke er in die entstehenden Regenbogenspektren und nahm dann seinen Beobachtungsposten im Schatten hinter den Einsatzwagen ein; von hier aus hatte er trotz der Gaffer und der Reporter und der zahllosen Polizisten freien, ungehinderten Blick auf Madame Duvals Haus und dessen Vortreppe. Er wußte, daß Gini in Sicherheit war, aber er wollte sich mit eigenen Augen davon überzeugen. Das, empfand er, war der nächste und notwendige Schritt.
Aus dem kühlen, ruhigen Hinterland heraus, das auf Schock und Gefühlsaufwallungen folgt, beobachtete er, wie sich seine mißliche Lage auflöste, fast als würde er in einem Film einen Abschnitt aus dem Leben eines anderen Menschen betrachten. Völlig distanziert sann er über das Wesen des Heldentums nach – an das er glaubte, obwohl er wußte, daß dies ein altmodischer und für die meisten Menschen verdächtiger Glaube war. Er bewunderte Mut, in geistiger wie in physischer Hinsicht; vielleicht erforderte es sogar ein wenig Mut seinerseits, jetzt anzuerkennen, daß er, nachdem Gini in Sicherheit war, in Pascal Lamartines Schuld stand.
»Sie werden in ein paar Minuten runterkommen …« Martigny war neben seinem Ellbogen aufgetaucht, stampfte in der Kälte mit den Füßen und zog an einer Zigarette. Er blies den Rauch in die Luft und musterte Rowland mit einem Seitenblick.
»Frauen. Sie sind so unberechenbar, nicht wahr? Sie wissen schon – als wir zugehört haben, als wir gedacht haben, sie schießt nicht?«
»Ja.«

»Also, irgendwas muß sie umgeworfen haben. Sie hat ihm zwölf Kugeln in den Leib gepumpt. Sie werden ihn ins Leichenschauhaus fahren – ich möchte die Autopsie nicht machen müssen.«
»Das kann ich mir vorstellen.«
»Haut, und drinnen ...« Er zuckte mit den Achseln und schnippte den Zigarettenstummel in den Gully. »Und ich dachte schon, es ist alles aus. Ich frage mich – glauben Sie, es war Angst?«
»Oder Wut.«
»Möglich.«
Er entfernte sich ein paar Schritte, blieb stehen, kam wieder zurück. »Sie sehen aus, als ... Möchten Sie einen Drink? Ich kann Ihnen was besorgen. Einen Cognac? Einen Whisky? Vielleicht hilft das ...«
»Nein danke.«
»Sie können nicht mit ihr sprechen.« Martigny sah ihn mitfühlend an. »Das ist Ihnen doch klar? Sie müssen beide ärztlich untersucht werden. Dann ist da noch die Einsatz-Nachbesprechung. Lamartine muß ins Krankenhaus. Gebrochene Rippen, und der Arm hat einen Splitterbruch. Sie – bei ihr hängt es davon ab, wie tief der Schock ist. Sie können frühestens morgen früh mit ihr sprechen. Das verstehen Sie doch?
»Natürlich. Ja.«
»Aber bis dahin – ich bin Ihnen was schuldig. Wenn Sie mich also begleiten wollen, während wir den Rundgang durch die Wohnung machen ...« Plötzlich grinste Martigny. Er deutete mit dem Daumen auf die Journalistenmeute hinter den Absperrungen. »Mir wär's am liebsten, wenn Sie die Geschiche bekommen. Diese Mistkerle haben mir den ganzen Tag nichts als Ärger gemacht. Die werden noch merken, wie unkooperativ meine Abteilung sein kann. Also – wie lange brauchen Sie? Sechs Stunden? Acht? Die ganze Nacht? Die sollen ruhig ihrem eigenen Schwanz nachjagen, und zwar bis zur Pressekonferenz morgen vormittag, denn heute abend werde ich ganz bestimmt keine mehr geben ...«
Ihre Blicke trafen sich. Rowland rang sich ein sprödes Lächeln ab. »Die ganze Nacht wäre mehr als großzügig. Natürlich würde ich die Wohnung wirklich gerne sehen. Dann muß ich meine Redaktion erreichen und ihnen einen Bericht zukommen lassen.«
»Kein Problem. Da oben liegt jede Menge Papier. Notizen, Briefe, so

ein komisches Tagebuch, das er geführt hat. Und natürlich sind da noch die Bänder Ihrer Kollegin.
Selbstverständlich ist das alles Beweismaterial …«
»Natürlich.«
»Das der Presse erst zu einem viel späteren Zeitpunkt zugänglich gemacht werden darf. Sollte also ein Journalist dieses Material in die Finger kriegen – in dem allgemeinen Durcheinander, hinter meinem Rücken … so müßte ich natürlich eine Untersuchung einleiten …«
»Selbstverständlich.«
»Aber es ist so eine Sache mit den Untersuchungen – sie bringen meistens nichts. Zu viel Papierkram … Sie wissen, wie das ist.«
»Ich bin Ihnen zu Dank verpflichtet.«
»Nichts zu danken.« Martigny fröstelte und zog den Mantel zu. »Dann – später, darf ich Sie da zum Essen einladen? Drei Uhr morgens, vier Uhr morgens, ganz egal. Meine Frau wird uns was kochen. Sie macht das gern …«
»Gerne, vielen Dank.« Rowland warf ihm einen Blick zu. »Und dann können wir natürlich immer noch einen Cognac trinken …«
Martigny lachte. Er schlug Rowland auf die Schulter und machte dann eine ausdrucksvolle und zutiefst französische Geste.
»Sie werden jetzt rausgebracht. Ich lasse Sie allein, bis sie weg sind. Das ist Ihnen doch lieber, ja?«
»Ist das so deutlich zu sehen?« Rowland wandte das Gesicht ab.
»Für eine Frau vielleicht nicht. Für einen Mann schon.« Er bedachte Rowland mit einem letzten Blick, aus dem Gelassenheit und ein leises, ironisches Mitleid sprachen, dann entfernte er sich. Ein scharfsinniger Mann, dachte Rowland, und taktvoll dazu. Im nächsten Augenblick spannten sich seine Muskeln an, und er hatte ihn vergessen; unter dem Vordach kam etwas in Bewegung, Reporter brüllten, Fernsehscheinwerfer flammten auf.
Ein Polizeiauto war vorgefahren. Flankiert von Polizisten, wurden Gini und Lamartine im Eiltempo die Stufen hinuntergeführt. Rowland sah ein bleiches Frauengesicht aufleuchten; um ihre Schultern lag Lamartines linker Arm; der blonde Kopf war gesenkt. Lamartine blieb draußen stehen, während Gini in den wartenden Wagen stieg, einen winzigen Moment konnte Rowland ganz deutlich sein Gesicht sehen. Darauf stand wie gemeißelt ein Ausdruck von Liebe und

Sorge; die Mine schien sogar über diese Distanz zu Rowland zu sprechen: sie sagte *verheiratet*. Sie markierte eine Grenze, die Rowland unter diesen Umständen nicht übertreten würde.
Das sagte er sich jedenfalls, während er stirnrunzelnd im Nieselregen stand und sich zwang, in der Dunkelheit auszuharren und unsichtbar zu bleiben. Sich verhalten wie ein Ehrenmann: Rowland sah den Wagen davonbrausen. Die Sirenen schnitten durch die feuchte Luft; seine – erst jetzt, schon vorher? getroffene Entscheidung ärgerte ihn, doch er nahm sie als moralischste Lösung hin, während ihm die Reue bereits den ersten, scharfen Stich versetzte.
In genau diesem Moment, als der Wagen um die Ecke bog und verschwand, begann er, seine Trennung von Gini zu planen. Er würde einen genauen Plan ausarbeiten müssen, sagte er sich, damit möglichst keine Schuldgefühle entstanden und möglichst wenig nachteilige Konsequenzen zu befürchten waren – wenigstens soweit es sie betraf. Er würde sie anlügen müssen; geistesabwesend fragte er sich, ob er im entscheidenden Moment wohl dazu fähig sein würde. Konnte er tatsächlich so gut lügen, wie er ihr gegenüber behauptet hatte? Konnte er so gut lügen, daß sie keinen Verdacht schöpfen würde? Wahrscheinlich schon, dachte er. Immerhin blieb ihm eine ganze Nacht, um das Drehbuch dafür auszuarbeiten.
»Fertig?« rief Martigny ihm zu.
Rowland nickte und gesellte sich zu ihm. Als er und Martigny die Eingangshalle betraten, wurde gerade die Trage mit dem Leichensack heruntergebracht. Lichtpunkte auf schwarzem Plastik; es erwies sich als nicht ganz einfach, diese Last aus dem Liftkäfig zu manövrieren. Ein schmählicher Abgang, dachte Rowland. Er wandte den Blick ab.
Oben blieb er in der Tür dieses rosa Schlafzimmerschreins stehen. Er hatte sich diesen Raum ausgemalt, als Juliette de Nerval ihn beschrieben hatte; er hatte ihn sich wieder ausgemalt, während er im Einsatzwagen wartete; trotzdem war er ganz anders, als er ihn sich vorgestellt hatte. Vor seinem inneren Auge hatte er nicht soviel Blut, soviel Zerstörung gesehen. Er fuhr sich mit der Hand über die Augen: Dieses Zimmer, sein Leben – beides kam ihm phantastisch und unwirklich vor.
Er ließ den Blick ruhig über das Bild der Verwüstung wandern, dann

winkte ihn Martigny zu sich, und gemeinsam gingen sie ins Wohnzimmer weiter. Martigny zog ihn in still beiseite und drückte ihm einen Stapel Zeitungsausschnitte und beschriebener Papiere in die Hand.

Mein Lebenslauf, hatte Star mit kleiner, akkurater Handschrift geschrieben. *Sie wollten mir weismachen, daß meine Mutter so eine Nutte war und mein Vater einer von ihren Freiern. Nachdem sie tot war, da war ich ungefähr zwei, soll ich zu dieser Schwester von ihr gegeben worden sein, die mit einem GI namens Joe verheiratet war und in der Nähe von Baton Rouge, Louisiana, lebte. Ich schätze, die beiden konnten mich nicht leiden, weil sie mich ziemlich bald wieder abgegeben haben, und als ich vier war, landete ich zum ersten Mal im Heim. Diese Version der Ereignisse ist eine einzige große Lüge. Jetzt kenne ich die Wahrheit, und sie fühlt sich echt gut an. Darum will ich es erklären: Das bin ich …*

Rowland empfand Mitleid mit ihm; er konnte ihm das nachfühlen. Wüßten wir nicht alle gern die Antwort auf diese Frage? dachte er. Würden wir nicht alle gern mit Gewißheit erklären können – das bin ich? Er blätterte in den Papieren, sah, wie die Handschrift immer krakeliger wurde, während Star seine Suche erläuterte, auf der er so katastrophal in die Irre gegangen war. Er schaltete Ginis Bandgerät ein und sofort wieder aus, als er ihre Stimme hörte. Alle Bestandteile für eine Sensationsstory waren beisammen. Er hatte gelernt, Selbstdisziplin zu üben und zog sich darum, ohne daß ihm seine Unruhe anzumerken war, in eine stille Ecke zurück, wo er sich an die Arbeit machte.

Am nächsten Morgen durfte Gini das Krankenhaus endlich verlassen. Gegen sieben Uhr, als Pascal unter Beruhigungsmitteln stand und eingeschlafen war, wurde ihr ein Wagen zur Verfügung gestellt, der sie ins Hotel zurückbringen sollte. Gini kletterte gehorsam hinein und überredete dann den Fahrer, dem das zu ihrer Erleichterung vollkommen gleichgültig war, sie abzusetzen. Sie wollte endlich allein sein, wollte nur noch gehen, atmen, nachdenken, darum kehrte sie langsam über einen Umweg zurück zum Hotel, atmete dabei die kühle, feuchte Luft ein, sah, wie der Osthimmel sich langsam aufhellte und lauschte dem Echo ihrer Schritte in den noch menschenleeren Straßen.

Eine Straße führte sie zur Seine hinab, wo sie eine Weile am Kai stand, auf das vorbeigleitende Wasser sah und auf die Ereignisse der vergangenen Tage und der vergangenen Nacht zurückblickte. Sie sah wieder die Fragen, die sie in Pascals Augen beobachtet hatte, die Fragen, die er klugerweise nicht ausgesprochen hatte. Sie sah wieder die Polizisten, die ihr Fragen stellten, und sich selbst, wie sie geduldig Antworten gab, die ihr zwar korrekt, aber nicht richtig schienen. Sie sah wieder den Arzt, der ihr, auf die Schatten in den Röntgenaufnahmen weisend, erklärte, daß dies ein komplizierter Bruch sei, der eine größere Operation erfordere, bei der Stahlnägel in den Arm gepflanzt werden müßten, hier und hier und hier. Sie sah sich selbst, jetzt allein mit dem Arzt, im Vorzimmer sitzen. »Er braucht seine Hände«, sagte sie zu dem Mann. »Es ist sein rechter Arm. Er ist Fotograf. Ein exzellenter Fotograf. Er muß ihn schnell einsetzen können. Er muß geschickt sein. Begreifen Sie das?«
Der Mann – eine Koryphäe in seinem Metier – antwortete ihr freundlich, das begreife er und wisse er bereits.
Sein Zuspruch schien ihr wie aus weiter Ferne zu kommen. Sie merkte,daß er ihre Worte viel zu eng auslegte. Sie hatte das Gefühl, daß dieser Mann sie nicht hörte oder nicht richtig verstand, deshalb wischte sie seine Einlassungen über postoperative Therapien, kooperative Patienten und die mindestens sechs Monate dauernde Heilungsperiode beiseite.
Erneut trug sie ihre Ängste und Argumente vor, bis sie unerwartet mitten im Satz merkte, daß die sie diesen berühmten Doktor nicht darum bat, die Verletzungen zu heilen, die Star Pascal beigebracht hatte; sie bat ihn, *alle* Verletzungen zu heilen, vor allem jene, die sie selbst ihm beigebracht hatte.
Natürlich sprach sie das nicht aus, doch sie hatte das Gefühl, daß der Mann etwas davon ahnte; vielleicht spürte er ihren Schmerz, ihre Schuldgefühle, ihre Not. Er beschloß – was möglicherweise eine weise Entscheidung war –, ihre Reaktion einzig und allein dem Schock zuzuschreiben. Gini widersprach ihm nicht, obwohl sie wußte, daß das nicht stimmte; sie erklärte sich mit dem vorgeschlagenen Zwischennspiel einer Ruhe- und Rastpause einverstanden. Sie wurde in ein kleines Zimmer geführt; sie legte sich auf ein schmales Krankenhausbett; um die wartende Krankenschwester

möglichst schnell loszuwerden, stellte sie sich schlafend und lag mit geschlossenen Augen da, hinter denen sie voller Scham, Selbstekel und Verzweiflung wieder und wieder ihre Schande, ihren Betrug nicht nur an Pascal, sondern auch an sich selbst mitansehen mußte.
Die Verbindung von Müdigkeit, Elend und Selbstvorwüfen bewirkte schließlich, daß ihr die Kontrolle über jene Erinnerungen entglitt. Während der ersten heißen Stunde mußte sie in entsetzlicher Wiederholung immer wieder mitansehen, was sie in jener Nacht im St. Regis getan hatte. Ja, es war die Wahrheit; sie hatte diese unvorstellbaren Dinge getan und diese unvorstellbaren Dinge gesagt, doch während sie ihr vor den Augen tanzten und sie sich zwang, immer wieder darüber nachzudenken, kamen sie ihr nicht wirklicher, sondern immer unwirklicher vor. Ihr müder Geist rebellierte; sie gewann allmählich den Eindruck, daß nicht sie selbst so gehandelt hatte, sondern eine andere Gini, eine Frau, die gänzlich unvermutet aus dem Nichts aufgetaucht war, ein Sukkubus, eine Phantasiefrau, eine Spiegel-Gini, die aus dem Spiegel getreten und ein paar Stunden lang die Regeln des Lebens auf den Kopf gestellt hatte, so daß der Norden zum Süden und rechts zu links geworden war.
Sie klammerte sich an diese Vorstellung, obgleich sie sich dafür verabscheute, und fiel darüber in ruhelosen, fiebrigen Schlaf. Und im Schlaf tauchte aus ihrem Unterbewußtsein ein Mann auf, der vielleicht Rowland McGuire sein mochte, der seine Stimme, aber nicht sein Gesicht hatte. Dieser Mann ordnete ihre Handlungen zu einem gänzlich neuen Bild; er spendete ihr Trost und redete ihr beteuernd zu, nein, sie würde diese Sätze ganz falsch verstehen; wenn sie ihn die Worte nur umstellen ließe, würde sie verstehen. Mit verschwörerischer Geste nahm er die Worte »Schande« und »Selbstbetrug«, und plötzlich stand dort »Liebe« und »Hoffnung«. Sie sah, wie die strahlenden Vokale und Konsonanten in der Luft gleißten, und als sie ihr gerade einflüstern wollten, daß es hinter dem Falschen etwas Rechtes geben könnte, erwachte sie mit einem Aufschrei.
Als sie jetzt auf den grauen Stadtfluß hinabblickte, schwappte der Traum kurz in ihre Gedanken zurück, um sich dann unerreichbar zurückzuziehen. Alles war so grauenvoll und trostlos; sie war überzeugt, diese Ereignisse ebensowenig verstehen zu können wie jenen

Impuls, der sie aus dem Nichts überkommen hatte und sie vor nicht einmal einen Tag in die Lage versetzt hatte, einen Abzugshahn durchzudrücken, eine Waffe abzufeuern, ein Leben zu beenden. Sie wandte sich von dem strudelnden, strömenden Wasser ab und richtete den Blick auf die herrschaftlichen Gebäude, deren Silhouetten sich im heller werdenden Licht abzeichneten. Falls Verstand und Vernunft sie im Stich ließen, dachte sie, während sie sich wieder auf den Weg machte, dann würde sie eben mit Pflichten und Geboten und Prinzipien vorlieb nehmen müssen.

Ich habe gar keine Wahl, sagte sie sich. Ich habe keine Wahl; ich habe ein Versprechen gegeben, ich bin so gut wie verheiratet.

Diese Sätze wie eine Litanei wiederholend, beschleunigte sie ihren Schritt. Sie liebte Pascal, und je öfter sie diese Litanei aufsagte, desto stärker wurde sie. Als sie beim Hotel ankam, war sie überzeugt, daß sie mehr als stark genug war, ihr jeden nur denkbaren Abschied von Rowland McGuire zu ermöglichen – und diesen Abschied, einen endgültigen absoluten Abschied, hatte sie unterwegs geplant und entworfen.

Doch als sie später an jenem Tag ihm gegenüberstand, in der unruhigen Enge ihres Hotelzimmers, da sah sie nur noch, wie banal und verlogen ihr ausgefeiltes Drehbuch war. Ein Blick in sein Gesicht verriet ihr: Diese Rede war für einen anderen, geringeren Menschen geschrieben, einem Menschen, der nur in ihrer Phantasie existiert. Es wäre unverzeihlich gewesen, sie jetzt zu halten, denn damit hätte sie ihn und auch sich selbst beleidigt.

Sie hatte Angst davor, ihn anzusehen, und Panik vor dem, was geschehen würde, wenn er sie berührte. Deshalb wich sie vor ihm zurück, als er verlegen in der Tür stand, in seinem schweren Mantel und auf einen Flug nach London gebucht; sie drehte sich zum Fenster mit dem Blick auf die Lichter von Paris. Ihre so sorgfältig zusammengefügten Argumente zerbröselten. Ich habe keine Wahl, wiederholte sie leise und wütend – aber selbst dieser Satz, der vor wenigen Stunden noch so sicher und so eindeutig wahr geklungen hatte, ließ sie jetzt im Stich. Mit Rowlands Eintreten eröffneten sich wieder Alternativen; seine physische Nähe machte jede Gewißheit zunichte.

Schließlich drehte sie sich zu ihm um. Er sah sie ernst an. Er warf einen Blick zurück zur Tür, als bereue er, hergekommen zu sein, und begann dann zu sprechen. Gini konnte ihn kaum hören, und schon gar nicht verstehen, obwohl er sich ganz deutlich ausdrückte. Sie begriff augenblicklich, instinktiv und mit absoluter Gewißheit, daß auch er sich eine Abschiedsrede zurechtgelegt hatte und sie nun pflichtbewußt vorbringen wollte.

Es wäre leichter für sie beide gewesen, hätte er damit fortfahren können. Aber aus seinen Gesten, seinem Ton, seinem blassen, müden Gesicht sprach unübersehbar wachsende Anspannung. Er brachte mit aller Willenskraft drei, vielleicht vier Sätze heraus. Dann brach er abrupt und mit einer jähen Zornesgeste ab.

Es war nicht Rowlands erste Begegnung mit Gini an jenem Tag, und die vorangegangenen Treffen hatten ihm, wie er jetzt merkte, eine Zuversicht verliehen, die völlig unangebracht war. Zum ersten Mal waren sie sich am Morgen begegnet, in der Tür zu eben diesem Zimmer. Der Wortwechsel war kurz geblieben: Rowland hatte sich steif nach ihrem und Lamartines Wohlergehen erkundigt: Gini hatte ihm gleichermaßen steif geantwortet. In Rowlands Gehirn loderte Unausgesprochenes, aber nach einer durchgearbeiteten Nacht, in der er an seiner Story gesessen hatte, war er in dem festen Glauben, daß er genug Kraft zum Handeln besaß. An jenem Nachmittag, als Gini zu seiner Überraschung darauf bestand, mit ihm zusammenzuarbeiten, und noch mehr Material für eine Story zusammengestellt hatte, die, wie selbst der blasierte Max zugeben mußte, ein echter Hammer werden würde, hatte er störrisch an seiner Überzeugung festgehalten, daß er die Willenskraft besaß, das hier durchzustehen.

Er hatte neben Gini gesessen und ihre Story noch am Bildschirm bearbeitet. Er beobachtete, wie ihre Worte über den Schirm rollten; er beobachtete, wie sich der Cursor bewegte; er beobachtete, wie Worte gelöscht und Absätze umgestellt wurden. Er war sich der Ironie dieses Verfahrens bewußt, wie auch der Tatsache, daß er seine Fähigkeiten als Redakteur in Kürze in einem ganz anderen Zusammenhang brauchen würde. Während er arbeitete, dachte er: Wenn ich es so ausdrücke, wenn ich diese Wendung benutze, wenn ich diese Emotion lösche. Er warf einen Blick auf ihr unbewegtes Profil und sah gleich wieder weg. Er hatte den Eindruck, daß jedes von ihm zusammengestrickte Skript nicht nur die Auslöschung der Wahrheit, sondern auch seiner selbst zur Folge haben würde. Nichtsdestotrotz fühlte er sich in der Lage, seinen Plan umzusetzen. Er wurde wankelmütig, nachdem Gini gegangen war und seine Gefühle kurz rebellierten, so daß er den Flug nach London zweimal verschob. Aber als er schließlich hinuntergangen war, um sich von ihr zu verabschieden, war er überzeugt gewesen, daß er diese Schwäche unter Kontrolle hatte. Es war durchaus möglich, daß er Gini während dieses kurzen Gesprächs dazu bringen mußte, schlecht von ihm zudenken, aber darauf war er vorbereitet. Sein natürlicher Stolz machte ihm die Vorstellung schwer, ihre Achtung zu verlieren, aber wenn eine solche Reaktion die Trennung von ihm leichter machte, dann war er entschlossen, diesen Preis dafür zu zahlen.

Trotzdem begannen ihn fast augenblicklich die Worte auszugehen. Später vermochte er nie genau zu sagen, weshalb. Vielleicht beeinflußten ihn winzige, unbedeutende Dinge wie die Tageszeit, der Spätnachmittag, weder wahrhaft Tag noch Nacht, sondern ein schwebender Zustand zunehmender Dunkelheit, den er mit seinem momentanen Lebensabschnitt assoziierte. Kaum hatte er zu sprechen begonnen, da hatte er das Gefühl, daß seine so sorgsam gewählten Worte so diffus und so unscharf waren wie der abendliche Blick auf Dächer und Kuppeln und Kirchtürme vor dem dunklen Himmel; sie waren weniger genau, wesentlich leichter falsch zu interpretieren, als er beabsichtigt hatte. Er zögerte, erbleichte, fuhr dann mit dem nächsten Satz fort, brach wieder ab.

Schließlich wagte er, sie anzusehen. Sie stand jetzt mit abgewandtem Gesicht am Fenster. Er ließ den Blick auf ihrem leuchtenden Haar, dem blassen, geschwungenen Hals, ihrem hellgrauen Kleid ruhen. In diesem Augenblick wurde das Verlangen nach ihr fast übermächtig. Es war keine physische Begierde, doch er wußte sehr wohl, daß ihn dieser Drang fortreißen würde, wäre er so unklug, sich ihr zu nähern oder sie zu berühren. Es war ein Verlangen jenseits aller Erklärung und ganz bestimmt weit abseits jeder Vernunft; er verzehrte sich nach dem Glück, das sie allein ihm geben konnte. Er wußte, wie diffus diese Kraft war; er wußte, daß sie sich aus tausend zerbrechlichen Komponenten zusammensetzte, zum Großteil Intuition, etwas Instinkt, etwas irrationaler Hoffnung, und dennoch war sie biegsam

und fest wie ein Stahlkabel auf einer Seilwinde. Er spürte, wie ihn das erst flüsternde, dann sprechende Schweigen zu ihr hinzog. Er wußte, daß sie diesem so beredten Schweigen genauso intuitiv und aufmerksam lauschte wie er. Dann drehte sie sich langsam um und stellte sich seinem Blick, und in diesem Augenblick war er nur einen Fingerbreit von der absoluten Gewißheit entfernt, daß sie nicht nur begriff, sondern genauso empfand wie er.
Sie machte eine kleine, abwehrende Geste, als wollte sie die Luft wegwedeln. Er verfolgte, wie sich ihre Miene veränderte, erst weich und dann von Reue überschwemmt wurde.
»Nicht.« Sie kam auf ihn zu und nahm seine Hand. »Du wolltest eine Rede halten, nicht wahr?«
»Ja.«
»Tu es bitte nicht. Ich kann sie mir vorstellen. Ich wollte auch eine Rede halten. Eine ähnliche, nehme ich an. Nichts davon wäre wahr gewesen – es hätte die Sache vielleicht erleichtert, aber es wäre nicht wahr gewesen. Ich wollte mich – ach, hart geben, nehme ich an. Spröde. Abfällig. Ironisch. Vielleicht ein bißchen billig. Billig könnte ganz nützlich sein, habe ich gedacht ...« Sie hielt inne, zeigte die Spur eines Lächelns. »Und du?«
»Brüsk. Schäbig. Typisch Mann. Ich habe einige Übung darin.«
Sie lächelte wieder, dann füllten sich ihre Augen mit Tränen, und sie schüttelte den Kopf.
»Ich bin froh, daß du es nicht getan hast. Es hätte mir nicht gefallen. Das hätte bedeutet, daß ich mich in dir getäuscht hätte – daß du anders wärst, als ich geglaubt habe ...« Sie zögerte, sah dann halb zweifelnd, halb flehend zu ihm auf. »Darf ich statt dessen etwas anderes sagen? Es wird nicht lange dauern, Ehrenwort – und wahrscheinlich sollte ich es gar nicht sagen, aber –«
»Sag es mir.«
»Ich könnte dich lieben, Rowland ...« Ihr stockte der Atem, als würden sie diese Worte ebenso erschrecken wie ihn. Sie drehte den Kopf zur Seite, als würde sie sich schämen, sah ihn dann wieder an, nahm seine Hände. »O Gott – ich glaube, das ist die Wahrheit. Ich glaube, ich habe das von Anfang an gewußt – auch wenn ich nicht weiß, warum. Schon als ich hier mit dir in dieses Zimmer ging, als du zu reden anfingst – noch bevor du mich berührt hast, da bin ich mir si-

cher. Ich glaube, deshalb bin ich mit dir ins Bett gegangen – aber das könnte auch nur eine Ausrede sein. Nein. Nein …« Sie schüttelte zornig den Kopf. »Es ist keine Ausrede – es war wirklich so. Etwas kam über mich, aus heiterem Himmel, ich hatte nichts vorhergesehen, Ehrenwort. Es hatte nichts mit einer Strategie oder Entscheidungen zu tun … ich konnte einfach … Ich konnte ganz deutlich alle möglichen Konsequenzen sehen. Ich konnte sie *hören*, Rowland, sie waren in meinem Kopf – all diese Lügen, das Elend, der Vertrauensmißbrauch, der Schmerz, den ich jemanden zufügen würde, den ich liebte – den ich immer noch liebe. O Gott …« Ihre Miene verzerrte sich »Ich habe all diese Konsequenzen, all diese Schranken gesehen – und es dennoch getan. Ich bin nicht stolz darauf, aber ich kann mich dessen auch nicht schämen. Ich habe – ich habe etwas gespürt, bei uns im Zimmer, etwas *Strahlendes*, Rowland, vielleicht auch Gutes, etwas wie eine Hoffnung, wie ein Versprechen – nein, nicht wie ein Versprechen, wie ein Blick, ein winziger Blick auf eine ganz andere Zukunft, und ich … O Gott. Ich sollte das nicht sagen –«
Sie verstummte, Tränen traten ihr in die Augen, und sie senkte den Kopf, während sie sprach, hatte sie zu zittern begonnen. Rowland war tief bewegt; alles, was sie zu beschreiben versucht hatte, hatte er, in genau dieser Flüchtigkeit und Stärke, ebenso empfunden.
Er murmelte ihren Namen und zog sie in seine Arme. »Liebling,«, begann er. »Ich verstehe. Ich weiß genau, was du meinst. Hör mir zu, Gini.«
»Nein. Nein.« Sie versuchte, sich von ihm zu lösen und klammerte sich dann wieder an ihm fest. »Nein – du mußt mir zuhören, Rowland. Bitte. Rühr mich nicht an – ich muß das zu Ende bringen. Ich muß mich entscheiden, das weiß ich. Ich weiß es schon seit Tagen. Ich habe immerzu nachgedacht – ich habe an nichts anderes gedacht. Ich *muß* eine Entscheidung fällen. Und ich habe mich entschieden, Rowland – ich habe mich bereits entschieden. Ich werde bei Pascal bleiben. Rowland, er liebt mich – ich kann nicht anders –«
»*Warum*, Gini? *Warum?*« Er zog sie wieder in seine Arme und zwang sie, ihn anzusehen. »Du brauchst dich nicht zu entscheiden – noch nicht. Du solltest nicht einmal versuchen, dich jetzt schon zu entscheiden. Du solltest abwarten, nachdenken. Gini, hör mir zu – glaubst du, mir hat das nichts bedeutet, was hier zwischen uns pas-

siert ist? Du sagst, du *könntest* mich lieben? Warum sagst du das – *warum?* Du weißt, daß das nicht stimmt – es ist viel mehr, viel stärker!«

»Nein. Nein, und ich meine, was ich sage. Ich *traue* dieser Art von Liebe nicht, Rowland. Ich traue dem Verliebtsein nicht – es ist zu ... es ist, als wäre man betrunken oder unter Drogen. Ich bin dann – ich kann nicht *nachdenken,* wenn ich verliebt bin. Ich bin dann *blind* – du kannst es in meinem Gesicht sehen – schau nur ...«

Rowland sah sie an. Ihre Miene war voller Widersprüche, leidend und beglückt zugleich. Die Tränen, die aus ihren Augen strahlten, blendeten ihn.

»Du glaubst, ich kann dich jetzt ansehen ...«, begann er unsicher.

»Liebling, auch ich bin blind – aber ich bin auch ... Gini, willst du mir um Himmels willen zuhören?«

»Nein – ich weiß, was du sagen willst. Ich kann es fühlen, *hier* ...« Farbe flutete in ihr Gesicht. Sie preßte sich die Hand aufs Herz. »Du siehst besser, du siehst *mehr*. Ich weiß. Ich weiß. Aber Rowland, dem darfs du nicht *trauen.* Es ist nicht das erste Mal, daß du so etwas fühlst – ganz bestimmt nicht. Es ist auch nicht das erste Mal, daß ich so etwas fühle. Und dieses Gefühl ist nicht von Dauer, daß weißt du genausogut wie ich – wir sind beide alt genug. Es ist da – und irgendwann schwindet es wieder. Deshalb, Rowland, muß ich auf all diese anderen Stimmen *hören*. Vertrauen. Ehre – falls ich noch welche habe. All die Versprechen, die ich Pascal gegeben habe. Was ich gesagt habe. Was ich *geschworen* habe. Ich kann das nicht einfach vergessen, Rowland. Ich liebe ihn wirklich. Ich liebe ihn sehr. Ich schulde ihm – soviel, ich kann es dir nicht erklären –«

»Du brauchst es mir gar nicht zu erklären.« Er drehte sich von ihr weg. Sein Gesicht verdüsterte sich blitzschnell. »Ich *weiß*, warum du das sagst. Er hat dir gestern das Leben gerettet. Das steckt dahinter. Wenn das nicht passiert wäre, dann könnte alles anders sein –«

»Du irrst dich.« Ihre ruhige Antwort durchschnitt den Zorn, der plötzlich aus seiner Stimme sprach. »Du irrst dich, Rowland. Ich weiß, daß er mir das Leben gerettet hat. Aber ich habe auch seines gerettet.«

Rowland wollte zu einer weiteren ungestümen Bitte ansetzen und war kurz davor, sich wieder zu ihr umzudrehen; doch dann sah er davon ab. Bis zu diesem Augenblick hatten ihm ihre Miene, ihre Augen die Sicherheit gegeben, sie noch überreden zu können. Doch diese so leise und eigenartig trotzig abgegebene Erklärung hemmte ihn. Vielleicht dachte er, ist das ein Vorwurf gewesen.

»Ich glaube dir nicht«, begann er leise. »Ich *kann* dir nicht glauben. Ich soll einfach so aus dem Zimmer verschwinden – nach allem, was du gesagt hast? Keine Anrufe, keine Bitten, keine Briefe, so wenig Begegnungen wie nur möglich? Nicht mit mir. Ich liebe dich, Gini – ich kann das nicht. Was soll ich denn tun – wieder zu dem werden, was ich vorher war? Zu einem Halbtoten? Gini, hör mich an –«

»Das werde ich nicht. O nein, das werde ich *nicht* ...« Sie schrie auf und versuchte sich zu begreifen, als er ihre Hände nahm.

»Begreif doch ...« Sein Griff wurde fester »Wenn ich das sage – wenn ich sage, daß ich dich liebe –, glaubst du, ich sage das einfach so dahin? Das tue ich nicht. Ich kann mich nicht ändern. Ich überlege mir genau, was ich sage – vor allem wann ich so etwas sage. Seit sechs Jahren habe ich dieses Wort nicht mehr in den Mund genommen, und – falls das für dich von Bedeutung ist –, die letzte Frau, zu der ich es gesagt habe, ist seit sechs Jahren tot. Verstehst du mich jetzt? Gini ...« Es wurde absolut still. Gini starrte ihn an. Sein Gesicht war bleich vor Anspannung. Plötzlich und mit einer merkwürdig förmlichen Geste gab er sie frei und trat einen Schritt zurück.

»Das wollte ich nicht. Das wollte ich vor allem nicht sagen. Ich wollte einfach verschwinden und meine Gefühle für mich behalten. So hatte ich es mir vorgenommen.« Er zögerte. »Ich kann sehen, wie sehr Pascal Lamartine dich liebt. Ich zweifle nicht daran, daß du ihn ebenfalls liebst. Ich habe das Gefühl, daß ich seit gestern in seiner Schuld stehe. Aber ich merke, daß ich unmöglich ... Dafür steht zuviel auf dem Spiel.« Er zuckte kurz und aufgebracht mit den Achseln. »Ich will es dir ganz klipp und klar sagen. Ich bin altmodisch – das hat Lindsay mir erklärt. Und deshalb würde ich – wenn du einverstanden wärst – dich heiraten. Und falls du mich immer noch fortschicken willst, dann kannst du das in diesem Wissen tun.«

Sein Benehmen war mit jeder Sekunde förmlicher geworden; seine letzten, fast abweisend vorgebrachten Worte waren so gefühlsleer, wie es ihm nur möglich war – und um so wirksamer. In Ginis Augen standen Tränen.

»*Wie* kannst du so was sagen? Hör auf, Rowland. Du kennst mich doch kaum –«

»Ich kenne dich gut genug.«

»Das ist nicht wahr. Du solltest so was nicht sagen. Das ist nicht fair mir gegenüber. Und nicht fair dir gegenüber –«

»Wirklich nicht?« Er sah sie kalt an. »Wieso nicht? Ich sehe die Alternative nur zu deutlich. Ich weiß genau, wie es wäre, jetzt aus diesem Zimmer zu verschwinden, dich nie wiederzusehen, deine Stimme nicht mehr zu hören. Dieses Halbleben. Mein Gott, ich kann es mir *nur zu gut* vorstellen –«

»Das *muß* doch nicht so kommen ...« Sie schlug die Hände vors Gesicht. »Du weißt, daß ich recht habe, Rowland. Solche Gefühle *ändern sich.* Vielleicht empfindest du jetzt so – und ich vielleicht auch ... Aber wenn wir fest bleiben, wenn wir diese Gefühle ignorieren, uns möglichst nicht sehen – dann werden wir vergessen. All das, *all* das – es wird immer schwächer werden und uns schließlich absurd vorkommen, und eines Tages werden wir uns beide daran erinnern und denken, Gott sei Dank war ich vernünftig. Was war ich doch für ein Idiot – wie konnte ich mir nur einbilden –« Gini verstummte. Sie sah, wie sein vor Sorge erhitztes Gesicht ruhig und fest wurde, und nahm seine Hand.

»Du glaubst, wir bilden uns das alles nur ein?« fragte er ruhig. »Wenn dem so ist, dann danke ich dem Himmel für unsere Einbildungskraft. Ich vertraue ihr mehr als jeder Vernunft. Willst du mir etwa weismachen, du tust das nicht?«

Es blieb absolut still, während er auf ihre Antwort wartete. Draußen schlug eine Kirchturmuhr die volle Stunde, der Verkehr rauschte vorbei, Stimmen aus anderen Leben drangen von der Straße herauf. Gini blickte auf ihre Phantasien, und auch auf seine. Genau wie er konnte sie eine mögliche Zukunft erkennen, diesig und ein wenig nebelverhangen wie ein Frühlingsmorgen, der bereits ahnen läßt, wie lieblich der Tag wird. Sie sah, wie sich ihr Leben verzweigte, nach Norden, Süden, rechts, links. Die Vision vor ihren Augen ähnelte sehr dem strahlenden Panorama, das Pascal ihr einst eröffnet hatte. Beide Männer schienen die Fähigkeit zu haben, alle ihre Schutzmechanismen zu überwinden und ihren Geist mit glanzvollen Phantasien und Versprechungen zu überschwemmen. Sie war nicht sicher, ob den beiden diese Fähigkeit angeboren war oder ob sie selbst es war, die sie ihnen verlieh. Daß nicht nur Pascal, sondern auch ein anderer Mann dazu fähig war, und noch dazu so kurz nach Pascal, verwirrte sie. Plötzlich mißtraute sie ihrer Freude und auch sich selbst. Verglichen mit derartig substanzlosen Gefühlen wirkten Begriffe wie Pflicht und Loyalität und der eingespielte Tagesablauf einer bereits bestehenden Liebesbeziehung so sicher, so empfehlenswert. Es war eine Frage der *Disziplin*, sagte sie sich, es ging darum, geleistete Schwüre einzuhalten und auf diese Weise Pascal und sich selbst treu zu bleiben. Sie blickt ein letztes Mal auf die andere Gini, jene Spiegelfrau, die nur zu bereit war, Regeln zu brechen und Risiken einzugehen, und verstieß sie dann, löschte sie aus.

Augenblicklich hatte sie das Gefühl, beraubt worden zu sein, einen schmerzvollen Verlust erlitten zu haben. Sie ignorierte diese Empfindung; vielleicht fühlte sie sich jetzt auf unerklärliche Weise bestohlen, doch dafür würde sie sich im Lauf der Zeit bereichert und befreit fühlen.

»Du mußt zum Flughafen. Ich muß ins Krankenhaus«, sagte sie.

»Ich verstehe.« Rowland gab sie augenblicklich frei und trat einen Schritt zurück. »Das ist dein letztes Wort?«

»Ja, Rowland. Das ist es.«

Die Antwort traf ihn wie ein Schlag ins Gesicht. Er drehte wie geblendet den Kopf zur Seite und sah sie dann wieder an. Er blickte auf seine Uhr, überprüfte das Flugticket in seiner Manteltasche, holte Luft und sagte dann, ruppig und steif, genau das, wovor sie am meisten Angst hatte. »Wir hatten ungeschützten Sex«, begann er verlegen. »Verzeih mir, aber ich muß das sagen. Ich habe damit eine eiserne Regel gebrochen. Wenn irgendeine Möglichkeit bestünde, daß du schwanger geworden bist, begreifst du? Dann müßte ich Konsequenzen ziehen.«

»Ich nehme die Pille, Rowland«, erwiderte sie mit gesenktem Blick. Sie starrte auf den Teppich, auf die Muster, die sie trennten. Sie sah ihn näher kommen. Er blieb stehen, blickte schweigend auf sie herab. Dann hob er ganz sacht ihr Gesicht an und musterte es.

»Du sagst nicht die Wahrheit«, stellte er ruhig fest. »Ich kann das verstehen – aber du darfst mich nicht anlügen, Gini, nicht wenn es um etwas so Wichtiges geht. Sieh mich an. Ich möchte, daß du mir etwas versprichst. Gut, ich werde gehen. Aber wenn du es mit Sicherheit weißt, so oder so, dann schick mir ein Telegramm oder ruf mich ein einziges Mal an. Du brauchst nur ja oder nein zu sagen. Versprichst du mir, daß du das tun wirst?«

»Ja. Ich verspreche es dir.«

Er nahm ihre Hände. »Wenn die Antwort nein lautet, gut; dann werde ich mich deinen Wünschen beugen. Ich werde aus deinem Leben verschwinden. Ich werde mein Leben weiterleben. Doch wenn die Antwort ja lautet, dann ist es mir egal, wo du steckst oder mit wem du zusammen bist, dann komme ich mit dem nächsten Flieger. Und dann wirst du mich nicht so leicht wieder loswerden. Bist du dir darüber im klaren?«

Er beobachtete, wie sich ihre Miene verwandelte, wie plötzlich Zustimmung aus ihren Augen sprach. Eigentlich hatte er, eigenartig fest davon überzeugt, daß er zurückgerufen würde, in diesem Moment gehen wollen und sogar Anstalten dazu gemacht. Doch da gab sie einen undefinierbaren Laut von sich oder machte eine undefinierbare Geste, und plötzlich – schließlich war er auch nur ein Mensch, ein Mann, und weit weniger entschlußfest, als er glauben machen wollte – gab er nach und küßte sie auf den Mund. Er spürte ihre Reaktion und wäre vielleicht sogar jetzt noch geblieben, gerade jetzt, doch sie nahm ihn bei der Hand, führte ihn zur Tür und schloß sie ruhig, aber fest hinter ihm, bevor einer von beiden ein weiteres Wort riskieren konnte.

Wie betäubt fuhr er mit dem Aufzug nach unten, wie betäubt hinaus zum Flughafen. Benommen saß er im Flugzeug, passierte er den Zoll in London; fast überrascht fand er sich etwas später in seiner Wohnung wieder.

Danach funktionierte er zwei Wochen lang wie auf Autopilot. Die ganze Zeit über war er fest davon überzeugt, daß er irgendwann gerufen würde. Als er im Februar Ginis Telegramm mit dem einen Wort »Nein« erhielt, floh er am gleichen Tag nach Schottland, wo er allein kletterte und einige Male wider besseres Wissen, doch mit einem gewissen Trotz, geradezu törichte Risiken einging.

Nichts geschah. Er kehrte zurück nach London, in sein Haus mit dem Blick auf den Kirchturm von Hawksmoore. Im März rief ihn Max um drei Uhr morgens an, um zu verkünden, daß Charlotte soeben ihre erste Tochter zur Welt gebracht habe. Im April erhielt er eine Einladung zur Taufe, die im Laufe des nächsten Monats stattfinden sollte.

Mai; Rowland nahm die Einladung an. »Wir möchten, daß du Taufpate wirst«, eröffnete ihm Max mittags bei einem Sandwich in seinem Büro. »Schließlich hast du prophezeit, daß es ein Mädchen wird ...«

»Mit Vergnügen. Ich fühle mich geehrt«, sagte Rowland.

»Charlotte möchte, daß Tom der andere Taufpate wird ...«

»Eine ausgezeichnete Wahl.«

»Was die Patinnen angeht – da sind wir uns noch nicht sicher. Eine von Charlottes Schwestern wahrscheinlich ...« Max sah Rowland verstohlen von der Seite an. »Und dann dachten wir an Lindsay ...«

Rowland nickte nur. Er widmete sich wieder der Story, die am nächsten Tag erscheinen sollte. Gini hatte sie verfaßt und direkt an Max gefaxt; sie drehte sich um die Razzia in einem kleinen Amsterdamer Drogenlabor, das von einem amerikanischen Dealer und einem holländischen Chemiker geführt wurde. Beide Männer waren in Haft. Die Story schien Rowland weit mehr zu interessieren als die Einzelheiten der Taufe oder die Frage, wer Patenonkel und -tante des kleinen Mädchens werden sollte.

Sobald Rowland sein Büro verlassen hatte, rief Max seine Frau an. Sie unterzog ihn einem ausführlichen und eindringlichen Verhör. Max seufzte.

»Sieh den Tatsachen endlich ins Auge, Charlotte«, sagte er. »Ich hab's dir doch gesagt. Nicht die geringste Chance.«

Lindsay hätte sich seiner Meinung nicht unbedingt angeschlossen. Während der vergangenen Monate hatte sie Zeit zum Nachdenken und für gewisse Beobachtungen gefunden, und diese Beobachtungen beeinflußten sie natürlich. Ihr war aufgefallen, daß Gini, mit der sie regelmäßig telefonierte, zusammen mit Pascal in Frankreich geblieben war. Ihr war aufgefallen, daß Ginis Stimme sich optimistisch und fröhlich aufhellte, als sie ihr erst von der gelungenen Operation an Pascals zerspittertem Arm und später von seiner langsamen, aber fortschreitenden Genesung erzählte. Ihr war aufgefallen, daß Gini und Pascal es offenbar nicht eilig hatten, nach

London zurückzukehren, und mindestens bis Ende Mai in Paris zu bleiben beabsichtigten. Ihr war aufgefallen, daß Rowland McGuire inzwischen länger arbeitete als jeder andere im Gebäude des *Correspondent,* Max eingeschlossen. Ihr war (dank Pixies Mitwirkung) aufgefallen, daß McGuire gegen die Verlockungen durch verführerische Frauen neuerdings eigenartig immun war: Seine neueste Recherche-Assistentin (so behauptete jedenfalls Pixie), eine junge Frau von so augenfälliger Heiratswilligkeit, daß Lindsay sie vom ersten Augenblick an haßte, hatte sich dem Vernehmen nach wenig zurückhaltend und noch weniger subtil auf McGuire gestürzt; sie hatte sich eine brüske und unhöfliche Abfuhr eingehandelt.
Solange Lindsay sich stark fühlte, konnte sie diese Beobachtungen ignorieren. Unglücklicherweise schien sich Markov ausgerechnet ihre schwächeren Momente auszusuchen, um in Erscheinung zu treten. Er hatte sich selbst zum *agent provocateur* in Liebesdingen ernannt. »Wie geht's *voran,* Lindyschätzchen?« flötete er von Hyderarbad aus ins Telefon. »irgendwelche *Fortschritte?«* herrschte er sie aus einem Kaff in der Mojavewüste an. »Was *soll* das?« kreischte er aus einem Wohnmobil vor einer verlassenen australischen Zinnmine, wo er für *Vogue* Ballkleider fotografierte. »Was bist du denn für eine *Frau,* Lindy? Was fließt eigentlich in deinen Adern, *cherie* – Wasser oder Blut? Los, an die Arbeit. Morgen komme ich zurück. Dann gehe ich mir dir in diese litauische Pinte. Und glaub mir, ich erwarte *action*! Ich erwarte einen ausführlichen *Bericht* ...«
»*Und?*« fragte er am folgenden Abend in den düsteren Gewölben eines edlen litauischen Restaurants, das einigermaßen *en vogue* war und wo es Klöße und eingelegten Fisch gab. »Klär mich auf, meine Süße. *Verkehr ausgeführt* – oder befinden wir uns immer noch in jenem ermüdenden Stadium der Werbung? Weder noch? Ich kann es einfach nicht *glauben* ...« Er rückte die Hutkrempe zurecht, seufzte und zündete sich eine Zigarette an. »Also gut«, erklärte er geschäftsmäßig. »Ich möchte ganz sicherstellen, daß ich das richtig sehe. Ich muß, sagen wir mal, völlig im Bild sein, bevor ich zur Tat schreite. Bedeutungsschwangere Blicke?«
»Kein einziger.«
»Eine zufällige Berührung?«
»Ich wäre überglücklich.«

»Anrufe?«
»Du machst wohl Witze?«
»Konkurrenz?«
»Keine, soweit ich weiß. Man munkelt, er sei zum Mönch mutiert.«
Markovs Gesicht hellte sich auf. »Wenigstens *das* klingt vielversprechend. Abstinenz erhöht definitiv deine Chancen, Schätzchen. Vor allem in diesem Fall. Also. Hast du es mit einem gemeinsamen Drink nach der Arbeit probiert?«
»Ja, verdammt noch mal. Kannst du mal Pause machen, Markov? Er wollte keinen Drink. Er hat auch eine Einladung zum Essen bei mir daheim ausgeschlagen. Nicht mal beim Kino hat er angebissen – dabei war das eine hundertprozentige Sache. Drei Stunden Eisenstein *plus* Tom, damit er sich in Sicherheit wiegt. Ich war *sicher*, daß er dem nicht widerstehen könnte, aber nein …«
»Noch mehr Überstunden?«
»Noch mehr Überstunden.«
Markov wirkte interessiert und leicht irritiert. Er setzte die Sonnenbrille ab und schenkte ihr einen seiner Eichhörnchenblicke.
»Du versuchst es nicht *richtig*, Lindy. Du mußt *dreister* werden, okay? Schlag zu, sonst wirst du es ewig bereuen. Schluck deinen Stolz runter, Darling. Pfeif auf deine Prinzipien. Du mußt Dinge tun, von denen nicht mal Engel zu träumen wagen.«
Lindsay ließ sich das durch den Kopf gehen.
»Wie?« fragte sie.
Markov sah sie nachdenklich an. Er erklärte, daß der eingelegte Fisch so ziemlich das Widerwärtigste sei, was er in seinem ganzen Leben gegessen habe. Dann bestellte er Wein und Kaffee nach und zündete sich die nächste Zigarette an.
»Gemeinsame Interessen«, verkündete er schließlich gewichtig. »Erzähl ihm, daß du Bergsteigen lernen willst. Kauf dir Bergschuhe. Einen von diesen gräßlichen Anoraks. Marschier mit ihm über die Hügel, Schätzchen. Halte dich gelegentlich an seinem männlichen Arm ein. Trag ihm seine Kletterhaken –«
»*Gnade*, Markov. In einem Anorak sehe ich einfach beschissen aus. Und mir wird schon auf den Stufen vor meinem Haus schwindlig.«
»Okay, okay. Überlegen wir weiter. *Kirchen*. Du hast gesagt, er mag Kirchen …«

»Ich habe gesagt, er mag *eine* Kirche, Markov. Die gegenüber seinem Haus.«

»Wenn er eine mag, mag er sie alle. Stell dich nicht so an. Ich kann es *spüren,* Lindy, ich sehe es schon vor mir. Ein Wochenende auf dem Land, ja? Zum Beispiel in Norfolk. In Norfolk gibt es sehr gute Kirchen. Ich war mal dort. Natürlich muß du dich ein bißchen vorbereiten, bevor du losziehst. Lies ein paar Bücher. Dann erzählst du ihm was über Strebepfeiler. Lettner. Du machst *wahnsinnig* einfühlsame Kommentare, mein Herzelieb. Du –«

»Lettner? Das halte ich nicht im Kopf aus.Gib mir noch was zu trinken.«

»Okay. Werden wir gewöhnlich. Wie wär's mit einem Nachtclub?«

»Er haßt Nachtclubs. Ich auch.«

»*Bücher*!« Markovs Gesicht erstrahlte. »Das ist es! Jetzt hab ich's. Du hast doch erzählt, daß er gern liest. Du hast erzählt, er liest Tag und Nacht. Tolstoi, Updike. Proust. Schwere Schinken – das hast du gesagt. Liebling, es ist so *easy*! Jetzt ist mir alles klar. Eine Dichterlesung vielleicht? Eine Buchvorstellung? Oder du sagst: Kann ich mir mal Ihren Tolstoi ausleihen, Rowland? Wie wär's, wenn wir zum Essen gehen und Sie mir was über *Anna Karenina* erzählen? Über *Krieg und Frieden*? Vom Lehrer zum Liebhaber. Kein Mann kann dem widerstehen, Lindy. Eine todsichere Sache.«

»Letzte Woche«, erklärte Lindsay kleinmütig, aber mit Würde, »habe ich einen Roman von ihm geliehen. Ich *wußte,* daß er ihn gerade gelesen hatte, und ich dachte ... Jedenfalls hab' ich ihn mir ausgeliehen. Zwei Tage später habe ich ihm das Buch zurückgegeben – und es war ein dickes Buch, Markov. Ich dachte, er wäre beeindruckt von meiner Schnelligkeit. Ich gab ihm das Buch zurück und hielt eine Rede darüber. Es war eine gute Rede. Sie war treffsicher. Sie war *einfühlsam,* Markov, so verdammt einfühlsam, daß ich selbst fast geweint hätte, und –«

»Was für ein Roman?«

»Das tut nichts zur Sache. Ein französischer. Während meiner Ansprache hat er drei Anrufe entgegengenommen und vier Faxe abgeschickt –«

»*Während* deiner Ansprache? Das ist doch nicht zu *glauben*«

»Während meiner Ansprache. Ich hatte dabei ein neues Kleid an. Ich

hatte mir die Haare schneiden lassen. *Und* ich habe abgenommen –«
»Nada?«
»Oh, er war *sehr nett*. Er hörte mir ein bißchen zu ...«
Lindsay seufzte bebend. »Die Nettigkeit war das Schlimmste, glaube ich. Ich meine, er findet mich nicht *abstoßend*, das kann ich sehen. Aber er zeigt nicht das geringste Interesse. Wohingegen ich – ich kann nachts nicht schlafen, weil ich an ihn denken muß. Ständig käue ich seine Worte wider – nur falls eines darauf schließen lassen könnte, daß er tatsächlich Notiz von mir genommen hatte. Ich reime mir soviel zusammen – es ist *beschämend*, Markov. Er sagt ›Guten Morgen, Lindsay‹ – und ich frage mich, was er wohl damit andeuten will –«
»Ach du Scheiße.« Markov setzte seine Sonnenbrille ab. Sein Blick ruhte auf ihrer kleinen, knabenhaften Gestalt, den kurzen Locken und dem blassen, herzförmigen Gesicht mit den großen Augen. Sie würde gleich weinen, oder vielleicht lachen; was, vermochte er nicht zu sagen.
»Wenn ich ihn sehe, geht die Sonne auf. Wenn nicht, ist der ganze Tag ein Reinfall, Ich hecke dauernd irgendwelche Treffen aus – nur um drei Minuten im selben Raum mit ihm zu sein. Ich *schäme* mich so, Markov. Ich weiß, daß ich mich zum Narren mache, eine Frau in meinem Alter, die einem Mann wie ihm nachstellt. Aber es kommt mir so vor, als wäre er irgendwo eingeschlossen, und manchmal glaube ich beinahe, vielleicht könnte ich ihm den Schlüssel geben. Es ist viel schlimmer als vorher. Je mehr ich mich bemühe – wahrscheinlich kommt das, weil ich sehen kann, daß er nicht glücklich ist, und weil ich ihm das doch so wünsche ... Ach Scheiße. Jetzt fange ich gleich an zu heulen. Es tut mir leid. Weißt du, das Problem ist, ich weine wirklich ... Das ist wirklich nicht komisch. Ich meine, es ist komisch und auch wieder nicht. Ach *Mist*. Jetzt verläuft mir das ganze Mascara. Wahrscheinlich habe ich einfach zuviel getrunken.«
Markov wartete; er drückte ihr die Hand und gab aufmunternde Laute von sich. Kurz darauf versiegten die Tränen wieder.
»Gut«, verkündete er fest. »Jetzt reicht's. Von nun an wird nicht mehr gekleckert. Das hier ist der Ernstfall – also schalten wir auf Alarmstufe Rot. Volle Mobilmachung. Wir aktivieren den Stealthbomber, Lindy, *my love*. Und wir fliegen mitten ins feindliche Ge-

biet, mitten durch die Radarabwehr dieses Mistkerls, denn er wird uns keinesfalls – *keinesfalls*, hast du mich verstanden – entwischen –«

»Stealthbomber?« Lindsay schniefte.

»Markov, nicht einmal ein Atomschlag würde irgendeinen Effekt haben.«

»Ach nein?« Markov schenkte ihr einen durchtriebenen Blick. »Vielleicht nicht, solange du allein bist. Aber jetzt greife *ich* ein. Und ich kämpfe in derselben Gewichtsklasse wie er. Vertrau mir, ich habe schon einen Plan. Einen unfehlbaren Plan. Vor allem bei Männern mit seinem Charakter –«

»Du weißt doch überhaupt nichts über seinen Charakter. Und ich ehrlich gesagt auch nicht. Du kennst ihn nicht. Er ist ein *Enigma*, Markov –«

»Quatsch. Das glauben Frauen immer von den Männern, die sie lieben. Und nachdem du mir so viel über ihn erzählt hast, meine Süße, kenne ich diesen Kerl wie meinen Bruder, okay? Ich kenne ihn von Kopf bis Fuß, ich kenne ihn in- und ausendig, ich kenne ihn, als hätte ich ihn selbst *erfunden*, Lindy – *so* gut, okay? Und dieser Mann hat eine Schwäche, Herzelieb, eine Achillesferse ...«

»Wirklich?«

In dem Bewußtsein, daß sie immer eine unverbesserliche Optimistin bleiben würde, schüttete Lindsay noch etwas Wein in sich hinein. Markov wirkte durch und durch zuversichtlich. Sie schöpfte neue Hoffnung.

»*Galanterie*«, verkündete Markov, plötzlich nachdenklich. »Er hat einen ausgesprochenen Beschützerinstinkt gegenüber Frauen. Wirklich süß.«

»Er hat ein gebrochenes Herz«, widersprach Lindsay verbittert. »Wenigstens nehme ich das an.«

»Liebling«, erklärte er ihr, »in dieser Welt heilen selbst die edelsten Herzen irgendwann. Es ist eine reine Zeitfrage. Ich behaupte nicht, daß wir leichtes Spiel haben werden – man darf den Gegner nie unterschätzen, richtig? Es wird einige Zeit dauern, das sehe ich wohl. Aber als erstes müssen wir dich auf einer aussichtsreichen Position ins Spiel bringen, okay? Also muß er erst einmal Notiz von dir nehmen, ab und zu mit dir zusammensein ...« Er runzelte die Stirn und fügte dann beiläufig an: »Wann ist eigentlich diese Taufe, von der du gesprochen hast? In Maxopolis? Doch in zwei Wochen, im Mai, richtig? Und *er* wird dort sein, und *du* wirst dort sein …«

»Ja. Und was soll mir das bringen? Ich werde *immer noch* unsichtbar sein. Was soll ich deiner Meinung nach denn machen? Ohnmächtig am Taufbecken niedersinken? Markov, wahrscheinlich würde er einfach über mich hinwegsteigen und –«

»Willst du dir meinen Plan jetzt anhören oder nicht? Es ist ein Geniestreich …« Allmählich sah Markov wirklich ausgesprochen zuversichtlich aus. »Hör mir zu, Lindy. Paß auf. Das ist ein Plan mit hundertprozentiger Erfolgsgarantie. Glaub mir, mein Schatz, damit wirst du die gesamte Konkurrenz in den Startlöchern zurücklassen. Und während die anderen immer noch auf das Startzeichen warten, hat dieses kleine Baby schon drei *Runden* gedreht –«

»Was hast du denn vor, Markov?«

»O mein Gott, warum ist mir das nicht früher eingefallen? Ich meine, das ist einfach perfekt, das kann überhaupt nicht schiefgehen, das –«

»Was hast du *vor*, verdammt?«

Markov grinste breit. »Du kennst doch bestimmt ein paar Märchen?« sagte er. »Dann denk mal an – *eine hübsche Prinzessin in Nöten.*«

Kapitel 21

Das Herz kann heilen, dachte Gini. Sie stütze sich auf einen Ellbogen und betrachtete Pascals Gesicht. Er schlief noch tief und fest, aber es war auch noch früh, erst knapp sechs Uhr. Sein dunkles Haar war zerzaust und fiel ihm in die Stirn; im Schlaf wirkten seine Gesichtszüge weicher, und nacheinander zählte sie jene Einfälle der Natur auf, die sie so liebte: hier die Brauen, hier die Wangenknochen, da der Mund. Ein Sonnenstrahl legte sich auf sein Gesicht; er regte sich und sank wieder in Schlaf. Gini beugte sich über ihn, beobachtete ihn mit gespannter Freude. Wenn sie ihn küßte, fragte sie sich, ganz leicht küßte, würde er dann aufwachen?

Sie entschied sich dagegen. Dieser Morgen sollte perfekt sein, und sie mußte noch Vorbereitungen treffen. So leise wie möglich stand sie auf und stellte sich an die Balustrade über ihrem wunderschönen, weitläufigen Studio mit dem riesigen Nordfenster und den lichtgesäumten Vorhängen davor.

Seit zwei Tagen waren sie zurück in London. Noch wußte niemand, daß sie wieder in der Stadt waren. Wir haben gut daran getan, niemanden von unserer Rückkehr zu erzählen, dachte sie. Die meisten ihrer Freunde waren an diesem Wochenende ohnehin nicht da, sondern auf der Taufe von Max' und Charlottes Tochter. Sie und Pascal waren so lange weg gewesen. Über drei Monate, daß kaum mit einem Anruf zu rechnen war. Trotzdem bewahrte ihr Schweigen sie ein paar Tage länger vor unerwünschtem Besuch. Sie waren allein, und diese Vorstellung wirkte berauschend, so als gehörte ihnen die ganze Stadt. Impulsiv machte sie eine schnelle, freundliche Geste, klammerte sich an ihrem Glücksgefühl fest. Ein *Maientag,* dachte sie, ein wundervoller Maientag, an dem unfehlbar die Sonne scheinen würde und an dem die jungen Blätter unterhalb ihres Rundbogenfensters in einer leichten, lauen Brise tanzen würden. Ein Maientag; ein geheiltes Herz; ja, glücklich bis in alle Ewigkeit – ein neues Leben.

Sie schlich die Treppe hinunter und begann, unten leise aufzuräumen. Der heutige Tag sollte perfekt sein, deshalb warf sie die Zeitung vom Vortag weg, stapelte säuberlich die Bücher auf, die sie tags zuvor gelesen hatte, und legte den Pullover zusammen, den Pascal am Abend über die Brüstung geworfen hatte. Dann faltete sie ihn auf eine Eingebung hin wieder auf und drückte das Gesicht in die Wolle; er roch eben noch wahrnehmbar nach seiner Haut und seinem Haar, und das erfüllte sie mit Glück. Sie dachte: Ich hatte recht; ich habe es ganz richtig vorhergesehen, und sie sagte sich – während sie den Pullover wieder zusammenlegte –, daß sie von Rowland McGuire geheilt war, auch wenn er sich noch gelegentlich in ihre Täume schlich. Sie und Pascal hatten dicht, sehr dicht vor dem Abgrund gestanden, doch sie waren vorsichtig zurückgewichen und schließlich entkommen.

Es war kein leichtes Entkommen gewesen; in Paris war sie manches Mal verzweifelt, so wie Pascal auch. Aber irgend etwas – Gott, Glück, Ausdauer – hatte ihnen geholfen. Und jetzt,heute spürte sie, wie gewogen ihr das Schicksal war: Sie hatte es vielleicht nicht verdient, aber das Glück lachte ihr und hatte sie verschwenderisch bedacht.

Zwiefach gesegnet, dachte sie und vollführte in spontaner Freude eine kleine Pirouette. Dann zog sie den Pullover über ihr dünnes weißes Nachthemd, weil sie Pascal auf ihrer Haut spüren wollte. Sie tappte hinaus in die Küche und begann verträumt, ein Tablett zusammenzustellen – vielleicht sollte sie eine Blume darauflegen? Absurd, dachte sie; doch diese Details waren von Bedeutung, weil sie sich beide immer daran erinnern sollten. Darum: ein perfektes Tablett, ein perfektes Frühstück; und ein perfekter Anfang, ein perfekter Anfang für einen perfekten Tag.

»Was für ein Tag«, bemerkte jemand, als Rowland die Hintertür von Max' Haus öffnte und in den frischen Maimorgen trat.

Vergrätzt blieb Rowland stehen. Es war noch nicht einmal sieben

Uhr; er hatte nicht erwartet, daß außer ihm jemand auf war; er hatte ganz gewiß nicht erwartet, jemanden in Max' Garten anzutreffen, und Akzent wie Intonation dieser Stimme erfüllten ihn mit einer düsteren Vorahnung. Er blickte zornig nach rechts und links. Es war niemand zu sehen.

»Perfekt«, antwortete er abweisend.

»Ein perfekter Tag für einen *Spaziergang*«. Die Stimme schien jetzt hinter einer Eibe mit Zierschnitt hervorzukommen. »Stört es Sie, wenn ich sie begleite?«

Es störte Rowland durchaus. Es störte ihn zutiefst. Mit ausgreifenden Schritten marschierte er in die entgegengesetzte Richtung davon, um eine Hecke herum und an einem Goldregenspalier entlang. Gerade als er sich zu seinem erfolgreichen Manöver gratulieren wollte, tauchte wie aus heiterem Himmel Markov – diese lachhafte Gestalt – an seiner Seite auf.

»*Was* für eine gute Idee«, verkündete Markov halb im Scherz.

»Ein Spaziergang vor dem Frühstück, an einem englischen Frühlingsmorgen. Den Wind im Gesicht. Ein Marsch über die Hügel. Oder vielleicht ein gemächliches Dahinschlendern entlang den sanft gewundenen Ufern des Flusses ...«

Rowland schätzte Markov mit einem schnellen Blick ab. Er hatte nicht die leiseste Ahnung, wie Max und Charlotte auf die absurde Idee verfallen waren, Markov zur Taufe ihrer Tochter einzuladen, wenngleich er vermutete, daß Lindsay bei dieser Einladung ihre Hand im Spiel gehabt hatte. Markov war Rowland ein steter Dorn im Auge, in ihrem Haus und noch mehr hier draußen. Er musterte Markov von Kopf bis Fuß; wie schon am vergangenen Abend machte dieser unerträgliche Mensch eine lächerliche Figur. Seine Hose schien aus schwarzem Samt zu bestehen. Seine Jacke – nein, Rowland brachte es nicht über sich, seine Jacke anzusehen. Er trug Ohrringe und hatte sich eine Baseballkappe verkehrt herum auf die langen, flachsfarbenen Locken gesetzt. Wie gewöhnlich – er hatte sie während des gestrigen Abendessens nicht ein einziges Mal abgesetzt – saß eine Sonnenbrille auf seiner Nase. Mit *verspiegelten* Gläsern. Finster blickete Rowland in sein gespiegeltes Gesicht. Dann senkte sich sein Blick auf Markovs schneeweiße High-Top Designerturnschuhe. Seine Mundwinkel zuckten ironisch. Mit etwas Glück wäre

der kettenrauchende Markov außer Atem, noch bevor sie den Obstgarten hinter sich gelassen hatten.
»*Nicht* das Tal«, erwiderte er mit ausgesuchter Höflichkeit. »Ich will dort hinauf.« Er deutete zu den Hügeln hin. »Natürlich können Sie mich gern begleiten. Ich muß Sie jedoch warnen. Es ist ein steiler Weg. Und wahrscheinlich ziemlich schlammig –«
»Keine Angst.« Markov wedelte matt mit der Hand. "Ich werd' mich schon durchackern. Ich *liebe* Wanderungen. Daheim – ich bin aus Kalifornien, habe ich das schon erwähnt?«
»Ich habe es mir gedacht.«
»Also, daheim, wissen Sie, wo ich da Wandern gehe? Vielleicht haben sie schon mal von Yosemite gehört, also –«
»Ich bin im Yosemite Nationalpark *geklettert*. Schon öfter.«
»Wow. Was für ein Zufall. Von fast kosmischem Ausmaß, nicht wahr? Also, ich bin dort alle drei Monate. Wenn ich von einem Fototermin heimkomme, ganz egal wo, dann *wandere* ich. Durch die Wildnis. Weitab von jeder menschlichen Zivilisation. Das durchlüftet irgendwie das Gehirn. Sie werden das wahrscheinlich verstehen ...«
Rowland schauderte und beschleunigte seinen Schritt. Er gelangte an den Fuß des steilsten Hügels hinter Max' Grundbesitz und erklomm in atemberaubendem Tempo den jäh ansteigenden und tatsächlich schlammigen Pfad. Zu seiner tiefen Verärgerung hielt Markov mit. Rowland beschleunigte nochmals; er wartete auf Klagen, Gestöhne oder Gejammere; nichts war zu hören. Markov blieb ihm auf den Fersen wie ein Bluthund.
»Ich hätte nicht gedacht«, erklärte Rowland nach einer Weile gepreßt, »daß Sie viel für Landtaufen übrig haben. Ebensowenig wie für Wanderungen übrigens –«
» In diesem Fall«, antwortete Markov, während er mit einem kurzen Spurt aufholte, »hätten Sie hundertprozentig und absolut falsch gelegen. *Um nichts in der Welt* hätte ich dieses Ereignis missen wollen.«
Rowland warf ihm einen Blick zu, aus dem ungetrübte Antipathie sprach. Markov, groß, schlank und drahtig gebaut, hatte es irgendwie geschafft, sich vor ihn zu setzen. Mit seinen schauderhaft weiß leuchtenden Turnschuhen stapfte er voran, arbeitete sich um Felsen

herum und über Kaninchenlöcher hinweg. Rowland wurde langsamer, aber auch damit erreicht er nichts; nachdem Markov endlich für einige Minuten aus einem Blickfeld verschwunden war, tauchte er unvermittelt hinter einem Dornendickicht wieder auf. Mit einem breiten, herrischen Lächeln nahm er den Platz neben Rowlands tweedbejacktem Ellbogen wieder ein und paßte seinen Schritt dem Rowlands. an.

»Natürlich bin ich wirklich und eigentlich *Lindsay* zuliebe hier«, fuhr Markov selbstversunken fort. »Weil, ich meine, ich bewundere und mag sie wirklich, und zur Zeit braucht sie ihre Freunde. Also – moralische Untersützung ist fällig, okay? Ich nehme an, Sie hat Ihnen nichts davon erzählt? Nein – das würde sie nie tun. Arme Lindsay. Selbst wenn sie dringend Hilfe und guten Rat braucht – kann sie darum bitten? Nein. Dafür ist sie natürlich zu stolz.«

Er warf Rowland einen verstohlenen Blick zu, während er das verkündete. Rowlands markantes Gesicht ließ keinerlei Reaktion erkennen, und Markov zollte ihm dafür widerstrebend Bewunderung. Wirklich so atemberaubend, wie Lindsay behauptet hat, dachte er, und keinesfalls ein leichtes Opfer. Dies würde wesentlich mehr Einsatz erfordern, als er geglaubt hatte; Rowlands Verachtung war fast körperlich zu spüren. Sie sprach aus dem verächtlichen Blitzen seiner grünen Augen und aus den schmalen Lippen. Markov beschloß, Eindruck zu schinden: schwenkte den Zauberstab, dachte er bei sich – ach ja, und schlag lieber einen andern Ton an.

Und so redete er ohne seine üblichen Sprachmanierismen weiter – die ohnehin nur Tarnung waren. Er fragte sich, wie lange dieser McGuire brauchen würde,um zu merken, daß sein Begleiter kein Vollidiot war. Fünf Minuten? Zehn? Es waren fünfzehn. Fünf Minuten über das Thema Schottland, wo Markov zum Glück schon oft gearbeitet hatte; fünf Minuten über Dostojewski (ein Thema, in dem Markov brillierte), und fünf Minuten völligen Schweigens. Markov hatte den Eindruck daß das Schweigen schließlich den Ausschlag gab. Rowland McGuire beschleunigte die letzten fünfhundert Meter zur Hügelkupppe so abrupt, daß selbst Markov nicht mithalten konnte, aber oben wartete McGuire mit einem leisen Lächeln auf ihn.

»Also gut«, sagte Rowland, als Markov bei ihm angelangt war. »Sie

sind ein guter Wanderer. Sie sind ein guter Redner. Was wollen Sie?«
»Ich will Sie nicht anbaggern«, erwiderte Markov unverblümt. »Nur falls Ihnen das in den Sinn gekommen sein sollte.«
»Das ist es nicht. Ich bin sicher, daß Sie sich den Tag nicht mit einer solchen Zeitverschwendung verderben würden.«
»*Die Zeit verdarb ich, nun verdirbt sie mich*«, zitierte Markov schlagfertig. »Das ist nicht mein Stil. Da haben Sie recht.«
Er lehnte sich an eine Mauer, zog ein Päckchen Marlboros heraus und zündete sich eine an. Seine verspiegelte Sonnenbrille blickte auf das Tal, das tief unter Ihnen lag.
»Tolle Aussicht von hier oben.«
Sie waren nicht weit von der Stelle entfernt, wo Rowland Cassandra Morleys Leiche gefunden hatte. Rowland war in Gedanken bei jener Nacht und den Ereignissen, die dadurch in Gang gebracht worden waren, und antwortete nicht. Er lehnte sich ebenfalls an die Mauer und schaute mit starrer Miene ins Tal. Nach einer Weile spürte Markov den Stimmungsumschwung und bot ihm schweigend eine Zigarette an. McGuire, der – soweit Markov bekannt war, nicht rauchte – nahm sie wortlos an. So lehnten sie nebeneinander in der Sonne, während sich der Tabakrauch in der Luft kräuselte, keiner von beiden sprach. Das Schweigen dauerte an, bis es schließlich beinahe kameradschaftlich wirkte.
»Also, wer hätte das gedacht?« meinte Markov schließlich. »Sie sind ganz anders, als ich geglaubt habe. Im Ernst, ich mag Sie. Und dabei habe ich Sie für ein komplettes Arschloch gehalten.«
»Ach ja?« McGuire wurde rot. »Und wer hat Ihnen diesen Eindruck vermittelt? Lindsay, nehme ich an.«
»Lindsay zum Teil. Aber auch andere. Ich habe mich erkundigt. Nachdem Sie meine Bilder rausgeschmissen haben. Sie erinnern sich?«
»Ach ja.«
»Nicht daß irgend jemand wirklich schlecht über Sie gesprochen hätte. Ich meine, Lindsay lobt Sie ständig über den grünen Klee. Ihre Urteilskraft. Und ihre Fähigkeiten als Redakteur.«
»Lindsay?« Rowland wirkte ehrlich erstaunt. »Das ist doch nicht möglich. Dauernd versucht sie mir zu erzählen, wie ich meine Arbeit tun soll –«

»Ach, so ist sie einfach.« Markov wedelte den Einwand beiseite. »Das hat nichts zu bedeuten. Nur daß Lindsay sich angegriffen fühlt. Oder daß sie Sie vielleicht foppen will. Das sähe ihr ähnlich. Sie findet Sie unsensibel, glaube ich, und sie hat erwähnt, daß Sie ziemlich *arrogant* sind – aber das habe ich auch von anderer Seite gehört.«
McGuire wurde noch röter. Er zuckte mit den Achseln. »Vielleicht hat sie recht. Es ist einer meiner Fehler. Bestimmt habe ich noch jede Menge anderer.«
»Ja, klar. Haben wir die nicht alle? Und dann hat man mir natürlich erzählt – Sie sind als Frauenheld verschrien, wußten Sie das?«
Jetzt war McGuire knallrot. Er schob einen giftigen Blick auf Markov ab. »Ich wüßte nicht, was Sie das anginge.« Er stockte. »Hat Lindsay das gesagt?«
»Lindsay? Keine Rede. Jemand anderer. Lindsay würde nie so über Sie herziehen. Erstens ist sie diskret, sogar ausgesprochen diskret, und zweitens habe ich es Ihnen doch erklärt. Sie mag Sie. Sie wissen schon, in gewissem Maße. Abgesehen von Ihrer Arroganz natürlich. Nicht, daß Sie sich viele Gedanken über Sie machen würde, außer wenn ich sie darauf anspreche. Sie hat zur Zeit andere Sachen im Kopf. Jammerschade. Sie haben wahrscheinlich bemerkt, wie sie sich verändert hat?«
»Verändert? Seit wann? Nein.«
»Ach, ich nehme an, bei der Arbeit läßt sie sich nichts anmerken. Und dann sind Sie ja noch nicht so lang beim *Correspondent*, nicht wahr? Wie lang noch mal? Sechs oder sieben Monate, stimmt's?«
»Ungefähr. Ja.«
»Tja, dann sind Sie gerade dazugestoßen, als es passiert ist, deshalb werden sie die Veränderung wohl kaum bemerkt haben. Wie angespannt sie ist. Sie ist total ausgelaugt. Natürlich würde sie nie zusammenklappen oder in Tränen ausbrechen – nicht in ihrem Job, nicht vor jemanden wie Ihnen … aber ich kenne sie schon seit Jahren. Ich bin schwul. Sie vertraut mir. Deshalb öffnet sie sich mir vorbehaltlos, wenn wir uns treffen.«
Es wurde still. McGuire sah aus, als würde er sich das durch den Kopf gehen lassen. Er blickte mit Sorgenfalten ins Tal, der Wind strich ihm das Haar aus dem Gesicht. Ein-, zweimal sah er Markov an, als

wollte er etwas sagen, tat es dann aber nicht. Markov war froh über seine verspiegelten Brillengläser: McGuires kühler, prüfender Blick verunsicherte selbst ihn. Das Nächstliegende wäre gewesen, sich zu erkundigen, was genau mit Lindsay los war. McGuires Weigerung, das Nächstliegende zu tun, faszinierte Markov; er schrieb McGuire ein paar weitere Pluspunkte gut und wartete ab. Schließlich sagte Rowland: »Jetzt, da Sie es erwähnen, meine ich tatsächlich eine gewisse Veränderung bemerkt zu haben. Sie haben natürlich recht, sie würde mich ohnehin nicht ins Vertrauen ziehen, aber – sie wirkt ruhiger, vor allem in den letzten Wochen ...«

Zwei Wochen waren seit dem Essen in dem teuren litauischen Restaurant vergangen; Markov ließ die Bermerkung unkommentiert.

»Und dann – das ist mir gestern aufgefallen. Sie sieht blaß aus ...«

Blaß und *interessant*, dachte Markov, der das Schminken persönlich überwacht hatte. Markovs Überzeugung nach ließen sich die Männer dieser Welt in zwei Typen einteilen; die einen wußten, daß Frauen sich schminken, die anderen nicht. McGuire, hatte er vermutet, gehörte mit ziemlicher Sicherheit zu den letzteren; jetzt beglückwünschte er sich selbst.

»Sie ist doch hoffentlich nicht krank? Gibt es Probleme zu Hause – mit ihrer Mutter oder mit Tom?«

Die Frage kam höflich und ganz sachlich; begleitet wurde sie von einem weiteren eindringlichen, günäugigen Blick. Markov, den dieser Blick angenehm berührte, hüpfte von der Mauer, auf der er sich vor einer Weile niedergelassen hatte, und kehrte auf den Weg zurück.

»Nein, nein – zu Hause ist alles in Ordnung«, erklärte er ausweichend. Er wartete vergeblich darauf, daß McGuire nachbohrte. Insgeheim fluchte er. »Ich habe mir also gedacht ...« setze er an, während sie in wortloser Übereinkunft den Rückweg antraten. »

Die Sache ist die – nächste Woche muß ich weg, auf ein paar Fototermine. Erst nach Haiti. Dann nach Tanger. Dann mitten ins Nichts, Sie wissen schon. In den afrikanischen Busch. Ich werde frühestens in einem Monat zurückkommen –«

»Haiti? Sie suchen sich eigenartige Locations für Ihre Modefotos aus.«

»Wie wahr, wie wahr.« Markov mußte sich ein Lächeln verkneifen.

»Wahrscheinlich macht es mir einfach Spaß, mit den Erwartungen meines Publikums zu spielen. Die Leute zu überraschen.«
»Ja. Das kann ich mir vorstellen.«
»Die Sache ist – solange ich weg bin, verliert Lindsay ihren wichtigsten Vertrauten, okay? Deshalb bin ich auf der Suche. Ich bin beim *Casting*. Ich brauche einen Ersatzmann – nur für diese vier Wochen. Ich habe dabei an Sie gedacht – ich meine, Sie arbeiten beide in derselben Zeitung, Sie scheinen ganz gut miteinander auszukommen. Okay. Ich meine, natürlich wird sie Ihnen nicht ihr Herz ausschütten, so wie sie es bei mir tut, aber Sie könnten ihr auf andere Weise helfen. Sie hin und wieder zum Essen ausführen. Vielleicht ein-, zweimal mit ihr ins Theater oder ins Kino gehen. Nichts Großes. Nur damit sie ein paar Stunden diesem Muttermonster entfliehen kann. Damit sie ab und zu unter Leute kommt, statt alleine vor sich hinzubrüten und sich jede Nacht elender zu fühlen. Ich meine, das Hauptproblem ist, man hat ihr sehr weh getan, und wenn einer Frau so etwas widerfährt, dann geht ihr gesamtes Selbstbewußtsein flöten, stimmt's? Irgend so ein Trottel macht Schluß mit ihr – nach drei Jahren, ist das zu glauben? –, und *zack*, schon setzt sich bei jeder Frau diese fixe Idee fest: Ich bin gräßlich, ich bin dumm, niemand mag mich, niemand will sich mit mir unterhalten – das Selbstwertgefühl rinnt davon wie aus einer klaffenden Wunde, und …«
Markov hielt inne. Er hatte Lindsay unter Eid beschwören müssen, daß er keine Lügen erzählen, sondern McGuire lediglich gewisse Schlüsse nahelegen würde. Er warf einen Blick zu McGuire hinüber; die Botschaft war doch wohl angekommen? Oder bedurfte es weiterer erzählerischer Tricks?
»Ich kann das gar nicht glauben …« Rowland sah ernst und verwirrt aus. »Lindsay wirkt immer so selbstbewußt, so selbstsicher. Sie ist eine sehr gute Redakteurin, sie hat Erfolg, ich hätte nicht geglaubt –«
»Ach, Sie kennen doch die Frauen …«
»Ehrlich gesagt sein, ich bin mir da nicht so sicher.«
Trotzdem. Leider. Erfolg? Was bedeutet das schon? Nichts. Nada. Absolute Fehlanzeige. Ich meine, er ist okay, bis zu einem gewissen Punkt – aber er ist nicht das, was sie *wirklich* wollen, richtig?«
»Was wollen die Frauen denn wirklich?« fragte Rowland mit einem Seitenblick.

»Liebe natürlich.« Markow ignorierte den Blick, aus dem möglicherweise Heiterkeit sprach. »Liebe, Liebe, Liebe. Heilige, aus tiefstem Herzen kommende Liebe. Sonst nichts.«
»Sehr weise.«
»Finden Sie? Vielleicht. Jedenfalls bis es schiefgeht – ich meine, ein Mann kann sich wieder aufrappeln, wenn das passiert, richtig? Er lebt sein Leben weiter – spreche ich das als unbeteiligter Beobachter …«
»So sagt man jedenfalls.«
»Wohingegen eine *Frau* – o nein. Da kommt Endzeitstimmung auf. Frauen brauchen eine Ewigkeit, bis sie aus dieser Grube wieder ans Tageslicht klettern. Und wenn man sie angelogen hat, natürlich, vielleicht sogar drei, vier Jahre lang, ihnen die Heirat mit allem Drum und Dran versprochen hat und sich dann rausstellt, daß das gar nicht in den Karten ist, weil, kuckuck, der Scheißkerl bereits verheiratet *ist*, und zwar mit einer sehr reichen Frau, die er nicht verlassen kann und mit der er drei wunderbare, sensible Kinder hat – und wenn die betroffene Frau davon nicht die leiseste Ahnung hatte, wenn sie nach Strich und Faden belogen wurde und sich außerdem rausstellt, daß dieser Typ mit ihr angegeben hat, so daß alle seine Freunde jetzt diese, Sie wissen schon, wirklich *intimen* Details wissen …«
Markov hielt inne. Das würde ganz bestimmt reichen. McGuire wirkte jetzt ehrlich betroffen. Er war zufrieden mit sich. Die indirekte Lüge. Vielleicht brauchte es noch einen letzten kleinen Tupfer.
»Und wenn«, fuhr er fort, »diese Frau den betroffenen Mann natürlich *immer noch* liebt – dann steht es um so schlimmer. Das macht mich wirklich sauer, ehrlich …« Er warf Rowland einen schnellen Blick zu. »Ich will nicht, daß eine so gute Frau vor die Hunde geht. Ich meine, so wie ich es sehe – als Unbeteiligter, okay –, spricht eigentlich alles für Lindsay. Sie ist hübsch. Sie ist klug. Sie ist nett. Sie ist großzügig. Sie ist gut. Sie ist eine tolle Mutter – und sie würde eine großartige Ehefrau abgeben.«
»Das wird sie bestimmt. Zu gegebener Zeit.«
»Vielleicht. Ich habe da meine Zweifel. Denn es gibt das ein paar Probleme. Eines davon ist, daß es für Lindsay keine anderen Männer gibt.«
Wie Markov gehofft hatte, schien das McGuire Mut zu machen.

»Und deshalb«, versuchte Markov nachzusetzen, »deshalb habe ich mich an Sie gewandt. Ich meine, zuerst hatte ich Bedenken. Ausgerechnet Mr. Casanova? Das letzte, was Lindsay jetzt braucht, ist ein Kerl, der ihre augenblickliche Verfassung ausnutzt und ihr billige Avancen macht –«
»Falls das eine Warnung sein soll«, warf Rowland scharf ein, »dann ist sie unnötig, das kann ich Ihnen versichern. Ich pflege Frauen nicht auszunutzen. Vor allem nicht unglückliche Frauen. Trotz allem, was mir nachgesagt wird.«
»Ganz meine Meinung. Seit ich mit Ihnen gesprochen habe, meine ich.« Markov ließ ein Lächeln aufblitzen. »Außerdem geht es nur um ein paar Wochen. Um etwas männliche Begleitung. Allerhöchstens eine starke Schulter zum Ausweinen. Jemand, der ihr wieder Mut macht und ihr Rat gibt ...«
Seine Worte wurden mit längerem Schweigen aufgenommen. Sie setzten ihren Weg fort, stiegen die letzte Serpentine hinab und näherten sich Max' Obstgarten. Am Tor blieb McGuire stehen und zog wieder die Stirn in Falten. Apfelblüten wehten von den Bäumen und lagen wie Konfetti zu ihren Füßen.
»Sehen Sie«, begann er unvermittelt, »falls Lindsay tatsächlichen Beistand braucht, falls sie nur gelegentlich jemanden als Begleitung oder zum Zuhören braucht, dann könnte ich das natürlich übernehmen ...«
»Und es geht ja nur um ein paar Wochen«, fiel ihm Markov ins Wort. »Sie sind meine Urlaubsvertretung, okay? Wenn ich dann aus Tanger zurückkomme ...« Er stockte.
»Oder«, bemerkte Rowland gleichmütig, »aus jenem entlegenen Teil des afrikanischen Buschs ...«
»Richtig. Richtig. Irgendwo am Oberlauf des Sambesi ...« Insgeheim frohlockend – so schwierig war es gar nicht gewesen – stieß Markov das Tor zum Obstgarten auf.
»Ich finde es nur ein bißchen *eigenartig*, daß niemand das mir gegenüber je erwähnt hat«, meinte Rowland nachdenklich. »Und es hat niemand erwähnt. Max nicht. Und auch nicht Charlotte ...«
»Wissen die es überhaupt?« rief Markov pathetisch aus. »Mein Eindruck sagte mir – *nein*. Lindsay ist verschlossen. Sie schüttet nicht vielen Menschen ihr Herz aus. Praktisch niemandem, um genau zu sein.«

»Und dann hat mir Lindsay selbst einen ganz anderen Eindruck vermittelt. Damals im Januar. Da hat sie mir in meiner Wohnung freundlicherweise etwas gekocht. Und ich hätte *schwören* können, daß sie –«

»Von anderen Männern gesprochen hat?« fiel ihm Markov hastig ins Wort. »Von einer ganzen Reihe anderer Männer? Das sieht ihr ähnlich. Das ist natürlich nur Tarnung. Ich kann nicht glauben, daß Sie ihr das abgekauft haben. So begriffsstutzig sind Sie doch gewiß nicht?«

»Vielleicht ist das mein Mangel an Einfühlungsvermögen«, schlug Rowland höflich und mit der Andeutung eines Lächelns vor. »Der hat mich wohl blind gemacht. Wie dumm von mir. Tja ja.«

Er folgte Markov in den Garten. Markov beschloß, daß es besser war zu schweigen. Die letzten hastigen Lügen hatten ihn ins Schwitzen gebracht, und etwas in McGuires Tonfall verwirrte ihn. Die Selbstbeherrschung dieses Mannes war irritierend und ein wenig beängstigend.

»Hören Sie«, sagte er, als sie sich dem Haus näherten. »Vielleicht hätte ich lieber den Mund halten sollen, okay? Vielleicht war das keine besonders gute Idee. Aber ich meine, wie viele alleinstehende Männer gibt es denn noch ...«

»Sehr wenige. Wir sind eine aussterbende Rasse.«

»Max kann ich nicht darum bitten. Er hat keine Zeit. Er hat eine Frau. Kinder. Es muß jemand sein, den Lindsay kennt und dem sie vertraut – «

»Keineswegs.« McGuires große, kräftige Hand legte sich kurz auf Markovs Schulter. Er schenkte ihm ein warmherziges Lächeln. »Es wird mir eine Ehre sein, Ihre Urlaubsvertretung zu übernehmen ...«

»Und Sie werden Lindsay nichts davon erzählen? Ich meine, wenn sie erfährt, daß ich mit Ihnen darüber gesprochen habe, kriegt sie einen Herzanfall ...«

»Sie können sich auf mich verlassen«, erwiderte Rowland. »Ich werde meine Rolle nach allerbestem Vermögen spielen. Bis Sie zurückkommen, natürlich.«

Markov seufzte leise. So war es natürlich nicht gedacht. Aber mehr konnte er nicht tun; der Rest war Lindsays Sache. Markov überließ Rowland den Vortritt ins Haus und blickte noch einmal zu dem strahlend blauen Himmel auf, durch den die Blütenblätter wirbelten. Seine Lippen bewegten sich stumm. Gelegentlich neigte er zum Aberglauben, sogar zum Heidentum: Und da von nun an alles in ihren Händen lag, schickte er ein kleines Stoßgebet zu den Göttern hinauf.

Pascal hatte vomVerlust geträumt. Diese Träume waren schon vor langer Zeit aufgetreten, als er zum ersten Mal als Kriegsberichterstatter gearbeitet hatte. Seither hatten sie sie ihn, in unterschiedlicher Gestalt, immer wieder heimgesucht. Bisweilen spiegelten sie Erlebnisse wider, die er längst vergessen geglaubt hatte. In solchen Fällen sah er ein kleines Kind über der Leiche seines Vaters oder seiner Mutter kauern, oder eine Mutter, die ausgestreckt auf dem Grab ihres gefallenen Sohnes lag, und beim Erwachen fiel ihm jedesmal ein, wo er diesen Vorfall miterlebt hatte in Mosambique etwa oder in Bosnien oder Afghanistan. Sein Unterbewußtsein hatte willkürlich ein Bild unter Millionen ausgewählt, und im Wachwerden fragte er sich jedesmal: *Wieso ausgerechnet dieses Leid?*

Bei anderen Gelegenheiten, und das beunruhigte ihn weit mehr, blieb der Traum des Suchens und Verlierens vager, schattenhaft. Dann führte er in etwa ein Kriegsgebiet aus seiner Erinnerung oder in die Straßen nahe seiner Wohnung; dort suchte er hektisch nach seiner Tochter, gleich darauf nach Gini und manchmal nach einem Phantomwesen, das, wie er im Aufwachen vermutete, er selbst sein mußte. Die Suche war jedesmal begleitet von akuter Angst und wachsender Furcht; jedesmal schreckte er schlagartig mit ausgedörrtem Mund und schweißgebadet aus diesen Träumen auf.

Seit beinahe zwanzig Jahren kannte er jetzt den Krieg: Er hatte gelernt, mit solchen Alpträumen umzugehen. Deshalb wandte er an diesem Morgen seine erlernten Techniken an. Er wartete still, bis sein hämmernder Herzschlag sich beruhigt hatte. Er konzentrierte sich auf die Einzelheiten seiner unmittelbaren Umgebung, auf das Bett, das Zimmer. Manchmal flüchtete er sich in die stumme Rezitation einer Multiplikationstabelle oder seiner Termine an jenem Tag. An diesem Morgen wurde er den Traum schwerer los als sonst. Mit spinnwebhafter Zähigkeit hatte er sich in den Winkeln seines Geistes eingenistet. Er begann, stumm ein paar Gedichtzeilen zu rezitieren, die ihm sein Vater beigebracht hatte. Der Traum wollte ihn einfach nicht loslassen, impfte ihm ein lähmendes Elendsgefühl ein. Pascal ließ nicht locker, und ganz allmählich bekam das immer wieder Substanz. Die Traumbilder verschwammen, ebbten zurück und waren schließlich verschwunden. Er hatte sich ins Gedächtnis gerufen, daß er wieder in London war, und zwar zusammen mit Gini, daß sein Arm geheilt war und seine Finger wieder geschickt und kräftig waren. Er setzte sich auf, lauschte, betastete die Decke neben sich, die sich kühl anfaßte. Von unten her hörte er Gini hantieren, leise Schritte, eine Tür, die geöffnet und wieder geschlossen wurde.

Augenblicklich empfand er wohltuende unermeßliche Erleichterung: Sein erster Impuls war, Gini zu rufen, doch er verschob das auf später, legte sich zurück und schloß die Augen. Ein paar Augenblicke lang wollte er nur dieser Erleichterung, diesem Laut der Hoffnung nachlauschen, denn der war nicht leicht zurückzugewinnen gewesen, und während jener vergangenen Wochen in Paris hatte er öfter befürchtet, ihn nie wiederzufinden.

Solange er im Krankenhaus gelegen und eine lange Nacht nach der anderen allein verbracht hatte, hatte er geglaubt, sie könnten ihr Leben wieder in den Griff bekommen und ihrer Liebe neue Kraft geben, einfach indem sie beide das inbrünstig wollten. Sie würden mit allen Schwierigkeiten fertig werden. Es war eine Frage der Entschlossenheit, der *Willenskraft,* hatte er sich damals einzureden versucht.

Als man ihn schließlich aus dem Krankenhaus entließ und er wieder bei Gini war, in der Wohnung irgendwelcher Freunde, da hatte er (wie es wohl typisch für ihn war) ein Versöhnungs*programm* entworfen. Anfangs verließ er sich ganz auf die Sprache. Sie würden sich um jedes Hindernis herum und an jeder Ausrede vorbei*reden.* Sie würden sich durch jede dieser komplizierten Fragen kämpfen: seine Arbeit, ihre Arbeit, das Wesen der Treue, die Möglichkeit einer Schwangerschaft. Er würde die Eifersucht unterdrücken, die er immer noch empfand; beide würden der Versuchung widerstehen, sich gegenseitig Vorwürfe zu machen; das *Reden* würde sie zurück zur Wahrheit führen, und dann wäre sie mehr, nicht weniger als zuvor.

Doch beide spürten fast sofort, daß diese Gespräche sie in die Irre führten. So sehr sie auch dagegen ankämpften, es stellte sich automatisch ein trockener, therapeutischer Ton ein, so als würden sie über die Eheprobleme zweier Fremder diskutieren. Je strikter sie sich an die klinisch reine Wahrheit zu halten versuchten, desto gezwungener wurden diese Gespräche: Pascal hatte das Gefühl, daß sie sich über eine tiefe Kluft hinweg unterhielten – eine Kluft, die mit guten Absichten nicht zu überbrücken war.

Sie brauchten, so empfand Pascal es, ein stärkeres Bindeglied. Sie brauchten kein sorgfältig ausgetüfteltes Konstrukt, sondern eine unsichtbare Kraft, die einen Bogen vom einen zum anderen schlug. Aber beide schreckten vor dem Gedanken zurück, nach dieser Kraft zu suchen, sie zu neuem Leben zu erwecken. Früher einmal, dessen waren sie sich beide schmerzlich bewußt, war diese Elektrizität einfach *da*gewesen. Damals hatte es keiner Worte bedurft, um sie beide unter Spannung zu setzen; der Fluß der Kommunikation wurde schon durch einen flüchtigen Blick, eine Berührung in Gang gebracht.

Jetzt wirkten selbst die Berührungen befangen. Sie waren unsicher, oder sie kamen zum falschen Zeitpunkt, oder sie wirkten gehemmt oder gezwungen: Die frühere Spontaneität schien verloren. Wochenlang fühlte sich Pascal beobachtet. Es war nicht möglich, echte Vertrautheit zu entwickeln, denn er hatte das Gefühl, daß ständig ein Dritter mit ihnen im Raum war; er schlich sich in ihre Gespräche und vereitelte ihre Versuche, miteinander zu schlafen. Pascal gab sich alle Mühe, diesen Mann zu exorzieren, bis er begriff, daß Gini dasselbe versuchte, und die Eifersucht von neuem hochkochte. Verglich sie ihre Küsse? Hatte er sie dort berührt, und vielleicht genauso? Und wenn, *falls* er das getan hatte, wie hatte sie darauf reagiert?

Er verzehrte sich nach einer Antwort und verabscheute sich dafür. Derart vulgäre Fragen würde er sich keinesfalls gestatten; er würde Gini gegenüber seine Gefühle nicht einmal andeuten, dafür war er zu stolz. Er wußte, daß sie sich auf seine Leistungen im Bett auswirkten (und wie ihm diese Bezeichnung zuwider war – aber sie war zutreffend), und beobachtete Ginis gequälte Bemühungen, ihm wieder Selbstsicherheit zu geben. Die liebevollen Umarmungen, das Streicheln, die Koseworte, ihre offenkundige Angst, er könnte sie nicht mehr begehren – wie er all das haßte! Sie küßte ihn jetzt, als wüßte sie nicht, ob sie das Recht dazu hatte; Pascal begehrte sie aus tiefstem Herzen und zuckte doch, aus Angst zu versagen oder verglichen zu werden, bei jeder Berührung zurück. Es war ihm eine Qual: Pascal, ein zutiefst kompromißloser Mensch, haßte Lügen jeder Art; bis dahin war ihm nicht klar gewesen, wie sehr der Körper lügen konnte; er hatte naiverweise angenommen, daß Falschheit und Ausflüchte nur durch Worte ausgedrückt werden können.

Sechs Wochen vergingen, ehe er es über sich brachte, mit ihr zu schlafen. Als er es schließlich tat, geschah es nach einem hitzigen Streit, in dessen Verlauf sie beide zuviel Wein getrunken hatten, vielleicht weil beide mittlerweile glaubten, daß eine Auseinandersetzung dort Wirkung zeigen könnte, wo Behutsamkeit und Geduld nichts auszurichten vermochten. Ein provozierter Kurzschluß; während er sie bumste, dachte Pascal – genau das wollten wir beide auslösen.

Der Akt war nicht die Aussöhnung, die er sich vorgestellt hatte, sondern ein wütendes, unbefriedigendes und kurzes Ringen. Hinterher brach Gini in Tränen aus – und zum ersten Mal in seinem Leben wandte er sich von diesen Tränen mit einer trotzigen Kälte ab, die er sich nie zugetraut hätte.

»Das ist *deine* Schuld …«, warf er ihr an den Kopf. »Du hast uns das eingebrockt …« Dann knallte er die Tür hinter sich zu und stampfte wütend und ziellos durch die dunklen Pariser Straßen.

Am nächsten Tag folgte die Versöhnung: Beide waren zerknirscht. Dann weitere Auseinandersetzungen und neuerliche Versöhnungen. Pascal begann zu verzweifeln: Dieser Teufelskreis war ihm nur zu vertraut. Er konnte nicht fassen, daß er mit einer Frau, die er so liebte, in dieser gnadenlosen Spirale gegenseitigen Hasses gefangen sein sollte, die er mit Helen durchlebt hatte.

Vielleicht, dachte er, als die freudlosen Monate Februar und März sich ihrem Ende näherten, vielleicht würde er erlöst, wenn er ihr seine Liebe besser *vorspielte*; vielleicht wäre er dann in der Lage, die Liebe auszudrücken, die immer noch lebendig war, ganz bestimmt, irgendwo tief in seinem Herzen. Als sie Star in Madame Duvals Wohnung gegenübergestanden hatten, war sie ihm ohne sein Zutun über die Lippen gekommen; im Angesicht des fünf Meter entfernten Todes war sie nicht zu verbergen gewesen: Sie war einfach *da*gewesen, und er hatte gespürt, wie Gini sie unwillkürlich und augenblicklich erwiderte.

Wenn die Liebe damals so plötzlich aufblühen konnte, warum dann nicht jetzt? Was *stimmte denn nicht*? Von da an war er überzeugt, daß sich mit bewußtem Handeln und behutsamem Reden nichts erreichen ließ. Eine fast göttliche Macht mußte ins Spiel kommen, für die er keinen geeigneten Ausdruck fand. Willenskraft nutzte ihnen nichts; Liebe ließ sich nicht herbeizwingen. Allmählich drängte sich ihm der furchtbare Gedanke auf, daß die Liebe so unergründlich war wie eine in der Wüste entspringende Quelle: Im wesentlichen war sie eine *Gnade*.

Falls dem so war, wurde sie ihnen nicht gewährt. Er verdoppelte seine Anstrengungen, Gini ihre ebenfalls. Ihre beiderseitige Höflichkeit quälte sie beide. In langen, bis tief in die Nacht dauernden Diskussionen entwarfen sie neue Zukunftsvisionen: Diese – zivilisierten, fürsorglichen, gleichberechtigten – Utopien überzeugten keinen von beiden besonders. Er versprach, die Kriegsberichterstattung ganz aufzugeben oder diese Arbeit auf ein paar Monate im Jahr zu beschränken. Das könne sie nicht hinnehmen, entgegnete sie: Sie würde nicht zulassen, daß er ihretwegen seinen Beruf, seine Berufung aufgab. Pascal hörte sich ihre Argumente an, dachte an die Kommentare seiner Ex-Frau und faßte insgeheim einen Entschluß: Zumindest diesen Fehler konnte er vermeiden. Andere auch: Eines Tages stieß er auf die Anti-Baby-Pillen, die sie seit einem Monat wieder nahm, und warf sie weg. Sie stritten sich erbittert deswegen – und doch erwies sich dieser Akt oder vielleicht dieser Streit als Wendepunkt. In jener Nacht, und in den darauffolgenden Wochen, schlief Pascal mit einer neuen, hartnäckigen Entschlossenheit mit Gini: dieser Akt sollte Folgen haben. *Empfängnis*: Dann und nur dann würde sie wieder ihm gehören.

Beide stellten fest, daß diese Entschlossenheit die Stimmung eines vertrauten Aktes von Grund auf änderte. Pascal verzichtete auf alle Koseworte, auf jede Zärtlichkeit; er spürte ihren Widerstand und beschloß, sie zu bumsen, bis sie sich ihm unterwarf, und weiter, bis sie jenseits der Unterwerfung angelangt waren. Erst als das erreicht war, wußte er, daß sie endlich wieder allein waren und er den Weg zu ihr zurückgefunden hatte.

Für eine solche Veränderung ließ sich natürlich kein präziser Zeitpunkt, kein Datum angeben, doch das sich etwas veränderte, hatten beide bemerkt: Sie spürten es, wenn sie erschöpft einschliefen, und auch wenn sie morgens erwachten. Von da an verstärkte sie sich mit jedem Tag; klammheimlich kehrte sie zu ihnen zurück, anfangs nicht durch Worte, sondern durch Blicke und Berührungen. Er hatte die neue Ruhe gespürt, eine Entkrampfung im Umgang, dann einen geisterhaften Hauch jener vertrauten Gelöstheit und schließlich, eines Abends, einfach so, ungerufen, stillen Frieden.

Jetzt stand er auf, konnte es plötzlich kaum erwarten, bei ihr zu sein, und zog sich schnell ein paar Sachen über. Barfuß stieg er die Treppe hinunter und blieb unten im Zimmer stehen. Er spürte etwas in der Luft, einen Wandel, die Schwingungen einer unsichtbaren Kraft.

Langsam und leise tastete er sich vor, bis er einen Blick in die Küche werfen konnte. Gini hatte seine Schritte nicht gehört; sie war beschäftigt, und zwar mit einer Hingabe, die ihn zutiefst berührte. Auf dem blauen Tablett vor ihr schob sie einen Teller, eine Tasse mit Untertasse, ein Glas hin und her. Das Glas war ein Sektglas; Pascal runzelte die Brauen. Er beobachtete, wie sie eine Blume aus der Vase auf dem Fensterbrett nahm, den Stiel kürzte und sie dann auf das Tablett legte. Sie schien unschlüssig, wie die Blume am besten zur Geltung kam. Sie legte sie erst auf den Teller, dann auf die blaue Serviette und schließlich neben das Glas. Über ihrem Nachthemd trug sie einen seiner Pullover, der ein paar Nummern zu groß für sie war. Die Sachen verliehen ihr die natürliche Grazie eines jungen Mädchens; ihr Kopf war über das Tablett gebeugt; ihr inzwischen nachgewachsenes, fast bis zu den Schultern reichendes Haar war schlafzerzaust.

Plötzlich empfand er tiefe Liebe zu ihr. Das Gefühl brandete mit unfaßbarer Kraft durch seinen Körper; er spürte, wie es sich fast schmerzlich um sein Herz schloß. Es kam so überraschend und war so intensiv, daß er sich einen Augenblick lang geblendet fühlte, als wäre er eben aus einer dunklen Unterwelt aufgetaucht und würde nun direkt in die Sonne blicken. Unwillkürlich hob er die Hand, wie um sich die Augen abzuschirmen – und diese Bewegung verriet ihn. Sie sah auf und stieß einen überraschten Schrei aus.

Irgendwie habe ich es damals schon halb gewußt, sollte er später denken. Ein paar Sekunden lang blieb er stehen und sah sie nur an. Ihr Gesicht wirkte weich, ein bißchen schläfrig, als wäre sie eben erst aus einem wesentlich angenehmeren Traum erwacht als er. Ihre bezaubernden Augen – er hatte sie erschreckt – waren groß; sie machte eine hastige Geste, als hätte sie das Tablett versteckt, wenn sie gekonnt hätte; dann veränderte sich ihre Miene.

Und während er sie dabei beobachtete, begriff er. Er spürte, wie das Wissen und das darauf folgende Triumphgefühl in seinen Adern zu pulsieren begann. Ihr Gesicht wirkte fast geheimnisvoll und ausgesprochen weiblich – triumphierend und ängstlich zugleich. In diesem Augenblick fühlte er eine so zärtliche Zuneigung zu ihr, daß er kein Wort über die Lippen brachte; schweigend nahm er Ginis Hand und zog sie in seine Arme. Er drückte sie fest an sich, und so, in fester Umarmung und ohne ein Wort zu sagen, blieben sie stehen. Gini spürte den Schlag seines Herzens; sie lauschte dem was sie um ein Haar verloren und doch wiedergewonnen hatte. Möglicherweise zweifeln Frauen weniger als Männer; an jenem Morgen merkte sie, daß all ihre Zweifel, all ihre Vorbehalte wie weggespült waren.

Ihr Körper sprach, und zwar mit solcher Freude, daß sie nicht die geringste Lust verspürte, den letzten mahnenden Einflüsterungen in ihrem Kopf Gehör zu schenken. Ohnehin glaubte sie, dieses Geflüster zum Verstummen gebracht zu haben, schon vor Wochen. Jetzt hatte sie das Glück wieder fest im Griff, und wenn Pascals Zugriff zögerlicher war oder gewesen war, dann würde sie ihn davon heilen. Denn ihn zu heilen, war ihr nun gegeben: Sie spürte die Kraft in sich. Heute war ihr nichts unmöglich: Sie konnte Wasser aus einem Stein schlagen; durch bloße Berührung Berge versetzen. Eine Ehe wiederherstellen? Einen Vertrauensbruch heilen? Kein Problem. Kein Problem. Ein Fingerschnippen, eine schnelle Bewegung aus dem Handgelenk, ein Wort. Noch nie in ihrem Leben hatte sie sich so weiblich gefühlt, und noch nie in ihrem Leben, wirklich nie – so mächtig. So reich beschenkt: Sie nahm Pascals Hand und wartete; es drang durch ihre Hände und Finger; es drang von ihrer Hand in seine.

Pascal sagte: »Wann hast du es gewußt?«

»Gleich darauf, glaube ich. Am nächsten Tag. Oder schon eine Stunde später. Aber ich wollte sichergehen. Deshalb habe ich gewartet. Gestern war ich beim Arzt –«

»Gestern? Du hättest mir was sagen sollen.«

»Das konnte ich nicht. Es sollte alles perfekt sein. Ich wollte dich aufwecken, und dann ...« Sie umfaßte seine Hand und legte sie auf ihren Bauch. »Glaubst du, es wird ein Mädchen? Oder ein Junge? Ich glaube, es wird ein Junge. Dein Sohn. Und weißt du, wie alt er ist? Ich weiß es genau. Sechs Wochen, zwei Tage und – ähm, etwa fünf Stunden. Ich *weiß*, daß du dich daran erinnerst ...«

»Ich glaube schon.« Pascal lächelte. »Obwohl, unter den gegebenen Umständen ... Am Dienstag? Am Montag? Morgens? Oder nachmittags?«

»Am Montag. Im Mondschein. Wir bekommen ein Mondkind. Wir –« Sie sah seine Tränen und verstummte.

»Sag es mir – bitte, sag es mir. Hast du dir das gewünscht? Bist du glücklich? Wirst du ihn lieben? Oder sie? Und mich ... Du wirst mich doch lieben und mir vertrauen? Immer. Ich werde dich immer lieben. O bitte, antworte mir, Pascal ...«

Pascal zog sie an sich und drückte ihr Gesicht auf sein Herz. Einen winzigen Moment, jetzt und gleich darauf nicht mehr, spürte er einen Anflug von Trauer, fast Erschöpfung, als wäre der morgendliche Traum zurückgekehrt. Für den Bruchteil einer Sekunde verdüsterte es den Rand seines Blickfelds, dieses Gefühl, das aus dem Unterschied im Alter und in der Erfahrung herrührte. Zum Glück war die Empfindung nur von kurzer Dauer; klugerweise blieb sie unerwähnt.

»Welche Frage zuerst?« fragte er zärtlich und gab Gini einen Kuß. »Mein Liebling, das wird einige Zeit dauern ...«

Lindsay weinte grundsätzlich auf Hochzeiten und natürlich bei Beerdigungen. Wie sie entdeckte, weinte sie auf Taufen ebenfalls. Erst weinte sie, weil der Pfarrer so schön predigte; dann weinte sie, weil Max' und Charlottes Kind so friedlich schlief; dann weinte sie noch mal, als das Taufwasser es aufweckte und das aus dem Schlaf gerissene Baby zu schreien begann.

Sie hatte die Kirche nach der Zeremonie verlassen und ging eben einem schmalen, von Grabsteinen und die Gischt wilder Maiblumen gesäumten Pfad entlang, als Markov sie einholte.

»*Gut*«, zischte er. »Aber übertreib's nicht. Dein Mascara verläuft schon wieder. Wir wollen *diskret* Gefühl zeigen. Wisch dir die Augen ab –«

»Ach, verpiß dich, Markov«, sagte Lindsay. »Ich spiele nicht. Verzieh dich.«

Markov verschwand. Lindsay trocknete sich mit einem Papiertaschentuch die Augen und und verzog sich in eine Ecke, unter einen Baum.

Sie verfolgte, wie der Rest der Taufgesellschaft, der großen Taufgesellschaft, sich für die letzten Fotos vor der Kirche versammelte. Verschiedene Freunde und Nachbarn, die sie kannte; Tom, dank ihres eindringlichen Zuspruchs ausnahmsweise im Anzug, mit seiner Freundin Katja am Arm; Charlotte, die ihr reizendes Baby stillte; und Max, der jeden anstrahlte und der geradezu absurd groß, dünn, schlaksig und stolz wirkte. Aus irgendeinem Grund brachte sie Max'schlaksige Gestalt von neuem zum Weinen. Sie schluchzte leise in das durchweichte Kleenex. Von der Kirche her konnte sie Max' Söhne nörgeln hören: »*Noch mehr* Bilder? Muß das sein?«

»Halt den Mund, Alex. Steh ruhig.«

»Was soll der Quatsch überhaupt? Es ist doch bloß ein blödes *Mädchen* ...«

Lindsay lächelte. Sie senkte den Blick auf die Grabsteine ihr gegenüber und begann, die Aufschriften zu lesen. 1714, 1648, 1829. Eine allseits geliebte Gattin, ein geliebter Gemahl, eine Witwe, Tochter ... Die Aufschriften beruhigten sie; sie tupfte sich die Augen trocken.

Die Gesellschaft vor der Kirche war jetzt im Aufbruch begriffen; nur ein paar Gäste standen noch herum, während die übrigen sich auf den Weg zu Max' Haus machten, wo die Feier stattfinden würde und der Taufchampagner wartete. Sie konnte McGuires großgewachsene Gestalt erkennen, wie immer am Rand der Gruppe; er unterhielt sich gerade mit einem jungen Mädchen – Mina Landis, wie Lindsay wußte. Ihre Eltern ließen sich scheiden, so behauptete wenigstens Charlotte; sie und ihre Mutter würden bald nach Amerika zurückkehren. Das Mädchen wirkte zerbrechlich und schien entsetzlich schüchtern zu sein. Rowland gab sich offensichtlich alle Mühe, sie ein wenig aus der Reserve zu locken, aber seine freundlichen Fragen zeigten wenig Wirkung. Das Mädchen schüttelte den Kopf und schien ihm einsilbig zu antworten; kurz darauf kam die

Mutter hinzu und zog Mina davon. Rowland blieb zurück und besah sich die Kirche, ohne zu ahnen, daß er beobachtet wurde.
Lindsay dachte: Ich könnte zu ihm gehen und ihm Gesellschaft leisten. Ich könnte Markovs Rat in die Tat umsetzen, gleich jetzt. Ich könnte mich nach Strebepfeilern und Archivolten erkundigen. Ich könnte mit ihm zusammen dieses berühmte normannische Portal betrachten. Wir könnten uns gemeinsam die Heiligen und Engel ansehen – und er könnte mir bestimmt erklären, was sie bedeuten sollen. Aber nein; sie wandte sich ab. Sie hatte nicht das Herz, ihn so zu täuschen, und sie würde Rowlands freundliches Desinteresse nicht ertragen.
Nichts davon wird klappen, dachte sie niedergeschlagen; *nichts*. Sie wartete, bis Rowland McGuire wieder in der Kirche verschwunden war – wieso? Aus kunsthistorischem Interesse? Um zu beten? –, und kehrte dann auf den Weg zurück. Im Gehen pflückte sie ein wenig Kerbel – Charlotte sagte ›Queen-Anne-Spitze‹ dazu, ein viel hübscherer Name –, dann stieg sie die alten, ausgetretenen Stufen hinab, trat durch das Friedhofstor auf die Straße. In der Ferne bogen die letzten Nachzügler in Max' Auffahrt ein. Sie sah das wehende Pastell der Frauenkleider, hörte einen Ausruf, dann das Lachen der Männer. Rowland McGuire sagte: »Sie haben geweint.«
Sie fuhr herum und stellte verblüfft fest, daß er direkt neben ihrer Schulter stand, das ernste Gesicht der Sonne zugewandt, fast dreißig Zentimenter größer als sie, unglaublich gutaussehend, undurchschaubar, vielleicht heiter, vielleicht bedrückt.
»Ja«, antwortete sie leicht irritiert und ohne anzuhalten, da Rowland nun mit ihr Schritt hielt. »Ich bin sentimental. Ich finde Babys so niedlich ...«
»Das ist nicht zu übersehen.«
»Ich finde auch Welpen niedlich. Kätzchen. Fohlen. Lämmer. Als meine Katze das letzte Mal geworfen hat – acht kleine Kätzchen –, da habe ich den ganzen Morgen geweint. Es ist lächerlich. Ich weiß. Niemand außer mir hat in der Kirche geweint ...«
»Charlotte schon.«
»Charlotte hatte Grund dazu.«
Ein kurzes Stück gingen sie schweigend nebeneinander her. Lindsay suchte krampfhaft und vergeblich nach einprägsamen Formulierun-

gen. Auf den ersten hundert Metern war sie völllig verunsichert und sprachlos; sie kam sich vor wie ein intellektueller Pygmäe; auf den folgenden hundert Metern frohlockte sie insgeheim – schließlich begleitete er sie *aus eigenem Entschluß*; als sie Max' Auffahrt erreicht hatten, hatte sich ein – dieser verfluchte Optimismus – absolutes Hochgefühl in ihr breitgemacht. Er ist *da*, dachte sie und atmete tief den Sonnenschein, die Luft, den Duft nach frischem Heu ein.

»Ihr Kleid gefällt mir«, durchbrach Rowland fast unsicher das Schweigen.

Lindsay kam ins Straucheln; sie drehte sich um und sah ihn an. »Was haben Sie da gesagt?«

»Ihr Kleid. Es ist so – ich kann aufgedonnerte Kleider nicht leiden. Ihres gefällt mir. Es ist so …« Er suchte verzweifelt nach einem Adjektiv. Lindsay sah an ihrem Kleid herab, einem cremefarbenen, wadenlangen, hochgeschlossenen, kurzärmligen Leinenkleid. Ihr war bewußt, daß es gut – na ja, *ziemlich* gut – zu ihrer braunen Haut paßte.

»Schlicht?« schlug sie mit einem Lächeln vor. »Bescheiden?« Elegant? Zurückhaltend? Matronenhaft? Plump? *Cremefarben*?«

»Matronenhaft auf gar keinen Fall, Es steht Ihnen. Es macht Sie so …« Ganz offensichtlich fehlte ihm schon wieder das passende Adjektiv. Lindsay sah, wie angestrengt er sich bemühte, und wurde plötzlich von einer Woge zärtlicher Zuneigung überschwemmt. Mit einer Selbstverständlichkeit, die sie selbst überraschte, nahm sie seinen Arm.

»Kommen Sie, Rowland. Ich sehe, daß es Ihnen nicht leichtfällt, Komplimente zu machen. Das macht nichts. Lassen Sie uns ein Glas Wein holen. Es gibt auch Champagner und eine phantastische Torte. Dreistöckig und mit einem Storch mit Babybündel obendrauf …«

»Im Ernst.«

»Mein Gott – was für ein wunderschöner Tag!«

Lindsay reckte ihr Gesicht dem Himmel entgegen. Rowland beobachtete sie dabei, sagte aber nichts. Er begleitete sie durch den Garten bis zu dem Rasen hinter dem Haus, wo der stets ein bißchen steif wirkende Max mit seinem Hang zum Zeremoniellen ein prunkvolles Gartenzelt hatte aufstellen lassen. Im Kreise ihrer Freunde amüsierte sich Lindsay ausgezeichnet, Markov zum Trotz, der in regel-

mäßigen Abständen neben ihrem Ellbogen aus dem Boden zu wachsen schien, um ihr mit Grabesstimme zuzuflüstern, sie solle nicht vergessen, traurig auszusehen.
»Jesus«, zischte er ihr zu, als es schon gegen Abend und die Feier dem Ende zuging. »Du hast angeblich Liebeskummer, Du mußt dich absondern. Setz dich irgendwo an den Rand und schau *gedankenversunken* drein. Keine Widerrede. Und gib mir den verdammten Champagner ...«
Lindsay gehorchte. Seine Order deckte sich ohnehin mit ihren Bedürfnissen, denn den ganzen Nachmittag über war ihr Rowland McGuires höfliche Aufmerksamkeit zuteil geworden. Über drei Stunden lang hatte er dafür Sorge getragen, daß sie großzügigst mit Canapèes und Kuchen verköstigt wurde und daß ihr Glas stets gefüllt blieb. Er hatte sich darum gekümmert, daß sie aus den Klauen besitzergreifender Gesprächspartner befreit wurde und daß sie nicht allein blieb, wenn sie zwischendurch strandete. Dank seiner Fürsorge hatte Lindsay inzwischen einen Schwips, einen angenehmen und nicht allzu schweren allerdings. Sie fühlte sich wohlig und verträumt, was ebensogut auf Rowlands Betreuung wie auf den Champagner zurückzuführen sein mochte.
Sie schlenderte von den noch verbliebenen Gästen und Kindern fort ans andere Ende des Gartens, wo ein windschiefes Sommerhäuschen stand, das Max und seine Söhne vor einigen Jahren eigenhändig erbaut hatten und das – dank ihres handwerklichen Unvermögens – inzwischen am Zusammenbrechen war. Es wirkte auf hübsche Art verfallen und war von einem erstickenden Geflecht aus Rosen und Efeu überzogen.
Lindsay ließ sich auf dem gebrechlichen Bänkchen darunter nieder und atmete den Blumenduft ein. Das Licht wurde allmählich schwächer, an den Flanken der weiter entfernten Hügel zeigten sich die ersten blauvioletten Streifen. Sie konnte Stimmen hören und war froh, daß sie weit weg und leise waren, daß sie alleine war.
Sie schloß die Augen und lauschte diesen fremd gewordenen, angenehmen Landgeräuschen: Vogelgezwitscher und Flügelschlag; von der Weide gleich hinter der Hecke das weiche, samtige Atmen und Kauen der Kühe. Nur noch einen Monat, dachte sie, dann bin ich neununddreißig. Sie seufzte zufrieden; dieses Schicksal, das ihr noch

vor kurzem schrecklich erschienen war, kam ihr plötzlich gar nicht mehr so schrecklich vor.

»Alles in Ordnung?« fragte eine Stimme. »Ich habe nach Ihnen gesucht, und ...«

Lindsay schlug die Augen auf. Vor ihr stand Rowland McGuire, groß und korrekt gekleidet, als Silhouette im Gegenlicht.

»Es geht mir gut.« Lindsay vergaß alle Schauspielerei. »Ich genieße den Augenblick.« Ihr Arm vollführte eine weite, umfassende Geste. »Den Duft nach Gras und Blumen. Den Schatten. Die Vögel. Die Kühe.«

»Ich störe Sie.«

»Nein, nein – keineswegs.«

Rowland wirkte unschlüssig. Er zögerte und setze sich schließlich an ihre Seite. Er kreuzte die langen Beine, stellte sie dann wieder nebeneinander und blickte konzentriert auf die fernen Felder. Vielleicht überschlägt er im Kopf das Flächenmaß, dachte Lindsay, nachdem es still geworden war.

»Ihr Freund Markov«, erklärte Rowland nach einer Weile. »Er ist ein interessanter Mensch. Ganz anders, als ich gedacht habe.«

»Sie waren voreingenommen, nehme ich an. Das sind die meisten Menschen. Er legt es darauf an – Sie wissen schon, mit seiner Sonnenbrille, der verrückten Kleidung.«

»Ich nehme an«, verkündete Rowland gewichtig und mit einem kurzen Seitenblick, »daß ich ein wenig arrogant war ...«

»Vielleicht. Ein bißchen.« Lindsay lächelte. »Sie können bisweilen arrogant sein, Rowland.«

»Ich weiß«, erwiderte er heiter und möglicherweise zugleich düster.

»Sie sollten sich ab und zu von anderen Menschen überraschen lassen ...«

»Meinen Sie?«

»Ja, ganz bestimmt. Ich hatte schon immer viel für Überraschungen übrig. Daß plötzlich ganz unvorhergesehene Dinge geschehen ...«

Lindsay fing seinen Blick auf und fiel eilig in ihre Rolle zurück. Sie seufzte leise und faltete die Hände. »Selbst wenn ...« Sie gab sich alle Mühe, gedankenversunken zu klingen, würdevoll, tapfer und traurig zugleich. »Selbst wenn es schmerzliche Überraschungen sind. Ja, selbst dann. Schließlich lernt man immer was dazu ...«

Stille machte sich breit; entsetzlich breit. Lindsay wagte nicht, Rowland anzusehen. Sie war fast sicher, daß sie mit dieser letzten Bemerkung den Bogen überspannt hatte. Wenig überzeugend, dachte sie, und einfältig dazu. Sie stand auf.
»Ich habe mich nur gefragt …« Rowland wirkte ausgesprochen heiter, als er ebenfalls aufstand. »Ich nehme an, Tom und seine Freundin wollen morgen nicht mit Ihnen nach London zurückfahren?«
»Nein. Sie fahren zu Freunden weiter.«
»Es wäre Ihnen wohl nicht möglich, mich nach London mitzunehmen? Ich bin mit Max hergekommen, wissen Sie, und –«
»Sie werden nicht an meiner Fahrweise herummäkeln?«
»Das würde mir nicht im Traum einfallen.«
»Also gut. Sehr schön.« Zwei Stunden, dachte Lindsay, während sie diese knappe Antwort gab. Drei, wenn sie langsam fuhr und dichter Verkehr war. Warum war ihr eigentlich nie aufgefallen, wie wunderschön Max' Garten war? Ein wahrer Garten Eden. Langsam schlenderte sie zu den Stimmen und dem flatternden, weiß-rosa gestreiften Gartenzelt zurück, das Max' gemietet hatte. Rowland schien sehr viel daran zu liegen, ihr auf dieser kurzen Strecke Gesellschaft zu leisten. Lindsay begann um Verkehrsstörungen zu beten, um einen Stau auf der Autobahn, eine Reifenpanne, einen gerissenen Keilriemen. Aus dem Augenwinkel erhaschte sie einen Blick auf Markov, der ihr, halb hinter einem Busch versteckt und halb betrunken, Grimassen schnitt. Sie schickte ein Stoßgebet zum Himmel, daß Rowland dieses merkwürdige Verhalten nicht auffallen möge, und ihr Gebet schien erhört zu werden. Durch eine allzu energische Geste aus dem Gleichgewicht gebracht, kippte Markov mit lautem Krachen ins Gebüsch. Lindsay warf einen verstohlenen Blick auf Rowland; aber nein – Gott ließ Gnade walten –, er schaute in die andere Richtung.
Gerade als sie die Glastüren erreicht hatten, die in Max' Arbeitszimmer führten, begann das Telefon zu läuten. Rowland entschuldigte sich, ging hinein und nahm wahrscheinlich den Anruf entgegen, da das Läuten verstummte und es lange still blieb.
Lindsay hob beglückt ihr Gesicht der Sonne entgegen; ein paar Minuten später tauchte Rowland mit ausdrucksloser Miene wieder auf.

»War es für Max?« erkundigte sich Lindsay. »Er ist immer noch unter dem Gartenzelt, glaube ich –«
»Nein. Der Anruf war für mich. Ich habe ihn wohl erwartet.«
»Gute Neuigkeiten? Schlechte Neuigkeiten?« Lindsay sah ihn neugierig an. »Ist alles in Ordnung, Rowland?«
»Natürlich. Gehen wir wieder zu den anderen?«
Er führte sie ums Haus zur Terrasse. Als sie die Stufen erreichten, seufzte er und nahm dann galant ihren Arm.